字选

21年中国女性

张莉 ○ 编

天津出版传媒集团

天津人民出版社

图书在版编目（CIP）数据

2021 年中国女性文学选 / 张莉编 . -- 天津：天津
人民出版社，2022.3
ISBN 978-7-201-18244-5

Ⅰ . ① 2… Ⅱ . ①张… Ⅲ . ①短篇小说－小说集－中
国－当代 Ⅳ . ① I247.7

中国版本图书馆 CIP 数据核字 (2022) 第 030053 号

2021 年中国女性文学选
2021 NIAN ZHONGGUO NÜXING WENXUE XUAN

出 版	天津人民出版社
出版人	刘 庆
地 址	天津市和平区西康路 35 号康岳大厦
邮政编码	300051
邮购电话	(022)23332469
电子信箱	reader@tjrmcbs.com

策划出品	跨界文化
策 划	沈海涛
统 筹	金晓芸
责任编辑	张 璐　康悦怡
特约编辑	康嘉瑄
装帧设计	程 语
内文制作	凭 栏

印 刷	天津新华印务有限公司
经 销	新华书店
开 本	850 毫米 ×1170 毫米　1/32
印 张	16.5
插 页	1
字 数	380 千字
版次印次	2022 年 3 月第 1 版　2022 年 3 月第 1 次印刷
定 价	68.00 元

点亮幽暗之地，成为路标本身

张 莉

点亮幽暗之地

如果把中国文学史比作一条无穷无尽的大路，那么作家则是道路上的路标：从这段开始，我们进入了司马迁的领地；过一阵，我们将到达李白之地，很快，我们就在不远处看到了杜甫，还有苏东坡、关汉卿、曹雪芹、蒲松龄……讨论这些大作家及其作品时，我们几乎不用上下求索。因为他们在光亮处，他们已经被命名、被确证、被视为经典。但是，一路走来，你会发现文学大路上的女作家少之又少。只有李清照，或者，还有蔡文姬？

岂止是女作家，关于女性人物及其生活，我们的正史记载都少之又少。几千年来绝大多数女性的受教育权是被剥夺的，她们受困于"女子无才便是德"的偏见，这是中国历史上女作家数量稀少的原因。当然，一九一九年之后事情发生了变化，五四时期开始出现女作家群体，我们也逐渐在文学作品中看到她们笔下的女性生活——那种不仅仅存在于才子佳人故事中的女性生活，那种有人间烟火气的女性生活。但是，依然不清晰，关于她们的一切影影绰绰。因而，要讨论女性写作，我们得点燃一支火把；要理解创世纪者的工作，还需要蹲下身子，把火把贴到历史现场。

首先，那封发黄的信将被我们发现。"中国女作家也太少了，所以中国女子思想及生活从来没有叫世界知道的，对于人类贡献来说，未免太不负责任了。先生意下如何，亦愿意援手女同胞这类事业吗？"这封信写于近百年前，一九二三年九月一日。写信的女子叫凌叔华，收信人则是她的老师周作人。是的，当时中国女作家实在是太少了。回到那个历史空间，我们所能想到的受全社会瞩目的女性作家只有冰心。作为一位女学生作家，冰心受到的社会关注是空前的，她写她作为女学生的生活，以及她面对世界的感受。清新、纯洁、亲切、温暖，女性生活的一小块帷幕由此被拉开。

作为冰心的燕京大学学妹，年轻的凌叔华因为看到女性生活"从来没有叫世界知道"，也便意识到了中国女性写作的革命性意义——她有意为我们展现一群"时代"之外的闺秀生活，讲述她们内心世界的欲望与隐密。以被众人忽视的对象为对象，凌叔华书写了"高门巨族的精魂"（鲁迅语）。而更惊世骇俗的是丁玲的《莎菲女士的日记》，小说中的莎菲是迷人的和令人惊艳的，她不是娜拉、不是祥林嫂，更不是子君，在爱情面前，她从来不是被动的"小白兔"。《莎菲女士的日记》的横空出世，表明女作家和她们笔下的女性人物由幽暗之地来到了光亮之所在，丁玲使我们重新认识女性作家和女性人物的勇敢。

问题是，为什么在一九一九年之后，中国开始有一批女作家集体出现，而在这之前没有？注意到陈衡哲、冰心、凌叔华、冯沅君、庐隐、苏雪林、石评梅等人的教育背景是必要的，她们都是女学堂的毕业生。女学生的出现对于中国女性写作具有重要意义。

晚清末年，中国人自办的女校陆续出现。女学生是中国第一群以合法的名义离开家庭进入学堂读书的女性，这使几千年只能在家庭内活动的妇女进入了公共领域。不缠足、走出家庭、进女校读书、与同龄女性交流、出外旅行、参与社会活动、与男性交往……都是现代女性写作发生的客观条件。如果说妇女走出家庭进入公共领域只是为女性写作提供了客观条件的话，那么新文化运动的发生，则孕育了一批具有现代主体意识的女性，她们是勇于用"我"说话、勇于发表对社会的看法、勇于表达爱情、勇于审视内心，也勇于向传统发出挑战的新青年。

今天看来，新文化运动时期关于女性价值的讨论多么有意义！鲁迅、胡适、周作人、李大钊、叶圣陶、罗家伦等人都参与了妇女解放问题的讨论，发表了重要文章。在《美国的妇人》中，胡适提出了他著名的"超于良妻贤母的人生观"："做一个良妻贤母何尝不好。但我是堂堂地一个人，有许多该尽的责任，有许多可做的事业，何必定须做人家的良妻贤母，才算尽我的天职，算做我的事业呢？"当时讨论的共识是，一个女性是属于社会的、独立的个人，即使她不是妻子、不是母亲，依然应该受到全社会的尊重，她的生命存在依然是有意义的。想来，一百年后我们每一位女性的生活都受益于这样的讨论，正是具有鲜明女性立场的社会讨论才推动了中国女性命运的改变。

拿着一支火把，回顾当时的文学史，会慢慢认识到，人的意识和女性意识的觉醒使中国传统女性成为现代女性，也使她们中的一部分人拿起笔，以书写照亮自己，也以书写照亮姐妹们喑哑的生活。

"让那些看不见的看见，让那些听不见的听见"

与早期的冰心、庐隐、凌叔华相比，丁玲、萧红、张爱玲的写作更加成熟和深入——前者的意义在于拉开了书写鲜为人知的女性生活的序幕，而后者，则早已不停留于此，她们不仅仅书写女性生活，更提供与男性不同的立场和看待世界的方法，视角独特而深刻。当然，二十世纪四十年代的女性更为自由、身份更为多元，她们已不再只是女友、妻子、母亲，她们逐渐成为挣工资者、独立撰稿人、在战火中奔波的逃难者、到延安去的革命青年、自由行走世界的旅人，以及表达不同意见的社会公民。

发表于一九四〇年的《呼兰河传》是萧红的代表作。你很难知道萧红用了什么样的方法或变了什么样的魔术，当她在《呼兰河传》中"话说当年"，读者便会自然而然地回到"过去"，会自然而然地变"小"，有如孩子——像孩子一样感受世界不染尘埃的美好，也会体察到陈规陋习对于一个人的扼杀，对异类的折磨。那是令人难以忘怀的一幕，因为长得不像十二岁的样子，那位小团圆媳妇被她的女性亲戚们"好心地"抬进了大缸里，大缸里满是热水，滚烫滚烫的热水。年轻的女孩子只是因不似"常人"而"被搭救"也被毁灭了。我们只能和小说中那位女童一样大睁着眼睛看小团圆媳妇的挣扎和死亡。萧红目光开阔，她写的是作为受害者的女性、作为迫害者的女性，以及当时的愚昧土壤。

在一九四一年，丁玲发表了她的两部重要作品，《我在霞村的时候》和《在医院中》。两年后的一九四三年，张爱玲的《金锁记》则显示了另一种能量，它甫一发表便被傅雷视为张爱玲的重要代表作。四十年代的女性写作，尖锐、锋利、别具洞见，在中国现代文学史上成为不可忽视的路标。

如果说四十年代的中国女性写作代表了一种高度，那么八十年代以来的中国女性写作则进入一个黄金期。很难忘记王安忆的《我爱比尔》，女主人公阿三一次次渴望融入这个时代的文化氛围，成为时代文化的一部分。也很难忘记铁凝的《永远有多远》，女主人公白大省热情、简单、仁义而宽厚，渴望成为深得时代文化精神的"西单小六"，但总是不能如愿。作为艺术人物，阿三的独特在于她最终没有被时代，以及西方文化接纳，而白大省的魅力则在于她与整个时代风潮的格格不入和对仁义美德的守候——缓慢的反应、笨拙的转身，以及空怀一腔热情，使她成为这个时代的"特立独行"之人。阿三和白大省是中国文学史上两个令人难以忘怀的女性形象，经由这两个人物，作家王安忆和铁凝表达了她们的冷静思考，即在时代潮流面前一个女人、一个人如何保持主体性与独立性。

直到今天，我们依然能想起当代文学史中那些出自女性作家之手的作品。宗璞的《红豆》、茹志鹃的《百合花》、张洁的《爱，是不能忘记的》、谌容的《人到中年》、铁凝的《玫瑰门》、王安忆的《长恨歌》、林白的《一个人的战争》……当我们把这些女性作品连缀在一起，会发现这些女性作家书写的固然是女性生活，但同时也是对那些被时代潮流遗失的生活的记取、是对女性精神和女性立场的重申——那些沉默的、那些处于幽暗之地的种种最终能进入我们的公共生活、历史空间，是因为她们的倾听与书写，她们"让那些看不见的看见，让那些听不见的听见"。

建设女性文学的路标

"句子，句子！没有什么比句子对一个作家更重要的了。"伍尔夫说。句子并不只是句子那么简单，它还是声音和调性的寻找。"这就是一位妇女必须为她自己所做的工作：把当代流行的句式加以变化和改编，直到她写了一种能够以自然的形式容纳她的思想而不至于压碎或歪曲它的句子。"（伍尔夫）在文学史上，独特的属于女性表达的声音和调性在优秀写作者那里得以完成。一如在简·奥斯汀那里，在艾米莉·勃朗特那里，在伍尔夫那里，以及在门罗那里。在中国现代早期女作家冰心、庐隐、凌叔华那里，这种来自女性的句式表达是生涩的和别扭的，表达需要一代又一代人的不断实践，也需要作家具有开拓的勇气。寻找是持续的，到四十年代，在萧红、张爱玲那里，一种更为自由和成熟的独属于女性的声音与句法正逐步形成。一百年来，中国社会和中国女性境遇发生了翻天覆地的变化，当代文学领域，难以计数的女作家以丰硕的创作实绩丰富了中国当代女性写作，也丰富了中国当代文学本身。

说了这么多历史上的事，其实我最想说的还是当下和眼前所做的。在我心目中，编纂女性文学年选，就是在寻找属于我们时代女性写作者的句子和调性，寻找和标记当代女性文学的路标。说起来，十多年前，动手做现代女性文学发生学研究时，我曾经无数次想要翻阅一百年前女作家们的作品，比如说一九一九年时那些女作家所写下的小说。当时所畅想的是，如果每年都能有一部女作家作品选本，那么我们就能清晰地捋清女性文学成长的整体脉络，也会更直观地看到那些最普通的女作家是如何一路走来的。但可惜的是，一百年来并没有女性文学年选，而一百年来，很多普通女作家的作品就此便消失在风中。

因此，对我来说，编纂女性文学年选的意义首先在于为中国女性文学保存年度样本，从这些作品中，我们可以看到当代女性文学的精神风貌、文学气质的变化；同时，我也想通过这样的作品选编来记录中国女性生存的样态。这不仅仅是文学意义上的工作，也是基于人类学和社会学立场上的考量，我相信文学中的生活记录，有新闻报道所不能涵盖的丰富和多样。我想说的是，这每年的二十部作品，既是当代女性文学的年度路标，也是当代女性生存的年度记录。

为什么要用"爱""秘密"和"远方"划分年选呢，许多记者问过我这一问题。因为它们代表了我对女性文学书写主题的理解。这是我所挖掘出的新词语，用以淘洗掉原来附着在女性文学身上的刻板化标签——"爱""秘密"和"远方"这三个主题是人类所共享的主题，同时女性在处理这些主题时也别有经验或者别有视角。

还记得第一本女性文学年选的策划是在二〇一九年，到今年已经是第三年了。三年来，女性文学年选越来越受关注，得到了诸多媒体的广泛报道，拥有了大量读者。事实上，读者们也都注意到"年选"的丰富性与包容性，它涵盖了这一年来不同代际、不同类型、不同趣味的优秀女性文学作品。尤其要特别强调的是，每年的"年选"我都会有意选择五到六位新面孔，她们通常是刚刚进入当代文学现场的新面孔，其中有不少是一九九〇年乃至一九九五年以后出生的青年作者。

我希望通过进入"年选"这样的方式来鼓励青年女作家们的写作。我所希冀的是，在未来五年到十年里，女性文学年选会推出属于它的女性作家群体。当然，"年选"里的作品也都是这一年度出类拔萃的短篇小说，比如今年所收录的铁凝的《信使》，已经被公认为二○二一年当代文学的宝贵收获，又比如叶昕昀的《孔雀》，也被视为今年最受关注的青年作家作品。事实上，在编纂完今年的"年选"时，我一度很感慨。我所挑选的固然是我认为的今年最优秀的女作家的作品，同时，那也是我为当代女性文学现场所做的文学标记。

如何理解性别之于文学写作的关系？这是做女性文学研究以来常被问到的问题。而我一直的观点是，建立女性文学传统，强调女性视角和女性立场是重要的。但是，一位真正优秀的女作家，即使不借用性别的火把，也依然能够在文学史上刻下属于自己的标记。因为，女性文学不是女人文学，它所关注的是包括边缘人和弱势人的生存。

真正优秀的女作家的艺术专注力并不是个人的和单一维度的，她的作品最终要有更多的社会责任和更少的对个人生活的沉溺。而事实上，在中国现当代文学史上，丁玲、萧红、张爱玲、铁凝、王安忆、林白、迟子建等，也早已摆脱那支性别的火把——当我们回顾一九一九年以后的文学路标时，会很容易看到她们的身影，因为，她们早已经成为火把本身，无需性别的标记。

二○二一年十二月三十日

目录

爱

秘密

爱

信使

铁 凝

　　四月的这个下午，空气清透，雾霾不再。街边的樱花、榆叶梅忽然就盛开了，白丁香、紫丁香也在这里或那里喷放着苦而甜的团团香气。陆婧坐在车里，车窗关着，也能感受到樱花的烟云带给她的眩晕，丁香的苦甜有点呛人。她落下车窗，像有意咂摸这春天的"呛"，享用这扑面而至的"呛"带来的鲜亮欢喜。

　　在一个嘈杂的路口，车遇红灯。陆婧偏头看着窗外，视线落在临街一间门脸不大的体育用品商店。一辆人力三轮车停在门前，两个年轻人正从车上卸货。一个腿有残疾的女人从店里出来，身体歪向一边。她跛着脚走到三轮车前，弯腰从地上拎起两摞半人高的捆绑在一起的鞋盒。板鞋？跑鞋？当她抬起头无意间扫一眼路口停滞的车队时，陆婧的目光刚好对上了她的扫视。这是一位已不年轻的妇女，一头染成灰咖色的整齐的直短发，颧骨的颜色偏酡红。同样已不年轻的陆婧早就是戴花镜读报的视力，可还是瞬间认出了这张脸：李花开！

李花开是陆婧三十多年未见的故人，虽然这故人如今拖了一条残腿，但陆婧还是很肯定，她就是李花开。拎着鞋盒的李花开没有认出坐在车里的陆婧，她扫视的是车的洪流，临街店铺的门前，哪天没有车流呢。很快，她两手各拎着一摞鞋盒，斜着身子进店去了。

绿灯亮了，车子倏地驶过路口，陆婧甚至没有看清那间商店的名字。她不打算叫车停下，开车的是她丈夫。副驾驶座上的女儿，正掏出气垫粉饼补妆。陆婧盯着女儿的后脖颈，女儿的丸子头使后脖颈落下一些散发，故意落下的吧，看似不经意的慵懒和风情。她们母女并不交流这方面的内容，但在这个下午，陆婧从女儿的后脑勺上明确地看见了三十多年前的自己：克制地追逐时尚，貌似叛逆，有点虚荣。

三十多年前，陆婧和李花开同在一座城市，一座名叫虽城的北方城市。那还是一个人人需要单位的时代，没有单位的人总显得可疑。幸运的是她们都有稳定的单位，陆婧在一个地方戏研究所当编辑，李花开在市属的印刷厂做文秘。一个时代有一个时代的词汇，二十世纪八十年代，陆婧和李花开是大学同学，是朋友。套用时下的说法，她们是"闺密"。这"密"后来又通俗成了腻乎乎的"蜜"。当年的她们漠视一些老词，不像今天，人们把老词翻腾出来再做揉捏变作另一种时尚。传统意义上的闺中密友大多连带着两家通好，陆婧和李花开的两家长辈却互不相识。

从西客站回家时，陆婧在副驾驶就座，女儿已下车乘高铁去了外地出差。陆婧的方向感很差，这时却发现车子是循着原路返回，再遇那个路口，她那混乱的方向感突然明晰起来，她觑着眼朝马路对面一溜儿商铺望去，看见了那个小店："时代体育"。

她认出这是东单，同仁医院附近。医院附近的车多人乱又给她的方向辨别带来了困难。她是急切地想要记住"时代体育"的准确位置吗，还是对跛脚的李花开怀有好奇？想不到三十多年后李花开也来了北京，她丈夫，那个叫起子的也来了吧。陆婧心里加重着"也"字的分量，好像北京是她的地盘，李花开的现身让她有种不适感——曾经的闺密往往最方便成为仇敌。什么时候她的脚跛了？敢情她也受过伤啊。"也"，她心里玩味着这个字，刚刚迎接着她的这个美得眩晕的春天，那呛人的丁香、樱花们不也慷慨迎接着从"时代体育"里走出来的李花开吗？

一

那是她们共同的激情时代。先是李花开突然告诉陆婧她要结婚了，对方是虽城的远房表哥。李花开说，表哥在街道办的一个镜框社画出口彩蛋。陆婧嗤之以鼻地抢白道，那也叫单位呀。李花开说就不算是单位吧，可他有房，私房，独院。硬道理在这儿呢，陆婧想。

李花开是当年系里的美人，有男生为她那长而柔韧的脖颈献过诗。她的脖子洁净、细润如骨瓷，女孩子拥有这般脖颈，会显得傲然，且十分方便左顾右盼。可她并不自知自己有条好脖子，不会搔首，亦不懂弄姿，还常常爱犯轴脾气。轴，在北方语系里通常形容性格而非品德，和一根筋、死心眼儿相近。李花开穿家做布鞋，常年背一只紫红两色方格交织的土布书包，好比特意拿自己乡村出身的背景示众。她家在离虽城百里外的山区，穷。大二时，李花开的下铺丢了几张饭票，认定偷窃者是上铺的李花开。李花开激愤地绝食两天以示清白。第三天，同宿舍的陆婧强行背着李花开到校医务室去输生理盐水、葡萄糖。过了一个星期，下铺的饭票找到了，在她送回家去洗的一包脏衣服里。

和李花开不同，陆婧家就在虽城，工作之后仍然和父母同住。李花开住印刷厂的集体宿舍，周末经常被陆婧拉着去家里吃饭。陆婧记得母亲第一次见到李花开时还感叹了一句：真是高山出俊鸟呢。

冬日的一个周末，陆婧随李花开去了她将要嫁进去的私房、独院。推开嘎吱作响的单扇榆木院门，眼前的院子只是一条狭窄的夹道。夹道一侧仅两间西屋，另一侧是院墙，院墙即是前院人家的后山墙。若从西屋推门出来，仿佛走几步就能撞墙。虽不能比喻成开门见山，却可以说是出门见墙。西屋窗下整齐地码着蜂窝煤，挨着蜂窝煤的，是被旧提花线毯盖着的同样码放整齐的大白菜和鸡腿葱，叫人嗅出过日子的烟火气。当年的陆婧不屑于这类烟火气，眼前的蜂窝煤、大白菜只让她相信，李花开真的要结婚了。李花开说这是表哥的爷爷留下的一点房产，爷爷从前是个经营南方竹货的小业主。想必，经过了一些事情，这院子是被挤占去了大部分后的剩余吧，陆婧忖。

那天陆婧见到了李花开的表哥，一个微胖的长发青年，李花开叫他起子。起子热情地和陆婧握手，三人进屋后他还伸手从李花开肩上择下一根头发，或者不是头发，是线头，或者什么都没有，他只是愿意让人看见他在她肩上择。这个表示关切或男女关系不一般的动作让陆婧觉得多余，但那感觉仅仅一闪，因为房间正中一只铸铁蜂窝煤炉子引起陆婧格外的好奇。那本是一只普通的青黑色铸铁炉，圆柱形炉身、正方形炉盘。在暖气并不普及的时代，北方城市大多人家都有这类炉子，取暖、做饭、烧水，间或也充当烤盘：烤馒头、烤窝头、烤包子、烤枣。起子家这只炉子之所以引人注目，是因为它那锃光瓦亮的炉盘。陆婧还没见过谁家的铁炉子能有这样一尘不染，这样光亮可鉴，这样泛着蓝幽幽光泽的镜子般的炉盘。他们围炉而坐，受着这炉子的吸引，又好像这神气活现的炉子才是这家的主人，乃至屋内所有家具的主人。炉子上坐着一把熟铝壶，壶中水已烧开，壶盖噗噗响着，壶嘴冒出缕缕水蒸气。起子拎起壶去给客人沏茉莉花茶。他把热茶端给两位女客，顺手抄起铁炉钩，从炉前铁畚箕里钩起同样锃光瓦亮的炉盖，半遮半掩盖住炉口，复又将水壶错开炉口坐上炉子。这样水能保温，炉口减弱的火力也不至于把壶烧干。陆婧喝着热茶，问起这炉盘如何能这般明亮。起子说用猪皮擦的。他母亲在世的时候每天必擦几遍，即使在肉类凭票供应的年代，也总能想法子省出指头长的一块猪皮供炉盘去"吃"。擦了二十几年，生生把一块粗糙的铁炉盘擦成了镜面。母亲去世后，他接过这活儿，有空就擦，才保持了这炉盘的成色。

　　陆婧喝着热茶，想着一个大小伙子除了画彩蛋，就是手持一块猪皮在炉盘上擦呀擦的，她好像还闻见了猪皮蹭上热炉盘发出嗞嗞的响声时冒出的轻微的油烟，不臭，也不香。看看李花开，李花开显然对猪皮擦炉盘不感兴趣。煤是金贵的，她家烧柴火灶，上大学之前她就没见过铁炉子，也很少见真的煤。结婚以后起子会让她擦炉盘吗？她可不情愿。这需要耐心，更多的是一种情趣。就陆婧对李花开的了解，她不具备这方面的情趣。出了那院子，李花开只问了一句：你说值吗？陆婧没有回答，眼前只闪过一个模模糊糊的影子，李花开对她讲过的一个中学同学名叫锁成的，和她同村，后来她考上大学了，他没考上。

几天后，一个坏消息震惊了她们：当年那个下铺的母亲，因为厂里分房不公平，吞了过量的安眠药。李花开说，房比命大吗？陆婧说，房是命的一部分吧。李花开又问：你说值吗？她没有听见应答。很快，她嫁给了表哥。很快，陆婧也恋爱了。

二

陆婧的恋爱像是一场无药可救的疟疾。民间对疟疾的归纳有间日疟、三日疟，等等，意指隔日发作一次或三日发作一次，高热、高寒乃至抽搐。陆婧的爱之疟疾却持续了近两年。对方名叫肖恩，是她父亲的同学，且有家室。陆婧刚读初中时，肖恩随着他的单位——北京一个大部的文工团来到虽城做集体改造锻炼，他们被安置在当地驻军大院，过着半军事化、半农场农工的生活。军队有自己的农场，平时不准离院，每周休息半天。肖恩在这座举目无亲的城市联系到了他的大学同学，陆婧的父亲。当革命和运动使熟人、朋友都断了消息的时刻，为着肖恩在虽城的出现，陆家尤为高兴。那段时间，陆婧的家是肖恩吃饭解馋、放松身心之地。每周的半天休息，他差不多都是在陆家度过。那时陆婧叫肖恩叔叔，逢肖恩感冒生病，或者为部队演出突击排练不能前来时，陆婧会自告奋勇地骑上自行车，为肖叔叔送去母亲烹制的鸡汤、榨菜炒肉丝。满满一罐榨菜肉丝够肖恩吃一个星期，也要用掉陆家半个月的肉票。那个推着自行车站在部队大院门口、冒着寒风等待他出来的陆婧，那个围着大红围巾、戴着厚厚的棉巴掌手套、晶莹的鼻头被冻得通红的孩子，给肖恩留下了美且干净的印象。他送给陆婧一双淡绿色斜纹卡其布芭蕾舞鞋，足尖嵌有软木的真正的芭蕾舞鞋。正热衷于校文艺宣传队各种活动的陆婧，连续一个星期每晚睡觉都把这双鞋供在枕边。后来陆婧并没有在舞蹈方面有所长进，以她当时的年龄，腿已经太硬，开胯也不再容易。当年那些小女孩对文艺的热爱，充其量相当于今天的时尚女生对奢侈品的追逐。

十年之后，肖恩已是北京那个大部文工团的业务团长，陆婧的父亲也做了虽城文教局局长。肖恩的文工团有时来虽城演出，他带着演出赠票和茅台，到陆家和老同学畅饮。肖团长和陆局长一改从前的落魄，精神、气色俱佳，就像换了个人。陆婧从旁看着想着，人没换啊，换的是人间。

换了人间。肖恩再见十年后的陆婧，他惊喜地打量着她，喃喃自语着："小姑娘已经出落得、出落得……"他始终没有完成那后半句话：她出落得怎样？但半句话对陆婧足矣，她尤其喜欢"出落"这个词，一个带有弹性的神奇蜕变的好词。陆婧突然不叫肖恩叔叔了，她叫他肖老师。每逢文工团来虽城演出，陆婧便也忙了起来。她为同学、朋友、同事、近邻向肖恩讨要招待票，她替当地媒体联系采访肖恩及团里的男女演员。她不是名人，但她已是个认识名人的名人，她为此得意、满足，她和肖恩的关系也就落入了那个时代可能的套路。肖恩开始邀请她去北京看戏看电影——一些尚未公开、只供圈内人优先欣赏的外国电影，陆婧自己也频频寻找去北京的理由。一个地方戏研究所原本没有多少出差北京的机会，多数时间她利用周末自费前往。那些日子她轮流住遍了亲戚家：姑姑、叔叔、舅舅、姨妈。她庆幸他们的家都在北京，就像从前她的父母一样。在北京疯跑的时光里，她作为一个曾经的北京孩子，常常生出些情不自禁的得意和略带焦灼的期盼。

秘密恋爱固然秘密，却仿佛必得选出一个可靠的人分享才更秘密。几个月之后，陆婧把李花开约到一家卤煮火烧小馆。她脸色潮红、嘴唇颤抖，十指交叠着扭绞着，忽又神经质地把双手搓来搓去。她的讲述琐碎累赘而又宏大激昂，她顾自笑着，眼里有泪光，她已经为自己这高级的恋爱所倾倒，她的闺密李花开也必将为她这不凡的倾诉所倾倒。

李花开的嘴里却只是偶尔迸出一句"我娘！"逢关键时刻，李花开的山村口头语还是会冒出来，比如"我娘！"听着生硬，但干脆、有劲儿。这是一个本身不含褒贬的感叹词，但在此刻，李花开喊出它来表达的是决不同意。两人争吵起来，昏天黑地。陆婧急赤白脸，碗中的卤煮火烧一口没动。李花开连吃带喝，一海碗卤煮火烧下肚，也没能堵住她那张压着嗓音、连呼反对的嘴。直到碗空了，她才发现了陆婧的一脸憔悴，她闭嘴了。或许恋爱中的憔悴才能唤起人的怜悯，而绝对平等的友谊也并不存在，似乎总有一方在紧要关头非服从另一方不可，比如让卤煮火烧和争吵弄得满头是汗的李花开。陆婧判断李花开有缓和的迹象，再添些央告加耍赖的言辞，李花开到底让了步。她答应保密，还答应了陆婧的提议：肖恩写给陆婧的信从此寄往李家。在一场无法光明正大的恋爱里，情书寄往当事人的单位是危险的，李花开的家，那私房、独院，在陆婧看来最是安全。

北京寄往虽城的平信隔天可到，陆婧一个星期至少两次去李花开家取信。那个当初在她看来有点陈旧、俗气的小院，如今在她生命中已变得如此紧要，如此友善而温暖。她多是在晚上下班后赶往李家，弓着身子把自行车骑得飞快。不能用奔向或跑向来形容她的姿态，那是扑向，扑向一团情话或者简直就是一场约会。她进了门，敷衍地和李花开或者起子寒暄几句，接过李花开递上的有点压手的厚厚的信封，便逃也似的夺门而去。她不急着回家，此刻家也危险。她急不可待地找一根电线杆把自行车和自己都靠上去，就着昏暗的路灯开始捧读肖恩写给她的大段的文字。她的心大声跳着、酥着、醉着。在夏日，那些粗糙的松木电线杆上爆裂的木刺有时会扎进她的衬衫。当她回家之后脱下衬衫小心择着上面的细刺时，她会偷着笑。她被扎疼过吗？这样的时刻，疼也是幸福。

有时李花开在厂里加班回家晚，陆婧奔到李家推门进屋后，永远在家的起子会代替李花开把信送至陆婧手中。他并不留她坐一会儿，像通常主人对客人那样。他知道她不需要，就像陆婧也明白起子已经知道了她的恋爱，他和这幢私房、独院共同知道了她这场恋爱，再坐下假装等李花开回家反倒虚伪了。第一次从起子手里接过肖恩的来信，她只是稍显尴尬，也仅是稍显，对肖恩来信的渴望压倒了一切，一切都不在话下。

三

又是冬天了，起子画了一会儿彩蛋，外贸公司的订单，复活节前要发货的。画彩蛋是个手艺活，类似简单的重复性劳动，起子得心应手，或者说熟能生巧。初中没毕业他就跟着邻居家的一位师傅学画彩蛋，多少年画下来，有时他也感到腻烦，看着纸箱中被瓦楞纸板隔开的那一排排花里胡哨的蛋们，常常觉得自己就是个卖鸡蛋的。李花开没有嫌弃他这份活计，他不用出去上班正好在家做饭。可那个陆婧从一开始就对他怀有轻蔑。那轻蔑是暗含的不易觉察的，起子还是莫名地感受到那轻蔑的蛛丝马迹。他是个小心而敏感的人，又是一个随着惯性生活的人，每当自卑心翻腾上来，他便会拿他的私房、独院将其打压下去。是啊，在计划经济时代、福利分房时代，有人会为分不到住房吞一把安眠药的时代，他起子能够坐拥一个院子一套私房，你们还要怎么样。"你们"是指他的对立面，有时指李花开和陆婧吧，多数时间是泛指。这时他的情绪又昂扬起来，他尤其喜欢"坐拥"这个词，这是个主动、气派、敞亮的词，他不仅坐拥房子院子，还坐拥单纯貌美之妻子。生活对他不薄。

想想这些，起子放下手中的彩蛋，揉揉眼———画彩蛋费眼。他花三分钟做了一套自编的用力眨眼的眼保健操，接着他要犒劳一下自己。他把粘着颜料的手仔细洗干净，行至那炉盘锃亮的著名炉子跟前，拎起那把铝壶，壶中水开着，顶得壶盖噗噗响着。他沏上一杯茉莉花茶，搬把椅子坐在炉前，喝两口热茶，放下茶杯，起身把房门锁好，然后才从他的彩蛋工作案的小抽屉里拿出一封信，邮递员刚刚送到的北京来信。他举着信复又坐回炉前，将信封一端凑着炉盘上铝壶壶嘴里冒出的徐徐水蒸气来来回回扫那么几次，信封一端便软塌下来。他就势拿根牙签轻轻挑开信封封口一角，封口轻易就打开了，如同吃酥皮点心时用手揭去那层层酥皮，绵软、无声、可心。起子从大张着嘴的信封里抽出不薄的情书，从容不迫地欣赏起来。一些段落仍然让他耳热心跳，但情绪已不像初读第一封信时那般亢奋了。他始终腻歪的是肖恩在信中把陆婧称作"我的小软木塞"。他常常半是艳羡、半是鄙夷地把过目后的信推送进信封，再小心翼翼地用胶水封好，以手掌外侧轻按均匀，宛若终于为肖团长放行的秘密检察官。

第一次把北京来信送到陆婧手上，他就已经生出一种身在暗处的优越感。这时期的陆婧，却仿佛处于下风头了。陆婧不时会给他们夫妻带些礼物，给李花开买过马海毛的毛衣，还送过起子一件当年正时髦的沙色皮夹克。这本是朋友间的心照不宣，却渐渐让起子愈加不满足了。优越感是什么呢？那就像是人生的一种主动，起子就在一次次优先阅读那些北京情书的亢奋中获得了既朦胧又主动的渴盼：难道他当真要画一辈子彩蛋吗？

这天上午，陆婧在办公室接到起子的电话，只电报式的两个字：有信。这是个善解人意的电话，起子的积极热情使她连矜持一下的表演也用不着了，她决不打算等到晚上下班后再去取信，甚至中饭也不吃，骑车直奔那"有信"之地。

他和她对坐在炉前，炉膛里淡橘色的火光恰到好处地映着两人的脸。她本不想坐下，打算拿了信就走的，但起子邀请她坐下。她发现他手里没有信。他当然看出了她的疑惑，随即从裤兜里抽出一个他们都已熟悉的信封：红蓝两色斜线圈边的航空信封。在这儿呢。他说。他微微前倾着身子从炉口上方把信封递向对面的陆婧，在陆婧看来这很危险，好像那信是要蹚过炉火才能抵达它的目的地，又好像起子原是要把那信封丢进炉中的。陆婧伸出双手在炉口上方托住那信封，手背让炉火炙烤得一阵干疼。当她终于将那沉甸甸的信封"引渡"到自己胸前，仍然双手托着它，就像托着一个刚从火海里得救的人。接着，她觉得这姿势有点失态，便把信封平放在腿上，这又仿佛肖恩正把嘴吻在她腿上，说着绵绵絮语。她的腿一阵阵酥麻，腿暗示了她拿起信封，掖进棉大衣口袋。这时起子说出了他的想法。

陆局长肯定能办到，群众艺术馆啊，艺术学院啊，画院啊，都行。他说。

你和李花开商量过吗？她问。

这不重要，我的事还是我直接说更好。他说。

可人的调动需要多种条件，特别是艺术类的单位，不是普通人就能去的啊。她像是在提醒他。但我觉得我不是普通人。他坦然地看着她，也像是对她的提醒。

她听出了话中的利害，也领会到这位起子的"不普通"。想到李花开随厂领导去南方几家印刷厂参观学习，两个星期才能回来，起子是特意选了这个时间的空当来和她谈如此要事吧？

她从炉边站起来，眼睛并不看他，只答应回家试着跟陆局长去说。

陆婧选了一个晚饭时间对陆局长提及起子的事，晚饭时间家里的气氛是轻松的。陆局长却立刻拒绝了女儿的请求，"异想天开，异想天开！"他手很重地把筷子拍在饭桌上，一迭声地重复着这四个字，不知是讥讽起子，还是斥责女儿，也许二者皆有。基于对父亲的了解，她知道结果会是这样的，曾经闪过的一点侥幸之念确凿地破灭了。

这天，她又在办公室接到了起子的电话，还是两个字：有信。

四

她和他对坐在炉边，这次他没有空着手，给她开门便及时送上捏在手中的信封，仿佛以此迎接她将带给他的好消息。她迅速把信揣进大衣兜里，就像生怕这信会遭遇不测。

开口是艰难的，但她必须开口。她向起子道了声对不起，说再等等看还有没有其他办法。这明显的官腔让起子十分不悦，他举了某某熟人因为有关系而进了似乎不可能的单位。

她打断他说，在我们家真的不行。

他直视着她，放慢语速说，要是不行也得行呢？

她这才有点警惕地向后捎着身子问道，你这是什么意思？

他说，我不是在央求你，是在要求你。

她觉出了他的无礼和过分，但大衣口袋里那沉甸甸的信封可是经由他的手抵达她手中的，她努力使自己克制并且客气。她站起来说，等李花开回来咱们再一起商量也许更合适。

起子也站起来，果决地告诉陆婧不用商量，他就是要去陆局长所管辖的那些单位。

陆婧到底没能把持住自己，她扫了一眼对面的起子，第一次发现他那一头打绺儿的"艺术范儿"长发滋着过多的油脂，好像每每以猪皮擦完炉盘都会捎带着再往头上蹭去。她恼火起来，边向门口走边提高嗓音说，你有什么权力命令我啊，你以为你是谁！

在她背后传来起子的声音：我知道我是谁，更知道你是谁！你不就是肖大团长的小软木塞吗？

她那刚伸向门把手的手缩了回来，后脑勺仿佛遭遇了棒击，似有一个黄豆大的小气球在颅内的某个位置炸了，一个瞬间，嗡的一声，她脑海里一片白色。她还是顶着一颗白色的头颅转过了身，并努力站稳自己，身体却已有点瑟缩，像曾经有过的梦境：她裸体站在街上，到处找不到要穿的衣服，而街上面目不清的人们正肆无忌惮地看着她，比如此刻的起子。

起子就像听见了她那无声的感受，加码似的继续抖搂：是啊，不怕你笑话，我全看过，七十七封信，包括现在你大衣兜里这封。

她一边下意识地将手伸进大衣口袋，死命握住那信封，好比攥住了肖恩的手，一边咕哝着你怎么能、你怎么能……

我怎么不能？起子复又在炉边坐下：凭什么你们里里外外、明的暗的都是体面，又体面又浪漫，我就非得窝在这儿画一辈子彩蛋不可呢？我，我们全家还得替你收着、守着这些个不体面的信。说到不体面，我的要求不过是要通过这些不体面的信得到一份体面的工作，为了我们全家、我们未来的孩子，这有什么过分吗？

她不动地方地站着，拼力捕捉着他话里的信息，她想到了李花开，不敢去想这是他们夫妻的合谋，可难道他们不是夫妻吗？还有孩子，李花开是不是怀孕了？陆婧的恋爱袭来之后，目中已无他人，所有的时间更不情愿分配给他人，识趣的李花开也久已不主动和她联系了。她不甘心，还是喃喃着说："李花开知道你……"

他不等她说完，截住她的话说，知道怎样？不知道又怎样？用不着假装清高，也别想对我使用什么不好听的词儿。我就这么一件事，陆局长动动小手指头的事，有什么办不了的呀。

清高，陆婧想到了父亲。本来她有些抱怨父亲那决不通融的清高的，但在这时，她忽然感叹世间毕竟还存在着这么点清高。为了这点清高，她决不打算接受这蛮横且阴暗的命令。她不接受，还得显出不示弱，她一字一顿地对炉边的男人说，还——就——是——办——不——了！

起子站起来，遭受了冤屈似的，走到撂在地上的彩蛋箱子跟前，从最下面的箱子里搜出一只白得刺眼的纸袋，举起来冲陆婧晃着，叹了口气说，都在这儿呢，六十七封。我用微距拍好，借朋友暗房冲印出来的，后来的十封没来得及冲洗，不过已经足够了。说着从中抽出一张印满小字的黑白放大照片，送至陆婧眼前。

陆婧只瞄一眼便认出了肖恩的笔迹。起子这层层递进的胁迫宣告着陆婧的节节败退，她平生第一次感受到巨大的惊恐和侮辱。她的小腹突然开始酸胀下坠，伴随着酸胀下坠的是两条腿的绵软。于是她知道，腿软并不是从腿开始的，是小腹里酸胀下坠的物质游移到耻骨再无情地沉降至大腿、小腿、脚底、脚趾，迅速侵蚀着那里所有的骨骼、韧带、肌肉、血液……接着无腿感袭来，她的小腹好像直接落在了地面，人也顿时矮了下去。她拼命用意念寻觅着腿脚，顽强地动了动灯芯绒棉鞋里仿佛已经虚无的脚趾，脚趾总算有了些微的痉挛。那么，她是有腿的，她还在站着。她迈前几步，本能地伸手要夺下那刺眼的白纸袋把它投进炉火。起子将纸袋背到身后说，胶卷还在我这儿，烧有什么用呢？如果陆局长帮了我，我肯定当着你的面连胶卷一股脑儿烧了它。不然，你能猜到后面会发生什么。

她腿软着，绝望地站在他面前，望着这个在炉子边上蹴着小步的男人，就像望见了一个非人类的物种。比如鳄鱼，不！鳄鱼甚至也要好于眼前这个物种。她把涌到嘴边的所有形容词都压了回去，她的绝望使所有的词语都已失效，这绝望却也迫使她从溃败的谷底捞起了她久已失散的自尊。她被亮在眼前的撒手锏打蒙的同时，仿佛也被打醒了。当她确信自己的两条腿能够带她迈出这间屋子时，她把大衣扣子一个一个扣好，接着，她以自己也未曾料到的动作，突然奔向那炉子，拎起坐在炉盘上那把沉甸甸的铝壶，高高提起，壶嘴向下，向着那炉火正旺的炉膛猛地浇灌起来。霎时间水火交战的炉膛发出刺刺嘎嘎的怪响，一股股灰白色气体伴着浓烈呛人的臭屁味冲上屋顶，在房间里弥漫着，也吞噬了炉边的男人。烟雾中她把空壶"哐当"丢在地上，拼力拉开屋门，又狠劲儿把门摔上，就像将一切的担惊受怕，一切的提心吊胆，一切的错愕、愤怒乃至一切的恶心，全都摔在了身后。她听见门玻璃碎了，那起子没有追上来。

　　她想找个没人的地方大哭一场，但急切地要给李花开打电话声讨的愿望压制了她的大哭。她没能和李花开通话，在她的青春年代，与远在南方几个省出差的人长途电话联系尚不那么便捷。她又跑到邮电局给肖恩打电话，在排队等待接线员叫号的时候，她在长途电话间的门玻璃上看见了自己的脸。一夜时间她的脸怎么会变成这样？腮帮子喝着，太阳穴瘪着，鼻翅儿潜着，耳朵片儿干着……这是刘宝瑞先生一段相声里的句子，形容的是一个受不孝儿子虐待、饭都不给吃饱的老太太的凄惨面相。她不是那位倒霉的老太太，以她的年龄，也还不具备自嘲的能力，她的脸让她突然想到相声里那老太太的脸，只激起了她更加强烈的愤懑，更加确切的无助。她和肖恩通了电话，语无伦次地讲了这边的事，对方始终沉默着。

第二天，陆婧单位的领导收到了起子制作的黑白照片，本市的平信当日可到。陆局长也收到了。两天后肖恩团长的上级领导也收到了。

李花开出差回来，陆婧立刻把电话打到了印刷厂。那是一个悲愤加绝交的电话，一个鄙视得不容分说的电话，一个曾经的"闺密"必须洗耳恭听的电话。陆婧那一波又一波语言的风暴如耳光噼啪，痛打在电话那头的李花开脸上。陆婧只听见李花开一迭声叫着"我娘！我娘啊！"又听见她"呕呕"了两声，像在呕吐。陆婧摔了电话。

肖团长受到了处分。

陆婧受到了处分，被陆局长轰出家门。

五

四月的又一个下午，太阳很好，雾霾不再。陆婧打车来到"时代体育"。朋友送了她两张老时光博物馆的门票，她看看地址，发现就在东单，离那间"时代体育"小店不远。这正好是个自然的理由：可以先到"时代体育"看看，再去博物馆参观，这样，走进商店便显得更像顺路。

"时代体育"有年轻的顾客出入，咄咄逼人的青春扑面而来。陆婧掺在其中，自觉有点碍眼。她在跑鞋柜台驻步，但她从不跑步；她在泳具柜台驻步，她也不打算游泳。她在等一个合适的时机，和坐在收银台的李花开打一声招呼。其实她一进门就看见了这位故人，三十多年未见的故人，即便是仇敌，难道不也能生出几分亲切吗。就算谈不上亲切，她至少怀有那么点不愿承认的屈尊的好奇。

时间是毒药，也是偏方。她记起哪个作家的句子。

店堂里人少的时候，她来到收银台前，将胳膊肘架上齐胸高的台面，明确地招呼了一声："嗨，李花开。"

李花开抬起头，她认出了陆婧，随着一声"我娘！"陆婧看见了她脸上的惊奇和真切的欣喜。

…………

她们对坐在一间粥铺喝粥。李花开说她常到这儿来，离店面近。陆婧要了蔬菜鱼片粥，李花开要了皮蛋瘦肉粥，又点了拍黄瓜和两个芝麻烧饼。

这几十年我常常想着要是看见你，第一句话到底怎么讲，千头万绪的。李花开说。

是我摔了电话。陆婧说。

我放下电话就去单位找，哪儿都找不到你。后来，单位说你报了一个什么进修班，去北京了，和谁都不联系。过了几个月，又听说你出国了。

是出国了，陪读。算是闪婚吧。年前刚退休，业务荒疏大半，职称副高。女儿自立，丈夫厚道。陆婧以短信似的句子讲述了自己的三十多年。

你呢？

离了。李花开端起粥碗又放下，这粥碗挺大，小西瓜似的。陆婧恍惚又坐在了当年那个卤煮小馆。就为我？陆婧心有不安地问。

我最怕的就是你这么想。不是为你，是非离不可。李花开的讲述也很简明。开始他不离，让她替肚子里的孩子想想。她上了房，站在房顶逼他同意，不然她就跳下去。他跪在院子里求她，不松口，不信她会真的跳。刹那间她前迈两步，眼一闭就跳了下去。

陆婧的心像遭到突然坠落的重物的击打，一阵沉闷的钝痛。她下意识地望着李花开的脖子，岁月给这优美的脖子增添了几纹皱褶，但依旧柔韧、光润，且不松垮。从房上跳下万一戳中了脖子……她不敢想了，后脖颈被冷汗浸湿着。她不愿用自惭形秽来形容此刻的自己，只朝桌子对面伸出手，却不好意思去握李花开的手。三十多年的隔绝，让人无法产生轻易的肢体接触，即便是曾经的"闺密"。她收回了手，机械地问着：后来呢？后来就离了。李花开淡淡一笑，告诉陆婧，她原是要把孩子"跳掉"的，这孩子却结实。她残了一条腿，回老家生下儿子，在县中学当了老师直到退休。儿子从小就善跑，初中被选进省体工队，再后来又进国家队，亚运会拿过名次。就好像，她拿自己的残腿，换来了儿子日后超速的奔跑。

你这是，轴得不要命啊。陆婧用了一个"轴"字，觉得不恰切，又找不出更合适的词。

李花开把身子靠上椅背说，谁愿意不要命呢，可当时我已经站在房上了。我站在房上往下看，索性想着跳下去无非就是两条路，要么死得更快，要么活得更好。

陆婧竭力眨着眼往回憋着泪说，你是活得更好的。

李花开说，那也先得敢往下跳哇，况且，还得有信使给鼓着劲儿。

"信使"两个字是陆婧的忌讳，那是旧年的伤口，尽管那伤已经疲惫得睁不开眼，可她们的会面又无论如何绕不过这两个字。李花开说，其实你也是我的信使。我第一次把信送到你手上的时候，你就已经是了。到最后，没有那些事，没有你摔电话，我也下不了决心去奔真心想要的日子。记得我跟你提过我那个中学同学吧？

陆婧猜到了什么。但他的名字她早已记不得了。

他在老家当导游，我们那儿穷，可山水好看。从前北京人不知道，玩到十渡就不往里走了，其实越往深里走越奇崛，大峡谷，风动石，空中草原。后来他自己弄了旅行社，和县旅游局一块儿开发。我回老家后，他一直照顾我，生孩子都是他守在身边。这么多年，我们过得挺好。李花开猛地扬了扬下巴，郑重地介绍说：他叫锁成，姓赵。

这间店呢，"时代体育"。

是儿子的。儿子退役后盘下这个小店，有时间我就过来帮他照应几天。往后他该忙了，区体校聘他当教练，准备国庆游行呢，其中一个方阵有他们参与。

她们共同意识到，这是二〇一九年的春天了。陆婧仿佛又闻到了白丁香、紫丁香那一团团苦而甜的香气。

两人出了粥铺，天已经黑透，李花开要回"时代体育"，和陆婧在此道别。陆婧望着眼前车的河流、人的河流，意犹未尽地说，那年我一气之下逃到北京，才知道偌大个北京不会安慰你的委屈。

可偌大个北京能够包容你的委屈。李花开接上陆婧的话。晚风吹拂着她略微倾斜的身体，吹拂着她的短发，那样子实在很飒。

几天后陆婧去了老时光博物馆。她从家里走路去的，有点远，大约十公里。她换了运动鞋，打开手机的百度导航，调至"步行"模式，方向感再差便也不会迷路。她很久没有这样专注地、长时间地在北京街上走路了，她要用尚是健康的腿脚而不是车轮，把北京仔细走一走。她走得挺好，近三个小时，顺利到达目的地。那是一间展览旧器物的民间博物馆。在众多旧物件里，她意外地发现了那只曾经那么神气活现的炉子。如今它的炉盘已不再锃光瓦亮，但炉膛里却闪着橘色的火光。她走近前，把脸探向炉口，发现炉膛里填充着仿不规则煤块的 LED 盐灯。LED 是冷光源，炉子并不发热，只让参观者感受着一种亦真亦幻的安全的温度。

原刊于《北京文学》二〇二一年第六期

旧情

潘向黎

　　守在母亲的病房里，齐元元像一个进入决战的战士。这场决战是大多数人都要经历的，就是父母得了重病——重到所有人都明白，不论这场病要延续多久，这都是这个人此生的最后一场病。为人子女的，要在巨大的惊恐、难以置信、接踵而来的打击和绵绵不绝的痛楚、伤心、委屈的夹攻之下，蒙头蒙脑地迅速武装起来，和战斗力已经所剩无几或者已经失去战斗力的亲人一起，面对一种力量无穷的秩序的无情碾轧，顽强抵抗，不到最后一刻，决不放弃。

　　是决不放弃，而不是决不言败。因为实际上，头脑清醒的人，从一开始就明白了这场战争是必败的。而且这场战争的残酷还在于：进攻的力量攻城略地、摧枯拉朽，任凭防守一方浑身是伤、弹尽粮绝、精疲力竭，但是却不能投降——无处投降，无从投降，因为死神不受降。战斗惨烈，投入所有的体力、财力，动用从幼儿园开始积累下来的所有人际关系、从高中同学开始直到现在单位的保安的所有人脉，但依然是必败的结局。明明谁都看出来是必败的，还必须一丝不苟地打到底，似乎对面那个巨大而看不见的敌人需要在抵抗者的奄奄一息和勉强抵抗中获得足够的快感，而注定战败的这一方，需要在这样残忍的过程中赢得一种失败者的尊严，或者，无憾地撒手的机会。

对于独生子女来说，这场战役的可怕之处还在于：弹尽粮绝之际，不要说有援军，连一个由于血缘天然地可以和你百分之百同感、随时可以抱头痛哭的兄弟姐妹都没有。

如果已经结婚了，也许会好一些。人生第一次，齐元元怀疑没有及时把自己嫁掉，也许是错的。她没有想到，母亲会在她还没有结婚的时候就要离开她。确切地说，齐元元没有想清楚过，母亲会离开她。现在这件事像一个突然从高处吊钩上脱落的集装箱，从天而降，砸在了她面前，带来地震般的惊吓和惊恐，然后是不知所措。但是没有人理会她的不知所措，一张张病危通知书和化验报告就扔到了她的面前。齐元元相信，这个世界上，会有一些女孩子能够做到，在母亲这样的病情下，冷静地关闭部分感官，去处理去应对，但是，这个人应该不是她，她不是这样的人。但是，她发现，当战斗突然打响，自己也只能拿起从来没摸过的武器，一边学习，一边迎敌，还要安慰母亲，感谢医生、护士，讨好护工、清洁工和开直达电梯的。没有时间去悲伤去自怜，就这样开始了战斗。起初以为是遭遇战，后来发现陷入胶着，然后就知道是必败的了，但是只能死撑到底。因为她只有母亲，母亲只有她。

父母在她刚上初中时就离了婚，一年后父亲还另外有了新家，但是母亲一口气死死地撑住了，没有流过一滴眼泪。后来齐元元发现这似乎是上海女性的一大优点：平时看上去娇贵秀气，遇大关口却很能沉得住气。母亲从工作到生活到家庭氛围都稳住了阵脚，一个人带着齐元元，过得一点不比整条弄堂里的任何一家差，齐元元穿得比别人漂亮，她们家吃得也不比别人差。初中的时候，齐元元去别人家做功课，人家也到她家做功课，同学之间对各家的伙食都是一清二楚的。十年，齐元元几乎没受到任何困扰，和同学们来往也不避讳这个话题。

坐在她后面的男同学王诗雨问她："你多久见一次你爸爸？"

齐元元笑嘻嘻地说："大概一个月两趟。如果他出国或者出差，过期不补。你呢？"

"一星期一趟，太多了，有点烦。我爸爸假惺惺说他不放心我，我只好照顾照顾他的情绪。你每趟是到你爸爸家里去，还是在外面约会？"

"在外面。啥叫约会？你能不能换一个词？"

"在外面碰头啊——那个女人看到你不适意啊？"

齐元元知道，"那个女人"是指父亲新家的女主人，王诗雨这样说没有恶意，他对自己和齐元元名义上的继母都一视同仁，用"那个女人"来指代的。

"没有，一点都没有。"齐元元想了想，"她总是一副接待外宾、热情周到、为国争光的样子，但是她再客气，我总觉得我爸爸还是有点左右为难，而且和不搭界的人应酬我也吃力呀，所以基本上就在外面碰头了。两个人吃一顿，有时候给我买点东西，反正我爸爸不缺钱，这样大家省点力气。"

"我不管，我不帮他们省力气。我一会儿要到他家吃饭，一会儿要到外面，折腾那个女人，谁叫她明知道我爸爸有家，还要和他勾搭的。"王诗雨先是咬牙切齿，后来自己也笑起来。

"你这个神经病。"

"我妈妈也说我十三点①。她说没必要，她说：'王诗雨，侬听听好，你爸爸这种男人，能力一般般，本来卖相还可以，后来挺起只肚皮，也不灵了，还要花插插，想想也蛮搞笑。他跟别的女人跑了，你妈妈赛过清理不良资产了，你不要再生他的气了。'"

离婚已经不是什么大事情，父母一代都与时俱进想得开，起码摆出想得开的样子，年轻一代当然普遍情绪稳定。

齐元元功课也还不错，考上了一个过得去的大学。留学，她和母亲都不考虑，因为心里知道两个人不能分开，不然会给人生带来大到不能估量的损失。那时候一个过得去的大学本科，就可以找一个不错的工作了，所以齐元元在花了半年时间四处投简历之后，就找到了一家公司，没有怎么在招聘摊头②上挤得皮鞋上都是脚印。

那些世界五百强公司的招聘摊头，拥挤的程度，让她想起了小时候挤过的公共汽车。但是后来地铁多了，私家车多了，上海的公共汽车再也不像过去那么挤了。在招聘摊头，齐元元听到有人大呼："这样挤进去再挤出来，一个个快被挤死了！"齐元元闷在肚子里笑得抽了筋。

齐元元第一个正式的男朋友是杜佳晋，他们是大学同学，一个学院，隔壁系的，大二的时候谈的。起初是杜佳晋追齐元元，齐元元觉得他看上去很舒服，脾气也很好，脸上经常有笑容，也是上海人，就开始谈了。齐元元不喜欢那种看上去很酷的男人，她觉得那种男人往往不

①十三点：方言，指不明事理、傻里傻气的人。（全书注释均为编辑注）
②摊头：方言，指摊子。

是有缺陷，就是比较自恋，觉得自己是一大朵牡丹花，找女朋友是来当花泥的，齐元元不想自讨苦吃。两个人谈恋爱了以后，齐元元觉得越来越喜欢杜佳晋，忽略了杜佳晋的温度变化。后来，大四的时候，有人说杜佳晋和自己班上的一个女同学走得很近，还说那个女生是跳艺术体操的，身材非常迷人。齐元元追问，杜佳晋否认，但是对齐元元确实越来越淡，齐元元哭了，杜佳晋就哄，但是哄完继续心不在焉，也继续和那个跳艺术体操的女同学来往，齐元元的心思就淡了。最后在毕业之前，两个人约了去看电影，约的时候齐元元半是灰心半是试探地说："就当成最后一次约会吧。"杜佳晋居然说："好吧。"

又过了一两年齐元元才听说，杜佳晋之所以没出校园就和她分手，是因为他的母亲。他们已经谈了快三年，引起杜母的注意，就问了一下齐元元的家庭情况，一听是单亲家庭，就坚决反对。杜佳晋在一次小范围的同学聚会上喝了酒，透露了这些内部情况。他还带着醉意说，本来他母亲只说，不要找外地人，尤其是想通过婚姻留在上海的人，谁知道还有补充规定，真是好烦，有规定不一次性说清楚。别人说：你到底爱不爱人家呢？怎么老妈一反对就分手？你又不是妈宝男。杜佳晋说，一开始真的不算爱，只是有点喜欢，追求齐元元的原因是都上大学了，没有一个女朋友未免伤自尊，而齐元元看上去各方面还过得去，长得也是"农夫山泉有点甜"，校园里一起晃过来晃过去不丢脸。后来天天泡在一起，两个人谈得来，不再是交作业心态，想在工作之后继续谈下去，在家和父母经常提起，才引起了老妈的重视和反对。为什么要分手？一方面觉得大学里的恋爱，本来就不可能谈到民政局，毕业的时候正好可以做个分水岭；另一方面他知道他的母亲特别重视他这个独生子，温柔体贴里包含了控制倾向，所以就希望听话一次，在父母面前落个人情，让他们尤其是母亲在自己找工作的问题上，不过多干涉，等于是一个潜在的交易。

听到这些的晚上，齐元元独自到一家咖啡馆，坐在昏暗的角落大哭了一场。和杜佳晋分手的时候，因为是第一段恋情，而且实际上是对方提的分手，心里当然有些挫败、伤感、失落和困惑。但是马上就要毕业了，找工作、办离校手续、适应新环境，职场又是一个和学校完全不一样的天地，紧紧张张，忙忙碌碌，环境的巨大变化吸引了人的注意力，加上同事里面也有对她献殷勤的人，所以似乎没有真切地失恋过。但是听到杜佳晋这些真心话的时候，她觉得自己很难过，难过得很扎实。悲伤、委屈、不甘，她埋怨杜佳晋，又怀疑是自己魅力不够，今后恐怕也不容易遇到一个出色的男孩子。就是遇到了，也很难想象他能看上自己。更何况，不知道人家的母亲会不会也挑剔单亲家庭这档子事呢！她边哭边想，可不能让母亲知道，那样好像把母亲这么多年的努力都给抹杀了。可是，父母离婚，又不是她的责任，已经倒霉了，还要被人这样挑剔和嫌弃，真是凭什么呢？长到二十四岁，齐元元第一次觉得自己是不幸的。她哭了很久，最后，在她眼泪汪汪的视线中，整个咖啡馆都浮动着一片紫色的凄凉。

然后也就过去了。生活在上海的人，其实都是不容易的。上海的太阳，每一天都会有点疲惫地沉入黄浦江的波涛里，然后第二天洗得干干净净，神神气气地升起来，照耀得江的两边一片华丽明亮。在这片土地上，当初的冒险家也好，外国人也好，贩夫走卒也好，升斗小民也好，今天坐办公室的也好，吃体力饭的也好，高高在上发号施令的也好，成天没命狂奔的快递小哥也好，都被那轮被水洗过的新太阳照耀着，也感到自己的面前是有奔头的。一时不知道奔头在哪里，也是有想头和盼头的。有时候，刚有点沮丧，外滩的钟声一响，传统的威斯敏斯特旋律也好，后来的整点钟声也好，在滔滔不绝的江水和见多识广的建筑之间盘旋，被钟声提携了的江声在上海滩浩大地升起，人不由得就挺起腰来，把手里的各式提包握紧，皮鞋、运动鞋，脚下都加快了步子。说上海人总是充满希望，也许过于主观而不准确，但上海人是皮实的，上海的"芯"是有韧劲儿的，所以上海这座城市，沧桑兴衰，海纳百川，总和"颓废"二字没有关系。

　　上海姑娘齐元元专心工作，一路走得很稳。因为学历不是很高，所以她很谦逊，因为是新人，所以她很肯学很乖巧，加上感情处在空窗期，可以三百六十五天工作不分心，过年过节遇到同事和她换值班，她总是很爽快地帮忙。甚至有个女同事是自己一个人在上海，生病住院了，齐元元也会去探望，发现她没人陪夜，干脆留在那里陪夜，帮人家度过痛苦而狼狈的手术后第一个夜晚。这样一来，在不是懒就是娇就是傲的年轻人里面，齐元元就变得很醒目。公司里人多口杂，年龄和背景不同，自然横看成岭侧成峰，大多数人都不能收获一致的评价，但是对齐元元，大家评价相当一致：小姑娘人好，做事靠谱，还不计较。曾经有个别老江湖发表不同意见："其实她门槛也蛮精的，你看进公司这几年，升也升了，收入也上去了，说她不计较，她可没吃亏。"当场好几个同事说："那是应该的呀。这年头，还能要求人家做活雷锋吗？""你今年春节帮我值班，我明年部门先进就投你一票，你肯吗？""你上次出国休假，她不是还帮你值过班吗？你现在这样讲她，以后我们怎么敢帮你呢？""你想说什么？人家一不是抱老板大腿，二不是和客户亲嘴，就是牢牢屏住一口气死做，这种小姑娘就算成了我的上司，我也服气的！"上海人很少当面开销人，这样众口一词，对齐元元已经是很仗义了。齐元元听说了，笑了起来，很舒心，有一丝丝感激。

最开心的时候，是母女两个出去旅行。齐元元每年的休假，都是和母亲一起度过的，母亲收拾行李、打扫冰箱、关掉水电气总闸，她负责选择出行地、规划路线和订机票、车票、住处。她们总是选四星级或者"舒适"级别的公寓酒店或民宿，每天的房钱一般都控制在三四百块，火车选高铁，这样可以多一些享受美景的时间，但是只买二等席，这样又省下来不少钱。到了目的地，齐元元经常说："幸亏是母女，可以两个人住一间，又亲热又节约。"母亲说："儿子和妈妈住一间也没什么吧。"齐元元说："长大了，都工作了，还是有点怪怪的吧？如果是一家三口，就应该来一套家庭房……"然后停住了，有点抱歉地看看母亲。她们家从来没有三个人旅行过，在父母离婚之前也没有，为什么？齐元元一直想问，但是怕母亲伤心，就没有问。

齐元元喜欢到处玩，只要是没有去过的、新鲜的、有特色的地方，她都喜欢。但母亲只喜欢南方，她喜欢南方的太阳、海洋、河流、天空、气候，还有植物。母亲没有实现的人生理想是成为一个植物学家。听见这句话的时候，齐元元有轻微的惊讶，没想到母亲也曾经是个有梦想的少女。母亲说："你的理想是当个画家，对吧？"小时候，齐元元在少年宫学了一个暑假的素描，随口说过长大要当一个画家。其实，后来，她不再去想长远的事情，似乎也没有空洞的所谓梦想了，她的梦想就变成了一个个迫近而具体的目标：考上高中，考上大学，选专业，拿学分，争取奖学金，写论文，找工作，完成任务。不论是从容不迫还是不吃不睡连滚带爬，反正要完成。在她心里，经常有一个声音在说"齐元元，你一定行"；事情完成了，那个声音会说"齐元元，好样的"。

被母亲一问，她才觉得，她内心唯一真正的梦想是：要有美妙的爱情。要在对的时间，遇到对的人，她爱他，他也爱她，彼此非对方不可，能结婚最好，不能结婚也没关系，要整个人、整颗心投入进去，如胶似漆、丝丝入扣地谈一次恋爱。临死的时候躺在病床上回想起来，可以无遗憾地闭上眼睛。结婚不重要，恋爱重要。齐元元知道，这种想法就像要渡过宽阔的黄浦江面，不乘车过隧道，不走大桥，偏偏要自己站在一截竹子上，颤颤巍巍划过江一样，老土不说，又因为完全不切实际而显得格外搞笑。上海人都活得很明白，一要实际、实在、实惠，二要面子，最怕活成个笑话，所以，齐元元的这个梦想有点说不出口。找个好工作也好，找个合适的对象结婚也罢，倒都是光明正大堂堂正正说得出口的好梦想，好就好在可能实现，而且听上去就是合情合理，相当靠谱。可是，要谈一场真正的恋爱，好像要在家里的金鱼缸养一条大鲸鱼一样，不合情合理，不靠谱了。

在医院里，也不都是脚不沾地，也有在母亲床前坐下来的时候。往往是母亲睡着了，齐元元坐着歇一会儿，积攒一点力气，好独自回家。这种时候，最不能回忆的就是母女一起旅行的情境，有一次想到在台湾两个人一起爬太鲁阁的情景，再看看现在躺在床上枯瘦焦黄的母亲，她的眼泪一下子涨满了眼眶。

幸亏钱不太成问题。母亲还没退休，大部分费用靠医保，单位也有重病补助，剩下自费的部分，齐元元的存款可以承担。父亲知道了母亲的情况后，来看望过一次，当着母亲的面，送了一大包进口奶粉和一些水果。齐元元感到轻微的失望：就这些？但送他出去的时候，他把一个厚厚的信封给了齐元元，说："先用，不够再说。"齐元元说："爸爸，你能不能微信转给我？在医院里微信付款更方便。"父亲说："微信……不是总有痕迹吗？她知道了会不高兴的，还是现金给你吧。"齐元元就说好。虽然这个男人对母亲的情况看上去有点冷漠，虽然他给钱还要忌惮着现在的妻子，让齐元元觉得有点窝囊，但他终究还是肯来一趟，终究还是给了钱。前妻病重，人到，钱到，这也不是每个男人都能做到的，已经把许多自私冷漠吝啬的男人比下去了。齐元元知道，虽然不能依靠，但是有个这样的父亲，还是比没有强，强很多。或者说，齐元元现在的心力，不足以怨恨父亲，所以她选择了感激和体谅，这样她的消耗才是最少的，这样她才能继续孤军奋战下去。

但是，齐元元放过了父亲，母亲却没有放过她，她突然提起了杜佳晋，说对他印象很好。齐元元大吃一惊，说："你只看了几张照片，哪儿来的印象？"母亲笑了。

原来母亲曾经好几次偷偷去过学校，埋伏在齐元元去食堂、教学楼的必经之路上，不远不近地看过几次。她看到齐元元和杜佳晋走在一起。第一次看见，是在夜自修结束的时候。校园里的路灯，因为被过于茂盛的树枝树叶遮挡，有点不够明亮，但是作为母亲，她还是一眼就找到了齐元元，让她惊讶的是，她几乎不认识自己的女儿了。脸还是那张脸，个子还是那么高，但是女儿的笑容，是那么的舒畅和甜美，整个人闪闪发光，弥补了路灯的昏暗，照亮了女儿身边的男孩子。她努力地看杜佳晋，是一个身材高大、眉眼清秀的男孩子，头发很多，蓬松着，让人觉得他是每天洗头洗澡的，第一眼的感觉是松了一口气。但是他为什么不怎么转过脸来看元元？元元多么美啊，不但整个脸庞闪闪发光，像一朵燃烧的玫瑰，连她飘起来的头发丝都在闪光，擦肩而过，不断地有人在偷偷看她。不过齐元元一直在仰望他，在对他笑，是那种无限欢喜、别无所求的笑容。等到了女生寝室楼门口，齐元元和他拥抱了一下，然后进去了，这时候，母亲目不转睛地盯着杜佳晋，生怕他马上走开，但是他没有走开，而是站了一会儿，然后仰头望四楼上的某个窗户。母亲知道那是齐元元的寝室，那个窗口像个取景框，这时齐元元出现在那里，取景框正好到她胸口，像一帧电影剧照，她笑着对他挥了挥手，他也笑着挥了挥手，等元元从那个取景框里消失了，才转身走开。母亲的眼眶热了，她觉得女儿有眼光，这个男孩子可靠，而且开始希望这两个人能一路走下去，直到建立一个家庭。如果女儿能有一个自己的家庭，而且幸福，那么母亲这辈子就算有了莫大的成就，或者说，在这个世界上最大的心事就放下了。

他们分手以后，母亲没有多问齐元元原因，齐元元知道她怕自己难过。现在谈这件事，不是因为现在就可以谈了，而是母亲觉得必须谈了。人生很多事情，如果没有截止期，其实人人都想拖着躲着不去碰它，幸亏有截止期，也可悲在有截止期。

母亲一开口，齐元元就知道，本来开通的母亲，终于不得不担忧自己的终身大事，因为怕自己一个人今后孤孤单单。于是齐元元老老实实地说了分手的经过，但后来讲到分手原因，只说是他母亲反对，没有说为什么反对。

母亲说："那孩子工作在上海吗？"

"在。"

"你们毕业五年了，他后来结婚了吗？"

"应该没有。如果结了，同学里总会有人知道。"

"他有女朋友了吗？"

"不知道。和我没关系。"

母亲后来又找了个时间说："元元，人还是要结婚的。"

"不一定。有的人是结不成，有的人是不想结。而且一个人，真的也没有什么不好的。"

"这是什么戆话？"齐元元正在给母亲揉手背上输液针头扎出来的瘀青，母亲笑着，用另一只自由活动的手打了一下她的手背。

齐元元看母亲心情还可以，趁机说："真的。结婚，有两种情况：幸福的、不幸福的；不结婚，也有两种情况：幸福的、不幸福的。所以关键是，怎么让自己幸福，而不是怎么让自己可以结婚。"

母亲的目光闪了两下，没有说什么，似乎有些意外，又似乎是不同意，但一时找不到合适的反驳的理由。

齐元元以为母亲就这样不会再谈论男朋友的事情，至少，不再谈论杜佳晋。但是她错了。

两次化疗的中间，会有一个比较舒服的阶段，精神和胃口都比较好，齐元元会给母亲做各种好吃的，这几年她已经学会独当一面，从买到洗切煮，四菜一汤，一小时全部搞定。今天给母亲送来的是排骨猪肚瑶柱鹌鹑蛋汤，齐元元总说这是"家庭简化版佛跳墙"，母亲也很喜欢。母亲喝完"家庭简化版佛跳墙"，擦了擦嘴，突然毫无征兆地说："杜佳晋，那是个好孩子。当时我看到他站在你窗子下面，目送你进去，妈妈真的好感动……"

"我没说他不好，只是说他是过去式了。这样吧，以后我找男朋友，一定要他送我到楼底下，也目送我上去，好吗？"

"哪有那么容易？说找就找到了？"

"慢慢找呗。"

母亲白了她一眼。

又一次，母亲说："元元，你一定要结婚的，记住了哇。"

齐元元说："我没说不结婚啊。"

"你一点不起劲儿！"

"妈，我又不傻，干吗要起劲儿？我从生下来到大学毕业，读书苦得要命，但是人总归要自立，要养活自己，这个没商量。我现在好不容易过上了幸福的生活，要是一结婚，马上要照顾老公、老公他们家的人，还要做家务、生孩子，明摆着要吃苦头，而且在公司里马上就被边缘化，成了拖家带口的阿姨妈妈，好惨的。这么明摆着的亏本生意，到底为什么要做？还要起劲儿？"齐元元故意嬉皮笑脸。

母亲说："你看我，现在还有你，这样陪着我、照顾我，你将来也要老的，你老了，怎么办？"

齐元元张了张嘴，没有说什么。反驳的话都是现成的，但是看到母亲的眼神，她就默默地把话咽了下去。

又一次，齐元元正在床头削苹果，母亲说："不懂你们年轻人。"

"怎么啦？"

"明明两个人都单着，为什么不能回头再去见见面呢？"

"都分手了，还拉拉扯扯干什么？现在的人，对前任就是事过无悔、老死不见。”

　　"可是如今是陌生人社会，你们大学同学就算知根知底了，随便放掉了，到哪儿再找这么了解的人呢？"

　　"哟，你还知道陌生人社会啊？老妈威武！"齐元元半真半假地佩服。

　　"我收音机里听到的呀，说现代城市不同于村庄，都是陌生人社会。"

　　"你知道陌生人社会，那你知道低温青年吗？"

　　"现在的人体温低，都不到三十七摄氏度了，一般也就三十六点五摄氏度左右。"

　　"哪是说这个呀？是说开心了不笑，难过了不哭，决不麻烦别人，也最怕别人麻烦自己，不喜欢和人来往，这种低温。"

　　"你不要和我玩名词解释。去和杜佳晋约了见见，说不定，人家怕见面，说不定他也忘不了你，正好——"

　　"哎呀，妈妈，你满脑子浪漫，生活当中哪有这么简单的。"

　　"你懂什么？这件事想太多也不行的。人一辈子，生下来不能选，死不能选，当中自己能决定的最大的事情其实就是这件事。你这样浪费，要年轻干什么？"

　　"和另一个人在一起，多麻烦啊。选错了更麻烦。"

　　"怕什么？经历过，就比空白强。什么低温青年，将来都要后悔的。"

　　齐元元被逼到墙角了。蜷缩在墙角的齐元元有点生气了：你猜也猜得到，是人家不要我的，好不容易忘得差不多了，你这么一次两次揭旧伤疤做什么？何况他嫌弃我的原因，就和你有关啊，你和我爸爸，想生我就生，生完了你们想离婚就离婚，你们知道对我的影响吗？我怕你伤心，一直不说，你还没完了，你生病也不能这样啊。这可是你逼我的，那我也没有办法了。齐元元就破釜沉舟了："见面也没用。他妈妈挑剔，说我是单亲家庭长大的，说这样的女孩子坚决不能娶。"

"是杜佳晋这么想，还是他妈妈？"

"都一样，杜佳晋听他妈妈的。"

齐元元说完，就把目光转向窗外，过了片刻，看了看母亲，母亲有点发愣，似乎听到了一件奇怪的、很难理解的事情，但是没有生气，也不像伤心。母亲沉默了一会儿，开始用牙签吃起了齐元元切好的苹果片。平时这些苹果片都会是厚薄均匀的，今天的明显大小厚薄都不均匀，显然，齐元元心乱。

那天从医院出来，一个人回家的时候，齐元元破例用软件叫了一辆出租车。车来了，她上了车，把沉重的头靠在座位靠背上，这种时候如果有个男人的厚实肩膀靠一下，当然再好不过，但是齐元元知道，为了那种短暂的幸福，之前之后，不知道要费多少心思、有多少麻烦。况且，关键时刻永远有个肩膀靠一下，也是水中月、镜中花，在心力交瘁的时候，真不如一个叫车软件、一辆准时到达的出租车来得真实。

靠在靠背上，看着车窗外迷离掠过的灯光，齐元元心想：只有母亲，把自己女儿当成天下少有的宝贝，在别人那里，算什么呢？不过是上海滩最普通的一个女孩子、小白领。杜佳晋的母亲，根本就是看不上我们，过去说我是单亲家庭的，这个缺陷就已经改不掉了，现在要是知道母亲才五十多岁就得了这个病，估计又要说了：家族遗传有问题，这种女孩子更不能要了。

这话当然绝对不能说，说了等于要母亲的命。对母亲不能说，又能对谁说呢？对谁也不能说。说了没有用，白丢面子。

刚才自己是不是还是说过头了？也许，应该说自己不爱杜佳晋了……但母亲一定会问为什么不爱。就说杜佳晋花心了？母亲一定会追问，真的假的，他花心的对象是谁，齐元元怎么知道的，当时为什么不争取不挽回。还是没完没了。

齐元元想不动了，她的太阳穴直到两鬓发丛都一跳一跳地疼了起来，这是睡眠不足加精神压力导致的结果。

第一眼看到杜佳晋，齐元元没有反应过来。他在住院部的门口，齐元元都走过他的身边了，但是余光扫到了一张脸，一张似乎让她应该停住脚步的脸，就在她完全反应过来的前一秒，她听到了有人叫她："元元。"

杜佳晋。五年没有见过面了，他看上去有了不小的变化，过去像一荚青涩、微鼓的毛豆，如今已经是饱满、结实的黄豆了。

齐元元很意外，脱口而出："你怎么来了？"

杜佳晋的回答显然是想好了的："我来看看阿姨。也来看看你有没有什么需要我帮忙的。"齐元元有点惊讶。这么多年，想起他，就像心里揣着一个气球，虽然气不是很足了，但仍然是鼓鼓的，堵在那里，现在这个气球吹气口的线突然解开了，所有的气一下子从吹气口跑了出来，而且变成了一片温暖的雾气。"你怎么知道我妈妈生病了？"

"从你的微博上知道的。"

齐元元一直不知道，杜佳晋是不是还关注自己，她以为永远不会得到答案，没想到答案突然就这样有了。原来一直没有联系自己的杜佳晋，一直关注她的微博。好啊，他关上了门，然而并没有走远，而是趴在门缝上看着这个他离开的房间。

齐元元这几年每天都会更新一段微博，天气啊，衣服啊，午餐吃什么啊，路过的小店的橱窗啊，花坛里的花啊，看的展览、电影、话剧，遇到的奇怪的人和事、猫儿狗儿……杜佳晋看着，起初有点生气，因为她似乎没有变得失魂落魄，看上去不像很在意自己的样子，渐渐就觉得挺好的，而且觉得莫名的安心，对她甚至有一种感激：谢谢她依然活得很好，谢谢她明显地流露出没有男朋友。判断一个女孩子有没有男朋友，其实很简单，看她朋友圈，或者微博。虽然一样是打扮得漂漂亮亮的，背景是咖啡厅和餐厅，但是没有男朋友的女孩子往往照片上是几个女友一起扎堆出现，如果是单独的照片，就都是自拍的；旅行的时候，大多是风景，偶尔有几张母女合影，所以那些齐元元单独的照片，也肯定是她母亲拍的了，判断出这一点，杜佳晋暗暗松了一口气。

当齐元元的微博连续一个月出现"医院"的字眼和做菜煲汤、送菜送汤的内容，他知道齐元元的母亲病了，而且病得很重。因为齐元元再也没有关心过天空和花花草草，而是透着忙碌，透着无奈。直到昨天，他看到齐元元写的微博："人生有些时刻真是无奈啊，被躺在病床上的母亲追问终身大事何时有着落就是一种。"

他想：不去看看她，不去帮帮她，自己大概这辈子都不会好过。

齐元元知道他要帮忙是真心的，于是就说："我妈妈一直对你印象很好，最近总和我说起你。"

"她没有见过我，怎么会有印象？"

齐元元就说了母亲偷偷去学校看他们的事情，还说了看到杜佳晋送她上楼，等在楼下，就认定杜佳晋特别靠谱。说着说着，忍不住要流泪，拼命忍住了，但声音还是有点异样。这时候才知道那些电视剧里一边笑一边流眼泪的女主角并不是在飙演技，人生真的有这种时刻，你忍不住想流眼泪，但你不能流，还必须笑着。

杜佳晋有点不好意思地笑了。"那不是依依不舍，我那时候被犯罪片吓破了胆，总怕万一有坏人就躲在楼梯口，我只能送到女生宿舍楼门口，总要看到你到寝室，我才放心。想象力过分发达，过分发达。"他眼圈也红了，这时候又自嘲地笑笑，脸上表情也很奇怪，但是也没有刻意掩饰：在自己人面前，不要紧。

静了一会儿，杜佳晋递过来一个纸袋，齐元元一看，是一家著名药房的，里面是一大盒虫草，大只大只的虫草，每一只都用红丝线固定着，整整齐齐地排成一个扇面。齐元元从来没有见过这么大、这么多的虫草，家里从来不会买这种贵死人的东西。

齐元元低头看着虫草，似乎是拿不定主意要不要收下，然后她抬起头，说："虫草也救不了命。我只想让她开心一下，不如你去看看她，我们假装和好，你肯帮忙吗？"

杜佳晋心想：假装和好，这话好难听，难道我们就不可以真的和好吗？

齐元元看他没有马上回答，就说："你放心，今天演了这一场，不会再麻烦你，我就说你要出国一年，医生说她最多两个月了。"

杜佳晋说："不麻烦，我们去吧。"

齐元元的母亲一眼就认出了杜佳晋，脸上立即闪出了耀眼的笑容，就像漆黑的天空中绽放出烟花。齐元元一见，眼泪唰地流了下来。

杜佳晋本来不太自然，结果齐元元的母亲这一笑，齐元元这一哭，事情就简单了，而且是水到渠成，再自然不过了。

"好孩子，你来了，我就知道你会来的。我们家元元那时候不懂事，我一直在骂她。可是她真的是好孩子啊，你不知道，她一直没有忘记你，所以这五年都不肯找男朋友呀，女孩子痴心啊。可是又不敢去找你，要面子啊，死腔啊。不过女孩子总归是女孩子呀，佳晋，你也能理解她的，是吧？"

杜佳晋说："阿姨，不怪元元，都怪我。"

"你们和好了，对吗？"

"对的，阿姨。"

"我本来应该随你们再捉捉迷藏，可是我没有时间了。"

杜佳晋说："我们不捉迷藏了。"

母亲就喊："元元过来。"

齐元元只好坐到母亲的床上，杜佳晋坐在床边的唯一的椅子上，这一坐下，三个人就凑得非常近了。

母亲拉住他们两个人的各一只手，放在一起，说："我活了五十多年，看人的眼光肯定比你们好，佳晋、元元，你们真的特别合适，好好在一起，一定会幸福的。"

母亲的语气带着一股强烈的推力，齐元元有点惊慌，想把手抽出来，但是杜佳晋把她的手握住了。杜佳晋不看齐元元，自顾自对着母亲说："阿姨，以前是我不成熟，总想着结婚还早，说不定会有更好的人出现，现在我知道了，人遇到真正喜欢的人是很难的，对方也喜欢我就更难了，我会珍惜元元的。"

"不光是现在珍惜。"

"我会一辈子珍惜的。"

"遇到别的女孩子很优秀很讨人喜欢，又看上你，你怎么办？"

"我选了元元，就是她了。"

"日子长了，难免吵吵架，她和你发脾气，女孩子最多就是嘴巴上凶，其实心都是软的，你要让让她。她没有父母，只有你了。"

"阿姨，您别这么说，您会出院的。不过，我会让着她的，因为我爱她，我要让她幸福。"

母亲在枕头上用力地点头，一边笑着，一边眼泪溢出了眼眶。

齐元元有种荒诞的感觉，这种电影、电视剧里的场景，做梦也没想到有一天真的会在自己人生中上演。

而这个临时友情客串的杜佳晋，演得如此投入，效果如此之好，都是出乎意料的。到底还是个好人，到底还是念着一份旧情。别说，居然真的有几分援军到来的感觉。

告别的时候，杜佳晋将虫草塞进母亲手中，她拿着那个盒子，眼光依然停留在杜佳晋的脸上，一脸如释重负兼得偿所愿的笑容。齐元元觉得，自己今天做得真是再正确不过了。

把杜佳晋送到住院部门口，齐元元以一种"演出结束了"的轻松口气说："今天谢谢你。"

杜佳晋还停留在某种情绪里。他刚刚劈头盖脸地体会到了一种"非你不可"的绝对信赖和神圣责任，长到二十七岁，这是第一次。因此他心不在焉地说："不用客气。"齐元元说："改天请你吃饭，大家有空的时候。"

齐元元转身走了几步，杜佳晋叫她："元元！"

齐元元站住了，没有马上转身，停了超过三秒钟，转身了，看着他。

杜佳晋走了过来，两个人面对面站着。好像起风了，风细细拂着齐元元的头发，刘海儿像花蕊一样轻轻颤动。

杜佳晋觉得有一句很重要的话梗在胸口，很想说出来，一时却不能明确是一句什么话。但是这句话，是他今天想对齐元元说出来的。对，是他想说的，而不是什么人逼迫他说的，或者出于什么道义应该说的。这句话很重要，此刻不说出来，以后就没有机会说了。

齐元元也觉得有一句话要说，不说出来，今后杜佳晋和自己都会有麻烦，麻烦还不小。杜佳晋帮了自己的大忙，不应该恩将仇报，不应该给他增添任何麻烦，包括心理负担。自己今后有很多事情要做，更不想增加一件要应付的。这一句话，她先想出来了，于是说："今天，就是为了哄我妈高兴的，你不会当真吧？"

杜佳晋不说话，盯着齐元元的眼睛，好像她在说一种他没有学过的外语，他完全听不懂，又好像在思考一个其他时空的难题。

齐元元突然感到心跳有点不规律，就在她平静下来的时候，听到对面的人说："她都这样了，我们怎么可以骗她？"

齐元元觉得奇怪，也似乎有点生气："不然呢？"

"当真呗。"

"怎么当真？你天天来演戏啊？"

"我们结婚。"

"开什么玩笑？这回你妈妈该说我们家遗传不好了。"

"我们家遗传也不行啊！"杜佳晋说，"我家的祖先都死了，而且他们没有一个活到一百二十岁。"

　　齐元元想笑，又觉得不妥，把笑意闪电般收了回去。

　　杜佳晋伸手揉揉她的刘海儿，说："结婚吧。简单点，来得及。"

原刊于《青年文学》二○二一年第四期

地铁上

付秀莹

　　一大早，梧桐出门赶地铁上班。他们家离地铁站挺近。以梧桐的速度，大概不过走上七八分钟吧。在北京，交通便利顶重要。当初她买房子的时候，就是看中了这一点。

　　这个季节，马路两边的槐树都开花了。槐花的香气很特别，有一种微微的甜腥，丝丝缕缕，直往人的肺腑里钻。那家老魏羊汤门口，早点摊子早已经摆出来了。油条豆浆，烧饼羊汤，包子小米粥。老板娘有三十多岁吧，胖胖的，戴着白帽子，穿着白围裙，人长得干干净净，叫人觉得放心。梧桐买了油条豆浆，装在袋子里拎着，往地铁站赶。今天有点晚了，她可不想看头儿的脸色。

　　地铁口附近，停着一大片共享单车，挤挤挨挨的，几乎把味多美蛋糕店的门口给堵住了。有的单车倒在地上，跟多米诺骨牌似的倒了一片，朝着一个方向，好像是被一阵风吹倒的。人们来来往往匆匆走过，看都不看它们一眼。

地铁里人很多。据说五号线是北京最拥挤的线路，它贯穿城市南北，最北边是号称亚洲最大社区的天通苑，已经属于昌平了。这一站在北五环边上，客流量巨大，尤其是早晚高峰时段。刚才的那趟车没有挤上去，梧桐只好等下一趟。又等了一趟，还是没有挤上去。

这一段地铁在地面以上，从天通苑，一直到惠新西街北口，再往南，就钻入地下，成了真正的地铁。巨大的弧形顶棚覆盖在头顶，太阳透过穹顶照下来，把偌大的站台烤得闷热潮湿，叫人窒息。这种露天站台不像地下的，有空调制冷，凉爽舒适。不断有乘客的脑袋从自动扶梯口升上来，升上来，潮水似的，一个浪头接着一个浪头。车厢口的队伍越排越长，歪歪扭扭，有的还拐了弯，看上去乱哄哄一片。对面的列车轰隆隆开过来，停靠，门开启，一批人上去，一批人下来。站台内回荡着乘务员高亢的声音：请自觉排队，先下后上——一遍又一遍，机械而娴熟。梧桐感觉汗水顺着脊背流下来，雪纺衬衣被濡湿了，贴在身上，痒嗦嗦的难受。她疑心自己的妆也花了，借着手机屏幕照一照，还好。

直到第四趟车过来，梧桐才被强大的人流推动着，稀里糊涂挤上去。车厢里人挨人，她个头儿小，被两个高个子夹在中间，动弹不得。她把包紧紧抱在胸前，感觉站立不稳，后悔怎么就穿了高跟鞋呢，找罪受。后头是一个健壮的中年女人，印花连衣裙上开满了蓝色粉色的花朵，浑身上下散发着浓烈的香水味，混合着车厢里的汗味、脂粉味、大葱味、花露水味，叫人头疼。前头是一个男人，牛仔裤白衬衣，背对着人群，看上去像一个大学生。梧桐试图把身子转过来，往旁边挪一挪，却听见那印花裙子哎呀一声尖叫起来。梧桐刚要说对不起，却发现那裙子旁边的一个棒球帽说，不好意思不好意思不好意思。一连好几个不好意思。那印花裙子瞪了棒球帽一眼，没有说话，自顾打开手机，埋头刷起来。经过一阵骚乱，人们慢慢找到属于自己的位置。车厢里很安静，也很凉爽。空调制冷的声音嗡嗡响着，听起来一点都不叫人烦躁，倒有几分悦耳动听。窗外，夏日的绿荫大片大片闪过，夹杂着锦绣一般盛开的鲜花。六月阳光下的北京城，显得明亮耀眼，散发着勃勃生机。

梧桐喜欢这段地上地铁。老实说，她喜欢火车，喜欢窗外短暂的一掠而过的世界，世界的片段，像断章，又像是漫不经心的咏叹。坐在火车上，可以看风景，也可以发呆，什么都可以想，什么都可以不想。铁轨向远方不断延展、延展，直到消失在地平线神秘的遥远的阴影中。过往的生活被毫不留情地抛弃，而无限的可能正隐藏在无尽的远方。她喜欢这种在路上的感觉，一种，怎么说，一种不确定的确定，已知中隐藏着未知。梧桐心里笑了一下，她是在笑自己，都三十多岁的人了，居然还有这么多乱七八糟的想法。

忽然有人叫她的名字，竟然是白衬衣。白衬衣说，怎么，不认识我了？梧桐惊叫一声，张强！张强笑得眼睛亮亮的，可能是因为兴奋，脸颊通红。旁边那印花裙子不耐烦地看了他们一眼，嫌他们声音大。梧桐抿着嘴笑，压低声音，你也住这边？怎么咱们以前没碰上过啊？张强说，是啊，我还纳闷呢。张强说，刚毕业的时候我在方庄那边住，搬过来好几年了。梧桐说，是吗？张强说，自从那次吃饭以后，就再没聚过了。梧桐说，都十年了吧？张强说，差不多。

　　窗外，夏天的北京绿烟弥漫，好像是哪个莽撞的画家，不小心打翻了他的绿油彩，深深浅浅大大小小的色块恣意流淌着渲染着，把这个钢筋水泥的城市弄得蓬勃而柔软，湿润而富有诗的情味。张强看上去变化挺大，人胖了些，脸上学生时代的棱角都不见了，变得圆润，中年人的圆润。下巴刮得青青的，一直蔓延到铁青的两颊，叫人惊讶怎么会那么一大片。眼镜不见了，不知道是不是戴了隐形。看起来，他的状态还算不错。干净的衣着，随意却得体。头发依然乌黑发亮，夹杂着少许的银丝，倒平添了一种成熟稳重的气质。张强说，老啦。梧桐说，你没怎么变。张强说，你倒是没变化，刚才我一眼就认出来了。梧桐说，真快啊，一晃十年了都。张强说，一眨眼的事。梧桐说，我还记得上回吃饭，大家都喝高了，你酒量挺不错。张强说，你也喝多了，哭了好大一场。梧桐说，我怎么不记得了。脸上有些发烧。张强说，你忘了？那一回，你一个人喝了一打啤酒，把我们都给震了。大勋不让你喝，你非要喝，谁都拦不住。大勋。梧桐心里跳了一下。张强说，后来，大勋说，干脆他陪你一起喝，你一瓶他一瓶，那阵势！大勋。梧桐心想，这名字怎么觉得这么陌生呢。张强说，结果，你们俩都喝高了，互相对着脸哭。张强说，哭得那个痛哇，把服务生都招来了，以为出了什么事。张强说，你不记得了？梧桐却忽然指着窗外，你看，喜鹊！一只喜鹊好像是受了什么惊吓，扑棱棱飞起来。窗外的林木渐渐变得茂盛幽深，好像是一个什么庄园。园子挺大，一眼看去，只见草木葳蕤，遮天蔽日，叫人心里顿生凉意。

　　又一个站台到了。车厢里小小地骚乱了一阵子，有人下车，有人上车，更多的人依然留在车上。车门关闭，继续行驶。车厢里又渐渐安静下来。梧桐往边上挪了挪，正好跟张强并肩站着，脸朝着窗外。光线明暗交错，混杂着乱七八糟的阴影和光斑，在张强脸上变幻不定。窗玻璃上映出他们的影子，一时清晰，一时模糊。头顶的通风口呼呼呼呼吹出一股股气流，把梧桐的头发弄得有点凌乱。张强说，那什么，你还在学校？梧桐说，对，教书。你呢？张强说，我啊，我这故事就长了。A Long story。梧桐说，是吗？张强说，我都换了好几个地儿了。惊讶吧？梧桐说，有点。张强说，当初能留校，多少人羡慕啊。本来都打算好了，边工作，边读研，再读博。这年头儿，在高校，博士是必要条件。梧桐说，要想搞业务，肯定是。张强说，后来，研也考了，可我还是换了工作。梧桐说，不懂。张强说，我考了公务员。当时倒也没抱着多大希望，没想到，居然考上了。梧桐说，厉害啊。张强说，公务员，你知道的，按部就班，做一只螺丝钉，转啊转，转一辈子。梧桐说，稳定啊。张强说，我痛恨这种稳定。梧桐说，所以呢？张强说，我辞了职，到一家国企，干宣传。梧桐说，国企？张强说，待遇不错，国企嘛。就是那几年，我买了房子，按揭。梧桐说，不错嘛。张强说，天天写材料，那一套话语体系，刚开始挺新鲜，后来，哎，没劲。梧桐说，不会吧，难道你又？张强说，最近，我忽然对艺术有了兴趣。具体一点，就是画画。张强说，你知道，当年读大学的时候，我参加过他们的艺术社团。梧桐说，一点印象都没有了。张强笑笑，好像是原谅了她的健忘。你知道吗，画画是需要天分的。不只是画画，一切艺术，天分是最关键的。有的人就是天分好，悟性高，老天爷赏饭吃，你能怎么办？没办法。梧桐说，那么，你现在是，画家？张强说，准确地说，曾经是。

惠新西街北口到了。车门打开，一批人下去，另外一批人上来。因为是换乘车站，车厢里秩序有点混乱。车厢门口有志愿者在维持秩序，耐心引导乘客，这边走，那边走。有个盲人，戴着墨镜，挂着一根拐杖，哒哒哒哒上车。志愿者小声提醒他注意脚下，想要搀扶，却被盲人客气而坚决地拒绝了。车厢里的人们霎时间安静下来。有个女孩子站起来让座，那盲人却不肯，点头说谢谢。那女孩子一时间有点尴尬。又有人站起来，引导着他，在供人停靠的地方站住。那盲人立定，戴着墨镜的脸入神地对着窗外。梧桐看着他那神秘的墨镜，心想这上班高峰，乘地铁够危险的。张强忽然小声说，说不定这个人根本就不是什么盲人。梧桐啊了一声。张强的声音更低了，他看得见。梧桐说，你怎么知道？张强说，我只是说出了我的猜测，生活的一种可能性。梧桐说，可能性？张强说，比方说，你。梧桐说，我？张强说，对。你。你看起来还不错，其实……梧桐忽然紧张起来，其实什么？张强说，其实你并不是你看起来的样子，我是说，也许，你并没有你看起来那么，那么幸福。梧桐说，你什么意思？张强说，别生气啊，实话就是不中听。梧桐说，你从哪里看出我不幸福？你凭什么妄自揣测别人的生活？车厢里忽然变得特别安静，一点声响都没有。人们惊讶地朝这边看过来。张强小声说，你看你，那么大嗓门。梧桐尴尬得不行，对不起，我刚才，我也不知道自己怎么了。两个人一时无话。

窗玻璃里映出车厢里人们的脸，重重叠叠的，显得有点怪异。有的人脸上长出了树木，有的人眼睛里忽然冒出一座高楼，有的人下巴颏儿上打上了几个大字，中国银行。车里的脸和窗外的城市交错混杂在一起，有一种魔幻般的不真实。张强松松垮垮站着，一条腿稍息，有点吊儿郎当。三十多岁的人了，身材保持得还不错。牛仔裤紧绷绷地勾勒出一双长腿来，衬衣是棉布的，圆角下摆，细细碎碎的褶皱，有一种皱巴巴的高级感。手上没有戒指。梧桐猜测着他的婚姻状态。仿佛是听到了梧桐心里的疑问，张强说，我离婚了，好几年前的事了。梧桐哦了一声，不知道该怎么接话。张强说，你肯定是在想，这时候是该安慰呢，还是该祝贺呢。梧桐说，那么我是该安慰你呢，还是该——祝贺你呢。窗子上映出后面谁的一副眼镜，却跟一个女人猩红的嘴巴重叠在一起，仿佛是电影里的蒙太奇镜头。张强笑了一下，露出一口不太整齐的牙齿。都过去了。他说。看着窗外的城市不断向后退去、退去、退去。你认识的，就是小蔡。梧桐想起来了。小蔡是外文系的，瘦瘦高高，有点弱不禁风。有人背后说她挺厉害的，别看那么瘦，身边男孩子一直不断，还老有社会上的人过来，为了她打架滋事。张强那时候一点都不起眼。乡下出身，穿衣打扮也土，说话一着急就结巴。成绩嘛，倒挺优秀，出了名的学霸。可大学里，谁还光看你的学习成绩？尤其是姑娘们。张强说，我爱她。张强看着窗外，好像那里就站着他的小蔡。我整整追了她两年。张强摸了摸衣兜，大概是想抽烟。他把一根烟抽出来，凑到鼻子下面闻了闻，又放回去。有时候，我想，这大概就是命运吧。梧桐看着他，她不知道他曾经遭遇过什么样的命运。命运这东西，有时候我们相信它，有时候我们反抗它。命运到底是什么样子的呢？一个小孩子忽然哭起来，肆无忌惮的，是忽然爆发的那种。做妈妈的哄不住他，只好任他哭。张强说，做个孩子真好啊。大人太累了，想哭的时候装着笑，想笑的时候还得忍住，不能任性。梧桐心想，您还不够任性？张强忽然问，对了，你有孩子吗？抱歉，其实我应该先问，你结婚了吧？梧桐被他逗笑了，说，你猜？

过了惠新西街南口，地铁由地上转入地下。车厢里忽然暗下来，几乎是报站的同时，灯被调亮了。灯光仿佛星光，在幽暗的地下粲然绽放。车厢里亮如白昼。窗外，是大片大片的黑暗。不时有巨大的广告招牌闪过，色彩明亮。化妆品、汽车、包包、高端别墅、私人定制服装，光华照人，充满了浓郁的奢华的物质的气息。列车仿佛一头巨大的野兽，在城市的腹部轰然穿过，呼啸着，挟带着凛冽的浩荡的风声。车轮碾压过铁轨，发出有节奏的撞击声，从地下传到地面，传到城市的各个角落——写字楼、商场、游乐园、各种不同档次的居民区。张强换了一种姿势，靠着车厢门口那根栏杆。栏杆上面写着一行字：危险！禁止倚靠。梧桐想提醒他，张了张口，却说，后来呢？我是说，小蔡。张强说，离了。我们根本就不是同一类人。但我一点都不后悔。你信吗？

梧桐不说话。张强说，生活的本质是什么呢？生活的本质就是，千差万错，来不及修改。梧桐说，是吗？张强说，这要是在年轻时候，我根本不服。梧桐看着他的脸，心里说，那么，现在呢？

雍和宫站到了。乘务员的播报声在车厢里回荡，好像是一块石头投进水里，一波一波荡漾开去，跟地铁里巨大的空洞的回声碰撞在一起，交织成一种辉煌的华丽的轰鸣。梧桐说，你去雍和宫许过愿吗，据说挺灵的。张强说，你也信这个？站台内的装修都是中国风，雕梁画栋，飞檐下挂着大红灯笼，朱红的柱子，回廊曲折。有一个金发碧眼的外国姑娘，靠着一根柱子打电话，忽然间，她放声大笑起来，毫无顾忌地露出一嘴粉色的牙龈。哭和笑，大约是人类最通用的语言了吧。不用解释，不用翻译，一听就懂。张强说，对了，你哪站下？梧桐说，我灯市口。你呢？张强说，我得终点站了。张强，你怎么不问问，我现在干吗呢。梧桐说，那，你现在干吗呢？张强就笑了。梧桐忽然发现，张强眼角的鱼尾纹挺细挺密，笑起来，好像是一把小扇子忽地打开。那些细细密密的纹路里，藏匿着什么呢？现在，我又回炉了。梧桐说，回炉？张强说，重新回到大学课堂，学管理。我准备自己创业，开公司。对面的一趟列车开过来，巨大的影子把窗玻璃整个覆盖，先是车头，然后是长长的车身，最后是车尾。当你感觉漫长的黑暗总也看不到头的时候，刷的一下，眼前一亮，列车已经错身而过了。梧桐说，你真……真行。张强说，你是想说，真能折腾吧。张强换了一条腿稍息着，一只手在窗子上漫无目的地画着。窗玻璃上是一幅北京地铁线路图，花花绿绿，弯弯曲曲，乍一看，好像是一张印象派油画。这么多年，你也变了。张强说，我记得，你是一个心直口快的姑娘。梧桐说，你就是说我直肠子呗。张强说，没什么不好。直来直去。老同学还藏着掖着，怪累。梧桐说，没错，我是觉得，你挺能折腾。张强的手指沿着图上的地铁线路缓慢地经过北京的大街小巷，好像是在辨识，又好像是在确认。有个女人打电话的声音忽然激动起来，你说什么？你再说一遍？你敢不敢再说一遍？梧桐说，其实我还挺羡慕你的。真心话。那个打电话的女人忽然哭起来，这么多年，我坚持了这么多年——哽哽咽咽地，泣不成声。

张强叹口气，笑笑。车窗上，映出那个打电话的人的背影，是个短发女人，穿着剪裁得体的裙装，两只肩膀剧烈地耸动着，好像胸腔里埋藏着一个炸弹，随时都可能爆发。梧桐说，小蔡，她后来怎么样了？——我是不是挺八卦的？张强说，有点。你怎么不问问大勋。梧桐不说话。窗外，大团大团的黑暗往后方退去，退去，叫人感到没来由得一阵阵窒息，好像，那黑暗是有重量的，隔着窗子，都能对人造成强大的压迫。半晌，梧桐才说，都过去了，不是吗。梧桐说，好像是一场梦，你在梦里哭啊笑啊，跟真的一样，醒来却发现，什么都没有，不过是一场梦而已。张强说，幸亏还有梦。人这一辈子，要是连个梦都没有，也挺没意思的。

那打电话的短发女人还在哭泣，好像是已经挂了电话，不知道是对方挂了，还是她挂了。一侧的直直的短发垂下来，齐刷刷遮住她的半张脸。耳环一闪一闪，随着抽泣的节奏和列车的节奏激烈晃动着，仿佛是另外一种诉说。张强说，有人通知你了吗，咱们班拉了个群，毕业十周年，说要搞一次聚会。梧桐说，回学校聚？张强说，还没定。梧桐说，很多人都没联系了。张强说，武建伟，你还记得吧。梧桐说，又高又壮，我们背后都叫他武二郎。张强的声音忽然低下来，他走了。梧桐说，走了？张强说，听说是车祸，好几年前的事了。车窗外，又一辆列车从对面呼啸而来，先是车头，然后是长长的长长的车身，好像是庞大的笨重的野兽，拖着巨大的影子，在地下横冲直撞。车厢里陷入长时间的黑暗，叫人难以忍受。梧桐想起来，她们宿舍那些女生，对高大的武二郎是有些暗暗的喜欢的。私下里，她们喊他二郎，二郎这个，二郎那个。二郎是篮球场上的明星人物，矫健的身影，敏捷的奔跑，凌厉的动作，汗水飞溅，热血奔腾，淡淡的荷尔蒙的气味，草地上露珠滚动，被女生们的尖叫声震碎了。梧桐忽然觉得胸口发紧。张强说，我也是刚知道的。这不是要聚了吗，大家才开始联系。张强说，有的人死活联系不上，你说怪不怪？大约是发觉自己这话说得不好，又找补说，我是说，现在通信这么发达，世界就这么大。梧桐说，世界太辽阔。张强说，看怎么说。这不，坐个地铁都能偶遇。梧桐说，也是。张强说，李静一，小个子，洋娃娃似的，你还记得吗。梧桐说，她好像是南方人。张强说，她出国了。梧桐说，哦。张强说，还有欧阳老师，升官了，刚提了副校长。梧桐说，上学那会儿倒没看出来，一身书生意气。张强说，学术带头人，也是领域内大牛了。梧桐说，确实挺有才的，你记不记得他有个口头禅？张强说，开什么玩笑？两个人一齐笑起来。

　　这一站是张自忠路。上车的人很多，下车的人也很多。站台里，人群潮水一般，汹涌着朝着四面八方流去。新的人群又汹涌而至。早高峰时段，地铁好像是庞大的钢铁怪兽，吞吐着，呼啸着，奔跑着，把人群送往他们各自的目的地。张强说，我是不是有点话痨？梧桐笑起来，我记得你以前话很少。张强说，一着急还有点结巴。梧桐说，现在都好了？张强说，诡异吧？我也觉得纳闷儿。说实话，我跟生人话也不多。我嘴笨。窗外，大幅广告牌一闪而过，跟大片的黑暗不断交替着。窗玻璃上，很多人的脸重叠在一起，消失，出现，消失，出现。梧桐说，我离了，刚又结了，就这个五一。张强说，是吗？其实，也正常。梧桐笑起来。张强说，你灯市口，是吧？梧桐说，还有两站，下站东四。张强说，还挺快。东四站到了。窗玻璃上出现了站台、柱子、人群、扶梯，乘务员穿着制服，笔直站立着。张强说，其实，我还在咱学校，搞行政。梧桐说，哦？张强说，我跟小蔡——我们也没有离婚。她的公司做得不错。我们，怎么说，我们刚换了大房子。张强停顿了一下，说，有空来玩吧。

　　灯市口马上就到了。乘务员的播报声响起来，是催促，也是提醒。车厢里又是一阵骚动。梧桐说，我下车了，祝你——一切都好。张强说，新婚快乐。

　　六月的北京城，阳光明亮。行道树巨大的树冠支撑起大片的绿荫，叫人觉出夏日的清新可爱。梧桐这才发现，早餐一直还在手里提着，塑料袋子内壁被水蒸气弄得湿漉漉的。她拿出油条豆浆，边走边吃。油条已经有点皮了，豆浆却不凉不热正好。一个学生从背后叫她，老师好！清脆稚嫩的声音，毛茸茸的，叫人心里痒酥酥的舒服。

　　她拿出手机看时间，忽然想起来，她跟张强还没有加微信。电话也没有。她喝着豆浆，看着阳光下背着书包上学的学生们，叽叽喳喳，仰着新鲜的明亮的脸。灯市口这一带，种了很多槐树，蝉在树上热烈鸣叫着。梧桐第一次发现，蝉鸣声中有一种金属的质感，清脆亮烈。有槐花簌簌落下来，落在马路牙子上，落在行人的头上肩上。

　　上课预备铃响了。梧桐加快了脚步。

原刊于《芳草》二〇二一年第三期

本地英雄

项 静

一

认真生活这件事，一旦打开想象的翅膀，就会跟最初的预想逐渐偏离，生长出自己的因果链。按照设计图，梁宇沿着黑色栅栏的踢脚线装饰上白色枯山水，同城网购了一批多肉植物。为了置放多肉植物，整个下午她都在打磨一个不用的旧书架，去掉陈迹和油漆，重新裸露出木头的原味和纹理，这味道让她忍不住想置换一批原木书架。辞职之后的人生，变得亟须一些填充物，却总是被何林制止。家就是个休息的地方，他双臂交叉对她明示，家里禁止大兴土木。

梁宇递给他一本家装杂志，专栏里的一段话梁宇用黄色荧光笔做了记号："装饰生活的细碎哲学——那种雨丝沁润土地后绿色藤蔓缓慢扎根的感觉，洗衣机、冰箱、地板，连书架、灯泡都是隐秘地建立与空间、自我的感情。"何林啧啧两声："读起来费劲。"梁宇转到阳台懒人沙发上刷美剧，何林在楼下戴耳机打网游，两个人安静下来，黑色拉布拉多是家里唯一的躁动物，楼上楼下来回走动，跟开了步行散热器似的，又好像是互通声息的信使。它习惯中午趴在何林座下地板上眯半个钟头，然后站起来抖擞一下身子，透过阳台玻璃打量楼下来往的行人。虽然有点不敬，但它的样子总让梁宇想起在傅村敬老院墙根晒太阳的爷爷，他的眼神就是这样，跟静止了一般，盯着来往的路人，却什么也没看到，人家跟他打招呼，他没反应。等它猖猖叫的时候，梁宇会停下手中的事抚摸一下它的头，它摇尾屈膝地平复下来。这是一只七岁多的寂寞中年狗。周末傍晚六点以后，家庭日程表上不允许看电视、打游戏，两个人换上外出服准备出门遛狗。

二

茶几上的手机震动起来，发出闷闷的嘟嘟声，梁宇看了一眼屏幕上闪动的阿拉伯数字，未被保存的号码向来都是不必理会的。等手机再次固执地响起时，她才放下手中的狗绳，揿了接听键。熟悉的往昔透过手机的解码，传递到耳膜上，"是我——""我"字被她咬得高亢而有延音，梁宇知道她是谁。这个世界上总有一些人和声音，藤蔓一样缠绕着树干，越过冬季的寒荒在下一个春季返青，周而复始。梁宇讲了很多年标准的普通话，细听之下，还是带着一丝微弱的乡音，尤其是在急促的语气词和感叹词的尾音上。梁宇在脑海里迅速做了一个加减法，从二〇〇三年算起，已经十五年没有见过面了。

　　"没想到是我吧？"令箭甩过来一种故作轻松的语调，舒缓了梁宇的部分紧张，她叹了口气："什么风把你吹来的呀？"她们同时笑出声来。从前她们总喜欢说这个句子，模仿家里的大人们，配上夸张的表情动作，表演给那些登门的不速之客，亲热中带着一点挑剔。她们用常见的句式一一问候了家里人，梁宇说自己在假期中，孩子去参加夏令营了，令箭说年前在婚礼上见过她的爸爸，这次她是来上海开一个年会……问答零零碎碎，深浅不一，无法获得彼此重要的信息。何林每次临出门都会上厕所，进去了就折腾一阵子，说不定会捯饬一下发型。梁宇有几秒钟特别渴望拉布拉多躁动起来狂吠两声，或者哼唧哼唧，让她从这通电话中抽身出来，她不知道接下来该说什么，记忆壅塞住了时间。

　　在傅村，时间像乏味的大钟敲打着每一天，无始无终。最古老的一排房子是依山而建的，令箭的姥姥家和梁宇的奶奶家隔着长长的巷子首尾相望。村庄整体下迁，越过一条条巷子，抵达宽阔齐整的平地，挨着宽阔的马路顺势而去，第一排房舍不情愿地抛锚在老时光里。巷子不规整地前后相连，后面院子抵着前面邻居的后墙，而平屋顶的堂屋，侧面连着后邻居的西厢房，身手矫健的少年可以在房顶上畅行无阻，就像那群鸽子咕咕哝哝，从一家房顶突然跃到另一家。两排房子之间的巷子是儿童乐园，他们热闹的时候在那里过家家、跳房子、丢沙包，安静的时候在那里躲藏着，等一个脚步声走近，跳出来大喝一声，哇哇！奶奶捂着心脏，一副吓坏的样子嘟囔着："吓得我心里七上八下的。"他们的嗓子永远不会疲沓一样，尖叫闹腾，饭点是寥落时刻，被妈妈们的叫喊催回家，不情愿地最后被拎起耳朵回家。清早，令箭顶着一头乱发，跑到梁宇床前，捏着鼻子叫梁宇起床。她们沿着山路爬到半山腰去寻绛紫色的龙葵，它们隔天就成熟一批，鼓鼓囊囊塞满两个人的裤兜，吃得一嘴青紫，像涂了滞销色号的唇彩。回来的路上，她们随性踢踏着路边野草，露水打湿了布鞋和裤脚，沾在脚踝上，从下往上传递着凉气。她们冰冷的手拉在一起唱："好朋友一起走，谁先离开谁是狗。"后来，她们都离开了，傅村荡平成一片广阔的农场，从前不复存在。

令箭说她刚下飞机，马上跟朋友一道去酒店。梁宇听得到周围嘈杂的交谈声中有人远远地叫她的名字。"你先忙，我们保持联系。"于是约定加微信再聊，放下手机，梁宇长舒了一口气。何林接过绳子要牵着拉布拉多下楼，出门前说："明天贺师傅上门处理露台栅栏，我让他十点左右过来。"梁宇说："这事得缓一下，有一个老家的朋友令箭路过上海，我想请她来家里聚一下。""之前没听你说起这件事呀？"何林推开楼门，回头补了一句，"你很少带生人来家里聚餐。我不是说来家里不好，毕竟我不懂你们那里的风俗。""谈不上什么风俗，就是心意吧。"梁宇说。何林说："老早的朋友，不要请到家里来，这么多年多少变化呀，兴许谈不拢，外边随便找个雅静的地方喝喝茶、聊聊天，一天就过去了。"梁宇说："你是怕打扰你打游戏吧？"何林敲一记梁宇的头说："不识好人心。好心提醒你，无事不登三宝殿，注意安全，尤其是金融安全。好像第一次听你提这个人的名字。"梁宇跟他提起过令箭的事，只不过没有提她的名字。就事论事是容易的，特地加一个名字需要很多附加程序，她略过了这种程序。

梁宇和何林互相赠送的第一个特殊的礼物，是彼此的周岁照。何林家里只有一张周岁照，特别去影楼找人翻拍重洗。梁宇觉得分享童年照是一种隆重的表示，于是也把自己周岁时的一张照片制作成一幅炭笔画夹在一本书里给他。梁宇就是在这个阶段，给他讲过一段令箭的往事。令箭妈妈在生了一个女孩后，特别盼望二胎生个男孩，于是在生二胎的当口，拒绝去医院，而是躲到娘家找了相熟的赤脚医生来接生。令箭妈妈天生虎气，觉得第二遭生孩子没什么可怕的。从宫缩到听到孩子响亮的哭声，顺风顺水，但结果不遂人愿，令箭妈妈放声大哭，家里的男人们惊起身又颓唐地坐下，旁边等着抱孩子的神婆踮着小脚，打起帘子跑到厢房。"得了！这个丫头跟我有缘分，我带走。孩子要进城了，那家是个双职工家庭，以后都是好日子。回头您肯定能再生个称心如意的。"临出门，襁褓里的令箭大哭不止，令箭姥姥心里酸涩难忍，一把抢过来说："不送了，我养着，好歹是条人命。"何林听完之后说，在重男轻女的农村是常有的事。梁宇讲这个故事，是因为彼时他们在旅途中相识。白首如新，倾盖如故，她第一次领略到命运中的偶然。一个动念改变了一个女孩的命运，令箭的妈妈后续又生了一个女孩，从此认命，但已通人事的令箭却拒绝跟她回家，一心跟着寡居的姥姥。从浪漫的角度上看，梁宇与何林的相遇也是天意如此。

梁宇和令箭一样，都是想把偶然转变成必然的人。令箭妈妈认命之后，就想把令箭带回家自己养，她又一次猜错了谜底，令箭不肯回去，她要跟着姥姥。最初是习惯了跟姥姥相依相守，后来舅妈顺口说了一句："我认你当女儿算了。"令箭心里记下了这句话，她喜欢这个有男孩的家。当天晚上去问姥姥，能不能给舅妈当女儿，姥姥说，你舅妈随便说说的，哪能当真，你爸妈也不同意呀。令箭说，我不管他们同意不同意。之后，令箭在舅妈家做事格外上心，她把空酒瓶摆得整整齐齐，舅妈一伸手她能准确地递上笤帚和簸箕，甩手擦汗的时候，她递上毛巾，满眼里都是活儿，做起来也有模有样，舅妈却再也没提过要她做女儿的事。舅妈的确就是随口一说，几年后令箭去舅舅家的热情才散了。她跟梁宇说起这事时一脸淡漠，低头的瞬间补了一句，这些大人都该死。到了读书的年纪，全家总动员变着法儿劝她回家，后来就骂骂咧咧。妈妈一边打，她一边哭，这都没有改变她的想法。她叛逆的种子好像就是这一年种下的，偷姥姥的钱到隔壁村的小卖店去挥霍一空，放火烧过舅妈家的厨房，拿起一块砖头对着嘲笑她的人直接开瓢儿①。傅村人都说令箭小时候多好的一个孩子，现在越长越瞎材了。令箭跟梁宇说："我就是吓唬吓唬那些大人。"

一九九○年夏天，令箭姥姥在睡梦中没有醒来，她回父母家读书。令箭回家之前有一段时间，家里大人顾不上她，她睡在梁宇家。令箭有一次郑重地说："以后你是我在世界上唯一的亲人了。"梁宇说："你还有爸妈呀。"令箭叹了口气。

令箭回家后，她们总是阴差阳错见不到面，小时候有大把的时间一起挥霍，长大了可以握在手里自己支配的时间总是捉襟见肘。一九九六年夏天，梁宇考入市区的高中，令箭初中毕业进了技校。令箭骑自行车来梁宇的学校，门卫把梁宇带出来的路上嘟囔了一句："怎么跟这种孩子交往？"梁宇说："哪种孩子？"门卫朝门口努了努嘴。令箭那时候挑染了头发，穿一双松糕底大头皮鞋，松垮的牛仔裤，背对门口站着，特别扎眼。她们在门口聊了一会儿，令箭说："技校生活没意思，女孩子学电焊、砌砖，我没啥兴趣，我要去闯世界。"梁宇说："去哪里

---

①开瓢儿：北京方言，形容人的头被打破。

呢?"令箭说:"我安顿下来会跟你联系。"她递给梁宇一个日记本,封面是绛紫色的,扉页上是蜗牛一样歪斜的字:"送给我的亲人和朋友:玻璃晴朗,桔子辉煌。"梁宇说:"你怎么变得这么文艺了?"令箭朝她羞赧一笑:"从书上抄的,意思挺好。回吧。"

那时候她们都不知道什么叫伤感,梁宇径直回到教室,没有回头。稍后几年里,她偶尔想起这一幕,有点后悔没好好看看令箭的背影。令箭的消息从傅村人的各种渠道传到梁宇耳朵里:她跟执意让她读技校的爸妈闹翻,跟姐妹反目;她在酒店被傅村人偶遇与一帮男人调笑,却假装不认识;她跟人到南方做洗头小姐,找了一个有钱人,等等。所有的乡邻包括梁宇的父母,他们都作息规律,吃相差无几的饭菜,喜欢谈论仁义道德,讲究门当户对;他们慈悲仁爱,在葬礼上不加掩饰地啜泣或号啕大哭,在婚礼上释怀开心,看见路过的乞丐忍不住要递上温热的汤饭。但这些都不是他们的全部,他们怎么拜佛修心都难以抵挡拜高踩低的内心热情,他们以唏嘘感叹咀嚼别人的影子,打发聚在一起的时间,他们愿意无事生风,被短暂的交集和快乐蛊惑,越走越远。

他们都喜欢判断句和假设句:令箭那种女孩子究竟是命不太好,都是女孩子,姐姐妹妹都好好的,小时候跟梁宇形影不离,只有她这样;如果从小在爸妈跟前养着肯定比现在好;如果当初送了人,不知道现在过得多体面。令箭带回新交的男朋友,寄来新样式的服装、味道奇奇怪怪的食品。令箭的舅妈穿着新样式的服装走在街上,分发那些袋装零食给大家品尝,人们边吃边评点令箭不该带不像样的男人回家。令箭就像一束散开在高空的烟花,在傅村夜色里明明灭灭地闪耀,也闪耀在梁宇的夜色里。

三

二〇〇三年暑假，梁宇接到研究生录取通知书后在家歇伏，家里进进出出的，一样还是那些人，但梁宇好像找不到过去的感觉了。这是一段难熬的日子，她隐隐觉得这是在故乡的最后一段日子。叔叔帮忙找了一份兼职，逢周二、周四骑车去一个高中辅导班教物理和数学。辅导班租用了技校的教学楼和一间办公室，里面堆了半屋子的书报和电影碟片。梁宇上完课就在办公室跟一个叫大雷的老师看电影碟片混下午的时间，踩着晚饭点回家吃饭，有时候他们也一起在校门口的春天食府吃便餐。大雷是大三在读生，也是办班老师的马仔。办班的老师全市教学点各处跑，大雷负责这个教学点的大部分工作，联络家长、清点学生、安排课时和准备材料。年龄相近的梁宇感觉又回到了大学校园，两个人一道出入，一起处理辅导班的杂事，生出一点额外的亲近感。

那天下午，他们看的电影是《没事偷着乐》。梁宇不是第一次看这部电影，上一次是毕业旅行时与何林在一起看的，他们在甘南一家网吧里遇到，结伴走过很多地方，留下了很多记忆，其中就有这部电影。她非常喜欢这部电影的英文译名——*A Tree in the House*，又诗意又心酸，空间的闭塞就像那间办公室。电影静默的片段，她能听到另外一个人的呼吸声，这让她意识到他们之间的距离如此迫近。她知道接下来有亲热戏的镜头，便起身去添了一杯水，然后轻轻地开门出去走了一圈，等回来的时候，电影差不多已经播完了。

大雷邀请梁宇一起出去喝点冰啤酒。他们沿着长山街往里走，他指着一排崭新的白色两层楼的欧式商业街对梁宇说，那条街傍晚才营业，来的都是外地人，本地人不好意思去。梁宇给了他一个微笑，大雷打住话头。他们在那排建筑的边线位置停下来，离夜市开场还早，摊位也还没拉开，大雷自助打开椅座，熟练地坐下来，从自助冰柜里拿了两罐啤酒。店里的风扇孤独地摇晃着，发出呼啦呼啦的声音，大雷走进去敲了敲前台的桌子，趴着睡觉的女人站起来，给他点单。他们好像很熟悉，能听到隐约的笑声。大雷转身的时候，她用菜单在大雷背上拍了一记，大雷转身出来，右手在空中给她打了个响指。

梁宇好像发现了一个秘密。大雷回来后，微带笑容往后靠在椅背上，双臂朝两边摊开，手里拿着一罐啤酒。阳光西斜，被楼宇遮住了强度，散射过来的昏黄光线打在他头发上，面孔显得特别立体而凸出。梁宇发现大雷的表情和长相有一种成熟感，衣服也是，从这个角度看特别像叔叔下班回家，瘫坐在沙发上。

梁宇没有认出令箭。她一只手端着羊肉串，一只手提着啤酒，一边走一边喊，哎哎哎，稍微让开点！梁宇站起来往后撤了撤椅子，躲出半步远，令箭哐当一声把东西放在桌子上，盯着她看了几秒钟，一掌打在她手臂上，怎么会是你！天气炎热，令箭化的妆晕掉了，黑色的波浪卷发生硬地圈住了脸，颧骨顽固不变地凸起，腮部明显凹陷下去。由于背光看不清她的眼睛，笑意澎湃让她说话的声调提高了两个分贝，聒噪而夸张。接下来的时间，大雷只有吃喝，一句话都插不进来，梁宇也没说几句话，几乎都是令箭在说。她说她的表弟梁宁离婚两次了。第一次是在临近婚礼的一次旅行中闹崩的，婚礼没有举行，但糟心的是领了证，房子是两家父母合买的，房本上写了两个人的名字，男方出首付交月供，女方家出装修费，房价涨了，现在还撕扯不清楚。第二次是因为始终生不出孩子，原来以为是女孩的原因，后来查出来是梁宁的问题，女方干净利落地离婚走人。第二次离婚后令箭问舅妈，要不让我跟梁宁结婚算了，我不嫌弃他。她说这话的时候，梁宇拿眼扫了一下大雷，他好像没在听她们聊天。梁宇说："令箭还没杯子呢。"大雷起身去拿杯子。梁宇说："搞得我们像生活在原始社会似的，还近亲结婚！"令箭麻利地撕咬了一口羊肉串，口齿不清地咕哝一句："我愿意啊，我愿意能怎么办呀？"

令箭把头靠过来，撩起刘海儿，让梁宇看她的眼睛。梁宇往后闪了一头说："不要画眼妆，显得脏脏的。""谁问你这个呀，我割了双眼皮，你仔细看看。做完之后，肿痛了一个星期。割了双眼皮之后不敢回家，爸爸跟我断绝父女关系了。""就这点小事，不至于吧？""你不知道的，我爸爸后来发了，但脾气也变坏了，喝酒打女人样样在行，抱怨我妈妈生不出男孩子。她都绝经了，怎么能生孩子！"梁宇记得令箭爸爸冬天的样子，穿一件短大衣，戴灰色耳暖子，到令箭外婆家送面粉和白菜。他身材不高，从巷子里推着自行车出去，笨拙地跨到自行车上，歪歪扭扭朝北方移动。她想象不出他发财以后是什么样子。

梁宇当晚没有回家，大雷护送她们去令箭在寺北柴的房子。穿过粉红色的街，在十字路口令箭转身，指着烧烤店背面墙上挂着的死寂灯箱让梁宇看，它的边框锈迹斑斑。外墙显得斑驳疏落，在灯光的映照下，天空有一种浅透感，灯箱上的"久久红"的字迹还能辨认出来。令箭说："以前这里是家酒店，地面上看没什么，进去还有一个地下层，被我堵死了。从前生意特别红火，好多附近县市的男人都开车来，那时候没人不知道它，'久久红'的招牌是这条街上最显眼的，别人都是粉红，它做成吸血鬼那种红。去年夏天，一个女孩被灌酒，胃出血死了，有人说酒里下了药，有人说那女孩早就有病，死在地下室，要多恐怖有多恐怖。老板夫妇连夜关门跑路了，这间门面算是租不出去了，都成鬼屋了。这家店做别的恐怕是不成，做个烧烤厨房，店面晚上拉到街上，不碍什么事的。日子久了谁会记得这些旧事？况且租金便宜一半。"梁宇浑身起鸡皮疙瘩，一步也不想再回去。

夜里，他们在令箭的房子里喝了好多酒，喝多了每个人都爱讲话。令箭先讲自己出生时，姥姥从神婆手中夺下她的故事，接下来她说虽然姥姥打骂，她还是觉得那是亲，爸妈弥补性地照料她，但就觉得疏远。大雷说自己爸妈老早离异，他根本没见过爸爸，抚养费一次性付清，他觉得生活中有一种遗憾，没有经历过家庭生活中的纠纷，家里总是安静的，一个人早起收拾房间和院子，晚上坐在沙发上接绒线，隔着厨房玻璃看到妈妈切肉，她不是用力剁，而是磨来磨去跟坚韧的肉纤维对抗着，连妈妈半夜醒来的哭泣都是吞声的。梁宇说自己爸妈性格不合，小时候特别担心他们哪一次吵架就离婚了，年纪大了之后反而希望他们离婚，这话她在家开玩笑地说过一次，妈妈当场撂脸子哭了，梁宇傻在那里，不知道怎么办。

爱情故事，全是令箭在说。大雷靠在沙发背上，微闭着眼睛，梁宇怀疑他有一阵已经睡着了，被她们笑声惊醒才强撑一会儿。梁宇一开始听得认真，令箭的故事对上了傅村人的闲话，有一些是虚的，有一些确有此事。梁宇盯着对面墙上的钟表，已经十二点，窗外高空的灯火陆续暗淡下来。令箭讲话的声音低了一些，她伏在梁宇的胳膊上，好像这一切只对着她一个人讲。令箭隔一会儿摇一摇梁宇，她不想梁宇睡着。梁宇一把搂过令箭的头，打了一个哈欠说："你在我耳朵边上絮絮叨叨，我能睡着吗？"

"没睡就好。你也讲讲嘛。"

"我没什么好讲的。"

"不愿意跟我讲？"

"不是。明天再说吧。我想睡觉。"

"我的爱情故事就那么乏味？"

"哎，那算什么爱情故事呢？"

"怎么就不算了？"

"那也太随便了点。一次又一次的。"

"所以你的更高贵一点，不愿意告诉我咯？"令箭说这句话的时候，提高了一倍的音量，盯着梁宇，也扫了一眼眯着眼睛的大雷。每个人都醒了，带着被动醒来的怒气。

"你不知道傅村人怎么说你的吗？"

"我会理他们怎么说我吗？一群穷光蛋，酸葡萄心理。"

"你不是去闯世界了吗？怎么混到那种世界中去了呢？我看过那个'久久红'的新闻，在那里工作的不就是小姐吗？"

大雷说："别胡说了。"

梁宇转向大雷说："你也知道的，何必假装？"

令箭说："都不要假清高了，读书清白什么，你爹妈替你吃了多少苦，你爸爸一个月工地上能挣多少钱，你自己不清楚吗？轮得到你说我吗？"

梁宇说："你的钱怎么来的，你这间房子怎么来的，别以为我不知道。"

令箭直接把啤酒罐丢到梁宇头上，泡沫黏腻腻滑到脸上，梁宇拿了包起身，被大雷按住。令箭说："不要拉她，她没胆走夜路。"大雷把令箭推到阳台上，梁宇看得见她仰起头对瓶吹的背影，大雷伸手去夺了几次，都没拿到，酒瓶滑落下去，砰的一声。她甩开大雷进屋，说："梁宇，你从来就瞧不起我，跟他们一样，你不要忘记小时候是谁在你爸妈吵架的夜里安慰你，谁跟你一起走大半夜路去看电影，是谁帮你暴揍那个烦人的同桌？"梁宇说："是了不起的你。"本来是要狠的一句话，迎着令箭的目光，梁宇没控制住不争气的眼泪。

令箭见不得梁宇哭，她们重新抱在一起。下半夜变成另一个开始，梁宇不能喝酒的胃，填充进冰冷沉甸的麦芽香气，她吐得一塌糊涂，被他们扶到床上一头栽倒就睡着了，那是梁宇人生中极不得体的一次经历。她被尿憋醒的时候，下意识摸了摸手机，屏幕上刺眼的四点让她出了会儿神。她摸瞎打开灯，摸到厕所，出来之后她才发觉其他两个人不在房间里。梁宇接下来没有睡着，她打开窗户，盯着楼下静寂的巷子第一次抽了一支烟，烟草味回旋在口腔里，辣喉咙，也让人清醒。天色放亮，雾霭散去，宝蓝色的底放大了天空，七彩光束中看得到灰尘飞舞。令箭提着豆浆和油条拐进巷子，头发披散着，白底碎花的睡衣皱巴巴地黏在身上，令箭进门把早餐扔在茶几上，倒在沙发上，说了句"我在外边吃过了"。

大雷跟梁宇说，自己经常去令箭那里吃夜宵，自然就熟了，就是熟而已，连她的名字都不知道。梁宇说，没想到这个世界这么小，通过你再遇到令箭。大雷再看碟片就戴上耳机，梁宇不再自然地坐在那里，彼此变得客气了一点。梁宇大部分时间都在墙角的杂物中翻看报纸，有一沓码得整整齐齐的废旧《齐鲁晚报》，副刊连载《永不瞑目》。梁宇之前看过同名电视剧，然后又一集不落重新看了一遍。那天梁宇看到的是卧底肖童在房顶上大声朗诵，站在房顶对着天空，用纯洁而一尘不染的嗓音朗诵："我们每个人都热爱自己的母亲！因为母亲给了我们生命、养育和温情，而我们又有一个共同的母亲，那就是我们的祖国，她有悠久的历史、灿烂的文化和壮美的山河，是世界文明发达最早的国家之一，然而在我们中华民族漫长的生存历程中又充满了灾难、危机、坎坷和厄运。因此，'天下兴亡，匹夫有责'就成为我们中国人代代相传的品格遗传，上下五千年，英雄万万千，壮士常怀报国心，'黄沙百战穿金甲，不破楼兰终不还'，这就是每个龙的子孙永恒的精神！"短暂的刺痛感穿过梁宇的身体，像蚂蚁爬过心脏，梁宇第一次发现高声朗诵里面的美感，空阔辽远的天空下，一个内心激动的人，面对一个陌生的世界踌躇满志。梁宇感觉周围的世界看起来确实存在却又虚空，肖童那个看起来不真实的世界对她来说却是真切的。

梁宇有两个星期几乎每天都住在令箭家，跟小时候一样。白天不上课她和令箭睡到中午起床，到店里备料，晚上大雷过来吃喝，打烊以后三人溜达到寺北柴的房子，一起看碟片，在港片打打杀杀的声音中，昏昏欲睡。大雷有时候睡在沙发上，有时候半夜起身回家。令箭说："你们俩都不用出去挣钱，我能养你们一辈子。"梁宇说："太好了，我申请永久居留。"大雷说："我也不走了。不用上班，不用赚钱，混吃等死。"

八月初，梁宇回家看到提前开学通知书，她知道这段日子该结束了。令箭铺开通知书，盯着红色的印戳，哈了一口气："读书果然了不起，这个玩意儿我今生无缘了。"梁宇说："你有钱啊，有钱能使鬼推磨。"她们打打闹闹，晚上通知大雷，周三去傅村玩一天。三人骑自行车沿康王河一路向西，行人稀少，硬化的道路平稳通畅，有时候是令箭和大雷并排，有时候是令箭和梁宇一条线，碧青的岸堤，河水清澈透底，砂石水草一眼望穿。到达傅村，他们直奔山脚那一排老房子而去，绕到背面可以一步跨上令箭姥姥家的房顶，站在房顶向下看，是参差的几排安静的新房子。旧房顶上布满了干硬的青苔，令箭铺开黑白方格的垫子，打开后座上的保温餐盒，拿出切好的水果、沙拉、卤鸡翅、鸭舌，还有一瓶红酒，三只杯子。一阵北风吹来，莽苍的山间林地和一人高的谷草晃动着向外延伸，远处的青山仿佛抖动了一下。梁宇说："我只喝过啤酒，除了一股泔水味道没啥感觉。我爸爸爱喝白酒，一喝就醉，醉了必然吵架。喝红酒是城市高雅人的爱好，第一次喝红酒好像马上就进入高雅人的世界了。"大雷说："大城市白领才有那种爱好，我们小地方人喝不出感觉来。"令箭絮絮地说了很多小时候的事，大雷没什么兴趣，拿石头投树梢上的麻雀。梁宇跟大雷说："你看看底下那个院子，令箭在这里长大的。"大雷说："跟我的老家没什么两样，我对那儿也没感情。"令箭远远看到一株龙葵，紫得耀眼，她拉大雷朝那里奔去，梁宇朝他们的背影喊了一句："我走了以后，你俩就在本地相依为命吧。"大雷说："你不走，我们也相依啊。"令箭回头说："神经病！你们都走了，我也不走。"梁宇心里想，如果大家永远在一起住着也挺好的。那一天，他们吃了久违的龙葵，颗粒没有夏季那么饱满，味道有丝酸涩。令箭说，夏至以后，龙葵发酸。酸涩是秋天的气息，他们都感受到了。

在梁宇家逗留了一会儿，大雷兴致不高，回程途中他沿着另一条支路回家。令箭进门，踢掉鞋子，栽在沙发上，闷声闷气地来了一句："你觉得大雷怎么样？"梁宇说："还就那样。""那你觉得我跟他怎么样？"梁宇说："还行，就是他毕竟是个大学生。"令箭说："那我也不在意，大学生毕业回来分到县级水泥厂一个月一千块钱，不够我烧烤店两天的营业额。"梁宇说："不是那么回事，他还没毕业呢。"令箭说："我有房子有店，我愿意等他。"千金难买愿意，梁宇无话。

第二年八月，大雷毕业留在重庆一家国企工作。令箭打电话过来跟梁宇哭诉："大雷白白吃住在我这里，说走就走，一点都不留恋。"梁宇说："我早提醒过你。"令箭说："他那个世界真有那么好吗？"梁宇说："谁知道呢。"令箭问："咱们这里到重庆有多远啊？"梁宇不知怎么回答，令箭说以后有时间了想去看看。以后去，基本上就是不会去。

四

梁宇订了一家本地口味的私家菜，令箭说想尝尝本地特色。从电梯出来到包间的路上有一个隐形的斜坡，梁宇踩空崴了一下脚，心里骂了一句这个鬼地方，右脚啄食似的点着地，检查一下有没有出问题。令箭高亢的声音在身后响起："我没认错吧，是你吗？"声音在走廊里回荡出更高的声浪，令箭比微信照片明显胖一点，大号单肩包，阔腿裤遮住了腰身，玫红色的高跟鞋，蓝色低领衬衫露出白色的脖子，比从前圆润了。令箭从前总是乱穿衣服，在杂志和电视中追踪那种时尚的余波，变了形的时尚，傅村人总是嘲笑她不洋不土的品位。令箭迎着梁宇的目光："你没怎么变化嘛。"梁宇喝了一口水："哪能没变化，我们都多大了。"

梁宇点了草头、鸡毛菜、糟凤爪、蒜枣大黄鱼、野生河虾仁、蟹粉豆腐、红烧肉、本帮老鸭汤等，台子满满当当。令箭说："听说这边生活精致，真不是虚的，摆盘都不满，菜占一角，萝卜雕花和紫荆花一角。"梁宇等着令箭拍完照问："烧烤店还做吗？"令箭说："早不做了，现在做保健品。差点忘了，还给你带了一套。"梁宇瞟了一眼陌生的包装，塞进包里，顺手从包里拿出备好的一款花茶礼盒回赠她。"听你爸说，你是做高科技的？"梁宇说："刚从原单位辞职，今年发现身体有点吃不消，休息一段时间。前一段时间全职带孩子，孩子出去夏令营，刚消停几天。"说到孩子，梁宇打开手机让令箭看女儿的照片，八岁的女儿穿着奇妙仙子的黄色魔法蝴蝶翅膀，在草坪上做出飞翔的姿势，这张照片是抓拍的，她拿来做过屏保，也曾贴在女儿学生手册的首页。令箭也打开手机："我家的两个孩子，一男一女齐全，不是我生的，老公前妻的。"梁宇看了一眼两个孩子，男孩是圆脸朴实而健康，女孩子害羞地含着下巴，梁宇说："谁的孩子不重要，谁带跟谁亲。"令箭说："可不是嘛，我就跟我姥姥最亲。"

梁宇夹一块红烧肉到令箭碗里，说："你后来见过大雷吗？"令箭说："地震那年，我担心他出事，找到地址去看了他一趟，他正好在震区出差，家里人都吓死了，幸好没事。前两年他妈妈也搬过去了。"

她们聊起很多认识的人，令箭的姥姥、舅舅一家、父母姐妹奶奶，梁宇的奶奶和父母，谈到每一个人都免不了唏嘘感叹，接着一阵沉默。老鸭汤凉了又热了一次，一顿饭吃三个钟头。在停顿的间隙，梁宇忍不住庆幸听了何林的话，在外边聚一下好像更合适。如果是三个人，气氛会放松一点，三个人总比两个人有话说，记得以前两个人跟大雷在寺北柴吃吃喝喝的日子。梁宇知道何林肯定不会来，他不喜欢高嗓门的女生，也不喜欢听别人说家长里短，他喜欢带着警句的腔调说话，你不要指望叙旧，也不要去参加什么同学聚会，叙旧总会以恶心结束。

两个人聊一聊停一停。梁宇问了一句："你来找我，有没有其他事情？"令箭抬头看了梁宇一眼，说："没有没有，就是来看看你。"梁宇拿纸巾拭了拭嘴巴，把面前的盘子向里推了推，这顿饭吃得有点超量，她抬起头第一次长时间看着令箭的眼睛。令箭扭转脖子，朝服务员招了招手，接着回头对梁宇说："说实话，我就是想看看你过得好不好？有没有别人说的那么好。"梁宇两手一摊，靠在沙发上，说："唉，你看到了，就这样。"说这话的时候，暗红色上衣的服务员已经在收拾盘盏。梁宇想说再坐一会儿，但已经来不及了，令箭回转身拎起那只硕大的黑包。

梁宇送令箭回去。宾馆在机场附近大概三公里的位置，从高架下来，就像进入郊区。冠名国际的宾馆坐落在一个半新不旧的大型小区裙楼里，楼房样式是欧陆风格，远远望过去是大小不一的洋葱头尖顶，红白、紫白、蓝白的搭配，可惜外墙被雨水冲刷出弯弯绕绕的纹路，像盘踞的蜈蚣。门口横陈着一条市场街，的士过不去，梁宇只好下来步行。这地方原来是生活广场，临近年关，搭起了集贸市场，除了古镇，居民区罕见这种架势，花花绿绿的儿童玩具，红字贴标减价的中老年服装，鱼头、带鱼、鱼片、虾米、黄花菜，南北干货满溢在面前，风吹起来，鱼虾的腥臭味迎头扑面，搭着防晒棚的店铺一格一格蔓延出去鼓鼓荡荡。穿过整个集贸市场，梁宇看到了宾馆，金色门面雕花栏杆，这种感觉真熟悉。

梁宇回到家，八点档电视剧开播，她蜷到沙发上，打开手机随意划拉了两下，看到令箭的朋友圈新发了聚餐的照片，十张修图之后白亮净透的脸弧形排开，对着镜头微张着程度不一的嘴巴，有人着晚礼服，有人举着香槟酒，相同的是都围着薄透的纱巾，颜色有水红、裸粉、海洋蓝，像一起批发来的。往下翻动是一张明信片，碧蓝色的海洋中，有一艘白色的帆船。"当你该养精蓄锐时，不要着急出人头地；当你该刻苦努力时，别企图一鸣惊人；当你该磨砺心智时，别妄求突然开悟。你的基础打得越牢靠，你的过程走得越完整，你的努力坚持得越长久，你的成功才更容易。""三件让人幸福的事：有人爱，有事做，有所期待。愿你保持对生命的爱和热忱，把每一天都过得热气腾腾。"

梁宇把图片和文字拿给何林看，他鼻子哼了一声，问："做微商的吧？"梁宇收回手机，何林补了一句："搞得跟富商似的，明明就是微商嘛。""我们还不是小市民，哪儿来的优越感？"何林在关书房门之前，探出头问了一句："你受什么刺激了吧？莫名其妙的。"梁宇先一步用上卧室门，占据先机，随后她听到同样的声音响起。翻开令箭的朋友圈，她一条条扫过：频谱床垫，冬暖夏凉，净化空气，祛除螨虫；晚安神帽，淋巴排毒，防辐射，安神助眠，改善头疼头晕，缓解颈椎病。梁宇平时看到这类花里胡哨的图片和真真假假的鸡汤文，大部分都会自动略过，图片和文字换上令箭的语气在脑子过一遍，跟那些夸张了功能的消费品之间好像有了一些亲缘关系。

　　在两个房间都紧闭房门的空荡荡的家里，梁宇非常后悔没有邀请令箭来家里坐坐。或者至少应该陪她到处走走，她想应该再打个电话邀请她来家里一趟。二十公里是傅村到寺北柴之间一次往返的距离，梁宇数次骑自行车往返两地，谈不上遥远。转念又想自己不会开车，又害怕单独跟她坐在计程车后座上，各自在脑海里拼命寻找话题。梁宇记得给女儿念睡前读物的时候，看到过一本科普读物，书里说龙葵其实不能食用，吃多了会中毒。傅村中一代代人，小时候都吃过龙葵，却没有一个人死于它的毒手，他们都粗粝地长大且安然无恙。但是此时，她并不确定他们是否真的安然无恙，不知道他们能否像诗里写到的本地英雄一样，在停车场唱歌，看到"玻璃晴朗，桔子辉煌"。

原刊于《天涯》二〇二一年第五期

夜樱

张玲玲

　　昨晚刚下过一场雷雨，暴雨摧枯拉朽的力量，在次日午后仍有余威。崩碎的山石倒灌进江流，漩涡裏挟枯枝钢筋，钻过大桥，向东怒叱而去。医生在桥下站着，看镇民卷起裤腿，赤脚踩进泛滥的河泥，用加长的铁钩打捞断钢与纸壳。他慢慢抽完一根生烟，剩下半截，弹进江里，趿着拖鞋回到诊所。阿杰带着他母亲新做的芙蓉酥刚到。前段时间大水漫溢，下游几个村庄被淹，死了几个人，阿杰被招去水文局，充了几天临时工，负责撰写报告，结果感冒不断，背痛加剧，一天灸三炷四川艾绒也没有起色，只能隔三岔五来他诊所。

　　"也没做什么事，"阿杰趴在诊床上，脸比做工前浮肿了一圈，"每天光坐办公室，但人就是不舒服。"

　　"气的问题。也怪我，停了这么长时间。"

医生拍了两张照片，给他看背后揪出的紫痧。阿杰点点头，下床穿鞋，接过诊单，开始抓药。仙灵脂、蛇总管、熟地、白芍。蛇总管只要三克，医生嘱咐。最近库存不够，昨天一大早他上山找了一位熟悉的药农，进了一批新货。老人招呼他试下新到的麻药，他拿起一片干嚼，啐出药渣后，感到嘴里阵阵发麻。痛了个把月的右臂好了一个下午，结果到了傍晚，头重脚轻，饭也没吃，就躺倒了。

抓完药，阿杰把车钥匙和十块钱放在诊桌上。诊桌玻璃下压着一张朋友手抄的《心经》。二〇一八年，一位做设计的朋友来镇上调理身体，仅仅一周，大有起色，走前不知以何为报，于是抄了经文，又画了幅释迦给医生。

"车子我待会儿还给你。"

"没事，"阿杰说，"就是现在到处在查驾照，你尽量五点以后出发。""我考虑不做了，"他又说，"到月底就辞了。"

"开会都有两只鸡拿，不是挺好？"医生将钱收进抽屉，钥匙揣到口袋，笑道，"哎，辞工后不急着做事，先休息，好了再说。"

阿杰走了，医生锁上门。有人打电话来，说五点半左右到。他说，明天吧，今天有事，想早点收工。他抓着电话，换了双鞋，踏步上楼，见她趴在矮桌上，切好的番茄豆角码在砧板，顶上风扇缓缓转动，仿佛睡着了。他拍了下她的脖子，叫她起来，"这样容易着凉。"

他快速做好了饭。薄荷豆角、番茄鸡蛋，用剩下的一把牛菜烧了碗汤。吃饭时他跟她说，今天在江边又遇到那人抱着吉他唱歌，还是唱那一句，"又见炊烟升起"。已经唱了好几年，来去就这么一句。以为对方不会第二句，结果有次天黑后去骑楼买甜酒，意外看见那人坐在邮局门前，唱"暮色照大地"，还是只有一句。

她笑笑，告诉他今天下午两点，有人在门口坐了一会儿，说是从浮石那边过来的，问医生还在不在做，胰腺癌能不能治。好几年前他父亲生了肝腹水，镇医院说晚期没办法，让拖回家，母亲不知从哪儿听说这家治病很灵，抱着死马当活马医的心态过来，喝了三个多月的药，腹水居然消失了。他记得看病的医生很年轻，人瘦瘦小小，两个老人帮忙打下手。她说，那二老是他的父母，去世已经好几年了，您那是多久之前的事？

那会儿医生正在大庄出诊。村里一名七十八岁的老人高热不退，已经好几天，他将自行车从地下室拖出来，灰也没擦，就出了门。她跟客人说，医生还在做，但不一定能接。癌症他治好过，但胰腺癌没听他提起，要不等医生回来，您亲自问问。对方拍了张渔具店的招牌，说不等了，回头让朋友自己过来一趟，看看具体情况再说。

他把豆角舀进她碗里，说，一般问某某病能不能治，多半跟自身相关。胰腺癌接不接，得看具体情况，这病变化很大。

再说一案。清代道医李冠仙，著有《知医必辨》。书里提到某日至徐家为其子治病，见小儿八九岁，立于大厨之榻床上，以手扣厨环不止。模样清秀，毫无病容，不一会儿，跌倒在床，随即爬起，身往后，弯头面，出两脚前，中腹挺起，后又跌倒，敲环不止。父求治法，李乃告之：小儿前生为教戏法的师傅，因小儿伤命，前来抱冤，故宜请高僧放焰口以释之。徐父照做，一日而愈。四十年后，再见徐子，年将半百，读书不成，呆形痴样，全无少时清秀貌。

"对方来时我刚好不在，他又走得急，多半没什么缘分。"

她点点头，倒了杯山楂酒，将酒杯推向他。他一口气将酒喝完。"病人好些了。"他说。老人年轻时打过仗，现在还有老干部的做派，见人上门，分外客气，只要还能起身，都要下床相迎。今天也是。结果坐起时一口痰卡住，差点出大事。他沁了一身冷汗，处理方久，所以耽误了些时间。

　　前天他去同户出诊，中了病气。看诊回来，发现外套在暑天寒凉如冰，隐有腥气，知其有异。到了夜里，左腿髋骨剧痛难忍，强撑着爬起煎药，用烧热的秤砣和白酒熏蒸衣物，早上十点方才睡下。下午两点醒来，第一件事就是给病人家属打去电话，细教其如何处理。当天夜里，老人已经可以起身，第二天就能自行吃饭。

　　"嗨，不能说，说多了讲你搞封建迷信。"

　　厨房没灯，她将手机电筒打开，扣在微波炉上，赖以照明。厨房灯泡坏了很长时间，医生借了梯子，亲自换上，好了没几天，又坏了。煤气灶边的老灶是父亲用来炒药的，现在药物早已机械化炒制，铁锅不再使用，生满老锈，叠放一只铝皮锅。她来时打开看过，发现内有一汪残水，旷日持久，不知怎么处理，只能由它去了。灶台下堆满碎裂的陶罐，碗碟放在消毒柜，消毒柜早就坏了。姑姑劝他把灶台推倒重做，打几只免漆柜。他不解释，但也不行动。太潮湿了。回南天刚刷洗过的皮鞋皮衣，晾在楼梯间，没两天就长起白毛，打什么样的柜子都会烂掉。

　　这边的老宅几乎没法住人。父母去世后，除了三楼书房，其他房间都堆满了遗物：父亲开照相馆时用破的相机，做茶水生意存下的玻璃杯垫，和笔友的几封往复书简，摔断腿的老花眼镜。"我母亲不知道他们通信的事情，"他说，"对方是一名文学编辑。"他在三楼书房西侧搭了张简铺，陈年薄席摊着辨不清原本颜色的绒毯。浴室没有热水。去年冬天洗澡时，热水器忽然冒起火星，底部烧出偌大一个圆洞。浴室电线老化不堪，无法安装新机器，他后来便只洗冷水澡。那天中完病气，全身发冷，左腿不良于行，他一壶一壶烧热水，一壶一壶扶着楼梯，腾挪上楼，才擦洗了身体。这些年他就一直这样潦草地过着，她甚至觉得，这厨房，这老宅，就是他生活的一种象征。这个时代到底有多少人会这样？应该很少。就像她所知的反面。

他喝完酒，说起另一件事。

"有个人只用电磁炉烧水洗澡。我有个病人是扶贫干部，说政府可以免费给他安装热水器，对方就是不要。"

她笑了，问为什么。

"他三十出头的时候，在东莞灯具厂打工，认识了一个女孩子，两人同居在一起。后来那女孩怀孕了，因为年纪太小，没法生下来，家里也不同意，逼她回贵阳老家。于是他们说好，她先回去，打胎休养，之后再来找他。他边打工边等着，等了一年又一年，那女孩没再回来。"

他为什么不去找她呢？她问，他明明是可以这样做的，如果他爱她。"我不知道，病人没说。"他说，"后来那人疯了，住了一段时间的精神病院，过了半年，治好了。他回到这边，独自在西山看林。""你去过的，"他说，"我们去过西山。有一次。"

她说是的。

他用筷头蘸菜汤，在桌上画出一条曲线：上山后过了林场，右手边第一栋就是。

她记得那栋屋子，记得前院杂乱堆砌的木头，以及踱来踱去的两只山鸡，外墙立着一块不规则的长石板，用粉笔写着"不要偷八角"的警示。但一路下来，他们并未看见任何八角种植地。那里真有个疯疯癫癫的看林人吗？对此她很怀疑。那屋子荒凉，凄楚，像废墟，像垃圾，随时都可能塌掉。

从镇里去西山得经过市郊文体中心，再穿过一条昏暗的隧道。国道改到二桥之后，这条山下的省道就废弃了。沥青路面破损不堪，大花飞蓬沾满尘土，白色塑料袋和方便面包装散落四处，溪边的电箱上横七竖八地写着"电鱼违法"的蓝字。稻田间的几间草屋是专卖棺木的。这里尚未实行火葬，镇民去世后，都会葬于山上，他的父母如此，大表姐和姑妈也是。四月初，大哥打电话来，说今年人四散各地，三表姐在东京，侄子在南宁，他又在上海，人力急缺，政府又叫停扫墓，只能出钱请工人修葺。医生答可以。后来的一个月，他每晚都会梦见父母，梦见自己走进老宅的中堂，将带回的糕饼放在八仙桌上，父亲看也不看，将礼物撇到桌下。他弯腰捡起，抬头看见一张久违的怒容。

回来后他一直想去墓地看看，趁她还在。一天下午四点，他提前休了诊，去铺子买了纸钱香火，又拿了几个苹果，一瓶白酒，叫了辆出租，带她去山上。在父亲墓前倒酒时，烈日晒得人头晕，但在母亲墓前拔草时，一团丝云飘来，遮住了日头。下山时他误踏了一座老墓的坟头，球鞋骤然脱胶，整张鞋底掉下，他踩着单鞋，一瘸一拐地下了山。旧鞋不能留了，他找了只红塑料袋，合着一起在河滩烧了。清明或中元，镇民都在那边祭祀，去晚了，蜡烛线香便无立足之地。

她第一次来时，他在财富广场的二十六楼替她找了间民宿。民宿老板是他的一个病人，年轻时在广州一家中药房做店员，但天生憎恶药味。她初恋男友是本地人，在荔湾区做交警，脾气温暾。家里嫌她穷，出身小地方，逼他和她分手。他和她说了，她觉得伤了自尊，赌气说，那就分吧。他每天将车子停在她宿舍楼下，副驾驶立着一大束玫瑰，祈求她回心转意。她透过窗子，看见那辆熟悉的红色本田，心一横，拉下窗帘，眼不见为净。车子不再出现的那天，她盯着窗外看了许久，直到天黑，才意识到他不会来了，大哭一场。

在一起时也没想到会那么喜欢他，分手后却连着躺了十天，体重跌到不足八十斤，乳腺生满结节，经期时长时短。她回到长安，二〇一一年经二姐介绍，嫁了一个做基建的玉林人。双方工作都很忙，男方忙于出差，她忙于做生意，长的时候，两三个月才见一次，因她身体不便，夫妇俩决定不要小孩。她总说老夫老妻，谈不上感情，但每次见面前，她都会买一堆新衣。

民宿的房间和去年变化不大，只是旧了些。电梯四周的木板结满灰尘和蛛网，贴在上面的电器优惠广告还是同一张。公寓的衣柜被从卧室搬到了客厅。原先放在柜边的琴叶榕被移到了阳台。阳台的树脂吊篮还在，只是悬挂其上的 LED 串灯早已没电。花瓶内的向日葵业已枯萎，换成了永生羽毛草……和他的宅子比起来，这里的变化不值一提。老宅顶楼的砖罅长起了蘑菇，老鼠蟑螂在厨房自由进出。阳台的那株老石榴早已枯死——从前的每年春天，都会结出一两个果实，他从不摘下，看它萎枯掉落，再被鸟雀轻轻啄食。猫隐在地下室，过着醒来就吃的日子，胖了一大圈，而且差点认不出他了。

去年七月，她刚过来时，曾跟他说好在此定居，于是他拿出几年的积蓄，在诊所对岸的"东方明珠"买了套三室公寓。买完房账户还剩六千块钱，欠药商的两万块钱还没给。他打算有点钱就装一点，但近一年过去，房屋还保持着购入时的狼藉。他也很久不再问她，到底什么时候才来。昨天知道她要走，他从斗柜里翻出一只老侧把壶，想给她泡点朋友寄来的古树生普。茶叶存了好几年，一直没舍得喝，结果心神一动，壶盖从手中滑脱，碎成两半。

把茶喝完，他说，带你去一个地方。

她点点头，喝掉茶水，洗净碗筷，沥干放在水槽边。忽然想起在上海时，有次无意说起煤气费太贵，反复打火的话，走表很快，所以他洗碗只用冷水，左手中指和食指为此生了冻疮，烂了后结痂，愈合了又破，一个冬天都没好。

她是能够理解他的失望的。这一年不断积累的失望：不会兑现的承诺，毫无理由的苛责。

听见他们下楼的脚步声，猫在地下室发出呜咽。父母去世后的一天，他出门吃饭，见一只小猫在饭店前的榕树下徘徊。瘦骨嶙峋，看上去出生还不到二十天。他跑去小卖部，买了根"双汇"，掰碎了喂给它。他走路回家，猫紧随其后，关门时略一迟疑，猫从缝中溜进，就此住下。其后四年，人猫相伴，倒也合拍。有时它中焦虚弱，会跑到药房，吃两块白术或木香，入秋后则吃冬青子。天气好些，它到露台晒太阳，啃吃鸡尾草和车前草。她第一次来，猫外出觅食，见她坐在厨房，呆了片刻，迅速直起身体，跌跌撞撞蹿下楼，还踢翻了一只水桶。此后但凡她在，它就不出地下室。

他还要喂猫，她先出了门。走到渔具店，看见展示架上的彩灯亮着，照着一排长短不一的鱼竿。饵料一包摞着一包，甜腥扑鼻。阿娟坐在转椅上跟小廖打视频电话，转椅坐垫烂了好几个洞。小廖和阿娟夫妇在这里租了快十年。两人长于江西的一个农村，全村都靠编织渔网为生，渔网要扣铅坠，做久了会慢性铅中毒，但他们也找不到更好的出路。小廖夫妇和医生几乎同龄，但初中毕业就结了婚，跑到广西做生意。三个小孩中，最大的已经二十一岁，在南昌打工，二儿子十七岁，在本地读高中，最小的女儿才四岁。傍晚阿娟常和小女儿对着电视机跳减肥操。

电话打完了，阿娟从头上捋下发绳，箍在手上："要出去啊？"她说是的。阿娟笑着说，挺好。

小廖这段时间去了广州，包下天河区一栋烂尾楼的两层，统共十二个房间，想做钟点房生意，快三个月没回了。阿娟一个人管两个店铺，有些忙不过来。这里的渔具店装了个监控，一有客人她就来，平时她都在隔壁织网。父母前段时间从老家来看她，不太熟悉渔具价格，所以只能坐在门口看店。但那几天阿娟心情不坏，难得地穿起裙子，裙子和上衣的银色珠片在日光下闪闪发亮，见她下楼，主动说起店里最近又来了一只野猫，脸庞尖尖，耳朵耸立，但不吃鱼肉，只吃淮山，如果他们有兴趣，可以抱走。她说好是好，就怕医生的猫吃醋。

野猫走了，领养一事不了了之。今天店里刚到了一包改性尼龙丝，因为太重还扔在门口，她帮阿娟一起拽进屋内，和一堆铅锭泡沫靠在一起。

"没想到你力气那么大。"阿娟说，"明天要是空，来我家吃饭。"

"明天回去了。"她说。

"下次什么时候来？"

她刚想说什么，二儿子将电瓶车停在楼下，撞开大门，二话不说，冲上二楼，楼上传来一阵满含怨气的敲打。她悄声问怎么了，阿娟犹豫一会儿，说，他高中毕业，想买辆电动车，说其他同学都有，就他没有。但是一辆车四千块钱，现在每个月除了基本吃用、学费开销，还有六千的房贷。大儿子在工厂，每月三千五百块，小廖要求他只能留一千，剩下的都得寄回家。但还是入不敷出。这几年渔具店越开越多，他们赚的越来越少。"广州那边的房租一给就是二十万，也不知道什么时候能赚回来。不亏就好了。买车的事情怎么能答应。"

十年前阿娟跟着小廖去了一次义乌，想看看有没有机会。初来乍到，人地皆生，不知怎么打开局面，于是把电话号码抄在卡片上，逐户派送。作用不大。不过那是她第一次旅行。她记得蜿蜒的山路，密集的厂房，薄如宣纸的肉饼。记得自己很想尝尝，但小廖没同意。

现在做生意不用走那么多路了，她说，可以开个线上店，淘宝之类，抖音上也能卖货。

"想过开店，但淘宝不是要那个……客服嘛，可我们都不会打字，只能算了。"她差点脱口而出，空了我教你，再一想不知什么时候，未必有机会，只能笑了笑。他换了件衬衣出来了。隔壁电脑店的父子坐在路边，对着简易折叠桌，一壶接一壶地喝茶，问他们要不要来一杯，他拍了下肚子，说不用了，刚喝过。

医生叫她上车，抓好自己，不要摔下。一开始她没弄清要去哪里，他也不说话，沉默着往前。驶上沿江长道后，她才反应过来是要去岛上。这条沿江窄道宽不过五十厘米，长不过三公里，二层石屋至少已经矗立了四十年。即便那么漫长的时间，屋主依然来不及粉刷。裸露的红砖土墙早已发黑，攀满薜荔、喜林芋、白粉藤、紫青葛、酸叶胶藤。吊金钟与玉叶金花在晚风中此起彼伏，赤红浓烈，暗夜也遮蔽不住。有些残墙上画着褪色的"拆"。这里算最老的镇中心，说了要拆，但一拖再拖。唯一的那栋高楼还是二〇〇八年建起的，迄今也未售空。镇民说是风水问题。这里原先有个屠宰场，污水至今还会顺着管道渗到路面。深夜他们常能听见死去牲口的哀嚎。

"这里还好。但广场以前是刑场，煞气更重。地产商请高功来看，打夯时杀了许多黑狗，埋在下面。血流得到处是。"

站在公寓阳台，可以看见那片广场，就算亮着灯，也比别的地方昏暗。

今天钓鱼的人不多。有几个人坐在岸边用手机听山歌，便携蓝牙音箱开得很大声。

"阿杰说他水文局的工作不做了。"

"很好啊，"她说，"要是他肯回来帮忙，你也轻松一些。"

"嗯，"他说，"但阿杰身体还没恢复，等他想来时再说。"

阿杰从小患有强直性脊柱炎。大学读的是物流，毕业后在南宁工地开夜车，半年后背痛加剧，佝偻如虾。家人束手无策，二〇一三年在成都辗转找到一个乩童，乩童说过几年会遇到一个人，病会有转机。二〇一六年他和医生相识，如其所言，好了七八成。之后医生叫他一边治病，一边学抓药。因为没法固定时间，给定薪怕他有压力，所以每月医生在微信上打几个红包，作为酬劳。

"小徒弟空了也会来，"他说，"但也不能指望太多。"

小徒弟的父亲是黑龙江人，一九九五年到广州做服装生意，遇到她母亲，定居下来，在那结婚生子，直到二〇〇九年罹患肝癌去世。她父亲去世之后，母亲在广州独自打理，觉得离家太远，把生意转回柳州。服装店很快倒闭。后来她母亲辗转又做过贷款、中介，都没赚到什么钱，二〇一六年认识了一个南宁人之后，一年最多回来一次，剩下十三岁的女儿和八十岁的婆婆还在镇上。婆婆老得听不见声音，做菜常忘记给过盐，凝神思索几分钟，又撒一把下去，吃得人要跳脚。几年前，小徒弟月经初来，痛到唇色发白，体育课上到一半，被几个同学架回了家。婆婆不知怎么处理，只记得某年手痛，桥西的一个医生扎了两针，重又活动自如，于是骑着三轮车带她来这儿看病。她对樟木柜上的药名很感兴趣。这些小楷是医生读二年级时，他父亲责其写下的。那会儿医生还不怎么认字，在膝上摊开一本《本草纲目》，依样画葫芦。没有金墨，跟邻居讨来一碟黄油漆，秃毛笔蘸一蘸，写在抽屉面板上。油漆的气味黏在记忆里，久久不去，颜色历久弥新，至于那些字，写得太像样，太骨清神秀，仿佛意在说明他注定要吃这碗饭。

后来她经常放学后跑来，扔给他一盒尚且温热的米饺，看他施针、用药。他觉得她有天赋，三不五时教上几味，教其性味归经。她学得很快，抓药又稳又准。那会儿她拿柜子上层的药草还需要踮脚，现在都十七了，不怎么见高，但敦实了不少。

严格意义来说，没有行过拜师礼，不算师徒，所以她叫他"阿叔"而非"师父"。高中毕业后，她不读书了，在红楼酒店对面的糖朝甜品店做服务生。有次他们去店里看她，她笑嘻嘻地走来，系一条黑围裙，戴着帽子，脸圆圆的，头发留长到肩膀，但还是像个男孩："阿叔，想吃点什么？"

两人合吃了一碗西米露。店里空调开得很大，她的手臂为此冻起一层鸡皮疙瘩，蓦然抬头，看见小徒弟坐在一旁，深深地望定她，敏感地意识到小徒弟对医生不单是师徒之情，要多出些什么。

她想，其实这些年，他是有机会的。结婚生子，告别孤独，过一种更正常，或是更合理的生活。医生也曾和她说过"那个女孩"的故事。她长在山里，而他是"街仔"，小时候的周末，她常走十几里山路过来看他，再走回去。高中毕业他离开了小镇，过了几年，女孩去了海藻饲料厂工作，嫁给了另一个"街仔"，公婆开水果店，对她不是很友善。婚后几年她生不出孩子，连父亲都觉得她没用。她在他这里调理了大半年，每次煎药都得背着家人。婆婆嘲讽她，说医生光靠你就能吃饭。后来她怀了孕，生下一个女儿，出生十天，婴儿全身湿疹，面目俱赤，脸部浮肿，耳朵溃烂。老人带去急诊输液，久久不愈，她抱过来吃了几服药，湿疹很快褪去。他给她的小女儿写了首曲子。再后来，她毅然决然地离了婚，在老街开了家私房蛋糕店，一个人带着孩子。有时见他三餐无着，会送来几袋无水蛋糕或是泡芙。过了几年，她离开长安，说要去桂林。走前来诊所跟他告别，送了一大把鸡血藤，塞进他手里，什么也没说就走了。

这么多年，他不是没有机会，但那些机会，都被他有意无意地或忽视，或放弃了。她其实不明白为什么是自己。一年前的五月，他从朋友那要来她的联系方式，第一次给她写信，第一次跟她说故事，谈论自己，谈论他人，直到现在，她都觉得古怪且不真实。他从未在她身上发现任何值得珍惜的特质，他甚至不了解她，那些想法、愿望。她猜他只是因此望见了另一种生活的可能，她所代表的，是跟他当下全然不同的生活，就像她在他身上看见的一样。

现在已经能看见岛屿的轮廓。岛在江心，一条铁桥与岸边相连。发大水时桥会被收起，镇民的生活物资只能仰赖政府空投。夜间江流渐回清澈，铁桥也放了下来，桥边停泊了两艘海事渔船。他重踩油门，叫她抓牢，车轮碾过年老生锈的铁板，发出隆隆巨响。

岛上没有路灯，只能靠记忆辨别道路和建筑。医生告诉她，左手边那座爬满常春藤、类似村委会的长方建筑，原先是个游客中心，一九九六年起建的。政府以为会有人想来岛上看看，但岛上什么也没有，没有景观，没有建筑，只有少数传说，少数居民。没人对一座寂寞无聊的孤岛感兴趣。游乐场还没来得及命名就倒闭了，只剩一只秋千架，挂在高大的榆钱树下。绳索断过一次，后被换成钢质的，偶尔才有人光顾。长椅下和廊檐下结满蛛网，灰尘如串珠，绿色烧烤炉已经褪色，一只气球拴在烤炉铁架，在风中缓缓飘摇。这里有灯，有三四条长椅，其中一条坐着两个老人，闭着眼睛，慢慢摇着蒲扇。他将车停在路边，说我们坐一坐吧。

他们坐的长椅正对一栋三层民居，墙上刷着彩色农机广告，居委会登记募捐数额的粉纸挡住了广告上的联系方式。她说每天都会看到阿杰在刷手机，他手机上有个约会 App，不知道叫什么，闲暇时分，他就在那上面浏览女孩的照片，一张接着一张，从不厌倦。他是急着找女友吗？

哦，医生笑笑，阿杰有过女友。三年前他在网上认识了潇雅医院的一名主治医生，两人在线上鸿雁往来，感情迅速升温。她决定来找他。过来当天，她在机场遭遇抢劫，她放弃了箱子，想夺回手提包，因为包里有给阿杰的特效药，争抢中被对方用尖刀刺中了后背。她活了下来，但脊髓神经受损，再也站不起来了。她删掉他的联系方式，也不告知他自己的任何现状。阿杰则大睡一觉，过了一天，如常醒来，如常吃饭，如常做三炷艾灸，晚上看过期的《非诚勿扰》。床边放一本黄皮《周易集解纂疏》。空了就翻，书页打卷得厉害。

他不提她的名字，也不提这件旧事。只是不管去哪里，他的腰带上都会拴着那一大串钥匙。钥匙扣是女医生出发前寄来的。一只橡胶皮卡丘。

这些事情不可思议，但也是有可能的，你知道吗？

她说她知道。她想，也许女医生比阿杰要难。因为阿杰从一出生，就知道他的一生注定歪斜了，扭曲了，但她是被意外陡然截断的。但也不好说。从未得到，还是得到后失去，在已经发生的人身上，从来都不是个选择题。对于他们来说，选择并不存在。没有选择，也就没有探讨的余地。

风吹起她的裙子，他伸手将其掖好，叫她细看墙下的一排陶钵，里面是扦插的多肉。她认出有旭鹤、姬胧月和立田锦。他教过她。散步的时候，他会随口报出动植物的名称。屋侧的那株古树裂成了两半，很多年前被雷劈过，悬瘘累节。枯根又发新藤，龙蟠虬结而上。

最近你常做噩梦。梦里大叫，醒来都忘了。

是的，都忘了，她说。他因此无法睡着，只能起身，读书，写作，去厨房煲药。你做梦吗？她问。

最近很少，他说，以前也很少。

他睡得太少，体力透支，躺下不足三秒就会发出鼾声。梦早被疲劳挤对出局。所以噩梦只发生在上海，他四年中唯一的一次休息。他在梦里看见父母又死去一次。他努力想分析梦境给出的信号。该去修坟了，他说，那里大概长满了杂草。祖先都埋在那座山上，以后他也会葬在那里。一座空墓在永久地等着他。

对学校生活深感失望，他大学读了一年就退学了。揣着最后的五百块钱，坐火车去湖州找网恋了几个月却还没见面的女友。从车上下来，还没出站，他发现身上的灯芯绒夹克被人划了一刀，钱和学生证都被偷走了。自此学生时代以这样一个方式告一段落。同样记得的还有他们在湖州旅店告别的那个潮湿的下午，他蹲在地上，反复擦拭唯一的一双皮鞋，听见女友轻轻地说道，我们还是分手吧。

离开湖州后，他坐车去了北京，住在团结湖一间密不透风的地下室里。后来的几年，他当过编辑，跟过剧组，混过酒吧。编辑干了半年，出版公司倒了，前老板介绍他到朋友的剧组做宣发，剧组说他写的一无是处，借着去上海转场，将他开除了。他失业了大半年，饿得撑不下去就找朋友蹭饭，但朋友的口袋里也经常摸不出十块钱。二〇一〇年圣诞前夕，他跑到亮马桥的一家酒吧，求老板给个活儿干，什么活儿都行。当天他洗盘子洗到两点，打烊后老板清点账目，将他拉到一侧，掏出裤袋里所有的纸钞，告诉他这是今晚所有的收入，歌手的钱还没付。很多人一瓶酒坐一宿，无赖得很，可你也没什么办法。他粗粗估计，只有三百来块，心下一沉。老板踌躇一会儿，抽出几张，拍在他手上。他抓在手里，出门后才敢细数，发现只有二十五块。公交早停了，打车费用不够，他从凌晨三点走到天明，倒在床上，再也起不来了。

离开北京后他在广州待了几年。走投无路时，在夜市买了本盗版的《卜筮正宗》和《增删卜易》，开始自学六爻，此后在地铁站卖课为生，一课十块，一天能得几十。过了半年，发现自己尚无片瓦遮头，哪来能力替人消灾，这才决定学医行医，先后赴山东和重庆，跟过几位师父。二〇一四年他去成都，他出技术，一个师兄出钱，两人合开了间社区诊所。一年后师兄去世，给他留下一包针，叫他继续行医，好好行医。他这才知道师兄有肺结核，学医多少为了自治。两人同吃同住这么久，他自查后，发现并未患病。但诊所也开不下去了，一个伙计做艾灸时烫伤了来看病的人，对方带了三四个人，堵在门口，要走五千块钱。钱不多，但也足够使其破产。他回长安时已经三十四岁，人事杳然，一贫如洗，只有一张旧诊床随身。坐在父亲的诊所，每天无所事事，父亲悄悄对病人说，那是我儿子，他看病很厉害，可以不收诊金，这才有人肯让他一试。

　　回来一年后，母亲去世。二〇一六年的冬至，她晨起后说头晕，可能感冒了，于是睡了一天。傍晚她起身喝了米粥。深夜他进她房间时，见她光脚踩在砖石地板上，在昏暗的壁灯下，对镜梳头。见他进门，母亲笑了笑，又躺回床上。他给她摸了脉，喂了药，听她说只有腹部微恙，乐观地觉得明天会好起来，于是守在床边，继续读书。一点钟，他下楼给火炉添炭，其中一块在炉内裂开。他心头大跳，冲到楼上，听见母亲喉头发出声响，头如枯枝般折向一侧，猝然走了。

　　他后来才意识到，他回来时，母亲已一夕老去，瘦骨伶仃的身体缩在老气横秋的棉服下。他还停留在她年轻时在镇上国营宾馆做服务员的模样，乌沉沉的头发盘进发网，穿着绛紫色窄裙，背对着他，在阳光下抖开一床散发着消毒剂气味的雪白被单。他记得自己穿着水靴，跳进巨大的洗衣池，和其他人一起踩踏衣服，将水花溅得到处都是。

他记得最多的始终是小时候的事。那时家里太穷，没有零花钱，又长身体，嘴巴很馋，见同学喝橘子汽水，也想尝尝，但母亲从不同意。一天他无论如何都要吃雪糕，以不去上学作为威胁。母亲说，好好上课，回来吃绿豆粥。他看向父亲，试图寻找盟军，父亲怯懦地望了眼厨房里的母亲，道，还是回来喝绿豆粥吧。他扔下书包，坐在地上，号啕大哭。母亲没有理他，他只能擦干眼泪，背起书包，悻悻去上学。后来他学会了偷钱，每次偷五毛、一块，藏在褥下，居然攒到二十五块，被父亲打扫卫生时发现，挨了顿打。

现在想想，母亲可能只是希望他健康，不单因为拮据。只是许多话他彼时没来得及问，现在也没机会了。他刚回长安的那一年，母亲每日煲汤、熬粥，也不再拦着他吃零食，只忧心他的瘦弱。听闻镇上新开了一家东北饺子店，味道很好，她便走了三公里路，花十块买了一碗，装在塑料袋里带回来，见他在书房写作，敲敲门，放在桌上，又悄无声息地退下。他嫌时间太久饺子泡得发软，嫌她扰乱自己工作节奏，于是撇在一旁，任其变冷，彻底糊掉。

用竹杖扒开重重芒草时，他还是无法相信她将就此长眠于山间硬土之下。还以为已是人生低谷，低无可低，四十三天后，连父亲也走了。几个师兄从成都跑来帮忙。四人抬棺上山，他记得棺木莫名的沉重。风水师说，那是你父亲不想走。母亲去世后，他整夜睡不着，在江边一根接一根地抽烟，抽到手发麻，人发木，但父亲落葬之后，他坐在碑边，想抽根烟，却发现连一根都点不着。

后来的几年很难，但也正是从那时开始，他渐渐读懂了生死奥义、医者使命。年轻时他四处漂泊，一条路走不通，就换一条，一个目标达不到，就换另一个。也曾想过一切办法，避开行医之路，却最终发现，还是得回到这条大道上，于是在日记里写：人该怎么度过这一生？"暴霜露，斩荆棘，以有尺寸之地"，唯有躬身下去，才有天地自明。

你呢？他问。

她告诉他，自己小时候和祖父母生活在一起。父亲在新疆采矿，好几年没什么消息，母亲在大伯的农场，常在深夜搭车回镇，陪她睡一夜，再坐凌晨最早一班车离开。有时她夜半醒来，闻到一股甜软的气味，知道正躺在母亲怀里，嘴里塞着半片威化。醒来时她已经走了，吃剩的威化还在床头。母亲带回的礼物有时是雪碧，有时是奶糖。就这些，饼干、雪碧、糖果，没什么特别的。她们在一起的时间不多，交流的也不多，现在还这样。

她也在北京待过几年，但情感稀薄。只记得有次为报道一起拆迁坠楼案，转了两趟公交去大兴。坐在公交上，一过六环，看见车窗外昂首过去几头高大的驴。大兴集聚着为数众多的家庭服装作坊，屋檐黑如泥炭，一片压着一片，格局大同小异：一楼放机器，二楼老板办公室，三楼四楼是职工宿舍。民用电路做工业，实在不堪重负。二〇一一年，一栋四层民居起火，烧死了十八个人，很多工厂就此被清理出城。负责那起报道的同事，当时刚满二十六岁，发誓做一辈子的记者，五年前离了职，成了一名民法律师，负责过一起轰动全国的煤企争产案。从写新闻的变成了新闻的中心，也挺好的。本就没有一成不变的计划，也没有持续一生的宏愿。她也不做记者很多年了。二〇一二年离开北京后，她去了杭州，在另一家报社。传统媒体江河日下，她想过和它们抱在一起下坠。到了二〇一五年，调查报道被叫停，杂志只能靠发软文为生。她熬了半年，主编走后也离了职。辞职后休息半年，离开杭州，去了上海，后来做的事情和新闻毫无关系。

经历不等同于工作履历。人的过去也无法三言两句简单概括，她想，其实人生归根结底，是一个一个不甚连续的瞬间。离开北京，去向杭州，离开杭州，去向上海，无论如何，都不过是某个时刻的决定。人人希望深思熟虑，事事完满，实际上多数不过是瞬间之下的冒进。人人喜欢说要勇敢，要坚定，实际上，遇事临头，从不勇敢，更不坚定。

风变小了。他出了点汗，叫她上车，我们再往前走一走，他说。接近月牙湾时，他停下来，用脚撑住地面，让一辆电瓶车经过。接着是一辆白色起亚，汽车卷起一阵尘沙。他们等车经过，但车也停了下来，大灯照亮一方空地，车里走出两个小小的人，靠在车头望月。她终于看清，眼下他们正置身于一大片芦苇之中。

新闻上说今晚有最大的月亮，他说，就算中秋，也见不到。

像把今年的幸运份额都透支完了，她说。

是啊。他说，不过，可能你觉得今年不好，但过段时间回头再看，会发现今年还不错。

都这样，她说，不是一年比一年坏，只是当下够好。

芦苇旁长满双荚决明，金黄纷纷，剔透如盏，红色的是扶桑，明丽近妖。越过芦苇就是江水。他告诉她，江中有种五彩大鱼，偶尔得见，浮游水间，憨态可掬，见者一旦大意忘情，伸手去捞，鱼旋即重如大石，捕者如不甘心，随之而去，鱼会愈来愈重，待得回过神，人已在水深处，几难生还。

喔，很像说一种欲望。

不，他笑笑，摇头，不是比喻。都是真的。

那辆车开走了，剩下他们。她不说话了，抬头看月。芦苇的影子映在后视镜。他的生活，他的故事，很多时候，她也只能理解一部分。

你知道，他忽然说，很多人都说我看病专注，就我知道，不是这样的。也会很烦，接到电话会想，最好这些人、这些事都给我滚蛋。

你知道吧，他顿了一会儿，忽然说，"我妈妈的死，我有责任。那天我没有好好照看，满脑子都还是写医书。我在她床边写目录和大纲。我以为会没事，以为明天会好。但你要很久之后才肯承认，一念之疏，会错失多少。

她看向他，清辉胜雪，也看不清他的表情。他微笑着，叹着气，背对她，走下石阶，走向底部。远处有几个中年人，站在浅水处泼水嬉闹。他脱掉衣物，叠放一旁，双手举过头顶，活动踝关节，跃入水中。一轮皎月落在江流。她看着他慢慢游向远处，游向江中之月，脊背在稠黑的江水中发亮，像蛟。她想，他的生活，他的故事，她并非怀疑，只是很多时候，她也只能理解一部分，相信一部分。

如果我们说的故事不全是真的，如果我们竭力也无法说出全部，如果忏悔也可以虚构，她又能说出什么？

春天你给她打去电话，问楼下的樱花是否都谢了。她说不是，吉野樱谢了，但八重樱还开着。她知道这些名词是因为你说过一次。如果你想看，我可以带你去。她说。每次你说要下楼走走，她都会很高兴，因为你几乎从不下去。在家时你伏在案前工作，躺在床上读书，或给情人发消息。你几乎从不下楼，你一而再，再而三地忽视她的请求。

可她记得每一次的出行。记得四岁那年的夏天，你们一起去西溪湿地，洪园的木绣球开得到处都是。白色的芍药，紫色的马鞭草，也开得到处都是。你告诉她，很喜欢绣球，西方绣球色泽艳丽，花枝饱满，本地绣球要小一些，颜色多为纯白，但也很美。上海思南路和瑞金路的花坛，到了夏天，就会满开紫红色的绣球，但你大部分时间都在工作，轻易就错过了花期。她应诺说，如果看见花开就通知你。第二年夏天，你回到杭州，她说有些东西要送给你。你以为又是绘画课上手工粗劣的作品，她说不是。她恳请你下楼。起先你跟过去一样，说等会儿。等会儿之后，就不再有下文。她央求你下楼，承诺不会让你失望。你这才放下手机，跟她下到楼底。绕过几个灌木丛，到达一座老楼后，她蹲下身，指着重重树叶下边缘微黄的花朵。你看。小小一朵，长在底部，浓密的叶片和近旁的枫树截住了日光，使得它的盛大到来得比其他的都要迟一些。

所以你才知道，四月开始，她每次放学回家，走在小区，都会注意哪里的绣球开了：你都不知道我们小区的绣球有多少，这里一蓬，那里一蓬，比天上的星星还多。但你一直没回来，它们都谢掉了。她记得每一株绣球的位置。她记得荷苑旁的两排樱花，记得你说她出生时，树木才刚刚种下，几年过去，早已枝繁叶密。游乐场有一株吉野樱，旁边开着一株山茶。红色山茶被风吹落一地，她捡起来让你拍照。鱼池旁是株八重樱。那里的樱花还没凋谢。你到时天已经黑了。小区装了地灯，但还不够亮，要借助电筒才能看清。你把手机打开，照向树枝，它们在黑暗中显露面容，仿佛重新绽开了一次。

你被这美震了一震。于是知道，她守着这株仅存的樱，日复一日地等你。等光照向它，等它再开一次。

疫情开始后，有四个月的时间你没回家。她祖母发来消息，告诉你她深夜大哭，问自己是否从垃圾箱里捡来的，又说很想死。可她不过七岁。你不断猜她究竟是何处境，是何心境，是否和她父亲吵架，但这条消息你一直没回，怯于面对吧，你想，见面的话总会好的。

　　是的，见面总是会好的。见面时她抱着你，安静得像什么也没发生过。你依然吝于付出，专注自身，为了哄她睡觉，才肯读一会儿《了不起的卡梅拉》，半小时，快速读完两本。她记得你讲《睡鼠睡不着》会犯困，所以这本书被她藏在枕头下。她记得你说过《精灵书》的翻译不大好，所以小心地问你，米小圈可以吗？你迟疑了下，答，挺好的。她松了口气，说，那就好，我觉得太逗了……但在日记里，她的母亲从未出现过。她不会虚构，只能写到和祖母吵架的情景：因为去酷嗒动物园必须要人陪，祖母不愿意前往，最后没能看成，路上她们吵了一架。她写到在学校包饺子，"其实南方人不爱吃饺子"，写到某日雨后看见彩虹，"那是上帝和人的永约"。

　　她记得那些话，多数连你自己都忘了。

　　她不会虚构，只能写无法实现的愿望：珊瑚礁和小丑鱼不要消失，海水越涨越高。陆地变大，文明退场。人类没有衰老和死亡，你们会一直在一起。

　　见面时都很好，唯独不见面才不好。每次回上海，你从家里出发，在东站下车，站在送客区，都能看见她坐在车里，透过车窗，笑着朝你用力地挥手，于是你也笑着挥手，轻松地转过身，轻松地上火车。两小时后，她的父亲会告诉你，今天她又哭了很久。她每次都是哭着睡去的。每次告别，都像又失去你一次。

她只向他们发脾气，也只向他们求和，你离开时她会找他们各种麻烦，再软弱地站在一旁祈求原谅。她从不跟你发脾气，因为你们在一起的时候太少了。但她记得你罚过她，唯一的处罚，因为欺负邻居小孩，她被勒令面壁思过；她记得小时候她磨牙，咬破了你的乳头……连这些她也记得。

你只会不断地缺席，不断地错过。忘掉身份，忘掉责任。自以为是寻找生命的热情。

但你不会和他说这些。永远都不。你只会说，一切都好，都还不错。温、良、恭、俭，我们能够呈现的、应该呈现的外观。不会说刚刚又摁掉女儿打来的电话，而你又因深彻长久的负疚整夜失眠。你更不会说遇到他之前，你也遇到过别人，痛苦地等过好几年，然后某天的傍晚，站在一间陌生的厨房里，站在锈蚀的水槽前，给他打去电话，说你爱上别人了。他正开车去往北方的海边，那么多年，和家人的第一次出游。有一段路他不知道怎么开下去，于是摘下眼镜，将车停在路边，笑着跟后座的家人说，开累了，休息一下好吗？在冰凉的海水边，好几次他都想跳下去。

不，你不会讲，只会说，一切都不错。情感需要共享平静和喜悦，也需要你独自吞咽苦难。

有人喝醉了，拿着一只塑料饭盒，摇摇晃晃地走下台阶。她站起身，听见对方自言自语地嘟囔着。她听不懂，但担心他落水，于是大声叫着他的名字。他终于听见了，游了回来，接过饭盒，从河里打了一盒水递给酒鬼。天起了凉风，他打起哆嗦，撑住台阶，上了岸。穿好衣服后，他朝远去的人影挥了挥手。

你还好吗。

她说是的，还好。但是"想到要离开就睡不着。"

"回去也好，长安太小了。"他说，"我是没办法。你不一样。在这儿久了就会废掉。确实没有你能做的事。这鬼地方，连个能上班的单位也没有。人这一生，最重要的是别为难自己，也别为难别人。"

他用袜子慢慢擦干脚底，将湿袜子揣回口袋："你知道吗？这边就是这样，待久了无法出去，待久了人就废掉。十多年来，我一直想克服，后来发现解决办法也很简单。那就是到了一个地方后，好好吃餐饭，很快就没事了。"

"我不知道，"她说，"我不知道是不是这样。"

"信我的，下了飞机，好好吃顿饭，吃完睡一觉。醒来你就忘了世界上还有长安这么一个地方。"

我不知道，她说，我不知道会不会这样。她流下眼泪，对不起啊，我真的不知道。

她记得南方难以忍耐的烈日，空阔理智的大楼，经年不换的广告牌；记得群山笼罩白雾，渔船泊在浅滩，江流日夜搅动灯光与色彩；记得雷雨绵延不绝，一到清晨，就消失无踪，像一场梦。

她记得夜晚那么长，吃清补凉和玉米凉粉的食客直到十一点还在骑楼排队，店铺顶上的电风扇呼呼吹着，无止无休，炒粉摊的炉火凌晨不灭。她记得老火车站的每个凌晨，都挤满等活儿的背夫和苦力。记得傍晚的孩子坐在文体中心的草地上，年纪轻轻就有了衰老的姿态。他们从不把读书当作出路，也无法将读书当作出路。

开始你会觉得贫穷迟堕，但时间久了，你就会习惯，习惯潮湿闷热的天气，习惯辛辣粗糙的食物，习惯雷雨只发生在黑夜，消失于白天。

他们开在回去的路上。他开得不快，但也不慢。夜晚温煦的风吹拂在脸上，人变得柔和而困倦，她想，其实就在这里睡去也无妨。

她记得一年前刚来长安的那个下午，前一夜刚下过一场雷雨，暴雨摧枯拉朽的力量，在次日午后仍有余威。崩碎的山石倒灌进江流，漩涡裹挟枯枝钢筋，钻过大桥，向东怒叱而去。她站在桥梁下，看见雾霭深锁的苍翠岛屿，心想，如果去一次岛上会怎样，会不会有什么不同。她一直以为是台风阻断了去岛屿的道路，后来发现不是。如果人真的想去一个地方，什么都无法阻挡，雨会停，道路会变干，障碍会被移除，云柱可以分开，只要等得够久，足够虔诚，总会到达。只是你不一定要去那里。你常常困于中途，并不知道自己真正想去哪个方向。

原刊于《小说界》二〇二一年第一期

糖

王海雪

一

　　英与老师同龄。有时她去他那里过夜。那是一栋二十年前建造的公寓，在市中心的一处旮旯里。幽暗的楼梯盘旋向上，她独自走，某段楼梯的灯经常坏掉，她重重跺脚或大喊几下，就在这人为制造的回声中，她有一种羞耻感，自己像上门卖身。

　　她和他是朋友介绍认识的。他离异，她也离异，他有一个女孩，她有一个男孩。两个三十来岁的人，没有多少故事，但是要经历也有经历，多多少少看透一些生活的幻象，对爱情也没那么多憧憬，看着顺眼，便各自怀着小心思在一起了。

　　男人与女人，必须有一个像样的家庭。这句话要不就是亲戚，要不就是年长她的朋友说的。与其说这是别人对她的教育，不如说是她耳濡目染从别人那得来的二手经验。这样的经验就像顺藤摸瓜，一摸就摸到这是一个被日新月异的新楼盘簇拥的城市，一身软骨。

曾经，在身高普遍偏矮的镇上，英的个子特别引人注目。她很高，而且比例和谐，有一双与专业模特相比也毫不逊色的大长腿。年轻的英有一副完美的身体，年轻的英不知别人对她身体的批评可能是出于嫉妒。英自卑于自己纤瘦的双腿。妈妈教她，一定要穿长裤长裙，把这双腿遮起来。这样的腿没有肉，没有肉就没有力气，婆家看不上的。十五岁后的英，再也没有穿过短裤。英的妈妈是农民，但那时的村妇，地位跟一把锄头没什么区别。

英只有从过去的照片里，才能确定自己真的美丽过。英几乎不做保养，但她现在看起来依然比同龄人年轻漂亮。

她敲门，老师开门。她一眼看到老师半秃的头发，这显著的特征每次都能把她的目光牢牢抓住。老师穿一件皱皱巴巴的深蓝色衬衫，松紧短裤。而她，穿紧身衣，腰带扎得很紧的牛仔裤，每次来，她都习惯把裤子连同自己的腰捆得很紧。通常他们都会坐在沙发上不痛不痒地聊天。主要是老师讲，老师都有绝佳的口才。

教师是一个十分稳定的职业，工资加奖金一年至少在十万以上。老了有退休金，还有一套三室两厅的房子。"你还挑什么？试试看？"这是跟她关系亲密的姨妈翻着白眼劝她的话。一个被社会认定超龄的女人，哪方面都贬值。她从姨妈的眼神里读出更深层的意思。于是，她决定随意地跟他处个对象。

老师并不是真的看上她。他嫌她年龄偏大，也没有正经工作。一个给夜宵摊供应一次性碗筷的女人，能赚多少钱呢？他只希望有个女人能给他生个男孩。他跟英在一起时，犹豫过，因为英的年纪，但是，英生过一个儿子，这成了他跟英交往的某种信念。他经常在沙发上捧住英的肚子，他的目光并未注意松弛的肚腩，而是紧盯着那一条剖宫产留下的疤痕，医生就是从那里面取出一名沾满羊水的男婴。男婴。他仿佛看到一个带着小小生殖器的男婴从英的肚子里蹦出来，扑到他的掌心，他便举起这单薄柔软的肉块，兴奋地告诉村里人，他有儿子了。于是，他有了跟英制造生命的冲动。

英觉得自己的肚子基本再无怀孕的可能。她并未做过任何的检查，但她知道，有些女人的子宫就是那样，无论试过多少次，就是很难再怀上。

电视正播着一部古装剧。她的耳边一时是那娇滴滴的女主人公的声音，一时是老师那粗哑的嗓音。她听出他突然的变声，就像某件剧烈的东西，强行入侵她的听觉。而她又不得不注意到他。老师的手开始放到她的大腿上。她想，还好她的裤子够厚。

她跟他做过几次。每次结束，他都会叫她把屁股抬高，说这样未来的儿子可以冲在前头。她心里很不情愿，可还是温柔地顺从。她的例假每个月都很准。一到那天，男人就会发信息问她，没来吧？她说，来了。老师发给她一个失望的表情。老师下载了一个月经追踪器，一到排卵期，便殷勤地约她吃饭。去的都不是很高档的餐厅。英也没那么狠心，不想让他破费太多。她跟姐妹们说，他是吃工资的人，又不是什么大老板。姐妹们嫌英保守。这样的献身，什么都没捞到，图什么？图的是摆脱离异单身的名声吗？这都什么年代了！英承认自己守旧，也有些固执，可她想，骗人终究是不好的。

英跟前夫刚离婚那会儿，亲戚介绍她去城里一家饭店当迎宾。她穿上改良后的正红色长款旗袍，不用露腿，站在大堂前，丝毫不比十八九岁的姑娘逊色。结过婚又离过婚，少了青涩，却有一种少妇特有的独特风韵。那些阅人无数的老板都会多瞄她几眼。英总是露出实在的笑容，老板们看出这笑容的分量比对面的小姑娘重上很多。有时会叫她上来端个茶倒个水，塞给她一些小费。不过，有一次，她倒茶时，老板的手在她丰满的屁股上掐了一把，她就再也不上去了。很快，饭店的老板就把她裁掉了。

那时的工作很好找。她很快找到合租的地方，又在一家临街的男装店找到工作。

生意不忙时，她会跟同事聊天，她不知道摸这一把爽一下能有什么实在的好处。她喜欢说"实在"，这个词能让人感受到厚重，感受到力量。她不记得那老板长什么样，却记得那两只弯曲的手指，像一把不锋利的剪刀，瞄准她因为弯腰而翘起来的屁股。她没有丰乳，但有肥臀。老师也喜欢摸她的屁股，可她不让，那会让她觉得她正在跟那老板上床。

她跟老师处了几个月，原本有的那一点感情因为迟迟无法怀孕而淡下来。老师只是为了寻找一个新鲜活着的子宫，似乎跟肉体皮囊没有任何关系，跟她的渴望，跟她每一寸身体的感受都毫无关系。她觉得这样耗下去也没什么意思。

老天似乎听到了她的心声。这样说很俗气，但是人们有时不得不相信自然界神秘的力量。有人给她送了一箱释迦果。她装了半袋，给老师送过去。迎接她的并不是熟悉的开门声，而是有人紧张地问，谁？她说，我。门开一条缝，她透过缝看到一个半裸的女孩，女孩正坐在沙发上望向她这边。那女孩有一对巨乳。她装作没看见，说，给你送些水果，拿着。她把释迦果塞到伸出来的那一只手中，就往回走。

在暧昧不明的成人关系里，通情达理是每一个人的共识。英很明白事理，老师也很明白事理。他们做回朋友，有时英还会跟他谈论那女孩的乳房，那是一对天生适合育儿的乳房，适合他吮吸，也适合那即将出生的婴儿吮吸。

二

一晃两年。英断断续续地谈恋爱。英记起刚分手不久的高才生。高才生是一家上市企业的办公室副主任。每次约她出来，一落座，就对她的衣服评头论足，嫌她穿得太土，说要带她去买最新款的衣裳。有一次，他们穿过停车场，来到临街的一家品牌服装店。那个牌子叫欧典还是恩典，她忘了，就记得那家的衣服很贵。他帮她挑了一件花裙子，她从试衣间出来，在镜子面前，想起结婚时带去婆家那床大红大绿的棉被。她穿不出斑斓花色的万种风情，店员与高才生却一个劲儿地说好。高才生把手搭在她的肩膀上，目光落在外露的吊牌上，问起她的意见。她对镜露出明媚的笑容，摇了摇头。他们什么也没买。跟男人在一起，英发现自己喜欢摇头，说"不不不"，仿佛接受别人的馈赠是一件比天塌下来还要严重的大事。人情难还。英笑着说。何况那衣服将近两千块。

之后，他们去附近一家连锁茶店喝工夫茶。高才生叫来他的几个朋友。他们说的话，英完全插不上嘴。高才生聊他高考时的事，上大学时的事，工作后他那些分散在全国各地已成为社会中流砥柱的同学的事。

年过四十的高才生，已具备大多数中年人的外在形象——偏胖，挺着肚子。每次见他，英都会注意到他引以为傲的肚子。他身体的一部分就像装在一个酒桶里。他说是陪领导陪出来的。他语气里的荣耀比白天的太阳还要闪亮。

突然，他问英是否读过高中。英一愣，忽略了他潜在的取笑。英告诉过他，她以前在镇上读职高，服装设计班，其实是裁缝班。她在氤氲的茶香中，一边喝茶，一边把这教育经历又说了一遍。打版她不在行，可一上缝纫机操作，便变得心灵手巧起来，还没毕业，就被工厂提前预定。她在厂里老老实实待着，直到有人给她介绍对象。她结婚，离开厂子。

高才生的一个朋友说，不错，行行出状元。英觉得自己像动物园里被围观的兽类。本城有一个郊区动物园，以前她跟朋友一起去看过。那是一个公共假日，人很多，每只动物都被人类居高临下的目光看着。那目光就像现在，好奇，又不怀善意。

唯一不同的，是经过猴山时，她在猴子的围观中，战战兢兢地走着，她害怕它们的虎视眈眈，她害怕手中的包、脖子上的项链、因为烫染而少了很多的头发会被猴群夺去。哦，对，这工夫茶桌前的几个人，就像那群猴子。

英是一个善良的人，真心实意把高才生和他的几个朋友夸了一番。她的朋友读过大学的寥寥无几。从前，在外读书的同学回来过寒暑假，她偶尔会因某种机缘得以跟他们一起喝茶，她便有一种实诚的开心，好像自己的身体落满知识，那是鱼跃龙门的标志，够她回味良久。

高才生与几个朋友天南地北地海聊。谁在互联网行业混得风生水起，谁又去了造车新势力——网红电动车企业，谁又出来开医药公司，专供中成药，资产翻了好几倍。这就带出高才生今天的话题，他要去广州创业。他并未看英，继续说，大城市有人脉、有环境、有激情。高才生还没和妻子离婚，仅仅是分居。他说不想伤害孩子，他说他在城里买了房，供孩子读书，却总被妻子数落。当初就该听父母的，当初怎么就不认识你呢？英相信他对生活、对家庭吐露的不满是真实的。可英什么都不想说。她想她生活的那个镇子，想起那里的女人们。镇上的女人什么都没有，镇上的女人挣的钱都是别人的。镇上的女人完全牺牲了自己，怎么不好呢？英突然想起老师，他不是镇上的老师，却和镇上的男人挺像。

英现在和老师是普通朋友。老师没和给他生小孩的女人登记。现在法律完善，就算是非婚生的也可以上户口。不登记对自己是保护。他跟英说他的小算计。他不爱那女的，他用"那女的"代替名字，仿佛对别人说出她的名字很羞耻。那不是他满意的女人。太年轻不懂事，只懂买买买。不过她年轻，交际少，当初从农村来城里，就是想扎根，住上城里的房子，还不知道什么是好东西，买的都是便宜货。他付得起。

两年过去，这里似乎没有受到什么新潮思想的影响，人们还是爱用从前的那一套法则。这可能是最有效最实用最简单的对付生活的办法。

逢年过节，老师喜欢回村里去。祭祖，跟宗族的人一起谋事。英知道，这是因为他完成了任务。英觉得这是男人与女人的区别。都什么年代了，英刷着手机想。英不喜欢回村里去。她的婆婆给她套上了许多恶名。她总能从一两个同乡那儿听到几句不堪入耳的话。何必在意呢？英时时这样想。

英和前夫离婚时，净身出户。婆家在浙江做木材生意，家底在镇上也是数一数二的。前夫之前也去过那边跟父母学做生意，但有些人，即使成年了，依旧不知自己要做什么。前夫带着父母给的一笔钱回来，过着泡妞喝茶的日子。英只是得了一个嫁入富裕人家的虚假名声。甚至养儿子，她也要出一份钱。很快，她就把积蓄花光了。她不得不去成衣店，做裁缝。别人问她为何还要出来工作，她推说，孩子大了，不想在家里待着，人在一个地儿待久了脑子会傻掉。

保守的前夫唯一看中的，是她嫁给他时，仍是处女。这让英明白一个道理，人与人之间，都是有所图谋的。

高才生对他的朋友们说英做服装批发生意。第一次说时，英诧异他撒谎。过后英相信他的解释。如果说她是卖街头食物的，会让人看不起。高才生说要让她做被看得起的人。英不是很在意别人的话，哪怕听起来让人觉得很冒犯。英没心没肺，像个傻大姐。

英在一家小巷的街面开早餐店，有些辛苦，前两年雇了人，才稍微有点自己的时间。手头也有点余钱，便开始去专柜买护肤品。她往自己的脸上涂面霜时，常常心有疑虑，这些东西真的有用吗？那些老一辈的，不都那样赤裸着脸过活吗？高才生走前那两周，给她送了一套欧莱雅，这是她用过的最贵的东西。她不忍心他这样破费，便请他去吃夜宵，送了他一条领带。他说他只要出差，都要穿西装打领带。在英心里，穿西装的人代表着某个她可望而不可即的阶层，从前的电视上不都那么演吗？

英跟他在一起，觉得自己对社会的理解与见闻都宽广不少。她觉得自己是喜欢他的。英用与爱有关的词时很谨慎。人一旦到了一定年纪，都会谨慎痴迷于什么事物。这是那桩婚姻遗留的财产——让她有了总结与思考的能力。曾经的英痴迷前夫。前夫虽然个子不高，但相貌英俊，而且，家里还有很多钱。没有人不喜欢钱呀，说不喜欢钱的人都是虚伪的。

英拿起一块鸭舌吃起来，远处的灯光让天空看起来遍布裂痕。这裂痕又像罩子，把渺小的人类装在里面。英觉得这风景有趣。

高才生跟她说这周日就要飞广州。英说广州好呀，她还没去过。以后她要去就有人招待了，好吃好喝供着啊。这晚，高才生留宿在她的早餐店。她把店隔出一个小单间，一张小小的床，一张小小的方桌，上面放一些杂物。她紧贴着那张肚皮，听他的鼾声，几乎没睡，凌晨就起来忙活。醒来的她活动着身体，感到轻松。她当然知道，这是她和高才生的最后一夜，心情略微糟糕，但换个想法，能和这样的人交往——虽然他身体不怎么样，对她也不怎么样，似乎只是为了填补他家庭的裂缝才跟她谈这场注定没有结果的恋爱，但至少他让她知道此类男人是怎么回事。

不过如此。她潜意识里有些嘲弄。

兴许是跟高才生待久了，一些习性便被她习得。

英摸了一把浸润在水里的绿豆，这绿豆汤煮出来一定很受欢迎，早晨的上班族们，即使尚未从夜的黑暗中醒来，但神志必定是昂扬的，吃了她的早餐后，更是动力十足。这是一个每天来买一碗猪杂汤，加一个茶叶蛋的小伙子说的。他在附近一家公司上班。他跟她说，他喜欢她身上的酸菜味儿，也喜欢她那像喝了敌敌畏的枯草般的头发。

三

夏天的温度没有往年高，人们的脸上看起来就跟这晴空一样明净。

老师在这个夏天里的某一日来找英。他说是专门来捧场的——暑假是如此漫长，他无法再找借口不去朋友的店里捧场。英的早餐店已扩张为两家门面的饭店。

老师明净的脸似乎多出了许多褶皱。英不喜欢使用语气肯定的句子，她给自己留反转的余地。如果有人说，没有，老师比以前年轻，面色红润亮堂堂，怎么可能有皱纹呢？并且恨不得要把老师的脸撕下来摊开给英看时，英就会改变立场，附和道，对对对，我老了，眼神不好使，不要介意不要介意。英说话的腔调一如既往地柔和，她在迎来送往中学会了人们惯用的语言，用一以贯之的态度跟人们打交道。

重新装修后的店内墙壁上，挂了一幅与吃有关的书法作品，是一名有文化的食客送给她的，据说是什么书法大师，一字千金那种，写完后特别叮嘱她要好好装裱悬挂，定会财源广进。英把它挂在那里，觉得店里的档次无形中提了上去，书法是古老的东西，这店也有了点古老的意味。古老说明味道的正宗，好吃。许多食客不挑环境，只挑食。英的厨艺获得了食客们的认可。

那名常来的小伙子独自坐在隔壁的一张桌子上，认真吃粉，认真听英与老师毫无营养的谈话。对，叙旧通常都是毫无营养的，却能让他发现一些让人感兴趣的东西。比如英的感情经历。英的笑容像夹心饼干——小时候，这是他最爱吃的零食。英每次见他都会叫，小弟。他会叫英的名字。英说，叫姐姐。小伙子说不，把钱递过去。英看他步履匆匆，只有年轻人才有这么矫健的步伐，每一步都能把大地踩陷几寸。还不到四十岁的她，觉得自己的人生已走到尽头。这种年龄的焦虑感也许来自周边。有人怎么说来的？女人三十豆腐渣，这豆腐渣是拿来喂猪的。她是不是应该被猪啃食好几遍了？难道前几任男朋友都是猪？这样不断推理，英忍俊不禁。她带着美好的心情干活儿去了。

前些天，英把绿豆汤、银耳露、猪杂汤等摆在柜台上，她站在一边，跟着雇来的小妹，不断给人打包。早上时间紧迫，基本没人进店里坐。她把小伙子要的猪杂汤递过去，一晃神，汤从盖子那泼出，洒到袋子外，也洒到她干燥的手背上。小伙子的手恰好伸过来，摸到她满手的油腻。她有些尴尬，又有些心动，这年轻人的手呀，跟她那些中年男朋友都不一样。温润丝滑，那蓬勃的青春气息就在无意的触碰中从手掌沿着经络流进心里。她让小妹重新打了一碗，又多送他一个水煮鸡蛋，一边拿白毛巾擦手一边说下次来吃午饭时给他免单。他说，我会来的。

现在，他就坐在隔壁桌上，目光掠过老师那像冬天荒山的后脑勺，注视英那张无比明亮的脸。英并未注意他，这让他可以更专注地观察英。他自信自己阅人的本事，他知道英身上有某种与众不同的东西。他吃她熬的食物，感受到某种难以言说的愉悦，他确定她一大早做这些食物时的心情是美好的。唯有一次例外，后来，他打听到，英的男朋友去了广东。这也就解释了那天的汤为何过咸。

他吃完东西，又要了一杯老盐冰冻柠檬水，慢慢地喝，独特的味道消解热气，让他保持敏锐，直到老师离开。他盯着老师不合身的衣服，断定他近期身材有变。他仿佛看到了老师乏味至极的生活。

这位老师的黄金时代已经过去了。老师来找英，是想找一些刺激。小伙子觉得自己洞察人心，同时料想老师并无这样的本事。英送老师离店回来，坐到他的对面。英仍然叫他小弟。他的名字确实有个弟字。但那是中间的一个字。这样的称呼显然是要明确他和她的关系。他说："叫我明明，就像我以后会叫你英英一样。"他说得那么自然服帖，让英很是震惊。

夏天的约会都是从露天夜宵开始的。当天晚上，他固执地开一辆奥拓等在店前，再三要求英跟他一起去一个地方吃东西吹海风。英怀着隐秘的心情，坐在后排座位，在沉默中抵达海边。那里已经成为年轻人的聚集之地，便捷又浪漫，谁不想花极少的代价得到高回报呢？

海风吹过大桥，欢乐的泡沫飘浮空中。每一个人看起来都那么兴高采烈，好像遇到了不得了的喜事。英也被这里的气氛所感染。她在明明的怂恿下点了一杯鸡尾酒，明明还帮她拍了一个抖音视频。她看到加滤镜后的自己，美了很多。原来这世上，最大的骗子居然是手机。酒精让她放松，她笑得如一轮明月。她开始和明明聊起此地，聊起一些她从来没有跟别的男人聊过的话题。

第二天，英到常去的理发店剪了一头清爽的短发。她不知晓自己为何有这种冲动，毕竟，她已经好多年没有剪头发。每次她去洗头，理发店老板总是问她，要不要剪短一些。她果断摇头。这次，她终于下了决心，似乎要与过去有一个完整的告别。英剪头发时，心里想的是明明。她觉得这名字充满深刻的寓意，或许她应该跟他在一起。

昨夜，她被他载去他狭小的宿舍，一切便都发生了。黑夜里她感觉到两具平平无奇的身体平平无奇地纠缠，这纠缠里却有一股动人心魄的力量，让她感到全身破碎。她在这疼痛的快感中苏醒，来到店里时，雇佣的小妹已经拉起卷门，开门迎接新的一天。

四

之后的每一天，英都起得特别早。她将那些食材淘洗一遍又一遍，比从前更卖力地制作早餐。她不希望他吃到任何坚硬的东西，比如小石头。她怕那石头把他的牙齿崩坏。那晚，他们接吻，她觉察他有一颗磨牙已经松动。有些人的牙齿会先于年龄老去。她把绿豆泡得更久，他也比之前来得早一些。他进到空无一人的早餐店，这是独属他们的时光。她在他对面喝绿豆汤，他在她对面也喝起绿豆汤。有细微的声音从牙齿的细微咬合中蹦出，英觉得这是他们的创造。

那一刻，英觉得连空气里都弥漫着蜜糖的味道。她这一生极少有这种感觉，或许是老天补偿她从未有过的恋爱。她小心翼翼地怀抱"恋爱"这个词，生怕摔坏。当她怀抱这个词时，就像抱着眼前的明明。她从明明的身体、明明的脸上、明明的动作中，都找不到他喜欢她的证据，即使她知道这证据出自她世故的臆想。可那又如何？反正自己也享受这年轻的身体了。她觉得内心住有一个小人，正得意地叫嚣。

她知道他在附近一家证券公司做投资顾问。他说名头好听，不过是等人上门开户的小弟。他自嘲自己的父亲有预知的本事，给他取名时做了手脚。不过，他也有一些优质的客户，服务这些人，能获得不错的提成。这让他安心于当前的日子。安心，有时是变相的懒惰。他分开数年的女朋友曾指责他的安心和不思上进。人都是要看眼前的利益的，比如你怎么能叫一个娇滴滴的女孩跟你挤在一间杂乱狭小的出租房里呢？比如你怎么能只请女孩去街头巷尾的小快餐店吃面目可疑的食物，而不是去这座城市最高的旋转餐厅，一边吃自助餐一边欣赏城市璀璨的夜景呢？连造梦都不会，怎么谈女朋友呢？天天吃快餐不是生活，是没能力的表现。在女孩劈头盖脸的臭骂中，他发现自己的无能，只能任女孩潇洒地离开他。他告诉英，他境界跟不上别人，所以还是窝在自己的世界里比较实在。

英喜欢他说"实在"，爱屋及乌，便也喜欢听他讲这些事。他们挨得很近。明明数落女孩们的不懂事，她也在心里跟着数落。

英避开所有女孩子们通用的撒娇招数，她知道这对她来说完全不适用。她在镜子前学过撒娇，她被那张起皱的造作的面孔吓到。人们都渴求美，喜欢美，那张撒娇的脸却那么可怕，那样做只会适得其反。能想到这一点，让英意识到自己比从前聪明了许多。这个年轻人激发了她的某种潜能，让她的内心延长了几公分。

她最喜欢黑夜来临的时候，他已经提前在店里坐着等她，店已打烊。经营饭店以来，她一直不卖晚餐。她有一个很奇怪的想法，晚餐是私密的，她要把一日之中最重要的一餐留给自己。她除了为明早准备食材，还会为自己烹饪食物。偶尔会做一些奇奇怪怪的东西，这取决于她当时跟谁谈恋爱，恋爱对象的喜好，等等。

此时，英把一只手插到豆子里，他凑过来，说闻到了食物混合的气味。他从背后抱住她，亲吻她被头发覆盖的后颈。她喜欢他突如其来的亲昵，她笑说她身上也有同样的味道。味道依附在浓郁的空气中，依附在他们的身体之间，无人能逃得过那味道的猎杀。

在一名朋友的调教下，她比从前更会打扮，她学会了挑选适合自己的衣裳。不是有句老话吗？三分人才七分打扮。这场恋爱让她脸色红润，整个人由内而外焕然一新。她靠在他的肩上，睁着眼睛想，要是自己年轻些多好。社会对年轻人是宽容的，是慷慨的。年轻人犯错是可以被原谅的。

而她呢，注定要被她的同龄人驱逐。

这样的事情就发生在九月她生日的那天。他在临海的餐吧给她准备了一个秘密的庆生仪式。她从CoCo店买了一杯奶茶，还来不及喝完就被他生拉硬拽去了那边。他用时下流行的方式庆祝她的生日，并向她求婚。这是一种彻底陌生的体验，她一下子不知道说什么好。众目睽睽之下，她居然只有一个念头：逃离。

这是城里最热门的餐吧。数不胜数的游客与来消遣的人们都目睹了这场"狂欢"。她捂住脸，用空出来的一只手把他拉起来，他把她抱住。岁月是公平的，从不在皮肤上造假，你可以去美容整容，你可以日日保养，但你阻止不了你的老去。人们从她和他裸露的脸庞与双手，看到他们年龄的差距。

就在他们离开后不久，英的微信热闹起来。一些久违的朋友纷纷露面，推送给她一则短视频。

那令人惊悚的标题写着：二十岁出头的伙计"求婚"近五十岁的大妈。她成了"网红"。她刷着视频顿时明白了这世界对她这个中年女人的恶意。事实上，视频里的小伙子已经三十出头，被称作大妈的她刚过四十，距离五十岁还有很长的距离。

这恶意，这普遍的低级趣味逼迫英必须服老，她的礼物就是五十岁大妈喜提二十岁小伙。这惊悚的年龄差，只因为她是一个女人，而不是男人。

她还没过完四十岁之后的那十年，五十岁就迫切而来。她把店交给小妹管理几天，独自消失了一阵子。她居住在中部的一座森林酒店中，独自与五十岁搏斗，她要把它赶回未来。与此同时，她也经常想他。

他要从她那里获得什么——成熟的快感与一个不勒索他、不要求他的女人吗？她变得深邃而难以理喻，却又强大了许多。她为什么要把自己交给一个男人，为何不能把自己交给自己呢？这突如其来的想法给了她一个狠命的提醒。她彻底领悟到，人应该怎样活着，自己应该怎样活着。她的人生凭什么要由别人来指指点点呢？她满意地领悟到为何隐士都要在深山老林里修行，因为那会让自己无限接近自己。

无路可走，那是因为此路不通，或者是在她之前没人走过。在自己人生的下半场，英觉得，是时候走一条新路。这个夏天终于报复性升温，这几天的温度比以往都高，她想，也到她创造自己高度之时了。她露齿，对这眼前的世界报以真诚的一笑，她还是一如既往地实在。

五

这是一个暖冬。无论冷暖，人们都是渴望一个冬天的。为了让这座城市看起来干净整洁，为了让外地人来到这里，能够感受到井然有序，为了争"文明城市"的名号，本城开始了轰轰烈烈的清扫运动。就在冬天来临之前的几个月，这场清扫运动成功地让习惯吃路边摊度过酷热难当的夏天的人们，退回到水泥阵地中。于是，步行街空空荡荡，车流在高峰期照堵不误。上班族为了多睡上十分钟只好依然保持从前的习惯，一边抱怨早餐难买，一边被迫饿着肚子掐点上班。

英不知自己何时有了过人的眼光，在生意开始寥落之前就把铺面转让出去，赚了一笔转让费。她改行卖起服装。在一家新开商场的二楼。整层都分成小间的铺面，都是衣服，本地进的货，广州进的货，韩国东大门进的货。日系、韩系、靓妹货，这家商场可谓本城最热的潮流前线。英的生意不算很好，但也没有很差。收入比开早餐店时少很多，但是没那时辛苦。她无须起早贪黑，充足的睡眠养足精神，让她看起来简直是逆龄生长。

站在穿衣镜前看自己的英，接到高才生的信息。他从广州回来，说要来见她。她把位置发给他。他说立即出发。

英穿一条剪裁利落的长裙，系了一根黑色腰带，她比从前瘦了不少。她不再穿无袖的衣裳，她知道自己的臂膀粗壮，不宜外露。要藏拙。这是她和明明分手后学来的。

她和明明分手那会儿，真的是往五十岁策马狂奔的。分手是她提出的。她知道他和她不只有爱情，作为一个生活在现实里的人，他和她所面对的，也不只是对方，还有上门来找她的明明的父母。她没有纠缠不清与坚持下去的勇气，下了狠心，了结这段最让她心痛的感情。

尽管伤疤还会有隐痛，但习惯疼痛，会让人变得坚强。英对着镜子笑，一会儿她就要这样笑对高才生。

从前她觉得高才生的人生像生猛海鲜。现在，这个从前端退回来的人，和她待在二楼唯一的小餐馆里。这是一家比萨店，主要以外卖为主。为了便于看店，她便把高才生约来这里聊一聊。时间像大鼓被人一顿猛敲，震耳之后，消失无踪，英的感觉也变了。

高才生喋喋不休。说的还是分居已久的妻子，已长大的孩子。他说不知他的妻子为何死也不跟他离婚。英插了一句，你提了吗？高才生突然抽搐的脸庞透露了他的犹豫与迟疑。印象中，还是很年轻的时候，他们都提过。但那无数次撕裂的语词，又被无数个重复的日子埋葬。他们异口同声，为了孩子。其实，内心还有更隐秘的事物让他很难选择。比如他们共同的房子，为数不多的存款。虽然他口口声声说不在乎。

他不怎么专心造车了，而是把重心转移到某投资平台，做类似比特币的虚拟货币投资。他盯着英不知所以的温柔的脸，说这个太复杂很难解释清楚，反正他很快就会实现财务自由。英说，是暴富吗？他说，就是暴富。英察觉出他似乎陷入了一场与财富的拉锯战中。

他希望英能加入这个平台，他会尽其所能帮英摆脱贫困。守着这样的店，盈利不稳定，还不如做投资来得快。突变的画风让英觉得，高才生压力大到精神失常了，广州不是那么容易闯的。

面前的比萨，高才生几乎没怎么动，他不喜欢芝士，也不喜欢吃起来像拉丝一样的比萨。他说还是怀念半夜的大排档，比萨根本不是人吃的。他对食物的攻击火力十足。一个人如何接受食物，也就如何接受生活。英已不再迷恋像高才生这样的人。她瞅着他变瘦的胳膊，和永远瘦不下去的肚子，突然觉得跟酗酒的人没什么好聊的。

他们从店里出来时，高才生买了单，走在前面，帮英推开玻璃门，英走出去时他顺手搂住英的腰。英把他的手拍掉，满脸拒绝地笑着朝他摇头。高才生再续前缘的希望破灭了。他突然感到迷茫，眼前的英还是他认识的英吗？她怎么脱胎换骨了似的。他当然听过英的爱情故事。那段视频曾让在广州的他乐不可支，也让他内心有些羞耻。毕竟，被嘲笑的女人跟他有过交往，这是众所周知的事。发给他视频的朋友还取笑他不懂挑拣。视频里的英穿的衣服很像睡衣，在这样的场合，能穿这样的衣裳吗？他没想过，视频中的小伙子并不嫌弃。他也没想过，英身上的衣服，是小伙子赶潮流所送。

这次，他见她，是为了证明什么呢？证明她过得比从前差他才舒服吗？可英不如他所想。他也不知自己的真正所想。那些阴暗的心理藏在连他自己也不知道的阴暗处。

他来到英的店里，坐在小小的收银台前面，问英是否还住在原来的住处。他记起那张可疑的大床，都是早餐的气味。一张凉席铺在便宜的床垫上，不知用了多少年。英说把店转出去后，就在附近的大厦买了一房一厅，有了蜗居之地。买后房价上涨，是划算的买卖。英说这些时底气很足，她已习惯用肯定句。

高才生揉了揉手，说日子越来越好，便随手拿起旁边的一条斜肩花裙子，说要给自己年轻的广州情人买礼物。

他只待了两天就回广州。英问了女人的身高体重，拿了一件中码。英说，必定合身好看。他给英的微信转了三百块。英没接，说送给他的女朋友，穿好了下次再拿。他拎着袋子走上扶梯处，离开这座新商场。这城市日新月异，人也日新月异，随着扶梯逐渐矮下去的高才生突然觉得，土生土长的自己成了异乡人。

英坐在店内舒服的椅子上，顺手拿起桌上的一颗糖果，剥掉糖纸，放到嘴里。甜。她觉得高才生所说的广州情人是杜撰的故事，又觉得"奔五"的自己比以前年轻许多。

原刊于《雨花》二〇二一年第一期

秘密

小野先生

金仁顺

　　小野先生是我的朋友莉央介绍来的。他是大学历史学教授，近年来，很多精力放在东北亚近当代史的研究上。他对中国并不陌生，汉语也讲得不错。他要来长春，莉央跟他提起了我，或许我可以抽出一天时间陪他四处转转。

　　我跟小野先生约好上午九点在酒店大堂见面。那家酒店有七八十年的历史，坐落在城市中心的林地中。树林的年头比酒店长得多，建酒店时，为了不破坏景观和尽可能多保留一部分树木，楼房建得不高，分成几栋散落在树林中。

　　我过去的时候，提前了半个小时，空气清新，我下车去庭院散步。太阳升起来没多久，树林间的空气仍然湿漉漉的，青草和树叶的清香把人浸润其间，鸟儿在枝头上欢闹，时不时地，几只喜鹊在我散步的石板路上起起落落，人走得很近了，它们才展翅飞走。一个男人也在散步，头发是鸽子灰的颜色，穿着同样颜色的棉麻衬衫，腰杆笔直，姿态克制而内敛，我们交错而过时，他停下来对我颔首致意。

"——小野先生？"我冒昧地问了一句。

他愣了愣，随即叫出了我的名字，当然，也是带着"？"的。

我说是的。

我们一起笑了。

我问他什么时候到的，这里的气温和酒店还习惯吗，吃过早餐没有。

他昨天夜里到的。长春的初夏，温度宜人，这个酒店他非常非常喜欢，从他的窗子里能看到湖水，还有这么大的院落、树林和鸟儿，真是惊喜；他已经吃过早饭了："酒店早餐很丰盛。"

他的汉语除了口音略显生硬，说得好极了。以他的语言能力，即使没有我这个业余向导，也能畅行无阻。

我问他想去哪里，可有计划。他说没有，客随主便。

我跟小野先生说，每次外地有朋友来，最让我发愁的就是长春没什么可看的，不像黄河流域、长江流域，文明起源早，很多城市有几千年的政权更迭，宫廷、官场、战场、诗坛各种抒写历史。人家清明上河、江山如画、诗情飞扬的时候，我们这里树林茂密、野草丰美，清朝时还是皇家狩猎之地，夏季碧波如海，冬季白雪皑皑，但朋友来的时候，你能带朋友看绿色或者白色吗？

"在我看来，"小野先生说，"长春是心灵幽深之地。"

他很认真，没有故弄玄虚，也没有客气。那就走着瞧吧。

我们往停车场走时，我给小野先生介绍，他从房间看到的湖是南湖，最早是日本人打造"新京"时，利用伊通河的支流形成的人工湖，既是风景，也是城市的备用水源地。当年很多重要机构的选址都围绕着这个湖，比如说当年的"满映"、后来的长春电影制片厂；我们现在开车要去的新民大街，也通过一个纽扣似的街心公园，把自己跟南湖缀在了一起。

新民大街是一百年前规划、建造的，八十年对于建筑物来说，不年轻，但也远远说不上老。街道中心有两条车道那么宽的街心花园，绿荫如盖，芳草青青，桃花李花杏花刚谢，丁香花开得正当时，香气馥郁，远看像一条蓝紫色的河流。

伪满洲国的"国务院"和八大部——"司法部""军事部""交通部"等——都在这条路附近。这些楼房的外观还大致是当年的模样——虽然有几栋楼后来又加盖了两三层，但为了协调，加盖时考虑了原建筑的风格——土黄色基调、清水红砖，楼的转角弧度优美典雅，带着韵律，窗户原本是窄细的，其中有一半被现在的使用单位扩充加宽了；楼里面的举架很高，老旋转楼梯大部分保留着，但有些局部结构被现在的使用单位改建了。新民大街的"T"字形尽头的"—"，是当时预备盖的伪满皇宫。

伪满皇宫刚打完地基，伪满洲国就覆灭了。新楼盖起来以后给了地质学院，这个生不逢时的宫殿被称为地质宫。

梁思成和他的夫人林徽因在吉林省设计了不少建筑，火车站之类的。小野先生知道他，"了不起的建筑家"。在高铁时代，这些幸存的火车站风尘仆仆，小而倔强，有遗世独立的况味。

我们在伪满司法部的门前转了转，小野先生拍了很多照片。这栋楼是医科大学的基础部，跟另外两栋变成了医院的老楼相比，来来往往的人少，闹中有静。沿着楼房墙面，种着密密麻麻的丁香花，有一人多高，紫色白色开得烂漫无匹。

我跟小野先生说，很多年前我有个好朋友是在这里读医科大学的，我读书的学院离这里不远，上大学时经常走路或者骑自行车过来玩儿。这栋楼的地下一层，全是供医学院学生解剖学习用的尸体，泡在福尔马林溶液里。夜里在这里散步的时候，难免会觉得整栋楼阴森恐怖。但我朋友就不在乎这个。不过她谈恋爱的时候，有一次约会时在丁香花下面被几个男人劫持，他们带了刀，让她和男朋友把钱掏出来，他们乖乖就范了。事后我们讨论过那种状况下应不应该反抗，还因此质疑过她男朋友的男子气概和血性、勇气之类的问题。他现在是外科医生，手术刀用得很熟练，但即便如此，再遇到当年的情况，他仍旧会一言不发地把钱给他们。

"勇气是很难定义的。"小野先生说。

他说他从小到大，在学校里面一直被人欺负。

"我不知道为什么他们总是会选中我。我照镜子研究过自己的脸，也在商场玻璃橱窗的反光中审视过自己的步态，我看不出我哪里不对劲儿。但显然那些人是能看出来的，他们总是能从人群中把我挑出来。开我的玩笑，骂我，打我，抢我的零用钱。"小野先生语气温和，说到最后笑了起来，"我的青春期过得非常悲惨。"

"您从来没反抗过？"

"没有。我总想着，忍一忍就过去了。语言上的侮辱，身体上的疼痛——"他说，"有一次我父亲悄悄跟在我后面——他早就发现我有些不对劲儿了，跟了我好几天也说不定——我被三个家伙拦住了，他们把我逼到墙角，骂我打我，让我把钱交出来。我父亲走过去，抓住最中间、个头也最高的那个家伙，薅着他的头发——"小野先生抬手薅着自己的头发，比画给我看，"就这样，把他掼到了墙上，他的鼻子差点被砸进他的脸里，鼻血流得衣服都被染红了。另外两个家伙吓呆了，我父亲给了其中一个人一个大耳光，把他扇得蹲在了地上，另外一个被踢在肚子上，在地上打了两个滚。"

"哇——"

"当时我也是这样的反应，哇，好厉害！父亲平时几乎一天说不上一句话。那天他修理完那几个小子，盯着我看，我很惭愧，觉得自己很丢脸，我后悔自己没跟那几个家伙决一死战，现在我在父亲眼里，是懦夫、蠢货、垃圾。我差不多能看到涌上他舌尖的话语：'我没有你这样的儿子，滚蛋！'但他什么也没说，他拉了我一把，让我站稳了，冲我点一点头，说了句，'去上学吧'，转身走了。晚上我放学回家，他也没提这件事。说来也怪，这次事情过后，再也没有人欺负我了。虽然我照镜子时，看到的还是原来的自己。"

我们从新民大街转到松苑宾馆。开车的话，是一个很大的弧形，如果直线走路，其实并不算远。这里有栋老楼是当年日本关东军司令的宅邸，一样是庭院阔朗，树木高大。楼是欧式建筑，有尖状塔楼、老虎窗和壁柱，外墙的棕褐色面砖和灰白色砂岩石形成了色彩上的对比，正门入口处修建了喷水池。

这栋宅邸建成以后，没有谁能住得长久。第一位是南次郎，然后是植田谦吉、梅津美治郎，山田乙三是最后一位入住的日本高官，他从这里被苏联红军押到了南湖的战俘营。他前脚被押走，苏联红军的司令官后脚就住了进来，但很快，苏联司令官也离开了，国民党的一个军长变成这里的临时主人。这栋楼的际遇，应了那句老话：铁打的营盘流水的兵。庭院中的景致倒是岁岁年年相似，流水落花空自嗟呀。

老房子里面，通常藏着些老故事。这栋楼也不会例外。战争年代，生离死别都是常态，但官方资料上面鲜有记载。现在这里变成了酒店，人来人往，雨打风吹，又有多少人关心这里面曾经发生过什么。

酒店大堂有个用屏风隔开的茶吧，很清静，我们去喝了杯绿茶。新茶和热水是分别端上来的，我们自己把茶叶倒进杯里，然后看着杯底的小小碧螺春慢慢舒展开来，变成鲜嫩的叶片，水变成了浅淡的绿色。

我对小野先生说，去年我和莉央在这里喝的是红茶，那时候是秋天，院子里枫叶正红，是另外的景致和心情。

当时莉央就住在这个酒店，我按约定的时间过来跟她见面。"你的心跳得很快，"我们坐下后，莉央看着我说，"你正在经历一些事情。"

我愣了愣，她说得对，前一天夜里我几乎没睡，心脏就抗议似的，时不时地闹闹脾气。莉央是怎么看出来的呢？心脏是由骨骼、肌肉、皮肤包裹着的，还有一个橱柜似的胸腔，而这些又都隐藏在衣服下面。我更相信她是感觉出了什么——

"我读出来的。"莉央镇定而又从容，直视着我。

"怎么读出来的？"

莉央说她最近参加了一个小组，解释这个小组的性质、成分过于繁杂麻烦，就算她能讲清楚，我可能也很难理解，但简而言之，现在，莉央的大脑仿佛伸出了很多无形的触角，能捕捉到很多隐秘的信息。当然，只针对她关心的人。

我讲了我最近发生的事情，粗线条地阐述，不用莉央开解，已经豁然开朗：多么简单的事情，为什么之前却觉得身处重重迷雾？

莉央也讲了她发生的事情——要不然，她也不会想到去参加那个小组——她出轨了。那个男人比她大十几岁，善解人意，非常温柔。

"跟他在一起，我才知道什么是爱！"莉央的语气变成窗外的秋日暖阳，她的表情也被浇铸了阳光似的，有着黄金般的质感，"有那么半年的时间，每一天都很幸福。"

她跟她老公说了一切，然后从家里搬了出来。她现在没有办法专心写作，她要打两份零工赚钱付房租，养活自己。

"那他呢？"

"他离不了婚。即使离婚了，他也不会跟我结婚的。"

"这算什么啊？"我替她不值。他把她领到井底下，割断绳索就走了。当然，以"爱情"的名义。"你不恨他？"

"你怎么可能会恨一个教会你爱的人呢？"

"您和莉央，"我问小野先生，"是怎么认识的？"

"我们在同一个大学参加创意写作班。"

"您不是研究历史的教授吗？怎么会去教创意写作？"

"我不是去教课，是去上课。"小野先生解释，"我教历史课。历史是浩荡博大的，它们记载的是大事件和大人物，普通人在历史里面，像一粒灰尘，什么都不是，它们能起的作用可能是让历史学家们因为灰尘过敏而咳嗽几声。可有的时候，在某些光柱里面，这些灰尘是能够被看见的，它们微小、轻盈，在光影里面颤动、舞蹈。我想，或许学习好写作技巧，就相当于有了一束能让灰尘显形、跳舞的光吧。"

"您想当作家？"

"不敢当，想学习写作。"

"可是，"我想起另外的事情，"莉央是很成熟的作家，她好像不需要参加写作班。"

"她不是学员，她是授课教授的助教。而那个教授是我大学的同事。我们三个人经常在下课以后，去居酒屋喝一杯。"

"我和莉央是在中日韩三国的作家笔会上认识的。她看到作家简介上面写着我来自长春，就来找我。她的汉语把我吓着了，后来我才知道，她是在长春上完了初中才回的日本。"

"是的，"小野先生点着头，"我们聊过很多关于长春、关于战争的话题。"

"除了长春和战争，你们聊过别的吗？"我看着小野先生，非常非常想问他，"比如说爱情？婚姻？"

出门的时候，我把话题又转回建筑上来。现在的长春宾馆，其中有栋楼也是伪满时期的建筑，曾经是日本高官们欢聚的俱乐部。里面有个能容纳百人的小剧场，还有适合开派对的客厅，水晶吊灯、图案漂亮的地毯——对了，那栋楼的门楼很别致，很多摄影师都去拍过照片。有些年轻人拍婚纱照也会去那里。

长春宾馆对面原来是一个日本官员的私人宅邸，日式建筑，一条环形走廊把房间一间间连起来，走廊和所有的房间都铺着木条地板，上面刷着油漆。我曾经工作过的杂志社就在这套老房子里。后院有个天井，种着花花草草，下雨或者下雪时端杯热茶看着窗外，既文艺又治愈。那个地方适合棉布、丝竹音乐、老电影、忧伤，以及沉默。十几年前这套宅邸被拆掉了，取而代之的是巨大火柴盒似的高楼。那个宅邸被连根拔掉，再也不会生长故事和情绪了。

我们在伪满皇宫博物院待了一下午。

这个地方我平均一年来一次。每次来，都发现它有变化。首先是越变越大——不知道它原本就很大，正在逐步复原呢，还是为了日益繁荣的旅游需求，变得越来越大——其次是越变越新，很多家具和用品都是新的，刻意做旧后摆在那里，结果就像涂了脂粉的脸，没有变好看，还失去了本色。

伪满皇宫是溥仪帝国梦的最后一程。真正操纵这个地方及溥仪本人的，是当时的日本政府。无论是末代皇帝还是傀儡皇帝，都难脱悲伤和绝望。溥仪在长春住的房子和办公场所，房间狭小，空间逼仄，气息破落凋零，其中一个天井里，一棵树生得很好，但风水师说了，这恰恰是个"困"字。溥仪幼年少年都是在紫禁城里度过的，纵使清末民不聊生，但他登上大位时，瘦死的骆驼比马大，气派还是有的。流落到长春这个伪满皇宫时，帝国于他，只剩下一个梦了。这是他的囚困地和伤心处：对外他是个摆设，是日本人的牵线木偶；对内，婉容不只跟他情感破裂，还有了私情和私生子；他唯一的情感慰藉谭玉玲，得了场感冒被日本军医借机害死，他连替她讨个公道的机会都没有。末世的皇帝都悲凉，故国不堪回首，愁情一江春水向东流。

旧楼、做旧的家具、蜡像人物，小野先生都看得很认真，但真正让他驻足的，是游客们最走马观花的展览厅。厅里挂满了很多当年的老照片，有原件复制品，也有放大件，黑白照片时间久了，变成了浅黄色，加上翻拍，人影有些恍惚。

每张照片他都认真地看过，尤其是有很多人的群照和合照。我在他身后跟着，发现最吸引他的是那些次要人物，他们站在照片的后面或者边缘，为了认清他们，小野先生戴上了眼镜，一会儿踮起脚尖，一会儿弯下腰去，一会儿蹲，一会儿站，有时候靠得太近，鼻尖都快要贴到照片上了。

"您在找什么人吗？"我问他。

"啊，"小野先生好像考试打小抄被人抓住那样，笑了，"我父亲年轻的时候，曾经在长春服役，下等军官。我在想有没有可能因为某种机缘，他被拍下来过。"

"哦。"

小野先生是天真，还是忘了时间距离？那么多年前，拍照是个大事。哪里像现在，人手一部手机，有的人还不止一部，随时随地拍，什么都拍。就算他父亲被拍下来过，他认不认得出也是个问题，人的面相在一生中的变化是非常大的。

"我也知道，这想法很愚蠢。"

说是这么说，在下一张照片面前，小野先生又像翻出多年前毕业照那样，目光从一张张脸孔上筛过。

"小野先生——我是说您父亲，当年是做什么的？"

"是高级将领的卫兵。"小野先生说。

怪不得他和莉央能成为好朋友，他们确实有很多很多话题可以聊。

日本投降的时候，有一些日侨因为种种原因没能回国。莉央的外祖母死在长春，母亲直到"文革"结束才回去，莉央一度被寄养在亲戚家里，二十世纪八十年代末被接回日本。莉央在长春时，有自己的中文名字，很多人都不知道她是日本人。第一个知道内情的男同学是她的初恋。

我们在展厅里花费的时间太多了，出来的时候已经到了闭馆的时间，也是下班的晚高峰时间。伪满皇宫博物院周围，集中了几大批发市场。光是服装城就好几栋楼，此外还有餐具厨具店、日常用品店、生鲜食品店，等等。行人、货物、私人汽车、公交，杂糅在一起，就像滞重、黏稠的胶带，把交通焊住了。

"我在照片墙那里耽误太多时间了，"小野先生跟我说，"太抱歉了。"

我和小野先生在车里聊起另外一位小野先生。

"他是哪年在长春的？除了长春，还去过哪里？"

"他一九四〇年入伍，一九四五年战败后回国。在长春的时候，他是士兵，在关东军司令部服役。"小野先生说，"那以后他去过哪里，我也不知道，他从来不说。"

"那您是怎么知道他曾经在长春的？""是他战友说的。"

小野先生高中时，父母离婚了。他妈妈跟别的男人好上了，留了封道歉信，离家出走。他问起妈妈去哪儿了，老小野先生把信给儿子看了一下。"这么多年忍受着我,"他说,"辛苦她了。"

当时还是高中生的小野先生不知道说什么才好。父亲是个无趣的人。母亲经常跟他抱怨,他自己也感同身受。在家里,父亲很少说话,也没什么笑容。唯一的爱好就是读书,似乎也没有什么目的,只是读而已。有心事的时候,他独自坐在客厅窗前,或者门外木廊台上,一坐就是几个小时。他从来没讲过笑话逗家人开心,也从来没对妻子有过甜言蜜语。他好像从来没注意到她是个端庄雅致的女人,性情温良,厨艺极佳,她出门买东西时,男人们的目光总是围着她转。

小野先生停顿了一下,难为情地笑了笑:"您是作家,说出来想必您也能理解。"

小野先生小学的时候就发现妈妈出轨。那是樱花季的一天,下着雨。他放学买文具时,换了一条路回家,在一个胡同口,看见妈妈跟男人在伞下拥抱。那个人好像在讲什么好玩的事情,他妈妈笑软了身子,倚在那个男人身上。他转身跑开了,怀疑妈妈也看见了他,他不知道怎么办才好,心乱得像那被雨打落一地的花瓣,在外面磨蹭了一个多小时才回家。

他妈妈正往饭桌上摆晚饭,笑着对他说:"你回来了?"

他父亲那天没回家吃晚饭,这让他松了口气。母亲像平时一样,边吃饭边讲讲鱼店老板的玩笑、菜店伙计的闲话、茶叶店老板夫人的新衣服。她是那么神态自若,小野先生想,她其实一直在外面谈恋爱吧。

"我能理解母亲,"小野先生说,"母亲像朵花,父亲像块冰。冰不能滋养花朵,泥土、水、阳光才可以。"

但他同样理解父亲。父亲固然没有优点,但也没有缺点。他是银行职员，工作兢兢业业，不争不抢，深得上司和同事们的喜欢。家里需要男人做的事情，他做得一丝不苟，邻居家的事情也都帮忙做。他不酗酒，不打骂妻子儿子，也几乎没发过脾气。妻子花钱他从不限制，也不过问。妻子离开时，从他那冷静理智的反应来看，他或许早就知道她出轨。跟这样的男人生活在一起，小野先生的母亲只怕是怀着一种"食之无味，弃之可惜"的心情吧。

老小野先生对儿子只有一个要求，好好读书，考上好的大学，能一直深造下去。小野先生年少时，以为这是父亲望子成龙的心情，后来发现并不是。他父亲并不在乎他是否出人头地，他只是希望儿子能通过知识变得强大。

少年时代，小野先生如果考试考得好，不只能得到零花钱，他父亲还会让妻子买牛肉和昂贵的鱼回来吃。他妈妈离家出走以后，他考出好成绩的时候，老小野先生会带他出去下馆子。

有一次他们去吃寿喜烧，遇到了老小野先生的战友。

他们坐下来，点好了餐，陆续上菜的时候，一个包着头巾的男人从厨房出来，拍了老小野先生一下。"我看着就像你！"寿喜烧店老板激动地说，"我想过也许哪一天你会走进我的店，原来就是今天啊！"

"我记得父亲当时的样子，"小野先生说，"他的脸瞬间白了，整个人就像被咒语定住了。那个人好像没注意到这个，在他身上又拍又打的，父亲慢慢缓过来，恢复正常。"

那个人跟老小野先生年纪差不多大，但性格截然不同，当年他们一起被征入伍，一起到了中国，战败后回了日本。他们拿到遣散费、抚恤金，老小野先生利用当时对退伍军人的政策，去上了大学，读了个学位，毕业以后在银行当了职员，他的这位战友则开了寿喜烧店。

他们喝了一下午的酒，大部分时间，老小野先生只喝酒，不说话。即使他想说，只怕也插不上嘴。寿喜烧店老板话又多又密，话语从他的嘴里倾倒似的奔涌而出。他们是在去中国的船上认识的，因为大风，他们在海上颠簸了一天一夜。他们的心情也像海浪，对异国他乡、对战场、对生离死别，思绪波涛翻涌。很多人吐了，哪怕什么都不吃，也吐个不停，满嘴苦涩。他们没想到，参军以后第一次对他们进行袭击的是海上的暴风雨。

在长春，他们俩在一个小分队，经常一起执勤。他们被长官骂过，被扇过耳光，也被踢过；他们一起去电影院看过电影，最喜欢的女演员都是山口淑子；他们一起去过妓院，为了掩饰心里的紧张，他们讲话很大声，说任何话之前先骂别人是蠢货、浑蛋。他们都没想到，苏联红军打过来的那天，从飞机上扔下来的第一颗炸弹正好落在那个妓院；他们还一起杀过人，三个中国人，死前的哀求声哭喊声现在还经常出现在梦里，那么多的血，像红油漆一样，弄脏了他们军靴的靴底……

那天他们喝了很多很多酒。开始的时候，寿喜烧店的老板娘把酒烫好后端上来给他们，顺便把他们喝空的酒壶拿走——她还应丈夫的要求，为小野先生多上了两盘牛肉——后来太晚了，她不再出来了。寿喜烧店老板摇摇晃晃地抱来一坛清酒，打开后，把桌子上所有的空酒壶倒满。

老小野先生醉了三天，他在房间里沉睡，偶尔起来喝杯水。银行的电话打到家里来，老小野先生从来没有无故不去上班，他们不知道他发生了什么事情。小野先生替父亲道歉，说他感冒发高烧，头脑不清醒，没有及时请假。

老小野先生酒醒后，瘦了一圈儿，脸色灰败，仿佛大病初愈。

小野先生试图跟父亲聊聊，他对那天酒桌上所有的故事都很感兴趣。他试着提了几次话头儿，但他父亲就像没听见似的。他在垃圾桶里发现父亲扔掉了那天离开时寿喜烧店老板塞进他衣服口袋里的名片。于是他明白，父亲再也不会去那家店了，偶然被推开的回忆之门，被父亲重新关闭了。

两年以后，他考上了大学。老小野先生以方便学习为理由，建议他在学校附近租房子住。假期的时候，他打工赚钱，跟朋友结伴旅行，回家也只是待上一两天就离开。他又去过那家寿喜烧店。老板娘没认出他来。他自我介绍了一下，提起那个喝了无数清酒的下午。

老板娘告诉他，三个月前，老板突发心梗过世了。前一天夜里他喝了很多酒——他天天喝，喝多也是经常的——早晨起床时，让妻子给他倒一杯水，她端着水杯走到他身边时，他抬起来的手臂突然垂落下去，眼神飘向她身后。"就好像我身后站着什么人，"她说，"把他的魂儿从身体里吸走了。"

小野先生大学毕业的时候，老小野先生去参加毕业典礼。典礼结束后他们一起去吃饭。小野先生对父亲提起他曾去过寿喜烧店，告诉他他的战友去世了。

"——死在自己的床上？"老小野先生问。

"是的。"

"死在洁白干净的床单上？"

小野先生不知道寿喜烧店老板家的床单是什么样的。洁白还是蓝色，有条纹还是印花图案。

"他不配。"老小野先生说，"我们都不配！"

老小野先生二十年前过世。他给小野先生所在的办公室打电话，请他那天晚上务必回家。小野先生下课后回到家，发现父亲穿着和服，雕塑般地坐在窗前，他叫了一声，没有回应，走到跟前才发现不对劲儿。

老小野先生把家里的东西都处理掉了，日用品杂物衣服鞋一样没留，房子空空荡荡的，他的身边只留了一盆兰草，遗书夹在草叶之间。

"他抹掉了他所有的生活痕迹。"小野先生说。

随着小野先生的讲述，汽车像一粒胶囊，在城市的胃肠里时快时慢地移动。夕阳的光一度强得让我们放下遮阳板，眯起了眼睛，而当我们来到预订饭店的门口时，天空的蓝色变得幽远深沉，夜晚前的光线平易柔和。

晚餐我订在"长春1939"。停好车，往里面走时，一个穿马褂的男服务员替我们撩开了门帘，朝里面扬声喊："贵客到——"声音朝店堂里面一直飘摇过去。

餐馆的装修更像个博物馆或者杂物馆，走廊设计成了百年前的老胡同，包房弄成了民国时代各种店铺的门脸，米店、布店、药店、杂货店，应有尽有，除了招牌，墙面上还贴了些旧海报和老照片。胡同中间铺了条有轨电车道，车是小型的，最多能坐四个人，移动的速度比人步行还慢，一路吭当吭当响，眼下坐在上面的是两个七八岁的小朋友。

"餐馆为了强调特色，打怀旧牌，形式大于内容。"我对小野先生说，"有些虚假，但感受一下也无妨。"

"您太费心了，"小野先生冲我点头，打量着四周，感慨了一句，

"时光走廊。"

往包房走时，他很认真地打量墙壁上面糊的老报纸和海报。

"很有意思。"他说。

"是什么契机，让您有了写作的念头？"吃饭的时候，我问小野先生，"如果我没猜错的话，您是想写写您父亲吧？"

"是的，"小野先生点点头，"当初考大学时我报了历史系，跟金融、国际贸易比起来，这是个冷门，很不受人欢迎的专业，可我觉得很有意思。回过头来想想，这其实是受了父亲和他那位战友的影响。寿喜烧店里那个下午的谈话就像一出戏剧，虽然我只看到几个碎片，却被深深吸引住了，我想知道更多的故事。"他顿了顿，又说，"如果我父亲是另外一种性情，比如说，像那位寿喜烧店老板一样喜欢回忆，喜欢交流，喜欢讲述，那我还会不会去学历史，研究东北亚的前世今生？可能恰恰是因为我父亲什么都不想说，我对历史才那么感兴趣。"

为什么他保持沉默？为什么他撑了那么多年，八十岁的时候选择了自杀？那场在小野先生出生前就结束了的战争，从未在老小野先生的生命中结束，它微缩成了一个刺猬潜伏在老小野先生的体内，跟它战斗花费了老小野先生太多的精力，因此他无暇顾及妻子的出轨，对儿子的成长也关心有限。

年纪越大，对历史研究得越多，小野先生研究父亲的兴趣也越来越浓厚。最让他难以释怀的不是父亲的自杀，而是老小野先生对自己生活的清零。他是以什么样的心情，把一切杂事处理好，在空无一物的家中孤寂地死去？一想到这个，小野先生就内心酸楚。为了缓释这种痛苦，他想改变一些东西，或许他可以用字词和叙述把老小野先生清除掉的东西一点一滴地还原回来。

"我知道这样做会漏洞百出，"小野先生说，"即使如此，也总好过一片虚空。"

吃完饭我们离开餐馆时，走到门口处，小野先生停下了脚步，他回头打量着拥有有轨电车的这一条仿古街道。

"假如真的有时光走廊，"小野先生问我，"我在这条走廊里遇见父亲，您猜会发生什么？"

我想象了一下，"——他会装作不认识您。"

"没错！"他双手击掌。

我们一起笑，笑得很大声，笑得停不下来，到最后，小野先生的眼泪都笑出来了。

原刊于《人民文学》二〇二一年二期

有意思的事多了

马小淘

我小时候，几乎全世界的人都管我妈叫汪姐。除了真该称呼她为姐的小年轻，还有看上去至少比我妈大一轮的，也有几乎可以归类为老年人眼看快要退休了的，各种目测不像是精神有问题的中老年人，都管我妈叫汪姐。我仔细回想，没管我妈叫过汪姐的，似乎只有我姥姥姥爷，他们要是也叫她一声姐，确实有点乱套。我爸是叫过的，理亏告饶，或者打趣时都叫过。我当时想，我长大可能会被叫作张姐吧，这是我妈应该传给我的一种极具威望的头衔。

我妈是个裁缝，铺子就开在我爸学校门口的街上。我爸是大学俄语老师，现在听起来好像挺知识分子的，当时我爸的身份却让童年的我遭受了不少轻慢。因为我爸是体育大学的。在体育大学教俄语，就感觉是走个过场，学生们都要好好搞体育，学俄语无非对付。我家就住在大学院里，那院里几乎所有人都穿着运动服，挺拔、欢乐、生机勃勃。我爸差不多是那院里唯一驼背的人，也不是，大门口看门的何大爷也驼背。何大爷当年可能已经快七十了，但是全院人都称呼他为大爷，包括只有几岁的我。就像我妈被叫作姐一样，那个院里所有人的称呼都是以不变应万变的。

我们院住的大人基本都是教练，小孩就是教练生出来的运动神经发达的小野兽。而作为一个俄语老师和裁缝结合的二代，我可以算是伶牙俐齿、心灵手巧，只是跑不快跳不远，玩什么都显得最拖后腿。

"你爸教啥的？"

"我爸基础部的。"

"基础部？干吗的？"

"教俄语。"

"怪不得。"

还经常发生这样的对话，小伙伴们看着玩什么都没他们利索的我，又得知我爸教俄语，毫不掩饰露出果然"上梁不正下梁歪"的鄙夷神色。教跳高的，教跳远的，教篮球的，教排球的……我当时觉得他们的父母太高级了。我也经常看到他们的父母，拎着我只在电视里看过的标枪、链球什么的，率一众人马意气风发向田径场奔去。

而我爸就没什么存在感。我家有一些俄语书，但我从来没见我爸看过。他不坐班，也不加班，那时候没人加班，我看到的所有大人都有工作，但都应付得比较轻松，都挺闲的。除了我爸他们基础部的英语老师，英语老师都在外边办英语班，教中小学生英语，我就被迫跟其中一位老师学，学新概念英语。我爸没这个机会，社会上没有俄语班，没那么多人觉得有必要懂俄语。那时候人们口耳相传的新时代必修技巧是英语、游泳、开车。我爸也没教过我俄语，倒是经常敦促我好好学英语，还去他同事那儿打听我在英语班的表现。我至今只掌握了几个俄语单词，记得星期六的发音有点像"袜子搁在鞋里呀"。

我妈虽然不是学校的人，却是体育大学一呼百应的人物，爱打扮的学生、赶时髦的老师、卫生所打针的阿姨、院长的太太……那院里一大半女人的衣服都是我妈做的。现在有个词叫匠人，我觉用在我妈身上还挺合适的。我们家裁缝店里每天都有三两妇女拿着料子比比画画，我妈在缝纫机、木尺、大熨斗、大剪子、三角形画片、时尚杂志中穿梭，她们七嘴八舌反反复复，在不断地犹豫、推翻后定下最终的样式，露出幸福的笑容。那时候还不兴空调，每到夏天总有一堆要做连衣裙的阿姨汗津津地挤在我家商量来商量去，电扇摇头摆尾地转着，但是也无法为她们吵吵嚷嚷的热忱降温。一般临走的时候她们会高高兴兴扔下一句："汪姐，就交给你了！"顺道捏一下我的脸。我对这个仿佛规定动作的流程颇有微词。我妈说："你就认了吧，这是生意。你不让她们捏，她们不来做衣服怎么办？大人捏你，是为了表示喜欢你，你可爱。我小时候也这么过来的，我现在想让人捏也没人捏我。"以至于我那时候就对人生产生了很消极的认识——活着就是小时候有人捏你脸，长大了他们捏你孩子，管你叫姐，而你还会匪夷所思地希望他们捏你。

其实我相信，就是我当时立马攥住她们的手腕，直接拒绝被捏脸，那些妇女也依然会来做衣服。因为我能感受到她们对我妈那种由衷的信赖，甚至很多时候，她们不做衣服，就是闲着没事，也要来店里坐坐，摆弄摆弄画片，翻翻服装画报，说一些前言不搭后语的事。有时候我妈和她们莫名其妙地笑作一团，很偶尔地，还有人哭过，我妈也跟着哭过。现在回想起来，我家的裁缝铺就是个八卦集散地，那阵子八卦这个词还不这么用。我记得那时候刚兴起个词叫"送礼"，大家提起来还都神神秘秘的。有个阿姨评职称，做了几天思想斗争才拎着几斤鸡蛋、一串香蕉到院长家坐了坐。第二天院长把鸡蛋、香蕉送去托儿所了，说是看望看望祖国下一代，给孩子们的一点心意。阿姨到我妈面前哭笑不得地讲了一遍，说不是院长廉洁，而是她带的东西太上不了台面了，才搞出了这个喜剧效果。还有个教数学的老师，总来抱怨她婆婆做菜太抠，根本不够吃。我觉得那个老师特别好看，白净、温婉，即使说婆婆坏话，脸上也不见戾气。比起来，汪姐长得就没那么温柔，用现在的说法，那叫不高兴脸、厌世脸、高级脸，反正就是乍看起来不太好说话，有点不那么好惹的样子。

汪姐的所谓厌世脸其实是非常文不对题的，你和她接触三分钟，就会发现她热情如火，容易相处，她何止是不厌世，简直是太热爱生活了。店里没客人的时候，她自己也闲不住，不是边哼哼歌边踩缝纫机，就是边翻画报边看电视。店里放了一个小黑白电视，是家里买了彩电之后挪过去的。汪姐看电视特别喜欢和主持人互动，主持人并不知晓屏幕外有一个能量过剩的她，她也能一句句接住主持人的话茬。那时候电视一共没几个频道，一种节目叫社教节目，类似于《为您服务》之类的，介绍一些对现实生活既不能雪中送炭，也算不上锦上添花，隔靴搔痒才能比较准确形容的生活小技巧。一般开场是一阵煞有介事的音乐后，主持人挺僵硬地坐在一个台子后边，一脸假笑地张嘴了：亲爱的观众朋友，您也许知道×××，但您一定不知道××××……汪姐这时候会头也不抬地说："我怎么不知道？就你知道，看把你能的！"然后主持人亲切而详细地介绍完那些不着调的妙招、技巧之后，她又会很蔑视地抱怨："什么破玩意儿。"

然后晚上回到家，她依然不知疲倦，会把白天听到看到的挑精华给我爸复述一部分。我爸哼哼哈哈，也看不出是敷衍还是真诚地附和一部分，一天就基本结束了。院长去托儿所看望下一代事件给我爸带来了极大的乐趣，以至于这么多年过去，我也确凿地记得那两样倒霉的东西是鸡蛋和香蕉。我的童年记忆里的标志性物件，除了缝纫机、大熨斗，竟然还有了我并没有亲眼看见的从院长家拎到托儿所的鸡蛋和香蕉。

我爸好像一度想把这个故事写成小说，最终没有付诸实践是觉得未免有出卖同事的嫌疑，外加他觉得自己还是应该专注于诗歌，不该冒险尝试其他文学体裁。那几年我爸迷恋文学，尤其是诗歌，经常在家高声朗诵普希金、莱蒙托夫，并且以能读懂原文而倍感骄傲。有时候也会朗诵些原创作品，具体的我一句也不记得了，只记得这个频频发生的场景。

我记得有一回我爸异常激动地拿回家三张电影票，说是通宵放映的译制片，一晚上三个电影。由于没时间把我送去姥姥家，外加本来就富余一张票，两人决定把我也带去。于是我人生第一场通宵电影出现得早了一些，竟然是在六岁。放映的第一部是《罗马假日》，还没看完，我就比里边的公主还困了，所以第二部第三部我全然没有一点印象了。第二天我妈表扬了我，说睡得很安静，原是很怕我在里边哭闹的，说隔壁座位看到他们带了孩子颇有些不满，而我一声不吭非常给他们长脸。

电影院的环境严重影响睡眠质量，虽是躺在我爸妈腿上睡了一夜，我第二天上课依然浑浑噩噩的。而我爸妈都目光炯炯，一个去讲了俄语课，一个继续在裁缝铺里为人民服务。我放学回到店里，一堆女人正各抒己见就做斜裙还是一步裙争论不休。我放下书包出去玩，两小时之后回来，听到的第一句话依然是斜裙——"我还是坚持斜裙"，一位阿姨摩挲着料子坚定地说。那一刻我有点恍惚，不确定是进了什么时光隧道，还是她们真的就这么虚度了两小时光阴。我长大后一看到那些时间循环的电影，都能想到小时候在裁缝铺推门而入的瞬间。每一次进去都有标志性的台词——斜裙，提醒你又进入了循环时空。还有一次，出现了更戏剧的场景，也是一堆妇女七嘴八舌安乐祥和地讨论着款式，猝不及防地，一位阿姨忽然咣当一声昏倒在地。一众妇女惊慌失措扑在她身上抢救，按人中、掐虎口、轻轻摇晃……我妈吩咐我去沏糖水。糖水下肚，阿姨像电视里的英雄那样渐渐苏醒，原来是废寝忘食讨论衣服低血糖发作了。

反正那几年，我们家的裁缝铺日日人头攒动，每天都有很多面目模糊的阿姨，而汪姐就是那一锤定音的唯一清晰的女王。我至今仍觉得她是我认识的人中非常有人格魅力的一位。

我一直觉得我妈女王交际花式的裁缝生涯是被一位叔叔动摇的，虽然她自己认为有更理性的原因。

叔叔姓牟，首次登门是个周末，是来找爸爸的。周末爸爸没事也会到裁缝店打打下手。牟叔叔骨瘦如柴，第一次来的时候非常焦虑，目光闪烁多疑，屋里轻微的响动都会引起他的警惕，脑袋随响动摇摆，仿佛拨浪鼓。他长得极度愁苦，这么些年过去了，我依然没遇到谁看着比他更愁容满面。那时候我很喜欢玩一个游戏《大富翁》，那里边一旦衰神附体就会盖房失败，过路费加倍，每每碰到懊恼不已。牟叔叔的脸立马让我想起了衰神附体。

他似乎很腼腆，数次话到嘴边又咽了下去。但他又好像非说不可，逐渐向喋喋不休转换。话匣子打开之后根本难以自持地滔滔不绝，反反复复叙述着他胃出血住院了，而他老婆不闻不问异常冷漠，几乎没有去医院照顾他的经历。他看起来的确是病人的样子，说全世界的胃都在他肚子里出血了，我也是信的。那长相像一个不幸中的万幸，反正就是非常倒霉但好歹还有一条命的感觉。他说话时双手绞在一起，干瘦而愤怒的表情看起来竟有些好笑。

武娟，这个名字我依然记得的，像鸡蛋和香蕉一样，这个在叙述里反复出现的叔叔老婆的名字也深深留在了我的记忆里。牟叔叔不止一次来访，看着好似是找我爸倾诉，其实大部分时候都是我妈在配合倾听。汪老师，他叫我妈汪老师，而不是汪姐。

在牟叔叔连续来了几个周末，失魂落魄反复讲述同样的故事后不久，这个传说中的武娟也来了我妈的裁缝铺，来换一条坏了的拉链。她长得像一匹健康的马，高、壮，有一排整齐洁白又好像有些太长了的牙齿。感觉确实不太适合出现在病房里伺候病人，过于强健的气质和医院不太搭配似的。我无法把她和牟叔叔联系在一起，对他们当初为什么要在一起产生了深深的疑问。

"牟叔叔为什么总来说他和他老婆的事？"我颇有些不解。

"因为他和他老婆以前都是你爸的学生，一起留校结婚的，他父母在外地，可能没人说吧。"我妈回答。

"他俩都是学俄语的？那个像马的阿姨也是学俄语的？"

"哎呀，不是啊！这院里没有学俄语的。他们都是搞体育的，你爸教过他们俄语，但他们主要学的是体育。"

"牟叔叔也是学体育的吗？"我表示怀疑，牟叔叔看起来随时会死的样子。

"可能搞理论的吧。具体我也不知道。"

"你烦吗？他讲的事特别重复。"

"还行吧。挺可怜的，我觉得他也是找不到地方说才鼓足勇气来的，不说出来该憋闷坏了。反正就听听呗，其实帮不上什么忙。"

后来牟叔叔还是断断续续地来，基本可以确定他身体恢复得不错，至少侃侃而谈的时候不知疲倦。如果店里有生意，他就默默坐在一边，不会不懂分寸地讲他在医院被冷落的故事。顾客走了他立马卷土重来，幽怨地倾诉起武娟对他的不人道。一句话可以总结的事，他非要讲述得说来话长。有时候周末来裁衣服的多，他也捞不到多少说话的机会。有次赶上中午，他看我妈太忙，还带我去食堂吃了饭。我妈好像就是有一搭无一搭应付着，但眼见牟叔叔越来越正常了，虽然依然皮包骨，但脸上气色好了很多，不那么衰神挂相了。用现在的说法，他基本算是被我妈治愈了，我觉得汪姐对人有种本能的体贴，这点她自己可能都不十分清楚。

随着牟叔叔的康复淡出，来做衣服的人也渐渐开始变少了。用我妈的话说，不仅变少了，而且顾客越来越土气。因为商店里成衣选择越来越丰富，裁缝就显得不那么重要了。那些吵吵嚷嚷的阿姨还是经常来，裁缝铺里依然热火朝天，但是她们大部分是来聊天的。家长里短的八卦依然在此汇集，但是裁缝汪姐的业务正在日渐缩水。

同时，我们家晚上也经常宾客盈门。常常是我放学看到一伙人叽叽喳喳在裁缝店聊天。回家没多会儿，又有三五叔叔阿姨乘兴而来。晚上家里这一波，是我爸的朋友。那时候我爸已经写了三四年诗，和市里一批热爱文学的文青、文中来往热络。这伙人要是三五个一起来，必定带着酒，不多时就喝个东倒西歪，聚会最后总会朝着不着边际的方向发展，差不多每次把客人送走都需要我爸妈苦口婆心的劝说。我爸不胜酒力，每到聚会尾声都显露出厌烦的神色，送客时也几乎是强颜欢笑。但是待到下次聚会开始，又是热情高涨。见证了几次他的情绪变化，我想起他经常刻薄我的那句——记吃不记打。如果只是一两个所谓文友来家里，通常是不喝酒的，就是聊文学，聊啊聊，人一少好像就特别适合业务切磋，聊到兴起还有个叔叔住下过。

有一天晚上家里没客人，我妈忽然说要把裁缝铺关了，转行干洗店。我爸颇有些震惊地问："干洗店是干什么的？"

我妈说就是不用水，用药水洗衣服，能更好地养护衣服。她说她忽然感觉到疲惫了，商店里的衣服越做越好看，她不想再费脑子了，想干按部就班的事。干洗店是不需要审美的，只要掌握技术就行。

那一瞬间我轻微地感受到幻灭，因为我其实挺享受做一个裁缝二代，以为长大了那间铺子会顺理成章归我继承，也有一堆女人喜气洋洋围着我，我会接过我妈的大剪子、大熨斗成为新一代女王。

我妈向我爸讲了她对裁缝铺、干洗店的前瞻。她认为，做衣服的人会越来越少，买衣服的越来越多，而高档的衣服需要好好养护，干洗店商机无限。

我爸频频点头，但担心我妈低估了干洗店的风险。

"姑且一试呗。我当年开裁缝铺不也是头脑一热，在厂里和工友不愉快，就不想干了。心想着蹬缝纫机从小就会，又爱打扮，不如就开店做衣服。在书店买了两本服装剪裁的书，拿着挂历练手，慢慢就学会了，虽说也到老裁缝那学过几天，但其实真论技术也就一般，更根本的还是我的眼光。我属于靠脑子的，看的服装画报多，给她们提的建议洋气，说白了是技术平庸，审美超群。现在商店里什么都有了，我那套不行了。而且我好像也没有原来的心气了，我都不想穿做的衣服了，商店的衣服真漂亮呀！当初那股不知道哪来的热情，消失了。我现在的心思就是搞个干洗店试试。"

汪姐的果敢非一般人能及，她把手上的活做完，我家的裁缝铺就扩大成了干洗店。干洗机、水洗机、各种药水、各种尖端设备被她引进铺面，还把隔壁不做了的食杂店也租了下来，风风光光地开业了。

干洗店与裁缝铺不同，光靠我妈一人是不行的。我爸不上俄语课的时候虽然不坐班，但他还是惦记着用那些时间来写诗，就提议要我舅舅来帮忙。我妈及时制止，说宁肯找勤工俭学的学生，也不让家里人掺和进来。员工可以开除，又不能开除弟弟。

于是，我从每天放学到裁缝铺写作业变成了到干洗店写作业。对了，开干洗店那年我上小学三年级，原来的班主任生孩子去了，换了一个新班主任也姓汪。我兴冲冲回家告诉汪姐，我们新老师和她一个姓，叫汪带娣。

"我可不跟她姓一个汪！她家很愚昧。"

"你都还没见过，干吗这么说？"

"叫'带娣'的都是重男轻女，想让你们老师带个弟弟来……哎呀，这倒也不赖你们老师，你别告诉她啊！"我妈背后说老师坏话，又明显有些后怕。

干洗店生意还好，之前那些争执斜裙还是一步裙的阿姨一部分变成了顾客，也偶尔有人带着些大了、肥了的衣服裤子求我妈帮着改小改短。店里虽不像之前那么热闹，却好像更多了一种做生意的感觉。我注意到一个非常有意思的细节，来取衣服的人表情差异特别大。之前裁缝铺，来取衣服的阿姨们都难掩兴奋激动，跃跃欲试要和她们的新衣服打照面。而干洗店取衣服，则平静许多。相熟的看也不看，新客人可能会仔细检查，生怕哪里洗得不够干净，可要赶紧当面说清。

汪姐总是在熨烫环节亲力亲为。她说，熨烫是干洗店的精髓。刚洗出来的衣服都是皱皱巴巴，再干净也是不起眼的。把洗好的衣服熨得板板正正，才算彻底大功告成。作为一个退役裁缝，我怀疑她在熨烫中找到了某种隐秘的存在感。

亲自熨烫衣服的汪老板还在那年办了一张信用卡，领到卡那天她健步如飞，说感觉到她的信用卡在钱包中蠢蠢欲动。只是当时可以刷卡的地方并不多，她总是绞尽脑汁找地方刷卡，而后每月坐半小时公交车去还款，乐此不疲体会着自己理解的现代生活。这种乐趣并没持续太久，坚持了一年之后，她又感觉到了无聊和费劲，坐着公交车去把信用卡注销了。

我爸的文学圈聚会依然如火如荼地进行着。其间他在省级刊物先后发表了几首诗歌，收到面值不菲的汇款单，更是激发出了更多文学热情。我爸还趁着去北京出差时，到更大的杂志社投稿。接待他的编辑竟然是一位著名诗人。他谦恭地询问编辑老师的姓名，编辑报出大名，他顿时激动万分，回来和我讲述那段经历时都眉飞色舞。

"你特别喜欢那位大诗人的作品吗？"我问我爸。

"其实看的不多。"

"那你高兴成这样？"

"你不知道他多有名。而且他确实非常平易近人，和他聊天真是如沐春风。"

"他喜欢你的诗吗？"

"他说和他们刊物的标准还有一定的差距。"我爸黯然了一瞬间，"但是他真是太平易近人了。"

傍晚出现在我家的叔叔阿姨除了文学爱好者，又复杂多元了一些，有号称要徒步穿越哪哪哪的，有已经为自己油印了诗集的，还有画画和爱好电影的，反正热闹得群魔乱舞。汪姐穿梭其中，端茶倒水，有时候也跟着骂骂咧咧的。我听不懂他们在说什么，但能感受到一种珍贵的亲密，好像所有人都敞开心扉，那种明亮，欢愉，海阔天空，让人难忘。

有一次他们猜起了谜语，我坐在角落里懵懂地听，崇拜极了，觉得他们太高深太有意思了。当然，只记得这情绪，一个谜语也不记得了。

有个阿姨画了两幅肖像送给我爸，一幅是个卷发外国人，一幅是我爸。我爸告诉我那个外国人就是《假如生活欺骗了你》那个普希金。我说，原来那个阿姨是个女画家。我妈忽然接了话茬，她说哪那么容易就女画家了，她是个画画的女的。我妈使用语言如此准确，她不搞文学可惜了。

后来一个据说也写诗的白胖阿姨经常领着她的黑胖女儿来我家，她们俩有不同方向的大舌头，就是口齿都不特别清晰，但错误的发音方式又不尽相同。如同她们都是胖子，却一个白，一个黑。黑胖女儿比我小一岁，据说学习成绩很好，还会唱美声，被我妈认定为我学习的榜样。据说她还特别机智，一个例证是：有一次白胖阿姨被外边的事耽搁了，没及时赶回家给她做午饭，被反锁在家的她在饥饿中想起了二楼邻居家的电话，求救过后，她找出家里所有的鞋带、绳子之类接到一起，甩到楼下，吊上了邻居准备的饭菜。白胖阿姨绘声绘色地讲了这个急中生智的要饭故事，丝毫没有反省自己为什么不及时回家给黑胖妹妹做饭。我爸妈在接下去的一周里又数次添油加醋复述了这个故事，反复夸了黑胖妹妹一礼拜。他们总结，她具有超出年龄的生存能力，并且非常聪明。

由于这个故事里的英雄小主人公是我见过的，就提不起学习的兴致，心里还多少有些逆反：她有必要为了顿饭那么忙活吗？就她那身板饿个三天也不至于出什么问题。卖火柴的小女孩要是有她这么能折腾也不会悲惨地死去了……愤愤不平让我浮想联翩。我仔细回想，汪姐在裁缝店创造美的时候也经常忘记给我做午饭，但我很少感到饥饿难耐，对于饭的态度一直是早点晚点无所谓，甚至吃不吃都行。我得出结论，胖子对饿的敏感程度和一般人是不一样的，越胖越对付不了饿。甚至在这之后的许多年，我每次看到和这事毫不相干的黑胖子，都觉得他们曾经搜罗了家里所有的绳子，拼命接续在一起，只为了吊上来一篮子饭，眼前会自动出现他们吭哧吭哧接绳子而后饿虎扑食的虚拟画面。

除了女儿，白胖阿姨讨论的基本都是文学前沿的内容。坦白说她口才还挺好，虽然口齿不清，但做到了口若悬河。我爸我妈好像都挺喜欢她，我和黑胖妹妹也玩得不错。她告诉我她妈妈逼她学习各种才艺，美声、美术、国际象棋，休息时间被各种兴趣班占满，到我家几乎是她最大的休息。她说白胖阿姨还希望她能到我家主动表演，别家长推一步才走一步。我告诫她差不多得了，她接绳吊篮的楷模故事已经够经典了。她对我的泡泡纱居家连衣裙流露出艳羡，我还非常仗义地求我妈给她做一件。我妈勉为其难地答应了，但据她推断，那女孩穿不会好看。果不其然，她把裙子塞得鼓鼓囊囊的，我能感觉到白胖阿姨和我妈都有一点犹豫，夸还是不夸。

我其实一直不太明白，为什么大家都误以为自己穿上什么衣服就能变好看，从小目睹阿姨们取衣服时热切期盼的眼神，以及她们试穿后平凡的效果，作为旁观者，我认为这一切非常荒诞、徒劳。我不知道人类为什么觉得穿衣服就能变好看。我以为，冬天一人一件军大衣，夏天干脆都全裸最方便，没必要绞尽脑汁地打扮。我问我妈："妈，你说这些人是不是叫贪慕虚荣？"

"别瞎用词了！所谓穿衣之道，大有学问。人靠衣装马靠鞍。"我妈铿锵有力地回答我。

"你不是说好好学习最重要吗？"

"都重要。你这个岁数学习最重要。不过人生在世吃穿二字也很有道理。哎，你说我把洗衣店盘出去开个饭店怎么样？"我妈顶着她的不高兴脸兴致勃勃地对我说。

"你快别了，我真不想放学去饭店写作业。"

那时候干洗店也遇到一些磨人的事，由于洗衣工的疏忽，串色、缩水、破损都发生过，洗坏了就要赔偿。而且那时候很多衣服压根儿就没有洗标，缩水比，到底需要干洗还是水洗，哪些面料容易掉色，哪些不能加温，全凭经验。基于对面料的熟能生巧，能大致判断的只有我妈。就是说，她身兼老板和店里的业务骨干，根本没法真正轻松。除了真洗坏的，也被吹毛求疵过，客人指着衣服上针眼大的所谓污渍，坚决要求重洗、返工，洗好后还要求免单。这还是有生意的时候，更多时候是没什么生意。体育大学周围，并没有那么多衣服需要送出来洗。

然而，我妈又开动脑筋和学校的招待所展开了合作，定期会有一大批床单、被套、桌布被送来，算是一项稳定的进项。

我爸的文学事业也稳步发展，他一度成为省里小有名气的诗人，经常去参加一些文学笔会，还因为收到一张超大面额稿费汇款单在体育大学引起轰动。那时候汇款单都是寄到收发室的，所以据说一传十十传百，都知道我爸发财了。

省报副刊还给他做了一个图文并茂的专版，把他归纳总结为一个精通俄语、醉心诗歌的知识分子。汪带娣老师曾在家长会上见过他，看到报纸之后兴冲冲和我确认。我故作平静地肯定了，报纸上那个戴着墨镜的诗人就是我爸，其实内心非常狐假虎威。

然后，那年夏天一直下雨。江边的台阶被江面覆盖了，防洪纪念塔下再次成了防洪重镇。我爸把他那笔巨额稿费的大部分都捐了，还和那些常来我们家吃饭的作家朋友们搞了一台抗洪主题的朗诵会。一开始好像就是几个朋友的小型民间活动，后来白胖阿姨联系了电视台的编导，就越做越大，变成了要在电视里播放的比较严肃的朗诵会。

录制朗诵会当天，我和我妈都去了现场当观众。出发前，我妈把我爸要穿的衬衫反反复复熨烫得平平整整，感觉应该直接送去展览，而不该覆盖在任何肉身上。后来我爸上台了，果然有点配不上那衣服，他稍有些驼背，显得衣服很端庄，他本人差了点意思。白胖阿姨穿了个印着京剧脸谱的连衣裙，好似不管不顾破罐破摔。我和黑胖妹妹挨着坐，除了为家长要上电视激动以外，其实有点百无聊赖。有位年过七旬的老诗人情绪激动现场赋诗两首，高亢激昂。朗诵会过半，老诗人说他又即兴创作了三首，被录播导演好言相劝，没有现场全部朗诵。

以我当年比较幼稚的审美判断，老诗人的诗挺假大空的，再加上年事已高，严肃中有种人人不敢拆穿的滑稽。

"他这个算诗失禁吗？"我小声对我爸说。

"怎么这么没大没小！"我妈隔着我爸小声怒斥我。

"你别说，这个真的很机灵很准确，我女儿也很有文学才华。"我爸竟然没批评我。

"也？还有谁很有文学才华？你吗？"我妈坏笑地瞅着我爸。

要说咬文嚼字还是汪姐第一。

朗诵会播出的日子，我们一家三口守在电视机旁。诗失禁的老诗人出现了，白胖阿姨携带一身京剧脸谱出现了，而挨着白胖阿姨朗诵的我爸没有按时现身，好像老师点到你的学号忽然跳过去了。我妈一副很懂的样子，说这不是直播，这是录播，不一定按照现场朗诵顺序来。录完了编导还会重新剪辑，可能我爸被剪辑到压轴位置了。但我已经有了一种不祥的预感，离朗诵会的结束越来越近，我偷偷紧张起来。直到字幕划过，开始播广告了，我爸都没出现。显而易见，我爸被剪掉了。我爸表现得很克制，需要仔细观察才能检索到他的泄气和失望。

我爸我妈都没有说话，我想安慰一下我爸，又不知道该说点什么。

晚饭的时候，我爸对我妈说："多拿些酒来，因为生命只是乌有。"

"爸，你这话太有诗意了。"我其实不太知道什么叫"只是乌有"，只是想讨我爸高兴。

"这不是我说的，这是个葡萄牙诗人写的，可能都快一百年了。"

"我看了你书柜里的《茶花女》。"我搜肠刮肚找到了一个看似随便聊聊，其实挺有技巧的话题。我爸一直希望我多看书，把觉得我可以看的都放在书柜的低层。

"你觉得怎么样？"

"我不喜欢阿蒙杜瓦，我觉得他太对不起玛格丽特了。"

"其实吧，在男的里他算不错的。"我爸边说还边点了点头，一副颇有心得的表情。

我妈刷碗的时候小声和我愤愤不平，不理解为什么癫狂的老诗人和大舌头的白胖阿姨都被收入了节目中，明明最有气质风度的我爸被剪掉了。由于要克制音量怕我爸听到，她表情简直有些狰狞。我和我妈的疑问基本完全相同，但在我爸面前也若无其事。我第一次意识到家长也是需要呵护的。生活就是如此，你以为也许是个高光时刻，甚至你觉得自己已经完成了什么，却终究不了了之了。你想假装不在意，但其实所有人心知肚明你的尴尬。

不确定是不是朗诵会的事让他不痛快了，反正此后他开始翻译一本俄文诗集，不那么有热情自己创作了，晚上来我们家谈天说地的叔叔阿姨也逐渐变少。我不知道是我爸通知他们别来了，还是他们各忙各的自己不来了，反正就感觉是各奔东西了。

白胖阿姨和她的黑胖女儿也一改频繁造访的习惯，第二年春天才重回视野。白胖阿姨兴致勃勃地和我爸讲起诗坛的新动向，而我爸竟有些意兴阑珊，回答得非常敷衍。倒是我妈拿出了接待牟叔叔的架势，显示出极强的倾听素质。

白胖阿姨介绍完文学世界的新情况，又按照套路开始展示她优秀的女儿，示意黑胖妹妹拿出影集给叔叔阿姨和小姐姐（也就是我）看看。

彼时，我们那儿特别流行艺术照，就是在无 PS 时代浓妆艳抹、华服美裳、用力过猛的影楼照。造型比婚纱照还夸张，穿着各种晚礼服，拿着羽毛扇子或者更奇怪的道具，摆着矫揉造作的姿态。然而一套顶级的艺术照，价格异常不菲，反正我爸一个月的工资是不够的。

黑胖妹妹羞涩地从帆布袋里掏出了一本三十二开的影集，难掩得意地递给了我妈。我妈满脸慈祥地匀速翻看着影集，我也凑过去跟着一起看。可以说，除了惨不忍睹没有更合适的形容词。黑胖妹妹被抹了一脸白粉底，白里透黑地戳在各种妖娆的晚礼服里，显得呆傻肿胀。

"去把你的也拿出来给阿姨看看。"我妈突然轻描淡写地说。

我忽然觉得她不是特别成熟，不仅不成熟，还没有恻隐之心。我真不想拿。

"拿不动吗？要不我帮你搬？"汪姐抬起下巴催促我，还给我使了个眼色，目光中透出今儿她们可是撞到枪口上了的得意。

我也照了一套，软磨硬泡了我妈好久，背着我爸去照的。我妈拿出了我爸不知道的私房钱，给我在最贵的影楼来了一套最贵的套餐。影集比八开的考卷还大一圈，确实挺沉的。那是宫保鸡丁十二块钱一盘的年代，我照了五千块钱的艺术照。要是再说得上纲上线点，我是拿我妈辛辛苦苦洗衣服的血汗钱照了那套东西。为了防止我爸知道我沉迷于这么肤浅的东西玩物丧志，取回来我就把它藏进了衣柜里，大人们不在家的时候才默默拿出来欣赏。没料到我妈突然不低调，直接端给白胖阿姨，一下子暴露了我俩的秘密。

我挺不自在地搬出影集拿给两位客人欣赏，气氛一下就僵硬了，可以推断出白胖阿姨和黑胖妹妹看到我影集的心情。黑胖妹妹整个人缩在了椅子里，无论是影集规模还是她和我的外形差别，距离还是有点明显的。白胖阿姨几乎是恼羞成怒，直接把话题强行转移到了学习成绩，还劝诫我妈不能太惯孩子。

　　"我也觉得照这玩意儿很傻，但是小姑娘都喜欢，有什么办法！就像咱们小时候爱攒糖纸，现在想想也很无聊。她想照就满足她呗，省得她埋怨家长对她不够意思。"

　　这个词真是用得很准确，我汪姐实在太够意思了。

　　"影楼的人都说她这套拍得漂亮，想挂出来当样品，结果她不同意，害羞，自尊心特别强，不愿意别人看到。"汪姐好像被白胖阿姨附体了，以略陌生的姿态讲起了话。倒是一贯是女儿先进事迹宣讲团的白胖阿姨强压怒火心潮起伏地听着。我觉得她喘气的声音都变得粗重了。

　　白胖阿姨带着她闺女败兴而归后，我爸和我妈又一起津津有味地欣赏了一轮我的影集。爸妈一致认为照片太土了，价格也是太暴利了。但是看着照片里的我发自肺腑的陶醉，他们也觉得挺有意思的。意料之外，我爸竟然没讽刺我，可能是他不用掏钱吧。

　　我问我妈为什么要拿出来气白胖阿姨。我妈说其实不是非要碾压，就是一瞬间烦了，没事敝帚自珍，也太爱分享了，谁有心情天天捧臭脚天天违心夸人啊！"她是母爱，我是不相干的呀，我没义务啊！但是拿出来也有点后悔了，毕竟小姑娘还是容易有挫败感的。不过人生本来就挺残酷的，早让她认识到也没什么坏处。"

　　后来我爸调到一个综合性大学教俄语了，新大学离体育大学挺远的，我妈就把体育大学旁边的干洗店给转出去了。临搬家那阵子，我竟然看到武娟阿姨挽着牟叔叔的手从校园里经过。那画面挺刺激的——心事重重的稻草人和狂放不羁的骏马竟然破镜重圆了。

"他们俩和好了？"我有点想不通地问我妈。

"反正他胃不出血了。"我妈笑着说。不知道是不是在为他们高兴。

"武娟阿姨到底是教什么的？这大学有马术吗？我觉得她太矫健，太像一匹马了。"

"我也不知道。现在什么也不教，她辞职了，开了个体育用品店，据说很赚钱。"

"你下一个开什么店呀？不会真是饭店吧？"我很好奇我妈又要头脑一热做什么新买卖。

"我股票赚了些钱。打算先歇俩月，再置办置办咱们新家。肯定有个新店在等着我，你放心吧，我还可以偷着给你买你爸不同意的东西。"

"我都有点舍不得咱家店。我就在那店里长大的。你不留恋当裁缝吗？我只要一听到量体裁衣这个词就想到你。"

"麻烦你以后还是听到洪福齐天的时候想我吧，或者神通广大也行。没有必要持之以恒做一件事，感觉到不痛快或者时机到了就跑呗。有意思的事多了。"我妈潇洒地甩甩头，归置东西去了。

原刊于《芙蓉》二〇二一年第六期

半篇半调

糖匦

下面是一篇没有完成的新闻报道，以及报道它时发生的故事。本来可以是轰动一时的新闻，遇到了半吊子记者，变成了一纸废稿，一记哑炮，从此不见天日。到今天，这些事情再也不会有人想要知道。

1

"我不好看，没想到会红。"几年前的一次采访中，陈可青这么对记者说道。

她说得没错。就算化了妆，她的长相也只能算是普通。没有人会将她这样的女性和顶流美妆博主联系到一块儿，直到她成功爆红。有人说陈可青拉低了这行的颜值底线。更有人在这条评论下面回复说，因为陈可青，现在大家只能到马里亚纳海沟去找这条底线。类似的刻薄言论层出不穷。不少网友推测这是同行在背后中伤。即便如此，也很难苛责那些人。毕竟在竞争激烈到生死相搏的美妆圈，陈可青的成功可以说是侮辱了业界所有人。

为什么这样一张平淡无奇的脸，能吸引到一亿活跃用户？"绝对不是数据造假。"永美的数据总监陈冉作出保证。作为全球最大也是陈可青所在的美妆平台的数据总监，陈冉竭尽所能证明自家平台——当然还有陈可青的清白。几天前他刚刚举办了一场平台数据管理讲座，演示平台内部算法如何过滤虚假数据、修正分析结果。"我们的团队夜以继日工作，就是为了保证数据的真实有效。数据，数据最公正了。"陈冉不厌其烦重复着他在其他场合说过的话。在他看来，不单是陈可青，永美所有博主都和永美的数据一样干净无瑕。

"永美的水很深，好多事都不能碰。不过说到陈可青，我出于兴趣还真调查过。她的确没有买过流量，一亿粉丝全是活粉，活蹦乱跳的那种。"像唐泰这样好奇的独立数据分析师不在少数。其中不少是信息专业的学生。这些人无论专业背景如何，最后殊途同归，绕了一大圈又回到问题本身：是的，陈可青真的拥有一亿活粉。但是，怎么会呢？

陈可青刚刚崭露头角时，她现在的经纪人S（此处为化名）找到了她，两人建立了牢固的合作关系。所以也有人说是S造就了陈可青。S却不这么认为。在她看来，陈可青只靠自己也一样能红。"你别误会，我不是谦虚。"S解释说签陈可青的时候，她已经有了几万粉丝，这就是她的基本盘。外形和粉丝数量之间存在巨大反差，这种反差足够激发人们的好奇，想要搞明白怎么回事，搞不明白他们就会和人讨论。一张普通面孔经过不断发酵，成了现象级的普通面孔。"我告诉她，你的普通，对于一个已经有几万粉丝的网红来说，就是魔法，是你的独一无二的破圈法宝，是其他同样级别网红无法模仿的特质。"

到底是她身上什么特质吸引了最初那几万粉丝呢？

S坦言，她不知道。她深入调研过，也问过陈可青，却仍旧毫无头绪。"陈可青的案例，不可复制。"S感到非常遗憾。

陈可青出生在东南地区一个小岛上，毕业后来到沿海直辖市发展，在一家服装工厂做设计师助理，一做就做了十五年，职位薪资几乎没有上调。那些日子过得飞快，或者说，完全静止。她感觉不到一天与另一天的区别。人造环境里，日夜交替四季变更化为水银色灯光下的恒温体验。感觉不到热也感觉不到冷，皮肤好像不存在了；没有剧烈光线变化，瞳孔也不需要收缩放大。她说自己好像陷进一个静止恒久的梦里，变成服装模特道具中的一个。助理的工作琐碎单调，总是那几样：检查AI安排的行程是否合乎设计师心意、检查AI的流程报告、节日给设计师家人送去鲜花和人工祝福、面料体验，基本上是替设计师和人工智能打补丁，围着人和人工智能转。不复杂，但是花时间。一天下来，精神耗尽，脑袋里空空荡荡。她还说她那时不怎么在意形象，没怎么在这方面花心思。几位前同事也都证实她那时的确不怎么化妆。"很偶然的。有一天下班早，我就和工友一起去围观副厂长'搞'美妆直播，觉得有点意思，再被一撺掇就自己'搞'起来。"当被问到加入美妆界的契机，陈可青这么回答道。

又是一个"一不小心就成功"的故事。

2

第一个拿铅粉糊脸的女人不会想到人类对美丽的渴求能发展到今天的规模。虽然她可能同样也不理解拿铜绿画眼圈的埃及艳后，但毕竟两者之间不存在实质性差别，都是以伤害身体为代价的美颜手段。到今天，男女老少所有人都在设法拥有更美丽年轻的外貌。巨大的需求拉动科技创新，催生包括体外骨骼雕塑、纳米智能等在内的新型科技行业兴起，并成为经济支柱产业，仅去年一年就提供了七十四亿的消费额，占全民社会消费总额的百分之三十二。丰厚的利润吸引了大批人才和巨额资金投入。竞争也格外残酷，不时发生投毒、毁容之类的恶性案件。

美妆直播博主作为这一行业的出口，直接面对消费者，其中牵涉的利益关系更是复杂。经过调查，除了陈可青，永美排名前十的美妆博主都是二代出身，不仅家底丰厚，更有普通人不能想象的人脉资源。李丹彤，被陈可青挤出前三的永美美妆博主，除了拥有以上两种优势，她的家族在西南山地地区更是黑白通吃。有传闻说当地事业单位要求所有公务员观看李丹彤直播。"都说是传闻，作不得数。大家拿出证据再说话。"李丹彤回应道，"镜头前的实力是美妆博主的根本之道。"

"你觉得陈可青有实力吗？"

"她是一个传奇。"李丹彤抬起眼眸，对着镜头轻笑。

3

"传奇"陈可青坐在镜头前，从助手手里接过一管鱼胶去皱隔离粉底，在手背上挤出米粒大小，抹开，嘴里含含糊糊说了句什么，连字幕机器都没识别出她的话。镜头切到亮晶晶的手背，一个特写，然后转到陈可青的脸。她对着灯光转动脑袋，尽可能展现更多的脸部角度，然后她用另一只手的手指在手背上一刮，刮出一层银色粉末，小心翼翼均匀涂在脸上，揉进皮肤里，再次对着灯光转动脑袋，匀速而极其缓慢。屏幕上，又是特写。放大数倍的脸的局部，失去了实感，好像勘探镜头下的幽深井底，一寸寸暴露在摄像头前。没有什么需要隐藏。屏幕上，她的皮肤洁白光滑毫无瑕疵，比人偶更完美。每个女孩都希望拥有那样的皮肤。陈可青告诉她们，她们可以——只要坚持使用这款鱼胶去皱隔离粉底。

这支粉底的直播是经纪人 S 为陈可青接的第一份直播，由专业团队制作，于两年前拍摄，用了一百二十帧的高帧率，直播销售额上亿，高居该年直播销售榜第四位。

陈可青的确拥有令人艳羡的肤质。但和其他以好皮肤著称的博主相比，她的皮肤条件不算出众，缺少光泽，不够晶莹剔透，因而坊间一直流传她依赖微创整容的传言。对此，陈可青的反应十分冷淡。

"对，我知道。"

"你不解释吗？"

"解释过很多次了。"

"有用吗？"

"有用的话，你还会问我同样的问题吗？"

"其实大家更想知道为什么你能吸引来那么大流量。"

"我知道。但我不知道答案。"

一

主编的电话凌晨四点准时响起。他清楚这个时候我刚睡下，最不希望接到电话，尤其是催稿电话。我立刻拿起电话："喂，主编。"他愣了一下。我的声音听起来太清醒，和平时不一样。这不是他想要的效果。趁他还愣着，我先开口："主编，我要辞职。"

"年底再讨论加薪。"主编快速回应，又顿了一下，"稿子写得不顺？"

"是，但是和辞职没关系。"

"你写到哪儿了？遇到什么困难？"

我还是太年轻，一个没忍住，开始抱怨。我告诉主编这篇报道看起来简单，但背景调查的繁重超出想象。我对美妆行业完全不了解，受访的相关人士也没提供什么有价值的情报，当事人自己也不知道她是怎么红的。主编很有耐心地让我把话说完，安慰我正因为很难我的报道才有价值。多年来那么多人试图解开这个谜，都没有成功，但他相信我可以。我没理会他的糖衣，我说也许陈可青的成功就是一个偶然，没有任何内幕，要有的话早就有人爆料了。主编问我有什么线索吗，我告诉他没有。

"我远程采访她，她没说什么特别有意思的事，就——特别平凡。她的人和她说的话在人心里激不起一点波澜。而且……"我加快语速不让主编打断我，"我还反复看了她的直播视频，放慢倍速看、截屏看。没有特别的地方。"

"你把她约出来，线下采访。"主编建议我。

我长长吸了口气，告诉他我已经约了，就在两天后，但我不觉得会有什么用，"就算知道她为什么能红又怎么样？这个故事特别没劲。"

主编笑了："也许知道原因你就会觉得有意思了呢。好好干，说不定这篇报道会是你职业生涯里的一座里程碑。"

也可能是墓碑，我心想。

和陈可青见面那天，我睡过了头，迟到将近半个小时。她没有生气，隔着一条马路就认出我，朝我挥手。我走过去，有些迟疑。

"对不起。"我说临时要改稿。

她摆摆手："我也刚到。"

我们进到她身后那家奶茶店。约见地点其实在那儿，但陈可青一直站在门口等到我来。我们走进包间，面对面坐下，她摘下墨镜。

短暂寒暄后，我看着她的脸，说："你本人比视频里还白。"

她望着我，脸上大片的空白——称不上是冷淡的空白："不工作的时候我都是素颜。"

我突然没了继续问下去的欲望。陈可青在线下和线上高度一致，现场采访和之前没有任何不同。我白来了。

"你还有什么需要了解的吗？其实在第一次采访的时候我就把话都说完了。"

我盯着她，看不到她脸上有半点内心情绪的流露。远程采访时隐隐的不适感在这一刻越发强烈，无法回避。我端起杯子，用吸管把珍珠一颗颗吸上来，一边吸一边数。

这次采访一溃千里。

"现在怎么办？"陈可青问。

无论我情绪怎么起伏，她始终是就事论事的平静态度。我很想发火，却发不起来。我告诉她我打算放弃，不单是这篇报道，还有这份工作。

"和你没关系。我只是觉得没意思。做记者没意思。"我解释说，一边心里疑惑：我怎么就推心置腹起来了。

"要不你摸摸我，试试手感。"

我不敢相信自己的耳朵。

我摸不透她。到目前为止，我看过她一百多个小时的美妆直播视频，我们线上聊过一次，又面对面见过一次，我还是搞不懂她。尽管她很坦率，有什么说什么。就像放在桌上的一块石头，形状颜色一目了然，让你几乎忽视它的不透明，但没有人的目光能穿透它。

她让我摸她。在那之前我一直觉得她是个防备心很强的人，聪明，不外露，很难接近。我望着她，确认她没有撩拨的意思。她好像真的是为了帮助我完成报道工作，才提出这个建议的。于是我伸出手。指尖触碰到她的脸颊，迟疑着滑向鬓角。

"什么感觉？"

"其他采访你的记者，你也让他们摸吗？"

"没有。只有你好像遇到了困难。"她停了一下像是在审视自己内心，"你可不要随便就辞职。工作很难找的。"

我震了一下，低头吸奶茶。

做记者会遇到各种人，我早就不再对人抱有不切实际的幻想。不幸和贫穷不会让一个人更善良，成功也不会。把陈可青塑造成一个善良女孩，写一个底层女孩奇迹翻身的故事，也不是不可以。不管什么时代童话永远受欢迎。唯一的问题是，已经有很多人这么做了，写得还相当恶心。

"我得走了。"陈可青站起来。几年前她搬回到出生的小岛上，回那儿的渡船每天很早就停运。

我跟着她走到门口闲聊了几句准备告别。

她突然看着我，说："要不，你来岛上看看。住我家。也许能找到你要的答案。"

"答案？"

"对，答案。我为什么会红。"这问题从她嘴里说出来非常可笑。但我们都没有笑。

"为什么要帮我？"我问。

"因为我也想知道。"

二

第二天一早，我坐上去小岛的渡船。经过四个小时的航程，海面渐渐荒凉，霭霭蒙蒙灰蓝望不到尽头。码头岸边的热闹恍如隔世，私人海陆两用气垫船、马戏团驯养的转基因海兽、光能帆船和快艇杂技演员早被时间过滤。船向着海与天空的交汇处驶去。耳边只有风声和马达声。在阴天平静的大海上，我做了个白日梦。直到前方那个小黑点出现，才醒过来。

岛比我想的还小，也就零点六平方公里。有一座小山，占了大部分面积。陈可青立在锈迹斑斑的广告牌前等我。这一次，她没有戴墨镜。来往的人经过她身边，"吃饭没吃饭没"地和她打招呼。

"岛上小，大家都认识。"她说。

我盯着她看，想在其中发现一些人在自己领地里特有的松弛，但没有。她在哪儿都一样，高度统一稳定。

"你没什么表情。"我说。

她立刻明白我在暗示什么："这个，我已经解释过许多次。"

美妆博主整容并不是新鲜事，属于行业内标准操作。陈可青的问题是，在她刚出道几次采访里，信誓旦旦一再声称没有做过任何整容手术。她的话既为她招来大众的关注度，更是得罪整个美妆界。好在经纪人 S 经验丰富，成功引导舆论走向，化解危机。

"你生气了吗？"

"我不是生气，我就是没有温度。"她说。

我一时不知道说什么好。"我们怎么去你家？"我问。

"用腿。"

陈可青的家在半山腰，我们沿着直通山顶的大路上去，一路没有话。整座山都光秃秃的，没什么植物，上面只有五六户人家，远远相望。所有房子看起来都差不多。几间平房堆在一起，被刷得通体雪白，像一堆积木。陈可青的家也是那样。

"岛上居民知道你是永美的顶级流量博主吗？"我问她。

"知道。"她指着脚下这条水泥路说，"这路是我花钱修的。本来想把路修到各家门口。他们说不用。现在这样就挺好。"

陈可青和家人住在一起。我们进去时，一个长得和她有几分像的青年男人提着大包正往外走。"在家吃饭啊。"他说着出了门。

进门是客厅，然后是厨房，厨房后面是下一个房间。整个屋子没有过道，房间挨着房间，所有房间串在无形链条上，进出只能穿过房间。陈可青的房间在最里面。

房间朝南，一面大大的落地固定窗。我立刻认出这就是她平时直播的地方。看视频的时候绝对想不到是这样一间不足二十平方米的房间。房间里没有装饰，家具很简单，一张单人床，一张写字桌，一把椅子，一盏落地台灯。她把椅子让给我，自己坐在床沿。她说我是第一个到她家的记者。我心想你要不说我差点忘了来这里干吗——永美一线博主揭秘：偏僻小岛上的苦行僧。

"以你的收入，有必要过得这么清苦吗？"我问她。

"清苦吗？"

"出于宗教上的原因？你是信徒？"

她愣了一下，随即醒悟："为了直播点击率，我在岛上修行——你是这个意思吗？"有些想法只适合在脑海里一闪而过，一旦被说出来就显得格外蠢："对不起，过几天就截稿了。我焦虑。"

她望着我，仍旧不带任何表情："你累了。睡一会儿吧。"她站起来，把床让给我。

"你呢？"

"我看风景。"她走到窗前。

我真的就睡了一觉。也许是起得太早没有睡够，这一觉睡得格外沉，醒来时觉得身体都轻了。陈可青还站在那里面朝着窗外，一动不动。外面天已经黑了。我望着她凝固了的背影，似乎有点明白她的特别之处。

是的，陈可青是特别的。我长出一口气。她听到声音回过头："没有回去的船了。"

"我留一晚行吗？"

"可以。你今天什么也没干，明天我带你到岛上转转。该吃饭了，走吧。"

"你哥他们都回来了？"

"我哥？"她立刻明白过来，"那是我爸。"白天在她家门口遇到的那个男人，无论怎么看，都不会超过三十五岁。我有些吃惊。

到了客厅，陈可青的家人已经到齐。陈可青为我一一介绍。她的爸爸、爷爷和三个弟弟。他们身形、样貌相似，而且看上去全都是三十岁出头的样子。我脑子已经转不过来，分不清谁是谁。

"吃饭吧。不要客气。这都是我们今天捞上来的鱼。"其中一个招呼我。

我没有客气。

食物入肚，人跟着镇静下来。我发现这家人不但相貌相近，连性格也像。说话音调平直，很少有表情，待人处事几乎没有情绪。一开始会觉得难相处，等了解后反而让人放松。对，用陈可青的话说，他们没有温度，也不会有剧烈反应。你在他们面前不会犯错。我很快进入状态，和他们聊开了。

他们问我鱼味道怎么样，还能吃吗，我说还行，不腥，有韧劲儿。

他们说只有这里的鱼才有这样的味道，别的地方吃不到。和品种没关系，只有在这里抓到的鱼才行。我问他们是不是以捕鱼为生，他们说不是，鱼就是随便弄几条家里人自己吃，他们都有正经工作。说着，他们中的一个褪下手表，调出全息播放屏，投出和墙等大的画面。他们说这是自供电软体机器人拍摄的图像。

一开始什么都看不到。画面里漆黑一片，伴随着不可言喻的声响——远雷般，更柔缓，更神秘，仿佛从身体遥远的深处而来，好像一个人听到自己血管里血液流淌的声音，又好像他重新回到了母亲的子宫。

看，深海。他们说。

我看见了。黑暗正在变得稀薄。再然后，光出现了。在阳光无法抵达的深海中，无数光点构筑成巨大光锥，耸立其中。镜头拉近，光锥占据整个镜头。几条黑影游过，我以为是鱼。

"是我们。"他们说，"我们在干活儿，打捞垃圾。这个岛上的人世世代代都做这个。听说过吧，深海清道夫。"

几百年来，全球工业带和垃圾带的塑料倾入大海，这人造聚合物无法分解，随洋流漂移，或回到岸上，或落进海底峡谷，永远留在那里。在这座岛的附近就有一条海底峡谷，堆积着大量塑料垃圾，几乎填满了槽沟。微生物分解塑料的方法在陆地上被广泛使用，确实解决了塑料垃圾的问题。但在海里问题复杂得多。海水环境不利于微生物生长，所以只能设法把塑料碎片打捞上岸，再给回收公司处理。回收公司曾经试过用机器取代人力，不过最后还是选择了成本更低的人力。

他们继续拉近镜头，放大画面。镜头一头扎进光锥中，无数光的碎片疾速向两边闪开，令人炫目的光芒，好像飞进群星。镜头停下，随即定焦在一片光斑上。那是个破缺的饮料瓶瓶盖，上面黏附着圆柱形的水母息肉。正是水母息肉的荧光蛋白发出微弱的光芒。镜头转动，无数碎片，被水母息肉黏附着，被它的荧荧之光点亮。它们曾经是塑料袋、瓶子、食品包装袋、车把手、饭盒、开关、手机壳、吸管，如今多数难以辨认。这里是海底垃圾场，它们的滞留地。

他们关掉全息投影。那块表重新回到某个人的手腕。我说原来是这样。陈可青问我原来是什么样。我告诉她从上岛起我就在想这个岛上的居民以什么谋生。他们看起来不像渔民，岛上的地看起来产出率也不高。陈可青的脸上几乎涌动出能称为情绪的表情。她夸我敏锐，告诉我岛上的地贫瘠没有产出。她说："你知道吗，我们脚下的这座山以前也没有。"我说："没有山那有什么。"她说："你猜。"

三

我梦见自己推开一扇门进到一个房间，房间正对面还有一扇门，我走过去打开门进到另一个房间，那个房间也有两扇门，于是我打开另外那一扇门走到下一个房间。我就这样无休无止地穿过一个个空空荡荡的房间，打开一扇又一扇门。房间连在一起——大地不能消化的结构——十分牢固。也许为了牢固，房间渴望与更多房子连在一起。

梦结束的时候我松了口气。

睁开眼，看见陈可青站在那里，仍然站在昨天的位置，仍然背对我，出神地看着窗外。

她察觉到我醒来，转过身："我上午有一场直播。你要是有兴趣，可以留下来看。"

　　"不影响直播？"

　　"别出声就行。助理一个小时后到，你起来吧。"

　　我赚到了。近距离观察永美一线美妆博主工作的机会可不多，上次进到直播间的记者用了五个比特币才买来这样的机会。我有点不敢相信。整个早上，我都非常恍惚。和陈可青在一起的这几天，我有点幸运过头了。或者说，她对我太友善了，教科书级别的友善。这不自然。

　　我盯着她看。她的状态很好，尤其是皮肤。紧致洁白，完美无瑕，假的一样。我忽然意识到恰恰是这点证明她没有整容。这个时代，再廉价的整容手术都能给你一张真实的脸。从这个角度，陈可青是特别的，她的脸拥有这个世界上最稀缺的特质。

　　助理来了，熟练地布置直播间，把我们赶到房间门口。我们肩并肩站着。即使在这样的距离下被人直视，她也没有丝毫羞怯或者紧张。

　　"你有头绪了？"陈可青问，"有答案了吗？"

　　"还没有。"

　　"也是，你昨天除了睡觉吃饭也没做什么。"

　　"看完直播，我再去岛上转转。"

　　"找个人带你？"她问。

　　"谢谢，我自己就可以。"我知趣地回道。

　　助理准备就绪。陈可青在镜头前坐下，向观众点头致意，打开桌上六套眼影盒，开始一一比较。我戴上便携视听设备，联通直播平台。这一刻，屏幕内外陈列着两个陈可青，方便直观比较。她们之间并没有不同。她的团队甚至没有给她加美颜特效。呈现在一亿粉丝面前的就是我面前这个相貌普通的垃圾岛女孩，不但没有美貌，也缺乏感染力。她开始一边在脸上试色，一边解说，态度严谨认真，解说词也不能说没意思，但是在她身上，一种不加克制的平静拉开了她和她所介绍产品的距离。无论她使用怎样的词语评价那些试用品，都让人觉得是出于工作需要，照着台本念的。现在，她正在夸奖一款眼影粉有明显提升眼睑的作用。她说的也许是真的，但她一定不是真心说的。她的声音和她的表情一样，单调乏味，如同一个纯白假人。她本人对这些不加掩饰，稳定地向外输出虚假感，一种令人安心的虚假感，一种因为能被轻易识破而带上诚实光晕的虚假感。也许这正是她的魅力，就好像某种吸引人的残缺。

——又好像幽深海底如宝藏般荧荧闪烁的塑料垃圾。

我站起来。好热。喘不过气。后背不知道什么时候湿透了。房间本来就不大，现在加上我一共站了七个工作人员，还有一盏大太阳似的高架灯。再看陈可青，脸上的妆一点都没花。我有点撑不住，贴着墙踅到屋外，走到门口腿再也使不上劲儿，跌坐在地上。我喘着气，忍着眩晕，等自己缓过来。海上吹来的凉风没能让我好点，反而让我更加恶心。胃部一阵翻涌。我低头把早饭全部吐了出来。

陈可青的爸爸或者弟弟听到动静跑出来，把我扶到椅子上："你反应真大。"

我点点头。我不知道为什么要点头，也不明白他说的反应是什么反应。从昨天开始，肠胃就不太舒服，还有点头晕眼花，以为忍忍就过去，没想到过了一天反而更难受。

"你休息一会儿，我送你上船吧。"

"不用，吐出来就舒服了。"这是实话。当然更重要的是，我大老远跑到这儿，怎么也要找几个岛民聊聊。

"好的。"他起身走了。

离陈可青最近的一户人家在大路那边，远远能看见白色的一角。我走了半小时，敲开他们家门。应门的是个和我差不多高的男孩。他知道我是采访陈可青的记者，把我让进屋，送上水。他走进走出从容招待我，很有经验的样子。

我问："之前有记者来过吗？"

"没有。你是第一个。"他咧开嘴，露出白灿灿的牙。

"你和陈可青熟吗？"

"大家都在一个岛上。"

"她在岛上是个什么样的人？"

男孩用空洞又专注的眼神望着我："普普通通，和我们一样。你脸色不太好。我妈以前也这样。"

我忽然想到一个问题："你多大？"

这时候一个男人从外面进来，看见我在，咧开嘴，然后走到一边自顾自收拾带回来的装备，全是深海潜水的穿戴装备。

"这是我爷爷。"男孩向我介绍。男人身姿挺拔，肌肤光洁，看起来最多三十来岁。我想起陈可青的家人。

"你们这里的人长得都很年轻。"我说。"活下来的都显得年轻。"爷爷说。男孩听到这句话再次咧开嘴。他们说这话说得随随便便，房间里除了我谁也不认为这句话可怕。

"那没活下来的呢？"我问。

"死去的人在地下腐烂，只有活人可以不朽。"他们中的一个回答。措辞这么书面化，我不能确定是不是他们说的。也许是我脑海里浮现的可笑念头，也许是从天而降的威严声音。房间在旋转。我抓紧椅子，不让自己倒下。

"除了爷爷，家里还有什么人？"

"爸爸、小叔和三个哥哥。"男孩走过来，把我往外搀，"到外面吹吹风，胸口就不闷了。我妈以前就这样。"

在光秃秃的院子中央，我靠在男孩身上。白金日光从高处笔直落下，碎成大块小块。太阳下所有事物都发光。在它们底下血一样的浓黑阴影渗出少许。我们站着，一个搀扶着另一个。从远处传来风声还有海浪声，伴着一丝异响。谁拉的风箱？哦，那是我的呼吸。听到这声音让我好受了一点。

"你妈呢？"

"她在土里，她和我妹前后脚走了。爷爷说那段日子岛上陆陆续续走了不少人。大人们说那一阵所有人都觉得身体不对劲儿，好多人没熬过去。再后来岛上人开始习惯，不觉得那么恶心难受，还是零零星星有人不行了。我姨、我奶还有陈可青她妈都是在那时候倒下的，倒下了就再也没起来。再后来……再后来死得差不多了，只剩下我们。"

"剩下的全是男人？"

"不是还有陈可青吗？有女的，就是不多。"

我近距离看男孩。他就是另一个陈可青。长相一般，皮肤好，几乎没有表情——除了那个特别用力的咧嘴外，情绪高度稳定，没有什么能打扰到他们。

"你来的时候就不舒服了吧，不休息一下吗？"

"我要赶今天最后的渡轮回去。"

"那我给你拿个椅子，你坐会儿，坐到什么时候都可以。我下午要和爷爷一起去捞塑料。现在去眯会儿。"男孩说完，离开了。

"进屋坐。"

"来喝茶。"

"都是一个岛上的人，不熟也不生。"

"普普通通，和我们一样。"

"我们家有几个女人生了病，早早地走了。"

"你不舒服吧？不舒服就去外面吹吹风，吹一会儿就好。"

…………

我坐在椅子里发呆。阳光已经没那么耀眼，地上拉长的影子一边倒。下午眼看过去大半。虽然屁股下的椅子换了几次，遇到的人、待的院子换了几拨，但都是重复同样的话、同样的事。他们代代以深海打捞为业，家家都有几个早逝的女性，人人看上去都只有二三十岁。他们都认识陈可青，都不熟悉。看到我不舒服，他们都会把我扶到院子里吹风。他们看上去就像量产的陈可青——我被这个念头电了一下，差点跳起来。

这时候，手机响了，是主编。

"今天截稿你知道吧？"

"我在陈可青家乡。"

主编语气缓和下来："今天截稿。"

"我待会儿就回去。晚上写。"

"有什么进展？"

"一座只有百十号人的小岛。"这样说不行。我运口气，铆足不多的劲儿来喂主编定心丸："我现场旁观了她美妆直播，还见了很多村民。村民人很好，对我很不错，帮了不少忙。但就是亲近不起来，始终有距离感。很温柔，特别有距离感的温柔。总觉得他们对你的好，太稳定了。太稳定了，不像是人，有点假。"

主编打断我絮絮叨叨的话："听着真假，像塑料情。"

四

我挂了电话，望着天花板发呆。医院的天花板应该是世界上被看得最仔细的天花板。至少对我来说是这么回事。从岛上坐渡轮回来的当天，我就病倒了。到家后上吐下泻，在晕倒前果断给急救中心发出求救信号，被救醒后又在医院百无聊赖地待了十一天，每天配合着做各种检查。据说急救人员到场时，我已经意识不清，手里还紧抱键盘，手指下意识做出敲打的动作。刚才主编慰问电话打过来，我问他我那篇稿子过了没有，他翻了个赛博白眼说全是乱码。我挺遗憾。那种昏迷中被激发的写作潜能并没有出现，醒来后发现"一篇优秀报道已完成"这种好事也没有发生。我问主编既然时效过了能不能不写陈可青，他反问我这事有时效吗。我央求他翻篇，放我一马，我现在脑子一片空白。主编说给我时间好好想想，一个礼拜，说完挂了电话，留下我继续对着天花板发呆。

陈可青的吸引力来自哪里？在岛上那两天，我似乎隐隐有了答案。那个答案呼之欲出，却在大病一场后只留下一点残影。我一遍遍回忆岛上发生的事，不过是住她家，看她直播，对其他岛民进行外围调查，哦，好像我还对她推心置腹，抱怨过工作。

主治医生敲门进来，二十几个实习医生鱼贯跟进。病房一下就挤满了人。我吓得坐起来，挺直腰板迎接噩耗。

"四十二号。"主治医生指着我说，"高烧晕厥上吐下泻，我们做了极为细致的检查，排除中毒、细菌病毒感染、消化道病变和会引发身体症状的严重精神创伤，最后把注意力集中在神经系统。这是她的核磁共振图像，你们看看。"医生打开便携式全息投影。

"带氧血红素和缺氧血红素比例正常。但是，两种血红素整体——数量偏低？"

"很好。所以我们做了双光子显微成像。你们看。"

"神经元和神经突触活动也——正常。"实习医生说。

"医生，不是，你看我还在这呢。"我没忍住，出声打断他们。

"请不要打断我们。我们在上课。"主治医生眼里湿乎乎的，"你知道吗，你这个病例太特别了，很有趣。"

我特别想吐在她身上："麻烦您告诉我，我得了什么病，能治吗？"

"不能治。不过治不好也不影响生活。平时多喝水。"

"医生……"

"微塑料沉积。用直白的话来解释，就是塑料附体。"医生的脸涨得通红，兴奋地宣布，"你是全球首个病例！"

医生告诉我，微塑料沉积在人类肠胃其实并不少见，由于微塑料颗粒小，数量少，不会致病。极偶尔的情况下，微塑料会沉积在肺部，患者会稍微觉得呼吸困难，也不严重。但在我身体里，除了以上两种沉积外，还发现了非常规沉积：一些微米级别的非均匀塑料颗粒出现在我大脑深层边缘系统，造成大脑轻微炎症，继而引发一系列其他器官的紊乱，比如精神性肠胃炎，还可能导致我产生幻觉。这是首次在大脑发现微塑料沉积，她推测可能是通过血液循环，但是这些颗粒怎么通过血脑屏障还是个谜。我说医生你还没告诉我那些塑料到底是怎么进身体里的，她兜圈子说有待查证，又各种安慰说不影响生活。我不理，追着问。她叹气，问我不知道人和环境相互交换物质的吗，环境里的物质，人迟早会从空气水食物里摄入，这很正常。她说这很正常。我当时脸色应该很差，因为她立刻又安慰我，让我不要担心，从检查结果看，脑部炎症正在消退，危险期已经过了，我的身体应该已经适应这种异物。经过住院这几天观察，我的言行举止也没有异常。微塑料沉积对大脑认知产生的影响微乎其微。"如果不放心，以后可以定期到医院复查。"医生说完看着我，一副仁至义尽的样子。

她说得没错。他们走后，我登录数据库查询。上面相关材料都证实了医生说的话。而且，在全球各大数据库都没有找到微塑料相关病例。所以，我真的就是那个"全球首例"？以前跟在热点新闻屁股后面跑得筋疲力尽，现在自己倒成了一条新闻。

塑料脑。

三个字闪过脑海。我顿时感到置身震中般的剧烈晃动。伸手可及的现实画面在剧烈晃动中异化为恐怖模糊的图像，伴随着真空般的静寂。风声脚步声病床轮子擦地的声音维生仪器运转的声音在那一刻消失了。听不到一丝声音。左耳的鼓膜一跳一跳，跳得厉害。心也是。

恐惧。在纯白的恐惧里，那张面孔正在浮现出来，如同黑色大海上升起一座岛屿。忽然间，许多事似乎能说通了，不过还需要确凿证据。

我联系上陈可青，跟她简单讲了一下情况。出于礼貌或者别的，我觉得应该告诉她这些。我问她愿不愿意来次医院，做一些检查。她没说话。电话里传来她那边的风声。我仿佛看到她站在窗前的背影。她那时到底在看什么？

第二天晚上，陈可青来了，带着经纪人S还有律师，径直走进院长办公室。S和律师要求院方对陈可青体检的事严格保密，不留任何记录。经过长达三小时的角力，院方最终同意签署保密协议。墨镜后面的陈可青全程没有一丝表情。从我的座位看去，她似乎连呼吸都停止了。作为媒体记者和罪魁祸首，我也被叫去签署保密协议。我们所有人都必须保证永远不透露陈可青检查身体的事，否则将被追究法律责任。

一堆人围在圆桌前讨论操作细节时，陈可青走到我面前。

"你让我这么做是为了确认什么事情。"没有试探，只是简单陈述。

我闭上嘴。这个时候从嘴里跑出的任何话都令人厌恶。她的脸一如既往地平静，哪怕她已经觉察到什么。她的平静在她的皮肤下，像是一件不会朽坏的作品。

"你的稿子写完了吗？"

"没有。"

"签了保密协议不要紧吗？"

"不要紧。你有好多别的事可以写——没想到你真的会来。"

"因为我也想知道。"她说。

他们给她做了全面的检查，在身体所有组织器官里都发现了微塑料颗粒。微米级别的塑料颗粒混合体均匀分布在她的体内，同有机组织高度结合。在部分组织里甚至形成了更精简高效的支撑结构，比如皮肤。微塑料表面附带的微生物充分适应了体内微生物环境，同其他微生物形成了良好的共生关系。没有发现免疫系统有任何排斥反应。不但没有造成负面影响，这些微塑料还影响了一些蛋白质的表达，神经递质通道的打开，促进了代谢稳态的维持。这也就是为什么岛上的人看起来都那么年轻的原因。

"高度塑料化。"陈可青总结，"你好点了？"

"嗯。才待两天，吸收量并不大，只是身体应激反应很大。"

"我妈那时候就这样，反应很大，特别苦。后来反应小了，我们以为她没事了，结果她却走了。"

她的陈述过于寡淡，和直播介绍眼部凝胶并没有差别。我"啊"了一声，找不到下句。

我们并肩坐在我的病床上，无所事事。这个时候，其他人正忙着销毁她的检查数据，抹掉安保摄像里有她出现的镜头。我前后摇晃身体，像个举棋的棋手一样斟酌着该说点什么。

"是岛的关系。"我觉得自己很恶劣。岛当然没有做错什么，海洋也是，食物、水、空气也是。本应该是。

"岛上的人如果来检查，应该也是一样的结果。难怪我觉得我们很像。在他们中间我很安心。搬回岛上大概也是因为这个关系。"她站起身，"我们算是新物种吗？塑料人？"

"有什么不一样的感觉？"

"时间过得特别慢。没有什么特别急着想要的，也没有什么可以失去的。"

"据说，活着的过程，就是损伤累积的过程。微小但持续增加的损伤在细胞组织器官中不断扩大，积累，最后影响到整个人体。"我想到岛上早逝的女性——那些没有经受住环境熬炼，被淘汰的人。作为有机物，她们埋在土里的尸体慢慢腐烂分解。只有活下来的才能不朽。

"在岛上，每个人看起来都那么年轻。"我说。

"岛上也很久没有丧事了。不只是这个。我们越来越——平静。"

"大家不觉得奇怪吗？"

她想了想，说："不奇怪。我们从来不觉得有什么是奇怪的。世界是什么样的，我们就怎么活，照单全收，甚至都不用忍耐。"她走到窗前的月光里，伫立不动，如同一个人体模型。"原来这就是我的特别之处。我是因为这个受欢迎的吗？"

"他们未必意识到什么，就是被单单吸引了，被你的特殊性。"

人们恋物。对于喜爱陈可青的人，他们甚至不用先将她物化。我及时咽下这句话。没有人需要听这些。在那一刻，我知道我永远不会完成陈可青的报道。如果不说出真相，人们永远不可能理解她；如果说出真相，又有多少人能够接受这个事实：在看不到的地方，有极少数人为整个人类的行为付出代价。

"原来是这样。"陈可青轻轻吁出一口气。

外面脚步声渐近。S推门进来，告诉陈可青车子在外面等她。

"你好好写报道。工作难找。"走之前陈可青叮嘱我。

轮到我走到窗前的月光里，从那里目送着他们坐上车消失在夜色里。不敢相信医院会轻易放走这样一个特殊病例，作为人和微塑料的混合体应该有很大的研究价值。还是说医院会有下一步的行动？转念一想，我忽然明白了。岛上那些女性出现不适症状时一定看过医生。我不可能是什么首个病例。

许多东西一直都在，只是大家假装看不到。

原刊于《收获》二〇二一年第四期

倾听

辽 京

一

　　我住 1021，她在 1201。上船的第一天，吃午饭的时候，我们面对
面坐在同一张桌子旁，都是孤身的旅客，都是女人，几分钟之后，我们
就攀谈起来。

　　"我觉得，你看起来很面熟。"她说。这句俗套的搭讪通常显得很
刻意，唯独此刻，我和她都觉得这话再准确不过，我看她也觉得十分面
善，好像在哪里见过。当我想去餐厅角落的自动咖啡机那里再拿一杯咖
啡的时候，她也站了起来。

　　"咖啡。"她笑着说，"我们一起去吧。"从此，在这条船上，我们
总是待在一起。上午，邮轮孤零零地在海面上行进，在甲板上，阳光缓

缓移动，由此可以判断时间和航行的方向。她时不时就看看手表，再抬头看看天，好像对天光和钟点有着浓厚的兴趣，我则对这些毫不在乎。在海上，最不缺的就是时间。

　　起得迟，吃完早饭的时候，已经快到中午，我和她在甲板上漫步。甲板中间铺着一条狭窄的塑胶跑道，一个扎着高马尾的女孩正在慢跑，从我们中间穿过去，冲破了我和她相互挎着的胳膊。我们意识到这样慢吞吞地走在跑道上，挡了别人的路，就走到靠海的那一侧，拣两张铺着软垫的躺椅各自躺下，继续我们刚才被打断的谈话。船舷外的大海非常宁静，深厚的蔚蓝有种宝石般坚实的质地，闪着银色的光。

　　"所以，你就答应他了？"

　　她点点头，说："那么多人看着，那么多的花，那家花店很有名。"

　　"所以你是真的喜欢他。"

　　"不好说。"她说，"喜欢肯定是有的，也没到非他不嫁的地步。不过，怎么说呢，当时他确实打动了我。"

　　上百朵艳红的玫瑰花、周五的晚上、热闹的餐厅、众人的目光、起哄的口哨和鼓掌……那些不谙世事的年轻姑娘，认为这就是浪漫的模板。邱刚微笑着，望着对面的童童，他的眼睛又圆又大，波光闪动，透着恳切，还有几分天真。

　　他脖子上戴着一条细细的白金项链，女式的，看上去很奇怪，甚至有点可笑。那条项链是刚开始恋爱的时候，他送给童童的礼物。她告诉我，有一次闹分手，她把项链寄快递还给他，没想到他就循着快递的地址找来了，她后悔自己太疏忽。或者，对方是趁她下班跟踪也说不定，从朋友那里打听到她的新公司，他们都不知道内情，没有替她隐瞒，还以为这是情侣在闹脾气呢。

邱刚在楼道里等。童童下班回来，手里拎着一袋青菜。六楼，没有电梯，他就站在楼梯上，居高临下地望着她，嘴里说着："对不起。"

她犹豫了一下，转身下楼已经来不及，不想在楼道里纠缠，就几步跑上楼梯，迅速地掏钥匙开门，合租的室友也在家，料想他不敢撒野。他确实没有撒野，安静地站在门外，看着她把门关上，没有试着推门，也没有大声地叫她的名字。

因着这份安静，她心里又有些不安。过了一会儿，他轻轻地敲门，问："童童，让我进来好吗？"她没回答，他接着说他要调去外地工作，听声音像是紧贴着那道铁门，室友穿着睡衣走出卧室，问童童是谁来了。

他继续说："我说几句话就走。你打开门好吗？"语气真诚而温柔。室友说："他是你男朋友？"语气中含着八卦的乐趣，她一边说，一边往脸上拍打化妆水，身上穿的毛绒睡衣的胸前印着一只小棕熊。

他又敲门，一开始是"咚咚咚"，也许马上就会变成大力的"当当当"。她说："假如没开就好了，假如没开……"没别的，她总觉得自己的事，不要在别人面前闹腾，让人家看笑话。

他们原本是一个部门的同事，电脑背靠背，两个人面对面。童童是部门的行政助理，负责上传下达，处理文书，也是部门里唯一的女性。入职后没多久，她跟招她入职的人力资源经理一起吃午饭，那是跟她同一个学校毕业的师姐，比她大三届。师姐说："你知道为什么招你进来？"

"我英语比较好？"童童漫不经心地说。面试的时候，很多人坐在一起，小组讨论，回答问题，全英文，童童的英文是所有面试者中最流利的。

"因为你是女生，我们这儿女生太少啦。"她笑着说，"你们老大点名要一个女生当他的秘书，说部门里需要一些亮色，激起大伙儿的干劲儿。前一个干了没多久就跳槽了。"

童童皱了下眉头，仿佛被冒犯了，又不好直说，只好笑道："我算什么亮色呀？"童童身材瘦削，脸形也是瘦瘦的长方形，不算很美，偶尔穿个露腿的短裙子，有男同事开玩笑说她的腿长得好看。

过几分钟，她又说："我觉得我确实是那一组里头，英语最好的啊。"师姐说："你还跟上学的时候一样，尽纠结一些没用的。"

渐渐地，她发觉英语好确实没什么用处。跟经理出门，她不愿意喝酒，客户拿她开玩笑，玩笑稍一过火，她就摆脸色，搞得气氛都是僵的。几个月后，她就从经理秘书变成了部门助理，替所有工程师打杂。

经理那边，听说又在招新人。童童想过离职，她不喜欢现在的领导，但是想想又犹豫，毕竟这里稳定，而且待遇不错，不如边做边看。渐渐地，她跟邱刚熟络起来，时常跟着他一起抱怨领导。邱刚在公司也不受重视，入职几年了，没升过职，常常有怨言。有天下午，他被经理叫去办公室谈话，回来时一脸怒容，童童问他："你吃苹果吗？"

"不吃。"

大概一个月之前，邱刚给她看他在国外买的瑞士军刀，随手拿起一张A4纸，举在手里，刀刃像劈开流水那样把纸分成两半，无声无息。他把那把刀放在办公室的抽屉里，跟童童说，需要削水果，就找他要。

她每天中午都要吃一个苹果。从小妈妈就告诉她，"天天一苹果，医生远离我"，童童深信不疑，饭可以不吃，苹果不能少。通常她会在家里把苹果削好，切成小块，装在保鲜盒里，拿出来吃的时候，有些已经氧化发黄了。那天以后，她每天都会带一个洗好的红苹果，吃的时候就向邱刚借刀削皮，一借一还，好像有某种默契在里头。要说想谈恋爱，当代人大可不必这么遮遮掩掩，可他们是同事呀，公司不允许这种事。

邱刚简短地说"不吃"，显得心绪不佳。那天下午，她跟邱刚只说了那一句话，没有开别的玩笑，没有互发表情包，也没有转一些好玩的网络段子，童童跟他说话，他只回复一两个字。童童反思自己是否表现得太轻浮、太热络了，不像个女同事该有的距离。她这个人常常一日三省，从小父母就教育她：遇到问题，要从自己身上找根源。于是，她又一个人纠结起来。

整个下午，邱刚时不时地掷过来一个严肃的眼神，童童觉得自己像站在篮球场边，被飞过来的篮球砸了好几次。快下班时，他终于发过来一条微信："晚上你有空吗？"

邱刚约她一起吃晚饭。从前一起吃午饭倒有几次，晚饭是第一次。童童皮包里的保鲜盒里还装着用他的小刀削皮切块的苹果，菜吃得差不多了，她就拿出来，两个人一人一块地吃着，一边浮泛地聊着天。说起公司里的事，邱刚有些愤怒，认为自己受到了不公平的待遇，领导耳聋眼瞎。他这个人，无论谈什么话题，都带着些愤世嫉俗的嘲讽味道，又俏皮又刻薄，公司的同事他一个也不喜欢。除了童童，别的同事也很少跟他私下往来。

有时候，童童也觉得邱刚虽然聪明，但是不太厚道，眼里没有别人。也正因为这样，当他对她表示好感的时候，她才觉得自己很特别，好像受到了恭维似的。那天晚上，他一定要请客，结完账走出来的时候，他说："我觉得你那天穿的黑毛衣，比这件蓝的好看多了，那件能显出身材，这件穿起来像只小熊。”他笑眯眯地说，用的是开玩笑的语气。

天色已晚，童童觉得自己的脸在夜色中红了一下，像根火柴似的一闪光，又被冷风扑灭了。她分辨不清，邱刚对她到底是什么意思？她长到这么大，没正经谈过一次恋爱。后来想想，归根结底是自己动了心，别人说什么，都以为人家在表示亲密。是我自己的错，她这么想着，站在当当响着的门前，都是我自己的错，不该从家里寄快递，让他追踪上门。

室友这时候也不说话了，敲门的声音变得那么急促，像一串强烈的惊叹号，她望着童童，眼中满是疑惑。童童忽然不怕了，有什么好怕？她想，光天化日，家里还有别人，我不信他敢怎么样。她向前两步，打开了房门。

二

1201，这是我给她起的代号，她的全名已经模糊到难以忆起。在旅途中萍水相逢的朋友，彼此都知道这亲密是临时的，用过即抛。我只记得她的名字里有“童”字，就写作“童童”，听着像一个小姑娘，其实她看起来至少有四十五岁了，出于礼貌，我不问她年纪，只叫她姐姐。

现在，我用力地回忆这个人，以及她讲给我听的故事，像默写一篇很早以前背过的课文，有些句子连不上，有些段落记错了顺序。童童的故事从她年轻的时候开始，有些情节不像真的，因为按她的年纪，那些年应该还没有微信，她说的那家餐厅，邱刚向她求婚的那家，有名的网红店，那时候也没开张，但是我不管这些，在船上，闲暇多的是，她讲，我就听。

童童打开房门。邱刚像一阵冬日的狂风，身上裹着冬天的寒气，一头撞进来，童童被逼得倒退两步。她室友回自己房间去了，关上了门，咣当一声，不打算掺和别人的事。

他回身也关了门，然后开始向她道歉。道歉总是灵活的，只管把事实当作一块橡皮泥，在手里捏来揉去，变成各种形状，发生过的事随便怎么解释都行，反正他不肯承认自己是故意打人，说着说着，他就微笑着反问："我是故意打你的吗？是吗？你那些话实在太气人了。"那微笑真诚又平和，好像在议论不相干的人和事。

在是不是"故意打人"这个无谓的问题上，他们纠缠起来，一点点地复盘，重建当时的情景：他说了什么，童童又说了什么，他怎么就抢起一个瓷盘朝她砸了过来……在这些话语的间隙，童童时常想笑，觉得这太可笑了，但是这冲动只有一瞬间，转眼又被话语的河流淹没了，她得专注于辩论。而这些争论并没有复原事实，只是让事实不断变形，直到童童觉得精疲力竭，一句话也不想再说，随他怎么说吧。

她只抓住一点，"分手，"她说，"分手吧？"几乎是绝望的哀求，她不明白其实这件事不需要得到谁的同意，可是她习惯了，从小到大，她做任何事都得有父母的同意、老师的同意。自己的事要别人点头才算，分手也是一样——他不肯，他们就还没完全分开。她得说服他。可惜，她是那种意愿很明确、意志却不够坚定的人。

"不行。"他说，"你还爱我呢。"停了几秒钟，又说："你能说你一点不爱我了吗？"

她不能说，这怎么说呢？即便说了，他依然可以不信，一不信，二不听。"你就是爱我，"他斩钉截铁，"不然，你为什么寄项链给我？

完全可以扔进下水道。"童童哑口无言，有那么一时半刻，又觉得他也有些道理，而自己，好像还有一点爱他呢。那条细细的女式项链，此刻正绕在邱刚的脖子上，在日光灯下明明灭灭，似断似连。本来她没注意，邱刚特意翻开毛衣领子给她看，说："你看，咱们俩的信物。"他脖子粗，把项链撑得很满，童童觉得可笑，又觉得在这时候笑出声很奇怪，就努力忍回去。邱刚看见，以为她又心软了。

室友的房间里静悄悄的，想必她已经睡了。邱刚说："我们进你房间谈吧，在客厅说话影响人家休息。"已经很晚了，他最好快点走，可是既然话赶话说到了这里，她只好把他带进自己的卧室。这一步大错特错——门一关，事情就开始起变化。

起初，他的态度还是很好，走进来，环视一圈，说："这房间比你从前的还小，床也太小了。"他笑眯眯的，好像不愉快都过去了，随意地坐在床上，那是一张老式的席梦思床，人一坐，立刻就陷下去一大片。童童走到房间的另一边，靠着窗户站着。

"离我近点。"邱刚说，拍着身边的床单，还是笑着。

"我们得分手。"童童说，没意识到自己的语气有多绝望，有一瞬间她觉得自己没必要这样，分手就分手，不见就完了，她不声不响地辞职跑掉，没想到他又跟了来。

全是因为那条项链。

"你为什么要把项链寄给他？"我问童童，在船尾的咖啡厅里，她背靠着一整面临海的玻璃墙，用手去捋自己的头发，向后一撩，把手腕上的皮筋缠上去，整张脸露了出来，她的年纪并不体现在皮肤五官上，其实保养得不错——沧桑只潜伏在偶然的神情里，宽阔的额头像秋天晴朗的平原，忽然掠过一片云的暗影，随之阴雨就要来了。她的心情起伏不定，面对我，她总是保持着和气的笑容，可是，当提到那些往事的时候，她时常露出一副迟疑犹豫的样子，好像她自己也不知道事情怎么就变成这样。

"我也不知道啊。"她说，"大概是分手了，他的东西一定要还给他吧。"

按她的说法，因为那个快递，邱刚找到她，两个人才继续交往，可我总觉得，事情不那么简单。"你完全可以不开门。"我说，"开门是又一次退让。我觉得你并不是真的想分手。"

"他也是这么说。"童童举起咖啡杯，一边喝一边皱起了眉。

"然后呢？"

邱刚躺在床上，笑着叫她过来，她没动。窗外起了狂风，这风从傍晚时刮起，吹得越来越猛烈，深冬的北风像一只受伤的猛兽，挣扎翻滚，撞击着楼房的金属窗框，好像外面的广阔天地是锁住它的笼子。

"你过来呀。"

"你出去吧。"童童说，这是她能想到最好的解决方式，"你走吧，让我一个人待着。"

"求你离开。"

可是邱刚不肯听她的。不知怎么他又站起来，走到她身边，手放在她的后背上，后背顿时一阵又暖又麻。他若即若离地推着她，几乎没怎么用力，她就跟着走过来。他不像有恶意，而她只想劝他离开，不想大吵大闹地翻脸。室友还醒着呢。

她也坐在床沿，在他身边，感受着他的呼吸。贴在背上的手掌消失了，他的胳膊转过来围在她肩膀上，童童说："你走吧。我今天还得加班。"然后她突然觉得不对劲儿，因为问题已经迫近眼前，变成"他想要干什么"，他们本来是要分手的。

"我在我女朋友家，为什么要走？"

她辞职，搬家，换电话号码，自以为像一条挣脱了钓钩的鱼，正在游向深海。他跟了来，好像什么都没发生似的。她觉得泄气，好像愤怒和恐惧全是过家家，是她自己摆出来的空盘子空碗，虚张声势，但是对方已经不想陪她玩了。你追我跑，你闹我哄，这套把戏最终还是落在一张柔软的大床上。

"加什么班。"他说，"你先脱吧。"

"你可以说不。"我说，咖啡里的冰块渐渐化了。我一直在假装专注，似乎连咖啡也忘了喝，其实她的叙述既啰唆又冗长。上点年纪的人就是这样，我想，一边端起咖啡喝了一大口。她用无数细节堆砌她的感受。起初，我每个字都听见了，后来，我渐渐地不耐烦，因为她总是围绕着最关键的事实打转，试图去描述一些极其细微的东西，但是语言又很有限，她把手势也加了进来，眼角闪着泪光，身体微微前倾，双手放在膝盖上，像被老师吓住了的小学生。她在发抖，那种从内而外觉得寒冷的颤抖。我端起咖啡杯。她终于说出口："他有一把刀。"

红色的瑞士军刀，他借给童童削苹果的那一把。她继续说着，语气开始变得平稳坚定，像打开了一道生锈的锁，推开通往过去的门。我想，她很老了，在我看来，超过四十岁就算老。她说的这些事发生的时候，我还是个玩过家家的小女孩，二十年间世界已经大变，她还沉陷在过去，重复着："他有一把刀。"

我把目光投向她身后的大海，海面宁静如昨，像一大块深蓝色的法兰绒，浪花点点，是绒面上沾的灰尘。邮轮的航程快要结束了，而我连一个故事还没听完。也许就在今天——她总该说到最关键的部分。

"他把刀挂在钥匙扣上，"她比画着，"这么长，很锐利。"我知道，我想，不用说得这么详细，我知道这种刀很锋利，我的钥匙扣上也挂着一把——我男朋友送给我的。

"第一次的时候，他就拿着刀，满脸是汗，身上也有汗。"

"你可以说不，这没什么的，这种事，谁都有不想做的时候。"我告诉她，如果她听得懂，就应该换个话题。她的回忆集中到那把刀上，就像把昆虫放在放大镜下面，找到焦点，让阳光点燃它。我和她之间，也有某种情绪缓缓燃烧起来了。

"他拿着刀！"她向我低吼，陈旧的愤怒穿越时间向我袭来。其实我们只是萍水相逢，我没有义务去忍受这些，于是我放下杯子，打算去上个卫生间。她一把按住我的手腕，我笑着说："我不走，我去洗个手。"

临座有一个穿着运动服的女孩，正在读一本厚厚的书，此刻抬头看了我们一眼。她松开按着我的手，低声说："他拿着刀让我脱衣服。"邻座的女孩低下头继续看自己的书。

我很想离开这儿，回自己的房间，可是话题进行到这里，就不能不接着听下去。在洗手间里，我待得比平常更久，擦护手霜，喷香水，用水润湿了手指去整理刘海儿。刘海儿挡眼睛了，我把头发向上拢到头顶看看，额头太宽，于是又放下来。我回到咖啡厅，她已经平静下来，抱着双臂，扭头望向玻璃外面的大海。

终于，他走之后，童童重新穿好衣服，在书桌前坐下来，开始加班。

她欠领导一个报表，明天要交，她看着一行行数字材料，工作了一会儿之后发现自己弄错了，还要重新来过。那把红色的小刀从远处射来，刀尖对准她的额头，正中目标，刀刃插进了凝滞的空气，微微颤抖。她觉得自己的脑袋被贯穿了，像一个被切开的红苹果。

表格里的数字好像在游动，红色、绿色、黄色，像外面大楼上的广告牌，它们跃动，交缠又分开，组合成不同的意义，而她一点也不懂，看不出其中的重要关联，看不出从满脸笑容变成一头热汗只差几秒脱衣服的时间。

这并不是第一次，第一次在邱刚的家，她说。当时，他们开始交往不过几个小时，一起吃晚饭，邱刚直截了当地要童童做他的女朋友。他喜欢一边嚼东西一边说话，童童把这理解成孩子气。他鼓起双颊，眼睛亮晶晶的，像一只小狗似的看着她。她答应了，觉得水到渠成，跟从前并没有两样。试试交往嘛，她想，从前她在学校里，看见一对对的情侣，心里很羡慕，也想谈一场恋爱，最终也没遇到。上班后她遇见邱刚，他到底是个什么样的人呢？那时，他坐在餐桌的对面，嘴里塞满食物，将吃剩的骨头吐在碟子里，整齐地码成一座小山。他是个很讲究整洁的人，办公桌上总是干干净净，电脑桌面只保留一排图标，背景是纯粹的宝蓝色。从表面上，这个人看不出有哪些特别的喜好和兴趣，对童童却很热情。她入职的第一天，领导带着她在各个工位转了一圈，介绍给大家。等她坐下来，开始安顿自己的办公桌，打开电脑，摆上一只小猫玩偶和带盖的马克杯，邱刚用内部系统给她发消息："你一会儿要去打印东西吗？去的话跟我说一声，帮我打印几个文件。"童童刚毕业，第一天上班，自然不好拒绝。她从茶水间旁边的打印机那里回来，把文件带给他，一交一接，两人多说了几句话。邱刚长相帅气，笑起来眼睛闪闪的，童童有点不好意思，躲在电脑后面，拿出化妆镜来悄悄补了一下口红。

相识久了，融洽的关系渐渐升温，彼此都知道，只差一层纸没有捅破。那天，她再一次答应他的晚饭邀约，临下班时，觉得有些不妥，发消息说："你先走，隔一会儿我再走，一起出去不好。"公司忌讳办公室恋情，她不想刚入职几个月就惹同事议论。

"你以为他们看不出来吗？"邱刚说。

"还是你先走吧。"

"那你先走，去那儿等我。我还有些事。"

童童早到了半个小时，坐在他订好的位子上。服务员来加了两次水，柠檬片沉在杯底，她要了一些冰块，自己加进水里。夏天的夕阳透过落地窗，照在她的脸上，将她的脸映成一个圆圆的金色的碗口。器具，女人是器具，这句话是很多年后突然冒出来的，好像上千年的世间精义突然从黑暗中浮现，她拿着一根蜡烛就照亮了传统的废墟，废墟底下压着无数先人。

他来了，点了爱吃的几样菜，向童童保证他绝不会点错。吃完饭，他们手牵手去逛了一会儿商场。邱刚的喜好渐渐显露出来，他告诉她自己喜欢的运动牌子，喜欢的电子游戏，喜欢吃的东西……他喜欢很多昂贵的东西，告诉童童自己下个月过生日。

她笑笑，明白这种撒娇似的暗示，她很懂他，却不太懂自己，这是一切遭遇的开始。童童不怎么喜欢逛商场，她家境一般，这种商场里的东西，以她的消费能力来说，太贵了。邱刚给自己买了一件初秋穿的外套，试穿的时候问童童怎么样，她说还可以吧。

"你想不想买什么？"

童童赶紧摇头。她坐在试衣间外的坐墩上，把自己的皮包圈在怀里，等着他去把衣服换下来。从前童童也陪女同学逛街，等着人家从试衣间出来，让她给出意见。那时候虽然买不起，她也没觉得自己是穷的，就算穷也没什么要紧，还是学生嘛，别人身上的美，她可以欣赏。那天邱刚拎着纸袋，和她一起走出商场的旋转门，邱刚说："过生日的时候，再来买那双鞋。"说着看了她一眼。这是试探，果然，童童说："我送你吧。"

童童一边说，一边模糊地感到，这像在做某种测试，就因为她答应了做他女朋友，他就要试试看她懂不懂别人的暗示，发现她懂，不光懂，她还很识趣。下个月，她果然买了那双鞋，送给男朋友当生日礼物，不过那是后话。后话也成了往事，模糊得她快记不清了，只有那天晚上像一枚图钉，钉在记忆的版图上。

他们打车回家，童童家远一些，先到邱刚家。车停在他家楼下，邱刚要她上去坐一会儿，他说得那么自然，说他有很多影碟，他们可以看个电影。童童犹豫着，司机等得不耐烦了，回头问她到底走不走，这里不方便停车。

她经不起催促，别人一催就动摇了，于是下了车，站在楼前的暗影里。邱刚拉着她的手就往前走，她一使劲儿松脱了，对方转过身来，问："怎么了？"

"算了，我还是回家吧。"

"车都走了。上楼吧。"

童童语塞，天又黑，风又冷，人又是她的新男友，她觉得好像被箍住了四肢，自问是不是真的喜欢邱刚。她以为是喜欢的，不然怎么会一步步走到这里，走到这里，又不肯上楼，她解释不了，只好微笑。微笑又像是一次无奈的让步，无奈？羞涩？她自己也分不清。

"来吧，看个电影。"他说，说着又来牵她的手。楼道黑洞洞的，邱刚一跺脚，灯就亮了，照亮各层住户堆放的纸箱杂物。童童就跟在他身后，他的房子不大，一室一厅，收拾得十分整洁。邱刚推荐的电影很好看，还有一套很棒的音响，轰隆隆的音乐像潮水涌向耳边。片子刚看到一半，他起身把客厅的灯关了，只剩下电器的光亮。

"既然不愿意，为什么还要上楼呢？"我问她，在甲板上，我们并排躺着晒太阳。今天阳光灿烂，像流淌的黄金，碧透的天空辽阔无边。我转过来，用手撑住头，她仰躺着，双手交叉放在胸前。

"我们去咖啡厅坐坐吧。"她说，"我从头说给你听。"

三

"你可以说不。"我指出真相，她拒绝接受，坚称他有一把刀。

"他不会真的敢用。"我说，"这种人不过是虚张声势而已。"

"你不在现场。"她反驳道，沉默了一会儿，又说，"你不懂那种情形。"

邻座的运动服女孩，就是每天早上在甲板上跑步的那位，合上她的书，起身离开了。午饭时间到了，我们结伴去西餐厅吃饭，照着菜单点了很多。我和她都喜欢甜点、巧克力、奶油、草莓、樱桃……只要不谈自己的过往，她就是个很好的旅伴，她读很多书，看很多电影，无论聊什么话题，她都显得兴致勃勃，笑容满面，滔滔不绝。她喜欢的男演员跟年轻人一样。

但是我知道，轻松的话题不会持续太久，这几乎是种宿命，是我跟她结伴的原因。饭后，我陪她回到1201，她答应借给我一本书看，在房间里翻来翻去，最后没找到。

"我记得就放在这里。"她说，"肯定在这儿。"她把枕头掀起来。我假装没看见她枕头下面放的东西，一把折叠的瑞士军刀。她还要打电话问船舱的服务员，我说："算了，我有点头痛，不想看书。"

她留我在房间多坐一会儿，沏了她带来的水果茶，据说可以缓解偏头痛。天气预报说今晚晴好，我打定主意要晚睡，坐在阳台上看星星，每天晚上，我都是这样打发时间。在城市里总也看不到星星。

他关了灯，窗帘并没拉上，夜光照进来，室内的一切依稀可辨。"他不是一开始就拿出刀的。"童童说。一开始他只是站在沙发前面，电视机、游戏机、功放机，通着电，红的、蓝的、绿的，电源的微光点缀一片昏暗。

他让童童脱掉上衣，她抱着双臂，说不想脱，不想这样，太快了，太早了，她还没做好准备。邱刚凑过来，眼中满是笑意，说："你要准备什么呀？"

"心理准备。"

"我问你，"他的牛仔裤纽扣敞开，拉链拉下半截，皮带抽出来扔在地上，"你是不是我女朋友？"

没错，他们刚刚在晚饭桌上确立了这种关系，然后一同乘车来到他家。童童觉得困惑，自己究竟答应了什么？

他又问了一遍："你是不是我女朋友？"

她只好点点头。"但是我不想，今天不想。"说完，她又补充一句，"我想回家。"

"我这里不算你家吗？"他仍是笑着，"你是我女朋友啊。"

她被"女朋友"这三个字按住了。关于恋爱，她一切的知识来自童话和偶像剧，她努力地想寻找论据，想为自己的意愿找到合理的解释，他已经把裤子褪到脚底，依旧笑着，努力制造一种轻松的气氛，让她觉得自己是在小题大做。

"我不想。"她重复地说，"你让我回家吧。"

"那你明天来吗？"他光着身子问，整个人像一个浮在黑暗中的白色影子。

"明天？"她觉得自己的头脑像这间屋子一样光线混沌，"明天的事，明天再说吧。"

他又笑了。"今天，明天，后天，有区别吗？早晚你是我的。"他说，"有必要浪费时间吗？"

"男女朋友就应该上床。"他继续说，"明天可以去问问你的朋友。我不相信你这么大了，还是处女。"

"再过一段时间吧。我没准备好。"她本来想说"我是处女"，不知怎么一种羞耻感升上来，让她说不出这句话。

"过多久，还是一样的结果。"他说，"我们何必纠结这些没用的。"

"不行！"童童坚决起来，她坐在沙发的一头，邱刚在她身边，一丝不挂。她想站起来开灯，起身的动作被他视作反抗，他把她按住了，半开玩笑地说："你脱不脱？"

我等着那把刀出场，已经等了很久了，午后的阳光透过阳台的玻璃门照进来，腿上被晒得暖烘烘的，好像趴着一只又肥又软的猫咪。我喝着热茶，头痛并没有缓解的迹象，也没加重，细微而持续，耳边似有蜂群的嗡嗡声。我耐心地听她讲，越接近关键的时刻，她越沉迷于各种细节，好像那个时刻被无限地放慢了、拉长了，无论怎样追赶，语言总是比真相更慢一步、更模糊一分。所有叙述都追不上现实，最后总是扑了个空。

"我不想脱。"她终于说道，"然后，他就拿出那把刀。"

"那是强奸。"我说，直白地指出真相。

"衣服是我自己脱的。"

"没有区别。"

"他是我男朋友。"

"他是一个男人。"我说，"一个男人胁迫一个女人脱衣服，就是这回事。"

她坐在床沿，背微微地弓起来。认识她这么多天，我第一次见她露出老态，好像热烈的阳光把她烤干了，整个人萎缩起来，烫成微卷的头发中隐约夹杂着银白。我后悔了，不该打断她的告白，就让她继续绕圈子，像不停盘旋的鸟，累极了，自然就会落地。可是我等不及了，把它一枪击落，不加掩饰的语言就是子弹。

夜晚，我独自坐在舱房的阳台上，看见几颗稀疏的星星。夜空中飘浮着灰色棉絮般的乌云，乌云缓慢地移动着，这些天大海风平浪静，闭上眼仿佛能感受到地球的转动。浑圆的月亮露出来了，光彩明净，毫无瑕疵。这不对劲儿，我想，真的月亮上怎会没有阴影，倒像一只光洁的瓷盘子。有人把它举起来，朝童童脸上扔过来，继而落地，砸得粉碎。她说，频繁的暴力开始了。那枚月亮是假的。

一切都源自那把刀，我想，她应该反抗的。她的拖鞋踩在陶瓷的碎渣上，心里一片茫然。我问她为什么不分手，我告诉她，如果要得救，就必须说出实情，准确无误地描述它，一句话正中靶心。

"第一次去他家的那天，他强迫我拍了一些照片，不能见人的那种。"她说，"那时候我跟他还在同一家公司上班，我怕。"

我们亲密地坐在一起，喝着清甜的水果茶，渐渐拼凑出一段完整的往事，从遥远的地方开始，像一枚穿越层层云雾的炸弹，最后落在这张茶几上。我认为关键在于刀和照片，有这两样，就证明她是被迫的那一方，是受害者，她应该寻求法律帮助，而不是二十年后对着一个陌生人，一边遮掩，一边倾诉。奇怪的是，我居然对她很有耐心，我想听她亲口承认这一点。

那天晚上过后，邱刚收起利刃，再度显得非常温柔，完事之后，两个人甚至一起看完了那部电影。第二天早上，他从抽屉里找出一个细长的纸盒，里面装的便是这条项链，后来他挂在脖子上的那条。我才明白过来，这条项链原来是一个时间的标记，她用来厘清自己混乱的记忆和思绪，两个晚上，两次强奸，两次他都拿出那把刀，第二次，项链在他的脖子上闪着光。

童童一动不动，邱刚已经十分放松地躺了下来，要她快点。她说："我们得分手。"声音很低，像在央求，她不想让室友听见这里在争吵。邱刚也压低了声音，好像两个人在秘密合谋着什么，他说："你快点过来！不然我就把照片打印出来！打这么大一张，贴在公司门口。"

童童觉得一阵恶心，她恶心的是自己，仿佛听见父母师长在说"你怎么做出这种事"。同情、遗憾、责难、后悔，这些感受她决定一肩挑起，不让别人费心。她站在那儿一动不动，像坚定了决心，也像吓呆了。另一个卧室的房门打开了，室友踢踢踏踏地走出来，过一会儿又回房关门，轻轻地落下门锁，咔嚓一声——同时，有什么东西在童童的心里摔碎了，她觉得孤独无助。

"天天一苹果，医生远离我。"她想起这句话。父母给她的叮咛不多，这是重复得最多的一句。她努力地回想他们还说过哪些话，关于男人，关于爱，关于眼前的情景，她应该怎么办。如果第一次就没有反抗，后面的反抗还有意义吗？

那把刀并没有碰过她的身体，却长久地插在她的心上，结痂了，锈住了，拔不下来。邱刚将双手枕在脑后，眯起眼睛，笑嘻嘻地等着她，她想到的却是夺门而逃。来不及呀，她想，要穿外套，穿鞋子，外面那么冷，他一下子就抓住我了。

有一次在床上，她忽然控制不住地流眼泪。邱刚莫名其妙地停下来，问她为什么，她说不出所以然。"因为你强奸了我"，这个清晰的觉悟过了很久才出现。当时她还以为这就叫恋爱，就算不开心，也不能不算爱。

她以为自己在闹情绪。"会过去的。"她对自己说，邱刚是个挺好的人，只是有一点性急。性急是缺点，不能算罪过。慢慢地，她宽宥了他，也放过了自己。

"也不是没有开心的时候。"童童说，"我们俩很谈得来，对事情的看法差不多，他喜欢吃的东西，我也喜欢；他看不惯的同事，渐渐地，我也看不惯。我被他渗透了，变成他的一部分，甚至是他的另一副身体，像两条正在交配的蛇，越来越合拍，"她停了下，"越来越扭曲。"

"你说，爱情应该是这样的吗？"一个比我年长的女人问我。我答不出来，只能低下头，看着茶杯里漂浮的水果干，不去看她的脸、她的眼睛、她的嘴巴、她刻上细纹的皮肤、她那种衰老而天真的神情，好像我欠她一个答案。我对她说："我困了，想回去睡觉，不要叫我吃晚饭。"

我的舱房跟她的一模一样，方向相反，所有家具都在对称的位置上。我也带了自己的茶，我喜欢这种小罐装的红茶，男朋友特意买了新的，让我带上。在这些小事上，他仔细得出人意料。

我把水壶灌满，等待水烧开。水壶吱吱作响，茶叶铺在杯底。在这几分钟里，我回想着跟童童有关的故事，她接受了求婚，然后呢，这些年她过得如何？邱刚为什么没有上这条船？他们还在一起吗？关于现状，她总是含含糊糊，不肯说清楚。我不知道她的确切年龄、职业、家庭、有没有孩子，她只讲过往，不谈现在，激起我的好奇心，却从不正面回答我的疑问。

到底是我偶然遇见了她，还是她选中了我呢？

我把开水倒进玻璃杯，等着漂浮的茶叶慢慢沉降，叶子吸水展开。手机在响，我不想看。他要求我必须买船上的 Wi-Fi 套餐，几十美元一天，我嫌贵，他说我决不能失联，让他找不到我。他又问我妈妈怎么样，让我发照片给他。我骗了他，这次旅行没有我妈妈，我喜欢他，有时候我也想一个人待着，并且不想解释太多。

我把手机扔在床上，端着茶杯走到阳台。临近傍晚，天光依旧明亮，甚至亮得像虚假的人造的电光，视野中充满了闪烁的棱角，这是偏头痛的症状之一。轮船仿佛被困在一块巨大的钻石里，空间庞大无边，又触手可及，茶叶沉在杯底。我耐心等待，等头痛渐渐加剧，这是每次发作必经的阶段。

几乎在一瞬间，天气变了。这场预报之外的风暴来得非常突然，起初只是一个模糊的黑点，从遥远的海平面上升起，没有轨迹，没有路径，上一秒还在天际，下一秒就到了船舷旁边，乌云聚集，晴朗的天空转眼暗如黑夜。

海面依旧很平静，但是舱房内响起了广播，英文、中文、日文，柔和而镇定的女声，告诉大家要待在自己的房间，不要上甲板，风暴正在来临。我把阳台上的两只椅子搬进房间，把门关好，换上一身方便活动的运动衣，以防万一。

起初，只是轻微的摇晃，像在摇篮里，海水一阵阵地低吟浅唱。我靠在床头，拿起手机，一条条翻看消息。如果不回复他，他就会坚持不懈地发信息，好像要从屏幕里伸出一只手来抓住我。我告诉他，海上起风了，可能是大风暴。

"把东西收拾好。"他说。

"你想我吗？"他又说。

我不知道，此时此刻无暇去想他，但是既然说到这里，就回答"想"。恋爱有惯性，我想，恋爱使人变得糊里糊涂。当然，一切都归于爱情，解释就变得很容易了。

他紧追不舍，问："怎么想？"

船身猛地摇晃了一下，海面开始翻滚。人也会这样，人会在一瞬间改变脸色，扯掉整洁的外衣，露出幽暗的本相。我想起童童的故事，她会不会害怕，也许我应该去找她，两个人在一起总比一个人更有安全感。广播再度响起来，告诫大家不要离开房间，有需要可以用房间电话拨打下列号码……他还在说，说个不停，又问："用你的哪部分想我？"

"我不知道。"我说。第一波巨浪袭来，听得见船舷上传来轰然巨响，像一声炸雷，大海只不过舔了一下舌头，我就觉得末日降临了。抓紧时间，我想，有些话再不说就没机会了。

"我们分手吧。"

那头一片寂静，我坐在摇晃的船舱里，装着茶叶的玻璃杯滑到桌子的边沿，眼看就要掉下去。当他开始说话，大浪开始频繁地袭来，天更低，云更黑了。我爬到床上，钻进被子，再度陷进他的语言陷阱，他追问："为什么？为什么你说话总是不过脑子？"

他不肯相信，我处在一个极其矛盾的状态中，我受够了。每次争吵，每次提到分手，他都用一套固定的模式来对付我，首先是微笑，叹息，好像听不懂我说的话，一旦明白过来，他就会再三确认："真的吗？你真是这么想的？"

我不讨厌他，就像童童也不讨厌邱刚，她被无奈和恐惧压倒了。在她的故事里，我没有发现任何新鲜东西，全是旧的，一模一样的场景和套路，一模一样的爱。爱真是一点都不稀奇，有时候，维持爱的甚至不是亲密，是牢固的黏合。我差点以为我命该如此，不得不继续爱他。

风暴叫醒了我，壮起了我的胆子。每当我孤身一人，就什么都不怕，心底的勇气都回来了。我告诉他："我不想要跟你在一起，你有暴力倾向，这种事有过一次就够了，你休想再碰我一寸皮肤。"

"你以为你跑到船上，就能离开我了？"他说，"别任性了，我给你准备了一个大惊喜。"我隐约地猜到了他所谓的惊喜是什么。

"你绝对没办法拒绝。"

有人在敲门。

我的房间正在东倒西歪。自天花板开始，所有的直线条都扭成了弯曲的波浪。头痛加重了。偏头痛最初的感觉，就像有一把小锤子在试探着敲，然后突然开始猛击，移动的金色斑点在眼前织成一张网，一张无法逃脱的疼痛的网，捕食的网。

他依然在强调爱。门外还是有人在敲。

我下了床，努力保持着身体平衡，打开门，是1201。她走进来，身上穿着一件长及脚踝的连衣裙，她说她很害怕，那边颠簸得更厉害，两个人做伴胆子更大些。

"我刚才上了甲板。"她坐下来，说，"你猜我看见什么了？"

我的头越来越痛，不知道，也不想猜。

"那个跑步的女孩，她居然还在上面跑圈。这么大的雨，我叫她回去，她也不理我。"

"什么样的人都有。"我说，疼痛消磨着耐心，"也许她就不怕死呢。"

"没有人不怕死。"她说着，笑了起来，"你看，这些事多一个人知道，我就少一半负担。"

我来不及阻止她，告诉她我不感兴趣，不想听，她就说起来了，止不住的话语之河，好像有台古旧的打字机在我的脑袋里有规律地敲打，痛死了。我想，你能不能闭上嘴？我对你那些事毫无兴趣。

那天晚上，在餐厅里，童童接受了求婚，气氛太热烈了，环境太温馨了，男人太真诚了，简直没办法拒绝。爱情故事的种种元素是如此鲜明，只要忘记那些不快，盯住眼前，眼前灯光闪烁，戒指耀眼，男人在微笑，菜品的摆盘都很上相，周围的人在看热闹，服务生站得远远的，交头接耳议论他们。这几秒钟像过了几个世纪那么漫长，长得她都忘记了曾经有过一把刀。那把刀此刻还挂在他的钥匙串上。

她点点头，周围响起口哨和掌声，漫天的尘埃纷纷扬扬地下落，化成婚礼上抛撒的金纸和鲜花。要是反抗没有用，就从中发掘爱情的影子，她家里人都对邱刚很满意，长得不错，收入不错，家境也不错，房子是现成的，不用背房贷，光这一点，就强过不少人呢。

她自己也这么想，结婚嘛，不就是为了让家人都满意？自己满不满意，不过是个心态问题，尽力调整就可以了。那时候，她真的这么想。婚姻爱情都有个程式摆在那里，不合适，那就改变自己，改变自己最容易。她曾经努力地去理解邱刚的逻辑。

爱等于上床，他说，男女朋友早晚要上床的，为什么要装模作样地拖延？她说不上来这是对还是不对，问身边的朋友，很多人都说："对啊，现代人嘛。"她不好意思再问"你们交往多久才上床的"，难道要算个平均时间，看自己是不是太随便了？

"那一般在哪里呢？"她又问。

"不是他家，就是我家。"对方随便地回答。

约会，吃饭，回家，上床，一连串的动作，对于成年人来说，似乎一点都不出格。童童开始怀疑自己的观念，也许邱刚是对的，他只是做了他认为很正常的事。说到底，他们已经算是恋人了嘛。

"你刚刚答应过，要做我女朋友的。"他说，一边折起刀，一边俯下身来，不知为什么，还没开始，脸上就挂满了汗珠，一双手胡乱地在她身上摸索。童童觉得自己很失败，二十多岁了，既不懂爱，又不懂性，总是人家说了算。从小到大，听父母的，听老师的，听领导的，现在又要听男朋友的。脱衣服的时候，她有点明白过来，问："你拿着刀比画什么？"

"快点脱。"他依然笑着，"你要喊人来吗？二楼，一喊外面全听见了。"依然是半开玩笑的口气，好像在玩情趣游戏，后来她专门上网查过，到底什么叫情趣游戏，这能算是一个游戏吗？

那，就当是个游戏。她心一横，心想自己已经成年了，再说眼前也没有更好的选择。她想过找个借口，比如要去卫生间，卫生间就在大门旁边，或许可以找机会逃掉。她说了，邱刚回答："去卫生间可以，但是不许穿衣服。"然后就放开她。

她坐起来，翻身下床，抱着双臂走出客厅，卫生间门口有个高台阶，她差点绊了一跤，磕得小腿生疼。她直起身，重新站稳，摸到电灯开关一按，就看见自己一丝不挂地出现在洗手台上方的镜子里。

再蠢也知道羞耻，她想，关上门，上了锁，又想，就在这里待一晚上，不信他还会砸门闯进来。她环视四周，想找一条浴巾把自己裹起来，却发现只有两条洗脸的小方块毛巾挂在杆上，连身体都围不住，只好继续裸着，坐在冰冷坚硬的马桶盖上，回想自己是怎么陷进这种尴尬境地的。

这可不只是尴尬，我想，也懒得去纠正她。头痛越来越难以忽略，从起初锤子的敲打变成了榔头的猛砸，好像有人在我的头骨里面拆墙。她没注意到我的痛苦，连眼睛都不朝我看，只盯着那只茶杯，看它什么时候会从桌子上掉下去。她深深地沉浸在自己的回忆中，同时又冷静得像在讲别人的故事。

邱刚还在等着，他非常有耐心。她抱着双臂，不知道该向谁遮掩，好像面前有千万人盯着自己看，其实只有一个放洗浴用品的塑料架，上面稀稀落落地摆着几只瓶子，熟悉的牌子，正常的生活，清洁的气味，湿透的头发和滑溜的身体。完事之后邱刚要和她一起洗个澡，就在这里，热水流下来，冲过他和她的头顶，她又一次把脸埋进双手，因为恐惧和迷惑，连一滴泪都挤不出来。

我说"我的头很痛"，她说"你必须听完"。又一波疼痛袭来，我忍不住用双手按住额头，觉得要吐了，眼球跳动着，要挣脱眼眶，向外逃逸。我说："我头疼死了，不想听，请你别再说了。"

"那一次，我也很疼。"她说，"这不新鲜，对吧？头痛也很平常，为什么头痛就可以叫出来，我的痛就没人懂呢？"

"你不要问我，"我失去了耐性，厉声说，"你的事我怎么知道！你自己傻！"

我不再理她，自顾自爬上床躺下，把被子拉到头顶。外面早已大雨倾盆，手机还在响，一条条的信息发过来，我不用看也知道他在说什么。

以我的经验，缓解偏头痛最好的办法就是睡觉。我不想再跟她聊下去，因为没有任何值得讲述的新故事，这一套可能已经重复几百上千年了，脱掉衣服，我们和祖先丝毫没有两样。

你还不如不明白，明白过来更难过，我迷迷糊糊地想。脑袋里的榔头又变成了钻头，在骨头上旋转打洞，疼痛伴随着尖厉的噪声。房间的摇晃减轻了，海上雨声如雷，她还是不走。今晚看不成星星了。

"你得让我说完，这么多年，我都没有一次能讲完。"她说，"再不说就来不及了。"

没多久，她搬进邱刚的家里，两人同居。房子重新粉刷过，家具换成新的，这房间里发生过的事情被几桶新鲜的油漆涂抹掉了。童童想，至少他是真心想过日子，并不是玩玩就算了。

有一天，吃晚饭的时候，她不经意地提起："你把那些照片删了吧，怪别扭的。"邱刚不答应，说："那不行，万一你要离开我怎么办？你动不动就提分手。"

"我们已经同居了。"

"同居也不保险。你只要乖乖跟我在一起，我不会让照片流出去的。"

童童不说话了。邱刚的语气真诚得像个舍不得让出糖果的小孩子。她不言语，成为猎物的感觉又来了，即使那张网是柔软的，她还是觉得很不对劲儿。

"你很恶心。"沉默了一会儿，她突然说。

"谁恶心？"他得意扬扬起来，"我又没有裸照。"

童童捡起桌上一把汤勺他他掷过去，他就拿起一只空盘子朝她脸上砸过来，随后掉在地上摔碎了。过后他还说："是你先动手的。"一周后，童童悄悄递交了辞职信，趁着邱刚上班的白天，回到家收拾了几件衣服，打算就此消失。她忘记摘下那条项链，后来又糊里糊涂地寄给了他。

她躺在床上，他再一次俯下身，从他的眼睛里，她只看见自己惶惑的脸。两个人之间亲近得连一丝风都吹不进，而她似乎不认识他，也不懂上床这件事究竟意味着什么。

她想过报警，又假想自己对着警察，该怎么描述整件事。她怎么证明自己是被强迫的？身上并没反抗的伤痕，没有尖叫着求救，没有张口咬人，没有拳打脚踢，那么和谐平静，连室友都没办法替她做证。

只有当初那一点剧痛，以及被镜头对准的羞耻。

"他是疯的。"我告诉1201，几乎尖叫出声，"他是疯子！"

"那么我就是傻子。"她说，"这能怪得了谁？"

她长叹一声，站起身来。我依旧蒙着头，感觉她在我的棉被上轻轻拍了两下，像是安抚，又像含着歉意，我听见她轻声地说："千万不要答应他。"随后便离开了。她关上房门的那一刻，大海又摇动起来，玻璃杯终于翻倒落地，砸成碎片，而我不得不翻身下床，冲到卫生间去，开始呕吐——偏头痛的最后一个阶段，这一切终于要结束了。

四

次日清早，天空晴朗，清亮的晨光落进舱房。我一觉醒来，神清气爽，起床先收拾了地上的玻璃碎片。这是旅行的最后一天，明天，所有人都会下船，回归日常的生活。我冲了个澡，敷上化妆水和面霜，用电卷棒仔细烫了头发，做出卷曲的发尾，然后仔细化妆，涂上砖红色的口红，穿上一条合身的无袖连衣裙，打算去1201找她，一起去吃早饭。

我出了房门，沿着长长的过道向前走，拐一个弯，又拐一个弯，迎面遇上服务生推着堆满白色毛巾的小车。我与他相互微笑问好，接着走进电梯，按下12层的按钮。电梯上行，门向两边打开，一群人正在等候，有几个人还戴着宽檐草帽，看样子是准备上甲板去晒太阳。我走出去，走向 1201。

我轻轻地敲门，耐心地等待。我想起来，应该提前打个电话，不知道她昨夜睡得好不好，我对她态度很差，应该道歉。我等了一会儿，没人应答，又敲，终于有人走来开门，不是她，但是看起来眼熟，在哪里见过？

"您找谁？"

我重新看了看门牌，确定自己没弄错。"童童，"我说，"她住这个房间，我昨天才来过。"

"我一个人住，这儿没有童童。您可能搞错了。"

我忽然认出她来，原来是那个爱跑步的女孩，每天在甲板上跑圈，大雨都拦不住她。昨天在咖啡厅，她一直坐在我们旁边看书。此时她披散着长发，没有扎起马尾。

我提醒她："您应该见过我的朋友，那个中年女人，高高瘦瘦的，卷发，涂着鲜艳的口红，喜欢穿贴身的连衣裙。"她表示没有印象，让我去问服务台，然后就冷淡地关上了门。

我找到服务台，要求查找乘客名单。穿米色套裙的女服务员很有耐心，帮忙确认再三，船上的三千多名乘客中，有五个名字里带"童"字的，不巧都是男性。或许那不是她的真名字，可是 1201，她去哪里了？

一夜风雨过后，童童消失了，消失在这条巨船上，也消失在她往日的生活里。我独自走上甲板，阳光灿烂，空气清新，带着一丝潮湿的凉意。人们三三两两地散步、交谈，几个小孩互相追逐打闹。

晨跑的姑娘又出现在跑道上，还是那套装束：紧身衣、发带、护膝、耳机、运动手表。我给她让路，同时很想叫住她，跟她说说话，谈论我自己的事、我的男朋友、我的工作、我的生活、我到底该怎么办……找个愿意倾听的人很不容易，陌生人就更难了。或许童童根本就不是陌生人。

　　她每天都来跑步，一圈又一圈，不知道她在听些什么歌，心里在想什么，有些故事与她看似毫无干系，实则息息相关，我要把她拉过来——只要开始讲述，哪怕只有一个字、一句话，我一个人的痛苦就开始无限复制，直到变成全世界的重担。我找到一张空椅子，坐下来，盯着她，等着她，等她跑累了，慢下来，停下来，就想办法与她攀谈，比如，为早上的打扰道个歉，或者说，"我觉得你很眼熟"。我和她都是孤身的旅客，寂寞的人都愿意听听别人的故事，坐在一起喝杯咖啡，聊聊天……到那时，童童也许会再次出现。

原刊于《芙蓉》二〇二一年第三期

深幽漫隧

孟小书

"夏天又快结束了。"我说。

"是呀，晃晃悠悠的，什么事都没做。"秦梦说。

"那我们现在不如干点有趣的事吧，趁着夏天还没结束。"

"有趣的事？我们去海底蹦迪吧。"秦梦看着远处，愣神了，此刻
的她应该已置身于海底了。

"海底蹦迪？听上去有点意思。"

"去帕岸岛吧，我们就可以把夏天延长了。"

"那海底蹦迪是什么？"

"就是字面上的意思。"

我们坐在鼓楼的一间带露台的酒吧里，她喝啤酒。我们看着天边的
晚霞，晚霞是粉色的，她说觉得那片天是草莓奶昔味的。

我们继续聊着"海底蹦迪"的计划，直到晚霞消失。

一

睁开眼睛，屋里还是黑的，看来又是一个阴天。我昏昏沉沉地拉开窗帘，坐在沙发上翻看手机。这是我居家隔离的最后一天，明天就能解禁了。前几天由于工作关系，我出了一趟差。根据防疫政策，回来后需要居家隔离十四天，方可出门。需购买的任何生活用品，街道的大爷大妈们均可替我解决。

这天早上，秦梦突然出现在了朋友圈里。自我们失去联系后，这是她的第一次出现。我一度认为她把我屏蔽了。她说：海南已解禁，谁有空和我一起去冲浪？看见冲浪二字，我立马乐了出来。因为秦梦和冲浪这事真是沾不着一点边，我觉得她这条朋友圈信息是给我看的，当然也有可能是我自作多情。我顺手点了一个"赞"。一个红色小爱心出现在她那条信息下面。由于秦梦的这条信息，即便是阴天，我的心情也不错，把音乐打开，煮了一杯咖啡。隔离的日子临近尾声时，我也习惯了。都说一个人的习惯只需二十一天即可养成，看来我比别人速度更快一些。每天除了看书、看电影就是研究吃什么。十四天，对菜品的灵感早已枯竭。我继续刷手机，看看别人都在吃什么。我突然有了主意，今天炸个臭豆腐吧。我列了一个需要买的食材单子，发给了郭大爷。郭大爷立即给我回了信息：哟，今儿伙食不错啊。我说：是啊。郭大爷没再继续接茬儿。我又说：那麻烦郭大爷今天最后再帮我采购一趟吧。郭大爷说：你明天不就解禁了吗？回头你自个儿买去。我说：好嘞，郭大爷！

那今天吃什么呢？我起身翻了翻冰箱，前天张阿姨给我买的菜还剩下一些，可以做个烩饭。我在厨房里一边噼里啪啦炒饭，一边想着秦梦说要去冲浪是什么意思。那条朋友圈一定是发给我看的。饭做好后，再看手机，她果然给我发来了信息。她问要不要去海南冲浪。我想都没想，回复道：走起。她又说，见个面聊聊吧。我说那就明天，她同意。我给她推荐了一个我最近常去的馆子，这家馆子离我们都很近。

我和她还是朋友的时候，我们都很喜欢夏天，我们想生活在一直都是夏天的地方。我们喜欢做有趣的事，别人也都觉得我们是一对有趣的朋友。那时候，我们觉得活得有趣是最重要的。但后来想想，可能只是秦梦喜欢做有趣的事，而我是一个很无聊的人，这么多年，都是一直在假装自己有趣。和秦梦分开后，说实话我感到了一丝丝的解脱。

约好后，我觉得有点不可思议——就在昨天我梦到她了，梦见她还在做手工玩具和首饰，她坐在一个批发市场里，埋着头在串珠子。她后面有一麻袋的白色假珍珠。我说，你什么时候能弄好，我饿了，想去吃火锅。她说马上完事了。我等了她一会儿，我们就从那个批发市场中的地铁站出发了，地铁绕着批发市场，绕着整个城市，上上下下地飞快穿梭，让人头晕目眩，哪怕是在梦里。醒来时，我居然在哭，特别想她。可五年过去了，在梦里，她怎么还在那个批发市场里呢？

第二天，隔离的日子正式结束，我琢磨着应该穿什么去见她。失联五年，无论是误会还是当时我们谁真的犯了错，那个切断我们友谊的事件，它一直都在，我知道它并没有随着时间而淡化。但仔细想想，我们为什么会变成这样，也挺难说的。临出门，我突然打起了退堂鼓，我害怕那种尴尬的场面，也不想说起以前的事，因为那些对我来说都毫无意义了。我们生活在两条完全不同的轨迹上，没有交集。我特想跟她说："不然就别见了，不然你把我忘了吧……"

我还是如约按时到了，在停车时秦梦又发来了信息：咱还是换一个地方吧，今天周末，你说的那个广场都是遛孩子的，没法说话。随后她给我发了一个新地址，离得不远，我还是先到了。她真的一点都没变，什么事还是得听她的，但这样也好，她还是那个秦梦，我还是那个我，感觉又回到了十来年前那个安全感十足的友谊温室里。

她选的地方很好，小饭店周围都是花花草草，特别惬意。服务员问我坐外面还是里面，我向内望了望，说里面吧，可秦梦又抽烟，万一她又要坐外面呢。我有点拿不定主意，索性就在外面等她了。没多一会儿，她就出现在我的视线里。她还是那么瘦，还是那么白（不爱出门，不爱晒太阳），头发还是那么蓬，那么高的个儿，还是愿意搭配迷你小挎包。她说，咱们坐外面吧，边说边把身边的椅子拉开，说，就这儿吧。

面对面坐着，我一直在笑，不知是尴尬还是喜悦，总之嘴巴一直咧着。秦梦倒是很自然，拿起菜单点菜，说："咱先点菜，待会儿再聊。"我们很默契地把对方不吃的猪肉、辣椒、芹菜和蘑菇都避开了。随后，她靠在椅子上，从随身小包里翻出驱蚊液说："你也喷点，这儿蚊子巨多。"我接过驱蚊液，心里又一遍确认，她还是以前的她，真好。我们开始东拉西扯地聊天，但聊的都是公共话题。一开始我们都努力表现出很自然的样子，但还是难免会露出颇为尴尬的举动。

我说："橙子怎么样了，好久都没她消息了。"我的问题似乎有些突兀，让她措手不及。

秦梦突然顿了顿，把嘴里的东西使劲儿咽下，其实我也不确定她嘴里是否真的有食物，只是感觉她咽得很费劲儿。

我有点紧张，说："怎么了？是不是出事了？"

她点点头。

"她怎么了？不会在英国学坏被抓进去了吧？这是我能想到的最坏的结果。"

她做了一个我难以阐释的表情，像是笑又像是哭，说："橙子不在了。"

我一下就把双手捂在了嘴上，瞪着眼睛看她，从心底感到了一阵恐惧，秦梦突然也变得令我害怕了。我无法立即消化这件事，只是瞪着眼睛看着她，等着接下来要说的事。

"生病，白血病。"

我一下哭了，是那种没什么表情，但又抑制不住眼泪的哭。秦梦还好，看来早已得知此事，消化完了。她当时一定也很难过。

"她去世那会儿，刚在伦敦领完证没多久。"橙子是我们的高中同学，我和秦梦认识也是因为她。高三时，她去了伦敦，我去了蒙特利尔。橙子的死讯化解了我和秦梦间的尴尬，让这一餐顺畅地度过去了。

深幽漫隧

我们在露台上聊得很开心，她跟我说了些最近的情况……

"我要回家了。"她说。

"我也要回家了。"我说。

这天，我们还是什么都没干。只是秦梦提了一个有趣的计划，但我们没有对此计划谈论更多，总是刚一提起，就被别的话题带跑。所以关于"海底蹦迪"，我觉得它只是一个想法，我们永远也无法迈出第一步。我是一个从不做计划的人，只要有秦梦，我就能闭着眼睛跟她走。她会把一切安排妥当。但这样也好，反正夏天就要过去了，漫长的冬天，我们都可以窝在家里，不用总想着要出去干点什么了。

翌日一早，秦梦突然给我发来了一个行程信息，是第二天到帕岸岛的。我看着信息，反复确认时间。随后，秦梦又发来一条："咱们去六天。"她果然没让我失望！我迅速收拾行李。

二

在高中时，橙子是我最好的朋友。刚出国时，我们经常远洋视频，分享着各自的留学生活，虽在不同国度，但总归还是有些相近之处，例如租房、学做饭、申请学校社团、如何选专业，等等。只要电脑里有橙子的脸出现，我就很踏实。这年暑假，橙子回国了，我留在学校继续修学分。一天，橙子突然打来了视频电话，她那边是早上，而我此刻是晚上。橙子特别兴奋，说要给我介绍一个朋友，叫秦梦，也是我们高中的。橙子说，她跟我特别像，等我下次回国时一定要介绍给我认识。她又说了很多关于秦梦的事，我突然就感兴趣了。我们就读的寄宿高中，一个年级就两个班，每个班十来个同学。体育课都是混一起上的。每个同学我都认识，但就是对秦梦没印象。橙子和秦梦是一个宿舍的，但由于她平时回家住，跟橙子也不算是朋友。橙子说，秦梦特别神，跟机器猫似的，什么都会修，大到自行车，小到自动转笔刀，一切人工机械设备都能给弄利落了，电子产品可能就费点事。我就很好奇，为什么这么神奇的人物我没印象。橙子说，秦梦不爱上课，成天神神道道的，她在学校时也不熟。就前两天，宿舍聚会，一共八个人，到了四个。秦梦比上学时随和多了，人也挺神的。我满脸问号说："她不上课，老师不找她家长吗？而且，不上课她怎么毕业的？学的那些她都会吗？"橙子一听就乐了，说："你这些都是特别基本款的问题。她爸妈离了，不怎么管她，而且她家里人也挺神的。至于怎么毕业的，就是考试都能过，就毕业了呗。她后来去学动画了，倒是挺适合她的。"我听得云里雾里的，对于秦梦人生中几个大幅度跳跃的阶段，我没跟上……

见到秦梦是在一年后。

橙子组了一个四人饭局。橙子、叶欣（另一同学）、我和秦梦。那天饭局，秦梦说晚点到，上午约了一个中介要去看房子。橙子一边抱怨着秦梦的不靠谱，一边又说："这怎么又要搬家啊，全城都让她给住遍了。"

我："秦梦要自己搬出去住了吗？"

橙子："她一上大学就自己住了。还养了只狗，叫油桶。"

叶欣："我也想自己住，但我爸妈死活不让，大学毕业才让我自己住，早知道我就考到外地去了。"

橙子："那你爸妈还不得追到外地去？"

点的菜陆续上齐了，叶欣："咱们先吃吧，不等她了。"

搬家，我再熟悉不过了，在蒙特利尔上学的两年里，我就搬了三次家。橙子的亲姐姐在伦敦，她的居所也算是固定。叶欣就更不曾体会搬家的辛苦了。她们从未因住所奔波过，也从未感受过当房东突然告诉你下个月不能再续租约，即刻要找到下一个房子的焦虑和不安。搬家是种什么体会，其实当时很难形容。浮现出的画面就是打包衣物、日常用品、找搬家公司等诸多的琐事，以及到了新家又要重新整理和购置新的用品，让人不胜其烦。但相比这些表面上的事，更让我难以接受的就是要去被迫适应一个新的环境。冬日的蒙特利尔，站在街道上呼吸时，鼻腔都是刺痛的。但奇妙的是，每换一个地方，那里寒冷的气息都会略有不同，是一种无法言语的、微妙的变化。搬家一直伴随着我七年的留学生涯，七年间我搬了十四次家，到最后我不再添置新的东西，行李箱和巨大的塑料打包盒也明目张胆地放在了房间较为显眼的位置。最可怕的是，我不会再对任何一个地方产生留恋感，我越来越麻木。搬家原因有很多种，交通不便利、朋友退租、房东要卖房子、和男友分手，等等，当然也有几次搬家的过程已经模糊地消失在记忆中了。这些都是后话。至于秦梦，她为什么会一直在搬家？

她们继续聊起了秦梦，听意思是她父母在她初三时离婚。能挑在孩子中考那年离婚的父母，想必也不是一般人。正值青春期叛逆期，我很想知道她当时是以什么样的心情接受这事的，但想了想又觉得算了，毕竟刚认识人家，别弄得一副八卦的样子。但也由此可知，秦梦上高中的神出鬼没以及自我封闭是有原因的。

我们把菜吃得差不多时，她才到。秦梦见到我就像见到一个认识很久的熟人，没头没脑地跟我开着玩笑，又抱怨着拥堵的交通和不尽如人意的房子户型。

我问她："我怎么平时没见过你？体育课也没见过你。"

"我走路都左脚踩右脚，上体育课纯属自杀行为。"

过了两分钟，我突然笑得前仰后合，秦梦吓了一跳。橙子替我解释说："见谅啊，她就这样，反射弧有点长，一会儿就好了。"

我觉得秦梦说什么都特有意思，好像就连她吃饭也特逗。

那次饭局后，我们就开始了单独行动。有了秦梦，橙子和叶欣好像就都消失了。我们第二次见面，秦梦就把她的事全告诉我了，信息量过于巨大，让我有点招架不住。

她爸妈离婚了，后来她爸又找了个比她大不了多少的小姑娘。她爸特别绝，问，他是要女孩好还是男孩好。秦梦告诉他，你就不该再要孩子了。后来她爸和那女的生了个男孩。挺好的。秦梦跟我说了她爸好多不靠谱的事，都很精彩，但我只记住了两件。其一，秦梦奶奶活着时喜欢吃香椿，她爸就去市场买了两棵香椿树回来。买回来当天，趁夜深人静时，赶紧在小区里找了个适当的空地种上。早上一看，有一棵种反了，树根朝上。过了半年后，发现另一棵树是臭椿。其二，秦梦奶奶总抱怨自己一个人寂寞，平时也没人说话，自己儿子也不回家看她。秦梦爸爸为了给秦梦奶奶解闷儿，买了一只猴儿。那猴儿会抽烟，总偷秦梦奶奶的烟抽，抽得直咳嗽。秦梦奶奶费了好大劲儿才把那猴儿的烟瘾戒了。养了三四年，最后那猴儿把秦梦奶奶治中耳炎的药给吃了，就死了。用秦梦的话说就是，我爸他们一家都挺没溜儿的。我听着不知道该不该笑，反正她跟我讲的时候，表情挺严肃的。

我跟秦梦真就像橙子说的那样，迅速成了朋友，而且几乎天天见面。这天一早，秦梦发信息说让我穿一件可以盖住膝盖的长款羽绒服。我说我可没有那么长的。之后又问了她为什么，她说晚上要带我排队去买栗子。我说她是不是有毛病，冬至这天不在家吃饺子，非要出去排队买栗子。她说饺子可以不吃，但栗子一定要买。我同意了。

见面后，秦梦开着她的小奥拓载着我逛平安大道，从三里屯一直开到鼓楼。她一路给我指，这是哪儿，那是哪儿的。我虽生长在北京，但小时一直住南城，几乎从未跨出过宣武。中学到了海淀。自从搬走，就再没回去过，现在宣武没了，秦梦也没了，想回也回不去了，这又是后话。那时候最远的地方就是和同学坐公交去西单。再后来就到了寄宿高中，读完后，出国了。秦梦觉得我是个奇葩，怎么什么都不知道，就像个只会乐的二傻子。

秦梦在车里，指着前方说，咱们晚上跟这儿吃吧。我念着大招牌上的字说："北京外地小吃。"

"你再仔细看看。"

"哦，北京地外小吃。"

我忘了秦梦当时什么表情了，反正这事她逮谁跟谁说，让我听见就已经不下十回了。

午后，叶欣问我们在干吗，我说我们在遛大街，晚上准备吃地外小吃。叶欣没过多一会儿就来了。她没开车，我们三人挤在秦梦的小奥拓里，研究晚饭前去哪儿转转。秦梦又把刚才"北京外地小吃"的事说了一遍，叶欣没什么反应，说她就这样，嘴跟不上脑子。秦梦说，比脑子跟不上嘴强。

秦梦的伶牙俐齿，常常让我无力反驳。我时常就在她旁边一直傻乐。她聪明、强势，那个时候我喜欢和这样的人交朋友，让我有种安全感。和她在一起，我可以什么都不用操心。

　　离饭点还有两个小时的时间，叶欣说不然去三里屯逛逛。秦梦不怎么愿意，说那地方全是"杀马特"。叶欣非要去，说是有一个牌子的新款耳环到货了。反正也没地方去，秦梦只好驱车到三里屯。叶欣带着我们到了那家店，直奔耳环的方向去了。秦梦说要在门口抽烟，我陪着叶欣在里面逛。耳环买完了，秦梦也没进去。

　　"赶紧走，吃饭去吧，一会儿又晚高峰了。"秦梦催促着，一秒钟都不想在这里多待。

　　叶欣坐在副驾驶，一直摆弄着耳环，照着镜子来回看。

　　秦梦突然说："你一个月开销多少？"叶欣不以为然地说不知道。

　　"我要是你，我就把钱攒着，换个大点的房子。"

　　叶欣突然笑了出来，说："攒一副耳环钱就能买房子啦？"

　　前方突然堵车了，秦梦没再说什么。叶欣好像不高兴了，把耳环收进了包里。我在后面坐着，颇有些尴尬。秦梦好像特别在乎房子的事。

　　晚饭时，叶欣和秦梦两人好像还是有点不痛快，都憋着一股气。我说起了去年在蒙特利尔连续租房的故事以缓和气氛。叶欣听得津津有味，一直问东问西的，但秦梦好像又陷入了深思，一言不发。

　　第二天，秦梦又约了我，说晚上带我去一家好吃的馆子。她家在北五环外，我家在西四环，吃饭的地方在东二环。她非要来接我，我说我自己坐车去就行，能找着，但说了半天，她还是执意要来接我。

秦梦车里挂着一个精油瓶，是她自己做的。车里永远都有一股特别好闻的味道，洋甘菊混着柠檬，又有点薄荷的清新，反正一进她车里，我就特高兴。她手也巧，感觉什么都能做出来，坐垫、靠枕、安全带保护套、钥匙链……反正每次进她车里，都有新鲜的玩意儿。

　　我们路过了鼓楼东大街，这是我最喜欢的一条街。每次经过，我都东张西望的，奇怪的小店布满了街道两侧。看见什么新鲜的，我都得让秦梦也得看见。秦梦说我特像外地人，什么都好奇。她还说，你们留学那个城市是不是农村啊？她有一个亲戚也在蒙特利尔很多年了，每次回国都得去"动批"（动物园批发市场）买一堆破烂儿带回去。我说，没错，明天我就想去动物园。并要求秦梦开车带我去。

　　"叶欣的四合院就在这儿。"她指着南锣鼓巷的方向，又说，"她这一个月租金也不少，怎么也得十万多。"

　　"十万多？"我颇为诧异，"那她这辈子什么也不用干了。"

　　"现在是一个民宿在租用。你说，她要是把钱好好留着，过几年怎么也能换一个大点的房子了。她现在住的地方你去过吗？才五十平。我家八十年代时，房子就七十平了。她就是乱花钱。那么小的房子里，堆的全是奢侈品，最近又吵着要换车。她挺奇怪的，住在一室一厅里，家里乱得迈不开脚，也不收拾收拾。我每次去她家，一进门就想给她收拾屋子。"

　　"那以后没事时，你也来我家串串门呗。我家也不太利索。"

　　"我就说叶欣，这铺张浪费的习惯真得改改。"

　　"那你直接跟她说去呗。"

　　不知道为什么，秦梦越说越生气，好像对叶欣充满了极大的不满，而这不满又是那么隐晦和难以启齿。我总隐隐地感到秦梦身上有一个巨大的铅块在坠着她一直向下。

我不知道秦梦要带我去哪儿，她把车停在了交道口大街，又带着我拐进了一条胡同里。是吃海鲜烧烤的。但其实，吃什么对我来说一点都不重要——不仅对吃，我好像对所有的事都无所谓，去哪儿上学、在哪个城市生活（包括搬家）、学什么专业，也都那么回事。我常常觉得自己是一个情感很淡薄的人，即便看到惨烈的新闻或是极为感人的电影，都很难让我产生共情。但对秦梦不一样，我对她总是抱有一种怜悯之情，总想握着她的手，郑重其事地告诉她，房子会有的，一切都会好起来的。可她似乎不需要任何人的怜悯或同情。她是那么的顽强，那么的执着，那么的坚不可摧。可就是这股劲儿，让我更加同情她。

店里人很多，我们等了将近一个小时。秦梦问起了我在蒙特利尔找房子的事，她自顾自地说能体会到我的不容易，还有那种居无定所的动荡感。她说起了这些年在北京找房子时的经历，又说起了她爸妈和亲戚们有多么的不靠谱，老人去世后，她爸那边的几个兄弟姐妹轮番抢房子，我听着听着有点走神了。这些故事她已经和我说了很多遍，可想而知，这对她来说是多么的重要，但我不太爱听。秦梦心里像是一个巨大的垃圾桶，长年累月，垃圾越堆越多，终于超负荷，必须得拉着一个人使劲儿往外倒，而那个人就是我。秦梦经常重复着"这些事我从来没跟别人说过"，这天晚上，这句话说了可能不下十遍。每当我要走神的时候，都能被这句话给拽回来。我终于渐渐明白了，她为什么总是在跟房子较劲儿。秦梦这一生的愿望就是能住进一个属于自己的，不与人分享，谁也抢不走的家，多大都行。但现在，这座房子正压在她身上。

饭后，她送我回家。

"你毕业了回来吗？"秦梦问我。

"还有两年呢，到时候再看吧。"

"我倒是挺希望你能回来的。"

"没什么特殊情况应该会回来吧。"

"明天我送你去机场吧？"

"不用了，我爸妈送。"

"你跟你爸妈关系可真好。"

红灯了，秦梦的脸被前方的刹车灯影映得红彤彤的，她的眼睛、鼻子和嘴周围都有一圈红晕，颇有失真感，她好像笑了一下。我们没再继续谈关于搬家和房子的事。我们都知道搬家的烦琐和种种的焦虑，但对此又无能为力。我和秦梦坐在车里，注视着前面不再堵车的三环路⋯⋯

我又回到了蒙特利尔，回到了这个略有些空旷的雪国里，回到了我租的小房，多少有些孤单。十三个小时的飞行时间，让我的小腿有些浮肿。我躺在床上，开始联系这边的朋友，告知他们我已回来的消息。他们很高兴，号称要帮我倒时差，所以要立即约我见面、吃饭、逛街。学校还有一个星期才开学，而就在刚才，我用十分钟的时间，已经把未来一个星期安排得满满当当了。那时是下午五点，但因为时差的原因，我已经困得睁不开眼了。再醒来时，是夜里三点半，我很想念秦梦。这个时间，秦梦应该在家刷片儿呢。我打开电脑，看见她在 QQ 上，立刻给她发了信息。她过了很久才回复我，她果然在看片子，一部法国新浪潮电影。我们有一搭无一搭地聊着天，她说她想去泰国旅行，想看海、吃泰国菜，又说去那玩便宜，也不远。我俩一拍即合，相约次年夏天一起。我们又聊到了关于房子的事情，她说她妈妈单位分的房子快下来了，六十平，在南五环。这套房子是留给她的。这已经是最好的结果了。我说，那你可以把那套房子租出去，租金可以弥补一些在城里租房的费用。秦梦说她一定要住在自己的房子里，这样踏实。反正她平时也不怎么出门，出门直接上五环，不堵车的情况下，进城也就半小时。秦梦对房子的事，有自己的想法。

深幽漫隧

"你最爱吃泰国的什么菜？"我说。

"我最喜欢冬阴功汤。你呢？"秦梦说。

"那个太辣了，我喜欢吃咖喱菠萝饭，还有沙茶酱烤罗非鱼。"

"你听说过帕岸岛吗？"

"没有，那里有什么玩的？"

"那里有个满月派对，咱们去的那天正好是满月。"

我蜷在沙发里，秦梦坐在阳台的板凳上。我们吹着电风扇，喝汽水。

我们幻想着帕岸岛的阳光和海滩，电风扇"噗噗"的声音，像是海边的风。夕阳照在秦梦的脸上，好看极了。

三

那一年，秦梦上大三。由于我多上了一年的语言课程，大学就耽误了一年，还在上大二。

秦梦在暑期的时候，找了一家动画剧组做后期。秦梦起初有点犹豫，在 QQ 上问我意见。那时候，我们都是半工半读，为赚钱而乐此不疲，都想能够早点进入社会，所以我觉得这没什么可犹豫的。秦梦支支吾吾地，半天也没说清楚到底为什么会犹豫。但最终，她还是去了。

我在蒙特利尔上大学二年级，每逢假期都毫不犹豫地选择回国。那时候，放假，只想回家。

我告诉秦梦已经订好了寒假回国的机票，她很高兴，说要来机场接我。

回程飞机十二个小时，我心里一直盘算着要去哪里玩。我很想念我的父母，也很想念秦梦。到了机场，她站在一个很显眼的位置，鹤立鸡群，我一下就认出她了。她还那样，瘦不拉几的，丧着脸也没表现出很想念我的样子，但我知道她此刻一定是激动万分的。我有时候很想学她对情绪的那种极强的克制，但每次装一下，就暴露了。我的喜怒哀乐都写在脸上。我坐在她的小车里，车里放的音乐是一首女声民谣，哼哼唧唧，懒懒散散，很是她的风格。我在机场高速，望着天空。我依旧深爱着这座城市。

我们在车里有一搭无一搭地聊着这段时间各自的生活。我说很久没有橙子的消息了，不知道她在伦敦怎么样。秦梦说上次联系她还是一个月以前，她好像有了一个男朋友。我说，有了男朋友就失联，太不仗义了。秦梦又说起去动画剧组打工的事。剧组给她的工资不算低，就是帮忙打打光，跑跑腿儿。我说，那也挺好的，就当是社会实践，体验生活了。秦梦说她最想干的活儿其实是画脚本，参与创作。她又说："你这次回来两个月，想去哪儿玩，我可以抽时间，陪你去。"我说："我也想找一份工作去实习……"

　　我再次被时差折磨得黑白颠倒，十天以后才终于可以正常起居。我在招聘网站上开始疯狂地投递简历。上了招聘网，我才发现这世上的工作种类居然有这么多，无数的公司名字扑面而来，令人应接不暇。我看着各个行业的信息，忽然觉得我大学的生活是多么闭塞。我在蒙特利尔，说着蹩脚的语言，我不属于那里，那里是苍白和冰冷的，甚至在街上都不会有人与我擦肩而过，我是一个被隐形了的人。我想回国，回北京，回到这个我既熟悉又陌生的城市中。我什么都想干，想去电视台、想去电影公司、想去时装杂志、想去做珠宝设计、想去旅游公司做导游。这些有趣和陌生的工作，充满着诱惑，像是一个个奇幻的大冒险。之后的几天，我都守着电话，盼着有公司能来找我。

　　没过几天，一家时装杂志的编辑给我打了电话，说要我过去面试。我激动地立马答应了。我是个路痴，对北京的方位一点概念也没有，第二天报到的时候才发现，我家和公司是东北和西南的大对角，坐10号线地铁要坐十四站，之后再转公交车。每天在路上就要花去近三个小时，早上七点半出门，晚上八点多到家。起初，我乐此不疲地干着。穿梭在时尚大楼里，里面全是衣着好看的哥哥姐姐、叔叔阿姨们，我还见到了传说中的时尚女魔头和好多模特儿。而我的工作就是负责帮我们头儿跑跑 4S 店，帮忙给大家订饭、买咖啡、帮模特儿们订酒店、给部门聚会订包间、接待客人，等等。进到公司，看着这些以前在时尚杂志和网上才能见的人，起初还是很新鲜的，可没过多久，又厌烦了。

秦梦自从接机那天之后，就没再见过了。我被公司的琐事烦得晕头转向，起早贪黑地穿梭在城市中，不为赚钱、不为名利，还特有干劲儿，像只没头苍蝇一样。这段时间，要不是叶欣给我打了个电话，我还没意识到已经有快十天没跟秦梦联系了。我算了下日子，距离回蒙特利尔的日子还有四十三天。我恍惚了，突然反应过来，那秦梦忙什么呢，怎么也一样没消息？我赶紧给秦梦打了一个电话，没接。第二天，秦梦给我发了个信息，说她在剧组呢，剧组的棚里没信号，还说下周等她忙完了找我。我回了信息，她没再搭理我。

时尚大楼里的日子并不好过，所有人都是我领导，我在食物链的最底端。同期跟我一起实习的是个时装学院刚刚毕业的姐姐。她光给部门订加班晚饭就出了三四次的错。又过了一个星期，她就被开除了。在我感叹这里的残酷时，同事突然拍了一下我肩膀，说领导中午要出去，让我联系一下司机。

秦梦终于来了电话，听她说话像是感冒了，鼻音很重，好像还挺虚弱。我有点担心，立刻去了她家，一股幽幽的霉味四散出来——她也刚刚到家，没来得及开窗换气。秦梦一直靠在沙发上，说特别困，好几天没怎么睡过觉了。我本来想问问她这段时间的剧组生活怎么样，怎么那么长时间没消息，也想跟她说说我上班的时尚大楼，还有那些闪闪发光的时装模特儿平时是怎么吃饭的。可秦梦却病恹恹地萎靡不振，可见她这些日子过得并不好。

我们叫了麦当劳外卖，在吃过了半个鸡腿堡之后，她说："剧组太可怕了，简直不是人待的地儿。起早贪黑的就不说了，反正我生活也不规律，也是能忍。让我受不了的是里面的关系，甭提多乱了，我三观都乱套了现在。"

我问她："你是如何做到自保的？"

"我在剧组里就装成神经病，看见我那件外套了吗？把帽子一扣，我就跟巫婆似的，见谁都不说话，把交代的活儿干完，我就坐那闭着眼睛，谁都不搭理。这招太灵了，都以为我真有病呢，都不敢招我，给我脸色看。但这病装时间长了吧，连我自己都入戏了，我自己都觉得我有病。"

"我说你刚才怎么萎靡不振的。剧组可能不是你这种人待的地儿吧，但你又是学这专业的，以后经常得跟组，那你怎么办？也不能一直就这么装啊。"

"也没什么，这次赚了不少钱。我感觉我离房子又近了一点点。"秦梦说着，把眼睛闭上了。

"你知道现在房价飙到多少了吗？你这点钱还不够装修的呢。"

"你命好，你不懂。"很快她就睡着了，半个鸡腿堡还在手里握着，看来也是累坏了。相比之下，我的那些事好像变得特别不值一提了。我把剩下的鸡翅和薯条吃完，把所有垃圾都扔了，给她盖好毯子后，回家。回家路上，心里一阵说不清的憋屈。不是因为担心秦梦，也不是因为好奇她为什么那么迫切地需要一个房子，更不是因为我公司的糟心事，反正怎么想都想不明白是哪里觉得堵得慌。

从秦梦的小区里往外走，步子沉甸甸的。我喜欢大海和天空，喜欢那看不到边际的空旷，所有的烦恼都会被那无穷大的世界吸收掉。此刻是傍晚，天色昏沉沉的，晚霞在楼群中若隐若现，天被阻断得七零八落。这带着颜色的天空，除了给我添堵，什么也给不了。

秦梦说我"命好"，这真是一件让人欣慰的事，但这怎么都不像是一句称赞的话。

第二天，我坐在办公室里，对着窗外发呆。突然间，一阵香辣味飘来，是坐在对面的同事在吃小龙虾味的薯片。我透过电脑与电脑，以及众多文件夹之间的层层缝隙，盯着她，盯着她不停嚅动的嘴。我立刻给秦梦发了信息：我下班咱们去簋街吃火锅吧？给你点个番茄锅。随后，我继续盯着对面的同事，直到她吃完，秦梦也没回复我。终于耗到了六点，那股薯片的香辣味也随之散去了，我心灰意冷，气愤地收拾东西回家了。又过了半个小时，秦梦终于回信了：晚上有点事，回头约。我没再回她的信息。

我隐约觉得她有事在瞒着我，再过一个星期，我就要回去了，还有什么事比跟我在一起更重要的吗？上学第二天，秦梦就向我坦白了，说她和一个叫穆多的人在一起了。这是我始料未及的事，我一时不知该说什么，特别失落、沮丧，像是失恋了，一点也不为她感到高兴。自从他们在一起后，我就开始对穆多产生了敌意。这种敌意是突如其来的。我和秦梦联系的频率就此大幅度减少了，尤其是他们刚在一起时。她总是说自己在赶活儿，或是要开会。

秦梦，我就要飞到地球的另一边去了。

登机前，秦梦接过了空乘递给她的泰国报纸，翻阅着。突然，她拍了拍我，说："你看这则新闻，你说能是真的吗？"

她指着报纸上的一对在雪地里相拥着，试图接吻的情侣。他们戴着滑雪头盔，舌头微微地向外吐出，僵死在了雪野里。由于头盔挡着彼此的脸，所以谁都没亲着谁，就这么冻僵了。

"我觉得有可能是真的。"我说。

"那这俩人得多相爱啊？我要是这女的，肯定都吓疯了，哪还有心情跟他亲亲。"

"首先，你肯定不会是这女的，你那么怕冷，一定不会去滑雪的。其次，你先找着男人再议。"

"那你说，这俩人为什么不摘了头盔亲呢？"

"冻得没劲儿了，或许知道马上就要死了，想来个最后的吻别呗。"

"别说了，太惨了，我宁愿相信这是假新闻。"

飞机起飞了，那对情侣犹在眼前晃悠着。我的心头一紧，用力抓着秦梦的胳膊，说："咱们一定要好好地活着。"

四

穆多是个艺术家，比我们大十二岁，也属兔。那时候我们把所有会乐器、会画画、会写诗、会拍照的人都统称为艺术家，就连头发长一点的男性，也能算在艺术家范围之内。当然，秦梦也会画画，但她画的是漫画，所以我一直也不觉得她是艺术家。穆多看起来很沧桑，头发稀稀疏疏的到肩膀，有点卷。他很高也很瘦，也有点驼背，山西人，不爱说话。

他们是在剧组认识的。很显然，秦梦没跟我说实话，她说她在剧组的时候谁都不理，跟谁都不说话，但我也没仔细追问她为什么骗我。穆多是剧本顾问，同时也负责配乐这一块。在剧组里，穆多也不怎么说话，总是一直半低着脑袋，不管制片方说什么，他都使劲儿点头，一副特别诚恳的样子。杀青的时候，秦梦到公司门口的小卖部买冰棍儿，穆多来买烟。

秦梦买完冰棍儿磨叽半天没走，等着穆多买烟。她正想着怎么跟穆多搭上话，没想到他先开了口。

"你是那个动画设计师吧。"穆多发现自己的火打不着了，又跟老板买了个打火机。

"嗯。"秦梦有点不好意思，咬了一大口冰棍儿。

"这大冬天的吃冰棍儿，你不冷啊？"

"还行，就是想吃。"

"原来你会说话。"

"你才是哑巴呢。"秦梦瞪了他一眼。

"开个玩笑。你神出鬼没的，没听你说过话。你好像特不喜欢这儿似的。你抽吗？"穆多问秦梦。

秦梦摇了摇头："你觉得他们靠谱吗？"

"你说这个项目吗？我也不确定。"穆多声音有点沙哑。

"那我看制片方跟你说什么，你都一直跟那儿点头，而且好像特别诚恳，跟真的似的。"

"他们确实也想把事做成。"

秦梦冷笑了一下："这种事见多了，一看就没戏。"

"那你怎么还来剧组？"

"反正也没别的事。你呢？"

"我觉得没准儿是个机会。我看你挺正常的，怎么平时跟个……"

"神经病？悄悄地告诉您——我装的。而且我看您也挺健谈的呀。"

"我悄悄地告诉您——我也是装的。"

俩人对着傻乐了半天。穆多看着秦梦，觉得这姑娘真逗；秦梦也看着穆多，觉得这人真傻。这一年，秦梦二十三，穆多三十五。

又过了几天，剧组的人又找到了他们，这次是签收据的。上面写的薪酬，和之前谈的一样。他们都没想到，事情竟然如此顺利。秦梦目瞪口呆。签完合同，穆多问秦梦要不要一起去吃个饭，庆祝一下。秦梦脑袋还是木的，一遍遍问着穆多这事是不是真的，稀里糊涂地就跟着穆多到了一个饭馆。她还是不敢相信自己即将会有一笔十万元的收入。

穆多见秦梦无心点菜，就叫了服务员点了京酱肉丝、西红柿炒鸡蛋和宫保鸡丁。

"以后对事情要乐观一点。你看，这次不就很顺利吗？"

"我觉得我挺乐观的呀，只是咱们对乐观的看法不一样。"

"那你说说，你觉得什么是乐观。"

"就比如说跟公司谈项目的事。会有很多公司找我们这些没毕业的学生来干活。起初，我对这些公司的项目还是抱有很大希望的，但每次都落空，落空后我就痛恨他们，觉得都是骗子。可是逐渐地，我对他们不再抱有希望，我也就不再痛恨他们了。你看，我现在还愿意去跟组，就证明我真的已经不在乎了。如果能拍成一个，我就当捡着一个大便宜。你看，我现在是不是很乐观？”

穆多看着秦梦，一边笑，一边使劲儿地点头："你说得还真对！"

项目进行得很顺利，前所未有的顺利，以至于秦梦总有种半梦半醒的感觉。她总是问穆多这个项目是不是靠谱。其实穆多也不确定，但定金已经收到，又不能回头，况且也没有回头的理由。他就劝秦梦，踏实地画吧。这段时间，他们总耗在一起。而那个时候的我，正在蒙特利尔忙着写毕业论文。这是我大学的最后一年了，按照原计划，我毕业的第二天就要回国。我一直都是这样跟家里人说的。可是，毕业了我该去哪儿呢？或许我应该继续读书，继续留在学校里。我像是把自己封锁在了一个有序无缝的建筑里。正处于二十出头的年纪，总觉得生活应该是有无数种可能性的，而此刻，我眼前一片漆黑，毫无希望。而秦梦就是那个建筑外面的云，飘忽不定，自由任性地组合着自己的生活。我很羡慕她。

一年后我顺利毕业，蒙特利尔经济危机，我回国了。秦梦的房子还没解决，她和穆多还在一起。那天秦梦和穆多来找我吃饭，穆多是山西人，喜欢吃面，我们就约到了我公司附近一家叫黄河水的陕西面馆里。秦梦突然说："烦死了，下星期我得搬家了。"

"怎么又搬？不跟你妈住了？"

"不住了，现在的房子马上要卖了，我妈单位分的房马上要下来了。"

"那卖了干吗？"

"现在的房子和我妈分的房子一起，能换一个东三环大点的房子。"

秦梦分析着各种从房屋中介那里得来的数据，看来已经做了充分的调查。穆多低着头吃饭，刷着手机里的动漫，像是被隔绝开了一样，完全听不到我们谈话，也好像整件事和他毫无关系。我点点头，想要说点什么，可又什么都说不出。我已经记不清秦梦搬过多少次家了，可能连她也懒得数了。每次搬家，她都有无数的依据证明她是对的，让人无法辩驳，但说到底，这都是她自己的选择，别人也不好说什么。

"那你想好搬去哪儿了吗？"我问。

"没有，反正四环以里，别太贵，搬哪儿都行。中介现在帮我找着呢。"

我看了一眼穆多说："不然你搬到离他近一点的地方住呗。"

秦梦见穆多没什么反应，筷子一摔，站起来就往门外走。我吓了一跳，穆多这才意识到秦梦生气了。穆多连忙问我："她怎么了？"我说："我哪知道，还不快去追！"穆多个子高，慌慌张张的样子显得格外笨拙。他抓起包，临追出去前，又急忙把单买了。那时候还没有手机支付功能，他从裤兜里掏出钱包，零钱有些多，半天才凑出准确的钱数。我看着他，忽然明白了秦梦生气的原因。

秦梦和穆多在面馆外争执了几分钟，穆多无奈地走了。秦梦回来找我，坐下，又点了一碗凉皮，埋头吃起来。面馆只剩下我和秦梦了，吊顶风扇"噗噗"地响，服务员和厨师们百无聊赖地趴在邻座上睡觉、玩手机。吃饱了，我也挺困的，可又张不开嘴说"我想回家"。

"可怜的老穆，你别总欺负人家。他是老实人。"我说。

"我就烦老实人。"

"那你找他干吗？"

"之前觉得踏实，能给我一个家。但……穆多就是那种，你喜欢香蕉，就会一直给你买香蕉的人。"

"那不挺好的嘛。"

"那我偶尔也想吃点橙子、葡萄什么的，也不能总吃香蕉啊。"

"想吃你就自己买去呗。"

"穆多太木了，好多事都没法跟他沟通，总在跟我讲道理，谁爱听他那些道理。"

"那你觉得他那些道理，有道理吗？"

"还行吧。"

"你还是放过穆多吧，你配不上人家。"我看秦梦有点生气，就没再说下去。

没过多久，他们分手了，我就再也没有穆多的消息了。我问秦梦，你后悔当年跟穆多分手吗？秦梦说不后悔，但如果现在出现一个像穆多那样的人，她会牢牢抓住。穆多出现时，秦梦还太年轻。很多年后，我有了孩子，在陪孩子看动画片的时候，穆多的名字以一种卡通的字体出现在了电视上。

深幽漫隧

飞机是下午四点的，到苏梅岛已经是晚上八点了。热带温暖潮湿并充满植物香味的空气让我们感到无比兴奋。苏梅岛机场很小，我们坐上了一辆小"突突"，便前往附近的酒店。秦梦随手一指说，就前面那间亮着很多小灯泡的怎么样？我说，就它了。

老板娘听见外面"突突"的声音，热情地迎了出来。我问，还有房间吗？她说，二楼还有一间。这是一个民宿，老板很用心地布置过，每个角落都摆着各式花草，并有一股浓郁的芒果清香。

老板娘说，沿着这条街一直往前走，就是一个夜市，很热闹的，也有酒吧和卖首饰的小摊。我们沿着湿漉漉的街道向前走，看到了一个码头，那是我们第二天坐船出发去帕岸岛的码头。我们顺便查阅了发船时间。秦梦说，就坐早上九点这个吧。我说，好。

我们伴着远处大海的声音，继续向前走。

五

秦梦和穆多分手后，她就独自去了苏州，说是想散散心。而此刻我到了一个影视公司工作，主要是写宣传文案。对于影视，我一窍不通。工作了一段时间，我发现，一切都可以从零开始。社会对我还是充满善意的。秦梦去苏州待了一个星期后回来了，回来的不止她自己，还带回了一个男的，叫灯灯，他们是在苏州租车时认识的。

灯灯看着像三十多岁的男人，我后来才知道，他才比我们大两岁。灯灯高中没毕业就混社会了，从倒腾手机开始，慢慢地，一步步地就倒腾上了二手车。他说这个来钱快，卖出一辆就能挣个好几万，有时候能挣个十来万。有了钱他自己开了个租车行，算是副业。我不喜欢这个男的，油嘴滑舌，浑身都是像A货的牌子。秦梦还挺满意的，对她花钱大方，会说好听的，和穆多相比，真是两个极端。这两个极端，全让秦梦遇着了。如果秦梦没遇见穆多，她可能也看不上灯灯吧。

他们整天腻歪在一起，也不干什么正经事，灯灯的租车行不用他亲自盯着，店里的伙计帮他打点一切。他自己的二手车业务正在铺往北京的路上，秦梦也不知道从哪儿认识这么多想买车的人，给灯灯介绍了好几个北京的单子。灯灯说二手车市场大，利润高，上手快，他让秦梦跟着一起干。秦梦动心了。

我在影视公司的事情逐渐变多，经常会往返于北京、广州两地去开剧本会，我和秦梦的见面时间逐渐减少，但我们都忙于各自的生活，谁也没有发现这其中的变化。直到有一天，灯灯给我打了一个电话，特别神秘，感觉他好像做了什么对不起秦梦的事一样。我小心翼翼地问他，到底出什么事了？他说秦梦下个月过生日，他想给她一个惊喜。我在电话这头翻了一个巨大的白眼，说，还有一个月呢，着什么急？而且，这事就别带上我了。上次我给她惊喜的时候，她差点没给我一个大嘴巴。灯灯"啊"了一声。我又说，她不喜欢惊喜，一切的惊喜对她来说都是惊吓。灯灯又问，那怎么办啊？这是他给她过的第一个生日，不能就这么平平淡淡地过去了吧。我有点不耐烦了，想着，都多大岁数了，还整这些没用的，真够逗的。我说，以我对她的了解，你给她送套房子吧。结果，下个月秦梦生日的时候，她失联了……

灯灯像疯了一样拼命给秦梦打电话，可秦梦手机一直处于关机状态。他又一遍遍地打给我，我说没事，她就这样，整天神出鬼没的。

秦梦告诉我："灯灯身边有一个女人叫欢姐，问她姓什么，她就是不说，大家都叫欢姐，让我也这么叫就行。但我就是叫不出口，总觉得特别社会。欢姐是一个看不出年龄的女人，我对这类女人一般都会保持较高的警惕。秦梦挺喜欢她的，说她这人特仗义。欢姐烟瘾大，一天两包烟。我跟秦梦参加过欢姐的两次饭局，每次都是十来个人，男男女女的，喝得酩酊大醉才散去。两次都是欢姐买的单。"

欢姐长得不难看，就是气质差点意思，浓妆艳抹，穿金戴银。用秦梦的话说，感觉她往自己身上花了不少钱，就是都没花对地方。欢姐的身份我一直都很好奇，我问过灯灯，他也不知道。

关于欢姐的身份我们有过很多种猜测，猜来猜去反正都是跟"不劳而获"有关。之后灯灯和秦梦再叫我去欢姐的局，我就没再去过了。我不喜欢灯灯，也不喜欢欢姐，觉得他们都是一路人。我劝过秦梦，让她离这些人远点，可秦梦说她自己有谱儿，也不知道这"有谱儿"是什么意思。她好像是有意接近这一群人，好像在计划着一件大事情。总之，我觉得我们离得越来越远，她像是坐在桨板上，误入了海洋傍晚的回流，在暮色降临之前，缓缓地卷入了大海深处。我们遥遥相望，我用一种悲痛、惋惜的眼神望着她，而她却是一副充满希望的笃定的模样。

公司的电视剧项目剧本阶段算是告一段落了。他们对我没有打卡要求，我时常睡到十点多才起床，早饭一般就是一杯咖啡，之后开始一天的工作。桌上堆满了零食和饮料，它们给了我极大的灵感和安全感。在写新的剧本期间，大脑高速运转，不停地消耗着我体内的能量。连续一个月，中午和晚上，我只想吃炸酱面、炒饭和包子。体重和工作量成了正比，但我一直也不觉得是个事。曾经，只要两天不吃晚饭，体重也就降下来了，我一直这么安慰着自己。

秦梦在两个月里约过我两次，一次是夜里的酒局，另一次是上午十点的美式早午茶。这两种局跟我的时间都对不上，但在电话里我们还是匆匆聊了两句。我说，你最近变化可真大，都学会早午茶这么中产的事了。秦梦说，你变化也挺大，整得跟文豪似的。秦梦还是不放弃，又问我近期什么时候有空，她可以就着我时间见我。又过了一个星期，我们约着去逛街。两个月没见，她又变瘦了，但整个人确实神采奕奕的。她一见着我就说："你怎么胖成这样了？"

　　我没接她的话，说："现在工作特别忙，整天都在弄新剧本，下个月就要交。据说这次公司要投入大制作。"

　　秦梦显然不想听，又说自己瘦了五斤，但皮肤还是光亮，是因为最近在敷一种胶原蛋白面膜，只要坚持一个月，立马重返十八岁。起初，我对这种面膜毫无兴趣。她一边说，我一边在商场里挑选着衣服。但说着说着，我突然来了兴致。我们边逛边聊，根本无心逛街，索性找了个奶茶店坐了下来。我刚要点奶茶，就又被秦梦制止了。

　　"你现在怎么神经兮兮的。"我没管秦梦，自己点了杯奶茶。

　　"少吃糖，对皮肤不好。"秦梦还是把我面前的奶茶挪到了一边，又说，"你都不知道，现在这个面膜特别火。好多人都在做。"

　　"你不会是入了什么不良组织，被洗脑了吧？"

　　"怎么会呢，有效果不就得了。你看看我皮肤的前后对比。"她翻着照片，给我看了她一个月以前的一张素颜照。我其实看不出什么区别来，照片有着很大的欺骗性，但看她兴致如此之高，就没打击她。

　　秦梦见我对面膜没兴趣，终于将话题直奔了主题。

　　"我现在在做这个面膜生意，你想不想跟我一起？"

我大惊失色，一时不知该说些什么。

"你不是跟灯灯一直卖车呢吗？怎么又做上面膜了？"

"灯灯那生意不靠谱。这是欢姐给我介绍的，据说一个月能挣好几十万呢。"

"又是欢姐……你怎么也没跟我商量一下，她靠谱吗？"

"我也是昨天刚刚决定的。我才知道，欢姐就是做这面膜起家的。后来赚着钱了，才做的外贸生意。她说，别小看这面膜，赚得可多了，一个月进账好几十万呢，但前期投入也多，得投个三十万。我现在没这么多钱，欢姐就让我现在投个三万，之后挣着钱再说。你说按这么算的话，我这房子也是指日可待啊。在三环买个二百多平的都不是梦。"

"就这面膜……能卖出一套房子的钱来？"

起初秦梦每天早上十点、中午十二点和晚上八点，定时发送推销面膜的朋友圈广告；逐渐地，关于面膜的消息减少了，取而代之的是各种客户给她的转账记录，几百到几千块钱不等；再后来，就是她参加各种时尚 Party（派对）和出入高档会所的照片。她已经变成了她曾经最憎恨的那一类人。

我终于把秦梦的朋友圈屏蔽了。剧本、影视公司等一系列工作上的事把我的生活搞得一团糟。正当我的焦虑无处排解时，叶欣约我去吃饭。我丝毫提不起兴趣。她最近又瘦了，是坚持练瑜伽的结果。在吃饭时，叶欣问我秦梦最近在干什么，朋友圈里怎么突然出现那么多关于面膜的广告，是不是微信被盗号了？我说："她现在卖面膜呢。"叶欣很惊讶说："面膜？她一个脸都不怎么洗的人，还弄面膜？弄得明白吗，是不是被人忽悠了？"我说："不知道，聊点别的。"叶欣挺担心秦梦的，不知道这是不是违法生意，当说到"违法"二字时，她突然将声音压得很低。我和叶欣突然也毛骨悚然起来。叶欣又说："秦梦干这个买卖也是可以理解的，她不是一直都想挣钱买房子吗？"关于秦梦的事，我不想再与她讨论，随便找个理由便走了。

回家路上，我不断在想叶欣的话。秦梦真能挣到钱吗？真能挣到能买房子那么多的钱吗？我感到自己的焦虑是来自秦梦可以挣到钱的这个事上。秦梦挣得越多，我就越感到焦虑。秋日枯叶干巴巴地浮在街边，踩在上面，全是破碎的声音。

当秦梦的面膜生意做得风生水起时，我逐渐不自知地陷入到了一种焦虑的情绪中。随着秦梦生意的逐渐稳定，我焦虑的情绪就越发严重了。我一面对她的这种庸俗不堪的生活感到厌恶，一面又对自己毫无希望的剧本感到烦躁和迷茫。我时常对着电脑发呆，或是心不在焉地读着一本书，每天都在自我怀疑和否定中度过。我觉得读和写对我来说毫无意义，那我又该做些什么呢？我被卷入到了无法逃脱的困境中，我把自己埋在剧情里，幻想成为一个不存在的人，在故事中自由穿梭。一连数个星期，剧本完成，我总算松了口气。我托人将剧本投给几个影视公司。又过了数个星期，终于等来了希望。

联系我的影视公司没拍过什么电影，只是和其他公司合作过一些影视剧。公司老板亲自打来的电话，很有诚意，迅速与我签了合同。事情进行得如此顺利，让我产生了幻觉。我看着账户中的定金，愣了一阵，才确定这是真的。我兴奋地第一时间告诉了家人，其次想到的是秦梦，我立刻给她打了电话，说有重要的事需见面。我要当面告诉她只要坚持，梦想一定会实现的。可挂下电话时，我突然又产生了另一种想法——如今的她，还会在乎这些吗？

我们约在了那家陕西面馆里，她说自从那次与穆多吵架后，就再没去过，还是很想念的。面还没上桌，我就迫不及待地告诉秦梦剧本卖出去了的事情，又和她说了前段时间的困境，以及这些天终于悟出来，所有自我否定的痛苦和不懈的执着都是值得的，我再次向她提起要坚持自己的梦想。她自顾自低头吃凉皮，最终，她用一种类似很慈爱的神情抬头望着我，看得我有点慌。

"我真挺羡慕你，可以一直坚持做自己喜欢的事，但这是需要代价的。我没条件去坚持，你命好。我知道你要说什么。我现在觉得那些动画看起来很幼稚。'天真'一旦失去，就再也找不回来了。现在那些动画再也无法打动我，我又怎么去打动孩子们呢？"

我们又闲聊了点别的话题。告别后，我很失落。其实我有特别多的话想跟她说："我也遇到过很多糟心的事，可每次都是跟你的一比，我的事就显得特别微不足道。每次都是我听你在说，说得我也烦躁，很压抑，都是负面情绪。你说我过得比你好，我命比你好，可能确实是吧。但你总拿命说事，有劲吗？"

秦梦回家后，把之前的作品全部销毁了，算是与过去告别。她痛哭流涕。她与过去正式告别后，也与灯灯告别了。灯灯的租车行出了点问题，要回苏州，回去后，他们就再也没联系了。秦梦对他的离开表现得十分木然，她一门心思全扑在了面膜生意上，生意做得很成功，欢姐把她领进了另一个世界。一个对我来说完全陌生的、疯狂的世界，在那里我不认识秦梦，我也不想认识她。欢姐见秦梦做得不错后，就不再和她往来了。或许欢姐也意识到了，秦梦是一个不好掌控的人。

深幽漫隧

上岛后，我们租了一辆小摩托，秦梦带着我。我们一直往岛的南部开，听说那里有最美的海湾。我们沿着略有颠簸的小路一直往南开。我双手搂住秦梦的腰，细细的，毫无安全感可言。海风把我们的头发吹得相互交缠着，此刻的我们如此贴近，似乎住进了彼此的身体中。无边际的海面，碧蓝得有点不太真实。一路上并没有见到什么人，我们继续朝着那未知的海湾，一路向南。远处，有一片红树林，它们看上去像是漂浮在海面上。浅滩海水的清澈，更像是悬浮于空中。凑近看，它们的树根扎实地相互绞盘于沙滩深处。秦梦说她迷恋这里，觉得这片红树林像是被赋予了神性。她渐渐走进，想更进一步观察。我倚靠在小摩托旁，也望着这片红树林。突然秦梦回头对我说："今天是满月！"

六

秦梦付了房子的首付，三百万。这些钱大部分是由她以前卖首饰玩具、接动画片的活儿及做面膜生意挣来的，还有一部分是和灯灯一起做生意时挣的。但关于灯灯的这部分钱秦梦没说，是后来灯灯告诉我的。灯灯太恨秦梦了，说秦梦身上带着一种狠劲儿，无论在哪一种关系中，她都有一种莫名的、无可置疑的主导权。她会毫不犹豫地离开任何一个人，绝不回头，绝不后悔，哪怕她自己也痛不欲生。灯灯也曾一度认为秦梦与他在一起就是为了钱。当时他们在做卖车生意，他说秦梦想方设法从中赚了不少钱。我也挺恨秦梦的，说不上来为什么。

秦梦付完首付，不知道她未来的贷款拿什么去还，不知道她这关于房子的心结是不是了了，也不知道她是不是过上了自己想要的生活，但她起码住进想要的房子里了，也算是人生赢家。自从她和灯灯分手，我很久没见过她。直到她搬进新房后，我们突然又有了联系。她给我发了一个地址，是新房的地址，东北四环外，位置已经很不错了。

这一个新楼盘，共四栋楼，小区内部还在施工，一股混凝土和油漆味儿。秦梦家是一号楼，放眼望去，好像只有一号楼基本完工了。剩下三栋楼还被脚手架包围着，施工的声音很刺耳，很难想象这里白天过着被噪音包围着的生活。

秦梦家在五楼，大门四敞，里面的吵闹声不亚于外面电钻和钢筋水泥的敲打声。我有点意外、失落、气愤，本以为秦梦只叫了我一个人。我进门半天，也没见到秦梦本人，目测有六七个人，有男有女，各握着啤酒或是饮料，他们互相都很熟络，聊天、嬉笑着，对于我的到来，他们丝毫没有察觉。此刻的尴尬已经胜过于我对秦梦新家的好奇，我想掉头走人，可这时候秦梦突然叫住了我，还很热情地把我带进了门。秦梦一边把我往卧室里领，一边对我说："你看看，怎么样？"

我环顾了一下，有一整面柜子全是她的面膜，柜子下面还有一个小箱子，我一下就认出来了，那是她以前固定装玩具和她做的那些动画玩偶的箱子。

"你这箱子可有年头了,还留着呢?"

"最后想了想,还是没舍得扔。你随便坐别站着。喝点什么,我去给你拿。"

"你这怎么来了这么多人?"

"嗨,他们都是我的代理。一听说我搬新家了,都说要来。你不用理他们,他们一会儿就走了。"

我像个隐形人一般跟着秦梦走过客厅,绕过人群,去了厨房。我这才认真参观起了她的室内装修。屋里没什么贵重的家具,但每一处都精心设计过。房子大约六十平,但看着似乎要比实际面积大。秦梦说她找了一个设计师朋友(也是一起做面膜生意的),帮她设计了一下,尽最大可能节约空间。她从冰箱里拿出来一听冰的可乐,递给我,之后她靠在墙上指着客厅中间那幅巨大的布艺挂饰,一脸骄傲地说:"那个怎么样?我自己做的。"

"你自己做的?工程不小啊,现在还有时间做这个呢?"

秦梦一直看着那个挂饰,得意地笑着。"还记得吗,咱们那年去帕岸岛,路过一个小店。橱窗里就挂着一个用麻绳做的挂饰。我说我特喜欢,想买回去。你不让,说太大了,拿不回来。"

我记起来了,确实有这么一件事,但那个原件的样子,我已经记不清了。

"做得可真好。"我一直看着那个挂饰,心情一下变得很沉重。有些话现在说已经太晚,甚至没用了。我看着秦梦的新房,怎么也高兴不起来,好像有什么东西堵在了胸口,阵阵发闷。又过了一会儿,这帮代理朋友都纷纷离去。他们带了很多礼物给秦梦,沙发和茶几上堆满了带包装的盒子，大大小小的。

"人缘儿真是不错。"我终于坐到了沙发上，沙发上还有上一个人的余温。

"都想让我给他们多介绍点客源而已。没一个真心的，但这也许是最真实、简单的交往吧，彼此目的都很明确。他们帮我销货，我给他们介绍客源，他们和我都能挣着钱。"

"你这房子都买了，还准备接着卖面膜？"

"我现在不做零售了。我也想干点别的，只是还没想好呢。"

这时候 Tracy 突然打来了视频电话，她是韩国人，但其实我们在蒙特利尔的时候并不熟悉，只是偶尔约出去喝酒。她还在蒙特利尔读书，暑假没回韩国，原因是机票太贵了。在那边大多数的韩国人，暑假都会选择打工。Tracy 那边是晚上十点半，她突然问我最近怎么样，回国是否还习惯。她说她年底就毕业了，有一个来北京工作的机会，她突然想到了我，就给我打了电话。其实我们并没有什么可聊的，但我仍努力地和 Tracy 开心地聊着。我其实挺喜欢这个姑娘的，她的穿衣打扮都很好看，而且会带我吃一些很地道的韩国馆子。但我也不知道为什么，就是和她熟悉不起来，可能她总是太客气了吧。她的客气，让我觉得如果我说一些玩笑话，会很不合适。可当着秦梦的面我得在电话里显出加倍的热情。

反正，Tracy 似乎很赶着出门，但由于我的主动和热情，让她不得不再多和我聊了一会儿。我们用英文聊天，我也会发出很夸张的笑声，尽管我觉得我们的聊天内容既尴尬，又无聊。秦梦显然听不懂我们在聊些什么，但我就是想让她听到我和 Tracy 的聊天。挂了电话，我惯性地用英语跟秦梦介绍着 Tracy，但显然她有些不高兴了，她说："你是不是特瞧不起我？"

"怎么会瞧不起你呢？"

"那你跟我这装什么呢？别骗你自己了，你是不是觉得你特有文化？英语特好？你读了那么多书有什么用？还不是一个月就那么点钱？你有什么可瞧不起我的？这房子都是我自己买的，没用过家里一分钱。"

我一时语塞，我们彼此愤恨地看着对方。我对秦梦这种莫名的怒气也感到非常气愤。

"你终于把心里话说出来了，这是我最后一次来你家，也是我们最后一次见面了。"

我掉头走时，她也没追来。我出了小区，叫了一辆出租车就钻了进去，司机问我去哪儿，我半天说不出话来，只想号啕大哭，但又觉得特丢人。我使劲儿憋着一口气，心脏隐隐作痛。到了家，我发现脸上起了很多血斑。我妈说我小时候就有这毛病，气急了，脸上就容易有血斑。这么多年过去了，我以为这毛病没了呢。

深幽漫隧

傍晚，我和秦梦骑着小摩托，载着我们刚刚去集市买的芒果、山竹，以及一打冰镇啤酒回到了住处，住处离海边不远。晚上八点，这片海滩会热闹起来，是为了一月一次的满月派对。我和秦梦奔波了一天，疲惫地靠在床上，各握一瓶啤酒，好一会儿才缓过劲儿来。之后我们便各自换上一身衣服，准备参加夜晚的狂欢。

八点，月亮还未正式升高，它悬挂于深色海面之上，与视线近于平行。

它亮得几乎可以照遍整个海滩。音乐声从各个酒吧传出来，不同的音乐交织在一起，各色彩灯映得秦梦的脸一会儿一个颜色。我们在海滩上光着脚，与许多年轻人一起跳舞，直到月亮挂在头顶的正上方。

七

剧本的事情在收到那笔定金后，就再没有下文了。我心情逐渐平复，不再抱有任何希望了。家里人潜移默化地让我去相亲，说这个行业还是不靠谱，赶紧找个男朋友是正事。说的也是，我开始踏上了相亲之路。相亲对象来自父母的介绍，有母亲朋友家的孩子，有父亲同事家的孩子。接二连三的相亲，让我突然意识到，像我们这种年龄的人还没有对象，总是有原因的。例如，那叫王建国的人就是个奇葩。

我和王建国的相亲约会，是在一家火锅店里。我点了份西兰花，王建国说这是他第一次吃涮西兰花。他努力尝试打破我们彼此的沉默，突然又说："你知道西兰花为什么是绿色的吗？"

我不想知道，因为预感到这又是一次无聊的相亲约会，我只想赶紧结束它。

"为什么？"

"人类感知到一个物质的颜色的原因是：当光源，例如太阳，照射在一个物质上，物质会吸收可见光，没吸收的光就会反射出来，被人眼接收，从而人觉察出物质的颜色。当400－780纳米的可见光照射在西兰花上，西兰花会吸收除了绿色之外的其他波长的可见光，只把绿色光波，大概是 550 － 570 纳米，反射出来。当人眼接收到了西兰花反射的绿色光波后，就会觉察到它是绿色的。明白了吗？"

当王建国瞪着眼睛，向我科普颜色与光的原理时，我特想把面前的可乐泼到他身上。我摇摇头，突然想起刚才忘了点毛肚。

王建国继续说道："也就是，西兰花没有吸收绿色光波，反而把绿色光反射出来，从而被人所感知。"

"所以，西兰花本身是不喜欢绿色的。"

"嗯……你可以这么理解。"

"可它偏偏就是绿色的，这就是命运吧？可怜的西兰花，这真是一个悲伤的故事。"我的声音很小，近似于自言自语。王建国显然是没有听到。

"你以后可以去考一考别人。"

"别人才懒得知道呢。"

这次相亲并不是一无所获，王建国也不是我众多相亲对象里最糟的一个，他起码让我明白了西兰花为什么是绿色的。但自从这一次约会以后，我和这个人就没有了以后。

王建国那种笨拙的努力，让我想起了穆多，也让我想起了秦梦。

经过几轮失败的相亲，我和父母都意识到，这种方式不适合我。他们终于放弃了。

我把影视公司的工作辞掉后，生活彻底失去了秩序，有时会下午起床，发呆到晚上，有时会写点小说直到夜里。生活的无序让我彻底掉入了虚无的深渊，我似乎失去了重心，毫无方向地四处飘荡。我有时候会翻看秦梦的朋友圈，她还在发关于面膜的招商信息，我突然挺羡慕她的。

秦梦的再一次出现，让我有点措手不及。这是夏末的某一天，我正坐在阳台上喝着冷饮。电话亮了一下，是她。我鼻尖一酸，很激动。她问我干吗呢。我说没什么事，在家待着呢。她说晚上一起吃饭，好久没见了。我想都没想，立刻答应了。这段时间，她的朋友圈一直处于被我屏蔽的状态，当我点开时发现，她设置了"仅一个月可见"，而最近一个月则毫无内容。

她朋友开了一间餐厅，但她一直没时间去，准备和我一起去探店。她比约定时间早到了会儿，站在饭店门口抽烟，远远地，我就看见了她，不禁笑了出来，一边笑一边走过去。她说，傻笑什么呢。我也不知道我在傻笑什么，就是觉得很高兴。她右手夹着烟，左手像是搂着什么。我走近一看，吓了一跳——是一只小猴子。

"餐厅能让你进吗？"我看着她怀里的那只猴子。

"必须能，老板是我朋友。对了，给你介绍一下啊，它叫'闲得'。它可厉害了，一会儿跟你细说。"说着，她把烟掐了，带着我往里走。

"那这老板还真挺给你面儿的。"说实话，我不太敢仔细看那猴子的脸。巴掌大小，两只漆黑圆滚滚的大眼睛，无比空洞，它们几乎占据了猴脸的一半位置。

"人家老板是给'闲得'面儿，她是这小东西的粉丝。"

说着，老板迎了上来，跟秦梦打过招呼后，立刻把"闲得"抱了过去，一个劲儿地抚摸，但"闲得"好像不太喜欢她，龇着牙跳回了秦梦身上。我们就站在饭店的过道里，客人们纷纷聚了过来，居然引起了一阵小骚动。有一对小年轻认出了它，激动地指着它尖叫着："这不是

'闲得'吗！"女孩蹦着脚，把手机递给了男友，要求合影。我这才明白，这猴子应该是个网红。秦梦和老板被众人围着，我找了个没人的位置先坐了下来。又过了会儿，大家新鲜劲儿过去后，秦梦才抱着那只猴子过来坐下。

"你不是不喜欢猴子吗？"我问她。

"现在喜欢了，这猴子不一样，能给我赚钱。我这一月好几万的贷款可就靠它了。你回头关注一下它，马上就一百万粉丝了。"小猴子穿了一件蓝色连体开裆裤，有模有样地坐在椅子上。

"面膜生意不做了吗？"

"是，感觉没什么意思了。还是这猴子有意思，挣得也不少。还贷款是绰绰有余了。"

秦梦也没正经跟我说她是怎么运作这猴子的，我也没问。我们一直交流着关于养宠物的心得，我说我想养只狗。秦梦就跟我说养狗的种种麻烦和养猴子是一样的。她还问我，记不记得她奶奶那只曾经误吃治中耳炎的药而死去的猴子，我说记得。我们又聊了些过去的事。最后谁都没什么话了，又开始摆弄起猴子来。秦梦说时候不早了，"闲得"还得回家录视频呢。她叫来了服务员买单。

临走前，我说，对了，刚才餐厅里一直循环播放的歌你还记得吗？她摇摇头，说不记得了，但好像在哪听过似的。她又说，怎么了？我说，没什么。

我很想告诉她，那首歌叫《深幽漫隧》，一首古巴爵士乐。歌名是我起的，因为实在不知道它的名字。它是那次我们一起去帕岸岛上，一个酒吧循环播放的歌。那天是满月派对，沙滩上堆满了来自欧洲、北美、南美的年轻背包客。我们在沙滩上都喝醉了，醒来时还是夜里，满天繁星，不知哪里传来了这首曲子。秦梦半梦半醒地问我，这是什么歌？真好听。我说，我也不知道。咱们给它取个名字吧。她说，你说叫什么？我说，就叫"深幽漫隧"吧。

这一切，秦梦都忘了。忘了就忘了吧……

结尾

这是一首长达七分钟的电子爵士乐，它存放在电脑里已经很多年了，音乐人的名字像是随便乱取的。音乐中隐约可以听到大海和冰块破碎的撞击声，以及吸管吸进空气的声音。温润的低音线，较少高频率范围的细节，柔和的高级和音，具有流动性的律动之美，让音乐更加深沉，缓缓地向远方前行。这像是一首有着完整叙事的曲子，每次音乐响起，我就会被它的韵律所牵引，像是置身于一场清醒的梦境中，空气也会变得潮湿。听到这首歌，我就会想起秦梦。一想到秦梦，就会想起我们在帕岸岛的那短短几日。我们曾一起出游过很多次，但唯有那次记忆犹新。这首歌像是一个通往记忆隧道的密钥，音乐响起，我在那隧道里，漂浮、盘旋。而那里，只有我和秦梦两个人。

原刊于《山花》二〇二一年第九期

晚春

三 三

一

收到父亲来信，是晚春的一日。外面天气很好，阳光猛烈，扰人多时的湿寒似已祛除。沿街芍药翻香，脂粉调晃悠悠，从皱瓣里钻出来。行人也渐多，带着各自的目标与心事，往暖风中呼出小分贝的声音。我略微拉开窗帘，使房间与外界的光线连通。于是，四周之物变得可以辨认，原本被幽暗侵占的空间都还回来了。

信写得很古怪，用一种偏紫的墨水。字迹也潦草，与我印象中父亲的字不同，仿佛写于情急之下。信纸边缘，有两三处同色墨水的指纹，大概是不慎沾了手又拓下的。

润安：

父有难，乞速归。

见面需谨慎，来信一事切不可让雅红知晓。

父 清河

信在桌上摆了三天。水仙盆景正值凋敝，几日下来，不少焦炙的花骨朵儿落在信封上。

第四天，我清理掉覆在表面的碎花，叠好信，将它与一盒钉针同放进抽屉。中午，便买了车票，从北京回到杭州。

"回"字用得并不贴切，尾随它的宾语理应指向一处故地，一处曾与我相互紧攥，不时会触及哀愁根须的地方。杭州远不及此标准，只不过是父亲再婚后定居的地方。继母在江干区有房产，房屋虽老，面积近百平方米，维持一段中晚年生活也足够。他们的婚姻运转到第九年，其间我到过杭州数次，继母从未露过面：初时她羞赧，或担忧她的在场会打扰我与父亲的交谈，后来又受各种病痛、家务阻挠，始终没能与父亲一起出现。这些缺席的理由，往往都附随着本地特产，由父亲代为送达。

原本没打算住多久，只提一个旅行包的衣物。到清江路的旅馆安顿下，在地图里搜索父亲的住址，相距两千米不到。南方炽热更盛，树梢间遍是嘤鸣与由此波动的枝叶之声。走动时不觉得，稍一静立，虚汗从衣服布料下蒸出。在卫浴间冲洗一新，换上长袖衬衫，棉麻贴身如挠痒。因为担心父亲，我很快往他们家中赶去，中途买了一些水果做礼。

寓所位于一个老式小区内，多层建筑的楼房，一度在二十世纪八十年代末流行。他们住在一楼，进出便捷，只不过每天日晒短暂。冬至凛冽处，阴湿之气把房子养成一个洞穴，我按几次门铃，无人应答，才发现门铃的接线被剪断了。敲门后，听见里面一阵走动声。我不禁心跳加快，配上手表里秒针的转响，形成一种怪异的内外二重奏。

一个女人开门，见到我，微微一愣。很快又热情起来，如一炬忽然被点亮的蜡烛。

"润安吗？我见过你的照片。"

"你好，我来找我爸……"

我被她拉进门，不知所措，站在原处不动。门口的地毯很新，绘一只孟加拉虎，背衬浓绿的阔叶林。她蹲下来，在鞋柜中一边翻客用拖鞋，一边和我讲话。

"你爸爸出去散步了。"她把鞋递给我，领我到沙发前，"这里附近有一条贴沙河，你听过吗？是杭州城的护城河，唐懿宗年间开凿的，用来泄钱塘江的水。每天下午，你爸爸都要去那里走一程。"

我坐的位置恰与她相对，这时便看清了她的样貌。她长得很美，瓜子脸，载了一套柔媚的五官。尽管看上去五十岁出头——远小于实际年龄，但脸上集了一些居心叵测的皱纹，将她命中的艰涩外化为一种苦相，也挟带由此积成的阴鸷。所幸她秉性并不严肃，笑时则稍好：眼尾如浪蜷曲，卧蚕松弛，随移动而轻晃；她好像全神贯注地望着某处而笑，又好像什么都没看，只是任由眼睛睁着——倒不是更显年轻，反而是凭美人迟暮之感，唤起了人们的宽容。"她本可以得到更多"，接着是一个遗憾却不可挽回的转折语调。

"五点前，你爸爸会回来。"她转头看了一眼墙上的钟。

"好的，谢谢阿姨。"我说。

"叫我雅红就好了。"她低头，又羞涩地笑起来，"雅红有点俗，你不要笑话。我刚工作时，给自己重新起过一个名字：沈临秋，取自'东风临夜冷于秋'一句。我以前是小学语文老师，你爸爸跟你提起过吗？"

"讲过一点，说你每年都能评上先进个人，后来就不工作了。"我记得她当年离职与前夫有关，具体不便多问。

"抽烟吗？"她从茶几下挑出一包黄鹤楼雅韵。

"不抽。"

"真好，这样对身体好。除非客人来，我现在也不抽了。"我这才意识到，她说话很柔顺，像一层迎面而来的卷积云。

她把我买来的水果拎到厨房，先后传来水流、开罐、金属碰撞的声音。不久，她端来一盆水果，菠萝削得剔透干净，切成小块，滤过一层盐水；另半边盛樱桃，浑圆的一粒粒，摆盘像一种古代阵法。

"你真会买，这是'春果第一枝'。"她指着樱桃，情绪似乎很好。

二

父亲回来得并不准时，进门已五点过半。乍一见，竟未认出父亲。他的整张脸向内陷落，皮肤紧裹在骨骼和动脉上，侧身时更明显。身体随之枯瘦，他伸手又缩回，举止木讷，与去年判若两人。仅仅用衰老，并不足以概括他的改变。他更像周游过一个神秘异境后，重新返回人间。

雅红责怪父亲几句，替他把拖鞋摆好，又转向我解释说："你爸爸丢过好几次手机，现在干脆不用了。到时间还不回家，太让人担心了。"

站在父亲身边，雅红像一个晚辈，很难想象他们同榻的无数夜晚。雅红回身进入厨房，父亲在门边擦完手，缓缓坐到我旁边。电视机正开着，放映着一场缭乱的综艺，镜头在几张稔熟的明星面孔上切换。父亲握住我一只手，一言不发。他的瞳孔周围一片悬浊，黏黄的眼膜若隐若现。当我试图和他说话时，他移开了眼睛。

雅红手艺极佳，从厨房端出醋鱼、油焖春笋、豆腐羹。因留了我一起吃饭，又多炒一盘虾仁。我时常一个人饮食，吞咽以效率为重。雅红嘱咐我吃慢些，说这都是时令杭帮菜，细品才入味。三十多年前，她从上海嫁到杭州，如今尽得钱塘气韵。见到她本人，我终于理解父亲当年执意娶她的原因。然而，事态似乎已暗中发生偏转——父亲浑身颓丧，当初的喜色荡然无存。他端着碗，手腕上间歇迸发出细小的抽搐，牵引筷子轻轻敲击瓷碗的边缘。白炽灯下，父亲水泥般的脸色始终不曾缓和，显得褴褛、死气沉沉，使人想起多纳泰罗雕塑的圣像。

在餐桌上，雅红问起我的行程。我如实相告，已请了剩余的年假，可在杭州小住十日。得知我入住快捷酒店，雅红有些懊恼，让我退房住回家里。父亲对此不置可否，好像注意力全集中在晚间新闻。等雅红吃完离席，父亲也停下进食，偷偷把饭倒进垃圾桶。

或许是时机不巧，那天夜晚，房间里弥漫着一种微妙的晦暗，落在父亲、雅红的举止之间，则体现为疲倦与迟钝。八点出头，我起身告辞。父亲想送我回去，雅红记挂他的安全，面露难色。我眼见父亲的身体状况，便也劝阻。往来几次，他只好悻悻妥协，但非要送我到小区门口。

我们从一条细道中穿过，父亲走得缓慢，似在用步伐把黑夜一裁为二。两侧有樟树夹道，走到中段，蜡梅香也急来送行。我又听见与下午相同的鸟鸣，一种不知名的品类。在北京，最多见的是灰喜鹊。偶尔也逢乌鸦群栖，叫声将狰狞从漫漫长夜之中刨出形状。我正想问父亲，来信究竟怎么回事，父亲先开了口。

"有一件事情，我先问你。"父亲说话时反应似有解冻，比先前敏捷一些，"你能给我点钱吗？"

"多少？"我疑惑不解。

"我也不确定。五万，你有吗？"

"到底什么事？你怎么弄成这样，是赌博吗？"

小路上不曾设灯，除了高处零散的光线，月亮是眼下唯一的光源。父亲久久看着我，神色闪烁——像在辨认我，或是推敲这一场景在他命运中的意义。不知为何，我突然想起儿时收集的一只蝴蝶标本，通体半透明。我把它藏在一个玻璃盒子里，隔许多年再找到，盒中只剩一撮珠光粉末。

"是雅红。"父亲嗓音低沉，处于一种适合描述秘密的波频，"我怀疑，她在给我投毒。慢性毒药，每次一点点，最后我会死得像患病一样。现在家里全由她打理，我什么都不知道，手里也没钱。如果你给我一点，我可以自己找个地方安顿。接下去的钱，我再想办法。"

"你不要胡思乱想，投毒是犯罪。"父亲的说辞听来匪夷所思，如果不是因为他过于严肃，我根本不想和他讨论这些。

"从今年年初起，我身体越来越差，经常头晕、胃疼，有时还呕吐。

去医院查，也查不出什么大毛病，可我总觉得哪里不对劲儿。我以前在
农村听说过，这是砒霜中毒的症状，和胃病差不多。"

"你有什么依据吗？"我打断父亲。

"没有，但我知道就是她。她这个人很古怪，一直没什么知心朋友，
结婚后也不常出门。最近不知道为什么，经常往外跑，外面肯定有别的
男人。"

"怎么会呢，你们好不容易才在一起。何况，她看起来也不像……"
我仍然半信半疑，不是信息的逐渐补全，而是父亲言谈中流露的恐惧，
多少使我动摇。

"对了，有件事情你不知道。"父亲忽然想起似的，"她前夫就是
胃病死的。以前说胃癌，忽然又改口了，说是胃不舒服，腹泻、吐血死
的，蹊跷得很。"

三

一九七二年是一道分水岭，平稳的生活被拦腰截断，自此分为此岸
与彼岸。在踏入该年之前，他们就从历史的依据中得到信号，知道这一
年要轮到他"上山下乡"了——孟清河，也就是我的父亲。半年以来，
他们常在黄浦江边散步，谈论未来的趋向，从每一个微小的迹象中寻找
提示。等待，似是唯一可做的事，而这个过程多少助长了他们的忧虑。
当时雅红刚满十六岁，是父亲小学同学的妹妹。他年长雅红三岁，因与
她哥哥关系亲近，几乎见证了雅红的成长。到了某一个年份，像突然掌
握调试的诀窍，模糊的占有欲蓦地转向锋利、清晰，于是两人各自向对

方赠献了初恋。

　　夏日收尾时，父亲收到通知书，他被分配到九江庐山的一个农场。相对而言，江西离上海近，寻常的亚热带季风气候，生活条件也不致过于颠荡。那时，父亲还和几个姐弟住在老南市区的弄堂里。雅红在天井里站着，不肯进去。她拧开公用龙头，冲了很久手，水池底部的青苔浮游于水中。父亲在旧地图册找九江的位置，用食指将它和上海相连，示意雅红看。父亲说，很近的，每年都可以回来。为这件事，雅红已经哭了许多次，往后仍有许多哭泣的机会，但那天她只是点了点头。父亲说，你自己好好生活，我会给你写信。雅红看了他一眼，临别时，雅红告诉父亲，她会一直等他回来。

　　父亲给雅红的最后一封信，是进农场后第四年写的。写时并未做告别的打算，潦草一段，也不长。紧接而来的日子里，农场突然忙碌不迭。父亲每日凌晨起来插秧，到夜里才休息；又逢开垦荒山，山中荆棘丛生，五斤重的开山锄常常被虬曲的根茎弹回。如此昼夜不停，攒一身酸痛。有时父亲握着锄头，双眼忍不住合上，迷糊之际一心盘算的，只有如何调往九江市里的工厂。等稍有空闲，农场里的青年们组织郊游，或隔三岔五回城看电影，父亲也热衷参与其中。一转眼，便已一年多没向雅红去信了。后来春节回家时，雅红托哥哥将父亲的信件、礼物一并归还，两人不再见面。

　　那些年里，父亲逐渐明白，那个笼罩他的世界已改变了侧重点。上海消沉于回忆之中，他的父母离世早，姐弟们各自撑搭生活的一角——那些饭桌上的絮语，从屋顶翻进果园所做的微不足道的偷窃，去遥远的北新泾挑菜，姐姐出嫁时房间里野蛮而温和的哭泣，像溺水前浮于眼中的幻景。它淡化、消逝，成为梦魇的一部分。而真实生活在这里，尽管他仍然想着有一天回去，但不可否认，只有这个农场才是可以感知的，是他一切生命力量复杂而强势的来源。

过了两三年，父亲如愿入职九江仪表厂。父亲年轻时仪表堂堂，又自繁华都市来，不少热心人为他物色对象。经父亲的一个同事介绍，他认识了母亲。没过多久，几乎是依循着一种顺理成章，两人懵懵懂懂地步入婚姻。

在我的童年时代，每逢父母剧烈的争吵结束，父亲便带我去看长江。我们望着水的尽头，一条深藏若虚的色线，消隐又呈现。青山与城楼相对出，架在混浊的水面上。黄昏从宇宙的某一面远道而来，衬着翻浪的声音，仿佛世上一切都是松弛易碎的。父亲对我说起九江，"三江之口，七省通衢"，如此反复地介绍。等很多年后的一日，我突然明白过来，唯有异乡人才会用那种端正的口吻谈论九江。父亲失去了故土，成为一层真空的塑料膜，只能靠模仿他人来抵达应有的生活。

父亲从未意识到这一点，他所体察到的，只是无尽的、矢量乱序的压力。他想做出改变，辞职、做生意、喝酒、认识朋友，但都无济于事，或者说有效性极为短暂。最后，离婚的提议在厮打之中落成，又终被双方接受。自此以后，我只在道听途说中知晓父亲的人生。

父亲回了上海。祖宅由大姐打理，念高中的侄子低头钻进矮门，与父亲打招呼。大姐小心翼翼地问他今后打算，他注意到大姐眉眼间的算计——眼下，他是一个外敌，这个拮据的家庭绝不允许他将户口迁入，更不会有他的安身之处。

那天夜晚，他独自散步到外滩。他曾热切盼望重回此地，可真的回来，上海早已面目全非。从前熟悉的店铺都被拆除，黄浦江沿岸增设了栏杆，再也无人下水游泳——隐形的新规则在此滋长，人群变得沉默而端庄。对岸浦东新建了高楼、电视塔，他往跨江望远镜里投了五毛，凑近一看，却发现投一元才能用。他摸遍口袋，找不到任何多余硬币。这一刻，他终于真切地体会到，在离去的那些年里，这座曾赋予他许多生命经验的城市彻底背叛了他。

四

翌日中午，我与陈鹏约在凤起路见，想饭后可往西湖一游。陈鹏是我的本科同学，毕业以后，回杭州考了建设局的公务员。我则待在北京，通过相关专业考试，留任财务岗位。读书时，我和陈鹏曾为球友，每周参加篮球队集训，离校后却鲜有联系。

我赶到餐厅时，陈鹏已入座，身旁还坐着一个年轻女孩。据陈鹏介绍，女孩叫小榛，目前在浙江理工大学读研。我问起两人的关系，小榛一口否认为恋人，说只是在陈鹏办公室实习。陈鹏露出尴尬，却也未加解释。

店里人不多，仿古木雕的窗户一扇扇敞开。气候晴和，一枝翠绿斜逸过来，从里往外望，嵌入窗框，如点缀一幅画。他们已经点完菜，我加了一瓶啤酒。虽然和朋友叙旧，但心中总想着父亲老态龙钟的模样，便不觉对他们提起。我告诉陈鹏，此行主要是来看望父亲的。

"你和你爸不是……"陈鹏有些惊讶，"你们和好了？"

"说不上和好，大家都有各自的生活，最多一年见一次。我告诉过你吗？后来他又结婚了，继母是他初恋，不过看起来过得也不顺心。"
我想了想，还是没把父亲怀疑雅红投毒的事情说出来。

"你呢？混得风生水起了吧。"陈鹏笑道，"听说你在北京买房了？"

"陈鹏一直说，你是他们班里最有前途的同学。"小榛给我们倒
酒，抬眼向我一望，轻声说，"能留北京真不容易，我毕业也想去北京
工作。"

念本科时，我并非最出众的一类学生，只不过凭刻苦拿过几次奖学
金。现在工作勉强算中等，除去租金、生活开支，尚有盈余而已，买房
全然是妄言。但见陈鹏似对小榛吹嘘过我，怕扫了他面子，也就没多做
解释。

午餐过后，我们移步湖畔。北山街三步栽一棵梧桐，正值好光景，
满枝擎着鲜嫩绿意。虽然梧桐干茎粗砺，一眼望去，却徒生一种细弱的
气息。北山街的一侧临湖，另一侧散布着商铺。正午，人声鼎沸，日光
使店里零落的灯光变得不起眼。

踏入白堤，我们已气喘吁吁。小榛对我家里的事非常好奇，不断
提问。

"所以，雅红怎么会原谅你爸的？"小榛皱着眉，仿佛过剩的日光
惹恼了她。

"他们再次见面，已经过去二十多年，自然就原谅了吧。"我随口
说，"也许她对初恋的真挚难以忘怀？"

"你没女朋友吧，真是一点都不懂女人。"小榛笑出来，口气带有
一种与她年龄不符的确信力，"我一直觉得女性比男性更叛逆，更倾向
于靠仇恨而不是荣耀的记忆生活。怎么说呢，不是狭义的仇恨，你可以

想象成一件精制器物上有一个缺口，女人们日思夜想，构建出几百种方式补齐这个缺口，哪怕不值得也会去做。正因为整个过程可能是无意义的，当有一天意识到这一点时，有些人理所当然会索取弥补。"

"你想得太复杂了。当年我爸和雅红分开，完全是顺应时代的无奈之举。命运究竟如何形成，依赖的还是一种巧合，他们那代人经历、境遇都与我们截然不同，凭我们是很难猜测的。"我说，对小榛的长篇大论不以为然。

小榛神秘一笑，不再和我多谈。恰好陈鹏双手夹三瓶饮料，匆忙赶回来。他示意小榛拿温的，小榛偏挑了一瓶冷的。陈鹏拦不住，欲言又止。天气很热，春至晚境已炙烧起来，穿衬衫都汗流浃背。我们一路前行，突逢一段隆起的斜坡。在波峰稍站一阵，不断有行人、跑步者以各种速度从旁经过。

"我们去划船吧。"小榛拉着我的袖子，眯起眼睛。

"不愧是杭州，钟灵毓秀。"我不禁感叹。

"是还行。但我家在北方，受不了南方冬天。"小榛说。

五

夏至日渐接近，晚饭后往父亲家去，天色竟还有几分余亮。父亲在旧报纸上练书法，临的是魏碑《张玄墓志》，正写到"君禀阴阳之纯精"。父亲握笔太高，腾空时手依然颤抖不止，笔尖贴到纸面上则好一些。我对书法没有研究，见他端坐少动，好似一尊墓中陶俑。

我一进门，成为屋中一颗制造混乱的行星，把他们吸出了原来的卫星轨道。雅红像早料到我要来似的，殷切地揽我过去，一盘坚果与什锦糖已经摆好。儿时过春节，家中总有类似摆设，往往是母亲从超市买的散装零食。为一两毛零钱，斤斤计较半天，回家则迁怒于父亲的无能：城里来的人有何稀罕，什么都不会干。父母常年争吵不断，瓷碗筷摔过许多次，后来因舍不得浪费，全都换成了木制品。

"润安，我和你爸爸商量过，你就住家里吧。"雅红柔声说。

"但我已经在清江路……"我不知如何拒绝，望向了父亲。

雅红把我领进一间小客房，与上次参观时相比，房间焕然一新。原先空荡荡的板床上，已铺好席梦思垫子。一套藏青色的家纺品置于床上，淡淡的云纹四下舒卷，像广告里一样蓬松、惹人困倦。床头放着一套睡衣，与床单同色系。房间内也做了简单的调整，红曲柳木桌与书橱换了方向，采光得以增亮。桌上摆一个仿宋代的细颈瓷瓶，新簪几枝杏花。不久，父亲也踱了进来。

"外面哪有家里舒服。家附近有一个轻纺市场，这些都是新买的，你什么都不用操心，直接住进来就好。你和你爸爸见得少，难得来一次，多陪陪我们也好。"雅红拉着我，她的手透出一阵凉湿之感，我不由得一惊。

"住几天吧。"父亲说。

我勉强点头，却总有一股疑虑，或许出于步入一段复杂生活前自然产生的规避之心。趁雅红去洗漱，父亲小心地关上小房间的门，轻声告诉我，雅红很敏感，说话做事一定要谨慎。既然住在家里，也可以借机察看家中情况，雅红究竟如何下药，外遇到底是什么人。

说完话嘴唇翕动，是父亲旧有的一个习惯。如今他整个人衰败，像一件划痕遍布的金属器皿，这习惯使他尤显寒酸。我注视着父亲，听他吐完破碎的词语，蓦地发现，自己已比父亲高半个头。我们最后一次去看长江时，我只到他肩膀。"上山下乡"的那几年里，父亲随知青们学了许多苏联歌曲，时常哼唱《莫斯科郊外的晚上》，只是每次歌词都有错乱之处。那天，他唱的是《永隔一江水》——我的生活和希望，总是相违背；我和你是河两岸，永隔一江水。我还想和父亲说些什么，但他担心雅红察觉我们窃窃私语，就拧开门前去客厅。

　　我独自回了旅馆，与前台的女孩商量好退房。一天至此，过得疲乏不堪。刚想去淋浴，手机屏幕被小榛发来的消息点亮。

　　小榛说，我掉了个耳环，你在哪里看到过吗？我摸了摸口袋，里面只有一张两周前打车的发票。我回复她，我这里没有，长什么样子的？小榛说，是一粒葫芦，用珍珠串起来的，你今天没注意看吗？我说，记不清楚了。小榛发出一个嫌弃的表情，又接着说，都怪你，应该是划船时掉的。我想起下午时，小榛在船上因日光刺眼而后退，以至于差点被我绊倒。我想理应道歉，就说，真不好意思，过两天请你们吃饭。聊天框里显示小榛一直在打字，但很久才发出一句。她问，你觉得陈鹏这人怎么样？我回忆与陈鹏过去的交集，似乎能想起一两件具体的事情，例如一起在学校门口的拉面摊吃饭，或是球场上细小的摩擦一谈，充满毫无意义的细节，却缺乏情感上的记忆。我忽然意识到，我与所有人的关系都是如此，相处仅作为一种物理上的陪伴。我回小榛，他这个人挺热情的，怎么了？她哼了一声，说，我家也在江干这边，不如后天请我去电影展？我想来也无所事事，就答应了她。

　　我躺在床上，虽熄了灯，昏昧的光线透过窗帘流进来。先前的疲倦演变为一种慢性病，让人犯困却失眠。过去家里一共两间房，父母住卧室，我睡客厅的沙发床。半夜常听见房里传出打骂之声，像拉错的二胡弦音，一阵阵摩擦的疼痛渗入脑神经中。久而久之，我不再信任夜晚，我是时刻想着从风吹草动中识别惊变的虚弱动物。

后来，我和母亲搬过几次家，转眼又入大学，留在北京。然而不知为何，我常在梦里回到小时候的家。有一次，梦见面泛莹绿的僵尸从墙里涌出来。我惊恐万分，甚至没察觉自己早就离开了这间房子。

六

依照雅红说的，我在地毯下摸到备用钥匙。圆形钥匙扣，上悬一块蓝色塑料片，表面有密集的波浪式弯曲。握在手中，薄片的边缘在掌心印下凹痕。

打开门，父亲和雅红都不在。房子的朝向整体偏东，这时日照早已移开。逢此时节，闷热像一种浓汤灌进每户封闭的人家，沉寂、窒息。我小心地走进阳台，把窗户推出一条缝，接着在房里四下环顾起来。

客厅的墙原由白漆刷成，因居住多年，墙上偶有淡淡的黄斑。家具实际上并不多，可他们喜欢用重木料，使整体氛围显得浑厚，房间像被某种力量压在地面。餐桌上，父亲前一晚练字的报纸还摊着，到"君临终清悟，神诮端明"就没写下去。"明"字的钩笔有些重，像一滴溅落的墨。桌子左侧摆一个立式长柜，高处有半杯水，杯上雕着鱼类的花纹。

我逐一打开抽屉。第一格中，一堆杂志整齐相叠。两三本与针织有关，其余均属文学类。虽然都是多年前的刊物，品相却十分整洁。抽屉底部有一个男式手表，已不再走动，指针停在十一点五十的位置。牛皮表带几乎烂尽，但仍可看出最靠内的两粒小孔是手工扎的，足见手表主人极其瘦弱。我一惊，想到雅红前夫——那个多年前死于胃病的男人。再看手表时，只觉一股难以言说的瘆人。第二格抽屉则混乱一些，满是瓶装或纸板的药。我拧开一些小罐，彩色药片发出窸窣声响。因为缺乏医学知识，所见不过是一片眼花缭乱。正准备细读说明书，看是否真有砒霜一类的东西，猛地听见了开门声。

客厅正对大门，来不及细思，雅红已经提着两袋食品进来。我们面面相觑，惊吓之余，我什么都说不出口。抽屉半开着，此时像张口吹出一阵嘲弄。一部分已检查过的药，被我放在柜子顶部。我稍稍一动，旁边的杯中水荡起一层波澜。

雅红僵硬地移开脸，我瞥见她满脸苍白，血色尽凝于嘴唇。新烫的卷发垂在肩头，弧度夸张，仿佛她是一个等待觉醒的美杜莎。转身以后，她进了卧室。不久，柔弱的声音穿过门框而来。

"人年龄一大，就成了药罐子。"雅红慢吞吞地说，"这些都是你爸爸的药。有的早上吃，有的晚上吃，你根本没法通过外形看透一粒药丸。"

"他今年变化太大了，到底得的是什么病？"我快速把药放回原处，嘴上应承着雅红的话。

"什么病……"雅红重复一遍，传出似笑非笑的声响，"你知道他的，年轻时不注意休养，现在体质特别差。心血管有问题，去年血糖也开始不稳定。据说这和遗传有关，你爷爷奶奶有得糖尿病的吗？"

"不知道，我出生前他们就去世了。"我说。

"真可怜。"她说话声音本就轻，传播时又折损了一半分贝。

"没办法。也许因为我爸结婚晚，也许因为……"

话说到一半，突然被从卧室出来的雅红截断。她穿上一身缎面睡裙，浅绿色，像经烟雨反复漂洗的新芽。裙体宽松，动作之间，她的肩胛骨忽隐忽现。这时我明白过来，刚才她在卧室换衣服，竟也没关门。熟悉的神韵重又焕发，一丛流焰，一盏新拧亮的灯火。她的面孔富于表现力，笑意从五官波纹中徐徐酿出。因背后意志力的掌控，节制之余，暗露一种机黠。

　　"你摸摸看。"雅红扶起我的手，从她的腰间滑至大腿，"怎么样，丝绸是杭州的特产，可以买给你女朋友。你有女朋友了吗？"

　　"暂时还没考虑……"一股咸涩在我咽喉里弥漫，如木料被烤得过于干燥后轻轻蜕皮。一开口说话，不自觉变得结巴。

　　"你要加把劲呢。"雅红低头，转而蹙起眉说，"我真担心你爸爸。他近来瘦得不成样，还总说吃不下饭，我看他是得了心病。"

　　"什么心病？"听她怪气地一说，似有言外之意，我顿觉心惊肉跳。

　　"最可怕的就是疑心病，他总觉得有人想迫害他……你知道他有肩周炎吧，上次陪他去医院做针灸，都坐在位子上了，他死活不肯让医生扎金针，说人家想把他弄瘫痪。"雅红摇头，尽显无奈。

　　我一时说不出话，雅红见我发愣，笑着捏了捏我的手臂。"你不用紧张。人年纪大了，糊涂，在所难免。我不是怪他，只是你有空儿可以劝劝他，他最听你的话。"

　　我点头，雅红一笑便走了。

　　良久，我回过神来，见阳台上的窗已开得最大。内外空气对流，一个个隐形的气体旋涡激涌又散去。外面一条窄道，鲜有行人，浓荫跋扈地统御了周遭一切。一只白鸟收身入群枝，如万花筒转动间变调的元素。蝉鸣更盛，人们永远不知道这些无穷的翼动究竟在召唤什么，只道夏日行将立威，而晚春即逝。

<h1 style="text-align:center">七</h1>

千禧年前后，一场嶙峋怪梦迸发于父亲的夜晚，父亲已摒弃深思的习性，只要有路，就往前走，同时将警惕织成一身铠甲——他是以这种步伐压住梦的边缘，旋即一跃而入的。梦境呈粉紫基调，色彩中暗含惬意、松盈，气氛像一个半娱乐性质的康复中心。一种近乎美的东西包围着他，以至于在空无一人之地，他突生与人们拥抱的激情。正当他随心所欲地飘荡之际，整片空间最远处的光线（在梦里，他清楚知道那一束光意味着二〇〇〇年）蓄势袭来。就这样，一个年份化作一条光的长绳，紧紧系住他的脖子，将他悬吊在一棵很高的树上。四面黑暗莅临，如旧友重逢，他感到痛苦而安心。

在漫长的白日里，父亲却从没有过这样的想象力。自从对劳碌而平庸的命运加以默许后，他身上的许多特性已被剥夺。那几年，他在老房子附近租了一间商铺。白天卖水果，晚上就睡在后屋。闲来无事，有些老邻居来看他，顺道挑走一些半烂的果品。他几次想要他们付钱，可总是说不出口。姐姐一家倒是从未出现过，或许在刻意避让他。

没有未来可想，甚至"现在"都只是"过去"的一种投影——这是父亲突然有一天明白过来的。这块区域除了童涵春药店，格局几乎改尽。药店对面，原有一家胭脂店，老板娘是他小学同学的母亲。儿时每逢暑假，他和同学各拿一支冰棍，再去前面沪南电影院，花一毛钱买票进场。然而，回沪后又住了好几年，他却根本记不清现在药店对面是什么地方。和老邻居聊天，讲的也是早已消散的往事，以及那些除他们之外再无人认识的逝者。只要稍加出神（尤其夜晚），他会在家附近迷路，过去碎片式的干扰使四周更具迷宫的魅惑性。他踩在尚未干透的柏油马路上，脚底留下黩黑的印子……时代变迁的细小印记，人从这里来来回回，一刻都没有停止过。

父亲和老同学偶有聚会，关于雅红的消息，都是从她哥哥处听来的。雅红自师范中专毕业后，在小学当了多年语文教师，她向来是受风情青睐的人，随气质成熟，魅力更是不动声色地四溢。她似乎对教学颇为热爱，无论课堂或纸面文件，都能交出一份臻于完美的样本。学校领导赏识她，她的学生缘也很好。孩子们乐于赋予她牧羊人的权利，把各种心事倾囊相告，她也尽可能帮他们。唯一美中不足的是婚恋，她以没时间恋爱为借口，逐一回绝旁人的介绍。结果有一天，她突然辞去工作，嫁到了杭州。

父亲要了雅红的联系方式，休三天店铺，独自一人坐高铁去杭州。会打扰她吗？当然想过这个问题，只是好些年里，他为那么多咄咄逼人的命运攻势让了步，不想再替别人考虑了。更何况，他不过想见雅红一面，若她生活美满，他也可放下一些愧疚之心。

他趁夜色的庇护拨通电话，另一端传来嘈杂、聒噪、猛烈的鼓点，背景乐带动他的心跳速率。稍后，噪音下降，风声与雅红的声音混为一道，那是一种阴晴不定的温柔。他本没想当天就见雅红，但雅红给他留了她当时所在的地址——一家 KTV 俱乐部。他打车前去，穿过镜面球灯反射的彩光，像钻进一只苍蝇的复眼。中央舞厅里人声鼎沸，烟味和酒气随处助兴。另有 KTV 和桌球包间，他走了一圈，没看见雅红，或许见了也不再认得出。于是，他回到门口等候，发消息给她。

父亲蹲在门边，各色男女从旁进出，忽然听见有人叫他的名字。他弹跳着站起来，一双明艳而凌厉的眼睛紧盯着他，像要用目光将他固定在某处。他脑中有一个拼凑而成的雅红，拼图取自印象、推演、传闻，可是与眼前的人丝毫没有共通处，她的变化全然超出他的预期。雅红穿着一双玫红色高跟鞋，紧身裙，经风一吹略微发抖。她的脸上敷满白粉，浓妆并未如愿雕琢出美貌，反使她显得落魄。父亲一低头，胸腔里涌上一阵心酸。

父亲说："你怎么在这种地方？"雅红半天不语，忽然笑道："这有什么不好的，很多朋友都在呢。"父亲问："你们要玩到几点？"雅红说："早的话两三点，兴致好就通宵了。"父亲一惊："经常这样吗？"雅红瞥了父亲一眼，划亮火柴，点燃一根烟。她不屑地吸一口，像咽下一种平淡无味的食物，并把深红的唇印留在烟蒂上。雅红说："我现在又不工作，整天无所事事，除了泡吧、打麻将，你让我干什么去呢？"父亲问："那为什么不找份正经工作？"雅红说："你受教育受习惯了，很多事情都不懂。"父亲问起她丈夫，语带磕绊。雅红出神地望着马路，什么都没说。

两人就此恢复联系，但往来并不频繁。父亲第二次去杭州，天气转凉，雅红穿一件白色棉服，外形与气息都素净下来。在一间临湖的茶馆包厢里，他们久坐，断断续续地讲话。雨水乘泡云而来，淅沥沥往湖上洒一阵。他们看雨密集起来，水花像微小的流弹溅向玻璃，源源不断，一种怀有强烈表达欲的陌生语言。对外界的视角，被分割成了一滴滴水粒。一片湖景既经水光放大，又因多道水絮乱流而遭拆解这个重重矛盾并立的世界。

临别时，雅红面露严肃，问父亲："如果我没结婚，你会永远和我在一起吗？"父亲有些措手不及，一愣罢，谨慎地点了点头。雅红凝视他，许久只说一个"好"字。

她双手掩面而上，将过蓬松发亮的鬓角。父亲注意到她的下巴，微微向外突起，一具雅致却平凡的骨骼。接着，父亲听见雅红抽泣的声音。

不出一年，传来雅红丈夫病发身亡的消息。

又过两三年，父亲和雅红结了婚。因雅红在杭州继承丈夫的房产，父亲便迁居到杭州。

八

影展在一家大剧院举办，离我们住处不远。今年主题是好莱坞黑色电影，多上映于二十世纪五十年代。热门的几部早就售罄，余下几场里，小榛选了尼古拉斯·雷的《兰闺艳血》。电影原名作 *In a Lonely Place*，直译"在孤独之处"，但那几年引进的黑色电影，总被起一些香艳名字，仿佛死亡、性本就装在同一个神秘祭坛里。

我们买了上午十点场，放映结束，小榛自然地拉起我的手，往一家西餐厅走去。我食欲尚未展开，只点份意面，她根据自己口味把牛排、小食配齐。点餐完毕，她把菜单倒扣在旁边一桌，靠在椅子上发愣。

"亨弗莱·鲍嘉长得也太像杀人犯了，不管什么电影，我看到他都好紧张哟。"小榛说她和我坐同侧，攥紧的手心有些湿热，像某种海洋动物喷出的黏液。

"那可以不选这部的。"我说。

"你不知道，这电影很邪典。女主角格洛丽亚·格雷厄姆和导演原来是夫妻，拍这部电影时，两人关系已经恶化到极点。拍摄期间，女主角时刻忍受着导演的折磨，恰好她在电影里演的角色，也是一个被丈夫的暴力倾向所恐吓的女人，这种互文性很微妙，你不觉得这个女演员很压抑吗？在应该高兴时，她也死气沉沉的，只靠挑眉毛等一些技巧强打精神，"小榛接着说，"还有一个巧合，现实生活中，男女主角后来都死于胃癌。"

我忽然想到什么，不禁皱眉。"你还记得电影开头的故事吗？一个女人爱上一个海员，于是想办法溺死了丈夫。"

"这没什么特别的，《聊斋》里也写过，最出名的不是潘金莲吗？"小榛不以为然。

"我在想，现实中这样的事情可能很多，只是没人知道而已。"我说。

"这说不准，我同学爷爷去世后，家人总觉得当时爷爷还能救，是奶奶偷偷拔掉了输液管，不过都是瞎猜的，根本没什么证据。"小榛说。

"如果真的有所记恨，为什么不干脆离婚呢？"我说，也是我近来常想的问题。

"图财图利，不想失去眼下的生活……不过你想得有问题，离婚完全是两回事，程序正义意味着一种裁决。对故事里的女人来说，离婚就是让她暴露在众人面前，承认自己的错误；但我想，她抗拒正大光明的途径，也许潜意识里根本不承认自己有错吧。"小榛推了我一把，笑着说，"故事里都是极端情况，想这些干吗？"

已上桌的菜分散了我们的注意力，牛排刀的锯齿侧对我们，小榛用它顺着纹理切开肉。由于想借鉴小榛的看法，我对她讲了雅红的事情。小榛专注地嚼咽嘴里的肉，我转过脸等她答复，却只看见她的额骨带动下颌做着一场撕拉运动。终于，她露出一种若有所思的微笑，仿佛在触碰问题前已预知了它的解法。这种表情我似乎在别处也见过，但一时想不起是谁。

"多半是你爸瞎想。不过，你可以带我回家，我来看看这个雅红到底什么货色。"小榛说。

下午，小榛回学校办事，我步行往家的方向走去。

天气清怡，为了在春意中浸享得久一些，我绕弯从滨江公园里穿过，散步的人不少，三五成群，自说话语调到步伐都怀藏一种绵柔。树木以一种高于寻常行道规格的密度，叠种在路的两侧法梧、香樟、栾树、掌形的枫香树，由于风为漫天飞絮提供燃料，便可知不远处还有柳树。日光与树枝的影子像一种针织法，罩落于晚春形形色色的衣衫上。在北京，尽管公园里也有清闲的老人跳舞、谈天，但节奏全然不同，不像南方市民自带一种对什么都不在意的气质。

我走了一路，越来越多的心事垒在体内——小榛是家庭之外新的一笔，骆驼背上一根紫红色的稻草，使我只感到自己相较于外界美满的疏离。走出公园，我隔着刷过漆的铁栅栏向里回望：整个公园发着光，看上去遥远、动人，而我是一粒脱离这个星系的变异原子。

我回到父亲住所的门口，摸钥匙时，与正在张探的邻居打了照面：一张 3D 地图般沟壑横生的脸，乍看难以区分性别。头发向后梳拢，几近雪白一片，细辨才从头发长度上认出她是女人。她一开口，更佐证了这一判断。

"你是他们家什么人？"她朝我笑，还算客气。声音像卷着砂砾，让人想到她喉咙深处翻滚的某种液体。

"我是……孟清河的儿子。"我犹豫着说。

她发出一声又慢又长的"啊"，转而又问："你准备搬来这里？"

"不是，就住几天，来看看我爸。"我说。

"没事，来吧。"她怪异地一笑，像要开导我似的说，"这个女人不好相处，有点疯头疯脑，但对你爸还算可以。有一次你爸在拉面店和人吵架，她冲过去把人骂得狗血淋头。哎哟，特别狠。"

这时，我已打开门，向她唯唯诺诺一番便进去了。

她说的女人想必是雅红，仅看这几天，根本难以想象雅红破口大骂的模样。我倒了杯水，困惑地徘徊在房间里。又打开抽屉，把她那些杂志大致翻了一遍。一个人的过去像一道涡流，以至于他者与其最深的共鸣不过是一阵痛苦的晕眩。

九

为了跟踪雅红，凌晨六点，我就循着细弱的动静醒来，屏声息气，动作尽可能轻，迅速换上一身低显色度的灰衣裤。床头柜里，藏着提前准备好的口罩、棒球帽、一本供低头时看的书。听见雅红外出关门的声响，我连忙配齐装备，掐算好时间，尾随出行。

我对这一带已相当熟悉，快步走上直通小区大门的捷径。这一日算不上晴朗，阳光淡得像被稀释的黄油。因是熟人，我尝试和雅红保持二十米的距离，再远怕跟丢，此前，虽然也在电影里见过跟踪，但亲身躬行还是很紧张。我一边紧跟，一边说服自己：没有人会注意到我，我只是白日街道上的一个幽灵。

雅红的路线有一个常规的开头：一家农贸市场。雅红挑了一点鸡毛菜，又蹲下选西红柿。我佯装闲逛，跨过一个又一个摊位，绕向远处。跟到海鲜铺位时，一股浓烈的腥气扑面而来。我担心身上异味会引起雅红的注意，便去菜场对面一家咖啡店等候。大半个小时过去了，还没看见雅红的踪影。我不由得焦躁起来，唯恐她在我出神之际已经离开，我坐立不安，却又无他处可去。如此又过十分钟，雅红挎着袋子往外走，手中还捧着一把韭菜。

接着，她去了一趟超市。我格外注意雅红经过药店时的反应，其中有一家，她往里看了一眼，却也没走进去。十一点出头，雅红回到小区里的运动区域。她把手中食物挂在一旁，一抬步，踩上太空漫步机。四周没有人，她费力迈开步子，全神贯注地对抗着机器。我躲在丛荫里，她的喘息声被风隐隐推来，而她始终没停下。

虫群寄宿在绿植之间，此时已在我皮肤裸露处留下许多红印子。我匆忙退出树林，为了制造和雅红的时间差，就去外面吃了午饭。

等我下午回家，雅红正在擦地。雅红极爱干净，但她不相信清洁工具的除垢能力，非要每天亲手擦一遍地板。她把头发扎成一束，有一两卷从额前滑落。看见我，她抬头一笑。

"你爸爸在里面睡午觉，这个人哪，睡着的时间比醒着还多。"她匆匆往房间一指。

"他要是先去世，你打算怎么办呢？"话说得鬼使神差，我自己都吃了一惊。

"你想要我怎么办？"她已结束手头的事，搓完抹布，坐到我身旁，为了不影响父亲午睡，她凑得很近，说话如吹气，我这才发现她笑起来嘴有点歪。"老实说，你看他现在的样子，我怎么可能没想过这个问题？人各有命，不能强求，我总要自己生活好的。你放心，就算真那样，我每年也会去看他的，锡箔、香烛、瓜果，一样都少不了。"

她语气平淡，我却听得惊心动魄。我竭力装作平静，回答说："你能想通，是好事。"

"只要你理解，我就满足了。"雅红说。

她轻拍了一下我的手背，一种痒扩散至我全身。我们坐得太近，她几乎贴着我的手臂，我笨拙地往旁边挪了一些。

"我女朋友也在杭州，过两天能来吃个饭吗？"我想拿小榛来救场。

"好啊。"她有点惊异，但很快压了下去，面色呛得泛白，"你什么时候有的女朋友？没想到你真行，口风紧，我一点都不知道。"

"嗯，有了，昨天电影就是和她看的。"我说。

"电影好看吗？"雅红斜目问道。

"还行，五十年代的黑白电影。讲一个女人爱上别人，就把丈夫杀了，伪装成游泳溺死的样子。"我故意本末倒置，改编了故事，一面偷觑雅红的神情。

雅红站起来，低叹一声，凝重如雾凇在她眉目间结起。从我所在的角度看，一种腐蚀性的沉郁使她双目浑浊，似在刹那间露出年龄的本相。雅红轻声说："可怜的女人，一定是找不到其他的出路了。"

十

父亲有一个随身听，深蓝铝壳，款式过时。每日沿贴沙河散步，他就公放音乐——都是几年前他自己用口琴吹的旋律，苏联歌曲。除了《莫斯科郊外的晚上》，还有《喀秋莎》《红莓花儿开》等。他不喜欢《三套车》，说曲调太悲凉。

父亲按下关闭键，音乐戛然而止。静默环绕上来，慢慢地，我们才重新听见自然界正常的声音。大风逆向吹来，掠过耳膜时如一声声闷鼓。父亲走得很慢，我想扶他，但他推开了我的手。父亲问："怎么样？"

"我把家里的橱柜都翻了一遍，没找到哪儿藏砒霜的。也跟了雅红几天……"趁着单独散步，我本就想把情况告诉父亲。

"我是问口琴吹得怎么样。"父亲不自觉紧张起来，似有一根暗绳，猛地抽束他全身。见他如此，我也没再谈论音乐。我们默不作声地走了一阵，父亲终于又问："你看见她和什么男人在一起吗？"

"没有。"我往跟踪的回忆里确认了一遍，对父亲说，"她喜欢在每家店里待很久，对着展示柜反复看，有点奇怪。但我跟了几次，没见什么人和她一起。"

父亲低着嗓子"嗯"了一声。河道似进入景观地带，亲水平台替代了此前的围栏。再往前，竖着几块立面水波纹护栏，上面刻了苏轼游望海楼所作的绝句：沙河灯火照山红，歌鼓喧呼笑语中。近黄昏，西侧有橙色的光斜来，把湖面染得神秘莫测。

"我不相信她，我从来都不信她。"父亲忽然快速地说，"她这个人很情绪化，什么事都做得出来，我一直有点怕她。"

"那怎么结婚了呢？"

我思忖着和雅红相处中的别扭之处，不管投毒是否为无稽之谈，雅红都是一个过于孤独的人——那些对外表的悉心维护，那些怀藏目的的取悦，还有看不见的盘算，对于尚未发生的遭遇的种种预防，或许她也在担心衰弱、失控、再次被抛弃。这点恐惧，足以让她变得凶狠不可测。

"我没别的选择。"父亲叹气，带有一种山雨欲来的低气压，缓缓说，"当时没钱，没地方住，生意也做不下去。想想来杭州是个重新开始的机会，'重新开始'，听上去多好啊。"

父亲恍惚地继续说着，絮絮叨叨。"有时候，我怀疑是自己的问题。我也不相信上海的亲戚，手足兄弟，为点利益就断了联系。我十九岁到庐山，后来又去九江、上海、杭州，没有哪里算得上归宿。周围一起玩的人，换了又换。在九江的时候，别人都回去了，我因为结了婚不能走。厂里老师傅劝我，我还记得他怎么说的：人之所以想不开，是因为他们总是把当下所在的地方看成终点；要往前看，以后路还长。但现在没什么路了，我每天都在想，大概自己离死不远了。这辈子浑浑噩噩，到底做过点什么呢？每次都弄得一塌糊涂，是我自己的问题，怪不得别人。"

"也没人怪你。"我宽慰他，听见自己的声音在湖边消散，像出自另一个人之口——一个疲惫而无能为力的人，靠痛饮安慰剂，以对痛苦背过身去。

"其实还是在九江最安心，不过当时没感觉。"父亲嘿嘿一笑，"你小时候，我一直带你出去玩的，你记得吧？"

只有长江边那些模糊的画面，人来人往，我们在一个嘈杂而开阔的避风港里。忘记父亲与母亲之间的嫌隙，忘记同样的困境还会循环发生。有一次，父亲告诉我，年轻时他很喜欢晚春的黄昏，感觉世界正向无尽之处延展，野火烧亮每一道深渊。他说的想必是更年轻的时候——真正的年轻，你不会在意现实中暗藏的任何棱角，受伤也不过是诸多体验的一种。然而，父亲并未意识到，说这话时，其实他也正年轻，坐拥对人生走向的选择权。

"我好久没回去了。"我说。

"你妈身体还好吗？"父亲谨慎地问，多有犹豫。自从离婚以后，除了微薄的抚养费往来，父亲从来不过问母亲的事。只要不谈论过往，就会有命运真的被重置的幻觉。

"挺好。她把房子卖了，现在和她二姐一块儿住。"我说。

本以为父亲会追问，或借此表达对这段误入母亲生活的歉意，但他只是背着双手走路。忽而，父亲伸手拍了拍我的背，说："没关系，至少你赶上了好时代，到处都是机会，好好珍惜。"

"那你们准备怎么办……你和雅红。"我问。

"和她一分钟都待不下去。"讲完这些以后，父亲似乎舒畅许多。这话说得轻描淡写，像在开一个玩笑。

十一

等我开始为这场约定后悔时，早已错过了制止的时机。

在小榛的催问下，我不得不把住址发给她。小榛在陈鹏单位的实习期尚未结束，说下班过来。自上回游西湖后，我和陈鹏再未见面，联系寥寥——或许这是老同学最适宜的社交方式，偶尔一见，平时互不相关。在此之前，我自认与小榛只是一段模棱两可的关系，可不经意间，它已制造出了责任。照小榛计划，她一毕业就来北京求职，同我一起生活。她说得果断又率真，好像除此以外别无可能性，这使我无法回绝。

为了迎客，雅红早就开始筹备：从房间细部的清洁做起，摆置水果、零食，洗切晚饭食材。她穿行于几个房间，偶尔匆忙地向我瞥一眼。临近五点，雅红突然想起还缺饮料，便让我去附近超市一趟。

得益于跟踪雅红的经历，我熟知那个超市的位置。白天，卷帘门缩在顶部，锈迹模糊而遥远。往里走，几乎没有人，空间被一排排货架整齐切割。以前来这里，只顾靠货架遮蔽自己，以免被雅红看见。直到此时，才有机会观察每一层的物品——这些日常生活的碎片，雅红也曾迷失其中，反复逡巡而不知所需。我想到小榛将与雅红见面，她又会做出何种评判？这场暗涌丛生的晚餐让我心悸，我却无力阻止。

回杭的这些日子里，我逐渐意识到，也许自身的怯懦正是从父亲这里继承的。真正阻止我们改变的，是基因里不祥的代码，天性中的某种毁灭性；而命运，只不过是一种用以印证的介质。

由于在超市耗时过久，回到家，天色已暗淡。卧室的门都关着，客厅只开了一盏昏黄的台灯，一种古怪的沉寂砌在屋里。小榛还没来，父亲似乎也不在家。雅红独自坐在桌边，连衣裙很宽松，完全掩藏住她的身形，使她看上去只剩一颗头颅，幽暗的蓝色从窗外溢进来，渗入雅红冷峻的面孔。她的五官本就立体，如今显得格外生硬，阴影往脸上投射。

僵持三五分钟，我勉强开口问："他们都到哪里去了？"

我不敢直视雅红，假装往桌上放饮料。许多餐盘已搁在那里，大部分是熟的，但已无热气，还有一两盆生的，泛腥味。一瞬间，强烈的失措令我体感内陷：我对外界无所知觉，却能感到血液在肢体里流动，以及各处神经同时微微膨胀。

"她不会回来了。"雅红说，声音很轻，如同一种幻听。

"谁？"我吓一跳。

"那个女孩。"雅红说，"你为什么骗她？你在北京哪有房子，你自己户口还在九江呢。"

我本想解释，可张口结舌，不知该说些什么。

"你和她乱说什么，都没关系，但是你记住——"雅红继续说，"男人永远不能骗女人，否则要遭报应的。"

或许因为房间里太安静，雅红的话激起一阵回音。语调阴柔，像一根针轻轻刺进来，我不禁头皮发麻。猛一寒战，想到小榛可能已把我对她说的全盘托出，雅红知晓一切，此刻她俨然是一个审判者，正在计量我和父亲理应受到的惩罚。

我只觉毛骨悚然，呆立在原地，浑身贯穿一种历经山崩地裂后长久不息的麻痹。

十二

收到父亲去世的消息，是回京半年以后的事。

那几天，我碰巧发了一场高烧。皮肤皲裂，手尤其蜕皮得厉害，如有火源在不知名之处不断炙烧。舌头也肿胀，轻轻抵住上颌，便刺痛难耐。我请了病假，成天躺在床上，以解药物嗜睡的副作用。醒来时，常闻到房间里充满异味——那些不健康的呼吸织出一障迷雾，让我晕头转向，便是在这种状态下，白日梦与现实开始混淆。

在混沌的境遇之中，替代父亲形象的是一只漆黑的硬壳虫。它无规则地到处乱爬，迫使我紧盯它的轨迹，困惑、焦虑、压抑，如波浪迭起，令人窒息。我的脑皮层下似有一张银箔糖纸，窸窣作响，反射各种刺眼的光线。在那些折叠出的镜面碎片上，与杭州相关的回忆慢慢显现。

自那个夜晚以后，我再未见过雅红。第二天，父亲送我去火车站。出租车一路前行，外景流线一般滑动。我们究竟说过些什么？关于雅红、生活，或只是当下不重要的感受。临出发前，我从站台里的 ATM 机里取了一些钱，父亲不用手机，对电子账户更是一窍不通，他只信任可以触摸的实物。钱并不多，薄薄一沓，父亲把它们折好，小心地放进口袋。我望着他审慎的模样，忽然心生凄凉，为这命运尾声种种有限性的返照。

在后来的一通电话中，父亲告诉我，他已和雅红分居，独自住在上海。他讲了一个小区的名字，如今已消弭在极不稳定的记忆陀螺中，但也可能我从未记住过，他说出口时我就不曾听清楚。那段生活或许算得上平静，父亲和管理社区垃圾站的老头关系不错，偶尔去帮忙清扫。作为回报，老头允许他领走一些废弃品。父亲说，你不知道，任何东西都能被人们丢弃，有些明明是新的。

往后不久，父亲就去世了——无须药物、毒剂的催化，他凭自己也能走到这一步。一个陌生号码拨来，告诉我这个消息。对方说，大殓已经结束，我不回去也没关系。他向我告知父亲所在的墓园，目前骨灰寄存在租赁的格子里，将在小寒后入葬。放下电话，我上网检索了墓园的情况。墓园在港口新区，黑地金字的石碑排得密集，逢清明、冬至等大节根本站不下人。官网简介里写道：园内共栽绿植一百二十七种，亭台楼阁一应俱全，造景四时变换。但我想，那些景象仅仅作为寓意而存在，大部分时候，墓园空荡荡一片，只有从东方海面上远道而来的风。

一些更恍惚的时刻，我好像重新置身于杭州。

日落以前，我沿贴沙河而行。是几乎无风的天气，云层瓷厚，边缘沁出一圈荧光的橙红。世界正趋于暗淡、静谧，仿佛河底的妖兽逐渐停止了呼吸。我脚上穿了一双运动鞋，小时候母亲买的打折商品，现实生活中我已经很久没见过它了。我一边往前走，一边怀疑笼罩着我的只是一场梦，但一个人真的能分清梦与回忆吗？快上桥时，我远远看见雅红站在拱桥顶：她的嘴张得很大，面孔狰狞。稍凑近，才听见哭声。一开始尖细，似乎自制意识的藤蔓尚能拉住她的理性；一声声拉扯之间，声音变得越来越响，转为一种骇人的嘶吼，就像猛兽身处绝境时，靠空耗力量来拆解自己，以比死神早一步毁灭自己。

我犹豫着是否要上前，父亲突然拉住我。我一惊，想问他什么，比如我们怎么走到这一步，接下来又要往哪里去，可父亲摇了摇头，或许让我不要轻举妄动，或许示意一切已经结束，或许没什么意思，只是一种停顿。

于是我们站着，对着即将降临的墓园般沉默的春夜，什么都没说出口。

原刊于《人民文学》二〇二一年第七期

爸爸喝酒的日子

玉 珍

一

还不到四岁我就常跟着我爸出去喝酒，我妈太忙了，根本没时间带我，她的工作没我爸自由。大人们拼酒的时候我就在一边玩。有时我爸给我夹一些菜，让我在一旁慢慢吃。包厢里总是闹哄哄的，气味让人生厌。我看着我爸在吆五喝六的聒噪中吞下大量酒，旁边有时欢呼，有时起哄，有时无声无息，他大概会围桌绕上好几圈，喝到不能喝了才涨红脸歪在椅子上。

我坐在旁边打盹儿，困得要死，我爸把他的手搭在我脸上摸了一下，就当是安慰，囫囵地说了句大概是爸好像喝多了之类的话。我本来快睡着了，但他的手有时特别烫有时特别冷，酒气让我醒来。他脸色疲倦，还有些浮肿，不太好看。我跟着出去，外面不太亮，他的屁股或后背消失在走廊那儿，进了厕所，有时我站在外边，有时会跟进去。

我爸在卫生间吐得像个狼狈的野兽，或者说像个撅着屁股在垃圾堆找垃圾的乞丐也行，有时吐着吐着把衣服扯下来，光着膀子趴在洗手台上用冷水洗脸，水溅得到处都是，洗完接着呕，声音从肚子、胃、喉咙、胸腔或别的地方一起发出，使他像个正在哀号的破拖拉机。有时我走过去想安慰他，我只到他的肚子部位那么高，站在他肚子旁边喊他，但他突然靠墙歪在那儿没动静了，一点声音也没有。我大喊："爸！"

"老爸！"

他还在呼吸，肚子一鼓一鼓地，呼吸声还很大，我想他吐累了，要歇一歇，就站在旁边等着，然后我听到了鼾声。

我爸睡着了。

卫生间里的人进进出出，在我们身旁走过，从我爸的衬衣上踩过去。

在遇到我妈之前，我爸就爱喝酒，没人管得住他，就连爷爷也是个酒鬼。听说我爸十岁的时候就开始喝酒，后来到了建筑公司上班，成天应酬，跟着那帮兄弟，喝得就更加理所当然且凶猛了。

我让他别总出去聚餐喝酒，他说："你妈又没在家，谁给我做饭，出去多热闹。"

我爸是那类很会活跃气氛的人，这种天赋来得匪夷所思，他在家比较沉默，甚至不开玩笑，大多数时间就在灯下画建筑图纸，酒桌上那些故事、消息、笑话甚至幽默段子，那种见人说人话见鬼说鬼话的本事不知从什么地方来的。

我听到他跟我妈说，一切为了钱和生活。我妈说放屁，说你就是爱喝，还要找崇高的理由。

　　他们喊我爸酒鬼，这让我没有安全感。有一回看着我爸喝多了倒在酒店大堂里，那些工作人员像拖死狗一样拖走他，把他像货物一样撂在车上时，我就觉得心寒。

　　王叔将他背上楼，门一开他俩就一起沉到地上去了，因为我爸太胖，瘦小的王叔实在筋疲力尽，他进屋喝了一口水要回家，我爸拉住他裤脚问他上哪儿去，说还要喝，喝完去大街上晃，又问自己现在在哪个街，我把他手臂从王叔裤腿上扒拉开，喂他喝了些水。

　　我妈特别生气，王叔走后她开始破口大骂："天天喝天天喝！我造了什么孽！！起来啊！喝成死猪来折磨我！"

　　爸爸怎么起得来呢，这是他第几十次喝醉？没人记得。

　　我妈每天很忙，还要照顾生病的奶奶，脾气日益暴躁，她伸出那双比男人更有力的手把我爸半拖半抱到卫生间，我爸还在干呕，就是吐不出来，我妈给他一拍，大叫着让他赶紧吐，我爸听话地吐了很久。感觉好多了，消停了，也不说话了。

　　我妈给他洗脸洗脚擦干净脖子，扶到床上，我爸睡着了，好像脑袋已经不是他的了。无论妈妈多么生气难过伤心他都没感觉，这是我最怕的东西。好像酒精把他的思想和大脑掏走了，把他的灵魂也掏走了。

　　"睡去吧。"我妈说。妈显得很累，但她还是很美的，就是很疲惫。疲惫扼杀美人。

　　"你去睡吧，我陪他，我明天不上学。"

　　"不上学也去睡，等他醒了还得让他洗个澡，一身臭死了。"

然后我去睡了。我觉得屋子里特别闷，这是我很讨厌的感觉。

极其讨厌，极其压抑。在这几百里之外的乡下，我的曾祖父就因为在大冬天喝酒喝多了，然后鬼使神差地把炭火炉子挪到床前，然后起火了，他把自己活活烧死。

至于我爷爷，也是个不让人省心的酒鬼，身子弱，六十就没了。我的姑父也是喝酒喝死的。我的大姨父，我的三爷、四爷、五爷、六爷，我的表叔、堂哥、堂弟，甚至婶婶、伯母、姑姑，全爱喝酒，这个家族几乎被酒控制了。

就像战争，战争不会因死亡而停止，反而因胜负而更加疯狂，阴影无所不在，死亡为战争加冕，谁也毁灭不了它，只有战争毁灭别人的份儿，虽然这之上有着胜利。但完全可以称之为可耻的胜利。

二

喝酒其实只是生活中极小的一部分，但喝醉将这件事放大。

我爸喝醉了会哭，我非常见不得男人哭，我妈也受不了，这个事情我迄今没找到合适的词语来形容。有一回我爸跟他们领导喝酒喝多了，等车的空当在几十人面前哭得像林黛玉，一个一米八几的大汉坐在那儿泪流满面，咕哝着，不知道说些什么，过路人都觉得可怜又好笑。人家给我妈打电话，让把他带走，我妈怒火三丈，又不好发作，只好等领回家了破口大骂。

"喝喝喝！不喝活不了？迟早要完！我造了什么孽摊上你？"

"我造了什么孽？！"

"知道酒是个什么玩意儿还喝！这个家还不够遭殃？！"

"我造了什么孽？！"

我妈说了四五十个"造了什么孽"，但我爸什么也不知道，骂声从来是给我老妈自己听的，我爸只像个傻子，好了伤疤忘了疼。等我爸折腾完睡着了，我听到我妈躲在厨房哭。她说她要离婚。我说不行，离婚我就死。

我妈吓一跳，说我小小年纪怎么说出这种话，我说我开玩笑。

喝多了睡着没什么，最可怕的是梦游，虽然次数并不多，但这是个炸弹，让人不安心。大多时候梦游发生在他喝醉酒的夜里，也有不喝酒的时候，好几回我爸自个儿起来走到客厅，东摸西摸，不知要找什么。有回撞到柜子角，摔下去连带摔碎了好几个水杯花瓶，自己把自己摔成了猪头。

还有一回睡前忘了反锁大门，我爸大半夜下楼了，一早起来发现他睡在楼梯间。

在那些我爸喝醉酒的夜晚，我对他像对待一只怪物那样警惕，像个随时要临战的人。

任何人叫他喝酒他都去，这是我最痛恨的地方，酒像个魔障，控制了我爸的思想，在我爸那儿大于一切，"爱"与"意志力"之类高尚的词语在酒面前也不堪一击，除了酒，没什么能这样让他二话不说，有时人家只是随便说说，结果他迅疾高兴地跟上了，人家也不好说什么。

他们常聚餐常摆饭局的饭店酒店就那么几个，大多在公司附近，有时考虑客户，会在别的地方。王叔是老板的司机，几乎每个饭局都参加，但他不能喝酒，我爸因为能喝，会来事，喜欢人多热闹，久而久之成了老板饭桌上的活宝，说挡酒机器也行。

那时我常去饭店找他。放学后我去大堂写作业，服务员问："孩子你在这儿干吗，等人？""嗯，等我爸。""你爸在里头吃饭？""嗯。""你咋不去？""我不去，我等他出来。"

有时我进去看他，但讨厌他喝酒的样子，脸红得像猴屁股，满脸笑容地走来走去，但我爸好像都无所谓，心大得像个马大哈。有时我爸很快就出来了，有时候怎么也不出来。

有一回，我看到一个脸红得像烂西红柿那样的男人从一堆大肚子或大肥头的男人之间走出来，他的脚步真奇怪，带点滑稽和难以形容的得意忘形，脸部的通红淹没了若有若无的表情，像是得意忘形，走近了一看，是我爸。

我喊："爸！爸！你还好吧？"

我爸还认得我，他走到我跟前，说："还没回家？"

"来接你。"

我爸坐下来，好像特别累，毫无形象地瘫在那儿，哈哈大笑。

我觉得他太丢人了，就拉着他往外走，我要去打车。

我爸走出酒店的门就不行了，脚步开始打飘，上了车，开始发出难受的呼噜声。

我很怕他会吐出来。我说："爸你忍忍啊，回家再吐。"

他总在口袋里掏，闭着眼神志不清但还在掏。我问："你要找什么？钱包丢了？"

爸没有作声，就往里掏，他衣服口袋很多，还有些我妈特意缝的，方便他装些小东西，烟啊、手机啊、钱包什么的。

我不知道他要找什么。看他那一脸烂醉的样子和涣散的神情，我真是觉得悲伤，司机转弯的时候他没有坐稳，因为两只手一直在口袋里掏啊掏，也什么都没有掏出来，结果转弯的时候速度太快太猛，把他给甩到座位下面了，我也没做好准备，毕竟我还小，没能拉住他，他掉下去之后突然不动了，可能觉得躺在座位下反而舒服些，就不动了。我喊，爸。我去捞他，捞不起来，他也不想动，那就让他这样吧，他突然就睡着了。

到了家，我妈给他换衣服，一包东西从他裤子口袋里露出来，是一包吃的，鸡腿、螃蟹、鲍鱼。

唉，我的爸爸，真是既单纯又老土。但他爱我和妈妈。

三

我不太想描述喝酒的场面。

有一类饭局会让你如堕地狱，当你不做准备地打开一扇包间的门，极端的声音与气味会把你击蒙，如果有人吸烟，屋子里就像在烧高香，看不清人只觉得声音和味道乱七八糟，但他们不觉得，那时他们正喝得高兴。那些酒局老手来来往往围桌游走，说些好话递个名片嘻嘻哈哈聊几句，如果你有心思要去扩展你的人脉，要去认识人，那你就一定能做到。

大多情况下场合是热闹的、温情的，合影，交谈，加微信，自我介绍，相互介绍。他们说我干了你随意，或说很高兴认识你，常去我们那边看看，还有一些是害羞的、不善言辞的，他们只是朝你微笑，然后喝下那些酒轻轻走开，好像生怕打扰了你。

一顿饭三四个小时，有时候一两个小时，中途我会走进去看，打开那扇门进去找我爸总觉得像走进了动物园，起大雾或起火的动物园，有时我坐在旁边看他们的热闹，我喜欢观察别人，从小就喜欢，这可以打发时间，而且比较充实，猜想别人的心思和观看所有人的表情是一件极有意思的事情。让我排斥的是氛围和不通风的空间。

作为气氛担当，我爸走来走去，说着话，有时候打趣，有时候严肃，有时哈哈大笑，有时表情痛苦，这种来回切换的语气和腔调，那种恰到好处的马屁，让我厌恶。比起这些，我最厌恶的是逼别人喝酒的人。

比方这个逼我爸喝酒的嗓门儿能炸掉顶上水晶灯的人，像个围着桌子转动的没感情的机器。我在好几个饭局上见过他。

我妈给我打电话，让我爸早点回。但又说了一句，说家里有事。

我在人群里找我酒酣耳热的老爸，喊他快吃完回家，我爸像刚从梦中醒来，问我几点了？我说很晚了。我爸就说："你先回我马上。"我说："咱一起。"他说："你先回不用等我。"我说："不等你，你醉了睡大街上？"他说有人会送他，我说别人有别人的事情。旁边脸上长一颗大痣的男人走过来，开着玩笑说："妻管严啊。酒还没喝好呢。不准走。"

我说："我爸要回家。"

他说："回什么家，早着呢，才喝那么点。"

爸听那人一说，更觉得要继续喝，说有事你妈会打给我，我说她很忙，他说我一会儿就回，你坐那儿等三分钟。

三分钟过去了，我说："爸，走。"

"大痣"说："大人还在说话呢，小孩子不要管，到一边去。"

我说："我爸已经醉了！"

"哪有，你爸最能喝，今天好不容易高兴，多喝点，我们领导都在，再喝点。"

"他醉了会出事。"

"能出什么事，你回去，你爸在这儿。"

"我要跟我爸一起。"

"小屁孩子，今天必须喝好了，不喝不许走，谁也不能走。"

我爸说："你先回去，我就回。"

我走到门口回头往里看，大痣男人热火朝天地聊着，往他杯里倒酒，他劝酒的样子是我见过的最讨厌的。

我去医院帮着我妈把奶奶带回家，夜里十一点了，我爸还没回来，打几十个电话一个不接，气得妈又开始一遍遍念叨"造了什么孽"。我赶紧换好衣服，出去找他。

我保证一个小时内把爸带回来。如果我爸出事了，我妈怎么办？

打遍了我认识的所有爸爸同事的电话，他们说离开的时候我爸要在大厅歇会儿，说会打电话让我来接。但他并没有打给我。我做好了报警的打算。后来在路边的女贞树下找到他，他睡在围绕的景观树下面，不知道做了什么梦，因为天阴，路灯也不怎么亮，路上行人不多，我找了很久才发现他。

这就是我爸，一个彪形大汉，醉醺醺地睡在花坛里。我拖着我爸打车回家，他泪流满面，浑身无力，也不说话。我想他可能累了，但他突然醒过来，挣扎了一下，努力将自己的头颅探出车窗，然后疯狂地在急速的风中呕吐，但大风又把他呕吐的东西刮回了车里。司机生气了，破口大骂。

离家还很远，穿过市中心，到天桥，再过桥，再到国王路，他的头好像一颗巨大的黑色的果实在风中晃动，然后不动了，卡在窗户上，忧伤地闭着眼睛。我真难过不能帮助他，我希望在他肚子上戳个洞，酒倒下去直接从洞里流出来。

我多给了司机一些钱。

我妈站在门前，脸色难看。他倒在地毯上，那是我妈为了我爸特意买的加厚地毯，我们都以为他躺会儿会好些，谁知他躺在那儿无声无息了。我妈紧张得拿手去探鼻息。

还好，还没死。这是我第一次看到我爸的脸色这么怪异，送到医院才知道已经很严重了。我爸在医院住了三个月，一身病。医生说我爸这辈子都不能喝酒了，没死已经是命大，再喝脑子都要坏了。

这一回彻底把家里的钱花光了。

虽然家里的男人病了，但我妈好像并没有更加沮丧，反而好像终结了一个噩梦，她坐在沙发上嘟囔。

病了也好，总之再喝不了了。我是受够了！

我下楼给他俩带饭菜，顺便在饭店喝了点酒，觉得舒服了不少，我几年前就开始喝了，这件事自然不能让我妈知道。

四

我爸病了之后，我妈嘱咐把所有的酒处理了，她几乎是咬牙切齿地在说这句话，我说我拿去小区的商店看能不能卖掉，妈说好。我把酒全藏起来了，我不能没有酒。

我一直偷喝爸爸的酒，大多时候自己买，所以这件事只有老天知道。我在很小的时候就喜欢喝酒，四岁的时候喝过我爸杯子里的酒，当时我认为是白水，那滋味，我到死都不会忘了，还有一次我又气血上涌给他挡酒，半醉不醉地，我一个人在屋子里神经兮兮地跳舞，那感觉竟然很爽。

　　我还把我的零花钱拿来买酒，别的同学买酸梅干和奶茶的时候我就开始买酒了，商店老板有一回按捺不住自己的疑惑了，我看着他的眼珠子，知道他接下来要说什么，然后他打开那两片薄嘴唇问道："闺女，这是你给你爸买的吧？"

　　我当然说是，我说我爸是酒鬼。

　　哦，他这才说，我也是，我也是酒鬼。我捂着耳朵也知道他要说什么，他的眼睛总是比他的嘴巴先把要说的说干净。

　　我不知道我能喝多少，因为从没醉过。我对酒的感情非常复杂，极端地恨，却控制不住地想喝，但我要杜绝那些悲剧在我身上发生，只要不醉就行，我认为控制了瘾就是战胜了酒。

　　我爸病了后不再参加任何的酒局应酬，我妈很放心，他提前进入了老年生活，除了做点安静的本分事，就是锻炼和散步，唯一照旧的是梦游，梦游还是偶尔发生。

　　这是治不好的。医生明确说了，这辈子都要注意，但也别怕。精神压力不要太大，要开心。我觉得这几句就是废话。

　　反而我突然多出了些应酬和饭局。我喜欢出门，不太想待在家里。

　　那天的饭局坐着的都是些私营企业地产公司的骨干，骨干们带着他们的左膀右臂，正襟危坐像大桌旁的盆栽。还有一些单位的工作人员，以及少数几个艺术工作者。

饭局是一位大老板组的，我不喜欢这种场合，但我挺尊敬这位老板，因为他也很尊敬我们这样的人。他尤其喜欢听唢呐，有一回他们单位新年晚会，我吹的唢呐赢来满堂喝彩，据说老板很喜欢，觉得我勾起了他的乡愁。因为他有位舅公是吹唢呐的，他对这个有感情，所以在酒桌上夸我。我爸的老板知道这事，就跟他说，那是我员工闺女，我们熟呢。所以这次我就跟着他来了。

我的唢呐吹得好，也得到很多行家的认可。我爷爷唢呐吹得好，可惜喝酒太猛，走得早。能达到我爷爷相当水平的是我姑父，我是我姑父教的，十几年前他在乡下做红白喜事的唢呐手，闻名乡里，但也因为喝酒太猛，早逝了。现在这本事全家族就我一个人会，我还是觉得好玩才学的，达不到老一辈的水平，但还行，学会后没怎么发挥，只在学校施展了一下，老师觉得好，又四处给我张罗，只要有文艺活动就让我去，我去了很多次，拿过奖，这没什么不好的。

桌子很大。二三十个人，间距较大地坐着，转盘桌直径很大，几乎看不清对面的人长什么样，大家也不好意思东张西望，看另一个角度的人都要扭脖子才行。

这像一群过早发育、过早衰老的小学生在等班主任主持开学第一天的班会。

我几乎坐得快要睡过去。

大老板来了。之所以叫他大老板，是因为他就是大老板，是所有这些老板里最有钱最有背景的人物。至于他的详细情况，我不太了解，也不关心。一个谢顶的男人跑出去，像迎接辉煌的主角一样将双臂迎了上去，那神情，我真不好形容，因为我没在平常的生活场景中见到过这样谄媚的神情。他将他中年男人的秃头靠在大老板的胸膛上，喊着："哎呀我们的好领导、好爸爸、和蔼的刘总大人，您怎么才来啊。"

一丝表演的痕迹都没有，好像天生这样，炉火纯青，他说的每一句话都是那么放低身段，那么让人舒服。一个天生的马屁精。

听说那就是他们公司的姚秘书长。姚秘书长说："好了，都到齐了，现在让我们刘总说说两句。"

就像科举考试或某个节目要开始了。我不排斥发言，但我太饿了。

一桌子饭菜气儿都跑透了，我看着菜叶子都蔫了吧唧的。就拿上好的鱼羊肉来说，看一眼都能感受到肉质在牙舌间叫人泄气的口感。

接下来是发言和自我介绍。一个接一个站起来。我说我就是个普通人，唯一拿手的是吹唢呐。

五

介绍完，公司秘书长就开始张罗活跃饭局事宜，他最先盯上的就是我，虽然桌上还有一位画家和一位舞蹈家。但他显然最先对我感兴趣，可能因为我够年轻。

他说："来来，让这个会吹唢呐的小同志先给我们吹个歌，热闹一下。"

这没什么。

我说我没有带唢呐，嘴巴和大脑转得比高铁更快的秘书长马上喊服务员来，指示他赶紧去找一个唢呐来。酒店里面怎么会有唢呐呢？但他命令的语气不由分说，好像不找到唢呐，就要脑袋搬家似的。

服务员十分为难，去找他们的经理，他们的经理四处打电话，找人送唢呐来。

之后一个小时就在不断地干杯和节目表演中度过，每次我伸出筷子准备去夹菜，掌声就响了起来，我赶紧放下筷子，跟着噼里啪啦地鼓掌，没掌声的时候大家就正襟危坐，歌唱家唱歌、书法家写书法，甚至舞蹈家在旁边跳舞，实在不想整那么复杂的，笑话也要讲一个。

表演后的间隙，我爸的老板让我去给各位敬酒，因为在座就我最小，是晚辈，这个礼数我是尊重的。

当我走到秘书长旁边，就觉得哪儿不对劲儿了，或者说是熟悉，一种带着厌恶的熟悉。

应该是那颗痣了，他嘴角那颗大痣我太熟悉了！现在近在眼前，太熟悉了！

没错了，就在多年前，某些个酒局，也很大、很多人，大家都喝蒙了，啥也不管了，我还是个孩子，看到这个中年男人游刃有余地围桌劝酒，更难忘的当然是逼我爸喝酒的那些模糊情节，很吵、很不舒服。他几乎要去摁我爸的头，让他喝掉那些酒。我还记得那张脸，那是一张不管喝不喝都又醉又色的脸，劝酒最疯狂的那个，我没想过要记住这张脸，但不小心记住了他嘴巴边的一颗痣，那颗痣乍一看就像一小块瓜子壳或芝麻啥的，所以极其突兀和难忘。

没错了，就是那个满嘴"厚黑学"围桌劝酒的疯狂的"大痣"。那时他还不是秘书长。

他那张嘴永远没完没了但像含了颗核桃，一旦到了领导的跟前，舌头就突然长齐了，嘴巴开光了，能吐出些让人高兴的词语来。

近一个小时后，唢呐送来了，秘书长开始兴奋，他的眼神总像是发疯的猴子。

我拿起唢呐吹了一支擅长的曲子，我想起《武林外传》有一场我喜欢的戏：小六师父老邢请客吃饭让小六吹吹唢呐，他吹了支忧伤的，他师父说给为师吹一支快乐的，不要吹散场的曲子。我当时吹了那一支散场的曲子，因为我早就想散场了，我已经吃不下去了。秘书长说："怎么吹个这样晦气的，吹个快乐一点的活跃气氛，年纪轻轻的吹个这样的搞得跟死人了似的，不好不好，换一个。"

这也无所谓，我又吹了两曲，大家都很高兴，我放下唢呐，让秘书长为大家表演他的拿手绝活。

他勉为其难唱了一首歌，我们谁也没有想到他突然脸一沉，就像川剧变脸那样陷入忧郁，唱了一首《月亮代表我的心》。他这张脸无论如何也让人想不起爱情和月亮，但他确实露出了那样的神情。

我拿了一杯酒走到他跟前说秘书长您唱得太好了，我敬您一杯。再过五分钟之后我又上去，我说再敬您一杯，您这样的嗓音都可以当歌手了。

他说，你拍我马屁呢。我说我没有。

六

我决定今天要大喝一场。必须。

迄今为止，我没在任何人面前醉过，我不知道自己酒量的极限。但我觉得自己能超过我爸，想到这儿居然有些兴奋。

在包厢的镜子里我看了一眼自己，很好，很满意。我觉得我是个红眼妖怪，马上要开始吸血了。

菜全凉了，但酒真的不赖。好酒让人痛快。

为了表达对这位嘴角有痣的秘书长的特殊情感，我前去敬酒五次，他喝了三次，就不肯喝了，我又去了两次，说了些好话，那全是他说过的，他勉强又喝了一次，再不肯喝了。我不太喜欢他，跟我第一眼看到他就不喜欢一样。不喜欢一个人十分简单，讨厌也一样，有时是因为性格或仇恨，有时不需要什么理由。

我应该给他敬酒，冲他这么热情，这么活跃气氛，这么急切努力往上爬，冲他这么能喝这么势利，冲他曾这么劝我老爹喝酒，我应该敬他无数杯。

我甚至想起他曾经劝一个不喝酒的诗人喝酒，人家不喝他觉得在装，还说不喝酒还想写出诗来？看看人家李白。

李白造了什么孽呢要被抬出来劝酒，我爸说那诗人喝到被抬出去了，他们接着喝。像他这样的难道不应该很喜欢满嘴"厚黑学"的劝酒大师吗？今天我就是大师。

他说："你别找我喝了，我喝不了酒，我平常都不怎么喝的。"

"你向来不怎么喝酒吗？"

"对啊。"

"哦，我一直以为你很能喝，我爸十几年前就常跟你喝，那时你很能喝，我爸喝不过你。他就是真不行，现在已经喝废了，再喝不了了，你还是那么年轻。"

“是吗？你爸见过我？”

“是的。他叫李丛山。”

“噢，我知道。那是以前，现在我不喝了。”

“那底子还在的。你那时很会劝酒，我常看你劝酒。”

“没有没有，酒要少喝。”

“这场合多高兴啊，不能扫了兴，真不喝了？”

“真不喝了。”

“好的，尊重你，那喝完这最后一杯。再不喝了。我以为在这种场合不喝不行，今天你看我，足够尊重你吧。”

“尊重，尊重。”

但他没有喝。一滴也没有。我清楚我是个记仇的人，对讨厌的人我能记一辈子，他应该也差不多，我的朋友告诉我，智慧的人深藏不露，可我不是智慧的人。

那天我喝了很多，几乎把所有的男的喝倒了，喝了多少瓶我完全记不起来了。

中途我爸给我打来电话，他问我在干吗，我说我在吃饭，他说怎么那么吵，我说在人多的地方吃饭，他说你赶紧回来，我说我马上就回来。

我爸压根儿不知道我会喝酒。他的老板王大伯给他打电话，放着外音，让我跟我爸说话，说我在这喝倒了一片，我爸还说她不会喝酒啊。我当时觉得搞笑，大声笑了几声之后，我就倒了，可能笑猛了，一口气没上来眼花了，头一昏就栽了下去。

屋子、天花板、桌椅、人，都倒了，摇晃，晃得厉害。可能是因为缺氧可能是因为别的，总之我不觉得醉了，认为是眩晕或做梦。

也有可能醉了，我想，我从没有这样过。

我拖住一个男人的腿，想要跟他说话，我也不知道为什么要去拉人家的腿，可能是把那当成手了，要他把我扶起来，那应该是秘书长，因为我后来想起来恍惚看到了那颗痣。我拉住他的腿不想动，就像多年前那样，我要我爸离开，而他拉住我爸一定要继续喝。

我嘴里嘟囔着："不许走。"

"接着喝，马屁精。"

"不喝的都是装。必须喝。"我好像这么说了，也可能没有。

他用另一只脚把我扒拉开，我没放手，因为我没来得及做出反应，这个动作我记得很清楚，但周围的一切很恍惚。就这么一扒拉我好像醒了又好像没有。我真想把他撂在地上暴揍一顿，但我没有，我可能还不够醉。

七

那条腿将我的手撇开之后，好像离开了，接着我眼前突然出现很多的腿，一条，四条，无数条。我朝着那些腿挥动我的手臂，腿们在晃动，无数的腿，我觉得手腕被碰在什么地方，有点疼，但很虚幻。

我挥着我的拳头去抵挡那些腿，甚至拿我的头去撞，我压根儿不知道为什么要这么做，就是想这么做而已，我好像觉得这是个梦，撞破头也不会有问题，醒来就没事了。我手脚运动得很快，就像在健身房锻炼，总之不受控制，这应该不是我了，我也不知道我在哪儿，脑子里乱糟糟地，我的胳臂跟脑瓜被某个愤怒的点相连了，其他的地方都很恍惚。

有人在拉我，很多的爪子，像蜈蚣，或者别的，总在碍着我。我好像再次看到了我的脸，不，应该是眼睛，我看到了我的眼睛，血红的双眼，发着光。有什么稀里哗啦碎掉的声音，或者是别的动静，总之很吵，我头昏脑涨，浑身都不舒服，我的手好像不是我的了，但手掌还在，我的手掌有那么些火辣辣。

脑子还在晃，手臂却停下了，脑子像之前手臂那样晃动，手臂被什么钳住，眼前的人也不见了，变成一些格子，耳朵边嗡嗡嗡，我像是趴在沙滩上，毛茸茸的沙滩。只觉得吵，极其吵，有人在说话，但看不清人在哪儿，因为一切在晃，白色、黑色、红色，飘动的格子，我觉得有些不稳，眼珠子好像自己在晃，在滚动，像地球仪那样，我可能是趴在地毯上了，也可能在自己家，因为我好像看到我老爸了。然后是我老妈。也可能不是，管他呢。我还看见了医生。

不知道过了多久，也许一分钟，也许一天，也许一年。

我觉得躺着很舒服，没有人朝我伸他们的手了，也没用脚踢我，没有碍眼的东西了，我躺着，大概是躺着，虽然我想吐，但我还行。我还想继续喝，好像有什么还没完成。

是一杯酒还是一场酒？我不觉得过瘾，好像有什么还没完成。

很多人在说话，很多，这是个糟糕的梦，我想醒，很想。也许我已经醒过来了。

"你孩子经常喝醉？"

"她从没喝醉过，她根本不喝酒的，滴酒不沾。"

"她明显很会喝。"

"怎么会，她从不撒谎。"

"她有过精神疾病吗？"

"你在说什么啊？！"

"只是了解情况，可以帮助诊断。她为什么自己打自己，对着桌椅暴揍？平常跟人打架吗？"

"从没有。"

"压力大吗？她还梦游。"

"过去从没有过。"

"不要受刺激。"

"不过她爸也梦游。"

"哦，多注意，还有心情，释放。"

"她很乐观的。"

"但她会伤害自己。"

"只是喝多了。"

"她为什么哭呢？"

"她喝多了。"

"可能有什么心事。"

"有可能。"

"她好像睁眼了。"

这些话也许是梦里的，也许不是，几个白衣服的人在抬我，白衣服，还有绿衣服。我不知道他们想干吗。我上车了，可能是车吧，也可能是床。有风，有别的。

我像在水涡中。

突然间什么声音也没有了，我应该睡着了，应该在做梦，我好像听到我妈妈在哭，我爸呢，我不知道，刚刚我好像看到他了，他很老。

我整个人好像成了一堆稀烂似的东西。

现在特别热，没有之前舒服，我想趴着，或挥动双臂，那会使我更好受些，但好像被什么控制住了。有些灯让我反感，晃着，变成一些火，我有睁开眼吗？好像没有，但我真看到火了，很大的一团火，我看到我的曾祖父了。他正被火烧着，甩动着手脚，挥动着双臂，想要朝我走来。

我挣扎着想去救他，但我动不了。

原刊于《湖南文学》二〇二一年第一期

远方

蓝牙

黄咏梅

拖着拉杆箱轱辘轱辘走在凹凸不平的石板路上，孙芊蔚就开始不安。没想到丽江古城色彩那么明艳，好像手机屏幕的亮度被谁的手指不小心滑到了顶格。花的色彩、油纸伞的色彩、天空的色彩、游人服装的色彩，饱和度极高的阳光一一将这些颜色调到至亮。这是她第一次踏入丽江古城，却不合时宜地先在心中盘点箱子里的衣服，哪一件能配得上这些鲜艳？她不是那种喜欢拗造型的女人，这可能是她近年来的一种心理惯性？出门变得有些焦虑，焦虑晴雨、焦虑衣履、焦虑酒店的枕头是否贴合她的颈椎……结果总是失算，哪一次出门都会感觉错带或漏带了一件必需品。

唯一庆幸的是，她犹豫再三最后还是放进去了那件帽衫，就在箱子的最表层，做好了空间不够随时可放弃的准备。这两年，她调暗了自己，衣服基调脱不了黑灰藏青，在她身上找不到一朵花卉的图案。那件帽衫是例外，买来打算春天夜跑穿的，颜色是不太常见的嫩绿。不过，孙芊蔚在古城里轻易就找到了它的同色系，在那些抬眼即见叫不出名字的多肉盆栽里，有各种程度的绿，它就是那种透明的、亮晶晶的绿。孙芊蔚一眼就辨别了出来。这绿色多少缓解了一些她的焦虑。

　　预订的房间数量不够，他们要分开两拨分住两处。她被安排住在新义街的一间民宿。门楣被垂落下来的紫藤花遮住，庭院深深，从门口望进去，只能看到尽头一块巨大的照壁。穿过一段近二十米的长廊，拐个弯，才能看到露出天空的院子，以及院子里两两相对的客房。

　　她的房间是103。服务员告诉她，一楼，北面是单号，南面是双号。穿过院子时，她看到一张长条茶几，几只小茶杯里余下绛色的茶，深浅不一。有根烟被搁在烟灰缸沿，慢吞吞将余生最后一口气吐向它旁边那盆又肥又矮的多肉。估计是刚坐在这里的两男两女，他们现在站到了院子一侧，手机对着草地上一匹卧着的木马拍照。发房卡的时候，负责团队后勤的小单告诉大家，这里是当年马帮头子的老宅。103房间门口正对着那匹木马。当中没拿手机的年轻女人朝她笑笑，说："这马好萌呀。"孙芊蔚礼貌地点点头，应了声："是呢。"

　　民宿都是木头建筑，用那种不上漆的整木。房间当中一根大梁柱，如果不是屋顶阻隔，会以为那里种着一棵老树，树皮斑驳，枝叶都在房顶之外。仔细看，才能看出人工做旧的手法。木门隔音不太好。孙芊蔚简单洗了洗脸，等热茶的温度适口，等到院子里讲话的声音消失了，她才打开房门，走近去看那匹匍地的木马。跟建筑的整木相反，它由很多块碎木条拼接而成，色调像灰岩剥落的石块，裸露着骨骼、筋脉、鬃毛与木纹的沟壑纵横吻合，真像是一匹茶马古道退役下来的老马，卧下，就从此走不动了。孙芊蔚在院子里走一圈，从某些角度看过去，那马不像马，倒像是谁即兴搭起的一堆乱木，即将燃烧起来，即将被人围着跳锅庄舞。刚才路过玉河广场，那里有一块闪动的电子大屏幕，游客在里边围着篝火跳舞，孙芊蔚觉得那是更为壮观的广场舞。

转过一个拐角，孙芊蔚斜眼看到了二楼走廊上的老谢。她朝他挥挥手。他随即晃了晃手上的烟。这手势如此熟悉。老谢瘦瘦的中等个，站在某个角落，朝人晃晃手中烟，漫不经心打个招呼。就算在不久的将来，他们不再有关联，在更久一点的将来，他们老得杳无音信了，孙芊蔚相信这动作也会伴随这个人的名字一起浮现。他们没再说什么，对于各怀心事的这类时刻很默契，无话也不尴尬。

老谢使她对新环境引起的那点兴奋感黯淡了下来。等她转回 103 房门前，那匹正对着的老马又像一匹马了，是一匹忧郁的老马。

来丽江是老谢的选择，作为 PR（公关）的一次团建，或许说是一次为了告别的聚会更为确切些。老谢将要调离公司总部，到一个三线城市的分公司继续任 PR 经理。这消息瞒不住。即使老谢在公司茶水间悄悄告诉过孙芊蔚，但彼时其实早已不是秘密了。他们这次的团建不设主题，务虚，公司就当出钱给老谢请客，答谢一下团队。在梵净山和丽江之间，老谢最终选了丽江。孙芊蔚对老谢讲，我都不好意思说出来，我竟然没去过丽江。她和老谢都是"70 后"。老谢在 70 头，她在 70 尾，行事风格却像隔了一江水。老谢对她的话没反应。说起千禧年前后，知识青年界忽然流行一句调侃的话："不是在丽江，就是在去丽江的路上。"孙芊蔚处于那段时间的河流里，似乎不应该掉"队伍"。老谢很不以为然。不是对丽江，而是对"文艺青年"这个词。按照孙芊蔚对老谢的了解，如果不是照顾手底下那几个"80后""90后"，他更希望去腾冲。因为最近他忽然开始对历史产生了浓厚的兴趣，仅有一小时的午休时间，他躺在办公室的沙发上，耳机里播着王树增的《1911》，闭目，迷糊时会被某个高音惊醒。他对现在进行时态的新闻和八卦丧失了议论的兴趣，倒是时不时在跟人聊天的时候会冒出"大多革命都起源于对腐败的抗议……"搞得人不知怎么接话。

在入职这家美国驻华公司之前，老谢是报纸的财经编辑，猎头以年薪六十万的条件把他挖过去，为公司完美处理过几桩影响恶劣的危机公关，升到PR经理的时候，他把孙芊蔚也从报社挖了过来。他们一直搭档得很好。老谢利用原先在报社的资源为公司摆平媒体，孙芊蔚为老板起草的新闻通稿，无论在报纸上还是网站上发表都恰如其分。他们在真实与谎言之间找到了一些模糊的句式和语法，乃至标点。不过，这几年，除了负责撰写公司形象的新闻稿，他们处理负面消息却显得有点束手无措。无论如何，现在人们穷追真相的呼声虽响，但耐心越来越少，而指望制造一个吸引眼球的新热点去覆盖一个负面消息，对老谢他们来说简直就像买彩票。老谢慢慢变得有点"佛系"，工作思路和方式都有了些莫名其妙的改变。相比对外公关他更关心企业内部文化，他在年会上跟员工大谈情怀二字，年度工作计划的第一项就是要在公司成立读书小组，定期举办读书分享会。据说老谢在公司某一次中层会上，陈述举办这种形式陈旧的活动的必要性，他打破了历来的报告流程，以沉重至痛心的语气说，整个公司里的人，都不像人，一点人的味道都没有。用传出来的话说，老谢讲完，整个会场沉默了三分钟，就像集体进行了一次默哀。孙芊蔚认为这传闻有夸大的成分，但场面的尴尬可以想见。最终的结果是公司随老谢去折腾，反正这类看不见收益的活动，零成本，只会为老谢的年终总结报告写上一笔。暗地里他们认为老谢对公司发展提不出有建设性的意见。

每个月会有一个晚上，老谢让下属把咖啡室布置成沙龙，由各部门派职员轮流参加，在几盏临时充电挂上墙的温柔壁灯下，分享指定读物的读后感。参与者大多是资历较浅可差遣的年轻人，他们通常是坐在灯下，照着一张 A4 纸念，听上去内容专业得可疑，很多是从豆瓣或者知网上复制粘贴下来的文稿。孙芊蔚是读书会的组织者，负责在老谢主持的交流环节给大家递话筒，同时在多次冷场的时候运用她的机智保持活动的流畅。不过，需要孙芊蔚递话筒的机会渐渐少下来，老谢拿着话筒一直讲到了散会。

读书会办了六期下来，孙芊蔚感到有点难以为继，她甚至担心随着一些女职员带着家里没人照看的小孩过来，读书会有可能会变成亲子教育中心。多亏了《了不起的盖茨比》。

春节前夕的一个寒夜，老谢让孙芊蔚从拜访 VIP 客户的新年礼物里，扣下了一些多余的巧克力，用漂亮的包装纸将它们包得像一本本书，他打算给参与者一些"物质营养"。不知道是巧克力还是盖茨比的缘故，发言的年轻人比前几次都活跃。老谢很满意，孙芊蔚读出了他那种微笑里竟然有着父辈的宽容甚至宠溺的成分。几个分享者照着 A4 纸念出了与故事主题相近的观点，与前几次不同的是，他们用自己的话总结出诸如女主黛西是个"渣女"，盖茨比是美国中产阶级的牺牲品之类的结论。在孙芊蔚给老谢续咖啡的那会儿，老谢轻声对她说："看来选书很关键。"他庆幸遇到了《了不起的盖茨比》。

气氛的转变从一个新职员的发言开始。这个西服袖口露出一截白衬衫的年轻人，有着那种不放过任何场合表现自己的欲望，语气跟语速一样冲。他抛出了"《了不起的盖茨比》反映了人性最真实的一面，不应该特指美国或者哪一个国家的人，批判这种真实性的人，都很虚伪"的观点。他滔滔不绝地维护黛西，认为人爱慕虚荣没有什么不对，虚荣是人成功的最大动力，也赞赏盖茨比那种拼命发财之后再将心爱的人夺回来的行为。总而言之，盖茨比和黛西，就是霸道总裁和灰姑娘的故事，是今天所有年轻人的梦想。至于结局，那是因为盖茨比太讲情义，遇人不淑，被坑。他那种一本正经地自黑的语调，引起了众人几次哄笑，在他讲完"他们完全可以有另外一个结局，女有意，郎有钱，从此过上幸福的生活"这句话之后，还出现了几阵零星的鼓掌声。这情形应该算是读书会成立以来的一次高潮了。接着这个新职员带出来的话题，有人开始抢话筒，其中一个大概处于刚失恋的状态，他拿话筒的姿势像正在喝一瓶百威啤酒，他哭丧着脸说很羡慕盖茨比，被女朋友甩了之后，他没有能力成为霸道总裁，他做梦都想在她家边上盖一所豪宅示威。气氛热烈起来，没抢到话筒的也开始相互议论。一些根本没看过这本书的人，从盖茨比顺利转移到了他们关心的恋爱、买房这样的现实话题上。就在某一个抢话筒的间隙，大家听到有人猛地一拍桌子，又一拍桌子。老谢接连拍了好几下桌子，震落了搁在杯子边的小勺。大家看到他掏出一根香烟，第一次在读书会上打破了室内禁止吸烟的纪律。打火机的火苗跳动了好几下，孙芊蔚在老谢接过话筒时印证了那种颤抖。

有一小段时间，老谢成为公司的热议。年轻人说，PR 的那个老谢真能装，明明自己中产了才来跟人谈铜臭味的危害。与老谢共事多年的老友则纷纷为他的职位担心，拿着厚厚的俸禄还到处散布美国梦终究破碎的原因——"美国佬总是以为钱能买下一切"。

在那次取消丽江之行后的十多年间，孙芊蔚去过很多个古城，凤凰、平遥、徽州及与丽江相邻的香格里拉独克宗，还到过其他国家类似的古镇、古堡，奇怪的是，无论公干还是私游，她与丽江都没有机缘，这样反而使得那次取消行程的前因后果总是会跟着丽江这个地名完整地蹦到她的脑子里。来丽江的飞机上，坐在隔壁的那个男人问她是不是第一次来丽江，她又想起了这桩事。她当然不会跟一个陌生人去唠叨那件陈年往事，不过他说他是第二次来丽江，接着又随随便便地说出第一次是跟前女友一起来的，她也顺着说了句："我跟前男友差点就来了丽江。"天晓得这个前男友已经前到十多年前了。

男人刚落座不久，孙芊蔚就觉得他看着很舒服，模样身高都落在她的审美点上。孙芊蔚目测他三十来岁。如果不是计划生育的年代，她觉得母亲会给她生一个类似这样的弟弟，或者说，如果时光倒退十年，她想要一个这样的男朋友。他说不上帅，脑门偏大，肤色可能时常会被别人误解为过于奶油。聊过一阵之后，她认定他有着与年龄相吻合的稳重的朝气。她总是会被这种类型的男人吸引。他们聊得很愉悦。无形中孙芊蔚暗自调低了年龄，尽量以靠近他年龄的姿态跟他讲话，甚至某些不合乎她人生阅历的观点，她也含糊认同。他看起来很放松，仿佛他们已经认识有一段时间了。只有她自己知道，一开始她就不是他称呼中的那个"蔚姐"。

他们坐的刚好是安全门边的两人座位，左右没有第三人打搅。他向乘务员要了两条毯子。盖着毯子抬头看电视的某个瞬间，孙芊蔚竟觉得像是两人在过居家生活。她没有婚姻生活的经验，在认识的人眼中，她结婚的概率慢慢减少只是基于她的年龄，而熟悉的人则认为如果她不改变某种坚固的挑剔，她无论处于哪个年龄段都不太可能结婚。她不是个苛刻的人，相反，她善解人意，因而在与后辈交往中自然能消弭掉一些隔阂。这个刚认识的男人，相谈不久便发出"你哪里像个四十岁的人啊""你看着好小"这样的赞叹，这类话她听得不少，真真假假她都受用。但在结婚这件事情上，她的固执显得很老土。如果避免用"缘分"这个俗气的词来谈她对婚姻的看法，只能笼统地说那些男性都没能与她的灵魂牵手成功。即使爱得热火朝天的时候，她都会因为发生的某件小事而冷静下来，仿佛落入了一个没法解除的咒语中，最终理性地分手。

孙芊蔚离婚姻最近的那次，便是与打算一起去丽江旅行的那个前男友。在定下关系之前，她带前男友回家乡过年，见过了家长，还要见见她的几个发小好友。唱完夜场卡拉OK后，其中一个人不知从哪里搞到了点烟花，他们决定找个僻静处偷偷放烟花。在城乡接合部的一个幽暗小树林边，他们举着烟花筒，朝天空吐出一朵朵张牙舞爪的大丽花。就在这个浪漫的时刻，一束手电筒的光准确地捕捉到了他们，几个巡逻的城管叫喊着从不远处跑过来。大家一阵惊吓，商量着要如何应对。在昏暗的夜色中，孙芊蔚注意到她的前男友，悄悄地转过身，朝离他最近的小树丛里隐了进去。就像捉到了恋人出轨，这一幕如此隐秘又如此真切，以至于过去那么多年，她连当时心里那阵惊诧都还没忘。她没有告诉前男友分手的具体原因，在爱与不爱这些事情上，她总是自作主张，不拖泥带水，也尽量降低伤害。在那个孙芊蔚情窦初开的年纪，正是那部日剧《东京爱情故事》流行的年代，她跟许多同龄人一样受到赤名莉香的启蒙，只不过有的人模仿到了莉香的微笑、发型及服饰搭配，更多一点的就是获得女生追求爱情的主动和洒脱，而她得到的却是一种被人认为不可救药的古怪——仿佛爱情是她自己一个人的事，相比分享美好，她更擅长于独自消化伤害。结束一段爱情，她总能让自己面带着莉香式的微笑，掩饰着，转身，消失于斑马线对面的人群。她没再跟那个前男友见过，倒是前不久被拉进一个同学群里，她看到了他的头像，跟很多中年人一样，发福，双手交叉搭在肚皮上，痴笑着靠在栏杆前，身后是云雾缭绕的群山。她没跟他打招呼。他也不太在群里讲话，有好些次，她看到他在群里抢某个人丢出来的红包，抢完，总会发出一个"谢谢老板"的职员鞠躬动图。她默默退出了群。

飞机落地那阵激烈的震动还没完全消失，他就迫不及待打开手机要加她的微信。

"程木易，我是实名。"

"我也是。"她手指一点，把他放了进来，在朋友权限选择那两栏，她的手指犹豫了几秒。她为他开放了自己的朋友圈。她不认为跟他会发生些什么，只是觉得他不会因为日益了解她之后会对她失望。她不介意他了解自己。

"我会在古城住两晚，再去泸沽湖转转。"

"是想去泸沽湖走婚吧？那边可是母系氏族哟，当心被摩梭美女熬成药渣……"分别前，他们已经可以随意开这样的玩笑。

"哈，我最适应母系氏族啦。"

"这两天找个小酒馆，约？"他挨近她，认真地看着她。

"好啊。"她的脸莫名涌上了一股热潮，不过还没忘记大大方方地微笑，是那种她自以为的莉香式微笑。

除了吃饭这个集体行动之外，他们的团队在古城没有指定活动内容，可以自由组合逛逛四方街和嵌雪楼，或者在小酒馆坐坐，聊聊八卦，也可以申请为了寻找劳而不获的艳遇而独自行动。他们自然把老谢和孙芊蔚划分在了一起，笑话老同志作息应该会合拍。孙芊蔚倒是觉得古城的作息跟那些年轻人很合拍，晚睡晚起。

在客栈简单吃过一碗米线之后，孙芊蔚出门去附近转转。快九点了，街上还没几个人，凌晨时分还花样百出的小货铺、小酒吧现在都没了动静，大水车在高处独自转动。热闹的鲜花和密集的盆栽，原地等待，眼睁睁看着太阳从自己身上一点点地收掉夜间得到的小费——露水，挂在花瓣上是耳环，围在胖嘟嘟的多肉上是项链。好在，这些稍纵即逝的馈赠被孙芊蔚用手机拍了下来。很快，在她朋友圈的九宫图下方，前后脚出现了两个名字，老谢和程木易。她的脑子里立即浮现出那个男人。她现在已经可以清清楚楚地想起他的样子了，甚至比飞机上见到的还彻底。昨晚临睡前，她花了不少时间，悄悄翻着他的朋友圈，他的照片、他的美食、他路过的地方……她屏住呼吸，手指轻轻，好像徘徊在他的家门口，生怕一不小心留下了脚印发出了声响。她还记得他身边那个女人的样子，她多次将那张合影放大到模糊，俗气地认定她的相貌其实配他是不足的。

她漫无目的，走进一条小巷，里边的建筑风格跟主街无异，只是客舍、小饭馆挨得更紧，翘在空中的屋檐与屋檐像是刚刚互诉完心事只剩相对无言。孙芊蔚忽然想到，在这么多间客舍里，他下榻在哪一家呢？此刻，他跟她一样已经起床到处闲逛，还是像其他同龄人一样依旧窝在被子里刷手机？这么想着，她心里竟然有点慌张，生怕在某家客栈门口遇到他刚好出来。她不应该让他看到她现在这个样子，至少，她应该穿着那件嫩绿的帽衫。她匆匆转身回去，速度快了许多，凹凸不平的石板路使她看起来走得有点仓皇。

快走到大石桥，孙芊蔚远远认出了老谢。他站在桥中央，一忽而低头去看水，一忽而抬头望望远处，好像天上刚落了些什么东西到水里。孙芊蔚觉得那样子还蛮有意境的，她想到了"文艺"这个词，用手机将他跟大石桥一起拍了下来。

"听说玉龙雪山的倒影会落在这水面上。"老谢指着一个方向对她说。

孙芊蔚也站到了桥中央，望望天边又望望水面。水面除了岸边花树的倒影，什么也没有。她盯着老谢指的那个方向，在一大群浓浓的云朵背后，似乎隐藏着一个比云朵更白更亮的轮廓。如果这轮廓就是玉龙雪山的话，那么等到这些云游过去，应该就能看到了吧。他们一起站了一会儿。这时已经过九点了，渐渐有游人来往，古城醒了过来。店铺陆续开门，放出了急不可耐的小狗。小狗在石板路上哒哒哒哒地跑，发出撒娇的欢叫声。

孙芊蔚不确定是不是要站在这里等那一大片云过去。

老谢说，去木府转转吧，丽江紫禁城。孙芊蔚无所谓，横竖她在丽江去哪儿都是第一次。

老谢兴致很浓，一路上就跟孙芊蔚讲木老爷，说这个木老爷聪明，一方诸侯，懂得审时度势，建府邸不设城门，不去犯这个忌。你猜，明里他对人怎么解释这个做法？孙芊蔚问题不过脑，反问他，怎么解释？

"木府，要有个城门，那不就成'困'了？绝。我们做PR的，哪有人家这机灵劲儿？"老谢不由自主嘿嘿笑起来，被一口痰呛着了，咳嗽好一会儿。

孙芊蔚一时无语，她认为老谢自从被"贬"三线城市，就开始各种自我否定，逃避现实，佩服起这种不知真假的野史。又想到此行回去后，他们多年拍档就要散伙了，孙芊蔚有点唏嘘。

没想到来木府的人这么多。老谢请了个女导游，穿着纳西族服装，红色大褂儿，背上围着那种古城小店里随处可见的"披星戴月"羊皮坎肩，脚上却穿着这一季很流行的匡威小白鞋，感觉有点"跳戏"。她和老谢就跟着这双"小白鞋"，踏入了朱红色的木府大门。

孙芊蔚一向对导游的解说词不感兴趣，她喜欢自己转悠、乱看，在边边角角能发现一些有趣的东西。很快，有一拨拨游客围过来，蹭老谢的导游听，老谢只好紧紧跟着"小白鞋"。孙芊蔚嫌人多，故意落在人群后边。趁那株盛放得有点吓人的桃花树下没人，她拿出手机取景，眼睛一眨，屏幕里冒出了个人，那个人好像是从她手机微信里掉下来的。

"我就知道，我们肯定会遇到。"程木易咧着嘴，高高举起两只手，似乎早料到她要必经这棵桃树，已经等待多时。

"咳，古城小嘛。"孙芊蔚故作淡定，脑子里却荒唐地出现那件绿色帽衫，还摊在行李箱里的最表层。她感到有点懊恼。

他们站在桃树下说话。桃花浓艳，跟他身上那件洁白的 T 恤是很衬的。看清那 T 恤的正中央印着一行字："我们把你们想得太好了"。她笑了。昨天，他们在飞机上，关闭手机前，最后刷屏看到一条即时新闻：中国外交官在阿拉斯加霸气怒怼美国高层官员——"我们把你们想得太好了"。正是这句全民关注的话，使她和他跳过了陌生人试探性的开场白，打开了交谈的护栏，就像在某个酒馆共同看一场世界杯球赛，陌生人会因进球而忘情拥抱。

"九十九一件，这里小店到处都在卖。"程木易用手拍拍胸前那行字。

经他一提醒，孙芊蔚才注意到，在他们身边的游客当中，果然有好些人都穿着这种 T 恤，白 T 恤配黑字，黑 T 恤配白字，男女同款，就像突然涌进来一个规模庞大的旅行团。"动作真快，古城还蛮现代化的呀！"

穿过人群，孙芊蔚看到老谢跟在那个"小白鞋"旁边，往后面的狮子山去了。她想爬狮子山，听说上面可以看到玉龙雪山。她跟上了队伍。他跟着她。他们就这样走在最末，慢慢上山。

"你总是一个人出来玩呀？"

"嗯嗯，隔一段时间，我要出来透气。"

"透气？"孙芊蔚意味深长地看他一眼，坏笑。在丽江，透气这两个字几乎可以用艳遇来替换。

他从她的表情里猜到了，有点尴尬。"不是你想的那样，就是，暂时逃离一下。"

"老婆放心你呀？"孙芊蔚记起他朋友圈那张照片，那个普通得没有任何气质可言的女人。

"我老婆是那种很强势的人，认为我什么都不敢做，嘻嘻，不过，我是有底线的啦，呃，总之，不会太离谱。"他朝她调皮地眨眨眼，好像跟她能产生一些默契似的。基于这种他所认为的默契，他又讲了些关于自己家庭的事。他跟老婆是相亲成功的，结婚三年，今年老婆准备要小孩。

孙芊蔚其实不太愿意听到这些，她只愿意他是那个在飞机上一起盖着毯子看电视的男人。主要是，听到他说家里大小事都是老婆说了算的时候，她居然有点失落。后来，他长叹一口气又说："不过我已经满足啦，她家在郊区有拆迁房，置换市内两套，给了我们一套。她是独生女。这样，等于我比同龄人少奋斗几十年哪。"

的确，她从他身上不太能看到在"奋斗"或者"奋斗过"的痕迹。放松、随性，不务正业的涉猎，好像脚底踩着一块西瓜皮，滑到哪里算哪里。她不就是被他这些所吸引的吗？

"出来透气，有意思吗？"孙芊蔚故意将透气两个字说得很重。

"说不上，就是想能遇到一些有趣的人，比如像你这样的啊。"他笑着，忽地抬起手，伸过来，似乎是想摸摸她的头。

出于本能，她生硬地闪开，随即担心自己反应过大会不会伤害到他。这一刻，孙芊蔚特别想做点什么，哪怕像老谢那样，傻傻地顺着"小白鞋"的手指东张西望。这样可以阻止心里那阵隐秘的悸动奔跑进两人的沉默当中。可是，"小白鞋"已经领着老谢他们消失在山体的拐弯处。

他的手再次伸过来了，平摊在她眼前，是一只银色的无线耳机。

"我是想请你听首歌。"

"哦，哦，谢谢，好的，好的。"孙芊蔚有点语无伦次，幸好，耳朵里突如其来响起那一阵熟悉的过门，使她的情绪不顾一切，完全集合为一种——那是每次听到这首歌都会不期然而至的感伤。

跟她一样，他研究过她的微信。几个月前，她转了这首歌："音乐响起就泪奔，小田和正七十二岁了，声音还如此清澈，像极了我们逝去的青春和爱情。"他竟很有耐心，从她一日日更新覆盖掉的生活底部找回了这首歌。

《突如其来的爱情》，莉香的微笑如在眼前。一九九五年，坐在大学宿舍的集体在电视机房看《东京爱情故事》，她们不懂一句日语，主题歌响起，她们饱含深情，咿咿呀呀跟着哼。奇怪的是，此后很多年里，这首歌曲总是在某些时刻会从她心里出现，譬如踩着点上班去追那趟正在发动的公交车，鼓足勇气去找上司提出一些异见，在某次竞争上岗演说之前，某次应酬独自返家的夜路上……那段副歌的高潮部分到来，如同战歌。二十多年后，她竟然成了这个样子——宽大舒适的灰外套罩着一个松弛、随遇而安的中年妇女。一九九五年，他应该还没开始发育吧。

在歌声中，她的泪水就要夺眶而出了。她只好深吸一口气，假装欣赏眼前的风光。

另一只耳机塞在他的左耳。但他什么都不懂。没准儿看到她这副样子，以为她是个有故事的人呢。她没有故事，生活就像现在这样，偶然撞见这首歌，突如其来，又必然地消失在日复更新的微信朋友圈里。

孙芊蔚机械地抬起腿，迈过一级级石阶。转过一个弯，豁然开阔。上山的游客现在全都集合在观景台。顺着大家目光的方向，她找到了雪山。因为角度问题，在这里只能看到与云团相连的那一点雪山尖，但还是能辨认出来，云团混沌、藕断丝连，雪山清亮、棱角分明。不过还是与预期的不同，她以为能望见画册中那座巍峨的冰川。她看见了老谢，站到观景台的最边边，跟大家一样，抬头看着雪山，手掌却一直拍打着栏杆。她听不到他说了些什么。

那首歌一直在孙芊蔚的右边耳朵里播放，单曲循环。几遍后，刚才那阵浓烈的感伤消停下来，望见雪山的激情也逐渐消退。老谢找到她。他们一起下山。她没跟老谢说起程木易，那只小小的耳机不为人知地被她垂下的头发掩盖起来。他就像过往游客中的一个，默默跟在他们身后。有时候，耳朵里的歌声断了，她悄悄回头去看，他在某段狭窄的山路被人群隔远了。近了，歌声又响起。

蓝牙的接收范围，十米。他不断冲破拥挤的人群，努力保持孙芊蔚耳朵里那首歌完整，一遍又一遍。

晚上，团队在一个木楼饭馆聚餐，二楼包厢。老谢姗姗来迟，大家都快把餐前凉菜全吃光了，才见他拎着一个大黑塑料袋推门进来。他先不落座，将塑料袋打开，顺时针走过去。于是每人手上都得到了一份礼物。老谢说是给大家丽江行留个纪念。年纪最轻的小赵挨着门边坐，他第一个拿到礼物，拆开看，是件T恤衫，抖开在自己身上比画，孙芊蔚就看到了那行黑字："我们把你们想得太好了"。再仔细去看老谢，他穿一件崭新的白T恤，袖口的褶痕还没完全展开，那行字印在左前胸，比程木易胸前那行稍微偏向心脏的位置。

老谢反复强调T恤是个人出钱，与公司无关。按人头发完，坐到孙芊蔚旁边的空位上，顺手将最后一件黑的递给她。

团队里一贯机灵的小赞，展开手上的 T 恤，站起来，脑袋往领口一钻。他太瘦了，T 恤里可以装进两个他，看起来很有喜剧效果。大家看着他，嘲笑一通。他索性开始表演，围着桌子夸张地走几步，忽然，朝门口的方向一望，像见到了鬼一样："Oh, Mr. Darcy, Mr. Darcy."他对着木门点头哈腰。说完，又迅速挪到门口的位置，换了 Mr. Darcy 的语气："You are fired! Get the heck out of my office!"靠门边的小赵惊叫几声，配合了他的表演。有段时间，不知道谁做了他们大老板 Mr. Darcy 的表情包，这句话在公司流传很广。老谢用手指着他，哭笑不得。"Oh no, you can't do anything to me! Mr. Darcy, give me a chance, please please."小赞求饶的表情滑稽，加上他天生八字眉，皱起来真像个倒霉蛋。大家被这个倒霉蛋的形象逗笑。受到笑声的鼓励，小赞身板一挺，瘦长的脖子从空荡荡的 T 恤里抻直，指着门口那个看不见的 Mr. Darcy，抑扬顿挫，中气十足，说了出印在衣服上的字："I think we thought too well of you."

小赞用做作的英语念出这句话的时候，笑声收敛了，好像那个看不见的 Mr. Darcy 真的推开了包厢的门。

"这小兔崽子。"老谢站起来，指着他笑笑，"来，白切一杯，祝贺演出成功！"

孙芊蔚喝的是啤酒，名叫"风花雪月"，跟这两天他们在古城必点的一种叫"水性杨花"的蔬菜很配。

他们订的是全菌宴。每一道菜里都有菌，每一种菌都不重复。牛肝菌、鸡枞菌、羊肚菌、扫把菌……他们认不出几种，每上一道都要问服务员，转盘一转，又忘记了哪盘是什么菌，七嘴八舌讨论一番。于是老谢给大家讲个吃菌的故事。说是多年前有个朋友，吃货，吃遍了常见的食材，就去各地搜罗珍馐。有一次去了大理，当地一个朋友跟他有同好，带他去吃一种菌。这种菌长得很魔幻，菌盖肥厚，布满白色凸点，像苍穹上的星，入口，有一股说不出的腥鲜，长久挂在口腔内，辣酒都冲刮不掉。吃下半小时后，人先是涕泪肆意，继而异常亢奋，眼见一个个小人儿从桌子上骨碌碌滚落地，围着自己跳舞，而自己却变得巨大无比，头顶着苍穹，天灵盖上能感觉有星星擦过，凉飕飕。老谢讲得真真的，如同是他本人亲历。座中鸦雀无声，不知是在怀疑还是吃惊。老谢讲完，小赞赶紧说，百度一下，百度一下。大家才回过神来理性分析，认为应该是一种毒菌，致幻。

孙芊蔚在老谢讲故事的时候开始坐立不安。吃饭途中她接到一条微信：我在小巴黎酒馆，你来不？他已不再称呼她"蔚姐"，而是坐在"我"对面的"你"，一切关系开端的"我"与"你"。接着他又发了个定位过来。虽是意料之中，孙芊蔚依然忐忑。她打开那个定位图，酒吧街，在她的西北方向。从图上看，他坐着的那张吧凳与她此刻屁股下的凳子，相距不到五厘米。她觉得凳子的四条腿已经稳不住自己了。她站起来揉了几下腰椎，故作久坐腰酸的样子，扭扭脖子，就像在办公室做的习惯动作。接着她顺势走到窗前，仿佛第一次发现那上面居然摆着那么多怒放的鲜花。她在窗口延宕了一会儿，透过花丛看出去，古城像是在过着某个节日，游人熙攘热情，灯光浓妆艳抹，天上明月催人……她望不见酒吧街。坐下来，他们还在议论老谢讲的那些小人儿，她一句都听不进去。过会儿，她又起身去卫生间。在镜子里，她看见了自己，嫩绿的帽衫显得她年轻了些，"风花雪月"酒使她的脸红扑扑的。她从口袋里掏出口红，给嘴唇补了点颜色。她盯着自己看，认为完全可以从卫生间直接溜出去，去小巴黎酒馆，"嗨，喝到第几瓶了？"她连第一句话都想好了。就在对着镜子表演的时候，她看到了额头上那根白发。它居然又在那儿了！早些时候，它就像跟她玩游戏般，先是潜伏在黑发中，被她找见，她把它拔掉了，过一段时间，它又长出来，小旗杆般竖在头顶，反而特别显眼，她又用手去拔，但是太短了，手指根本没法使力，她只好用剪刀剪掉。春风吹又生，它是什么时候又悄悄发芽的？她不得不花点时间专心对付这根理直气壮的白发。对着镜子，她数次用手指拈起它，可是一用力，它就从指缝里溜掉了。最后一次，她用指甲尖夹住了它，使劲儿一捋。它立即柔软了下来，卷曲，如钨丝一般，垂挂在她的额前，是她头发当中的一根变异，在灯光下特别耀眼。这卷曲的战栗，将会成为她与一根白头发"奋斗"过的证据，暴露在他的眼皮底下，被识破出她的努力。她认为这是不该为他所知的，连同她一开始对那件绿色帽衫的焦虑。

重新坐回到凳子上。他们的话题没变，还在讲那种魔幻的毒菌。小赞问她："蔚姐，你有没有产生过幻觉？"孙芊蔚咕嘟喝下一大口酒，不置可否。如果此刻真的有一个个小人儿从饭桌上跑下来，她一定会命令他们，立即动身，去酒吧街，去小巴黎酒馆，看看那个等待的男人现在还在不在？她会隔一分钟命令一个小人儿出发。

一九九五年的那个电视机房里，她们一边掉眼泪一边大骂。永尾完治因为关口里美的到来，眼睁睁看着约定的时间一分一秒过去，而那个可爱的赤名莉香在寒风中等到了深夜。这是她们第一次感到爱情的"意难平"。这画面刻骨铭心，以至于孙芊蔚在现实中，遇到这类纠结、软弱的男人，掉头就走。现在，孙芊蔚只知等待有两个部分——等待时间到来和等待时间过去，不能说谁更好受一些。

大概是酒的缘故，孙芊蔚根本没有睡意。借着清醒的酒劲儿，她改变了他的权限，轻轻松松地。从此，他看不到她，他点开她的朋友圈，将会看到一条淡淡的灰线。她沉潜在这条灰线以下，在他看不到的时空，每一天，她跟过去一样，更新、等待，更多内容是在做着他所认为的那种"奋斗"。

做完这一切，她披了件外衣出门。草丛边的路灯，照见那匹匍匐的木马，夜色掩盖了它身上的沧桑，姿态的确是有点萌的。转了一圈后，她站到院子中央。古城灯光褪去，夜空繁星毕现。她有多久没看到过这么清晰的夜空了。越看，星越密。在正北方向，一颗最明亮的星吸引了她，在这颗星的导引下，她竟然幸运地串联出了那只大勺子。如此坚定的七颗，如此坚定的距离。她像发现了新大陆，差点叫出了声。很快，她的耳朵像被谁塞进了一只耳机，没有任何前奏，突如其来，直接是那段高亢的副歌。仿佛一只无形的手，摁响了天上那七颗音符，忽明忽暗，又远又近。此刻，蓝牙的接收范围是——无限。

原刊于《钟山》二〇二一年第四期

爱情蓬勃如春

马金莲

一

木清清择偶的标准是她爸木先生。高大、英俊、脾气好，对老婆几十年如一日地疼。前后有几十个男青年吧，被这个标准的尺子给量下去了。他们要么不够高大，要么不够挺拔，要么皮肤不够亮白，要么五官不够端正，要么脾气有一点大，要么不能保证一辈子对老婆好。这些缺点，是木清清自己检验出来的。木清清有一万条可操作的详细准则，随便拎出来一条，往头上一按，就能让一个男青年原形毕露无处遁形。比如吧，男青年说："亲爱的，我会一辈子对你好，你是我的心肝，我的眼睛，我的全世界。"木清清说："如果我和你妈同时掉进水里，我们都不会游泳，你先救谁？"

青年甲眼神闪过一丝犹豫,被木清清淘汰,她说:"你犹豫说明你心里在掂量,就算是你最后可能会说救我,可我已经不敢相信。"青年乙眼神坚定毫不犹豫,说:"救你。"木清清说:"淘汰,你不孝,自己母亲都不救的人,紧急关头老婆一样可以舍弃。"青年丙眼神坚定毫不犹豫地说救两个,哪怕舍出自己生命也要都救。木清清说:"淘汰,你太贪心,贪多嚼不烂,你会害死所有人。"青年丁说他会游泳,他有能力不让所有人落水。木清清说:"淘汰,你是个吹大牛的人,不牢靠,因为你不可能是万能的,生活里总会有你不熟悉的领域。"青年戊望着木清清笑,说:"你也太幼稚了吧,这老掉牙的问题你觉得有回答的必要吗?"

木清清暂留了青年戊,她觉得这个人有木先生的神韵,遇到事情会反方向思考,有勇气拒绝。木先生在生活里就时不时这样发问,质疑,思考。他喜欢针砭时弊,专门给本地报纸写时评,批评当今的社会风气。他除了在一家大学当教授,还是本地的政协委员,出门腋下夹个黑色公文包。他的锐利、思辨、敏捷,你都没办法反感,相反你会愉快地接受,因为他同时还是儒雅温和的。他会微微含笑望着你,一条一条列出他的想法,条理明晰,道理深刻,事例生动,口气和善。这样的木先生你能讨厌得起来?你只会产生一个感觉,世上的男人要都是这个气息,这样聪明,这样儒雅,这样温厚,这样包容,这样豁达,这世界就真的有意思多了。

木清清和青年戊交往了一段时间,又黄了。她发现他只和木先生有一小方面相似,大部分差得太远。木清清就这样筛选了十几年,从二十几岁蹉跎到了三十好几。无数的男人,前赴后继,从她的筛子眼里掉下去了，没有一个能有幸长留在筛网上头。木先生等不及了，催她差不多就行，选一个结婚吧。木太太更是两眼都盼直了，说随便找一个结吧，好日子都是过出来的，好男人是日子养出来的，先把日子过起来才是正事。木清清觉得不可思议，说："妈，你不要站着说话不腰疼，你自己碰到了好男人你就偷着乐吧，不是谁都像你那么好命。你以为能把随便一个男人用日子给养成我爸这样！不可能不可能，现在的男人你不知道都有多柴，我是宁缺毋滥，大不了一辈子不嫁。"气得木太太抹眼泪，拿木清清没一点办法。有时候你真是想不到，她这样温婉和善又低调的女人，怎么就生出来这样一个骄傲高调目空四海的女儿。

木太太就为女儿发愁，清清一天不嫁，她一天心里不踏实，女人怎么能不嫁男人呢？嫁汉嫁汉，就算如今的女子不靠男人穿衣吃饭，好歹嫁个汉子才能算一辈子圆满嘛。木清清也想圆满，可除却巫山不是云啊，从小到大见识了木先生这样的好男人，被好男人的气息包围着、熏陶着、滋润着、影响着，如此环境里长大的女孩，如今你叫她随便找个人凑合，她不甘心，她不想妥协。她说："再等等吧，说不定我的真命天子出现得迟一些，等到他我就嫁，做贤妻良母，和他琴瑟和鸣，举案齐眉。"

这一天木太太是看不到了。她子宫里长了一个瘤。等发现的时候已经严重了。取了样本做了活检，大夫说是恶性的，已经扩散了。木清清从春风和暖一头扎进了冰雪风寒。生活就这样变化了。她再也没有时间继续相亲找对象了。她天天陪着木太太。有几天在医院，有几天出院在家里，再过几天又送到医院。木清清回想以前的日子，发现过去的三十几年就是她生命中的黄金时段，她从来没有真正地明白什么叫人间忧愁。现在人间忧愁来了。原来这样具体，这样细碎，这样繁多，是一分一秒地挤压，一个钟头一个钟头地累积，一个夜晚一个白天地重复。木清清除了泼眼泪，真不知道还能做啥。她的眼泪原来这样多，一碗一碗的，忽然就失控了，两个眼睛是水龙头，两碗水哗啦啦泼出来，把脸洗一遍。过一会儿，闸门忽然又开了，哗啦啦再洗一遍。她没心情洗脸，抹油，做面膜，保养。她像个八十岁的老妇人，披头散发，以泪洗面。她才发现在生死面前，从前喜欢做的那些事，都是没有意义的，都不能帮她留住想留的人。她哭得昏天黑地，她不能接受没有木太太的日子，没法想象没有她的日子，自己要怎么活。

木先生再一次做出了表率。他帮女儿擦眼泪，哄她吃饭，换她回去睡觉。他拉着木太太的手，说不要紧，还有天堂哩，有一天我们一家人会在天堂里团聚。他对女儿说，你妈妈只不过早一天去那个地方罢了，就像全家旅游前，她提前去为我们订房子，订饭，看环境，一个道理。听到这样的话，木清清平静下来了，透过迷离的泪眼，她有一点不是那么恐惧了。她看到了明天或者后天，木太太不在以后的日子，生活中还有木先生，家还在，家里的一切都不变。木先生会在家里等她，木先生会学习做饭，学习打扫卫生，会变着花样买菜做女儿爱吃的美食。完整的生活，木太太会带走一半，好在木先生还能留住另一半。这就已经很好了。残余的一半，也可以让她木清清躲避风雨，求得一点庇护。

木太太的病查出来后，木先生也有过失魂落魄，确诊的那一夜他在医院病房外走廊上走了一夜，像一个丢了灵魂的影子，在苦苦寻找自己。他和清清轮换守夜。他擦屎，接尿，擦身子，喂饭。女儿能做的，他都能做。护士建议雇个护工，不然家属也会熬坏身体的。木先生不答应。他不是舍不得钱，他工资高，不缺钱。他舍不得把木太太交给陌生人照顾。那段时间还不是暑假，木先生夜里陪护，白天还得匆匆赶往学校去上课。病情第一次稳定下来后，他建议带木太太去北京，到大医院看一下。省医院已经诊断得很明确，也在网上请北京的专家做了远程会诊。他还是要去北京。他在北京有朋友，还有个学医的学生就在大医院。北京之行还算顺利，去了就挂到了专家号，住进了医院。结果和省医院一样。住了一个星期，学生建议他们出院，因为实在太迟了，癌细胞扩散到了全身，再住没有实际意义。木太太就又回来了。躺在床上熬最后的日子。

木清清算是度过了以泪洗面的阶段。她知道母亲留不住，要先走一步了，她和木先生都尽力了。有些事情不是你拼尽全力就能如愿的。生命里有美好，也有残酷，现在他们一家遇上了。她开始做抢救性的挽留，给木太太拍照、录像、留语音，逗她笑，送她康乃馨，拍她的睡容。这可是母亲要留给她的巨额财产啊，都是千金难买的。她还给父母拍各种镜头的合影。她要记录他们恩爱生活的模样。他们恩爱了几十年，眼看老了，还是照旧，这得是多么难得的事。多少夫妻一辈子打打闹闹，走着走着就散了，更有反目成仇横眉冷对的，像木先生木太太这样和和气气一辈子的，世上少有。木清清遗憾自己明白得太迟，这样的记录应该早上十年。哦，不，二十年、三十年，很早的时候就开始，就记录下每一年、每一天、每一顿饭、每一个温馨的时刻。可惜太迟了，过去她把这一切当作很普通的事，以为他们一家会长长久久在一起。谁能想到命运要给母亲按停止键。她真是想不通，这样好的木太太，这样好的木先生，这样好的一个家，为什么要被活活地拆开？生死的大手啊，它不讲理，不给你讲理的机会。

好在以前他们留下了不少照片。每年的结婚纪念日，每次出去旅游，每个人的生日，都要过一过的，这时候木先生会送礼物，玫瑰、首饰、化妆品，都是能让木太太喜悦的东西，然后就会留合影。合影里的木太太永远都是一脸温婉可人的笑。笑容清清的、淡淡的，不满也不浅，好像日子对于她，既没有恓恓惶惶，也没有自满自傲，她永远都不抱怨、不炫耀、不夸张、不自卑。她是这样好。这样的好女人，配得上木先生的宠爱，配得上命运赐予她的幸福。木清清被自己的回忆深深打动，那些美好的日子回不来了，她要做个视频，把父母的合影都放进去，把现在的照片和录像都放进去，以时间为轴，串联起他们的几十年。她要写一本回忆录，《我的父母爱情》。不为出名，不为换稿酬，只为纪念父母这辈子的美好生活。

定下这样一个目标以后，木清清的悲伤没有那么沉重了，不再铺天盖地遮蔽她的全部世界，她清醒而冷静地陪母亲走完最后的时间。当木太太合上双眼的最后一刻，木先生身子滑在地上，他跪下了。木清清搀扶起木先生，说："爸，你还有我，妈妈没了，我们还有彼此。"她担心木先生会追随母亲而去。她太了解他们夫妻的感情了，木先生真的有可能会想不开寻短见的。木清清瞬间成熟了，她知道要考虑问题的方方面面了。她一遍遍告诉木先生，妈妈走了，清清还在，清清会陪着爸爸，照顾爸爸，会让爸爸有个幸福的晚年。她甚至渴望马上就遇到那个命里等待的白马王子，和他组建一个幸福的家，把木先生接到一起，大家相亲相依过日子。日子会像过去一样的，木先生和木太太过出的那种日子，只要她的丈夫像木先生一样好，她自己也一定能像木太太一样好，他们一定会经营出木先生木太太过过的那种日子。

二

　　木太太走后木清清开始安排木先生。她制订了一个计划，计划框架很大，包括了方方面面，以时间作战线，拉得很长，基本上延伸到了木先生后半辈子所有的时光。具体指木先生的吃喝拉撒睡，包括眼下的、明年退休以后的、未来在各种疾病和变故面前的。木清清把自己放置在了有能力也有义务照顾木先生余生的位置上，她要尽为人子女的孝，她更想像木太太那样照顾木先生。以她三十几年的人生经验推断，没有了木太太，木先生应该像一个失去了亲娘的孤儿，他肯定要忧伤、孤独、无措、无助，甚至不会生活——尽管这几十年他也在挣钱，也会购物，偶尔帮木太太做做家务，他从来没有缺席他和木太太的共同生活。但是，木清清觉得他被木太太宠坏了。他宠木太太，是男人对女人的宠。木太太宠他，是女人对男人的宠。两者是不一样的。木清清在他们生活里做了三十几年的旁观者，她把什么都看在眼里，沉淀在记忆里，她觉得自己早就掌握了其中的精髓要义。她知道木先生早就离不开木太太了，是那种几十年相依相伴朝夕相处积淀下来的依赖。他怎么离得了木太太，他夜里睡觉搂着木太太，出差回来就诉苦说宾馆睡不好，没有木太太搂，他胳膊弯里空，他心里就好像丢了什么一样；他吃饭要木太太看着，木太太给他荤素搭配营养平衡；他穿衣打扮都是木太太操持，他衣冠楚楚光头整脸，背后都是木太太在料理。他就是木太太宠着的一个老婴儿。

　　现在监护人走了，这老婴儿可怎么活？木清清心头升腾起一种辽阔的母爱，好像一种沉睡的天然母性苏醒了，热腾腾的，不断膨胀，支配着她，让她越来越强烈地感觉到，母亲没了，她留下的空缺，她得顶上去，她要继续做老婴儿的监护人、照顾者。她要让他像母亲活着时候一样幸福地活下去，直到寿终正寝。

木清清开始学习做饭。最基本的生存，从衣食住行开始。家常日子里，吃不就是最重要最基本的？她洗手做羹汤，成了一名乖乖女。木太太病着这段日子，她已经开始学了，简单的面、饭、菜，都涉猎了一下。那时候心不静，充满了无尽的担忧和各种奇怪的幻想，老担心木太太会立刻去世，幻想科技忽然发达到了能够治疗一切疑难杂症的程度，木太太的癌就是小儿科，不会夺走生命，她很快就健康如初。她甚至幻想，自己是武功高手，能用真气和内功救人，她对着木太太发功，木太太的病灶就被彻底拔除了。那时候她其实成天晕晕乎乎的，人处于撕扯分裂的状态，心悬起来吊着。做饭是为了让木太太吃，是病号餐。现在她静下心来了，她做的是家常饭菜，她一边努力回忆木太太生前做饭的情景，一边把自己想象成另一个木太太，她正在撑起没有木太太的日子，她要成长为木太太一样的女人，就算可能这辈子都遇不到木先生这样的好男人来跟自己相伴，她也有信心把日子过成木太太活着的样子。

这其实是一种宿命。不管你最初多么离经叛道，最后当时间画出足够大的圈，你会回到一条似曾相识的道路上。她正在越来越像木太太。她要做又一个木太太。木太太过过的那些日子、那种氛围、那美好的感觉，她是这样怀念、留恋、渴望，她想重建，把美好延续下去。为自己，也为木先生。做这些的时候，木清清发现自己很喜悦，心里充满了愉快，她一点点回味着过去的美好。木太太是多好的女人，木先生是多好的男人，那么好的男人和那么好的女人，成了夫妻，就有了一段好上加好的姻缘。她很幸运，做了他们的女儿，目睹和享受了这份美满姻缘造就的幸福。就算现在木太太走了，木先生成了孤雁，这一点也不能削弱他们美好爱情的感人力量。而且，可能正是因为这份未能白头偕老的残缺，更加提纯了它的美好。还有什么比阴阳相隔的爱更让人绝望？还有什么比这种绝望产生的令人窒息的爱更崇高？木清清真是羡慕木太太，有时候她甚至会冒出一个有点阴暗的念头，凭什么木太太那么幸运，遇上了木先生这样的好男人？为什么自己遇不到？难道所有的好运都被她一个人独占了？更过分的是，她会幻想，如果木先生不是木太太的丈夫，她也不是他的女儿，那么有一天她遇到了木先生，会不会不顾一切地爱上他？并且死心塌地地要嫁给他？哪怕是做什么二奶小三，她都可能会考虑。她为自己的卑鄙偷偷苦笑，怎么能有这种念头？木先生为人正派，木太太心地善良，他们的女儿怎么能有这种十恶不赦的念头？她掐灭火苗，驱赶邪念，重新做回那个单纯善良乐观开朗的木清清。

有一天木先生在饭桌上告诉木清清，对面大厦有公寓，可以租一套让木清清先搬过去，然后着手买一套房子给她住，房款他承担。木清清没太明白木先生的意思："啥意思？赶我走？嫌我烦您？我话太多，还是饭做得不好？您就将就些吧，毕竟人家才开始学习，假以时日啊，我会成长为我妈那样的多面手，让您吃得好住得舒适，还不寂寞。这不，您喜欢古诗词，喝点小酒就作诗填词，吟诵给我妈听，我从前是对这个没兴趣，现在我开始学习了，那本《古诗词鉴赏》买回来了，还有网上的古典诗词入门培训班，我也报了，我已经从平仄押韵学起了啊，给我时间，我会像我妈一样懂您。"

木先生不急着解释，他慢慢吃菜，等着女儿一口气表达完所有的想法，他才清清嗓子，含着微笑说："清清啊，每个人都有自己的生活，生命是互相独立的个体，你有你的生活要过——"木清清秒懂，赶紧打断他："不就是怕拖累我嘛，放心吧，不会的，您现在思维清晰，行动敏捷，腿脚健全，生活完全能自理，明年一退休更好，给您买个大躺椅，您没事就在阳台上晒太阳，慢慢地摇，慢慢地晒，慢慢地享受生活，好日子长着呢。您真的一点都拖累不着我，等十年二十年以后吧，如果那时候身体不好了，行动不便了，不能自理了，而我正好太忙，那我们就请家政，现在的保姆很专业的，保证让您满意。"

木先生又很有耐心地等女儿表达完，才接着往下说，说："清清我不是怕拖累你，爸的意思是，你有你的生活，爸也有爸的生活，爸才五十九岁，还有几十年日子要过，这后面的日子，我想过得质量高一点。"

木清清眼睛大了一圈儿。木先生的话不好懂，也不好下咽，像泥沙里头掺了大石头，噎得人呼吸不畅。木先生什么意思？赶我走，不是担心拖累我，耽误我结婚生孩子，而是……过质量高一点的生活。是他，要过质量高的生活？立足点压根儿不是她木清清，而是木先生自己，也就是说，木先生考虑的不是木清清，而是他本人。木清清伤心了，什么时候，父亲变成了这样的人？只为自己考虑，不替女儿着想？这还是木先生吗？他不是最疼木清清的吗？说她是他的掌上明珠，前世的小情人儿。他常说自己这辈子有两个女儿，木太太是大女儿，木清清是小女儿，大女儿小女儿都是手心里的宝。难道能因为大宝的离去，就不喜欢小宝了？不应该更加地跟小宝相依为命吗？难道现在不是了？就因为木太太不在的缘故？

木清清的眼泪下来了。顺着面颊簌簌地滴答。木先生没有伸手来擦，只是递了一张面巾纸。木清清的心在一点点变凉，她看出来了，木先生没有跟女儿说笑，他说的是实话。而且，她在哭，他看到了，可他没为她擦泪，只是递上纸巾。从前可不是这样的，从前只要她稍微不开心，他多忙都会抽出时间来哄，他的手不知道给她擦了多少次眼泪，有时候掬在手心里，笑呵呵地说这可是金豆豆，金贵着呢，可不能随便抛洒。今天她已经落泪如雨了，他竟然没有伸手擦一擦的意思。难道是，有什么变化了吗？一抹阴影闪过心头。木清清有一点明白了，木先生是认真的，他在赶她走，要把她从他的生活里赶走，他不需要她和他共处的生活，他需要一个人待着。

　　他是伤心过度性情大变了吗？木清清惊骇过后，开始同情。看来木太太离世对他的伤害，远比自己预料的要严重。打击是沉重的。他连亲生女儿都不再接纳，他要把自己封闭在一个人的世界里，关上通往外界的门。木清清又感佩，又伤悲。为父母的真挚爱情，为木先生对爱情的执着，为相爱之人不能相伴到老的凄凉。可敬可叹哪。世人说鸳鸯情深，大雁情痴，问世间情为何物，直教人生死相许，木先生对木太太的心，真是不输于鸳鸯和大雁。如果木太太在世时，木清清看到的是融化在柴米油盐酱醋茶当中的琐碎，那么在她身后，木清清看到了爱情的真正力量。死亡升华了爱情，让平凡普通的人间情感迸发出伟大耀眼的光芒。

三

　　公寓租好后，木先生帮木清清搬家。这件事木清清从头到尾都不愿意，以前她也一个人在外头住过，有时候一个人租房子，有时候和闺蜜合租，有时候忽然就回家来住。木先生木太太就她一个宝贝女儿，哪怕是已经三十多岁的老闺女了，在父母眼里也还是个孩子，她啥时候回家他们都接纳。她要是一周时间不回家住，木太太肯定打电话喊，做一桌好吃的等。这些年木清清像一只自由的鸟儿，想在哪个窝里栖息都可以。木太太病后这半年，她退掉外头的房子，一直住在家里。现在要搬出去，她以为跟以前一样，带几件换洗衣服就可以，反正还得经常回来，帮木先生洒扫清洗，做饭给他吃。她总不能在这关头抛下木先生不管。木先生不需要她天天守着照顾，那她就隔三岔五吧，难道还真忍心把这老婴儿丢下任其自生自灭？

木清清一边上班一边利用下班后的空闲整理新房子，洗洗刷刷前后忙了六天，第七天是周末，她一大早起来回家，顺手在街头早市买了一堆菜蔬，边开门边盘算着要给木先生做什么早餐。稀饭得有，凉拌绿菜得有，煎鸡蛋，热牛奶，摊两张葱花饼吧，反正要丰富，要色香味俱全，让木先生有食欲，好好吃上一顿。这几天真不知道他是怎么凑合的。想起木太太在世的日子，每天都在花费心思操持吃喝，一心只想让木先生和木清清吃好喝好。想起她，木清清都会鼻子酸楚眼泪盈盈，时间过去三个月了，还是冲不淡她对她的思念。

钥匙在门锁里转，转了两圈，门没开。木清清失散的心神凝聚回来，不想木太太了，专心开门。又转了一圈儿，没开。她拔出钥匙，插进去再开。心想这楼房有年头了，门锁也不利索了。木太太活着时候，木先生说过要换房子的，买到本城最新开发的大小区去，贵点他们不怕，又不缺钱。木太太终究是福浅，没能住进新房子。木清清叹了口气。钥匙转了两圈，有什么卡住了，就在幽深处，手能感觉到，眼睛看不到。像长在人身体里的瘤子，你知道出了问题，究竟什么样的问题，却看不到。门锁坏了？还是……她不甘心。忽然就担心起来，莫不是木先生出事了？把自己反锁在里头，自杀了？殉情了！木清清的心疯狂地跳荡起来，要从嘴里蹦出来。她用劲儿拍门，她从来不曾这样大声地拍打过门。木先生和木太太的家教好，她从小就学会了轻手轻脚，慢声细语。要不是慌乱到了疯狂的程度，她是不会这样失仪的。

门开了。谢天谢地。

木清清看到木先生还活着。谢天谢地。

"清清你做什么？"木先生兜头问。

木清清被问呆了。是啊，我在干什么？木先生不活得好好的吗，有胳膊有腿儿地站在眼前。哪里就殉情自杀了？

木先生穿着一件长睡袍。看样子是睡梦间被惊醒，慌忙赶来开门的，来不及换衣服，睡袍前襟草草合在一起，下摆露出光腿，他还光着脚。一夜酣眠发出的温热气息，兜头扑面。看来木先生确实是被从梦里惊醒了过来。

木清清略有歉意，提起脚边的大小袋子，侧身进屋，示意菜买来了，她来做早餐。

家里没有木清清想象的那么乱，也没有木太太活着时候那样整洁。木清清捕捉到了一种气息。一抹有点奇怪的气息。她把大小袋子堆在餐桌上。拉开冰箱，准备往里头摆放。冰箱里有菜。白的豆腐、绿的油菜、红的西红柿、泡发的木耳，颜色各异，荤素齐全。木先生居然没让自己饿着。人的生存潜能是不可小觑的。从前木先生十指从来不沾阳春水，都是木太太宠出来的。木太太临终最放心不下的，就是木先生的饮食，这样一个只知道做学问的人，没人照顾只怕会饿坏。看看，哪里就真能饿着了。木太太真是白操心了。

木清清飞快地淘米熬稀饭，打鸡蛋摊饼子，洗菜烧开水。木先生来了，他已经换掉了睡袍。又是穿着家居服的木先生了。这是木清清熟悉的木先生。整齐、严谨，从不松松垮垮，哪怕是在家里，也从来都有很好的边幅。

木清清用母亲看孩子的目光瞅他一眼，用责备的口气说以后睡觉不要反锁门，你说你一个大男人家，有啥要反锁的。你不知道打不开门人家心里多着急。

木先生要在餐桌前落座，屁股有点犹豫。在半空中搁置了几秒钟，坐了下来。

木清清看了看他的侧影，一周没见，他好像有了变化。这屋里也有了变化。说不清变在哪里，但有，是一种感觉。她感觉哪里有点不对劲儿。

"早饭，做三个人的吧。"木先生说。

木清清打鸡蛋的手一顿，心突地荡了一下。

什么意思？这个家早就不是三口之家了。那幸福的铁三角组合早就成了历史。多做一份，难道要放凉，再倒掉？还是他替木太太吃掉？

"给小丽做上。"木先生说。

木清清在脑子里想一个问题：小丽是谁？

是啊，小丽，是谁？

有人从卧室里出来了——一个女人。

一股更浓郁的睡眠的气息，被她携带出来。

木清清感觉周围的空气骤然变得黏稠，混浊，她呼吸有点困难。

女人挨近木先生，站在他身后，两个手环绕着抱住了木先生的脖子，眼睛看木清清，眼神荡漾起一抹似乎放肆又似乎胆怯的神色，说："这就是清清啊？清清，欢迎你常来坐坐。"

前一句是跟木先生说。后一句在跟木清清搭讪。

锅底的油早热得冒白烟了。

木清清忽然手一甩，三个鸡蛋连皮带瓤丢了进去。

白烟和刺啦声同时炸起。

木清清解下围裙，走到木先生跟前，瞅着他认真看了看，说："行啊你，还有这一手？以前咋没看出来？"

说完她换上自己的鞋，摔门而去。

四

有些事情需要足够的时间才能慢慢明白。

木清清现在才醒悟木先生让自己搬出去的原因，压根儿不是父女俩住着不便，也不是他要一个人独自思念木太太。他是要领一个人回来。木清清在就是个电灯泡。把木清清支开以后，他换了门锁。他不再像过去那样，三五天不见就打电话催清清回家吃饭。他好像忘了世上还有个女儿。

好啊，木先生，真有你的。女儿还担心你会饿着，会想不开干出傻事儿。原来你早就过起了另一种小日子。那女人叫小丽对吧，听听，叫得多亲近，小丽，也不觉得肉麻！那小丽比他能年轻二十岁吧，跟木清清差不多大，好你个木先生，真是下得去口。

木清清想不到合适的言语来形容她的感受，没有办法排遣她的气愤。她忽然纠结起一个问题来，那小丽，究竟有什么魅力，用什么办法让木先生在这么短的时间里放下了木太太，把她带进这个家，还过起了日子。难道木太太真的那么容易被忘掉？难道木先生和木太太那些年的恩爱，就那么不牢靠？不，不不不，木清清没有勇气往下想。再想下去她会崩溃，那些美好的记忆时光会化作噩梦。

也许吧，木先生自有木先生的苦衷。他上了年岁；他不会打理具体的生活；他需要一个人陪伴，来照顾他的起居；他孤独，需要有个人说话；他可能还有性生活的需要。这些都是女儿帮不到的，所以就有了小丽。所以，小丽没有错，木先生也没有错，错的是命运，过早带走了木太太。如今有人陪在木先生身边，木先生愿意让一个女人来陪伴，也许木太太泉下有知会开心的，这样她就彻底放心了。

木清清用这些理由开导自己。开导了一遍，又一遍。等到木先生和小丽的婚礼低调举办的时候，木清清已经活过来了，她盘了头发，做了妆容，穿了长裙，她风姿绰约地参加婚礼。她给所有宾客敬酒，嘴巴甜甜地喊木先生爸爸，喊小丽阿姨。她让所有来客都看到了木先生有一个通情达理的好女儿，她在真诚祝福父亲晚年婚姻快乐，白头偕老。低头往嘴里抿酒的时候，她的眼泪悄悄落进玻璃杯中。透过迷离泪雾，她看见倒映在杯中的新娘子好年轻啊，那唇红齿白巧笑嫣然的模样，让木清清感到恍惚，她怀疑时光温柔地实现了倒退，一直退回到三十几年前，那时候小城里也曾举办过一场婚礼，英俊青年木先生和温婉淑女木太太喜结连理，成为小城芸芸众生中最般配的佳偶。

原刊于《民族文学》二〇二一年第十期

有时雨水落在广场

文 珍

一

　　一开始老刘并不是小苹果舞蹈队唯一的男性成员。能光荣地成为万红丛中一点绿，广场舞娘子军的"党代表"，这事全起因于儿媳一句话。

　　儿媳孙尧尧一吃完晚饭总反复劝他出去走走散心，好像他在家里，就会有一千一万个心被堵住了似的。也不知道堵的是谁的心，是老刘的，还是她孙尧尧的。

　　孙尧尧细眉细眼，皮肤白皙，是个河南姑娘，儿子工作单位的人介绍认识的，谈了快两年，去年年初终于分了房才结婚。老刘从老家来儿子家也才刚一个多月，这几十天和她相处得还算融洽，至少没有明面上的矛盾。孙尧尧的建议听上去也在情在理："爸爸，您看看下面那些老太太每天跳得多起劲儿！您哪怕不爱跳，吃完晚饭后出门活动活动胳膊腿，对您也有好处。"

老刘坐在他老坐的那张藤椅上"唔"了一声，表示听到了。儿媳在房间里和儿子抱怨他不爱说话，他偷听到过一次。其实主要是他一辈子没出过远门，口音重。要不是老伴儿去世了在家实在孤单，儿子又老打电话苦劝他过来，他才不会人老离乡。刚来时每句话孙尧尧几乎都得"爸您再说一遍"，后来他在儿子家能不说话就不说话。今天儿媳话都问到嘴边了，不吭声到底说不过去了。

然而他没表态到底是去，还是不去。

孙尧尧只好再追问一句："爸，您听到我刚才说的话了吗？"

时间是一个三月的周六，晚八点。新闻联播刚结束，儿子家在七楼，依然能听到楼下隐约传来的动感十足的乐声。他们家是小区最临街的一栋，据说靠里面的那些楼基本听不到声音。自从《北京治安管理条例》出台以后，对广场舞的音量和地点都有了规范要求，基本就固定在地铁站附近那一小块空地。从音乐声判断，她们至少出来跳了半小时，而吃完饭老刘呆坐在藤椅上也快一小时了。客厅本来就小，儿子和儿媳挤在二人沙发上看电视，他就只能窝在这张藤椅上，倒并不是因为藤椅就比沙发舒服。黄金档电视剧马上开始了，但最近这部他不怎么感冒，也不好要求换台。他有点拿不定主意该怎么答，刚表示深思熟虑地又"唔"了一声权作缓兵之计，儿子先不耐烦了："尧尧，早和你说过爸不跳，那玩意儿只有老太太感兴趣。你别老瞎出主意，想起一出是一出！"

儿子老这样。孝顺是孝顺，不过没准儿反让儿媳寒心，影响小两口关系就不好了。一想到这里老刘坐不住了，"嚯"地从藤椅上站起来。

"爸，你干吗去？"

老刘终于开了口："尧尧说得在理。我下楼转转，一会儿就回。"

他希望自己的声音别透着勉强，稍微高兴一点。但口音太重，也不知道儿媳能感受到不。不过没关系，儿子会翻译他的塑料普通话的。小两口难得能在家单独相处一会儿，没准儿想背着他亲热一下呢——他想着，越发慌不择路，身上没带一分钱就出了门。

关门的瞬间屋子里似乎有声音在喊："爸，爸！"他假装没听见，头也不回地摁了楼道往下的电梯箭头。

孙尧尧的出发点虽然不好说，但老刘一天到晚闷在家里也的确是无聊。白天还能随便靠着打个盹儿，晚上就只能坐在藤椅盯着电视发呆。当然也可以回自己房间——其实就是三面封上的小阳台——翻翻书看看报，从老家带过来的几本历史小说也快看完了。儿子儿媳都在的时候，他不好一直躲在阳台上，显得太孤僻；就算在客厅也没话。偶尔偷偷打量儿子，那么高的一个男子汉了，眉眼还是有他妈的影子，老刘看着看着，就忍不住泪眼婆娑，只能趁人不注意偷偷擦掉。孩他妈刚走那半年，他在家也老是忍不住这样。少年夫妻老来伴，老伴儿在世时尽管吵吵闹闹，人一走，整个人的主心骨都没了，一天到晚往家里哪个方向看都是空荡荡的，又总觉得人还在，尤其厨房和卧室，是幻觉的重灾区。他还无意识地叫过好几回："素芳啊，素芳？"没人答应才猛地回过神，一阵鼻酸。

这次儿子带儿媳回乡过年，终于发现老父亲苗头不对，担心他在老家得老年痴呆或抑郁症，好说歹说才把他劝来了北京。可到北京又能怎么样呢？他们白天上班，他还是一个人待家里。而且一个孤老横插进二人世界，处处碍事。虽然孙尧尧脸上暂且还没挂相，但他有感觉。都说久病床前无孝子——他想，最多再住两个月，还是回家去吧。在老家一个人虽然孤单点，但终究自在些。

老刘没日没夜琢磨到底回不回去、什么时候回去的事。他近年来也实在觉得自己老了，手上的力气也小了，稍微重一点的东西，拎起来就吃力。早上醒来胸口也总是闷疼。前两年做了心脏支架，此后每天至少要吃十多种药，有进口的、有国产的，他一开始总分不清哪种每天吃几片，饭前还是饭后。还是素芳老早前给他誊写的药单子，又在每个药瓶子上都贴了标签。但药总是会吃完的。再后来素芳也走了，就只能自己想办法记住那么多药分别怎么吃，快吃完还要记得按时去医院补。这边的医院还不太熟，还是儿子带他去了一次附近的医院，又重新领了一大堆药回来。

老刘有时忍不住想，没准儿这就是和儿子最后相处的时光了，因此总忍不住坐在藤椅上偷看他。儿子心大，没留神，可孙尧尧注意到好几次了，心里直发毛，觉得公公有毛病。她哪想得到老刘每天都在天人交战，暗自艰难地练习和他们道别？但他老拖着，越拖越开不了口——心事一天天越来越沉重，脸皮却被这说不出口的煎熬磨得越来越薄：世界上再没什么比觉得自己是个废物，却一时半会儿走不成更折磨一个自尊心强的老人的了。

没了老伴儿，儿子就是他在这个世界上唯一的亲人。他终究还是舍不得。一个人孤零零老死在老宅，想想也凄凉。何况，又怎好因为自己一时任性最后陷儿子于不义——回头儿子得多懊悔、多难受!

最难受的时候老刘甚至想,要是儿子没结婚就好了。父子俩搭伙过,也挺好。虽然没女人,也没人嫌弃他老子。除了湘乡话,他并不会说这个世界任何一种语言,普通话也只将将能听懂。在老家,在他待惯的那个世界,湘乡话就是最理直气壮的官话——离老家十几华里的韶山出了个红太阳,开国大典上还"中国人民站起来了"呢!外人听起来口音和自己完全是一模一样的,不是本地人听不出细微差别。

来之前乡党笑话他,"一句塑料普通话都不会讲就敢上京城",他还这么理直气壮地反驳。当时觉得自己晚来有靠,再竭力按捺,眉宇间也都是自豪。可真到了北京就不同了。和偌大的北京城相比,他迅速意识到自己的乡气和渺小,肉身又狼伉笨拙得无处藏身,甚至一开口就听到了空气里哧哧的来自不知何处的笑意。

当然孙尧尧还不至于笑出声。

她后来终于不再"爸你再说一遍了",再说几遍反正也听不懂;而改成一脸惊诧地瞪眼、挑眉,一眼一眼地瞅自己老公,意思很明确:快翻译。儿子翻了,她却也没认真听,就"哦"一声,再也没别的话。

儿子没在意,老刘却样样看在眼里。

此刻他大步流星走出单元楼去。

二

出小区往南就是东四,往东几百米则是北京著名的簋街,号称二十四小时永不歇业的夜宵一条街——北京其他地界,据说一过晚上九点就别想轻易吃着饭。他刚来北京那会儿，儿子媳妇还带他去那条街上吃过川菜，吃完好久肚子还像着了火，辣辣地一直麻到胸口。

过两天他们又带他去吃火锅，这次回来足拉了两天肚子，一直占着卫生间。连孙尧尧都急了，在客厅大声问："湘菜不也是辣的吗？爸怎么这么不能吃辣？"

川菜不如湘菜层次丰富，就是个麻。儿子没好气道："我们湖南人吃不惯，再加上爸年纪也大了。"

老刘某个不好启齿的部位火辣辣地疼。谁说湖南菜都辣？马桶上腿都坐麻了的他，此刻无比想念素芳做的小白菜芋头汤，颜色漂亮，味道清淡。还有油渣炒青菜，最多放一个干辣子，只为增加点颜色，没辣味。

但此刻正是饭点。簋街冲天的麻辣香气远远地飘过来了。

或许是媳妇老让他跳广场舞，跳舞队又正好在他家楼下花坛旁的广场集结，老刘这次特地多向那群老太太瞅了几眼。本来一直觉得广场舞折腾，吵人也闹心。仔细看看，一个个跳得还真一板一眼。一二三四，二二三四，前后左右，左右前后，左手这么一抬，右腿必定那么一踢，头前后转动，左右对称，边上几个老太太手脚稍迟缓些就踩不准节拍。另两三个站中间的反而出挑，每下都合乎章法，不偏不倚，节拍当快时快，音乐当慢时慢，看得人浑身上下无一个毛孔不舒畅，像趁热喝了一碗芋头汤。居然还有道具——红绸扇子在三月料峭的春风里舞得虎虎生威，每张笑脸都笼在一团红云里。老刘不多时也乐了：这不就是村里的大闺女小媳妇逢年过节扭的秧歌吗？首都就是首都，小年轻二十四小时吃烤串，大妈们成群结队扭秧歌，喜庆。

他知道自己没带钱，背着手沿东四北大街走了一圈回来，发现那群老姐妹们还在跳，遂忍不住停下来又看。

老刘个子高，腰板挺直，虽然头发全白了，可看上去还是一个很登样①的老头。没多久，就有个跳得蛮有章法、尚且有余裕眼观六路的大姐注意到了他，下一节休息时专门走到他跟前招呼："大哥好，你也住这附近啊？"

老刘被这突如其来的热情吓一大跳，过一会儿才反应过来是和自己说话："哦，是的，我就住在这过（个）楼上。"

他被自己的塑料普通话窘住了。好像平时在家口音也没这么重，怎么一出来，那股子原汁原味的土气也跟着蹿出来了。脸涨得通红，好在有夜色遮蔽。

"那咱们是邻居呀，我也住附近。大哥贵姓？"那边倒毫不介意，而且显然听懂了。下一节音乐响起来了，她也不着急走进十几个人的队伍里去。

"我姓刘，刘长青。"

"听口音大哥是湖南的？"

"就是，湘乡的。老妹妹你呢？"

"知道，曾国藩家乡的嘛！我是四川德阳的，听过没得？离成都很近。"

"四川好，四川人好。"他连说两个好字，想不起来该怎么往下接。难道说四川菜比湖南菜还辣，所以好？

---

①登样：方言，像样。

和他搭讪的大姐看上去也就六十上下，应该比他小。在湘乡可不作兴①堂客随便找外头男人搭话。北京城就是不一样，作风大胆、活泼、开放——同时也严肃、紧张、团结。他尽可能像个城里人一样得体地笑着，可手心捏着一把汗。

　　"老妹妹"自我介绍叫王红装。他试着问："可是不爱红装爱武装的红装？"

　　她乐了："刘大哥就是脑壳灵光哟，还不光是'不爱红装爱武装'的红装——"

　　他也不知道哪来的福至心灵，接口道："'看红装素裹，分外妖娆'，也是它？"

　　红装大喜："简直说对啰！好多年没遇到这么熟读毛主席诗词的人了！大哥，我们有缘啊。"

　　两个毛泽东诗词爱好者迅速地聊上了。红装说："夜里的篷街也是'红装素裹，分外妖娆'。"他说："不，是'全国山河一片红'，到处挂上大红灯笼，外地人一来，还以为老过节呢。"

　　这会儿老刘的俏皮话像气泡压不住似的直往外冒，连自己也意想不到。在家他可没这么活泛，经常一整晚上不发表一句意见。其实他还有个感想没敢说，怕王红装说他老不正经——旧社会一般是特殊行业才挂灯笼，北京城也不知作兴什么规矩，青天白日，怪模怪样。

　　聊了没多久，跳舞队就散了。有人招呼王红装一道回，她笑着答应，临走时问他："刘哥，你明天还来不来看我们跳舞？"

　　他说："好，好，还来。"

---

①作兴：方言，指习惯或情理上允许。

"那我们不见不散！明儿见！"

老刘没想到一散心还真就散出个四川妹子来。楼道依旧漆黑，按了电梯升上去，心却从里到外都亮堂了。进屋看见儿子媳妇亲亲热热偎依在沙发上看电视，他冲他们点点头就准备回阳台。但这天晚上孙尧尧尤其关注他，他脸色一活泛立刻就注意到了："爸，你跟着跳广场舞了？"

"今天还没有，先看了一下。感觉还可以。"他一字一顿地说。以后普通话真要好好练了，毕竟认识了王红装。这么大的城，终于也有了一个"不见不散"的朋友。

说完，他继续慢慢迈着方步回了阳台。没看见儿媳和儿子悄悄做了个鬼脸。

老刘当天晚上并没做什么梦。但第二天白天打开电视机，却发现自己不自觉地开始学电视剧里的人说话。

好像说普通话也并没那么难。

三

除掉口音，老刘的另一块心病，是孙尧尧和儿子结婚两年了还一直没孩子。他作为公公当然不好催，更不好问。

他早看出来了家里主事的人不是自家儿子。儿子的确足够争气：打小成绩就是全班第一，一帆风顺地考了乡上的小学、镇上的初中、县里的重点高中，最后是北京的重点大学。在学校也刻苦，还当了学生会干部，毕业后很顺当地考取了公务员，过几年单位又分了房，一举解决了大不易的京城居住问题。否则怎么可能在二环里的北新桥住着，离最繁华的王府井才三站地？虽然面积小了点，才五十平，但儿子上班就在朝阳门，近。孙尧尧公司在国贸，坐地铁也不远。

饶是如此，孙尧尧还老动不动抱怨房子太小，回头生了孩子住不开。儿子则说，宁要城里一张床，不要城外一间房。现在房子小虽小，但胜在地段黄金，还是景山学校的学区房，回头小孩落户上学都方便。

小两口讨论这话题时老刘从不吭气。知道儿子理由一箩筐，其实归根结底还是嫌北京房子贵，买不起。他看报纸，经常被地产页房价跟着的一串串零吓一跳。也有的直接就说五百万、八百万、一千万。那些上千万的细瞧也并不是什么联排别墅，不过就是普通住宅。

他一辈子的积蓄连个零头都不够。

孙尧尧其他还好，就是嘴上没把门的。每次她抱怨房子小，老刘总不得劲儿，觉得指桑骂槐，是说给自己这没用的公公听的。他有一次忍不住说："尧尧回头生了孩子，我来帮你们带。"

孙尧尧"哧"地一笑："爸你带过小孩吗？回头教出一口湘乡话怎么上景山学校？还是让我妈从信阳过来吧。"

老刘心头一紧。本来一室一厅挤仨人就够憋闷的，回头再生个小的，再加个老的，自己更没有立锥之地。他终于找个机会和儿子说："我过阵子还是回去吧，好歹还有两间老屋——虽然村里好多人也都搬去镇上县城了，但几个老伙计还在。"

儿子一句话就怼回来："爹你又来了。说好了你就跟着我，哪儿都不许去。"

老刘听了这话心像被熨平了一样舒坦，没两天却又皱巴起来：有天早上发现儿媳在吃叶酸。他知道现在人怀孕前都兴吃这个，说是对胎儿脑部发育好。趁他们去上班了，他对那瓶子发了半晌呆。儿子属虎，媳妇属蛇，眼瞅着都三十了。村里这岁数的，细伢子早会打酱油了，按说也该要了。但细伢子来了，亲家母也来了。

就为这，老刘又添一段新愁。但目前孙尧尧还在吃叶酸阶段，他只能怪自己自私：就为了能和儿子住在一起，竟然不盼着儿媳添孙。

思前想后，他终于下定决心：细伢子出生后他看一眼就走，换亲家母来。在照顾细伢子方面，亲家母显然比他有用得多。毕竟是女人，有经验。真疼儿子，就得知好歹，有分寸，能牺牲。

此刻老刘更迫在眉睫的问题还是没地方去、没人可说话。

四

偌大一个北京城像个怎么都逃不出去的大牢房，去哪儿都谈不上方便，从北新桥去中医院拿药，地图上看那么近的一小段路，坐电车起码堵上半个钟头。每当这时他就格外怀念老家：一条主街从头到尾，十分钟走完。以前素芬还在的时候，两人都退了休守在一处，讲讲笑笑，吃完早饭商量中饭，吃完中饭睡个午觉，醒来看一会儿电视，香喷喷的晚饭又端上来了。他从没想过有一天会上北京和儿子儿媳搭伙过。最初一个月，但凡看到点什么新鲜事物，老刘总能想起素芳来。想她一辈子跟他没享上什么福，也没见过什么世面，病了才有机会去省城，结果没俩月就死在了湘雅医院里——说是省里最好的医院，到头来还是没出省。儿子回来哭成泪人，在坟前就发了誓："娘您放心，您走了，我把爹接北京去，孝顺爹一辈子！"

老刘当时眼泪汪汪。来了才发现"树挪死，人挪活"纯属瞎说。一个人年纪大了，人也就老成了树，动一动都是伤筋动骨损根基的事。来北京第二个礼拜他就后悔了：这么小的房子，三个人错身都困难，他来添什么乱？

周末儿子也不是不带他出去。但大部分时间都花在来回路上，到景点还不够转一圈的。颐和园、北海、故宫……统统大得没有章法。北京城就是北京城，平民住的地方那么小，皇帝家却天大地大，一天都转不完。

看多了审美疲劳之余，更悔自己没早点带素芳来。那个才子词人白衣卿相柳永说得好："此去经年，应是良辰好景虚设。便纵有千般风景，更与何人说。"现在就成了"宁将终夜长开眼，报答平生未展眉"，要么就"十年生死两茫茫，不思量，自难忘"。

话说回来，要不是他在镇文化站工作，一辈子舞文弄墨，诗词曲赋都通点皮毛，儿子读书成绩可能也不会那么好。从小教他背唐诗三百首，也不知道现在还记得多少。他们白天都去上班了，晚上小两口边看电视边逗贫，什么"坑爹"啊、"你妹"啊。第一次听"坑爹"他耳朵都竖起来了，孙尧尧差点喷饭："放心，坑的不是您这个爹。"儿子也笑，笑得他心里直发毛，不知道他们还有哪个爹，就算是亲家公那也不能坑啊。

还有"碉堡"。他一开始觉得自己明白他们在饭桌儿媳的"碉堡"是什么，后来又不懂了，怎么就"碉堡"了？名词当形容词用？他好歹算是文化人，基层公务员，这种事不能瞎问，怕又白招儿媳取笑。

儿子给他换了老人手机，屏幕字大，让他没事给老家的亲戚朋友打打电话。他打过几次，发现彼此也没多话，最多问问身体还好不？儿媳抱孙了没？别人要也礼貌地回问一样的问题，他第二块心病却又犯了，心里更不得劲儿，渐渐地也就不爱打电话了。

好在阳台朝南，光线还好。三面窗户封起来就多了一间玻璃房子，像温室。他夜晚就睡在这温室里，清早坐起来伸懒腰的同时正好看看楼下的车水马龙。白天经常一整天一整天靠床上看报纸，几乎每个版面都不错过，连招工信息和夹页广告都仔仔细细看完，结论是现在社会上什么节最后都过成了购物节。教育体制改革他不懂，三农问题北京报上也不怎么提——其实也早和他没关系了——他播报了一辈子国家大事，现在不怎么爱琢磨政策方针了，心累。

在三月和煦的阳光里他常不知不觉靠着被子昏睡过去。中午起来给自己下碗面，碗底卧两个蛋。又看报上说每天最好只吃一个蛋，否则胆固醇高，他就赶紧减了一个。切点葱花放进去，再加一勺子自己炼的猪油，香得要人命。周末他也给儿子儿媳做这种面，一开始孙尧尧说香，爱吃得不行，直到发现他加的是猪油。

"爸，你从哪里弄来的这个？天，您不怕得'三高'？"

老刘当然知道"三高"是什么：高血糖、高血压、高血脂。报纸电视一天到晚普及，当然也是为了卖广告。他一承认，孙尧尧圆脸上立马写满痛心疾首："就算不得'三高'，这热量也太高了！我还减肥呢——"

她今年比刚结婚那时是胖了些。他想，但也不全是猪油的错吧？

儿子立起眼制止了她继续唠叨下去。他过来后一直给他们做晚饭，自从发现那罐白花花的猪油后，孙尧尧对他整个饮食体系都产生了怀疑，老觉得油盐酱醋太重——倒不嫌外面的川菜火锅味道重——而且湘乡做法即便不放新鲜辣子，也总归要加一勺剁辣椒调味，她一吃就嚷上火。

"爸，北京不比湖南潮湿，天干物燥。您以后做饭能不能少放点辣椒？"

老刘想起她昨天打包带回来的川菜是干煸牛肉丝。基本上只见一盒子干红辣椒，不见几丝肉。但这话不能说，说了就像抬杠了。现在孙尧尧在备孕，将来肯定更不能吃辣，他最好现在就养成习惯。

白天没人，到晚上老刘也想和儿子多聊几句。单位里的事，或者亲戚二三。但儿子老是太忙，周末还经常出差。孙尧尧和他有语言障碍，但为表示亲善，他一过来就给他网购了个电动洗脚盆，他只用过两回，觉得第一太费水，一通电又按摩得脚底生疼，自己腰有旧伤，又不好老让儿子媳妇倒水，最后终于堆在阳台上他睡的行军床旁拉倒。这东西偏偏体积还相当大，不但落灰，进出关门都碍事。他有时觉得自己就和这洗脚盆一样。看上去好像还有点用，其实就是废物一个。

以前在老屋还练练字，到北京家里没地方铺开纸笔，也就搁下了。

可这下好了，认识了王红装。有朋友，也就有说话的人了。

日子有盼头了。

五

说好"明儿见"的第二天，老刘很早就到了老地方。早春五点来钟，天还亮堂着，他就独自坐在花坛旁边的长椅上看地铁站口人进进出出。下班高峰期还没到，年轻男女并不多。有一两对高中生早恋的，小女生紧紧拉着男生的手，踮高了脚在男生耳边说什么，说完咪咪地笑。

他们手拉手地走远了，老刘巴巴地一直目送到眼光再也送不到的地方。年轻真好，还有说不完的话，还能找着说不完话的人。

除了轧马路的学生，大部分人都行色匆匆。渐渐下班回家的中年人多起来，大多脸色疲惫，左手夹包，右手提蔬果肉菜。还有些人边走路边打电话，声音很大。他想，这些人都蛮好，随时都能找到打半天电话的对象。

一直从五点等到七点，仍然不见舞蹈队的人。他五点做好饭匆匆扒拉几口就出了门，还没在人群里找到王红装，手机突然响了，不看也知道只会是儿子："爸您去哪儿了？我们刚下班，您怎么没在家？"

"我就是在楼下逛逛，马上回来。饭菜都热在锅里，我吃过了。"

也不知道她们今天还来不来。他人群里谁都不认识，不便直接去周边打听。又坐在长椅上熬了十多分钟，儿子电话又响。终于绝了望，一步三回头地回了家。

第三天他就有经验了。在家六点半做好饭，儿子儿媳七点左右一回来就开饭，七点半左右吃完，再名正言顺地下楼"散心"。临下楼时眼角余光似乎瞥见儿媳冲儿子一笑——爸散心还散上瘾了？他装没看到，临出门交代了一句："今天我晚点回来。"意思是别打电话再催。

今天王红装果然在下面。隔老远就在人群中看到了她，一日不见兮，如隔三秋。他差点没老泪纵横。只见她正和一大群老太太组成方阵跳得格外起劲儿。老远就听到歌词：

想去远方的山川，想去海边看海鸥

不管风雨有多少，有你就足够

喜欢看你的嘴角，喜欢看你的眉梢
白云挂在那蓝天，像你的微笑
你笑起来真好看，像春天的花一样
……

声音是从地上一台便携式录音机传出来的，机器看上去老旧了点，但外放声音还正常，歌词好懂，旋律也优美，光听那乐声都觉得喜气洋洋。老刘不自觉地满脸堆笑，随着音乐以旁人几乎注意不到的幅度伸胳膊动腿，再多听几遍，就情不自禁跟着无声地哼起来："你笑起来真好看……"

头一曲结束了。王红装回头发现了他，笑着说："刘哥来了？"

"来了，来了。"

"昨儿你怎么没来？我们昨天开始迟了，我还到处找你呢。"

他没好意思说昨天他来早了，整整在这儿傻坐了两小时。只含糊道："昨天家里有点事，下来转了一趟，没见人，就先回去了。"

"我就说嘛！老哥你不可能言而无信。怎么样，想好了参加我们舞蹈队没得？"

"啊？我要再想一想。"

"想啥子嘛！你老哥一人在屋头又不好耍。等天气好点了，我们北新桥小苹果队还要和美术馆队朝阳门队参加东城区广场舞大赛，好耍得很！"

"可是，队里只有我一个男的……"

"哎呀，担心啥子嘛！就因为只有你一个男的，我们小苹果才有点睛之笔！回头我们这一队要跳交谊舞、水兵舞、探戈，就不用再安排人女扮男装了，至少有一个现成的男丁！"

王红装的热情像麻辣鲜香的川菜，热腾腾地扑上来，老刘招架不住："那……好吧。"

"做啥子嘟么勉强哟！好像我们会把你生吃咯！再好好说一遍，好还是不好？"她逗他。

"好！好！"

其他看热闹的老太太纷纷上来自我介绍："刘哥你好，昨天听红装说过你。我姓张。""你好，我姓罗。""我应该比你大，叫我何姐就成。"

"老刘你好，我姓袁，是咱们队的领队。欢迎参加小苹果广场舞队！"一个身材苗条的大姐一直矜持地站在一旁，等大家都纷纷自我介绍过了，才颇有风度地慢慢走过来。老刘猜测她以前大概在哪儿当过领导，赶紧伸出手，袁大姐果然伸出兰花指让他握了握。光看手保养得就好，指尖还涂了红色的指甲油。脸却说不出哪里有一点怪，也许是拉过皮，紧致光滑得有点不真实。她笑的时候眼睛几乎没有笑意。

比起来还是红装好看，眼角鱼尾纹自然，笑得也更甜。老刘想。

"大家热烈欢迎刘大哥参加北新桥小苹果舞蹈队！"

在一片此起彼伏的欢笑声中，大家当真纷纷鼓起掌来。

"我姓刘，叫刘长青。"看见一大堆资深美女围过来受宠若惊，老刘赶紧学电视里的日本鬼子一鞠躬，"请大家多多关照！"

大家一哄而笑："这名字起得好！本来就是'党代表'嘛！"

王红装在众老姐妹中间笑得最为开心。这"党代表"可是她从人群中慧眼发现的：如果老刘是洪常青，那她可不就是当之无愧的吴琼花？

袁大姐望了她一眼，微微一笑，说："接下来的曲子是《酒醉的蝴蝶》。小罗，你去放一下。"

这支曲子又和之前那支截然不同，是个哀怨的男人唱的："花开花时节 / 月落月圆缺 / 原来我就是 / 那一只酒醉的蝴蝶 / 怎么也飞不出 / 花花的世界 / 你的那一句誓约 / 来得轻描又淡写 / 却要换我这一生 / 再也解不开的结……"

老刘听得心旌摇荡。以前在文化站也放音乐，但放来放去都是些《北京的金山上》《在那遥远的地方》，人老了，歌单也老了。好在也没什么人仔细听，否则肯定要取笑他尽放些老掉牙的歌。原来有这么多新歌，歌词虽然直白，胜在旋律朗朗上口，跟着哼容易，随音乐跟上动作却难。他站在队伍最后面，才发现之前还觉得动作不怎么样的那几个老太太，比起他来说已经堪称舞姿优美连贯了。最前面那几个，他看都看不过来，眼花缭乱。

等这一曲结束，袁大姐正待回头关照他，王红装在队伍中离得更近，三两步就走到了他跟前："怎么样，跟不跟得上？没那么难吧？"

"难。"老刘红着脸说，"真有点难，动作太快了。"

"没事，你先跟着伸伸胳膊腿腿，回去用手机下载视频再学，记住名字，第一支叫《你笑起来真好看》，第二支是《酒醉的蝴蝶》。接下来第三首，叫《美美哒》，都是今年最流行的新歌，旋律简单，动作基本也差不多。跳完这个，你先把这三支看熟了，学会了，就入门了。"

"好。《你笑起来真好看》，和酒醉的啥？"

"蝴蝶。"

"第三首呢？"

"《美美哒》。"

"什么达？"

"——哎呀你先别管意思。"音乐开始了，红装赶忙归位，"先跳舞！"

前面两首曲子他还能明白，到了这首，简直听不懂了：

清晨起来打开窗，阳光美美哒

看着蝴蝶闻花香，风景美美哒

你在远处看着我，笑容美美哒

你爱我我爱你，感情美美哒

……

等结束了他又问红装："'美美哒'啥意思？我光知道有个汽水叫美年达。"

王红装笑得打跌："我的刘哥呀！这些都是网络流行词。你家小孩倒不说你老古板？加个微信，以后有什么不懂的，就问我。我回头把视频都发给你。"

那天晚上老刘回家很晚，差不多九点半才到家。要不是儿子还是忍不住打电话了，没准儿还会再多聊一会儿。到家后嘴里还念念有词："山也美水也美，美呀美美哒。"孙尧尧正洗漱收拾，见他回来了笑问："爸你真去跳广场舞了？"

他迅速停止默念，表情严肃起来："没，就是在一旁看了看。感觉还可以。"

儿子说："爸，回头再去多穿点。春天早晚温差大，夜里还是冷。"

"知道了。跳起来就不冷了。"

他转过身背着手庄严地回到阳台，没发现自己的话前后矛盾。其实儿子和儿媳晚上下楼去了一趟超市，早就发现了他的行踪。两个人在他背后笑成两朵花。

六

第二天晚上再去就不好意思滥竽充数了。白天老刘一直在仔细研究王红装发给他的各种视频，还听她建议下载了糖豆App，说那上面各种热门广场舞视频更多，榜单前十名她们小苹果都跳过，他也可以自己先在家练起来。

说得容易，可真开始跳，老刘才发现一点都不简单，只能站在客厅中央一遍又一遍听音乐，竭力跟上节奏。但老胳膊老腿就像锈住了似的，就算一样的动作，做出来也完全不是视频里小姑娘轻盈的感觉，反倒笨拙得像是刚进马戏团的狗熊。同一个视频总得看上十几次，才勉强跟上节拍，再往下，就是死抠动作。手怎么这样甩出去，腿怎么那样拐过来，不一会儿工夫，老刘就折腾得满头大汗，最狼狈的是，脚差点在客厅中央把自己给绊倒。

到下午，王红装的信息又来了："怎么样，刘哥学会一支舞了没有？"

"没那么快，好像《酒醉的蝴蝶》稍微好学些，还在练。"老刘没好意思和她说，练舞太上心，他连中午饭都没顾上做给自己吃。一直饿着肚皮练习步法、手法、节奏感。

"那肯定是刘哥喜欢这个曲子，兴趣是最好的老师。"王红装发了个阳光灿烂微笑的表情。

"什么时候要能跳得像你一样就好了。"他回。

"跳成我这样有啥子难！你每天早点下来，我也早点下来，教你。"

"好。谢谢红装。"

虽然老刘话说得谦虚，但毕竟跟着视频认认真真练了整整一天，胳膊腿的锈劲儿傍晚竟然也去得差不多了，而当天第一支曲子就正好是《酒醉的蝴蝶》，他下场一亮相，其他人都被他的进步神速惊呆了：才参加舞蹈队一天！他一边跳一边默记视频里看到的动作，并不管周围舞伴的节奏，反而步步都踩在点上，尤其送胯踢腿和转身的动作做得格外潇洒自然，比袁大姐还像领队。说起来还是占了个子高腿长的便宜，加上动作准确有力，不拖泥带水，同样的舞步他跳出来，竟比女步更好看。有路人经过发现了，不免惊呼："看那个大爷！"很快就有好几个路人一起停下来驻足观看，都说："怎么一群广场舞大妈中间还多了个大爷？""还别说，大爷跳得真好！""那个领队也跳得挺好。""还是大爷跳得好！"

老刘其实差不多每句都听到了，却不便接话，只面露得意继续一板一眼地跳下去。等一曲告终，又是王红装第一个跑到他身边来："可以啊老刘！真没想到！你是跳舞的天才嗦！"

袁大姐一直在前面领跳，并不清楚后面的情况，只突然发现围观的人多了不少。人都是需要观众的，跳得也就格外投入，休息时才踅过来："怎么了？"

"哎呀袁姐，这个刘哥简直是舞林高手。我才让他看视频学了一天！"

"你们加微信啦？"

"加了。"王红装说。

"那怎么不拉到咱微信群里来？"

"哦哦，好。我这就拉。"

"就是嘛。回头舞蹈队几点集合，有什么活动通知，都要在群里说的。"

新的曲子开始了。袁大姐昂首回最前面了，王红装看着老刘吐了吐舌头，做了个鬼脸。这支曲子是新的，老刘没跳过，以前倒是听过，《小苹果》。

"这是我们舞蹈队的队歌，我们队就叫小苹果！"罗大姐站在他旁边，热心地告诉他。她跳得向来最不像样，但因为和袁大姐关系好，据说音箱也是她主动提供的，因此反倒站在第二排最外侧。王红装也在第二排，但在中间位置，不容易被看到。老刘被安排在罗大姐旁边，离红装还差了好几个人。

"《小苹果》我可不会跳。"

"没事，你就跟着比画比画，大同小异。"王红装隔着几个人鼓励他。

大概被路人表扬了分外得意，老刘举一反三，一通百通，虽是第一次，竟也跟下来了。只是可观赏性差了许多，围观的路人也就慢慢散去。但好些大姐的动作也都比平时认真，下力气。结束的时候大家都意犹未尽。

袁大姐高屋建瓴地做了总结陈词："我认为，刘哥加入我们舞蹈队，对我们双方都是非常正确的选择。以往也有过路的人看，但都没有今天这么多、这么久，效果这么好。这证明群众看惯了我们一年到头在这里跳，也急需新面孔，乐见新变化，渴望新鲜感。刘哥不光是一个新加入的男同胞，还给我们小苹果队带来了崭新的面貌，展现了全新的活力。怎么样，刘哥晚上回去再好好练练小苹果？这可是我们的队舞，跳好它的意义相当重大。"

老刘赶紧说："好的，好的。"

"太好了。到时候你练好了，我这个领舞的位置也不是不可以让贤的！"

"那不至于，不至于。"

这天临走时，王红装悄悄跟他说："我们队的小苹果和网上的视频比，袁大姐稍微调整了一两个动作，增加了一些自己的特色。明天你早点来，我教你。"

　

第二天老刘当真早早做好饭，提前了一个小时和红装碰头。罗大姐没来，自然也没有音乐，但小苹果那两个自创动作比想象中好学，才十几分钟他就彻底掌握了，两个人跳得都有些气喘，脸色也红润了不少。

说不清谁的念头先转过去的。他俩几乎同时说："不然……"

"刘哥先说。"

"红装你说。"

"我的意思是，反正还有时间，要不就练练交谊舞？刘哥你会跳什么？"

"以前在文化站，就学过慢三、快三。华尔兹也练过，还可以。"

"你会跳华尔兹？"红装大喜，"这可是舞蹈之王！没音箱，用手机外放音乐也一样，那咱这就开始？"

附近的人们不久看到了这样一幕。时间是三月末某天下午六点半。太阳早落下去了，但今天天气好，白天有大朵的白云，到傍晚就成了镶着金边的晚霞。两个老人挺直腰轻轻相拥着，在并不大的手机音乐里跳着华尔兹。才第一次，竟配合得相当默契。两个人都舍不得停，一支舞曲结束好久了，还在倾斜、起伏、摆荡和转身，一拍跳一步，前进合并步，锁步犹豫步……重复了一遍又一遍。很快又有路人驻足，可能因为音乐声实在太小，这厢沉醉地跳，那厢众人也只是默默无声地望，只外围人越来越多。等他们终于跳完了，也不知道谁先带的头，围观的人都热烈地鼓起掌来。

他俩并肩站在人群中央，一方面跳得出汗，一方面也是突然发现自己成了路人瞩目的焦点，两个人都红了脸。老刘刚想开口，王红装却眼尖地在人群里发现了袁大姐，原来好些队员已经过来了，零星散落在人群中。他俩赶紧走过去："哎呀，我们下来得早，就先热热身。"

"我昨天才说过要让贤，今天'党代表'就这么积极啊。红装也积极。不过红装本来就跳得好，是我一直埋没了人才！"袁大姐今天好像格外打扮了一下，特意穿了一件元宝领贡缎收腰短袄，勒得腰间的肉呼之欲出，还盘了头。但这语气怪怪的，两个人听在耳朵里都有点不是滋味。

"袁大姐，是红装告诉我咱们小苹果有几个动作和视频不一样，所以让我早点下来学……"

"那两个小动作还值得提早这么久下来学？怕是'党代表'和琼花特意早点约会吧？"罗大姐快嘴道。

王红装笑道："小罗，你这话就不对了，你以前不也老让我早点过来教你？只是后来你自己没坚持。"

罗大姐被说中了，嗫嚅着还想开句玩笑，张着口没说出来。

"不瞎聊了，都几点了，小罗快放音乐，大家归位，跳舞！"袁大姐突然不耐烦起来，三步并作两步走到最前面去。

这天放的曲子都是老刘没学过的。不过他也学乖了，就是尽量跟着跳，事后再问红装是什么名字，白天再在家里练习。多去几次，他却发现了别的问题："袁领队这人怎么这样？站在第一排和边上那些人跳得根本没你好。你差不多是整个舞蹈队最靠里的了。"

王红装笑笑："没事，金子在哪儿都发光。何况让人看到有啥好的？不就是为了活动这老胳膊老腿？"

他俩微信发得越来越多。只是像第一次那样，约着一块儿提早下来的事再没发生过。有一天王红装回家后突然发微信："袁大姐最近单独找过你没有？"

"她发过两次私信给我，问我最近有没有余钱理财。我说北京菜贵，我那点退休金刚够买菜。本来也是。儿子有时候也给我点，不过他事多，老忘。"

"嗯，这么回答就挺好。反正无论她让你做什么你都咬定钱不在自己手里，要么就是贴补家用了，总之没钱。"

"怎么了？"

"你别多问了，也别说我提醒过你。"

王红装接着下一条发了个灿烂的太阳笑脸："这就是我站在最中间的原因，老哥还没想明白？"

老刘似懂非懂地回了个"好的"。过几天袁大姐果然又给他发私信，问他想不想搭伙跟着一起买点理财产品，绝对稳赚不赔。他想起红装的话，仍是说没钱。其实那个月儿子倒是给了他两千菜钱，他工资卡也还有一两万。之前好些年的积蓄都用来给素芳看病了，否则差不多也存了十来万。幸好还有儿子，养儿防老。

袁大姐再回语气就生硬多了："你儿子对你怎么这么抠？你们湖南人是真没钱还是小气？我们这个跳舞队，谁手头没存个几十万的？再穷，养老钱总得留点。"

他被噎得半天说不出话，过了好久才回："我们老家工资低，儿媳备孕，儿子最近还在攒钱买房子。"

本来以为会再回个"知道了，那刘哥忙吧"，或者再说点什么别的，哪怕关心一下孙尧尧备孕的事。结果那边从此再无消息。

因这番对话，第二天老刘再看见袁大姐就有点不大自然。本来也被她那句"没钱还是小气"气着了，他脸皮薄，挂不住。但没想到人家对他却还是一如既往，甚至比平时还热情了一点："刘哥下来了？今天好好跳，你可是咱们小苹果队的队草！"

伸手不打笑脸人。他本来已经想好了一番义正词严的话，如果她再呛他，这结果却意想不到。他晚上忍不住截之前的屏给王红装看，她好一会儿没回话，他以为她睡了，却突然间又收到一大篇："刘哥，这是袁大姐的老习惯，你别上当。她就是靠对人忽冷忽热建立威信的，让人老猜不透她在想什么。小罗和张姐一开始都不想买，后来被她这样反反复复几次搞怕了，乖乖，每人认购了好几万。"

老刘："怪不得小罗跳成那样，还站在最显眼的位置。"

"刘哥总算开窍了！"王红装发了个龇牙乐的笑脸，"咱看破不说破，就只管跳自己的舞。袁大姐也不好意思太咄咄逼人，毕竟舞蹈队要出去比赛的，把跳得好的都赶走，她也抓瞎。"

七

接下来好一阵子都无事。时间不紧不慢往前淌下去。

老刘学跳舞学得飞快，而且胜在年轻时在文化站跳过不少交谊舞，遇到新动作总试图多加一点自己的理解发挥，只幅度稍大一点，要么甩出去快个零点几秒，在空中逗留时间长半拍，就显得格外舒展潇洒，且身材适中保养得宜，再加上万绿丛中一点红，总引得路人驻足。久而久之，整个小苹果队人气都涨了不少，别的广场舞队也都知道了他们队有棵"队草"，堪称秘密武器，纷纷加紧了训练步伐。老刘不敢放松，每日勤练不辍。袁大姐接连受挫三次，私下不再给他发信息，看他也并不失落，知道不吃自己这一套，平时见面也就淡淡的。老刘一开始如临大敌，之后也慢慢松懈下来，心思正好可以全放在练舞上。王红装因有他这个朋友，之前被袁大姐暗暗号召其他人孤立的处境缓解了好些，两个人自然而然走得比别人更近。

最近开始练交谊舞了，因为听说年底也有这个比赛项目。这天中场，王红装过去和老刘切磋动作，两个人进进退退比画了好几阵子。袁大姐转脸瞥见了，平时其实也是司空见惯的场景，今天不知怎的却分外碍眼。她从口袋里掏出一块质地考究的亚麻布手帕轻擦了下额上的汗，不紧不慢地跷起兰花指，对平素和她要好的几个老姐妹一笑，下巴一努："你们看。"

其他人正三三两两聊天，这时全齐刷刷地望过去。这种事不专门关注还好，一特意打量，总觉得动作怎么看怎么暧昧，尤其一个下腰的动作，远看王红装仿佛半倒在了老刘怀里。有几个人当即捂着嘴咻咻笑起来。老刘和红装一开始还没察觉，待大家好一阵子不说话只在背后闷笑，才后知后觉地停下来，愕然地回过头。

"你们笑啥子嘛。"王红装用手擦擦额上的汗，嗔笑道，"一个两个又不是没跳过交谊舞，装什么老古板。"

袁大姐抿着嘴不语，还是一旁的罗大姐开了口："当年看电影，就老遗憾洪常青没和吴琼花成一对，看来这遗憾要补上了哟。"

周围人集体消化了一下，随即哄堂大笑。队里什么省份的人都有，但年纪都在五六十岁上下，差不多都看过《红色娘子军》，这俏皮话人人都懂。

王红装涨红了脸："说啥子嘛！都是一个队里头的人！"

袁大姐慢悠悠地说："晓得晓得，晓得你家里还有个风度翩翩的老先生，回头要呷醋的。小罗你也是，这种风流玩笑不好乱开的呀。"

几个人声音不大，传到老刘耳朵里却是震耳欲聋。他这些天被吊得越来越高的模模糊糊的希望跌下来，摔得粉身碎骨。一直没问过王红装有没有老伴儿，就一厢情愿地以为她和自己一样单身。本来他还想就算孙子生了，亲家母来了，也要壮起胆问她愿不愿跟他回湖南看看……想得好长远，结果是个梦。

他老半天没说话，也不看任何人，只低头盯着旁边的花坛。

"哎呀，老刘也生气了呢！真不禁逗！"罗大姐"嘻"一声。她是山西太原人，个头不高，矮胖敦实，格外崇拜杭州美女袁大姐。她儿子是做生意的，前年在和风相府买了套两百多平方米的房，八万一平，今年听说已经涨到十多万了。袁大姐也格外看得起她，一直让她站第二排最边上，用现在综艺的说法，这大概就叫"C位"吧？可"C位"是"C位"，罗大姐的舞姿却着实叫人不敢恭维，经常大家往左她偏往右，练扇子舞半天展不开扇面，再一用力就甩到地上，哗啦啦一声并没有晴雯撕扇的风情，倒起到了把其他人吓一大跳的效果。加上离行人道最近，即便其他队员不说，驻足的路人也常指指点点地笑。她自己也有点不好意思，却依旧说什么都不愿意换到后排去。最近袁大姐提醒她跳舞的音响设备旧了，她又花了上千块买了一套新的，四只大喇叭，仍是每天不辞辛苦地提过来提过去。王红装和其他人说要给她钱，她眼睛只紧瞅着袁大姐，死活不要。

"好好，都别开玩笑了。"袁大姐等大家都静下来了，才不紧不慢道，"小罗就是心直口快，没别的意思。红装、长青，你们都别在意。"

王红装只能闷闷地"唔"一声。老刘也跟着"唔"。

但当天再跳舞，老刘胸口总憋着一股气，老觉得胳膊不是胳膊，腿不是腿。刚开始红装站在他后面看得真切，忍不住口头提醒了两次，中场休息却不好再过来纠正。他一着急却还是错误不断，终于涨红脸出了队，说家里有事，要先回去。

老刘在徐徐上升的电梯里突然想：要不然，明天就不来了。

也不知道这念头怎么蹦出来的，立刻就像溺水的人抓住一根救命稻草似的，顺着自由自在地漂下去，很痛快。他甚至想，红装以后再见不到他了不知道会不会遗憾。其他人他倒是无所谓，毕竟才去不到两个月，还根本来不及熟起来。尤其那个袁大姐，阴阳怪气，看到就不舒服。罗大姐也是，一点不慈眉善目，倒活像袁的打手，指哪儿打哪儿。

还真就在家整整憋了三天没下楼。刚好这一个来月白天都在家苦练广场舞没顾上看报，早积攒了一大堆没读过的旧闻。手机微信里也收藏了好多老朋友转的文章，不是养生鸡汤，就是各种近代野史、搞笑小孩视频，真看进去了，也能消磨一整个上午。中午随便弄几口吃的睡个午觉，到三四点钟起来，就可以做晚饭了。慢悠悠两三个小时过去，等儿子儿媳回来端上桌，三人一道吃完饭，再打开电视机。只八点到十点这两个小时稍微难过些，总忍不住侧耳听下面的点滴动静。老刘儿子家楼层高，在客厅里听，音乐就变得缥缥缈缈，像隔了千山万水的旧梦。他几乎坐卧难安，又不好回到阳台早早睡觉——阳台声音听得更真切。

等到一切结束了，清静了，洗漱上了床也接连在做乱梦。梦里有素芳，也有红装，还有跳舞队的其他人。老刘这才蓦然发现，广场舞这件事不知不觉竟已成了自己生活中绝对不可替代的重心。年轻时在文化站，也有个女干事和自己稍微谈得来些，素芳知道了还老大不高兴。但其实当时两个人真没什么，也就是经常凑在一起讨论广播内容，组织组织群众活动。现在他梦见了王红装，素芳还不知怎么生气呢！保不准会说他："我在乡里又不是不跳广场舞，怎么从来没见你多看一眼？"要么就是："一进北京就变心，靠不住的死鬼！"

他半夜惊醒过来，天还根本没亮，窗外的东四南大街白日繁华，此刻却阒无人迹，只有两排黄色路灯默默地亮着。他在半明半暗的光线中无比惆怅地笑了。现在连骂他死鬼的人都没有了。

王红装还是第一天晚上问了句他来不来。他简单地说家里有点事，她也就识趣地没再继续问。第二天，第三天。手机就好像彻底死了，他控制不住地老去看微信，却一条想看的都没有，看多了不免懊恼，把手机远远扔在一边，报纸铅字围成一圈跳舞，争相把他的眼皮合上，老刘果然看着看着就打起瞌睡来，等醒来天都快黑了。儿子儿媳马上就要回来了。

一整天就这么过去了。

到第四天，老刘白天继续强迫自己看了大半天报，看的时候还是直犯迷瞪。吃完昨天的剩饭躺下，打算好好地在阳光里睡个午觉，却又翻来覆去睡不着，闭上眼就是广场舞的步法节奏。他鬼使神差地打开了糖豆App。

一开始看视频，腿脚就好像自动通了电，开始不安分地在木地板上抖动，不由自主地就站起来开始跟着跳。好几天没动换了，跳起来还是得劲儿。到六点半他方恋恋不舍地关了App去做饭，等小两口回家吃完，收拾碗筷去洗碗，又随手打开电视，新闻联播已经结束了，只赶上天气预报的尾巴。他两个眼睛紧盯屏幕，从北京一路看到海南岛降雨指数，好像生怕错过全国任何一个城市的天气。

儿子好像察觉了什么："爸，您这几天怎么没下去跳舞了？"尧尧说："您这两天老唉声叹气，没出什么事吧？"

"没事。"

"要在家不好玩，就还是下去走动一下。好不容易认识几个朋友。"

"也是。"

他收拾收拾立刻就出门了。正好八点不到，赶得上。

时隔三天，再看到那帮老姐妹们，彼此都有一点生疏，更有一种久别重逢的喜悦。大家都仿佛比平时友善了好些，袁凤英还在领队位置，看见他只远远地一笑，罗大姐却格外热情地招了招手："来啦？"他原来的位置站了孙大姐，立刻识趣地挪开位置，让他赶紧进去和大家一起跳。

他刚开始站在外面没好意思多看，混进队伍里才回头冲王红装一笑。他知道她一直在后面笑眯眯地看他，只是没开口。就这么一回头，两个人目光一对视，倒仿佛沧海桑田似的。老刘胸口涌上不知从何处而来的一股热流。

这次他特别认真，基本上没跳错什么。只倒数第二支曲子是新的，以前没跳过。王红装在后面说："这是袁大姐最新让大家学的。等中场我教你。"

他点点头，接着跳。现在他随便跟什么新舞都很轻松了。还真是应了那句话：你是跳舞的奇才嗦！

因为红装的特别关照，他脚下的舞步渐渐轻快了起来。

中场休息时大家却都没再提三天前发生的事，也没人问他这两天去哪儿了，发生了什么，怎么突然间断了三天没来——后来他才知道，之前跳着跳着突然再也不来的队员也多得是。要么是生病，要么是搬家，也有其他原因的。这种松散的自发性群众组织，原本随时都做好了有人离队的准备。

此后老刘却天天都来。从三月到九月，只除了七月高考那几天，全市要求保障应考生休息，舞蹈队暂停几日外，他再没有缺过席。

八

除了舞艺与日俱增，老刘也渐渐和舞队其他人都熟悉起来。

张大姐老家在甘肃，孙子就在附近的史家小学分校上二年级，据说是朝内史家胡同小学的深度联盟学校，教学质量却天差地别。这变成她一块心病，没少和队员唠叨，说儿子那时就是被房产中介忽悠了，一听说是著名的史家学区，立刻拍板高价买下了北新桥三条的房子——入学才知道，此史家非彼史家，亏大发了。

宋大姐则是哈尔滨人，一开口就赛嘎嘣脆地往钢盆倒蚕豆，口头禅"简直了""哎哟妈呀"，戏剧性和喜感皆强，人人都爱听她的东北脱口秀，但她却轻易不肯开口。跳得差不多能排上队里前三，按说这样一个灵魂人物，袁大姐理应收入麾下，但两个人却不怎么互相待见。她不是每天都来，听说常上别处跳。王红装偷偷告诉老刘，宋大姐也是明确拒绝购买袁大姐代理的理财产品的人之一。

还有一个北京本地的孙大姐更是真人不露相。听说她在朝内大街和东四交会的路口布店整整上了四十年班，顾客要几米布她基本靠目测，撕下来绝对只多不少，误差也就在两厘米以内。也因为在布店工作久了，她慢慢变成绸缎专家，什么螺纹平纹织锦缎贡缎，基本一过手，就能分辨材料等级，报出该品类近年的市场价。好几个人都问过她能不能踏缝纫机做点针线，她却笑着摆摆手："老了，眼睛全花啦。帮着扯扯布还行。"袁大姐那中式夹袄的贡缎面料就是她帮着在以前的柜台买的，据说便宜了小一千。

和老刘说话稍微多两句的，还有一个常德的田大姐。口音没有老刘重，性情也爽利，平时爱抱怨和儿媳关系不好，说起来也不为别的，就为育儿理念老起冲突。但她也和袁大姐走得更近，所以和红装话并不多。要不是和老刘算湖南老乡，她大概也不会过来和"党代表"

搭话。

老刘终于发现小苹果队十八个人，倒有十个算是袁大姐的死党，没事还经常一起约着打麻将、去茶馆喝茶——也不知道公用经费哪里来的，莫非就是袁大姐带她们买的产品分红？王红装显然不是这核心组织的成员。其他人有的保持中立，也有和王红装一样敬而远之的，比如宋大姐。

有人的地方就有江湖。好在他是男的，这些远近亲疏眉毛眼睛，装装傻也还能勉强混过去。反正他的作用很明确，除队草外，还相当于舞蹈队里的第二领队，后面被挡住看不到袁大姐的，就跟他跳。

老刘跳了整整五个月后，儿子儿媳都说他气色好多了。本来降压药每天都得吃的，结果有几天忘了，竟然也没事。孙尧尧最得意，因为最初去跳舞就是她的建议。

而他现在见儿媳每天吃叶酸，心里也不怎么难受了。他的注意力基本全在跳舞上。七八月份家里闷热，虽然跳舞也要出一身汗，但他还是愿意去。因这显著的示范作用，渐渐也有别的老年男性偶尔也参与进来跟跳几步，其中有个看上去颇像离退休干部的，是有一次买菜路过，被罗大姐积极发展进来的，却死活不肯说真名，只矜持地让大家管他叫林主任。林主任个子比老刘矮三四厘米，山东人，花白背头颇有派——背头又称干部头——紫膛脸色，说话声音洪亮，确实像是常在台上做报告的领导样子。虽然是罗大姐发展的人，他进队后却立刻搞清楚了谁是领队，对罗大姐特别敷衍。就为这，罗袁二人似乎都没有往常那么亲热了。有一次罗大姐还私下和王红装说："袁大姐让我买了近十万的理财产品，现在又喊林主任买。"

"那林主任买了吗？"

"我不知道。我这边也就头几期分红到账了，后来一直没动静，还在想怎么把本金弄回来呢，让林主任别买，听不听的我可管不了。"罗大姐撇撇，"看样子倒像个老干部，说是老婆死了一直想续弦，没准儿看上袁美女了呢！追求人家可不得花点血本！"

但林主任并不常来跳舞，据说倒是经常私下约袁大姐喝咖啡。

所以大多数时候，老刘仍然是队里唯一的"党代表"。

跳舞队在一起很少聊家里的事，每天就是按时集合跳舞，跳完便作鸟兽散。微信群里也都只是通知集合时间，要么就是转各种帖子。林主任比较关心政治，有段时间每天往群里发一大堆中美军事力量对比、贸易摩擦"内幕"，基本全是"不转不是中国人"系列，袁大姐有次当众嗔怪了几句，他才慢慢不发了。但彼此再不提，互相多少也能了解一点各自的家庭情况，要么自己说的，要么就是其他人背后传的。唯独红装，看上去热情豪爽，对其他人的事也关心，却从来对自己家的事三缄其口。这大概也是好些人不喜欢她的原因，觉得她太注意保护自己的隐私，不够敞亮。

最近这阵她家里似乎经常有事，总托老刘请假，却也从不解释到底是什么事。再来时脸色憔悴了许多，甚至接连跳错节拍，脸上挂着两个黑眼圈，显然是晚上没睡好。

老刘想问，又总是不敢问。他现在自己倒是不怎么想将来的事了。他甚至想过回头等亲家来带孙子了，自己也可以在附近租个房子，这样的话，也能像袁大姐在家里招待那些核心成员似的，偶尔请红装去住处坐坐，好好喝喝茶、聊聊天。现在儿子家实在太局促了，客人进来都转不了身。他也不想让人知道他一直睡在阳台上。

他有一次忍不住说起这宏伟设想。红装笑道："刘哥你退休金多少？"

他讷讷地笑着，报了个数。

"你是不知道北京二环以里的房子租金多贵吧？你那点退休金怕不够交租的！还是你儿子肯帮你出钱？"

他摸摸头："儿子他们要买大房子，也没余钱。"

"那不租房子，万一孙子生下来了呢？你就先回老家去？"

"不知道。"他说，"只要想这些事就烦，不如不想。"

其实疑问一直在老刘嘴边挂着："红装你家里到底出了什么事？"但这话就这么天长地久地悬在那里，仿佛永远没有脱口而出的一天。与其说他害怕影响"党代表"和琼花之间纯洁的革命友谊，毋宁说他其实害怕真相。

他就是不想听红装跟他讲和自家先生有多好、多恩爱。

九

日子如离弦之箭，渐渐由夏入秋。黄昏不复盛夏的潮湿燠热，簋街吃小龙虾烤串的少了，火锅生意却一天比一天红火起来。他们跳舞的那一小块空地离地铁站近，队伍倘若稍微站松散一点，总有没眼力见儿的人从地铁口出来直接穿过去，如入无人之境。音乐声被街头巷尾的人潮市声一冲，即便罗大姐四个大喇叭也常听不清楚节拍。只能把声音放到最大，这样又常有路人侧目。

他们对于那些年轻人来说究竟是怎样一个存在呢？老刘偶尔也想。但他现在早学会了对路人的目光视若无睹，只有音乐、节拍、脚法和队友整齐划一的动作是真实的。到达这种境界的时候，老刘知道自己真的已经离不开广场舞了。

据袁大姐透露，到年底，小苹果队要和朝阳门广场的银河队、美术馆门口的沙滩红楼队一起报名参加东城区舞林大会——原来她还说要带大家一起去香港参加国际广场舞大赛的，但除了罗大姐、林主任还肯响应，其他应者寥寥，最终没组织起来。而这方圆三千米，名号说得上响亮的广场舞队也就他们三家，消息一放出来，各自都加紧了练习的步伐。好在除刮风下雨，大家积极性一直都很高。有时哪怕七点多下了雨，雨停了，还有人约着八点多再下来跳。

就和高考一样，国庆那周说要阅兵，二环以里的广场空地都站了武警。所有室外文娱活动都停止了。那几天老刘无聊得只能天天在手机上斗地主。边斗边想，要是能发财就好了。真发财了，就能在这附近租套房子，就算生了孙子，也有个去处。但怎么发财呢？莫不是真要听袁大姐的买理财？这念头老刘反复想过，却从没和任何人说起。倒是儿子有一次和他商量再买一套商品房的事。他问："买房子是好，确实住不开——可钱从哪儿来呢？"

儿子含糊道："这些年我多少也攒了点，加上两个人的公积金贷款，应该够。"

"打算什么时候买？买多大面积，在哪里？我能帮上什么忙？"

"还不晓得，先提前看看，做好准备。爸，你卡里还有多少钱？"

"以前积蓄都给你妈看病了，这几年的退休金，存起来只有两万多块。"

"这么少，还不够半平方米的。算了算了。"

等儿子失望地走开后，老刘心事更重：要不要找袁大姐问问怎么挣钱？两万本金少不少？也就是那几天跳不上舞突然想到的。但他想起王红装的一再提醒，终究还是忍住了。等国庆过去，舞蹈队再见面，加上天气一天凉似一天，竟都有了久别重逢之感。罗大姐却没再来了，袁大姐说她可能确诊了乳腺癌，住院去了。现在在罗大姐的位置上换了另一个叫张玉莲的南京人，今年九月新加入的，家里听说也极有钱，但跳得并不比罗大姐好多少。

林主任也不来了，说是随在市委的儿子搬通州去了，买了大别墅，一家老小住在一起。

因突然有这么些人事变动，老刘就愈发珍惜红装的存在。每天晚上下去只要看见她还好好地站在队伍里，就仿佛一块石头落了地。他还没有和她提起自己也许很快就要回老家的事，最近一直想找个机会。她聪明，脑子活泛，总能帮他想想办法。没准儿她也肯和他说几句家里的事？他还是又想知道，又不想知道。家家有本难念的经，这么大年纪了，最好的相处方式，也许就是君子之交淡如水。

没多久的一天夜里突然下起了雨。豆大的雨点打在附近的车辆上，溅起不少泥点子。空气里满是水汽尘土的气息，眼看这舞是跳不成了，大家慌乱收拾四散的当儿，老刘瞅准机会，轻声对红装说："你晚上还有事吗，我们在附近走走？"

就这么简简单单的一句话，她永远都不会想到他预先练习了多少次，甚至好多次这句话差点就要说出来，最终也仍欲言又止，只眼睁睁地看着她和一大群人离开。

今天终于鬼使神差地说了，红装倒还是一贯的随和："好啊。"

他们故意落在最后面，等人都走完了，才拐进最近的一条胡同。雨虽然下起来了，却并不大，沿街房子的矮檐下就可以暂避。而东城这一带最有特色的就是胡同，胡同里最美的风物，除了四合院，就是参天大树。在这样的秋夜，雨水落在头顶的槐树叶子上发出沙沙声，有点像小时候养蚕吃桑叶。间或有一两片湿透的黄叶落下，粘在胡同里停放的汽车顶上，慢慢拼成一大张色彩斑斓的落叶画。

老刘心底很乱。

他本来也想学林主任约王红装喝咖啡的，但实在不知道附近哪里有咖啡馆，之前也查过，还是分不清楚东南西北。就这样逛胡同还是太没仪式感了，他想。可咖啡馆里肯定坐满了年轻人吧？看到两个年龄加起来超过一百三的老人踅进去，又会怎么想？万一的万一，儿子儿媳经过看到了呢？问红装是谁，他又怎么答？

红装也像在雨夜很有感触似的，一直低着头。过了一会儿才说："刘哥好浪漫。"

"就叫我长青吧。"老刘说。

"好。长青。"

两人又没了话，只继续信步往前走。雨不知什么时候已经停了。要下大了，还不知怎么办好。早不是浪漫的年纪了，淋感冒了不是玩的。

"舞蹈队的人不会再下来了吧？要不我们从另一个路口回去。"红装说。

"应该不会。——我老伴儿叫素芳。"走了好远老刘猛地憋出这么一句，"前年已经走了。一辈子跟着我，到了也没享过什么福。"

"嗯。"

"你也从没说过你家里的事。"接下来半句被硬生生吞掉了，"袁大姐说你先生……"

"我屋头那个已经老年痴呆好几年了。"王红装顿了顿，才仿佛无所谓地说，"比我大八岁，痴呆也有五六年了。在家里照顾他久了实在不安逸，胸头闷得慌，所以才老想出来跳舞散心。幸好还有小苹果，还有你们。"

"你们"其实就是"你"。老刘想，心底一热。

"老年痴呆这个病不好治。他总还认得你吧？"

"早不认得喽。儿子、孙子、老伴儿，统统都认不到。有时候对护工还比对我们亲些，媳妇也认得。糟老头子一辈子色眯色眼，到头来还是只认得乖妹儿，不认得我。"红装笑道。

"……接下来你打算怎么办？"

"都这个岁数的人了，还能嘟么办？还不是只能一直照顾他，照顾到他死。"

"也是。这样的病又没法治。"老刘叹口气，"我明年就上七十了，你比我小好多吧？"

"今年六十四。也不小啰。"

"看着好年轻，才五十多岁的样子。"

"那是刘哥嘴甜，会哄人。"

"叫我长青吧。"

"噢，长青。对了，你晓得罗大姐咋个不来了，其实她不是得了乳腺癌。"

"不是癌是什么？"

"还不是袁大姐让她买什么理财产品，前前后后，从她手里买了总有十几万。国庆节还和我发信息，说要找律师告袁大姐非法侵占他人财产。其实我们队里好多人都买过，最后都血本无归，所以那些人慢慢地也就不来了。"

"你和我说过的。我就照你说的，钱都在儿子手里。"

"老姐妹们其实也可怜。一辈子经历那么多沟沟坎坎，一生都不宽裕，老了还被几个钱困住。其实老人能吃得了多少喝得了多少？无非是怕自己老了没用，想尽量多给儿子孙子留点。可钱哪有那么好赚的？我们早已经是落伍的人了，跟不上这个新时代了，除非像袁大姐那样的，可那样算计到死也没意思吧？长青，我们往回走吧，风有点凉了。"

"好。"

往回走的时候，老刘下定决心："红装，我其实一直对你……"

"别说了，我都晓得的。这都是命呀！谁让四十年前没遇到？一个在湖南，一个在四川。山长水远。"

那时遇到也没有用。老刘想，那时候我还有素芳呢。你家那位也还没有痴呆。虽然听起来似乎有点花心，想必两个人以前感情也不怎么好。

"红装，我可能快回老家了。儿媳怀孕了，就得换亲家母过来照顾。儿子家太窄，住不开。"

"我听你说过想在附近租房的。回老家？有人照顾你吗？"

"没有。租房也不现实。"老刘故作洒脱地笑笑，"回去还不是自己顾自己，没事。"

"能顾自己最好。总好过我，被老头坑了一辈子。早十年趁他还清醒离掉就好了，真的荒唐了好多年哟，外头一直有个女人。也怪我当时想不开。现在拉屎撒尿都成问题，女儿女婿不管，找了个护工也不得行，更甩不脱了。这些事我平时都不愿意讲，没啥意思。"

一场秋雨一场凉。胡同里的路灯像蒙眬的睡眼，地面全湿了，经年尘土、墙角杂草，都和刚落下的柿树叶子一起静静躺在冰凉的雨水里，否则两个老人并肩移动的影子应该可以长长地倒映在地上。多少可能发生的言语都在这样的雨夜静静消散了。但同时又有无限温情生长出来，在空气中变成看不见的恋恋的手。

到了胡同口老刘果真伸出手，王红装犹豫了一下，也向他伸过去。两只操劳了大半辈子的手握在一起，衰老、温暖，同时也密布岁月柔软的褶皱。她终于抽出来，对他笑着摆摆手。

"刘哥明天还来跳舞吧？快入冬了，多穿点。"

"你来不来？"

"来。不见不散。"

"不见不散。"

老刘那天晚上翻来覆去睡不着。梦里面还一直淅淅沥沥地下着雨。

想到第二天还能见到王红装，他终于做了一个很安心的梦。他也知道彼此的时间不多了，要想多见，得争分夺秒。

但他不知道就在隔壁的房间里，小两口正躺着轻声商量。

"昨天你看到试纸了吧，算起来都快俩月了。最近就让爸赶紧回去吧。我这几天一直反胃，他做的东西实在不合我胃口，还得我妈来。"

"……好。我想想怎么和爸开口。前几天才和他说过可能要买房的事。"

"你和他说这做什么？他又没钱。"

"看他以后还愿不愿意来北京和我们住。都习惯了。"

"我想过了，现在咱其实也没多的钱，这房子真还不能换——小是小点，学区房人人抢，值钱着呢。回头真住不开要买房，最多也只能买得起远郊的，与其让爸一个人孤零零住在北京的郊区，还不如就让他在老家待着自在。反正我妈跟我们在这边挤几年没问题，离学校近，接送孩子方便。"

"嗯。都听你的。"

"回头我妈来了，估计也得跳广场舞。看爸这几个月还挺充实的，我其实一直担心他被骗。不是说好多老年人跳舞跳得倾家荡产？"

"嗯。主要他也没什么钱。"

"唉，让他回去没事吧？"

"就和他说先暂时回去一阵，回头再来。爸比我想象中身体好。刚来也老和我说想回，是我一直拦着不让。其实在老家他熟人多，屋子也宽敞。"

“那你这几天就和他说。呀，几点了，快起来，上班！”

“你今天感觉怎样？舒不舒服？”

“还好。就是直犯恶心。”

“小声点，别吵醒爸。”

“会不会他早醒了？不会听到我们说什么了吧？”

“不会，他睡得死。”

老刘确实还在沉睡。他梦见终于和王红装坐在东四一家装修精致的咖啡馆，下午三四点辰光，面对面羞赧地笑着，说了比以往任何时候更多得多的话。他们一生的雨水同时落了下来，而雨都是身不由己苍老的旧日水滴，属于那早已逝去的世界，被年轻的空气、阳光搬来搬去，有时落在田间，有时落入大海，有时落在广场上。

原刊于《北京文学》二〇二一年第一期

去梨花村

汤成难

一

"整个冬天，我都在铲雪，没有比这更糟糕的了……"

我用笔在纸上写下这句话，以记录第十三个被大雪覆盖的梦境。火车在震颤。我的字歪歪扭扭，像被敲断了筋骨，软塌塌地挤在一起，在纸上呈爬坡之势。火车也在爬坡。有一阵，我分明感到它停了下来，喘气，颤动，摇晃，然后像一个风烛残年的老人慢慢挪动。车厢里有几双眼睛看着我，好像这缓慢的原因是我造成的，又像是火车慢下来使得眼神不那么摇晃，他们的目光像膏药一样黏在我身上，又如钉子似的敲进我的皮肤。我知道，我的头发、胡须，以及衣着，无一不在告诉人们：这是一个肮脏又落魄的中年男人。不过，都无所谓了，我并不在乎陌生人。在过去的二十多个小时车程里，我没有开口对陌生人说过话，几次必要的交流都是通过纸和笔进行的。也许你也有过同样的经历，不想说话的时候就让自己变成一个哑巴。

我要在G站下车，这是戈壁上的一个小站，下车的人不多，列车员在我们这节车厢搭讪，时不时地用眼睛瞟我，像是随时欢送我的离去。在西北广袤的大地上，一旦错过了站，下一站就得在几百千米之外。

我已经写下整整一页纸，这个年代在纸上写字多少显得有点不合时宜，尤其在摇摇晃晃的火车上。你要去哪里？列车员突然转过身问我，我觉得这个问题一定盘踞在他脑海里很久了。但我不想说话，你知道的，此时也不愿在纸上写下此行的目的——梨花村。如果我把那张写着字的白纸举过头顶，又如果有个镜头从这几个字上慢慢抬升，再抬升，直至整个火车都在镜头的俯瞰之下——这看起来多像一部电影的拙劣片头。

火车一声鸣笛后我下车了，列车员在身后提醒，把行李带全。他的声音很钝，带着戈壁滩砂石粗砺的气息。窗玻璃后面许多双眼睛齐齐看向我，人们终于可以堂而皇之地将目光长久地停留在我身上了，这时他们会发现，这个走在月台上蓬头垢面的男人除了一只和他一样干瘦如柴的背包外，什么也没有。

去梨花村，这是在三十一个小时前决定的。那时我刚从一列火车上下来，站在火车站广场上茫然四顾。我在广场上足足站了两个钟头，春天里还不太暖和的风吹得眼睛生疼。这一个月我去了很多地方，一张鸡形的地图上标注了我走过的路。我见了我所有的朋友，当然，我的朋友并不多。我把那些名字记在一个本子上，不长，只有短短的一小串，偶尔掏出来看看，会让人觉得，这个世上还有不少人与我有着关联。我见了两个小时候的玩伴，他们常年在外打工，如果不是苍老的脸上还残留一点儿时的模样，我几乎认不出来了。我还见了中学时最好的朋友，我们有过六年一起骑车上学的经历，后来各奔东西，去了不同的城市。我居然记不得他的大名了，经另一个同学提醒，我才想起他的名字和我只相差一个字。他在一个很远的工地上打工，看见他时，我的这位朋友正用独轮车运送砂浆，身子比独轮车高不了多少。我上前打招呼，他瞪大眼睛看我，眼珠呈砂浆一样的青灰色。认出我后，他找人替了一会儿班，然后和我坐在一堆碎石前。我突然不知道该说些什么，旁边的搅拌机实在太吵了，工地上有的是各种声响。他把鞋脱下来，倒出里面快要凝固的砂浆，然后又用石头刮着鞋底，对我说了那个傍晚唯一的一句话。他说："再不刮掉，就要变成鞋帮子了。"这时我才发现它们的厚度，像唱戏的粉底皂靴。整个傍晚我都在看他倒腾那双鞋，从工地出来，迎面一阵大风，把能吹上天的都吹起来了，我闭着眼睛怔怔地站了一会儿，睁开时，一只裂了口的旅游鞋落在我脚边，那一刻，我差点哭出来，觉得这旅游鞋和自己有点同病相怜的意思。

我站在售票厅里，看着屏幕上滑过的时间和城市名，突然决定去一个远一点的地方，就在这时，我看见屏幕上出现了 G 市。人的记忆里总存在一些奇怪的罅隙，G 市就是藏在一道隙缝里的名字。从前的记忆慢慢回流，我想起了很多，我甚至能脱口而出有关 G 市的那个完整的收件人和地址：达瓦，G 市察木乡梨花村。

二

　　我有的是时间，我要把时间大把大把地赠给别人。有一天，我发现时间在我这儿是有皱褶的，平铺开来，简直辽阔无边，我一点都不喜欢这漫长冗余的一切。我从站台搭便车去察木乡，花去一天；转而搭乘过路的小皮卡从察木乡去梨花村，又花去小半天。我把时间像钞票一样挥霍出去，感到一种前所未有的快意。皮卡一路颠簸着，跳跃着，和时间一同向前奔跑。晌午，皮卡停在一个前不着村后不着店的路边，皮卡主人指着一条细瘦隐约的路对我说："到了，沿着它向前，就能到达你要去的地方了。"

　　现在，我已经沿着这条路走了很久，除了和时间一样辽阔无边的草地外，并没有看到村庄。我想起不久前在路边和皮卡主人的对话。我问这是不是通往梨花村的路，皮卡主人认真地看着我，他黑黢黢的，眼珠在眼眶里木木地转了转说："这就是你要去的地方。"他反复说着这句话，无比坚定。我说："我要去察木乡的梨花村。"他点了点头："对，察木，就是察木。"我一头雾水："察木？我们不是刚从察木来的吗？"他看着我，又说："这里就是察木，过了这里，前面就是明洛乡了。"

　　路很快就不见了，像被草丛吞掉，又在不远处吐了出来。此时正是春天，草原上的春天姗姗来迟，草色仍未返青，这时的草是变色龙，散发着和土地一样令人颓唐和沮丧的颜色。它们并不像路的样子，极其轻浮，只是在作为路的地方，草色比其他地方略深，我的大部分时间都用来辨认路，像要把它们从泥土里揪出来。

正午的阳光使身体微微出汗，一条轻描淡写的路指向南方，我开始怀疑这条路的正确性了，怀疑皮卡主人逻辑不清的语句。就在这时，我遇见了桑吉，或者叫次仁吧——他告诉我他有三个名字，他的阿爸叫他桑吉，他的母亲叫他次仁，而他的姐姐喜欢叫他尼玛。不过，他喜欢桑吉这个名字，因为他最喜欢他的阿爸。桑吉说这话的时候，我也在脑子里迅速给自己取了三个名字，一个叫建国，一个叫华仔，一个叫吴成功——三个名字有什么了不起的。桑吉正躺在一个斜坡上晒太阳，我先是看见他的羊群，他的羊正在一块洼地里吃草，头也不抬，不仔细看，你还以为它们正在吃泥巴呢，再然后便看见了桑吉。

"喂——"我朝他喊，"小孩——"

他抬起头，眉毛微皱。"我叫桑吉。"他也朝我喊。

"你的羊在吃泥巴吗？"我不怀好意地笑。

"唔，你的羊才吃泥巴呢。"桑吉歪着脑袋说。

"你知道梨花村吗？这条路是不是通往梨花村啊？"我收住笑容。

这回他咧开嘴笑了，牙齿熠熠生辉，阳光在他下巴处打出一片阴影。他飞快地向我跑来，准确地说，像小石子儿滚到我的脚边。

"唔，我当然知道梨花村。"白牙被收进去，他抿着嘴，一副得意的样子。桑吉个头不高，看起来十岁左右，我问他年龄，他想了好半天，将又黑又脏的右手在空中翻了一翻，伸出两个指头，说："十岁，十二岁，唔，十一岁。"说完摇了摇头，皱着眉，好像这个问题难住他了。他朝四面看看，右手在半空画了几道弧线，弹跳着指向远处。"梨花村就在那里。"他说。

"还有多远？"问出问题后我就后悔了，这样的距离问题对于一个孩子来说有点困难。果然桑吉很快就答非所问了："唔，梨花村，梨花村就在那里。"

"那里是哪里？"我故意逗他。

"唔，那里就是那里。"

后来我发现，"唔"字几乎是他的起始语，好比我们喝酒前要打开瓶盖，瓶盖和瓶嘴发出"啵"的一声后，方能倒出酒来。

"唔，爬一个坡，再爬一个坡。"

"唔，朝着太阳走就对了。"

"唔，梨花村不多远。"

……

我继续向着太阳前进，走出不远后，桑吉追了上来。"唔，你要去梨花村吗？"他喘着粗气问，没等我回答，又说，"你是要去梨花村看水井吗？"

三

桑吉和我上路了。他说他都快记不起来梨花村和那口水井了，现在遇见我，我问了他梨花村，这下他就想起来了。想起梨花村后，这一天他会没心思放羊，所以他也想去梨花村。

在得知我去梨花村不是为了水井时，桑吉很意外，但仍然愿意与我一同前往，因为在这片草原，除了他和他的阿爸丹增，没有人比他们更熟悉这条路的了。

"那你的羊咋办？"我问。

"唔，羊自己吃草。"桑吉说。他很健谈，他的阿妈说他的问题比乌木家的羊还多，但他觉得自己的问题比草原上的草籽还多。

"你去梨花村做什么？"桑吉问。

我想了想回答："去旅行。"

"唔，旅行是什么意思？找朋友吗？"

"啊，旅行——"我停顿了下，寻找一个合适的解释，"旅行就是去那儿看一看吧。"

"为什么不去坝子上看一看，那儿有一棵红柳树，很漂亮。或者去宁亚寺，去转经，还能看僧人们辩经呢。"

我皱着眉，说："我不想去坝子和宁亚寺，我就想去梨花村看一看。"

"为什么嘛？梨花村还有啥吗？"桑吉打破砂锅地问。

"我有个朋友住在梨花村——"

"唔，我说嘛，旅行的意思就是找朋友嘛。"桑吉噘着嘴，十分得意。

"你的朋友叫什么？"过了会儿他又问。

"达瓦。"我说，"不过，我并没有见过我的朋友。"

"唔，他不愿意见你吗？"

"当然不是，我们有十多年不联系了，他给我写过信，我也给他写过信——"

桑吉连忙打断我，告诉我他知道"信"是什么意思。"信就是要紧的东西。对吧？"他说。

"有时，也是不要紧的东西。"我反驳。

"不要紧为啥写信嘛？"

"可能是……想念了。"

"唔，想念就是要紧的事嘛。"我发觉桑吉像是已知谜底的人对我进行发问。他说没人比他阿爸更懂得信了，因为阿爸曾经是个送信的人。

"在草原上送信？"我很惊讶。

"唔，草原上，骑马，送信去，从乡里到村子，到梨花村，到关木村，还到鸡头村。"桑吉说阿爸经常带他一起去送信，他们骑一匹枣红色的马，每次出门都要两三天才能回来。"'不放羊了吗？羊和牛怎么办？'阿妈总是追出来。阿爸就说：'这是乡里派的任务，你把羊赶到坡子上去嘛，羊自己吃草嘛。'我们沿着这条路走，如果先去鸡头村，再去关木村，最后才去梨花村，这样路上就会走得很快，想快点去梨花村嘛；如果是先去了梨花村，再去鸡头村和关木村，离开梨花村后就会走得很慢，总是要多花半天时间。有的时候没有梨花村的信，阿爸也会去看一看，因为梨花村有一口井，阿爸就用桶装点井水回来，井里的水比沱沱河和昆仑河的水甜，阿妈说用井水煮出的酥油茶好喝，阿妈喝到甜井水，就不要阿爸放羊了。"

"唔，你和你的朋友为什么不联系了？"桑吉好像突然想起来，转过头来问。

我想寻找一种简单易懂的表述使桑吉明白，因为我和达瓦是"笔友"关系，"笔友"这个词桑吉能懂吗？我认识达瓦的时候和现在的桑吉差不多大，达瓦和我都是四年级学生。至于我和达瓦为什么开始了通信交往，我已经不太记得，好像是在报纸上看到一篇关于察木乡梨花村小学的报道，我写了一封信，那时我一定不知道达瓦，以为只要在收信人的地方写下"四年级 14 号学生收"就可以了。

14 是我的学号，很快，我便收到了回信，这简直太让人意外了。写信的人就是达瓦，信很短，只有几句话，他说他就是 14 号。达瓦的汉字写得不好，歪歪扭扭，像是被风吹散架了。

四

太阳晒得草尖儿发亮，回头看走过的路，很难分辨，完成使命后它们又藏到泥土里去了。我想着我所生活的城市，那些道路流露出来的自信，它们的强度和稳固性，使它们看起来那么的高傲和漫不经心。有的路极不友善，起初是小心翼翼毕恭毕敬等着你的到来，可你一旦踏上去，它们就变得老谋深算，处心积虑地让你多走弯路。

我们笔直地向着南方，即便有时从路上偏离，但很快就会回到路上，在草原上没有什么比一条小路更让你感到踏实放心的了。

桑吉的话很多，但是并不令我厌烦，我也说了很多，好像把前几日的话都攒到现在说了。

桑吉说："爬过前面那个小坡，向左走，就能到鸡头村，向右走，就是去关木村，如果既不向左也不向右，那就是去梨花村了。"

"你对这儿很熟悉。"我称赞他。

桑吉笑了，有点不好意思，他说他和阿爸去送信是很多年前的事了，那时他还小，比现在小，有时是阿爸骑马，他坐在阿爸的前面，有时是他自己骑马。每次经过这儿，阿爸总会问一下普莫，普莫是阿爸的枣红马，阿爸摸摸马额头说："普莫，我们要不要先去梨花村嘛？"普莫这时就会打个响鼻，撒开蹄子朝梨花村的方向奔去。

桑吉问："城里的送信人也骑马吗？"我说："不是，马不会待在城里。"

"为什么嘛？"桑吉问，"城里人不喜欢马？"

"喜欢，城里人喜欢马，城里人更喜欢马肉。"我狡黠地笑。

桑吉似懂非懂，他弯腰从地上捡起一个小石块，拴在马鞭一端，举过头顶，抡开，马鞭发出呼呼的声音，突然，持马鞭的手一收，小石块飞了出去，准确无误地打在一个小土堆上。桑吉说自己有一次差点打中一只狼崽，那只狼崽是独自出来觅食的，它跟在羊群后面，等待掉队的羊呢。放羊时桑吉沿途会捡几十个小石子放在随身的皮兜里，如果哪只羊离队或不老实，一个石子甩过去，它就老老实实回到队伍里来了。"但我从来没有打在它们身上，"桑吉补充说，"因为它们是我最好的朋友。"

我想起达瓦给我写的信了，他总是在信末写上一句：你最好的朋友达瓦。我被这句话感染了，以至于每次回信时，也在信的开头写上：达瓦，我最好的朋友。而实际上，我和达瓦只通了四次信，后来怎么就不写信了，我也记不起来了。我记得第二封来信，达瓦滔滔不绝——那时我刚学会这个成语——说了很多，除去错别字，除去没写周全的字，再除去那些被风吹散架的字，能认出的也不多，那些字只讲了一件事，就是他们村的梨花都开了。

达瓦说村子里有一片梨树林，每年春天梨花会开放，白白的，像雪一样。

达瓦写那封信时正是春天，等我收到时夏天已经到来了，信在路上跑了很多天，但我仍然能闻到信纸上梨花的香气。

我问桑吉看过梨花没有。

桑吉说："看过，紫色的梨花，唔，好看得很。"

我愣了一下，更正道："梨花是白色的。"

五

我没想到桑吉会因为梨花是白色还是紫色的问题与我赌气，他一边抽着鞭子，一边快速向前跑去，把我甩出很远。

刚刚我对桑吉说梨花只有一种颜色，白色，为了证明梨花是白色，还特意背诵了一首苏东坡的诗句："梨花淡白柳深青，柳絮飞时花满城。""你看，梨花淡白，就是白色的嘛，梨花是白色的是事实，不可改变，它像真理一样存在。"

于是桑吉急了，他说他看到的梨花是紫色，准没错的。梨花是阿爸带给他的，阿爸的梨花是从梨花村摘的，也准没错的。他说自己不知道真理是啥，他的阿爸也经常和他讲到真理。他觉得真理就像一个洞，越掘越深，可是没有人能在洞口看见里面的样子，他倒是想把阿妈剪羊毛时难闻的气味看作是真理呢。

我也搞不懂自己为什么要和一个小屁孩争论梨花的颜色。白色，紫色，有那么重要吗？也许我们看到的世界只是真实世界的影子，是现象世界，在现象世界背后还有更加真实、更加完美的世界，那个世界是理念的世界，也许就是那个紫色梨花的世界。

"桑吉——"我在他身后喊。

"你不可以叫桑吉，只有阿爸才可以这么叫。"

“次仁——”我换了叫法。

“也不可以。”桑吉噘着嘴。看来他真是生气了。

“咩——咩——”我开始学羊叫。

桑吉转过身笑了，他将双手窝成喇叭放在嘴边，朝我大声喊：“所有的羊都是我的好朋友，你也是我的好朋友。”

桑吉让我讲一讲我的朋友达瓦，达瓦的信一定是经过我们脚下这条小路去往乡里呢。

我总是迫不及待地给达瓦回信，信寄出后便开始盼着，达瓦的信姗姗来迟，等到我觉得可能再也收不到他的信的时候才会出现。信是寄到学校的，课间我会被班主任叫到她办公室去取，班主任走在我的前面，她走得极其缓慢，好像随时要掉转头问我什么，但一次都没有。我们要穿过操场一角，还要经过一条水杉小道，才能到达她的办公室，我从没这么认真且缓慢地走在校园里，水杉羽毛形状的落叶在地上铺了薄薄一层，踩在上面会发出“哧哧”的响声，我的脚有点不听使唤，走得很别扭，不知道该让步子重一点，还是轻一点。我听到远处大堤上的鸟叫，还有更远处自行车的铃铛声，尖细的，短促的，似乎奔赴远方而去。这一路，我的心情十分复杂，激动、欣喜、温暖，还有一点淡淡的忧伤。我至今不明白为什么会感到忧伤，好像那些美好的事物即将要消失似的。

“美好的东西都很短暂。”我突然对桑吉说。

桑吉抬头看我，眼睛里有夕阳的影子。“短暂是什么意思？”他问。

“短暂，就是马上有消失的危险。”我努力解释着。

“唔，那么，阿爸的枣红马也要消失吗？”

六

据说，桑吉一家搬来若尔木牧场的第一个夏天，他的阿爸丹增就开始骑马送信了。他们渐渐熟悉了草原上的每个小村落，每个山丘，每条小路，每扇被北风吹得呼啦作响的毡包门。他们会在水花飞溅中穿过昆仑山脉冰雪融化的溪流，或者在夕阳下慢悠悠爬上牛背山的山口。桑吉说阿爸总是爱唱歌，他的声音跑得很远，普莫奔跑好一会儿才能追上所有回音。夏天是最好的季节，阿爸和普莫看着风景就到家了。到了冬天，路就难走了，地上结满冰溜子，阿爸穿上厚厚的毡筒靴，把自己裹得严严实实，若是遇到大雪，去一趟梨花村就得一个礼拜了。村里的人都很盼望阿爸的到来，要是很久没看见阿爸，他们就会串门子问一问："看见丹增了吗？丹增多久能到？丹增的枣红马去井边了吗？"阿爸的挎包里背着几封信，有从县里寄来的，有从省城寄来的，回去的时候，包里还会有几封信，是寄到县里的，或寄到省里的。

桑吉问他的阿爸："他们为什么写信？信是祝福吗？"

"哦，不只是祝福，还有，别的嘛。"他的阿爸回答他。

桑吉又问："唔，他们为什么把信装在纸包里，是不想让别人看到吗？"

"哦，看不见使它美丽，重要的东西是看不见的。"他的阿爸说话时喜欢加一个"哦"字，和桑吉的"唔"一个意思。桑吉说草原上没有人比阿爸识字多，他喜欢听阿爸说话，虽然常常听不懂。

我们已经走了很久，太阳变得无力，我问桑吉还有多远，桑吉回答，不多远。这样的问答已进行了若干次，每一次桑吉都胸有成竹地回答这仨字。要是我再追问，桑吉一定会说，梨花村就在那里，准没错的。

"天黑前能赶到吗？"我又问。

桑吉皱着眉头想了会儿，好像脑子里正进行精密的路程计算，计算完，继续斩钉截铁地对我说："不多远，准没错的。"

桑吉说他和阿爸送信去梨花村，有时太阳很高就到了，有时天黑才赶到。有一次，天黑透了，他们还在半路，后来阿爸看见一个白白的东西，是毡包，毡包很破，所以它的主人没将它带走，他们便在里面待了一晚，阿爸说一定是从夏牧场赶去冬牧场的人家。他们在毡包里发现一小袋青稞面，一盒火柴，那个晚上，他们吃得很饱，睡得也很好。

黑暗是一层层降临的，第一层黑暗到来时，大地生出些许凉意；第三层黑暗到来时，我和桑吉看不见彼此的眼睛了。又向前走了一会儿，我们并没能幸运地遇到一个破毡包，倒是在一个矮坡下发现了两堵墙，这是一个废弃的羊圈，用石头堆成长方形，现在只剩下两条边了。当然也没发现青稞面，只有墙角堆着一点牦牛粪。在草原上，牦牛粪是个好东西。我和桑吉点上牦牛粪，火光明灭。

不赶路的桑吉这时想起了他的羊。

"它们会自己回家吗？"我关心地问。

桑吉说会的，但是，他还是会担心，因为他从没有和它们分开过这么久。桑吉说乌木家的羊每天自己回去，詹太佳家的羊也是自己回去，可是他一点都不担心，他只担心他的羊。"这是为什么嘛？"桑吉问我。

"因为你和你的羊建立了联系。"我说。

"唔，阿爸也是这么说的，阿爸说写信就是人与人建立联系。"

我想了想说："人存在就是为了与人联系吧，只有这样，生命才有意义。"

桑吉睡着了，迷迷糊糊中对我说："可我还是想去梨花村，去看那口井。"很快他又进入梦乡，嘴角微微上扬，白牙在火光中如珍珠一般明亮，桑吉一定正在梦里品尝梨花村的井水吧。

七

火早已熄灭，牦牛粪燃烧时间太短，熄灭后竟能闻见牦牛啃食的青草的气息。我被风声叫醒了，但不愿睁开眼睛，谁想看这笼盖四野的黑暗呢？不知道风从哪里来，又去向哪里，现在，整个草原都交给了它们，它们在狂奔，在撒欢，它们成了黑暗的主人。风声里包藏了一切，桑吉细微的鼾声，还有别的动物叫声，隐隐约约，断断续续。我的身上立即生出寒意，仿佛正有无数双眼睛盯着自己。我睁开眼一看，着实吃了一惊，满天大如眼睛的星斗，在草原上空呈现出一种晶莹剔透的明亮。最早定义星宿和天象的人应该有一颗诗意的心吧，他们就应该躺在草地上，仰望星空，观察月亮与星星的变化，搞明白阴与阳的关系。所以，世界从来都不是忙碌的人创造的。

我伸展了下腿，手臂环住桑吉，有一阵觉得是抱着童年的自己，这么一想，心里居然小小感动了一下。白天桑吉问我会不会给他写信，我说会的。桑吉很高兴，但很快就沮丧起来。"你不会的，因为没有人再写信了。"他说。我把记着梦境的纸送给他做纪念，桑吉很开心，他接过纸折起来,把字小心翼翼地包在里面,这时便觉得那些和雪有关的文字具有了意义。他把纸包递给我,让我在上面写下:"桑吉罗布(收)。"

我收到达瓦的第四封信是第二年的春天,那时天气还没有回暖,南方湿冷的空气使人情绪低落,达瓦的信就是这时候到来的,达瓦说:"我最好的朋友,欢迎你来我的家乡。"他说如果我这时候去梨花村的话,正好赶上梨花开放,今年的梨花会开得特别好,特别多。去年的梨花也开得很多,不过,今年一定比去年还要多。"我最好的朋友,"达瓦写道,"你一定没有见过这么漂亮的梨花,它们又白又透明。"

又白又透明的说法使我困惑很久,以至于后来学习化学,总是将白色液体和透明液体混淆。

夜里我做了一串梦,一个梦里说达瓦又给我写信了,他的字一点长进都没有,还是被风吹散架的样子,达瓦在信末写道:"桑吉,快给我回信啊,我是你最好的朋友达瓦。"我立即给达瓦回信,我要对达瓦说,我不叫桑吉,难道你忘记我的名字了?我可是你最好的朋友啊。但我的笔写出的字和纸一样又白又透明。

醒来天已经亮了,草原升起淡淡的水汽,是那种又白又透明的模样。桑吉起来了,正在用一个石块拨弄灰烬。

我们又上路了,桑吉的情绪明显不及昨天高涨,他走在前面,偶尔转过头看我一眼。"唱首歌嘛。"桑吉对我说。我扯着嗓子用五音不全的调子吼了几句,桑吉连忙阻止:"唔,别唱了,你的歌声连秃鹫都会被吓跑的。"他说阿爸的歌声很好听,整个草原上没有人比阿爸的歌声更动听。

八

我们依旧一前一后地走着，太阳把他细瘦的影子送到我脚下，我踩着影子前进，有一阵想起夜里的梦，觉得挺有意思，好像我正被童年的自己牵引着。

晌午时分，我们到达了溪边，直至此时，桑吉才兴奋起来。就是这，就是这，准没错的，桑吉一阵雀跃，他说自己记得这条小溪，因为看到小溪就意味着快到牛背坡了，到了牛背坡就快到梨花村了。桑吉说沿着小溪向前再走一千零九步，到达牛背坡，翻过山坡就是梨花村了。他指着不远处一条拱起的坡线，让我看。"快看，梨花村就在那里。"我顺着他所指的方向看去，有一条微微隆起的曲线。曲线的那一边被挡住了，看不到，曲线和天空构成一道神秘的符号，像一道拉链，隐约有水汽（可能是炊烟），细瘦的，正从拉链缝隙中穿过。

我喜欢桑吉说的一千零九步，这让我觉得从这儿到山坡的路变得神奇，仿佛它不是一条路，而是别的什么……别的什么，我想了好久，并没想出一个合适的比方。我们打算在溪边歇一会儿，在开始计数前，我想充分休息一阵。的确，我们也走了很久了。桑吉说阿爸每次走到这儿都会让普莫喝水。普莫喝完水就去吃草，阿爸便慢慢往前走，不管阿爸走多远，只要一吹口哨，普莫便奔跑过去，普莫这样做并不是顺从，它只是不想和阿爸分开得太久。

我掬一捧水洗脸，溪水很凉，简直可以算得上彻骨。溪水两边的草地厚实了一些，草尖儿已开始返青，让人愉悦。我兜水浇在草地上，桑吉在学我。我捡来一个尖尖的石块，打算将溪水引流，泥土很松软，很快就被犁出一条小道,水迅速流过来,附近的草色明显深了,再将分流的溪水引向更远的草地。桑吉问我在做什么? 我不假思索地说: "写字。" 说完, 桑吉也捡来一块石头效仿我。我说: "桑吉, 你在做什么? "

桑吉头也不抬地说: "写信。"说完我俩都哈哈大笑,将手里的石块扔向对方,再后来,把石块换成水,用手舀水泼向对方,水花溅向空中, 又白又透明。

两人打闹尽兴, 手上脸上沾满泥巴, 精疲力竭地躺在地上, 刚躺下没多久, 我感到身体被什么推了一下, 翻身爬起来看, 原来是一个地鼠洞, 一定是堵住它们出路了。当我守着洞口时, 地鼠在几米外探了下头, 我连忙扑过去, 还是晚了, 小东西又钻进去了。我发现它有两个洞口, 便喊桑吉来帮忙, 一人负责一个洞, 不信捉不住它。

当我们紧守两个洞口时, 却发现洞口不止两个, 因为我们都看见地鼠从远处的一个洞口奔向溪边的一个洞去了。但我们没有泄气, 好像地上地下的动物正进行一场游戏。我和桑吉用泥巴将每个洞口都堵住, 但是地鼠总是从新的洞口出现, 直到傍晚, 我们都没能取得胜利。我想起了常玩的打地鼠游戏, 锤子刚落下, 地鼠保准从另一个洞口探出头, 于是就这么乐此不疲地追逐下去。

后来我们也不堵洞了, 守在一个洞口等待地鼠的出现, 就这样过去很久, 我都快忘记自己坐在这儿干什么了, 忘记自己为什么坐在草原上的一个地鼠洞前。

太阳早就不见了, 天空呈现出铅灰色, 像一个巨大的水泡摇摇欲坠。好一会儿后, 我和桑吉才想起我们的目的地——梨花村。

九

按照桑吉说的，从溪边走到坡下正好一千零九步，为了控制好数字，我们走得极其认真，但是很不巧，我走了两千零九步，而桑吉走了两千四百多步，我猜桑吉说的一千零九步也许是马步，难说。

快到坡顶的时候，我竟然感到有些激动，从我的脚步便可看出，我想起在校园里跟在班主任身后去取信的时光。水杉叶子在脚下发出沙沙声，阳光被头顶的树叶筛出无数光斑，有的是静止的，有的在跳跃，我踩着光斑前进，好像要把它们一个个摁进黑暗的泥土里。

我和桑吉牵着手，因为谁都不想让另一个人落在自己后面看见梨花村。

山坡下的世界一点点出现了——

是广袤又辽阔的草地，和泥土一样颜色的草绵延到天边，除此之外什么都没有。我们都怔怔地站着，难以相信眼前的一切，如果不出意外，这里应该是村庄啊。矮矮的、石头堆砌的房子散落着，或者紧紧挤在一起，房子之外是矮矮的树木，准确地说，是梨树。梨花一簇一簇地开放着，像雪一样，又白又透明。

可是，什么都没有。连一间破房子都没有，连一个人都没有，连一只羊都没有，天地间空荡荡。我和桑吉慢慢往坡下走，下午的打闹耗去我们所有的力气，以至于此刻都不想说话。天色暗了很多，包藏在头顶上的水泡越坠越低。半晌，我们看见远处有个人，骑着马，正向我们靠近。我们用力招手，那人向我们走来，近了才发现，他并没有骑马，而是骑着一辆笨重的摩托。

"这里是梨花村吗？梨花村在哪里？"我们迫不及待地问。

对方皱了皱眉，好像从没听过这个名字，摇着头继续赶路了。

脚下的枯草发出沙沙的声音，不仔细听还以为踩在雪地上呢。

果然，开始下雪了，雪花一朵一朵从天上坠落下来，重重地，有力地，落在我的肩上，落在我的头发上，落在我的眉毛上，雪花很大很漂亮，白得那么透明。

我想起了我的三个名字，我把它们分别送给一只地鼠，头顶的一朵云，还有牛背坡前面的那个小土丘。

黑暗一寸一寸降临，渐渐地，如同拉链一样，将天地连成一片。看不清远处，只看见视线的尽头有一株比草略高出一点的矮树，在有风的草海间，如同一艘载着整个草原全部秘密的船向前驶去。

原刊于《雨花》二〇二一年第五期

孔雀

叶昕昀

　　她约张凡到大觉寺看孔雀那天是六月十九。到寺庙上香的人很多，流通处厢房买香烛和文疏的人几乎没有间断。她那天脑子昏得很，人家说要一把香，她递两把，说要三道文疏，她递五道，昏头昏脑地到下午三四点，几乎忘了看孔雀的事。四点寺庙关门，人渐渐散去，她一样一样清点货品，发现柜台里的绿松石手串少了一个，不算贵，二十来块钱，买去图个吉利的，但少了要她补上，多少觉得亏损，只能怪自己不留神，再一想，又怪老刘今天没来，她一个人应付不过来。

　　大概就是埋怨到老刘头上的时候，张凡到了。他们此前没有见过面，是经常来寺里做事的周嬢①从中牵线，说让两人见个面，算是没有明说的相亲。她没有拒绝。

―――――――――――――
①嬢：方言，婶婶的地方称谓。

他从外面探头进来，大热天还穿一个皮夹克，个子挺高，皮肤是云贵高原紫外线塑造的黝黑。他问："杨非在吗？"她点点头，说："在呢，你面前。"他一下子就笑了。她看他："你是张凡吧。"他说："是，我是张凡。"

她注意到他挺拔的身躯和稳重的步伐，然后低下头去，说："你在旁边的椅子上坐一会儿，我还有事没做完。"她习惯点两遍货品，算是某种强迫症，现在还差一遍。张凡问："这里忙吗？"她低着头，说："看日子，香客多的时候一刻也不得闲，你待会儿再跟我讲话，我现在忙不过来。"

张凡便不说话，坐在椅子上看院子里的三角梅，他的右眼视力好，看得清相隔二十米对面佛殿牌匾上不大的字，是地藏殿，他想问地藏殿供的是哪个菩萨，话到嘴边又咽了回去。他往地藏殿旁边看，佛殿的匾额被一棵贝叶棕遮住了，他将目光收回来，看厢房门口浮着睡莲的青褐色石缸，里面有几尾金鱼，天气太热，一直往外吐气泡。他盯了很久，听到杨非说话："你定力挺好。"他回过头去，杨非又说："走吧，去看孔雀。"

她把柜台的隔板抬起来，张凡过去扶住，让她出来。她解下身上的墨蓝色罩衫，把身后那绺长长的黑发拨到胸前，平视的视线只能达到他的腰际。他系着一条黑色皮革的腰带，印着老虎头的金属闪着光。她说："要劳烦你。"张凡就走过来，站在她的身后，微微蹲下，两只手托起她轮椅两侧的把手，缓慢地抬起来。她比他预想中轻很多，即使加上轮椅的重量也还是很轻，跟他儿子的重量差不多。他感觉到她的双手紧握，后背往下靠，他尽量使自己的步子平稳。他抬着她的轮椅跨过厢房的门槛，到了台阶，那里有专门的木板搭成的小坡，可以让轮椅下去，他没有放下，直接将她抬下台阶，然后安稳、缓慢地让她落地。

杨非对他说谢谢，声音很轻。张凡假装没有听见，预备推着她往前走，杨非用手卡住轮子，说："不用，我自己来。"张凡就撒开手。

寺庙的路都是石子铺成，她滑动得有些吃力，张凡放慢步子，跟在她后面。她在石子路最里面的禅房门前停下，说："里面的木桶里有玉米粒，你用碗装一点，碗在木桶旁边。"他走进去，禅房的案桌上立着一幅观音送子的画像，香已经燃尽。他绕过案桌，在角落里看到木桶，旁边放着一个不锈钢碗，他从桶里舀起一碗玉米。

她看见他走出来，说："把门带上。"他回过身去关门，转头时她已经往前走了。他跟着杨非，绕过大雄宝殿，来到寺庙的后院，远远就望见那只被一片铁丝网围起来的孔雀。

孔雀站在罗汉松旁一动不动，杨非滑着轮椅过去，将扣住铁丝网的钩子移开，然后回头看张凡，说："放里面吧。"

食物就在面前，孔雀仍站在原地不动。张凡蹲下，将碗往里面推了推，孔雀警惕地扬起脑袋，头上的冠羽轻轻地晃动。张凡这才注意到孔雀蜷缩着一条腿，准确来说不是蜷缩，而是萎缩，它只凭一条腿立在那里。张凡突然想知道它怎么走路，于是又往前走一点。孔雀意识到入侵，往后退，它萎缩的右腿落在地上，右半边身子大幅倾斜，左腿立即向后迈一步，将身子稳住。

张凡觉察到这样有些残忍，他于是向后退去，直到走出它的领地，关上那片铁丝网，与它保持最初的距离。

张凡到杨非身旁，孔雀还是待在退后的位置，没再往前。张凡说："它挺怕生。"杨非说："分人。"张凡点头："我确实吓人，别人都这么说。"杨非说："这挺好，没人敢欺负。"张凡笑："它怎么不吃？"杨非滑着轮椅退后，说："人走了它才吃。"张凡说："还挺有个性，养了多少年了？"杨非想了想，说："二〇〇八年老马从版纳带回来的，也有十来年了。"张凡问："谁是老马？"杨非说："以前经常给寺庙捐钱的富源煤老板，后来煤矿倒了，就没再来过。"张凡点点头："那也挺老了。"杨非问："谁？"张凡说："孔雀。"杨非没说话。张凡往左边跨了一步，说："这是绿孔雀吧。"杨非说："不知道，我不懂。"张凡说："这是绿孔雀，我当兵的时候在怒江集训，见过这种孔雀，现在是濒危动物了。你们养得不好，毛色都变了。"杨非问："你在怒江当的兵？"张凡说："算是吧，滇西那片都待过。"杨非问："怎么样，那边？"张凡说："不好待，不如东边。"杨非没再说话。

张凡退到杨非身后，他们站在松树下面。一片云彩飘到太阳底下遮住光，天微暗下来，吹来一阵风，张凡觉得凉快，又觉得有些恍惚。空气中有从前院寺庙飘过来的檀香气味，在此刻短暂的静止中，他心里生出一种久违的隐秘和平静。

从后院出来，她觉得饿，提议去寺外的清真街吃凉粉。张凡说好，他们便往外走。张凡说："我推你吧。"她说："不用。"走到千佛塔的时候，又说："好吧。"他走过来扶住她的轮椅。她抬手指着千佛塔，说："上学的时候来参观过吗？"他说："没有。"她问："那你知道这是什么时候建的吗？"他说不知道。她告诉他，是元代。他说："没普气①，历史没学好。"她说："有六七百年了。"他说："噢，

————————————
①没普气：云南地区方言，指说话和做事不沾边。

是古物。"她身子往后靠了靠，说："我刚来寺庙的时候，每天就在塔下面看，看到太阳刺得眼睛睁不开才回屋，后来视力就降了，总是看不清楚。"他说："那你配个眼镜。"她说："不用，能看清人就行。"他说："人你看不清。"她岔开话去，问他："你知道这塔有多少龛佛吗？"他说："千佛塔、千佛塔，上千吧。"她笑："你回去查查。"他点点头："好，塔尖的两只鸟是什么？"她随着他抬起头来，一齐看那座二十米高的佛塔，她笑："那是鸡，金鸡。"他说："我看着倒挺像后院那只孔雀，你看，它也蜷着腿。"

他们在凉粉店外坐下来。有几个人在里屋，杨非说热，他们就在外面坐下。杨非是熟客，老板娘笑问："今天吃什么？"她说："两碗凉粉，我那碗不要米线，你呢？"她转过头去问张凡。张凡说："我要多一点米线。"杨非笑，问他："你现在做什么工作？"张凡答："司机，给领导开车，之前跑长途货运。"杨非点点头："介绍人没跟我仔细说你的情况。"张凡看着她："你想知道什么，随便问。"杨非摇摇头："现在不用了。"张凡说："我离过婚，有个儿子，跟了他妈。"杨非没说话。张凡又说："我爸死得早，家里有个老母亲，现在城里住的房子是我大伯的，我前些年在开发区买了套电梯房，还有辆二手车，大众的。"杨非说："吃东西吧。"

和张凡分开的那天夜里，杨非发起了高烧。房间里很闷热，她想也许是明天要下雨，然后想起张凡眼睛上的那颗痣，又想起撒在地上的玉米粒和落在泥土里的月季花瓣。她渐渐魇在清醒的梦里，小腹传来的疼痛没有减弱过，从子宫右侧的某个点开始，呈放射状地蔓延着疼痛，它不是持续的，大概隔几秒加剧，躯体的痛楚将梦境变成一堆破碎的画面。她有时听见开门声，有时听见有人在耳边低语，有时看见灰褐色的水泥广场和漫长的延伸到铁轨的马路，然后那个男人模糊的身影又开始出现，慢慢靠近。她感觉到自己在坠落，然后是奔跑，似乎有风从她耳边穿过，又拂过她的小腹。她摸到自己的双腿，突然从梦魇中清醒，像是沉溺在海底又浮出水面的一瞬间，那种熟悉而恒久的绝望。

一丝光从蓝色的窗帘透进来，她盯着窗帘上跃动的斑点，很久以后，那种梦境带来的无法言说的感受仍在持续，那种针刺般的、小小的欲望从她腿骨的一处开始蔓延。天渐渐亮起来，光充满空荡的房间，充满她内心某块凄清的空白。

她终于听见父亲起床的声音，她轻轻喊着，但嗓子几乎发不出声音来，她张着嘴吐出无声的语言，然后抬起右手，从空中降落，捶击在床沿，只是发出轻微的响声。过了很久，她听见父亲推开她的门，说："起床了。"她没有回应他，他于是走过来，看她暴露出青筋的脸庞和手臂，以及肿胀的眼睛。他摸了摸她的头，说："我去买针水。"她感觉到内心突然滋生起来的与悲伤相掺杂的怒火如同落在床上的拳头一样，软绵地四散开来，散布到身体的每一处。

那天她没到寺庙去，第二天也没去。第三天的时候，张凡找上门来。下午三点，父亲刚下中班回来，他在附近的小区当保安，三班倒。她坐在阳台上吹风，父亲走到她背后，说："你有朋友来了。"她转头，短暂的诧异之后，她看见张凡的脸。透过窗户的光照在他的脸上，印出三条长形的条纹。

张凡走过来，把手里的水果放在茶几上，父亲咳嗽了两声，走进房间，关上门，将她和他隔绝于那间落满斜纹光影的客厅。张凡站在客厅中央，说："我去寺庙找过你。"她没有说话。张凡又讲："阳台上晒，要不要我推你进来。"她自己把轮椅退回来，摇到茶几旁边。

她请张凡坐，要给他倒杯水，张凡拦住她，说："我自己来。"他在她面前站起来，身体挡住她面前的光，她注意到他今天换了一条腰带，棕色皮质。他握着杯子在她面前坐下来，说："我想了想，觉得我们能处。"杨非说："怎么处？"张凡转动着杯子，说："你看我的眼睛。"杨非看着他。他说："左眼。"她就看他的左眼。他说："你仔细看。"杨非说："怎么弄的？"张凡说："在勐海的时候，抓捕一个毒贩，他拿刀朝我眼睛捅过来，我没来得及躲。"她问："勐海在哪里？"张凡说："在版纳，对面就是缅甸。"她说："挺狠毒的。"张凡抬起手摸了摸左眼，说："他没下狠手，他本来可以朝我脖子捅，那我肯定死。"两人沉默，她又看他，说："这眼睛挺逼真，是马眼睛吗？小时候丝厂大院里有个男孩，被鞭炮炸掉了眼睛，在眼眶里装了一只马眼睛。"张凡摇头："不是，是玻璃的。"杨非点点头："不仔细看看不出来。"张凡问："你们以前住在丝厂？"

杨非摇着轮椅过去给自己倒了一杯水，说："以前我爸在丝厂缫丝车间，做到车间主任，我们就住在生活区，十平方米的房子，没有厕所，整栋楼都是尿臊味。后来丝厂倒闭，我们就搬了出来。"张凡站起来，在屋子里四处转着，说："丝厂是二〇〇〇年左右倒的吧。"杨非说："好像是。"又想了想，又说："是，那年我初三。"

张凡在电视柜的几张照片旁边停下来，他仔细看了很久，转过头问杨非："你小时候跳舞？"杨非说："是，从小就学，拿过县里挺多奖。"张凡说："真厉害，学过舞气质不一样。"杨非没接话。张凡又说："你应该开个舞蹈班，教孩子跳跳舞。"杨非说："我这样子怎么教。"见张凡有些尴尬，她又说："我不喜欢小孩子。"

张凡感觉到杨非兴致不高，他在那些照片旁边停了很久，说："要不然今天出去，你喜欢看电影吗？一中对面的商业中心新开了一家电影院，环境不错。"杨非说："我不方便。"张凡笑："有什么不方便。"杨非说："我不爱出门。"张凡说："要适当出去走一走，外面都大变样了，我带你去看看。"

杨非没有拒绝。

她这几年相了很多亲，要遵从彼此匹配的原则，所以对方都缺胳膊少腿，像是照镜子，相互看见都觉得尴尬。她与张凡的第一次会面却不尴尬，这是她少有的体验。另一个觉得不尴尬的是一个乡镇中学的语文老师，右腿车祸截肢，爱读史铁生和路遥，眼镜总是滑到脸中央，笑起来眉头就皱在一起。他们那时几乎快成了，后来男方家里又嫌她工作不好，要她陪嫁一套房子，父亲几乎要妥协，她找到语文老师，说我们还是算了，残缺的地方都不一样，彼此补不起来。

张凡是第一个以四肢健全的姿态站在她面前的男人，她观察他，想要发现他的残缺，最后得到的却是他的无比健全，她竟觉得恐惧。她早发现他的眼睛问题，可这种残缺和她的残缺并不对等，和她比起来，他仍旧是健全的。她厌恶他的健全，却又贪恋他的健全。

张凡开来一辆吉普，是单位的车。他将杨非推到院子里，上车的时候，他犹豫了一下，但这种犹豫没有持续太久。他说："我抱你上去，轮椅放在后面。"杨非同样地犹疑，她看着张凡的腰带到达她的眼睛，突然觉得有些滑稽，她点了点头，双手从扶手抬起来，张凡蹲下来，轻轻咳嗽了一声，靠近她的身体，将她的双手搭在自己肩上，抄手绕过她的双腿，扶住她的后背，轻轻地，将她抱了起来。她轻轻贴着他的胸膛，大脑里有一瞬间的空白。除了父亲，这些年来，她再没有这么近距离地靠近过一个男人，他的军绿色衬衫上有着炙热的汗味，带着腥气，她的体内突然又升起那小小的刺痛感。

张凡将她轻轻放在副驾，她的重量在他手上消失的时候，他的衣衫上沾湿了一片汗渍。他关上车门，在炙热的空气里轻轻呼出一口气，提起地上的轮椅，放进后备厢。他记得那天热得出奇。

她坐在副驾，看着放置在她前面的车辆通行证，下面印着一个大大的政府红章。她轻轻吐出一口气，一种陌生的未知在她面前展现。

张凡上车，侧脸看了看杨非，说："系一下安全带，最近查得严。"她拉过背后那条长长的黑色带子，始终找不到能够扣住的地方，她的脸憋得通红。他终于伸过手来，拉住她的安全带，轻轻扣进去。她没觉得得救，而是更重的沉溺。

一路上，他们没有说话。他推着她从地下车库走进电梯的时候，她尽量使自己不低下头去。电梯门快关上的时候，一个穿黑色裙子的女人跑进来，眼神在杨非身上停了很久，她与他们并排站立，毫无掩饰地表达出对于他们的好奇。从地下二层到一楼，电梯的空间始终呈现一种密闭而窒息的状态，从电梯出来，她再次感受到那种从海面浮起来的感觉。

他去买票，她在后面等。后来让她回忆，她完全记不得那天看的到底是什么电影。工作日下午看电影的人很少，售票小姐的声音在空荡的大厅里听得很清楚，售票小姐说："两张是吗？"张凡说是。售票小姐问："是后面那位女士吗？"张凡说是。售票小姐微笑着说："凭借残疾证可以半价。"张凡说："不用，两张全票。"售票小姐说："好的，请稍等。"

她突然想立刻逃回去，逃回那间此刻已经落满日光的房间，一个人藏在被子里，睡上漫长的一觉，等到黄昏来临的时候，去感受房间空荡的凄清。但她终究待在原地，像她人生中所面临的所有选择。她看见他朝她走过来，她一时分不清他哪只眼睛是真的。他看着她，说："我们走吧。"

她在梦境里再次沉溺，在梦境那片荒凉的废墟里，那种只属于她的昏黄色调的梦境里，她始终有一种不想再醒来的愿望。

那天从电影院出来，他说："你喜欢看飞机吗？"她问："什么？"张凡说："城外的军用机场，附近有一个很高的水坝，小的时候我经常去那里看飞机。"

小城是云南最大的坝子，抗战时期在县城西南边建了军用机场，驻扎美国空军部队，新中国成立后成了空军训练基地。张凡小时候跟爷爷住，就在机场旁边的村子，每天听见飞机在头上轰隆轰隆地飞过。他问爷爷："是不是要打仗了？"爷爷抱着水烟筒："你想不想打仗？"他说："想，电视里演得可刺激了。"爷爷摇摇头，不说话。老家的墙上现在还挂着一张黑白照片，一个美国大兵，搂着一个小男孩的肩膀，男孩裸着身子，骨瘦如柴，瞪着眼睛看镜头。那个男孩就是爷爷，爷爷的父亲曾经是修建机场的民工，每天都要拉着巨大的石碾压碾机场跑道。有一次爷爷跑去机场给父亲送饭，美国人给他拍了一张照，后来洗出来送给他，爷爷一直视为珍宝。"那个大兵，是开战斗机的嘞。"爷爷说。张凡说："那我以后也要开战斗机。"

他们最后去了盘江河边。盘江属珠江水系，绕县城四十余千米，这是距城最近的一段。河边新建了一片别墅区，修了宽大的柏油路和河滨公园。杨非小时候来过，那时候这里还只是一条长长的泥土路，在土堆里能找到大大小小的海蛳螺。那些童年的海蛳螺使她相信课堂上老师所说，这里原来是一片海洋，后来海水退去，成了一片平原，一片在云贵高原中低洼处的显眼坝子。

那时太阳已经落下去一点，没有建筑的阻挡，阳光恣意地、大片地照耀着柏油路大道，他推着她在树荫下走。他原本想沿台阶下到河边，但台阶很高，没有适合轮椅下去的坡道，他就放弃了。他感觉她有些累了，便在一片树荫下的石凳坐下来，旁边是一棵炮仗花树，长出来的花红得像一串串鞭炮。在路的对面，一排排空着的商铺贴着招商广告，中间有一家突兀的小超市，他说："我去给你买瓶水。"

她坐在炙热的大地里，转过轮子，去看河水。已是汛期，河水涨了上来，河水裹挟着从上游漂流下来的松木枝和各种垃圾。河岸的斜坡上间杂地长着各色矮牵牛，偶尔有羊群从公路穿过，不听话的几只就跑下来，咬几口岸边的花，再留下一堆小小细细的粪蛋，等赶羊人长长地喊一声，它们又跃跑着追上羊群。

等她转过身来的时候，他已经给她拧开了瓶盖。他指着河对面那片红墙建筑说："我初中就在那个中学。"她点点头："九中。"他说：

"你在一中吧。"她说是。他喝了一口水："看来学习好。"她笑："学习不好，小升初是舞蹈比赛保送的。"他便惊叹起来："真是厉害。"她突然愿意谈论这个话题，说："我读书读不好。"他说："我更老火①，看见字头就疼，天天想着能开飞机。"她笑："你想当飞行员？"他说："从小就想，但我连高中都没考上。"她说："你当兵了，也算是接近。"他说："不一样的。""他扎你眼睛的时候你疼吗？"她突然问。

张凡看着河流上的大桥，那桥算是一个城乡分界线，驶过那座五十多米长的大桥，便算出了城。从前那只是一座不到三米宽的小石桥，每天晚上下自习，他就骑着自行车穿越那座小桥，去大伯家里。他借住在那里，留给他的是一个三平方米的小房间，之前是他的奶奶住，最后奶奶死在这个小房间里。大伯和父亲将奶奶从房间里抬出来，她睡得很安详，那对陪伴她大半辈子的、长长的玉石耳坠将她的耳朵坠到了底。小时候他曾问奶奶："你什么时候死？"奶奶摸着耳朵，说："等我这个洞坠到底，就死了。"他被那把尖刀戳穿眼球的时候，脑子里突然就想到奶奶那只坠到了底的耳洞，他觉得自己的眼睛也坠到了底。

他说："当时没有感觉，后来才觉得疼，觉得自己会死。"她看着他的眼睛，说："后来呢，那个毒贩？"张凡拍了拍自己的胳膊，抬起手来，臂膀上印着一只虫子的尸体。"被战友击毙了，一枪穿破了脑袋，"他说，"就倒在我面前。"

杨非不再说话。

张凡帮她赶了赶面前的飞虫，问："你以前跳什么舞？"她看了看他，似乎自己也有点疑惑，顿了一会儿，才说："学的民族舞，老师

①老火：云南地区方言，严重。

说我跳孔雀舞好看，后来就一直跳孔雀舞。杨丽萍你知道吗？"张凡点头："知道，我妈喜欢吃的那个糕点，包装上印着她。"杨非说："当时老师天天让我看她的录像带，我还逼着我爸买了台 VCD。"张凡说："你爸对你真好。"杨非沉默下来。

"读书的时候追你的人很多吧？"张凡突然问。杨非说："还行。"张凡笑："看样子很多，有谈朋友的吗？"

杨非说："有一个。"张凡问："什么样的？"杨非说："长得还行，就是有点胖，都叫他胖子。他爸是县里的官，有钱，每天都给我送早点，买礼物。"张凡点头："是，男友有钱就魅力大增。"杨非没搭话。张凡说："我能抽根烟吗？"杨非说："你抽。"张凡从裤兜里掏出一包红塔山，点了火，嘴里含着烟说："电视里都这么演，男人没钱，女人就要跑。"杨非看着他："你觉得我是贪你的钱吗？"张凡说："我不知道，我也没钱，但我觉得你贪别的。"杨非望着他："什么？"张凡不说话。杨非说："麻烦烟借我一支。"张凡看她，没说话，拿食指敲出一支烟，把自己的烟头凑近，点燃，递给她。张凡说："你会抽烟？""胖子教的。"杨非说。"后来呢？"张凡问，"你和胖子。"

太阳又落下去一点，杨非往树荫下挪了挪："后来我出事了，休学，没再联系过。"张凡说："现实。"杨非两只手叠在一起，望着对岸。

两人聊到天已有些擦黑，那时晚饭后到河边散步的人渐渐多了起来，张凡说："我们走吧。"他推着杨非向路边的车走去，打开门，轻轻抱起她，放到副驾驶座上，他碰到她的双腿，觉得异常冰凉，他看了看她，她只是抿着嘴不说话。

她到家的时候，父亲坐在桌边。她叫："爸。"父亲点点头："吃饭吧。"她扒拉了几口，说吃饱了。父亲说："在外面吃了？"她答："没吃，就是吃不下。"父亲动了动嘴，没说话。

她回到房间，去抽屉里翻相册。门锁坏了，她就推着轮椅背靠着抵住门，一面听着外面父亲洗碗的声音，一面一张一张地翻照片。照片右下角印着的暗红色的日期在提醒她，在某个时刻，她曾在某个地方对着镜头笑过。与张凡聊天的时候，她发现自己似乎陷入一种失忆之中，记忆并非她想象中连贯的线条，而变成一些细小的、随时可以丢弃的碎片，这使她感到一种被记忆背叛的恐惧。这是第一次，她涌出一种强烈的、回忆过去的渴望，那些回忆曾被她强制压在脑子某一处黑暗的角落。

她突然听见父亲向她房间走来的脚步声，她左手抵住门，右手将相册往床底下滑过去，留出一个边角，她没来得及过去塞起来，父亲就推门而入。

父亲端着菠萝水进来，她从小就喜欢吃这个，用冰糖煮菠萝，放凉以后搁到冰箱里，冷透了再拿出来吃。以前没有冰箱，父亲总是煮好一锅，笑嘻嘻地去楼下的小卖部，放在小卖部的冰柜里，晚上去拿，给小卖部舀了大半，剩下的半锅端回来。

她接过菠萝水，问："今天不上夜班吗？"父亲说："待会儿就去。"父亲站在她面前，看她吃完几块菠萝，说："今天那个男的就是你周嬢介绍的？"她说："是。"父亲说："还是找个真心实意的好。"杨非说："他挺真心实意。"父亲递纸给她，让她擦嘴。"还是条件相当一些的好。"父亲说。杨非吃下最后一块菠萝，菠萝卡在她的喉咙，等她吞咽下去，喉管里却始终残留着一段可感的空隙。父亲接过她手里的碗，转身出去，轻轻关上门。

她把纸巾捏在右手手心，用左手滑动轮椅到床边，用轮子推了推那本相册，她低下身子去，没有够到相册，她再弯下去一点，还是够不到。她的身子趴在自己的腿上，随即缓缓抬起，她扬起手，重重地捶在腿上，没有一点知觉。

张凡和杨非开始定期见面。一般是一周一次，张凡空下来，就去找杨非，他在寺庙外一条巷子里等她，开车去河边，或者是公园。他们第一次亲吻是在月亮湾公园。那是一个废弃很久的公园，荒草长得老高，池里暗绿色的水发出阵阵臭味。是她提议去的，说是小时候去过公园里跳蹦蹦床，五毛钱两个小时，她很喜欢那种腾空的感觉，比跳舞时的那种腾空要精彩得多。那边，她指了指公园东北角，以前蹦蹦床就在那片空地上。张凡朝她指的方向看过去，现在堆满了一层层破碎的石棉瓦和几个废旧的皮沙发，越过围墙，旁边是一片居民区，居民楼窗户里漏出的光照在那片废墟上，能看见灰尘的颗粒在黄色的光晕里流动。

他们选择了一片草比较浅的石凳，他挨着凳子的边沿，扶着她的轮椅。她说："给我讲讲你当兵时候的故事吧，我爱听。"她喜欢他那些与此刻不同时空的故事，带着残酷的荒蛮和猎奇。她也喜欢他讲故事时的神态，眼睛微微眯起来，仿佛与这个世界隔着一层主动的疏离，然而她却能穿过那层疏离，轻易地走进他的世界。

他说："我入伍的时候，跟的是李哥，就是我跟你说过，用枪打破毒贩脑袋的那个。他跟我是同乡，比我早几年入伍。李哥带我们去边防站查检，是个半夜，我记得挺清楚，刚下过暴雨，看得见蓝色的天空和白云。我们上一辆卧铺车检查，大部分人还在睡觉，各种奇怪的味道混在一起，我的脑子猛地清醒过来。几个男人坐了起来，抱怨一趟车要检查多少次，李哥低吼了一声，车里立刻安静下来。我跟在李哥后面，车门处的卧铺坐起来一个女孩儿，十六七岁的样子，头发黄黄的，看上去像发育不良。李哥挨个儿查身份证，让我搜他们的随身行李，其他几个战友搜车厢里的大件物品。那女孩儿低着头看我，嘴唇发白。她移动身子从床上下来，我在她卧铺上翻找，李哥提醒，床铺什么的都要翻，我一一照做，最后是她的包，一个黑色皮革的背包，表面的皮革剥落，我让她把包里的东西倒在床上，仔细查看每一件物品。然后第二个人。我们没有发现什么，我松了一口气，有点像以前看考试卷子上的分数，明明知道结果，还是会心惊。我和李哥走到车边的时候，李哥停留了一下，随即我们下车，就在下车的时候，那个女孩儿一下子扑倒在地上，嘴里吐着白沫，李哥看过去，说，'呵。'"

杨非问："她藏毒？"

他说："是，塞到下体的毒品破了，我们的女兵从她阴道里掏出几百克海洛因。我现在还记得那女孩的样子。后来没抢救过来。"

杨非问："她为什么？"张凡点上一支烟，开始沉默。不知怎么，他突然想起，曾有一次，他也这样问过李哥。在李哥退伍的前一年，那时候他的眼睛也还没坏，李哥给他讲过这样一个故事。李哥说，那时队里接到一条情报，派他去中缅接壤的一个村子里和毒贩接头。那个村子里原先有十几户人家，全部吸毒或者贩毒，后来死的死，逃的逃，成了一座空村。

"想什么呢?"他的回忆里闯进杨非的声音。烟灰落到裤子上了,杨非说着,伸手过来帮他拍了拍裤子上的烟灰。他笑了笑,突然说:"我以前不抽烟的。"她抬起头,说:"是吗?"他说:"当了兵以后才学会。"她点点头。他说:"那时候我们要整夜整夜地守着山头,全靠烟撑着。"他抬起手里的烟,说:"李哥那时候教我,在烟屁股上涂万金油,然后深深吸进去,整个肺都凉透了,脑子才清醒起来。那时候我们还开玩笑,说这么抽一口,跟吸毒没什么两样。"

"你尝过吗?毒品。"杨非问。她的眸子望着他,似乎要从那只玻璃眼珠里发现些什么。

张凡没有直视她,说:"不能算尝,有时候需要用牙床验毒,尤其是海洛因,纯度越高,味道就越酸越涩。"张凡再点起一根烟,他的烟盒里已经没剩下几支了。"越了解那东西,越知道不能碰。"张凡说,"以前我们队里一个老兵,缉毒的时候被灌了毒品,现在还在戒毒所。戒了又吸,吸了又戒,那东西根本不可能戒得了。"

夜色深了下来,张凡听着那栋老旧的居民楼传来电视剧的声音,似乎是一对夫妻在吵架,在停火的间隙,他听见杨非问他:"你杀过人吗?"张凡吐出烟圈,烟雾随着气流缓缓上升,融合,然后消失。他说:"杀过。"

张凡第一次出任务,去山上伏击毒贩,李哥让他负责射击。对方用的是支土枪,估计是个新手,听见动静后虚空放了一枪,张凡没多想,朝着枪声的地方开了几枪,开完枪的手还不停颤抖着。李哥给他点了烟,接过他手里的枪,走到毒贩旁边,还没死透,又朝毒贩开了一枪,说："不要命的孙子。"

"那之后整整三个月，我天天梦见他，满身是血地看着我。"张凡说完，低下头去，听见风吹过草丛的声音，他把烟蒂按在椅子上，烟灰随着风吹到一旁的草丛里，未熄灭的火星子闪了几下。然后他抬头，看见杨非的眼睛。她握住他的手，手心里全是汗珠，湿腻腻的，他就低下头去亲她的嘴唇。他听见她加大的喘息，闻着她脖颈里淡淡的香气。轮椅朝一旁摇了摇。他握住轮椅，将她放到面前来，用双腿固定住她的轮椅，他看见她脸上渗出的汗珠。

她从他的手臂里挣脱出来，觉得身体里的东西炙热得可怕。他稳定了自己的情绪，握着她的手。

她问他，后来为什么退伍，是不是因为怕死？他说，不是。过了一会儿，他又说，是。她看他，他说，不是怕自己死，是怕别人死。他说完，低下头去含住烟。她不说话，只是移过去，把头搭在他的肩膀上，一仰头，就看见稀疏的星星。

他们去河边约会的一个晚上，他送她回家，在路灯投入车内影影绰绰的光影中，他说："今晚别回去了吧。"

张凡把车停在城边的一间旅馆，老式的招待所样式。张凡拿身份证去开房，杨非坐在车里等他。她看着旅馆闪着红灯的招牌，"鸿瑞宾馆"，在心里默念出声。"鸿"字的三点水掉了一个，"馆"字的颜色比其他三个字亮一些，应该是新焊接上去的。在心里默念的时候，宾馆两个字背后确切的含义慢慢在她脑海里显现，她的心脏开始加速跳动。她看见张凡走出来，站在"宾"字下面，随着闪烁的灯光点起一支烟，他厚厚的下唇兜住烟雾，再轻轻吐出来，她的目光和烟雾一起上升，停留在他那只玻璃眼珠前面，随着他轻轻地咳嗽，烟雾散去，她看见他那只在夜晚格外明亮的眼睛。她身体里小小的炙热升腾起来。

他终于走过来，打开车门，看着她有些异样的脸，说："我背你吧，不那么显眼。"她说："好。"伏在他背上的那一刻，她脑海里浮现出父亲的脸庞，那张蜡黄得如同牛皮纸揉在一起的脸庞，牛皮纸的褶皱里堆满了岁月对他的耗损。她觉得刺眼，将头转到另一边，侧靠在他的肩上，看着地上，他们重叠的身影缓缓拉长，又缩短，再拉长，进入大厅的时候，影子消失了。有那么一刹那，她有些恍惚地问自己，怎么到这个地方来了，到底是什么样的欲望将她推到这里，这种隐藏着无数污垢的地方。也许明天便会传到相识的人耳朵里，他们会用怎样的目光看她，会像当初他们盯着她残缺的双腿那样？她不知道。她的双手只是更紧地搂住他的脖子，带着一种下定决心的决绝。

他背着她上楼，步子放得很慢，一步一步，像是行军时跋涉险途的谨慎与警惕。楼道很窄，他小心地掌控着自己的力度，不使她的身体碰到发黄的墙壁和掉漆的栏杆。她失去知觉的双腿被握在他宽大的手掌之中，随着每一步的攀爬更紧密地与那片肌肤相触碰。他握着她，随着每一步的颤动，想象着每个清晨她怎样醒来，如何将那条纱裙套进身体，再轻轻抚摸过双腿。

他们终于到达，他腾出一只手，推开黄漆的木门，一股长久未透气的霉味扑面而来。他的皮鞋踩上厚厚的地毯，地毯已经看不出原本的花纹和颜色，上面有很多小小的洞，虫子蛀的，或者是烟头烫的。这些小洞和地毯表面显眼的污渍告诉他们，这里住过很多人，很多同他们一样或者不一样的人。灰尘从地毯上扬起，他听见她轻轻咳嗽了几声。

他将她放在床上，碰到老旧的木桌，发出嘎吱嘎吱的响声。他的气息扑到她脸上，带着一丝理智问她："你做过吗？"她没说话。他便把手伸到裙子下面。她握住他的手，说："我有点怕。"他带着耐心，抽出手来，摸着她的脸，说："也许是灯太亮了，我去关灯。"她又拉住他的手，说："你来吧，轻一点就行。"

她很瘦，一摸就碰到骨头，两条腿的肌肉已经开始萎缩，默然地、软绵绵地蜷缩在那里，他轻轻摆弄她的身体，将双腿轻轻抬起，试图去验证是否真的没有知觉。他一直注意着她的表情，她闭着眼睛，右手紧紧握着脖子上的玉观音，不发出声音，疼的时候皱一下眉头，仿佛在承受某种既定的惩罚。她始终没有直视他的眼睛，将目光放在可及的老式电视机和布满黄色污渍的热水壶上。她闻见白色床单散发出浓重的漂白剂气味，在床单米黄色的暗纹里，她想象曾有多少身体在此刻她容身的床上留下过痕迹。她的喉咙里突然涌出一股酸水，她闭上嘴，酸水又顺着她的喉咙回返到她的胃里，她感觉到一阵恶心。

得不到回应，他很快就结束，她轻轻挣脱他，身体扭向一边，握着玉观音的手始终没有松开。

他光着身子起来，去洗手间。她望着床头柜上落满灰尘的台灯，几只小飞虫绕着灯泡旋转，黄色的灯罩上，团着一片片黑色的小点。他出来的时候，手上沾了水，湿漉漉的，他抽出电视机旁的抽纸，擦干手，走到床沿坐下，床垫便陷下去一片。

"你的腿很凉。"他说，但并没有转头看她。她轻轻咳嗽几声，说："今天晚上天气凉。""不是那种凉。"他说。她没说话。他问：

"是不是不太舒服。"她有些恍惚，想了一会儿，答："还好，像是以前练舞时压腿那样，总是想尿尿。"然后她问他："你觉得这个有意思吗？"他说："我抽根烟。"然后弯腰去地上捡衣服里的烟盒，没有找到打火机，他又将衣兜和裤兜翻了个遍，最后在衣服内衬的口袋里找到那个印着白酒广告的黄色打火机。打火机里剩的气体不多，只划出小小的蓝绿色的火星，他又用大拇指重重划了两下，听见黑色塑料清脆的响声之后，黄色火焰腾地升起来。

"我不喜欢这个。"她说。他深吸了一口烟，说："没关系，我不强迫你。"她笑："那你找我图什么？"他说："不图什么。"她说："说实话。"他问她："那你图我什么？"她说："图你没缺胳膊少腿。"他回过头去，说："我图你好看。"她说："瞎扯。"他说："真的，看见你照片的时候就觉得你好看。"她说："那也有老的一天。"他说："老了再说。"顿了一会儿，又说："老了我也喜欢。"

抽完一支烟，他钻进被子里，和她并排躺在一起。他将手放在她的腿上，问："你腿怎么弄的？"她说："一个事故。"他说："什么事故？"她没说话。他说："没关系，我就随口一问。"过了一会儿，他又说："你腿太凉了，我给你按按吧。"她饶有趣味地看他："你知道怎么按吗？"他笑了笑，在床上坐起来，对着手掌哈了哈气，然后轻轻放到她的腿上。在她大腿中部的外侧，他的大拇指按下去，说："这是风市穴。"她轻轻笑："你真的会？"他的手往下，摩挲过她的肌肤，转到她的大腿内侧，按住，说："这是血海穴。"她笑出声来："继续。"他抬起头来，也笑，说："就记得这两个，以前训练腿疼，一个战友教我们按过，他爷爷是中医。"借助他的胳膊，她微微坐起来，然后去握他的手。他抬头看她，她不说话，拉着他的手，顺着大腿往下，到达膝盖，她将他的手掌伸展开，扣住那片肌肤，说："这是足三里。"他点点头，她带着他的手往后绕，按住腘窝正中，她抬起头看他的眼睛，说："这是委中。"他的眼神又重新蒙起一层雾来，她还没有结束，拉着他的手，顺着小腿向下，他感觉到她皮肤细腻的纹理，她带他的手到达脚踝内侧，按住中间一点，她说："这是三阴交。"他的手掌缓缓握住她细细的脚踝，就这么望着她，然后低头去亲她的嘴唇，她避开，握着他的手，到达脚踝下方，她告诉他，那里是昆仑。他看着她："到昆仑了？"她笑："到昆仑了。"

他用左手稳住她的脑袋，右手仍旧在她的双腿停留，然后再次去亲吻她。这一次，她顺从地、长久地停驻在他有些冰凉的嘴唇上。她闭着眼睛，听见自己血管里血液流动的声音，温热而缓慢地，从她的双腿往上涌，她明知那双腿已没有知觉，却在他手掌停留的部分，觉察到更深的炙热。面对这种奇异的知觉，她显现出自己的贪婪来，她双手扣住他的双臂，感受他健壮的躯体。她像台灯下的那只飞虫，绕着他的炙热旋转，一圈又一圈，直到再忍不住，飞蛾扑火一样撞向岩浆喷薄而出的地心，被灼伤了躯体，才本能地尖叫着退回来。她停靠在他的胸膛，轻轻喘息，在岩浆四溅而呈现白色画面的一瞬间，她又从那片高空狠狠地坠落下来。

当喘息平静下来的时候，他们又重新并排躺在床上，两手交握。他听见她说："丝厂倒闭那年。""嗯。"他应。她说："我爸没了工作，我学跳舞费钱，一九九几年的时候上一节舞蹈课五十块。"他说："真贵。"她接着说："我爸说要出去打工，但不放心我一个人。"

他问："你妈呢？"她说："跟人走了，我六岁的时候。其实我能理解她。"他问："怎么说？"她说："我妈长得很漂亮，像香港电影里的女明星。你见过我爸吧，那么一个小矮个子，长得也不好看，我妈当时图他什么呢？"他说："也许是对你妈好。"她说："她那时候怀孕了，临时找的我爸，给她接盘呢。大概就是图我爸老实，也确实老实，对她挺好，她没舍得立马就走，拖了五六年，她大概也觉得仁至义尽。"他说："怀的那个是你？"她说："是。"他说："那你亲爸是谁？"她说："我不知道，知道了也没用。"他点点头。她说："这里没什么能赚钱的工作，我爸去了昆明，把我放在二嬢家。我问他做什么也不说，就让我好好学习。那年我初升高，没考上一中，去了二中。二中离我二嬢家远，每天去学校要蹬三十分钟单车。那时候我和胖子还好着，他出钱继续上了一中，每周我们见一次。我记得是高二刚开学的一天，那天晚上下自习，我们约在开发区一幢刚完工的楼。我到了楼顶，他还没来。我准备走，上来一个戴着黄色安全帽的男人，他问我在这里干什么，我说没什么。我要走，闻见他身上的酒气。他拉住我不让。我挣不过他，他捂住我的嘴，把我按在地上，脱我的裤子。力气有点大，我一使劲儿，楼道没有护栏，直接从楼上摔下去了，再醒过来，就成这样了。"

张凡看着她，说："那个男人呢？"她说："听说死了，也从楼上摔下来，脑袋着的地。"张凡问："什么人？"她说："不清楚，我也没问。"

他突然坐起身来，又开始找他的烟盒，打火机再打不出火来，他有些恼怒，一把掰掉了银色金属的防风罩，急躁地持续划动，点火头终于升起微小的火苗，他急不可耐地凑上去，点燃他的烟。

他背对着她，默默抽完那支烟，烟雾在房间里四散，他听见她的咳嗽声，他起身，掐灭烟头，说："走吧，这里睡不着，我送你回去。"

中午吃过饭，杨非想起还没喂孔雀，端着玉米粒到后院，看见老刘正给孔雀喂水。

老刘回头看见杨非，说："小杨最近不对头，天天忘记喂孔雀。"杨非没说话。老刘又说："之前总来找你那个小伙子呢，最近怎么不见？"杨非知道老刘嘴碎，也不搭理。老刘叹了口气，和孔雀聊起天来："你这个大鸟啊，现在老得不爱动了，记得老马刚送你来庙里的时候，你天天嚎着嗓子叫，现在连眼皮都懒得抬起来咯。"杨非抬头看了看天，东边的乌云渐渐飘过来，应该是要下雨了。孔雀似乎也有感觉，瘸着腿跳到石棉瓦搭的棚子底下，立在正中，羽毛随着风轻轻吹向一边。

遇上要下雨的天气，杨非总觉得身上的骨头也随着空气中湿润的气息松软下来，甚至她感觉到小腿的关节骨也咔嚓咔嚓响起来，像她从前练舞时那样，每个动作都伴随着她骨节清脆的响声。她想起张凡说她的腿很凉，父亲也总这样说。出事后那几年，每天睡前，父亲就坐在她的床边，一遍一遍地帮她搓腿，让血液循环起来。他布满老茧的手按着她的双腿，告诉她每一个穴位的名字，他也不过刚从别人那里学过来，就要开始在她面前炫耀。她的腿并没有知觉，但想起小时候父亲总是喜欢用那双布满老茧的手帮她擦脸上的眼泪。母亲脾气不好，时不时地发火，总拿她出气，要么罚站要么不准吃饭，有时更过火，一个巴掌就甩在她脸上。父亲护着她，把她拉到一边，用手轻轻揩掉她脸上的泪珠，小声说，待会儿带你去买小蛋糕。她才止住眼泪，说，爸爸你的手好疼。父亲就笑，告诉她，是"爸爸你的手擦得我脸好疼"，不是"爸爸你的手好疼"。她记不住，等到下一次，还要这样说，父亲总是不厌其烦地纠正她。她想，如果她的双腿还有知觉，父亲手上的老茧摩擦在她的腿上，她应该也会说："爸爸，疼。"

后来她来庙里工作，也许是常活动的原因，父亲说，腿没有从前那样凉了。当时为了这份工作，父亲托了好些关系，工资虽然不高，但拿的是县里文物管理所的编制，保障很好。和父亲同期进丝厂的好些人后来都身居县里各种高位，父亲是个脸皮很薄的人，为了这份工作到处求人，她能想象得到父亲卑躬屈膝站在他那些老同事面前窘迫的样子。起初她并不是很愿意去，后来还是妥协了。从小旁人就夸她懂事，她想，她只是见不得别人难堪。她那时已经不喜欢父亲再给她按腿，觉得别扭，父亲笑，说她长大了。她说，我到了这个年纪才长大。

杨非感觉耳边落下来雨星子，这才摇着轮椅往回走。到了前院，雨滴落大了，她看见老刘从厢房小跑出来，拿塑料布去盖院子里晒着的橘子皮。一只山树莺从树上飞下来，低空掠过地面，发出带着自然转音的叫声。杨非想起，好像张凡来的那天，她也听到了山树莺的叫声。

和张凡再次见面是一个月后，杨非主动给张凡打电话。

杨非告诉张凡，她爸给人捅了，在县医院抢救。

张凡赶到抢救室，在走廊里远远看见坐在轮椅上的杨非。她垂着头，双手杵着脑袋，旁边人来人往，几乎要把她淹没。张凡走过去，把她推到长椅旁边，蹲下来，握住她的手。杨非缓缓抬起头来。张凡问："怎么回事？"杨非的眼睛布满了红血丝，她哑着嗓子说："他昨晚值夜班，有几个混混儿要进小区，他没让，听说还吵了一架。今天早上他刚换班，在小区旁边的那条巷子里，被那几个混混儿给捅了。"

扫地的看到，报了警。

张凡陪着杨非坐在抢救室门口等，接近傍晚的时候，杨父被推出来，转到重症监护室。张凡推着杨非去医生办公室，杨非几乎没有力气说话。医生只好告诉张凡，病人原本就有严重的肝病，加上过量失血和伤口感染，引发了败血症，现在非常危险，就看能不能熬过去。张凡点点头，轻轻拍了拍杨非的肩膀。说完，医生又急匆匆地去赶另一场手术，末了，不忘提醒杨非，抓紧去窗口缴费。

"你能送我回趟家吗？"杨非说。"好。"他说。他推着她的轮椅，穿过医院两旁茂密的李子树，走到高原炽烈的阳光底下。她抬起手遮了遮眼睛，觉得整个身子轻飘飘的，像浮在云里。她想起六七岁的时候，也是这样炽烈的太阳底下，父亲骑单车载着她，送她去学舞蹈。她坐在单车的后座，两条腿轻轻在空中摇晃，听父亲嘴里哼着："人们说，你就要离开村庄，我们将怀念你的微笑。你的眼睛比太阳更明亮，照耀在我们的心上。"她闭上眼睛，张凡将她抱进车里，她脖子上挂着的玉观音在她胸口来回摇晃，她想起今晨在病房里，她握着父亲的手，那些厚厚的老茧也瘫软下来，不再像以前他给她擦眼泪时那样，硌得她生疼。

张凡在三门柜顶层，那件黑色的皮夹克口袋里，找到一张用卫生巾包裹着的银行卡。他从椅子上跳下来，穿上皮鞋，回到客厅，将银行卡递给杨非。杨非滑着轮椅回到房间，背朝张凡说："帮我换条裙子吧，上面沾了点血。"

张凡将她抱到床上，犹疑着，伸手去帮她脱身上那条带血的裙子。"今天怎么没开那辆吉普？"杨非说。张凡顿了顿："我没在那儿干了。"杨非问："你要去哪儿？"张凡停下手上的动作："接了个单子，跑趟长途。""什么单子？"杨非问。张凡终于将她的裙子褪到膝盖处，他头上透出汗滴，说："就运输。"

他掐灭烟头，将衣柜里那条白底红花的丝绸长裙拿出来，穿过她的脚踝，慢慢往上。提到骨盆处，他用右手轻轻将杨非抱起来，左手将裙子提至腰际，然后缓缓放下她，走到客厅。

他给自己倒了一杯水，在沙发上坐下，他能看见卧室里杨非随窗外的风扬起的裙角。"为什么躲我？"杨非的声音从卧室传到客厅，仿佛梦境里一句轻飘飘的呓语。

张凡仿佛没有听见，他重新点起一支烟，说："李哥退伍以后，我们就没联系过。"他轻轻呼出一口气，像是在跟自己说话，"我眼睛被戳穿的时候，是李哥开的枪。"停顿了一下，张凡又说："他暴露了位置，被毒贩埋伏的同伙射穿胳膊，摔下山去，那条胳膊再没能抬起来。"张凡抬头看窗外："第二年，他就退伍了。"

太阳顺着西边的窗户照进来，落在张凡的身上。他深吸了一口烟，剧烈地咳嗽起来。咳嗽平缓下来时，他说："那年我爸也出了事。"

房间里很静，听得见两人细微的、此起彼伏的呼吸声。客厅也似乎空旷起来，他的声音甚至带着一点点回声。他看着房间里杨非的裙摆，说："他早年喝酒好赌，家里欠下好些债。后来在工地做建筑工，就现在开发区购物中心那片地，他晚上喝多了，强奸一个女学生，不小心摔下楼来，死了。"张凡的声音有些嘶哑，他捏着还未燃尽的烟蒂，说：

"他下葬后一个多月，我才接到电话。我妈在电话里哭，说：'儿，我们欠了天大的债。'"

窗外的光影从他身上移开，他听见杨非在床上动了动。

"我们走吧，"杨非说，"该去缴费了。"

张凡掐灭烟头，说："好。"

人是下午没的，在张凡出发的前一天。

他赶到医院，看见杨非的轮椅靠在走廊窗前，她佝偻着腰，低头在腿上的通知书上签字。光将她的右半边脸颊晒得通红，颧骨上那块褐色的晒斑更加显眼。他走过去，低头扶住轮椅，她将背轻轻往后靠，声音有些轻飘飘的，说："几点了？"他答："四点一刻。"她说："哦，这么晚了。"然后看着前方，目光却没有落在任何一处。

他陪她站在光影里，晒得他右边肩膀有些发烫的时候，他说："我先送你回家？"这时她朝他轻轻仰起头，带着几分茫然，似乎在辨认他是谁。看见他眼珠的一刻，她的目光才重新聚焦起来。他似乎看见她轻轻笑了笑，然后听见她说："你不是说过，要带我去看飞机？"他迟疑了一下，问："现在？"她把头转回去，轻声说："现在。"

他开车带她往城外去。

沿着盘江河上那座大桥出城，傍晚的风从对面广阔的田野上吹过来，他在后视镜里看见她随风扬起的头发。在他们的前面，有一辆拉豆秆的卡车，在公路凹陷的地方，卡车往左边侧了侧，掉下许多干掉的蚕豆，他开车压过去，听见空气中轻微的声响，携带着夏天汗渍的声音，使他想起幼时稻田里起伏的微风。

公路两旁种满了翠竹，只能从密密的竹叶里看到流过的盘江，偶有几个地方缺了一片竹子，便能往外看到不受遮拦的河水。沿着公路开到一个大的岔路口，他往左边拐过去，没走多远，道路就狭窄起来，他放慢车速，稳稳绕行几条乡间小路，再穿过一个村子，前面突然就开阔起来，他们看见一大片一望无际的平原，延伸到很远处的青色的群山。

车在平原上加速驶过，几个戴草帽的村民沿着公路行走，听见喇叭响，就往一边靠一靠。在村民的前头，几头水牛在车窗外一闪而过。最后，车子进入一条土路，他再次减缓速度，沿着不宽的路慢慢往前，直到那片漫长的穿越平原的水坝在他们面前展现。

他将车停定，解开安全带，说："这里轮椅上不去，我背你。"

她搂住他的脖子，紧贴着他的背脊。他背着她穿过面前大片的豆田，鞋子陷进土里，他提起脚，沿着山坡继续向上，她感觉到他身上沁出的汗珠。

他一步一步，背着她登上坡顶，站在水坝之上。坝中的水汹涌向前，涌入等待灌溉的土壤。

他问："怕吗？"她贴着他的背，答："不怕。"他说："那我们就坐在这里，小时候我经常爬上来玩，淹死过几个孩子。"她说："那小心一点。"

他将她从背上放下来，让她侧身扶住旁边的石块，在地上坐定，然后他将她扶到坝边，轻轻将她的双腿放下，她整个身体立即感受到流水的凉意。

太阳渐渐落下来，远处就是那片机场，可以看见长长的跑道。一架银色的战斗机训练完毕，低空掠过他们的上方，向机场返航。她抬头，问："那是什么飞机？"他握着她的手臂，保持在水坝上的平衡，他们听见脚下湍急的水流。他说："是歼20，它的机身是菱形，刚服役。"她说："是吗？"他又说："之前还有空警500，有一次就贴着我的头顶飞过去，是离我最近的一次。"她说："飞机太吵。"他说："听习惯就好。"

他说："我查了。"她问："什么？"他说："我查了县志，千佛塔一共有一千六百九十一尊佛。""不对，"她说，"是一千六百一十三，我数过的。我数了很多遍。"

他说："其实我早就认识你。"她看他："什么时候？"他说："一九九九年。"她说："那时我上初中。"他说："是，你上初二，我记得。"他又说："那年澳门回归。"她说："是。"他说："县里的中学在你们学校礼堂办庆祝活动。"她说："文艺汇报演出。"他说："我们学校唱那个'你可知妈港，不是我真姓'。"她补充："《七子之歌》，闻一多写的词。"他说："我们临时胡编乱凑去的，还跟好几个学校重了节目。"

"你们表演舞蹈，我记得，"张凡说，"跳的是孔雀舞，你是领舞。"杨非点点头。张凡说："你穿一条白色的裙子，裙尾拖地，上面都是绿色的孔雀羽毛。那时你的头发比现在长，一直拖到腰。我那时看见介绍人给的照片，一眼就认出了你。"她说："所以你是有预谋的。"他说："可以这么说。"她说："挺有意思。"他说："是，有意思。"

接近傍晚，水边的虫子渐渐多了起来。她问："什么时候走？""明天。"他答。

天渐渐暗下来，他低着头，点开手机的闪光灯，放在一边。那群细小的飞虫便凭借着趋光性聚集到闪光灯的周围。他点燃一支烟，抬起手，火光落在远处的山峦上，风一吹，山峦上便布满了点点火星。他突然想起爷爷家门口那条长长的石子路，两侧都是低矮的瓦房，缝隙里插种着柏树，天一黑，柏树便伸着颀长的枝叶在晚风里晃荡，月亮隐在灰蒙蒙的山峦背后，间杂着狗吠和此起彼伏的虫声，却生出最令人孤寂的冷清来。

"你帮我挪过去那边。"杨非指着不远处与土坡分离，悬空的一段水坝。他这才回过神来，犹豫了一下，还是抱起她，小心地往那边挪动，然后让她抓住他的手臂，移到悬空的一段。

她不再面对水面。低头向下，是距离水坝七八米高的地面。她张开双臂，两只手臂交绕，傍晚的风从她的指缝、从她的胸口穿过。她听见舞蹈老师说，预备，她的小臂带动双手举向空中，食指与拇指相碰，形成孔雀的样子。旋转，直到天际的蓝与地面的灰相融，她看见那只孔雀站在对岸，轻轻颤动着，展开尾屏，消匿在远空暗紫色的黄昏。

又一架飞机飞过。"胖子。"杨非突然说。张凡转过头："什么？"

杨非闭上眼睛。胖子向她走来，按住她的身体和喉咙，短暂的窒息之后，那个无数次出现在她梦里的男人现在终于在她眼前清晰起来。他从后面赶上来，试图帮她推开胖子压在她身上沉重的身体，却被轻而易举地推到一侧。他抓住胖子的手臂，胖子往旁边一推，他就从楼道旁的缝隙往下坠落。几乎是一瞬间，她本能地伸手去抓他，然后一起，穿过那个夜晚黑暗的尽头，在地面上降落。全部的，父亲断气前干枯的面孔，五岁那年母亲离开时喷的茉莉花香的香水，那天晚上胖子按住她的身体和喉咙的短暂窒息，统统从她的身体里奔涌出来。

　　她终于睁开眼睛，夜已经暗下来了，没有光，她在黑暗里，踩着脚下悬浮的、虚空的影子。最后一架归程的战斗机从她的头顶掠过，发出巨大的轰鸣。她在轰鸣的余音里回头，他仍旧站在她的身后，仰头看着天空。她将双手在狭窄的水坝边缘撑起来，缓缓地离开悬空，退回岸边，伸出她的手。她等待着，等他握紧她，她就回到他的身后，告诉他关于她的一切，然后和他一起，缓缓降落在地面。

原刊于《收获》二〇二一年第四期

奇迹之年

东来

一

"我爷爷是个赤脚医生。"

对面的男子掸去身上的烟灰，起身把头顶的遮阳伞撑开了，在沙漠的浓烈阳光下，我们获得一小块珍贵的阴凉。在继续讲述之前，我和他一起看向沙漠，绵绵无尽的红沙堆砌起绵绵无尽的沙丘，地上只有一些枯死的白草和水波似的涟漪，看一眼都觉得眼睛干痛。旅馆老板用脸盆种了些仙人掌，土块结得硬邦邦的，仙人掌绿油油，硬刺横生。有丝丝微风吹着，薄汗蒸发，并不热。

这家青年旅舍很有名，出现在很多旅行必去清单之中，因为它孤独地建在沙漠深处，乘车抵达时，若是傍晚，可见晚霞和沙漠温柔地包裹几间矮矮的土屋，周围绝无人烟，许多旅行者将这里视为世界的尽头——旅行的终点，有些人甚至会用"圣地"来标榜它，住两个晚上之后就折返，也有人向沙漠更深处继续进发。旅馆养了一队骆驼，雇用了三个向导，交两千块钱就可以租一匹骆驼和一顶帐篷，走上两天，去看两处已经风化成丘的古城遗址、一片已经干死的沙棘林、一条没有一滴水的古河道。两天前，交完两千块钱，临走时我突然感到厌倦，没有出发，只是目送了骆驼队的离开，早上的露水打湿沙地，骆驼的脚印在地上印出乱纹，不一会儿就被风刮走。我的骆驼仍被拴在原地，不停地反刍，我看了它一会儿，喂了它一些玉米粒，跑去旅馆的餐厅喝酒。旅馆的老板跟我说，晚上会有个男人住进来，他自己开车来的，微信名字叫作阿来，头像是只飞奔的豹子。

我说："怎么要特意说起这人？"

旅馆老板说："我感觉，已经很多年没有看到用豹子做头像的人了。"

我说："还真是！好久没遇到了，有那么一段时间，有不少。"

老板说："用豹子做头像很傻。"

对话结束。

夜晚九点，旅馆的狗全部狂吠，一辆车开进了院子，一个长手长脚宛如螳螂的男人在群狗的围攻之下，淡定地劈开道路，走进了屋子。那就是阿来吧，我见他拿了房卡，要了一大份面、两瓶啤酒，坐在我对面吃起来。我一眼瞥着电视，一眼瞥着他，期待看到一张豹子似的面孔，但他的面孔始终埋在阴影之中，看不清楚。阿来吃完了饭，穿过院子走去客房区，所有的狗又叫起来，他咳嗽一声，狗子们噤声，退回狗舍去了。我问老板，那是阿来吗？老板努努嘴，当作回答。

隔日，我在天台上坐着，喝冰镇啤酒。阿来拿了一堆衣服，走到晾衣竿边，将衣服晾好，他随即坐到我的身边。他自然没有长出豹子的面孔，那张脸眉眼平淡，只有一双又圆又厚的嘴唇突兀地挂在脸上，头发稍长，面孔倒是整洁，一丝胡茬也没有，有些恹恹的病态。年纪四十五往上，也许更年长一些，异于常人之处唯有他的眼睛，眼眶红红的，应该是长期睡眠不足所致的慢性角膜炎，乍一眼看去像是刚刚哭红了眼。他问我借个火，我说我不抽烟，没有火。他笑笑，从口袋里掏出一盒火柴来，划着一根，点着了根烟，深闷一口，长长吐出来。

"我爷爷是个赤脚医生。"他很自然地说，声线尖细，话茬便立起来，我们像是认识了很久，不必做任何开场、背景阐述、自我介绍云云，直说想说的话，我也没觉得有任何异常。"他以前在粤北山区的村庄里给人看病，山里面蛇多，人总是被咬，所以第一要学会的就是治蛇毒，他因此认得很多草药，凭它什么蛇咬伤，咬成什么样，送到他跟前，几贴药敷下去都能好。他认得一种叫作'卡子草'的草，包治百病，比仙丹还灵，比人参还难找。这草药的脾气也大，春分时候，卡子草的叶子从土里冒出来，长得和芋头叶子差不多，就个尖尖儿冒着，见到也别心急去拔，得坐它边上和它说会儿话，或唱支山歌，趁它听得认真时，轻轻地揪着它的茎，把它从土里拉出来，一路上还得好话哄劝，把它哄高兴了，它才给治病，要是它不高兴，病人吃它敷它也治不了病。"

我笑了笑，阿来见我笑，问："卡子草，你信吗？"

我摇头。

"我知道你不信。"阿来说，"你跟其他人一样，只信自己看见的，自己听见的也只信五分，但是只要……给你看见了，你就信。一旦超于常规，你们就不理解，视为异端，可是你们把'常规'划得那么小。"他用大拇指抵住小拇指的最上节，比了一下："就这么大。"

我又笑，因他过于认真的口吻，反倒无法生气，心里或已一一承认，他说的是对的。我说："你爷爷与卡子草后来怎么样了？"

"一九九八年，镇上有人被毒蛇咬伤，送来时已经晚了，我爷爷说没救了，那家人不死心，八百里加急送到省医院去，靠打蛇血清活了下来。那之后，我爷爷再没见过一株活的卡子草，它们全都躲去了深山。再后来，我爷爷退休，在鹭城养老。他说鹭城以前也有卡子草，二十世纪九十年代绝迹，与此同时，蛇也快没了，不到穷乡僻壤见不着。应该是从九十年代末开始，人变得只信自己眼见与耳听的，但是一个人能看到多远、听到多少呢，相比世界之大，肉眼看见的、耳朵听见的，都太短浅，而且容易受到蒙蔽。卡子草的叶心有一层细密的黄绿色茸毛，返照淡淡的昏光。如果你走在山中，遇见了卡子草，就算你不认识它，你也会知道，这是仙草。很好认，如果能碰见的话。"很熨帖的小故事。

上午十点半，旅店里已经两天没有来新的客人，旅店老板送了两瓶沙漠啤酒过来，算作送给我们的礼物。他用多年收入买了一整套日本酿酒设备，加入沙棘汁和油柑汁，酿出一种入口极苦、回甘如蜜的沙漠啤酒，一旦熟悉那个苦味，尝过回潮的甜味，便十分上瘾。我对旅店老板说，等我回到上海后，请他寄一些过来。他说，寄不得，在沙漠喝沙漠啤酒才能喝出甜，回到城市里再喝这个啤酒，要么纯粹是苦，要么淡得像水。或许是路上颠簸，让酒变质了，也或许是喝酒的人回去之后，舌头不再敏锐了，沙漠啤酒只能存在于沙漠之中，这也是一种在地魔法。阿来一口气喝完两瓶，虾皮红随即爬满他的全身皮肤，红眼眶也不显红了。他说，这个酒很有能量。能量，我思考着他的用词。

"你来这里做什么，来看沙漠吗？"我问他。

他摆摆手，说："两个月前，梦见有人对我说，你往西去吧。我从家里跑出来，一路朝西，每到一个城市就停两天，睡梦中还是有人说，你往西去吧。到了这里，如果晚上还是做那奇怪的梦，我就还得往西去，直到那个梦消失。只是我又有些担心……"

"担心什么？"

"担心这个梦不停，我就得一直往西走，地球是圆的，我会回到原点，要是这梦不停，得绕个大圈子。"他皱了皱眉，为这个事情真实苦恼着。

事到如今，我已经确定眼前的中年人有些精神问题，臆想与偏执已深，但另一方面，我又很乐意和他说说话。若在S城，我们不大有机会打上照面，甚至不会朝对方看一眼，他的疯癫会被城市放大，他肯定也瞧不上我，一个中规中矩疲于奔命的上班族。旅馆断网三天了，只能打电话和发短信，之前网络未断时，刷个网页或者微博也要好几分钟。而这三天之中，天上没有任何云彩，今天的景致与昨日别无二致，风也如昨一样徐徐，带着巨大的擦刮声，时间似乎停滞了。我主动揽下了喂骆驼的活儿，阿来没有来之前，我主要跟骆驼和狗相处。时间似乎在此停滞，因为没有高楼大厦和车水马龙的对比，这里的辽阔与千年之前一模一样，似乎现代社会的雨露不会洒落在这里，身在这里就是做梦，梦的内容就是空无。旅馆、沙漠啤酒、阿来就是梦中的点缀，烈风刮过皮肤留下的微灼，就是梦的质地，而在梦中，阿来又给我讲了另一个梦。

"这个梦听着像是宗教故事里才有的东西。"我说，"也许你会成为圣人，你看啊，故事里都是这么写的，《西游记》也是这么写的，历经九九八十一难，最终取得真经，出门之前他连真经是什么都不知道，就这么上路了。穆罕默德追寻真主，摩西出埃及不都是这样。"

阿来嘎嘎笑，说："要真是这样，我可能会死在路上。你呢，你为什么来这里？"

"休年假，看到网上有一篇帖子写到这里，说这里人少，就买了一张机票飞到邻近的城市，再坐了六个小时汽车过来。"我说，"想远离热闹，越远越好。"

"一个人吗？"

"太太和小孩去了巴厘岛，她们觉得那里有乐子，那地方我们都去过三次了，到处都是中国人，沙滩、大王椰、海鲜、潜水……我早都腻了，她们还没有腻，也许就是有人会腻烦，有些人不会。其实年假一个星期前已经结束，但我还不想回去，又多请了十天假，多待几天。"

"为什么？"

"啤酒好喝。"我说，"晚上刮大风的声音也特别好听，好入睡，网络不通畅，那些逼着人不断往前的东西，看起来很重要很紧迫的事项，都被甩到了外面。刚开始那几天，我好像有一半的身体和脑子还在上班，想到好多事情还没做完，想到其他人都在忙，睡觉都不踏实，数字在梦里蹦，涨了跌了，红了绿了。那阵焦虑劲儿过去之后，待在这里就很舒服了。时代的进程在不同地方确实不同，在某些地方，我们不配得到这样的平静。这份平静很奢侈，也很短暂，一旦离开这里便会失去，所以想多待几天。"我话说得有些多了。急于分享，也是都市人的毛病之一。因为无所想，心里面有种东西正在复苏，眼睛是眼睛，鼻子是鼻子，耳朵是耳朵，五感敏锐起来，可以感知到空气中很细微的变化，世界变得极为清晰，甚至能感觉到时间流逝的节拍——只是一个比方，时间流逝不会发出声响，所以我们才察觉不出它的流逝——我已十几年没有过这种感觉。有那么几天，我每天坐在阳台上，四下里看，只是看，只是听，数千米外一只隼飞过我都听得见，它滑翔过去，羽翼震动，发出轻微的哨声，我就随着那哨声飞脱了，从山巅俯冲下来，肾上腺激素飙升，多巴胺疯狂分泌，全身骨头像透风一样痛快。这么极致的痛快，没法跟人说。阿来之前，旅馆老板不理睬我，他被沙漠同化了，变成了一种木头似的无悲无喜的人，我说的这些他司空见惯。

我继续说："我肯定要回去的，此地不宜久留，山中一日，世上千年，就怕自己回去，城市换了个样子。这个世界真像跑道，再不跑，就要负担不起我太太和小孩的旅行费用了。"

阿来一脸"我很懂"的表情，四肢扭绳一样盘着，周身的怪异又加了几分，有些嘲讽的意味。我知道他不是故意的，他肯定自诩活得比我明白，我短暂的平静与长久的焦虑本来就是城市小资产阶级的快乐与忧烦，在此时身处的广袤天地间，渺小得不值一提。

"有一团黑色……"他说，"盘旋在你的头顶。"

我仰头看了看自己的头顶，头顶之上是遮阳伞，遮阳伞之上是被阳光炙得发灰的天空。

"每个人头顶都有颜色，你仔细看，一定也能看见。"阿来指着我的头顶，"每个人都可以看见。"

我有些不耐烦，说："我看不见。"

"得学会一种特别特别的看世界的方式，不只是用眼睛，还得用鼻子、耳朵、皮肤、五脏六腑，一起来看，全息地看，站在制高点看。

如果只用眼睛，一定看不到。虽说不难，但也不容易，绝大多数人找不到门径，找到了门径也不容易学会，学会了又容易忘记，所以它仍是极少数人才能掌握的能力。小孩子头顶的颜色通常是干净的，没有杂质的红色、黄色、蓝色、绿色。有些能够看见颜色的人以为这是性格的标识，但我以为应该更复杂一些，颜色里不只包含性格，也许还有健康、命运，可能类似人的八字……破解颜色犹如破解密码，我没兴趣，我只是看看，就像看人的相貌，再自然不过。人年纪越大，头顶的颜色越趋于混浊，染上灰调，中年人的色彩多半是灰或者黑，很正常。有时候，你会看到一些特别清秀的人，不一定是相貌上有什么特别之处。哪怕他浑身是泥，你也只会觉得这个人很干净，周边的灰尘扑不到他身上。这种人头顶的色彩没有变灰，仍像小孩子一样没什么杂质，这种人你碰到一个，就算只打个照面，过十年二十年想起，仍然会鲜明地出现在脑海里。还有人——这种人就更少，可能你终其一生都碰不上，他们头顶的光七彩流溢，他们与你同在一个世界，又在不同的世界。不能用言语解释清楚，不过也没什么可解释的，可解释的都不足。"

"你看，你果然是做大事的人。"我不无揶揄地说，"我不会做神奇的梦，也看不到人身上的彩光。"

"我知道你不信，我说出来不是为了让你信，要让你这样的人信一样东西，得费好大力气去论证。论证一件你看不见的事物实在太难，就算我能够论证，你也会因为无法看见而选择不信。别费那力气了。"他说，"那么，你相信世界末日吗？"

"不相信。"我说，"应该说，我觉得那就是个笑话。"

"差不多吧。"阿来说，"但世界确实毁灭过了，现在的世界是一片废墟，我们以捡垃圾为乐。"

"我得去喂骆驼了。"

"二〇一二年十二月二十一日，就是那个众所周知的日子，世界毁灭过一次了。"他郑重其事地说。

"骆驼……"

话题逐渐奔着巫蛊的方向去，我看了一眼阿来的面孔，发现他变得年轻了许多，眼角的鱼尾纹不知道哪里去了，也许是我的错觉，光线抚平了他的皱纹。我要赶去喂骆驼，和阿来约定晚上去他的房间里喝酒，十瓶沙漠啤酒，我出酒钱，他愿意一一告诉我，世界毁灭的过程。

我把饲料倒在石槽里，抬起头，在目见的尽头，天边染上一层紫灰色。旅馆老板说，也许今年第一场沙暴要来了，明天或者后天。

沙暴来时会怎么样？

刮大风，沙子全部都被吹起来，之后又恢复如初。

风要把表面的沙尘全部吹起来，意欲找出一层平滑的地层，建立在浮沙之上的一切都会被抹去。但常识告诉我们，风没有意志，浮沙之下，也没有什么光滑得像鸡蛋壳一样的岩石地面，浮沙之下仍是浮沙。

二

我当然不愿意接受世界已经毁灭过一次的说法，不然我所生存的这个世界，作为一个普通人为之奋斗的一切，感受的欢愉、承受的煎熬全没有了依据，那一天，世界并没有发生任何变化，甚至连微小停顿也没有，依旧不管不顾地向前，较之以前，速度更快，几乎要飞。

那一年，我刚过三十岁，看完那部名为《2012》的灾难片，我和当时的女朋友约定，如果十二月二十一日世界没有毁灭，我们仍能见到第二天的太阳，我们一定要结婚。这当然是玩笑话，我们根本不信世界末日，但谁的内心没有过片刻希冀，地球在一瞬间灰飞烟灭，誓言、许诺全都因此无法兑现，因此可以放肆胡言。十二月二十二日早晨，她发信息给我，只有三个字"我愿意"，末日预言反而成为婚姻生活的开端，足以在我的生活中留下一个小小标记。个人生活与另一个人的生活合并，分量变轻，变成一团混沌毛絮，脆弱且容易飘散。就好像那辆倚靠在路边的公交车，本来一直在等你，你还在路边买冰激凌呢，车忽然发动了，你得跑起来才能追上它。二〇一二年之后，进程确实加快了，结婚、买房、生孩子、卖房、换房、小孩上幼儿园（转眼要上小学），事情一件赶着一件，比小孩的脚都长得快，却都是具体的烦恼，是必然应然全然的煎熬，是与欲望和物价赛跑的生活本身。跑着吧，跑到中途，就会忘记了肢体和头脑，只剩下跑这么一件事情——幸好跑道几乎是固定的，不需要格外去探索，不然真的会累死。

　　世界没有毁灭，只是加速了，如我奔向中年。

　　阿来和我一起吃了一顿羊肉抓饭，各自揣了一个生洋葱当餐后水果，走到他房间，一边吃洋葱，一边喝啤酒。冰过的沙漠啤酒有股杏仁香，但是温度一过十度，那股杏仁香就自然捉摸不到了。吃生洋葱，我这几天才学会，仍然会被辣得满眼泪，辛辣感之后满嘴是清甜，可以持续很久，总体来说，沙漠中的一切甜都不会来得那么容易，也不会那么容易消逝。我给阿来看过妻女的照片，阿来说，太太漂亮，女儿也漂亮。他也递过手机来，我就着他的手机看见一家三口在海边相拥，照片像素不清，应该是几年前的照片。他一家都比例修长，走在街口，堪称醒目。阿来说，这是他的老婆孩子，孩子在读大学，夫妻都是中学教师，他老婆教语文，他教地理，不过他去年已经被学校解聘，因为在课堂上反复宣扬封建迷信思想，被家长投诉多次，丢了饭碗。我大概猜到他对学生们说了些什么。

这倒是出乎意料，我下意识以为阿来是单身，有着完整家庭的男人不大做这么出格的事。

我不禁好奇他太太对他的远足有什么看法。

"她，"他说，"她不管我，她知道我疯。"

"你也知道自己疯。"

"你要是也知道世界末日是什么，不疯才怪。你们这种人多么幸福，仍以为自己生活在一个了不起的时候。"他冷着脸，环着手臂，比画出一个球形，像一个先知，说，"世界末日，并不是指你所见到的这个世界一瞬间消亡。好比苹果烂，不是从表面烂掉的，是从心里，等烂到表面，内里已经化成一团苦泥，要到那时候你们才看得到末日的景象，不过敏感一点的人，早已闻到了腐烂的味道。那一天，你肯定以为什么变化都没有，一切照旧，说不定你还跑去电影院里看那部《2012》，看大地震怒摧毁人类，黄石公园和海底火山一起喷溅岩浆，大洪水把城市卷走……从电影院走出来，感慨活着真好。可是，就在你们看电影的时候，这个世界的一条支线消失了——神秘消失了，巫术消失了，能量消失了，奇迹消失了。其实在那天之前，它已经衰微很久了，但那天，是彻彻底底消失了。一就是一，二就是二，零不再是事物的原点，'一生二，二生三，三生万物'，没了。事物恪守法则，法则越收越小，最终缩到你以为的常识那部分，指甲盖那么小。我们现在就生活在这样的现实里，没有神迹了，没有预言了，没有巫术了，祈祷也没有用了，许愿不会实现，惩罚自然也不会降临。曾经拥有神力的人，在一夜之间失去了能力，没有任何东西会超脱轨道，一切都在常规下进行。你想想看，是不是二〇一二年之后，怪力乱神的传闻逐渐消失了，其实不是传闻变少，而是怪力乱神真的消失了。很快，这个世界就要长不出杂草了，但是表面上，生活不会受影响，可能要过个几百年，人们才能体会出其中的差异。"

我仍旧笑了笑。

"是不是很可笑？"

"与其说觉得可笑，更多的是不可思议，二十一世纪已经过去了五分之一，竟还有人对我说这些话。"

"你相信特异功能吗？"他说。

我摇了摇头。

"那就是在末日中消失的东西之一。"

话题至此才进入正题，正如初见阿来时，他应该长一张奇怪的豹子的面孔。这张面孔即便不长在他的脸上，也应长在他的心里。又听到特异功能这个词，我还是笑了出来，这是一个距离现代文明过于遥远的词汇，古老，而且带着欺骗的原罪，我以为它已经消失在现代世界了，正如"卡子草"在世间的消失，它们同属于一个日渐陌生的世代。可是阿来讲来毫不违和，他便是从那里来。如年轻人嘲笑老年人的迂腐，自诩理性的人嘲笑感性的无用无知，笃信科学的人嘲笑信徒的迷信，我来到这里，花费十瓶啤酒，不过是为了猎奇和嘲弄，阿来也知道我的来意，但毫无保留，他意在倾诉。

　　在八九十年代特异功能曾经盛极一时，那时的新闻里到处都是异能人士，他们有着各种各样的神通，说是神通，听上去又微不足道，或难以求证，诸如把药片从药瓶里面抖出来，用鼻子嗅字，耳朵听字，肚子吸住勺子，手心发热煎鸡蛋，发射常人感受不到机器也无法检测的辐射，双脚离地半毫米，把蛇变进人的肚子再取出来，一个个像极了玩笑。人们像追逐明星一样追逐他们，眼巴巴地指望他们表演异能，这些异能者受邀在大小城市表演，收割信众。有那么一段时间，就连我的父亲——一个接受过良好教育的气象学者，也沉迷于此，买了许多特异功能方面的地摊书，每天起个大早去公园里练习气功，企图用特异功能治愈多年风湿与心脏病，让秃顶长出头发，打通透视天眼。幼年的我，也曾经梦想自己可以透视，找到我妈藏起来的零钱罐和电视遥控器。当然，这些激情早就过去了，我父亲五十六岁时接受了心脏搭桥手术，之后兴趣更多放在养花种草和拉小提琴上，提起那段经历，多半以戏谑的口吻提起——人生无望的寄托，不沉迷于此，便沉迷于彼，总得找个事情来度过中年危机。至少在我的记忆中，特异功能四个字并不光彩，九十年代中期之后，那些超人一个个被证为骗子，报端和电视也不再见这些人的踪影，那场燃烧于广场的大火便是惨淡的收尾，像是魔力轰轰烈烈地从地底涌出，短时间内又钻了回去。多年之后，再回想那段岁月，感觉到更多的是天真与狂热，从七十年代的狂热，进入八十年代的狂热，再进入九十年代的狂热。总要有些事物，成为狂热的出口，然后被人遗弃，成为集体记忆的废墟，之后再有人提起旧事，倒像是在废墟中去刨文物一样艰难。

阿来打开了啤酒，一口气喝完一瓶。

我说："你也有特异功能咯？"

"我可以把勺子盯弯。"

"勺子？"我看向他，口气极尽尖酸，"为什么是勺子？"

"我应该给你表演一下。"他并没有被冒犯，说，"但是我现在做不到了。我从旅馆餐厅拿了两个铝勺子来，想试一试，盯得眼睛酸痛也不行。算了，我已经失去它了。

"我九岁就发现自己仅用注视就能掰弯勺子，盯着看十秒钟，勺柄会自动弯曲五度，塑料、金属、陶瓷、木头，材质无关紧要，只要是勺子，都可以。这个特异功能，可能是梦里面得来的，也可能是出生就有，只是后来才发现，毕竟谁没事盯着勺子看呢。五度正好肉眼可以分辨，乍一眼看去也并不会觉得这个勺子有什么怪异，要很仔细地去看，才能找出这五度的差别。弯曲五度，不能叠加，五度就是极限，也不能使其复原。

"为什么是勺子，为什么是十秒钟，为什么是五度？我也百思不得其解，说起来这个特异功能真的一点用也没有，可是它落在你身上，有什么法子。后来我还想弄弯其他东西，看见什么都使劲儿盯一下，可是除了勺子，什么都没有变化，我还想试试自己还能不能干点别的，比如眼睛点火、隔空移物、心电交流、透视、穿墙……都不行，万物自有规律，丝毫不服从于我。那时候恰好是大家对特异功能最为狂热的时候，我认识的每个人都在谈论特异功能、气功、超人、水变油、铜变金，种种不可能的可能性，不在科学范畴内的科学。我给家人表演眼睛弯勺子，我爸妈看完之后，几乎不敢相信，然后是我爷爷——他特地从粤北山区赶回来，看完之后又坐车回去，他一直不支持我在人前表演，觉得这事最好埋在家里，别到处抖搂，特异功能和卡子草差不多，会跑走。可我爸觉得，这是个宝，不给人现一下他难受。他拉着我给其他人表演，我的老师、同学、大院里的那些人、报社记者，这事便传开了，我的名气越来越大，传出了县城，传到省里，传到全国，他们用'神童'来称呼我，我挺不好意思的，以前他们这么叫顶聪明的孩子，我是个笨人。

"有两三年的时间，我每天和无数勺子打交道，把它们盯弯。梦里面也都是勺子，勺子们在我的头顶旋转，扭得奇形怪状，砸在我头上。看客们不厌其烦，让我'发功'，我便假装十分费力，皱着眉头，眼睛冒火，其实这件事对我来说一点也不难，简单得像是伸伸手脚，不费力气。每次一结束，台下的人哄上台来，把勺子一抢而光，他们都相信我有一股神力，那么弯曲的勺子也会沾上神力，包治百病。有段时间大小报纸上总是出现我的名字，如果你去查一九八五年九月七日的《新华日报》，会在第七个版的右下角豆腐块里找到我，虽然只是很小一块，却登载了一张我拿着勺子拍下的照片。几年间，我走过全国好多地方，省城、北京、上海、厦门……给省领导表演，给日本访问学者表演，给科学家表演，给医院里的癌症病人表演。我妈妈有剪报的习惯，我出名了，她一直很兴奋，家里八辈贫农、连秀才都没出过一个，现在竟出了个'神童'，她把报纸杂志上所有关于我的新闻都剪了下来，贴了足有四五本笔记本，一直当宝贝。她去世之后，这些剪报集作为遗物，放在我家书架的角落里，再也没人翻开过。

"那几年我总是想，为什么别人都没有，偏偏我有，我必是被选中的人，'天将降大任于斯人也'，但有另一种感觉也无法摆脱，那就是这项能力即便是罕见的，甚至是绝无仅有的，它也是无用的。我最怕别人问我，'你这特异功能到底有什么用'，要是有人问出来，我会愣住，或者假装没有听见，或直接逃走。不过，没有一个人问这个问题，大家似乎被特异功能本身迷住了，来不及去想这些。"

窗外的风吹得门框哗哗作响，今天的风更大，远处传来悠长的狼嚎声，狼嚎声一直飘到这里。我在信和不信间徘徊，不信更多一点，但每当有人笃定地对我讲述，我又忍不住信，不是信话语，而是信此时此刻，话语中的空隙。

"你知道那个用耳朵听字的唐愚吗？"

"知道。"我说。我比阿来年轻几岁，仍有一些故事传递下来，只是其中的意味截然不同。耳朵听字，其人其事，我在初中物理课上听到，物理老师说，学了初中物理，初步具备了解现实运行规律的能力，不可以信耳朵听字、天眼猜字的事了，那些"都是假的"。那时候才知道，在七十年代末，在四川，曾有个名为唐愚的男孩可以通过听觉辨字，无论在纸上写什么，卷成小球，他放在耳边听上几分钟，一定能辨出是什么字，甚至用笔的颜色，他都说得清。唐愚之后听音辨字的人多起来，各处都有儿童拥有这项特异功能。可以说，是唐愚开启了中国的特异功能时代，在那之后，拥有特异功能的人多起来，种类越来越丰富，能力越来越强，短时间内进化到匪夷所思的程度。在想象的初期，"耳朵听字"这种并不突出的功能，便是一种试探，像用脚沾沾水，测一下温度，不冷，甚至还有点温暖，那些人便一头扎入河中去畅游了。我在我父亲留下来的有关特异功能的书上看到过唐愚的画报，他手扶着耳廓，侧耳听着什么，脸色红润，神情乖巧，是那个年代某种标准里的儿童模样。

"我见过他。"阿来说，"我们当时一起受邀为日本特异功能协会表演。一行十人，唐愚也在其中，他比我大几岁，已经是个大小伙子。当时骂他是骗子的人很多，他已不太露面，日本人出了一笔钱，他才出场。我一看见唐愚，就知道他真的有本事。他呆呆坐在一角，不言不语，脸晒得极黑，穿一件不大合身的新衬衫。我坐在他旁边，他扭头看了我一眼，就那一眼，让我鸡皮疙瘩起来了。他那双木木呆呆的眼睛，能看到人心里去。日本人写的是日文，为了防止作弊，一人在另一个房间写好字，卷成团递到他的面前，唐愚从始至终蒙住眼睛，拿起纸团在耳边听，然后在纸上依样画出字形来。他一共听了五次，每次都很轻松，那些日本人将全过程用录像机录下，反复确认他是否作弊，但在那种情况下，作弊几乎不可能。晚上我们住同一家招待所，在同一间房。我问他，听字是什么感觉。他说，把纸团靠近耳朵，呼吸放缓一点，一两分钟之后，无论是图画还是文字，都在脑中自然浮现出来，只需照描下来就可以。我说，这特异功能听上去有用，考试的时候可以作弊。唐愚笑起来憨憨的，说，离远了不行，总不能把耳朵贴到人家的试卷上去听，有那工夫还不如瞎蒙。我问他后来为什么不多出来几次，他的名气那么大。他说，这种东西没有给他带来什么好处，每天听字，他都腻味了。他那时已经不上学了，跟着他父亲做泥瓦匠，盖房子远比在人前表演用耳朵听字有趣得多，一砖一瓦盖踏实了，人才踏实。意思是，他放弃了特异功能，如果特异功能算个礼物，他决定退货了。"

我说："后来好像再也没有听过唐愚的消息了。"

阿来说："那时候也没有网络，报纸不报道他了，他自然消失在人前。我只记得第二天，我们一起吃过午饭，分别时，他说我头顶的光是浅黄色。我问他，那是什么。他说，他也不知道那光是什么，每个人都有，而且颜色不同。他教我怎么看，我按着他教的方法，便看见了旋在人头顶不散的一圈光晕。从此我走入人群，发现人们除了面貌不同，还有色彩的分别。我也看见了唐愚头顶的光，是纯度极高的蓝色，只是我不知道那意味着什么。"

"到底怎么看？"

"就那样看，我已经教过你了。"

我眯起眼睛，想依照阿来所说，调动五感，全息地看，站在制高点看，什么也看不出，只看见他投在墙壁上灰色的影子。

阿来大笑，说："多加练习，你一定行的。"

我大概已经掉入他的圈套。与阿来交谈让我依稀想起我爸，两个人都喜欢用神秘来渲染事物。我爸已于三年前去世，死因是心脏病发作，走得匆忙，没有留下遗言。他一生的爱好就是在路边漫步，判断未来的天气。接下来几个小时的气温、湿度、风速，往往与他的预判分毫不差。有时我们一起在路上，他从胸口拿出老派的丝质手帕，在风中扬一下，拿出纸笔，记下一些数字。"三个小时后会有一场六级大风""一场只下五分钟的小雨"或者"记得带伞，下午四点钟会下雨，你放学后半小时才停"，他总是这样说。在幼年的我看来，这差不多也是一项特异功能。我缠着他，求他把秘诀传授给我。我爸指着道旁树说："小朋友，你不要把自己看成一个人，要把自己看成一棵树，头发是叶子，皮肤就是树皮，站着别动，想象你的根须扎到土里，想象你没有眼睛，叶片伸向天空，从空气中获得天气的信息。风一吹，你就知道了一切。"

我按照他说的，站得笔直，闭上眼睛，假装自己是一棵树，试图听见草木的低语。

　　诚然，我爸在打发小孩子，隐去了他多年的专业积淀，但他多年来一直都试图让我知道气象不仅是数字和计算，还须感受。有时直觉才能穿透许多认知的雾障，暗中交给我们答案。这种感受力脆弱而珍贵，需要持之以恒的训练，不然会随年龄退化，或致完全丧失。依赖理性和计算，毕竟是更容易的事情。因为这一层缘故，我对阿来有了些亲近感。

　　"后来呢？"我说。

　　"电视里面整天滚着'特异功能'四字，没几个人说得清这四个字的含义，听得多看得多，睡梦里也想，就着了魔。那时候，苏联和美国都在搞人体特异功能的研究，咱们也不能落于人后。我正读初中，听说美国有个小孩能够用意念把勺子拧成麻花，我呢，我还在跟勺子杠，却只能把勺子弯曲五度。五度和麻花，云泥之别！几年来毫无长进，这样下去超英赶美是不可能了。众人早就看腻了我的把戏，花样那么多，这算什么菜。我也想不通，为什么不能让勺子更弯一些，为什么不能弯点别的。别人都开始穿墙透视飞升了，我还在弯勺子……虽说是超人，但只超一点点，就和一个人长得高点、耳朵大点、长个六指一样，没什么可稀奇，也没什么可骄傲。我也真是怕了勺子，看见勺子眼睛就痛。我爸也觉得，我的异能肯定不止于此，露出来的那点，不过是冰山一角，只要好好挖掘，地下还有富矿。我们不信，怎么只给这点甜头，小甜头之后，应该跟着更大的甜头。"阿来停了停，喝口水，说，"为了尝尝那更大的甜头，我跑去练气功了。"

　　"哈哈，果然。躲不开。"

　　"其实是受我爸的影响，他是个气功迷，那时候练气功是时髦的事。一开始只是一小群人练，后来无一人不在练，只要你有手有脚能跑会跳，干吗不去练气功，打发时间，强身健体，又没坏处。那会儿闲人多，生活节奏也慢，大家也不着急去挣钱。我爸是最早开始练气功的那撮人，打倒'四人帮'之后，他因是单位造反派的二把手，也被打倒，暂时退下来，无所事事，就跟着下山的老道练硬气功，冬练三九夏练三伏，坚持了好几年。后来气功的种类多了，这种吃功夫的硬气功练的人就少了，我爸转而去练了一种金丹功。金丹功不需要练硬功，只需每天定时打坐，想象丹田那里有一颗金丹，金丹浑圆饱满，在五脏六腑里流转。那时候流行的说法是，气功练得好，就会持有特异功能；有了特异功能，就是超人——超出一般人。其实'超人'是什么意思，也没有几个人知道，只是这两个字听上去就离地三尺。这个世界不能有神仙，却可以有超人，神仙是迷信，超人是科学。那时候很多领导人和高级知识分子都在练气功，它是全民游戏，不分贫富贵贱。我开始跟着我爸练习气功，希望能开发出更多的特异功能。"

"开发出来了吗？"我问道。

"你猜。"

"我猜没有。"我说。

阿来挠了挠头，伸手摁死了一只旱蚤。旅馆的床上多这种小虫，初来时，我被咬得满身红包，无论什么驱虫药水都没有用，这也是在沙漠必须忍受的事物之一。阿来看起来并不是在意虫子的人，他只是需要一个停顿。

"是，没有。"他说，"现在想起来，仍然觉得意难平，早知道是这样无用而微小的东西，干脆别给了，倒叫人花了好长时间、好大力气去追，最后一场梦。"他抬起头，看了一眼天花板，又有些飞蛾乱窜，往灯上不知疲倦地撞。

"我见了许多气功大师，都是骗子。很多骗术现在看起来很低级，可那时候的人单纯，上面说什么，下面便信。他们头顶的光，无一不混浊昏暗。不过会几招障眼法，说些大话。可是别人都信的时候，你信不信？心志不坚定的时候，一定会信，就算你真的不信，也不要说出来，不然你就有问题，还会被人说眼瞎心盲，还会有人咒你肚烂肠穿。信仰比真实更不可动摇，信仰会改变真实的模样。

"那几年，常有气功大师开研讨会，不同的人来来去去，名字记不住，只好'马大师''刘大师'地乱叫。场地多选在工人文化宫，门票两三块钱。我爸都会带我去，开开眼，见场面，凑热闹。大师们总要表演一些神通，说些逗乐的话，门票钱能值回来。那会儿娱乐生活太贫瘠，就当听相声了。印象最深的是笑功，进去百十人，也不开灯，只台上亮着，大师坐在中间，笑得满脸褶子，说'笑一笑，十年少；再一笑，登仙了'，手一抬，百十号人忽然放声大笑起来，黑暗中好洪亮痛快，好似发了大水，滚滚而来，要将一切都要冲走。你在里面，忍不住跟着笑，好像摁下了一个按钮，你也不知道自己在笑些什么，只管朝着天花板大笑，笑到腹痛，眼泪乱飞，满地乱爬，背过气去。尤其是那些经了事的大人们，心里面憋着一口气，平常哪有机会喊出来，这一笑，真是不得了，还要互相攀比，比谁笑得时间久，笑得大声，笑得夸张。'笑功'流行了很久，到二〇〇几年，练这功的人才少了。有时候大师们来表演，我也会被叫去热场子，在他们出场之前表演一下弯勺子，收点好处费。有个很有名的姓颜的气功大师，你记得吗？"

我说："不知道。"我记事时，气功的时代已经过去，我所听见的，仅是漩涡般的回响。

"一九八七年大兴安岭特大火灾，烧了近一个月，颜大师远程发功灭火，三天之后，大火果然被扑灭了。报纸上到处宣传大师气功的神奇，他名声大噪。除了会气功，颜大师还被外星人请去喝过茶，坐过宇宙飞船，能和外星人用脑电波交流。他来我们那儿传授气功，三天培训费三百块，那是当时工薪阶层半年的工资，收钱之前，得叫人心服口服。他找到我，叫我小骗子，他说他知道我的把戏，他见过不少我这样的小孩，只会扯谎，小骗子最终会成长为他这样的大骗子，小骗不长久，大骗能成真。我爸把我交给颜大师，让我跟着好好学学——其实就是当托儿。表演之前，我们彩排了好几次，他要表演的是天眼辨字，让台下的观众写字条揉成团交上去，他发功，用天眼逐一辨认出来。这个骗术其实特别简单，只不过是移花接木，第一个应验的人其实是托儿。颜大师拿出第一个字条来，假装费老大劲儿认出来，然后问台下的人，是不是写了他的名字，托儿只管答应，颜大师就可以当众验证，打开那张纸条，其实第一个人根本没交纸条，颜大师当众偷看了人们交上去的纸条，只需一个个念出来就可以了。拙劣吧？然而无人不信。多年来，颜大师就靠这一招鲜吃遍天下。那时候我打定主意，真要碰上一个真有大本事的人，我一定跟他走，跟着要饭也行。"

我说："听起来像是武侠小说里才有的情节。"

阿来笑起来，说："是啊。那时候的人都在做梦，做特异功能梦、气功梦、武侠梦、外星人梦、发财梦。造个梦，不管你这梦多荒诞，无数的人往里钻。"

"你后来找着了这么一个人吗？"

"差点找着了。"

"找着了就是找着了，没找着就是没找着，怎么是差点？"

"到了九十年代，气功热退下去一些，一般的骗术已经不管用，种种新奇已经见过，如果不是用特异功能飞上天，众人都不要看了。几年间，我练了不下三种气功，搭了不少时间进去，一点用也没有，因为并没有一个屏障等待我去突破。我终于如唐愚所说，感到厌倦。不仅厌倦，还幻灭，没指望。我才是个高中生，已不易轻信，来来去去沉沉浮浮都看遍了。不过说幻灭，又没有完全幻灭，还有火种，一引就燃，我还是信特异功能，信超人，不然我没法解释自己。一九九二年，我碰见过一个气功大师，我以为我找着那个人了，差点跟他走了。"

我看了一眼钟，已经深夜十一点。阿来的讲述未至中途，离世界末日尚远。

阿来很识趣，说："天晚了，明天再说。"

半夜，妻子打来电话，口气很着急，略带哭腔，说在巴厘岛上遇到了麻烦事。两天前，女儿的后背长出红疹，起初只有一小片，现在发成了一大片，还发起高烧，可能是食物中毒。我说，你赶紧带她去医院。她说，她们现在一个非常偏僻的小岛上，岛上只有一个小村子和潜水中心，没有医院，也没有乡村医所，唯一的医生不在岛上，要几天之后才回，岛上两天才一个船次，暂时也无法返回人岛，她正束手无策。

我听了，想着她们远在热带孤岛，女儿气息奄奄，妻子近乎崩溃，心中冰凉，却说不上慌乱，浮思之下，甚至有一层隐藏得非常深的想法：我希望女儿就此死去，死在热带岛屿，不要归葬，直接沉入海中，就此远去，不必忍受漫长的人生。可一想到她柔软的声音和头发、小小的手掌和脚丫，就迫不及待见到她。希望她死，又希望她活，两种互相交织蚕食的心情，不能与妻子说。

妻子说，她快急死了，只好找了村里的巫婆来帮忙，死马当成活马医。巫婆六十来岁，慈眉善目的，说女儿在路上直视了鬼魂，因长得可爱，所以被缠上了，这鬼不是恶鬼，只是贪玩，容易请走。老婆子围着床乱跳了一通，口中念念有词，把蕉叶敷在女儿头上，收了几百块，已经走了，目前女儿的烧退下去一些，但还是有热度，如果明天情况不好，就要打电话给大岛的医院，请求支援。

我说："希望巫婆把鬼捉干净。这愿望是真诚的。"

她又问："你呢，你现在怎么样？"

我说："沙暴快来了，还没来，沙漠现在很平静。"

她说："你还在沙漠里吗？我以为你早就回去了。"

我说："快了，沙暴结束了，我就回去。"

"你为什么一个电话都不打给我？你一点都不担心我们吗？"

"这里信号不好。"我说，"我很想你们。"

她轻微地叹了口气，挂掉电话，想必内心许多失望。近几年，我们的生活已陷入停滞，只是顺着自然形成的漩涡向前，或许更近于缓慢下坠，譬如说，生了孩子，需要换个大房子，那便东拼西凑，负百万的债务去购更大的房子，始终拮据，也无力跳出这个怪圈，被死死地钉住，丝毫分不出力气。如我父母所说："哪里有那么好过的日子，都是挣。"说起来，我们总觉得过得比父母那辈好多了，其实是物质爆炸给予的错觉。在二〇一二年世界末日那一天，我并不是这样向她允诺的，她也向我许诺了什么，我们已记不清。

我走到旅馆的院中，往沙暴来的方向看了一天，什么都看不出，漫天星光，深蓝色天空如绒布高挑，天地无悲无喜，默然广袤无际。旅馆老板说，沙暴明天就会到来，至今为止没有任何明显征兆。

如果此时沙暴到来，我愿意走入其中。

三

第二天，门外的群狗吠成一团，时间还早，不到凌晨四点，天光还是青蓝色，只夹了三分光亮，正是日夜交替时分。旅馆老板来敲我的门，请我帮他做些沙暴来临前的准备，将露台上的天线和太阳能电池板收进屋子里。天台上，阿来坐在那里，面向西方，满地烟头。

"不去吃点早饭吗？"我一边忙活一边说，已是满头汗。

"等会儿就去。"

"沙暴就要来了，别坐太久。"

"昨天晚上，我刚躺下，又做了那个梦，那声音又说，你要继续往西边去。"他说，"我听了那个声音，立刻醒过来，再也睡不着。"

"你别听它的。回家去吧。"我说，"是癔症啊！"

"嘿嘿，我倒是想回去，好几次动了折返的念头，半途又觉得好奇，'幻听''癔症'都无法说服我。我还是继续往西，总得看看那边有什么，这一趟非去不可。"

我先下楼去了，过会儿再上来，天色不再清透，也不至于混浊。起得太早，本该有困意，却因沙暴将至而精神亢奋。我端了凳子坐过来，也直面西方。

"你昨天说，差点跟个人走了，那人是谁。"我续着昨日的话头。

阿来从呆愣中回过神，说："哦，那个人啊，我只记得他姓蓝，他不喜欢别人叫他大师，因他原本是中学里面教俄文的，所以大家叫他蓝老师。我初见那人，就觉得他比那些江湖术士强，斯斯文文，他头顶的光是淡蓝色的，与他的姓相合。那时候，他坐在宾馆房间的沙发上，伸手递了一颗糖给我，让我吃了。过会儿，我走路打飘，两只脚像踩在棉花上，看路都是拐的，一伸手能摸着天，耳目忽然放大了好几百倍，外面自行车的铃声、行人的说话声都听得清清楚楚，风一吹，人就像小船一样荡起来。蓝老师附在我耳边说了一句，你飞回去吧。我便觉得自己从窗户口飞了出去，贴着地面飞了二三里，到了家。一到家就睡着了，醒过来已经是半夜了，我跟我妈说自己是飞回来的。我妈说，哪儿呢，你像是喝醉了酒，跟跟踉踉进了门，话也不说一句，立刻爬床上去了。我从来没有遇到这么神奇的事，第二天一早又跑去找蓝老师，要认他为师，请他把我带走。蓝老师说，行啊，他那一身本事正要教给别人。我跟我爸说，我要跟着蓝老师，他在我耳边吹了口气，我就可以飞了。那种贴地飞行的感觉，我一辈子也忘不掉。

"蓝老师来我们那儿，也是为了教气功。他的功法叫宇宙波，是指通过运气，打通人体与宇宙的自然连接。蓝老师说，其实宇宙无时无刻不充斥着巨大的能量，人在宇宙之中，都能接收这些信号，但仅接收信号没用，还得懂得如何运用，学习宇宙波气功，便可以自如地调用这些宇宙能量。你别笑啊，不好笑，气功中有一支，就是勾连宇宙的，我是亲眼见过其中神奇的人，所以蓝老师说什么我都信。那时是十一月，赶上狮子座流星雨，蓝老师说，流星雨落下时正是宇宙力场聚集的时刻，参与的人数越多，聚集的宇宙力场越强，傍晚天未暗，几百个人聚集在中心广场，每人带一口信息锅，其实就是铝锅。蓝老师说，这套气功方法已经有了北京气功协会的科学依据，需要配合一点药物，每个人到前面领了一杯药水，药水蓝老师已经发过功，可以事半功倍。我喝过了，还是觉得苦，有人喝了一杯嫌不足，又喝一杯。我爸说，他已经很久没有在广场看到这么多人，上一次还是十几年前，全市人聚在这里，为毛主席庆生。几百个手电筒将道路照得透明，虽然是冬天最冷的时候，大家心头全是热意，吵吵哄哄，他已经许久未见那样的热闹。

"十点钟全城熄灯，陷入一片宁静，人群喃喃，十三分钟后，零星流星降临，大家戴好铝锅，双手举过头顶，开始接受宇宙波，噪声平息，有人说有滋滋电流穿过头顶钻进地下，有人说在锅内看见飘浮绿光，有人说感觉到一股回旋热风快把自己掀翻。我也顶着一口锅，锅太深，完全遮蔽了视线，闷得有点喘不过气，暂时把铝锅取下来，看向东北，正见两颗流星划过去，拖出长尾，眨个眼消失了。说是流星雨，其实流星并不密集，一分钟几颗，我记得那天没有月亮，空气里好像有一层蓝色的雾，柔软地围裹着我们，我也听到了有人不小心睡着的鼾声，也听到有人低声念诵咒语，几百口铝锅反射出晦暗的光，像好多双眼睛盯着你瞧。深秋天凉，我竟然一点都不觉得冷，蓝老师坐着一动不动，我把信息锅盖回头上去，闭上眼，身处一团黑暗。我快睡过去了，忽然，身体变得很轻，直接飘了起来，地心引力对我失效了，我像个火箭，极速往上飞，低头一看，人变得像蚂蚁那般小。随之，城市也缩成一团晦暗不明的一团，山川河流高原河谷俱在脚下，'坐地日行八万里，巡天遥看一千河'，突然之间，我什么都看见了，那本不该是人应有的视角，蹿出地球，看见灰白的月亮，以及巨大的沸腾的白色太阳，强烈得几乎无法睁眼，可我的眼睛好好睁着，看着无限新鲜的一切。我大概明白，在那个时刻，我不是我，只是一缕微弱的意识，意识是不会感到刺眼的，刺眼只是感知的惯性。意识可以去任何想去的地方。我继续往上，直至整个太阳系缩成蚕豆那么大小，我身处银河之中，无数星球运转，仿佛近在咫尺。很难向你描绘银河的样子，因为人的视野太小，根本不能够穷其大穷其远，黑暗之中随时随地充斥巨大的如山崩一样的声音，轰隆轰隆，不绝于耳。我飘浮在无边无际的黑暗之中，周围是那些我叫不出名字的星体，在那里，我不是蝼蚁，也不是微尘，而是空无，不存在。我感觉自己蹿得太远，正不知怎么回去，忽然有人在喊我的名字，有人摇晃我的身体，意识一下子又回到地球，回到那个小广场上。我爸用手电筒照我，问我是不是睡着了，我没有跟他说我灵魂出窍看见了什么，我所见所闻，短时间内无法向任何人解释，我只是点头。我爸又说，广场上死人了，赶紧走。广场的东南角确实围了好些人，警车的鸣笛声自远处传来，我站起身来，两条腿已经发麻，和我爸互相搀扶，走出这片宇宙力场聚集的地方，忍着剧烈的头痛，摸着夜路回家去了。"

我说："这可真是新奇的体验，后来呢？这位蓝老师怎么样了？"

"呵，被抓了。判了死刑，很快枪毙了。"

"为什么？"这倒是个奇妙的转折。

"因为投毒。其实蓝老师根本没有什么特异功能，自然也不会调动什么宇宙能量，只是会配一些让人产生幻觉的草药，在幻觉中人上天入地无所不能。我猜里面有一些神经毒素，副作用很大，那次聚集中，有个老头连喝五六碗，当场死了。蓝老师隔天就被抓了，没几天，我从大人闲谈中得知他被枪毙了，其实现在想想挺可惜，他那手配药的绝活也没传下来。

"后来我爸开始做副食品批发的生意，开始忙起来，气功自然也不练了，这个话题渐渐从我家餐桌聊天里消失。我也不再提，不过还是会偷偷买一些特异功能研究的书和杂志。高三那年走了狗屎运，竟让我考上了一个很不错的大学，在图书馆的报纸上看到了哈勃望远镜传回来的第一批太空影像，那些巨大的星体、五彩的星云、正在缓慢流动的星河，就在那次狮子座流星雨的幻觉中，我都见过了，甚至比望远镜拍到的还要精彩千万倍。一丝虚无的意识，曾经飘浮到那样的地方，以那样的角度，看过万物，逃脱了物理。如果这不是奇迹，那我就没有什么好说了。"

"你也说过，那是嗑药的幻觉。也可能是记忆偏差，将幻觉中所见的事物和现实对应，通常会出问题。"我话一说出口，已经后悔，无神论者的一切导向都是无神，而有神论者的一切导向都是有神，理解太难，反驳容易。

阿来虚弱地笑一笑，说："在幻觉中触及的真实就不真了吗？"

"我不是那个意思。"我说。

"我学的是师范类，毕业之后是要去做老师的，还可以赶得上最后一批工作分配。不过我的理想是毕业之后，去美国研究特异功能。我查到美国有大学在研究特异功能，当时翻译作'超心理学'，透视、遥视、预知等都在研究范围内。日思夜想，有点着魔了。我跟老师说，想去美国研究特异功能，他们的表情和你一样，三分不解，七分嘲讽。我不在乎他们怎么看我，他们不曾知我所知，见我所见，自然不能理解。我在大学的时候加入了省特异功能研究协会，那会儿几乎每省每市都有这样的协会，九十年代就式微了，变成骗子窝。我加入进去，不为别的，只为披沙拣金，找到其他真正拥有特异功能的人。两年间，我见到了许许多多自称怀着特异功能的人找上门来——撇去骗子，有一些人是真厉害，譬如有个人身体特别柔软，可以把自己折起来，塞进一个小米缸中，有人能过目不忘，扫一眼报纸，能复述内容，但这些不是特异功能，只是人的物理极限。真正的——像我一样，真正有特异功能的人，我只见过两个，一个是××，另一个是××。"

我忍不住笑了，阿来是有些幽默感的人。

他看我笑，摆出教师的威严，说："严肃一点，正说着严肃的事，不要笑。你发现没有？唐愚、我，还有这俩人的特异功能，有个最大的共同点——"

不等我回答，他自己抢答了："没用，不止没用，还很好笑，宛如嘲讽。食之无味，弃之可惜。豁达点的人，比如唐愚，直接丢了；也有像我这样的人，一直抱着不放，妄图突破。我早该想明白，见过那么大的星云之后，我就应该明白，所谓的'超人'，不过是超出常理，既然你们把常理划分得如此之小，超出是很容易的事。可是，有特异功能和没有特异功能是两回事，有特异功能的世界和没有特异功能的世界也是两回事，有些东西它不在常理之中，不符合规范，不遵循规则，但它们存在，就让人觉得松一口气，原来不是一切都是定数，不是什么都被精密的定理包裹住。"

他叹口气，引得我也叹口气。事实是，一切如常，毫无意外。

"你后来去美国了吗？"我说。

"当然没有。"他苦笑一下，说，"那时候能去美国的人都是个顶个的聪明人，我说过，自己是个笨人，能力有限，考上大学不过是走了狗屎运。不过，苏联解体之后，国际上关于特异功能的研究就走下坡路了，一九九五年，美国停掉了有关特异功能的研究，'超心理学'这个学科被除名了，我们国家随后也停止了特异功能方面的研究，解散了各大特异功能协会和气功协会。他们说，世界上不存在特异功能，特异功能都是欺骗，不存在什么超人，大家都被骗了，赶紧从大梦中惊醒，投入到现实世界中去，去赶轰轰烈烈的发展大潮，去赚真金白银，不必再求虚幻的梦想了。到大学毕业之前，我已经转换了想法，想去做数学和物理研究，在脑中推演整个宇宙，找到那个能够涵盖特异功能的规律。"

"你最后去做了老师，教地理，地理和物理之间的差别挺大的。"我说。

"我学过量子物理，自学，不过硬件不行。"他指了一下自己的脑袋说，"越是具象的事物越好理解，越是抽象越难，学到一定阶段后，就会发现自己的脑袋原来是一团糨糊。有个很大很醒目的真理就在前面闪耀，但是你跑不动，追不上，只能看到光，却不知道到底是什么在发光。这不是普通人能做得了的事，就算我把脑袋想破，也想不出什么有用的东西来，可有些人的脑子倒像是为这个而生的。毕业之后，我顺理成章当了老师，分配在我们那儿最好的高中。你别看我这样，我是个很好的老师，教书很有一套，中学那点东西太简单了，语文、数学、物理都教过，成果不俗。后来校长说，我们学校少个地理老师，你去吧，我就去了。我娶了校长的小女儿，很快评了一级教师。我老婆赚钱上有点天分，很早就从学校跳出来搞高考培训班，做得很大……"

"你后来没有再给人表演过特异功能吗？"

"给我老婆表演过，也给我的小孩表演过。把弯掉的勺子给她们看，我老婆说，她有时候能看出来弯曲，有时候看不出来，我知道她在哄我，她根本不信。课余时，我也会跟学生说点特异功能的事，他们只当听笑话，把我当成个怪人。现实越来越狭隘了，人却越来越现实，孩子也一样。

"一九九五年，有本杂志停刊了，《人体生命科学》，时代已远，你肯定已经忘了。这是一本特异功能杂志，不过在杂志后期，已经没有什么值得说道的内容，零零凑凑，半本都是割包皮的广告，我还在上面投过稿，写过蓝老师被判死刑的原因和经过。广场上练气功的人不见了，大家开始跳舞，霹雳舞、摇摆舞、太极剑或者别的什么，现在是广场舞，同样是手舞足蹈，没有什么不一样，空旷的场地上一直留不下什么东西，保不齐现在跳广场舞的人，当年也和我一起去参加过宇宙波的集体气功，可是他们都失忆了，或者这些事情根本不值得记忆。好像只有我对那个时代记得清楚，不舍得忘记。我有时候会想，特异功能会不会是我的臆想、偏执，是一场过分真实的梦境。每当自我怀疑时，我就去拿个勺子，看着勺柄在没有任何作用力的情况下，轻微地偏过头去。我知道它是真的，它无一时一刻不是真的，只是它不重要，没有任何用处，因此也不知道该往哪里放。我接受它是我的一部分，我也接受它是这个物理世界的一点意外，仅此而已。"

我说："假作真时真亦假，无为有处有还无。"

阿来说："《红楼梦》里太虚幻境门口的楹联，放在这里并不合适，因为它不是幻觉。《人体生命科学》停刊之后，特异功能爱好者们就在网上互相交流了，帖子、贴吧，现在又有了微信群，我每天逛逛，从来不说话，没有新鲜东西。他们知道的我早就知道了，他们不知道的我已亲历过，骗术、谎言，还有夹杂在里面极少数的真实。"

天已经亮了，不像前几天那么明净透亮，有一朵强势的黑云压在地平线上。无论是狼还是狐狸、鹰隼，都已经嗅到危险的味道，各自找地方躲起来，我向远处眺望，仿佛看见似的。群狗不安，在院子里狂吠不休，大声制止无用。旅馆老板从里面探出头来，说，让它们叫会儿，等会儿就消停了。沙暴来临前，酿酒机器停了，里面的啤酒必须全部罐装，所以沙漠啤酒免费敞开供应，只限沙暴这两天。我下楼拿了几瓶啤酒和两块饼，与阿来边吃边聊。我一直看向地平线，还想穿过地平线，看地平线的地平线。尽管我们已经身处空旷之地，碍于肉眼，那种遥视的渴望仍然很强烈。

"直到那日，二〇一二年十二月二十一日晚，我像往常一样吃过了饭，但心里一直不安。"他指着那些狂吠的狗说，"和它们一样，感觉到有什么不好的事情要发生，但不知道自己将面对什么。我也不是没有想过，地球会突然间炸开，岩浆到处灌到处淌，或者一场巨大的海啸把全世界给淹了。哈哈，我也知道那荒诞不经，就算真的有末日，也不会来得这么轻易。我惴惴不安地睡了，半夜，大概两三点，我忽然觉得身体变轻，没有做梦，却半夜惊醒，醒来一身冷汗。第二天早上，我出门给孩子头早点，脚步变得很轻，一沾地身体就弹起来，像踩着了弹簧一样，回去称了一下体重，少了六斤。我想，坏了，赶紧去拿了个勺子，盯了十秒之后，勺子纹丝不动。特异功能失灵了，以前从来没有过，更让我惊讶的是，它居然有重量，压在我身上。我一个人在房间里待了一天，手里一直拿着那个勺子，脑中一团乌糟。我老婆在外面一直敲门，我也不应，坐到天黑。一个明知无用的东西，在你的怀里揣了几十年，一下子拿走，也叫人无法适应。我本以为，它与我的肉长在了一起，是我的一部分，但它悄无声息地溜走了。"

"不告而别。"我说，"一定伤心。"

"不仅是伤心，感觉被抛弃了，就好比一个蚌，被人取走了珍珠，你说，这个蚌它会不会慌。我慌不择路，跑到网上去发帖，问他们，有没有感觉到自己的特异功能消失了。"

"有人回复吗？"

他苦笑，说："很多，一夜之间五百多个回复。大部分人都是嘲讽，还有人劝我去医院看一下精神科。也有零星回复，说有和我一样的感觉，但他们才叫臆想，话不能当真。这些事情，只能慢慢求证。我找了另外两个人问，他们的特异功能也消失了。我又特意去了一趟四川，想找唐愚，但没有找到，他早不知道去了哪里。好几年之后，我才得出结果——二〇一二年之后的世界，缩小了，超出常理的部分全部被剪除了，平滑得像块新草坪。没有什么不解之谜了，一切都可以解释，可以发现，可以求证，真和伪之间的界限从此分明。从某种层面来说，世界末日确实发生了，只是不那么剧烈，肯定会有长期的副作用，但以我的脑筋想不明白。"

"一个没有了例外的世界确实变得更加无趣了。"我说。

"是啊，无趣，希望副作用仅止于无趣。"阿来说。

"就像卡子草的失踪。"我们也许失去了一个更加丰富的世界。

他的眼眶仍然发红，喃喃地说："对啊……"他起身走下楼，穿越群狗的吠叫，回到自己的房间中去，我也梦游般回到餐厅。

　　远处的那片黑色转为混浊的淡黄色，天色仍然晴朗，却有些错乱的风，似乎风也在逃窜。沙暴快要来了，旅馆老板已经将一切可能被吹走的东西拿进屋子或地窖，关掉发电机，狗牵入门，门窗掩牢。有两队旅客还在外面，暂时失联，老板说，他并不担心他们，向导懂得应付沙暴，沙漠里的人自然知道哪里可以躲藏，不过，这种级别的风沙他已经有数年没有遇到过，危险还是有的。

　　"每年都有人因为沙暴而死。"旅馆老板淡淡地说，"正常。"

　　风中开始夹沙，擦刮着房屋，如砂纸来回打磨，鼻翼里甚至开始有了一丝潮湿，嘴里也有了细沙，屋子里的陈年膻味，因为封闭更加明显，叫人头皮发麻，此时应该喝两瓶沙漠啤酒定定神。因为这场沙暴，浪漫且微醺的沙漠生活忽然震荡，滑向晦暗与危险，到了该回去的时刻了，城市生活在向我招手，还有半个月积压下来的账单，任性之后岌岌可危的工作。

　　我想起骆驼没有拴紧，担心它们会被沙暴惊到，冒着风沙，冲到骆驼棚。骆驼们坐下来围成一圈，互相埋着头，我把缰绳拴得更紧一些，脸被刮得生疼，又吃了满嘴沙子。回到屋子里，短短十几分钟，天色已经全变，灰黄灰黄的，可见距离不足五米，屋里需要点灯才能看清。我坐在窗边，徒然看着窗外，一个黑色的影子在沙尘中若隐若现，逆着风沙前进，一会儿便不见影踪。我想，一定是骆驼的缰绳没有拴紧，跑出去一只。老板说，不用担心，骆驼比人更懂得如何应对沙暴。

　　其他几个旅客都待在房间里没出来，餐厅只有我和旅馆老板二人。

我把阿来对我说的那些悉数告诉他，问他怎么看。

"你相信他说的吗？"我问。

他说："早几年，也许是二十年前，附近村子里生活着一个先知，能够预言很多事。你在沙漠里丢了一个金镯子，他会指给你遗失之处。最近几年不怎么听说他的消息，可能老了，可能死了，也可能像那个人说的，世上的预言失效了。"

因为找不到蜡烛，我们只能坐在昏暗之中。风沙拍打窗户，我听着耳边的风沙声，想起多年前和父亲一起等候一场台风。

空气忽然不可思议地干燥，与数小时前的潮湿截然不同，气温骤降，窗外的树冠被风拉扯，滚动着要向北而去。电风扇懒懒地吹着，我几乎要睡过去，又清醒地睁着眼睛，想等大雨到来，大雨马上就要到来。

"想象一下，台风的形成。"父亲说。他斜靠在沙发上，眼睛眯着，似乎要睡着了。

"嗯？"我像只小虾，蜷在他的胳膊下。

"要从太平洋开始，你是赤道附近的一滴水，蒸发了，升入空中，与其他的水汽紧紧团在一起，躲在一大片积雨云里。从地面看去，你们是一片翻涌的白色云彩。热空气上升，冷空气下沉，快速循环，云带不断扩大。地球旋转，云带逆时针旋转，形成热带气旋，周围空气涌向中心，又遇热上升，能量聚集，中心区域附近的风力升高，气旋中心的气压进一步降低——现在，它不再是一个热带气旋了，而是热带风暴，或者说，台风，超强台风，它像只巨大的蜘蛛趴在海面上，携带着几十亿吨的雨水往大陆飞奔而去，没有什么可以拦住它。它长驱直入，深入到内地，你落下的时候，直线距离已经移动了千万千米。过程太过激烈，可能连雨滴都会忘记，自己来自赤道最宁静的海域。"

雨已经落下，天已经全黑，雨声密集，几个小时倏忽即逝，我们没有开灯，也不知道到了几点钟，没有人来打搅我们。我只顾着听窗外的风雨，想象自己就是那颗水滴，在极短的时间内被风力裹挟，跨越千重万重，从不固定，又从未变化，世间一切与之相比，都如此渺小。等我回过神来，父亲的话正像果实落下——

"是不是奇迹？"

沙暴结束之后，通信一天之后才恢复，听说沙暴放倒了附近一座信号塔，抢修了一整天才好。我们度过一整日无水无电的生活，许多设备被吹坏了，或者灌满了沙子，阳台上仙人掌连盆一起消失。我帮着清扫院子，把屋子里的东西搬出来，有些坏到不能用的，直接丢出去。忙完之后，又走到骆驼棚里，查看骆驼的状态，它们早已恢复了镇定，嚼着玉米粒。我数了数它们的数量，并没有少，我怕数错了，又数了一遍，还是没少。但我曾见一个黑影走入狂沙之中，如果不是骆驼，那会是什么呢？旅馆老板说，也许是看花了眼，天色黑，看错了很正常。

到了晚上，我在餐厅吃饭，旅馆老板说，阿来还没有过来退房，去他房间看过，行李不见了，桌上放着几张现金，人不知哪里去了。他趁着沙暴离去了，车还停在院子里。我仍有些不可思议，沙暴中人寸步难行，阿来如何能够像骆驼一般，一步一步地朝西挪去。我走出门去，朝着西方看去，想从中看出一个小小的人影，离开的，或返回的。无数无数的沙丘，延绵而去，其中并无阿来。

妻子打电话过来，说女儿在岛上退烧了，她们已经返回大岛，隔日就回程。

"也许真的遇到了鬼魂。"她说，"总是听他们说东南亚有些脏东西，碰到了会生病。之前不信，这次有点信了。我们在村子里散步时，女儿曾经从地上捡起过一根骨头，不太像动物的，倒像是人的胫骨，我让她赶紧丢掉。"

"应该是食物中毒吧。"我说。

妻子说："回上海再到医院检查一遍。你回去没有？"

"准备回了。"

"这话你上次就这么说。"

"沙暴……"

"早点回吧。"她说，"你不能在那里待一辈子，我不喊你回来，你是不是就不回来了？"

"哪能，瞧你说的，我马上收拾行李。"

那些去往沙漠更深处的游客接连返回，大家谈论这场巨大的沙暴，都说这会是他们毕生难忘的经历。我问他们是否撞见一个长手长脚的男人，他独自一人往西去。大家都说不曾见过。我又在旅馆待了三天，想等阿来回来，始终没有等到，只好回到城市。工作一旦进入正轨，人便像陀螺一样转起来，渐渐无法顾及沙漠旅馆里的诸事。半年之后，我终于想起给旅馆打电话，问老板阿来回来没有。旅馆老板说，啊，那个人啊，他始终没回来，车在院子里停了太久，已经快报废了，正不知道怎么处理。

收录于东来《奇迹之年》一书，人民文学出版社，二〇二一年四月

飞往温哥华

蒋在

一

她睁开眼睛，机舱里的灯已经灭了。打开飞行显示屏，模型机在那片深蓝色的海域上飞行，她不知道地面上的时间，以及她的丈夫在做什么。她和他是第二次这样失去联系。近九千千米的距离，屏幕上显示已飞行四千多千米。

她想着还有几个小时将与前夫景崇文重逢。她记不得他们是哪一年离的婚，十年前？八年前？或者更远。好像是一个春天，她穿着一条齐脚踝的黑白条纹的裙子从办事处昏暗逼仄的办公楼里走出来，墙角的地面上落满了黄色的迎春花，还在枝丫上的花反而是暗淡的。从那天起他们就再没有见过面。在机场候机时，她想象过景崇文现在苍老的样子，她甚至觉得自己会哭。

半年前，她给景崇文打电话说自己在温哥华，儿子病了，病得很严重，问他能不能申请提前退休。景崇文那头从嘈杂的地方换到了一个安静的地方，她才听清他在那头小声地问："儿子究竟得了什么病？"

这些年景崇文也病过，他都是自己去医院挂号等待手术，从没要求谁去陪床。所以景崇文下意识地觉得，儿子得的病一定比手术开刀更严重。

她说："不好讲，反正需要你过来陪一下。你来了就知道了。"那时她已经请了一个月的假来陪儿子，再这样继续下去，她的工作也难以为继了。

他问她："你呢？"

她说："我的假休完了，得回去挣钱。"

景崇文原可以答应下来，但一想到他们早就已经离婚，凭什么还要听她的，他就不用挣钱了？便说："我退休损失会很大。"她说："你真的要过来，不然你会后悔的。"他被噎住了，退了一步变换了声调说："再说办理退休也需要时间。"

"再大的损失也抵不上儿子的病，正因为需要时间，才叫你现在申请。"

他沉默了。

"你赶紧申请，我不挣钱，儿子这边的开支无法继续。"还没等景崇文回话，她就挂断了电话。

二

她静静地看着屏幕上那架模型机匀速地飞着，脑子里想着几个月前，她陪着儿子来到温哥华。儿子在外留学九年，她是第一次出国。

儿子准备读博，她陪着儿子寻找新的住处。那时候她还不知道儿子病了。她早该想到儿子得了那样的病，怎么就没有想到呢？这些年艰难的生活，让自己的脑子变得越来越狭隘。

直到有一天早晨，儿子差点打了她。被搡出去的她沿着空无一人的道路向前走着，她边走边哭，那时她没有往那个病上去想。好好的，怎么可能往那方面去想？她只觉得太失败了，倾其所有送儿子出国念书，换来的是不依不孝，她真是痛恨自己。

她迎着明亮的鸟叫声走着，空气中青草和花的香味都湿漉漉的。路标上的英文字母她一个都不认识，她怕自己走丢了给儿子带来麻烦。没有地方可去的她，又不得不朝前走。

她就只好去记树的样子，那是一棵弯曲得扭捏的日本松树，还有一棵铁杉。房子的前面开了什么花，自己从什么地方拐到了什么地方，她不停地回头确认。

她走到长满灌木松的路上，在一条长凳上坐下来，阳光从松树的枝丫缝隙间透了出来。早晨过后，温度在逐渐升高，她手边连瓶水都没有。偶尔经过的公交车上，稀拉地坐着几个人。她感觉这个世界离自己很远，阳光草地花木一切都与己无关。

每天傍晚来临，房东给草坪浇完水，就会站在竹篱笆墙院那儿，跟一个金发的白人聊天。那时夕照正好落在花上，吸了水的花楚楚妖艳。她以为只有中国妇女才会站着聊天，而且是每天都那么大声地聊。不过房东是温州人，儿子在网上租住了她家的地下室，且只能住一周，别的时间早被中国的同学订满了。

刚到温哥华时，她觉得天宽地阔，处处乡村景象，实在太美了。每家独门独户，屋前屋后都有宽阔的草坪，满眼的花草树木，唯独不好的是出门要走上一段路才能坐车。第一天，儿子带她去了一家中国人开的越南餐馆，吃了中国的面条。她记得餐馆里人很少，除了音乐几乎没有任何声音，餐馆颜色的主调是黑色，墙上挂着她不熟悉的各种画，不过她觉得非常好看。

主街道上车少人也少，在强烈的太阳光下走着的人，像是游离在世界外的影子，不同肤色不同发质。一切都与己无关。与世界失去联系，不过就是什么都不属于自己。每天早上走出门，看到苹果从树上落下来，有时候会在地上砸出一个坑。那个落下的坑，给人一种特别的想象，鸟会飞来啄上面的果肉，成群的鸟摇动树枝，果子就会掉下来。

儿子每天都在为寻找新的住处焦虑。她原本不知道没有新的住处，他们就得露宿街头。在国内不行可以住酒店，温哥华的酒店一晚上近两千元人民币不说，主要是离他们现在住的地方还有很远的距离。儿子发怒时就问她知不知道他们就要被撵出去了，那么多行李怎么办？她想不到儿子会变成这个样子，锥心的痛感，但她只能忍气吞声，因为儿子说这是加拿大，不是中国，只要他们吵起来，邻居听到会马上报警，他们中的一个就会被警察带走。她一句英文也不会说，被带走的肯定是她。

儿子打电话让她回来，并在电话那头告诉她，一分钟呼叫方收费三块钱，接听方两块钱，所以别在外面赌气，让他花钱继续打电话。

那天下午，她回来的时候，看着她儿子正在搬运箱子。一个中国同学和她的丈夫开车，把儿子研究生毕业时的所有行李送了过来。

他们把东西放在路边，一个又一个墨绿色的塑料箱子，她数了一下共有十二个。在加拿大生活九年的全部家当都在这儿了，她想着儿子学校每个假期都要求学生把行李带走，儿子要费多大的劲儿才能把这些东西，一次次搬到不同的同学家的地下室去寄放。

送箱子的同学问她想不想去参观温哥华大学，她心动了一下，偷偷看了儿子一眼，之前她一直希望儿子能够考上这所大学。可是现如今她连去看一眼的念想都灭掉了。她看着同学夫妇抬着塑料箱子，从草坪中间的小路上摇摇晃晃地穿过来，那靠苹果树不远的地方开着几丛粉色的月季。同学把箱子放在地上停下来歇气，她看着他们，真是羡慕这一对中国小夫妻。他们从复旦大学读完研究生，两个人一起申请到温哥华大学来做博士后，然后留在了这里。

什么时候儿子也能找到一个女朋友，一切就会好起来的。她这样想着，感觉心里面的痛苦稍微平息了一些。炽烈的阳光下，花和草都泛着她在国内不曾见到过的光。她记得第一天来温哥华的时候，她还心怀希望地辨认着路边的草，小时候熟悉的草在这里又看到了，她似乎找到了一种对应的生命和时间。或者是她有意要在这个陌生的、给她带来不安的国度，找到一种能让自己安静下来的东西。而现在这种感觉已荡然无存，只给她增添了伤感的成分。

三

儿子出国的第一年，学校放寒假，他找了一份给邻居看家遛狗的工作。那个假期儿子的中国同学，凡是没有地方去的都聚集在那儿。儿子用微信视频，让她看了上上下下住满了一屋子的人，他们都挺开心的。儿子夜里独自去遛狗，它们在雪地里跑，隐约的灯光里，她能看见儿子的脸在风中被吹得乌青乌青的。儿子好像比以前更瘦了。他留着长长的头发，额头前的碎发已经长到了下巴的位置。她看见儿子从桌上捞起一个黑色的发箍，试图把头发往后面捋。她在视频里面问儿子，为什么不去剪头发？儿子看着她，冷笑一句："哪里来的钱剪发？没看到我在捡狗屎？"

她沉默了。她想着让年轻人吃点苦也算不了什么。她这样想的时候，一辆列车开过。儿子说："妈妈你看，这火车是开往美国去的。"

那个世界对她来说太远了。

儿子本科和研究生读的是同一所大学，它在一座高高的山上。周末学校食堂只定点供应饭食，儿子起得又晚，只能走路下山去买菜或吃饭。烈日下的儿子独自走在宽阔的公路上，一边喘气一边跟她视频，儿子走过那片养马场，她能看见宽阔的草地、草地里的马。儿子从路上跨过去靠近养马的栅栏，两匹正在栅栏边的马朝后退了一下，昂头跃蹄，不过很快就安静下来。儿子张开手里握着的半个苹果，其中一匹马咧嘴撸掉苹果。她对儿子说："它们会伤着你的。"儿子退回公路，笑着说："它们已经认识我了。"返回的路上儿子提着买的菜，依然是烈日下喘着气。她问儿子要走多久，他说："两个小时吧。"她的心沉了一下问："安全吗？"

儿子说："安全，就是傍晚会有熊出来，特别是冬天如果下雪，就会在路上遇到熊。它们还会出现在学生宿舍的阳台外面找吃的。"

她对加拿大的傍晚还有那么强烈的阳光没有想象，对熊同样也没有想象，只知道熊是会吃人的，就是不知道现在的熊还会不会吃人。

接着儿子说："不过我得走快点，这个时候熊也会从森林里出来跑过公路，到另一边的公路上去。"

她很着急问儿子能不能不要一个人走在路上。儿子说没有办法，同学们出行的时间对不上，就只能一个人走了。那些有车的同学，他们不太愿意带他，即使带了一次两次，第三次就不好意思再麻烦别人了。

她问："我们能不能也买一辆车？"儿子说："基本不可以。首先我们没有必要花这个钱，我走走路挺好的。"她说："你一个人不安全啊。"儿子说："没事的，其次如果我们买得起车，我还得去考驾照，还得独自走路到镇上学。"她问："镇上在哪里呢？"儿子说："就在我去买菜吃饭的地方啊，两小时。"她心黯然，既而又安慰自己，年轻人吃点苦没什么。她就恨自己那时为什么就没能明白，此苦和彼苦是不一样的。倘若儿子在国内，即使吃苦那也是家中之苦，他就算在北京上海什么的，比起加拿大来说，太近了。

儿子说，常常有司机开车时，遇上一只或者两只熊挡在路上，司机把车停下来，任凭熊隔着车窗玻璃扑腾来倒腾去。他们不报警。因为警察一来就会用枪击毙熊。她问为什么。虽然她知道她不该这样问，像个小孩子那样不谙世事似的。儿子说因为在加拿大，人的生命不能受到威胁。她记得那一天她挺感动的，她说不清是为警察，还是为宁愿等着熊自己离去也不报警的司机。总之这是个让她感动得想流泪的记忆。

四

加拿大的住房看上去都像是别墅。他们住的就是别墅，只不过是别墅里的地下室。加拿大房子的地下室的意思是贴地的一楼，一般房东都不会住一楼，要么是车库，要么空置租给中国学生。之前她一听地下室，以为是在地底下，没有窗户可以通风。儿子给她说过，同学大学毕业就去工作，住在地下室里，窗户有一半能看到地面上。每次有人来敲门，首先看到的都是对方的脚。在家时同学会用一床毯子裹住身体，因为地下室很冷。她听得非常心痛，说这个孩子将来会有不一样的人生。不一样的人生是什么呢？她现在真的觉得难以回答。

　　这个同学她见过，家境比她家还不好，就是有个留学梦。成绩很好，留学期间拿的是全奖，说是一定要移民，所以大学一毕业就开始工作。第一个工作是在一家工地搬运砖头，后来找了一份与计算机有关的工作。假期儿子第一次回国时，他托儿子带封信回国寄到甘肃去，他是甘肃人，母亲没有工作，全靠自己努力。他父亲收到儿子寄去的信，寄了几样东西过来让儿子带回加拿大，羽绒服中夹着一封没有信封的信。儿子以为是写给他的便条，打开来看到信上说：不必挂念，不必多联系，也不必回来……儿子就哆嗦着收好了信。她记得那个夜晚，她和儿子都为那个同学流了泪。

　　有时候，心痛的感觉不只会产生在自我经历上。女人老了，为自己哭的时间少了，为别人哭的时间就多了。

　　和儿子告别住了七天的地下室，挪到儿子通过网上认识的网友那儿。网友在网上说自己有一间房空了出来，是间主卧，可以租给他们，但是只能让他们住一个月。一个月后他们就得搬走。转了账后，这名素未谋面的网友，在搬家当日开着一辆丰田SUV来帮他们搬家。这位网友长得高大壮实，儿子站在他的旁边显得瘦弱可怜。她见儿子站在一旁打电话，没有帮这位网友搬他自己箱子的意思，她就不好意思地说："放着吧孩子，让阿姨来。"

儿子对着电话一会儿是中文，一会儿是英文，听了半天她都没听懂，只听到他在说车的事，她不知道是不是那边出了什么事。问他，他也不说是怎么回事。等她后来看到车来了，才知道儿子叫了一辆网约车。这样的网约车都是中国人开的，当时在加拿大还没有被允许，也就是还没有合法化。这种中国人的"黑车"，也只对中国客户，所以它们跑起来非常顺畅。她注意到，温哥华的大街上没有出租车，除了机场。不像在国内，大街上一招手，一辆又一辆的出租车就来了。在加拿大所有的出租车都要通过平台预约，而中国人在加拿大开的"黑车"，比加拿大本土的价格要便宜得多，当然就能盛行。据说创建这个加拿大警察都无能为力加以治理的"黑平台"的人，竟然是儿子的高中同学。

这位高中同学非常精明，生怕遇上钓鱼执法，要让司机和乘客先用中文沟通，看对方是不是警察，是不是纯正的中国人。之后，她发现这里的留学生都很有意思，都爱说几句洋文，目的是展示自己已经出国多年，学的不是那些微信文章里骂出国留学生学的哑巴英语。二是测试对方到底英文如何、来了几年，以此换来一些中国人之间的优越感。

在加拿大坐着"黑车"，有不一样的感受。语言一窍不通的她觉得亲近，她会主动跟司机搭讪。平时除了跟儿子说话，她会在做饭的时候自己跟自己说话，她说不说话人的脑子就会坏掉。这些开车的年轻人里有男有女，很多时候女司机甚至多于男司机，且他们都是移民了的，她甚至在心里希望能为儿子相中一个女朋友，这样将来她回国了，儿子独自留在加拿大，不至于太孤独。

搬家后的第一天，儿子带着她步行到附近的超市买菜。她知道了穷人超市和富人超市有时候只隔着一条路的距离。儿子总是把她带到穷人超市，那儿很少有中国人，超市里来来往往的人大多都很胖。儿子说加拿大人的胖是因为生活在底层，吃的食物脂肪高又不运动。她记得之前儿子带着她去过一次富人超市，一进门是鲜花区，儿子指着一个推车排队的中国女人说："你看她的包五万多。"她看过去，觉得没有什么特别的。心想一个人把五万元的东西提在手上进超市，也太夸张了吧。

五

儿子和她搬去网友家后，依然在日日夜夜不停地找房子。她也只是默默地跟在儿子身后，儿子让她去哪里她就去哪里，让她在什么地方坐下，她就坐下。因为儿子那时不太说话，一句话不对儿子就会发起火来。她知道儿子一定很焦虑，来加拿大前她认为儿子小题大做，找不着房子就先住在酒店里，来了后才知道真的住不起。她和儿子去看了一个台湾女人的房子，离儿子的学校两站路的车程，公交车十分钟一趟。

从台湾女人陡峭的楼梯下来，穿过一个种满植物的过道，他们来到了大街上。台湾女人是房主，她将空置的另一间小卧室租出来，一个月九千元人民币，不算太贵。他们走在暴晒的阳光下，儿子问她有没有发现台湾女人有什么问题。她说没有。儿子说："台湾女人不停地用手捻她披散在胸前的一绺头发，说明她一定有心理疾病。"

儿子说："你看看，这儿附近没有超市。"她就朝着道路望过去，远处一路过来种的都是一种红叶子的树，在阳光下闪着红光。她脑子里出现的是儿子不停地摸鼻子的样子，觉得眼前的世界与自己隔着一层又一层的光圈，是一个不真实的世界幻象。

送他们来的"黑车"在道路背阴处的另一条路上等着，他们走过去时那个女孩还在打电话。看到他们走过来，女孩将电话放入口袋，打开车门，让她进去。她上车后不像来时那样期盼着结上一个善缘，自从她在来时的路上得知这个女孩已经结婚，就不愿再多说一句话。他们要看的另一套房子离学校稍远了一点，儿子上下学如果坐天车，再转公交车到学校，需要一个多小时的时间。夏天没有问题，冬天的加拿大下午四点天就完全黑了。她和儿子坐在天车上一直在讨论这个问题。他们是从学校出发，试探一下到租住房子的路程。倘若要租下这套房子，下了天车，还要走上十五分钟的路才能到家。

这套房子的房东是一对印度夫妇，他们在约定好的时间里，并没有出现在门口。他们还没有从房子里搬出去，大概两个人正忙着收拾房间。他们在门外足足等了半个小时之久，这不合于印象里外国人做事的风格，外国人的时间观念通常非常强。下来接他们的是男主人，看上去不算让人讨厌。他们跟在他的身后进了单元门厅，经过壁炉时她特地回头看了一眼，壁炉上方放置着一个大大的花瓶，插着百合花，对面是几幅抽象画。男主人指着另一道门说，那是车库。正好有一个人从房门那儿进来，男主人问他们要不要先看一下车库。儿子说不用。她朝门开的地方看去，那儿跟国内不太一样，安静宽敞。

房东果然把房子收拾得一尘不染。屋子里还有房东的姐姐，一个胖胖的印度女人，跟女房东形成对比，感觉女房东瘦得坚硬，油盐不进。她站在并不大的客厅中间，听着他们交流，尽管她一句也听不懂，却装出能听懂的样子，时而看着他们的眼睛时而点点头，意在给儿子壮壮胆。无论有用没用，她坚持着那样一个姿势。

出来时儿子说："后天来签合同交钱。"他们沿着两边是法国梧桐的道路走着。她说："住这儿好。"儿子说："好是好，就是比台湾女人的贵一半。"她说："没有关系，你读完博就结束了。"儿子说："这儿离天车站要走十五分钟，然后再转公交车去学校。"她说："嗯，离飞车站不算太远。"

儿子说："妈，是天车好不好？"儿子朝前快走了几步，两个人就往下坡走。经过一段工地时儿子说："妈，你看这儿正在建一个大的商场。"她说："真好，你买东西就近了。儿子说："建好了，我已经离开这里了好不好？"她又不说话，心里想着，是的，一切都与我们无关。

把房子租好后，她就收好了行李准备回国。临走前，儿子流露出很多年她都没有再体会过的、只有他幼年时期才展现出的依赖。他问她："妈妈你可不可以不走？"说出这句话，儿子觉得不妥，又说没什么，转头装着去看书。

正因为超出了她的预想，儿子觉得她应该能够明白这句话的沉重和求救。她心里虽有不忍，却只能说："不行，我要回去挣钱。等你爸爸过来先陪着你，我回去打理好了再来看你，好吗？"

他也知道妈妈重组了新的家庭，她的生活可以为他停滞一个月，但不是永远。他是这个世界隔绝出来的另一个世界的产物。儿子的眼神暗淡下去，就像过去一样，一直在暗淡下去。人生就是这样，她再痛也没有办法。她必须得走。

她离开温哥华后，景崇文就飞过去陪儿子了，那时他的退休手续还没有完全办理下来。她还能记得儿子生日那天，给她打电话说，现在连听到水的声音都无法忍受，心里每时每刻都像猫抓一样难受。她意识到事情的严重性，叫儿子一定要去看医生，不然后果不堪设想。

儿子自己开车去看了医生，医生告知他患的病，并且是重度的。儿子坐在靠窗的地方，正对着医生，风吹动窗帘在他身后飘动。窗外不远处就是一片海，阳光照射在海面上，那儿是一团雾气一样的波光。

儿子上楼去看医生的当儿，景崇文沿着道路去往海边。他也不认得英文，方向感却很强，所以他并不会担心找不回来。日光在海面上发出耀眼的光，休闲的人们在沙滩上嬉闹，或躺着晒太阳。再远一点是一条人行的林荫大道，树丛下开满了红色的花和紫色的花。靠近路边的草地上有打网球的人，跳跃时发出来的欢笑声，随着风轻轻地飘散，像雾像雨又像风，让他觉得加拿大的一切是那么的美好。

医生看见儿子坐在那里一动不动，就说："不过你放心，会治好的，这是最容易治的病。"

儿子就哭了。儿子开着车一路哭着，景崇文坐在车上见儿子哭，问儿子发生什么了。儿子叫他不要问。他只觉得儿子像变了一个人，那么老大不小的男子汉还哭。他不会知道加拿大的医生是怎样看病的。那儿是一个靠海的住宅区，房屋上爬满了红色的藤类植物，看上去美极了。

六

飞机依然在深蓝色的海域上前行，这会儿她也不去看飞机已经飞行了多少千米了。

距离她离开温哥华已经过去了六个月。她像六个月前说好的那样，一定会再来看儿子，再来陪伴他一些时间。她又想起地面上的他，这会儿是白天还是深夜？他有没有像自己一样忧心忡忡？前段时间她从温哥华回去后，他们还谈到是不是领个证什么的，她说彼此都再考虑一下。他问她是不是想结束他们之间的关系。她并没有如实告诉他为什么又飞往温哥华，一切等回来之后再做解释吧。她想，回去后还是跟他把证领了，等儿子完成学业回到中国，一切都会变好的。

她闭上眼睛想睡一会儿，机舱里有人起来上洗手间，紧接着声音越来越多，灯亮了。

服务员开始发放吃的，这意味着飞不了多久就会到了。

飞机缓缓地落地。她站起来看准了前面一个中国姑娘，紧跟在姑娘身后，随人流慢慢地移动。她说："姑娘，我不懂英文，你能带着我填一下入关表吗？"姑娘只是看了她一眼，她还是紧跟着这个姑娘，过完关出来，她给儿子打微信电话说到了。儿子让她出来后找地方等一下，他刚刚看完医生开车赶来。人来人往的大厅，让她觉得一切人和事，还有声音，都像是从脑海里漂浮而过的东西。

温哥华的确美好，可那是人家的。她顺着人流历尽艰难终于出来了，顺着通道朝前走过大厅，休息吧里坐满了喝奶茶的年轻人。离她最近的那对情侣相依相偎，金发碧眼，这让她黯然神伤，想起儿子短暂的恋爱，那个小女孩也是法国人，她看过照片。怎么就结束了呢？倘若儿子一直在恋爱，也许这会儿该结婚了，儿子是不是就不会生那样的病了呢？

儿子到了。她朝大厅外走，用了跑的速度。大门外熙熙攘攘的车辆在秋天的阳光下缓缓而过，她在车流中寻找着白色的车子。她记得上次离开前，儿子租到了一辆白色的马自达 CK3。她正在张望，看见一个男人从远处走来，看见她时朝着她招手。她几乎认不出他来了，景崇文。她感觉到一股心酸。他谢顶了，瘦了。他也没有她想象的那么苍老，穿一条偏蓝色的牛仔裤，格子衬衣。她记得他们在一起生活时，他就说要穿牛仔裤，她笑说你穿那个不适合。那是个冬天，她在大街上的巷子里给他买了两条化纤材料的裤子。一周后他穿着新裤子去上班，人站在电炉边上把裤腿烧了个大大的窟窿，回来后她气得要死要活的，说他在她的心上烧了个窟窿，因为她自己都没有舍得买件新衣服。那时太穷了，真是太穷了。现在他可以随心所欲地穿牛仔裤了。她朝向别处不想与他四目相对，她看见儿子开着白色的马自达，在车流中缓缓地过来。

景崇文走到她跟前，弯下腰去接她手里的箱子，两个人都没有说话。他拖着两个大大的空箱子走在前面。箱子是他在电话里嘱咐她带来的，说是儿子毕业回去时，一定有很多东西，能带的东西尽量都带走。这似乎是她从结婚到离婚后，第一次听从了景崇文的建议。

儿子把车开到她面前停下，景崇文往后备厢里放箱子，她开了车门爬上去。儿子并不看她，眼睛看着别处，脸色苍白，脚上穿着暗红色深筒雨鞋。她说："你们出门时下雨了？"儿子启动车子，淡淡地说："没有。"她沉默下来。

车窗外枫树红得透亮，明晃晃的阳光让枫树有一种无法言说的生命力。儿子冷冷地说了句："你来的时候，是温哥华最美的时候。"她看着窗外，心里涌过一阵难以言说的感觉，温哥华最美的阳光和景色都遇上了，这让她的内心如同打翻了五味瓶。那天晚上，儿子上床前问了她一句："你累吗？"她说："不累，你感觉好些了吗？"儿子不说话，她看着儿子把白色的药片从几个小瓶子里倒出来，放在一张纸上。吃完药的儿子依然一句话不说。不远处开过的天车，在轰隆隆的声音里闪着灯。

七

儿子说学校没有课，带他们去逛一下。她本来很累，想着儿子愿意去商场，就显出很高兴的样子。两个人走在商场里，看着儿子瘦得背脊弯曲肩膀歪斜的样子，心如针扎。儿子买东西付钱时，手都是抖的。脑子里映出这一幕，她的心也会发抖。她明白这些年儿子受了很多苦，儿子知道她这些年挣钱并不多，用钱时总是算了又算。读研也是半工半读，平时还跑很远的路给中国学生补英语，一次课只挣三百人民币，依然风雨无阻。

每次出门，景崇文总是跟在他们后面，远远地看着他们。儿子去学校上课会很晚才回来，吃完饭她和景崇文出门散步，两个人不说话，景崇文在前面走，她跟在后面。他们住的区域四通八达，没有方向感的她生怕自己走丢了，只能远远地跟在景崇文后面。这时候她会打开手机流量，边走边在国内的他打微信电话。有时候她也看见景崇文在打微信电话。他们都有了各自亲近的人，平时在屋子里地方小，打电话不方便，只有出门时各自拉开距离才能打个电话。

沿路到处是花，梨树可以盘绕弯曲地顺着栅栏长，果子嘟噜噜地坠下来，乌鸦在树林里成群地飞。雨天乌鸦铺天盖地让人惊慌，就是在屋子里也能看见它们黑密密地飞过。

他们住的地方有两家超市，富人超市离得近些，儿子带她去过两次，比起较远的那家穷人超市，她宁肯多走些路，东西会便宜很多。在国内时生活简单惯了的她，变得精打细算起来，连多买一份奶或者要不要买一份豆腐这样的事，都会犹豫不决拿起来又放下，有时候哪怕开始排队了，她都会固执地跑回去放下。

每次去超市，她走在前面，景崇文跟在后面，不紧不慢地拉开一段距离，买完菜他就提着，依然是跟在后面。有时候她回头去看他，他郁郁地走着感觉像是被丢在道路上的枯枝。

她想，老了，我们都老了。年轻时两个人也有梦想，也相爱过，也曾想齐心协力将儿子培养成才。现如今已成陌路的彼此，在遥远的异国，同在屋檐下却不说一句话。吃饭时他总是错开她，有时随便喝点牛奶，吃几块面包，她想跟他说面包比米饭贵，他却没有给她任何说话的机会。儿子出去后他就蜷缩在沙发的角落，天气好时就整天坐在阳台外面看视频。

她喜欢花，每次进超市总是会在进门处的鲜花前看来看去，为了给自己带来简单细小的喜悦，让终日堆积在心上的郁闷短暂地被驱散。之前她买过两盆花，他们住的屋子里有了花，就有了家的感觉。加拿大的花跟国内相比贵了好几倍，她每次只是看，让花的颜色使自己获取片刻的温暖。在这个语言不通、儿子又时好时坏的状态里，只能自救。她想。

她给屋子里的花浇水，在屋子里用吸尘器吸地。而他就像什么也没听见和看见。她想起来了，他们就是这样离的婚。这应该是原因之一吧。

八

加拿大的冬天很快就来了，从窗子看过去，对面的屋顶上铺了层厚厚的霜，乌鸦比秋天更密集地飞过，下午四点天就完全黑了。每天早上儿子去上课后，不用买菜的时候，景崇文依然坐在阳台的窗子前看视频。她沿着屋后那条长满杂草杂树的路绕上两转，用手机拍下在雪地里惊飞的鸟和那些长着未落尽的红叶的盘绕弯曲的树，认真地看树下盖着的细密的网。很多次她都想问一下儿子，那些房子的主人，为什么要在树下铺一层这样的网。她想过是为了不让鸟把草的根刨出来，她也知道这并不正确。

儿子总是不说话，早上出门前她给他做好午饭，用一个便当包装好，把洗好的梨和西红柿放在灶台上。儿子每天晚上十点下课，回到家已经近十一点。外面的雪很大，她站在灶台前把白天剩下的饭菜收拾完。天车从窗外闪过，雪地里映出车厢的灯光，它们一次又一次地呼啸而过，对于她却像是陌生的旅途，既遥远陌生，又不可思议。

她站在灶台前看着外面冰凉的雪景，以及如电光闪过的天车，那些坐在天车里与己无关的人来来往往地飞逝而去。她拿起梨，心里想着被夏天的太阳晒出红色的梨挂在树上的样子。咬一口，使劲儿去体会炎烈阳光曝晒下的果子，一股脑儿把异国阳光吃进了肚子，以后也有个念想。

九

儿子开车带着她和景崇文去了一趟中国超市。超市很大人很多，基本都是中国人，也许有韩国人或日本人，难以分辨，难说他们不来中国超市买价钱便宜的东西。熟悉的人群、声音和方式，让她一下子觉得又回到了中国。她如同在国内时一样，买了很多的东西。中国超市离他们住的地方远，来一趟不容易。很久没有这样大手大脚地花过钱了，心里觉得痛快。

上车后她把座椅朝后调了一下，身体半躺在座位上说："以后要经常来这儿买菜，都是我们喜欢的种类。"儿子开着车，导航正咿里哇啦地引导着路线。车窗外的房屋在积雪覆盖之下，显得低矮。车内空调的温度升起来，使她昏昏欲睡。

很久没有如此放松了，一直以来身体和精神被束缚得太紧，肌体处处膨胀欲裂。她感觉身体被什么托起，飘浮在空中，四面金光一片，很耀眼。隐隐约约中她听到车子急刹时，儿子焦虑难耐的喘息声，像风裹着沙。

儿子说话的声音很远，景崇文说话的声音也很远。他们俩像是在吵架。他说："你看不见红灯？"儿子就把车开得更快。"你闯红灯了！""我不是故意的。""你就不知道小心点？""已经冲过去了。""前面有车，人家已经减速你看不见？"

"你闭嘴。"儿子的手抬了起来，抱住头，车身偏离了，一辆车飞快地与之交错而过，儿子的手重新回到方向盘上。景崇文说："你疯了。""你闭嘴，再不闭嘴，就没有后悔的了，你们信不信？""你冷静点。""闭嘴，不是你们要来买菜，会有这些事？"

然后是一片寂静，只有偶尔经过的喇叭声，也很远。

她是突然醒来的。车子正好开进车库大门，卷闸门拉开的声音里有一长串语音提示，大门外贴有一张中文提示：请进出时，务必关好电动闸门，防止闲杂人员乘机入内。她不知道语音提示了什么，但明确地感到中文提示的歧视性。

车子在越过减速带时上下地歪了两下。没想到原本空空的车位，多停进了几辆车。也就是说儿子之前进出车库时，周围的车位都是空的，现在车位两边停满了车，因为是周末。儿子焦虑起来，问她怎么办。她说："不急，慢慢进去再倒车。"儿子说："怎么能不急，我根本倒不进去。"

　　看来儿子确实无法将车倒入车位，由于紧张，他已经将车卡在两车之间进退两难。她说："不急，我们先下车，让你爸倒，他技术好。"

　　儿子从车里出来，他们从后备厢里取出菜退到边上。

　　景崇文坐在驾驶室里开始慢慢将车往车位上倒，他倒得很稳，眼见就要到位了，就在那么一瞬，他忽略了后视镜。喀哧一声，后视镜被隔离的柱子刮了下来，与此同时她听到了儿子的惊叫声。随着声音，儿子飞扑过去，趴在车的引擎盖上号啕起来。她靠前去抱住儿子，她感觉到儿子浑身像触了电似的，儿子吼叫着甩开她说："车是租的，你们让我怎么还车？"

　　"你们知不知道要赔多少钱？路上又闯了红灯。"

　　她朝后退了两步，又试图朝前去抱住儿子，希望他能安静下来。她说："没有关系的，不就是赔钱吗？"她万没有想到这句话彻底激怒了儿子，他像是被什么东西突然重击，转过头来盯住她，两只眼睛红得像是要喷出火来，大喊着冲向她说："赔钱？你们有钱赔吗？你们想过这几年我是怎么过的吗？"

　　儿子撞开她左冲右突，开始扯买来的东西，朝着她和景崇文一阵乱扔。车库里回荡着儿子咆哮的声音、砸东西的声音。她和他无处可逃，被儿子扔得满头满身，儿子还用苹果打向他们。车子玻璃上泼满了牛奶。景崇文气得要去打儿子，她抱住他说："你没看见儿子生病吗？"他高声吼着说："都是你养出来的好儿子，他有什么病？都是遭雷打的疯病。"她死死地抱住他说："我们儿子的病你一直看不见吗？"

"我求你了。"

这时一辆车缓缓地驶进来，闪着车灯，停下来的时候，她突然明白了什么，甩开景崇文，冲上去抱住狂乱挥动双手的儿子说："安静点，安静点。"儿子两眼朝上，只留下眼白。

车上下来两个穿制服的警察，一男一女朝他们走过来。景崇文也反应过来，上前来抱住儿子。儿子还在哭闹挣扎，他们紧紧地抱住他。她看见警察踩破了滚在地上的西红柿，朝着他们走来。她的耳朵里灌满了声音，振聋发聩的声音淹没了整个停车场，淹没了被警察扯开时的痛感。

十

不知是过了一天还是两天，抑或是三天，她从里屋出来看到景崇文坐在阳台的玻璃前。他像是突然间老了，缩去了身体里所有的水分，如同一根腐了的玉米秆，枯荣盛衰都消散了。有那么一瞬她甚至怀疑他是否还活着，于是她的心痛了。她知道他比她更不能承受这突如其来的打击。景崇文从头至尾都不知道发生了什么，现在的一切来得太突然。

房间里没有开暖气，很冷。她找来一件外衣给他搭在身上，然后在他身边坐了下来。他说："到底是为什么？"

她双手抱头说："儿子病了，一直病着。"

他仍然没有动，仿佛一动就会垮掉似的。

"到底是什么病，为什么不告诉我？"他的声音不像从他的身体里发出来，倒像是从远处飘过来的。她说："抑郁症，而且是重度，还有焦虑症。"

是的，为什么不告诉他呢？在儿子成长的过程中，从来都是报喜不报忧，她早就习惯了隐藏不好的那一部分自己去承受。他们是夫妻时，他不能接受儿子惹是生非，在学校犯一些孩子常犯的错误，无论是考试还是与别的同学发生什么，她都不会如实地告诉景崇文，他被不在场了几乎一生。

她看见他开始哭起来，像个婴儿那样哭起来。她伏下身去试图握住他的手，却突地扑向了他弯曲颤抖着的双膝。她也哭了起来，像他们年轻时那样，拥抱在一起痛哭一场，也许一切就又有了一个新的开始。

屋子里没有开灯。窗外，天车呼啸而过，亮着灯的车厢里几乎没有人。天车闪烁在大雪的夜里，一次又一次开向她并不知道的地方。

原刊于《人民文学》二〇二一年第一期

作者简介

铁凝，一九五七年生于北京，中国作家协会主席。一九七五年开始发表文学作品，主要著作有长篇小说《玫瑰门》《大浴女》《笨花》等四部，中、短篇小说《哦，香雪》《第十二夜》《没有纽扣的红衬衫》《对面》《永远有多远》等一百余篇、部，以及散文、随笔等共四百余万字，结集出版小说、散文集五十余种。曾六次获包括"鲁迅文学奖"在内的国家级文学奖，另有小说、散文获中国各大文学期刊奖三十余项。由铁凝编剧的电影《哦，香雪》获第四十一届柏林国际电影节大奖，以及中国电影"金鸡奖""百花奖"。部分作品已译成英、俄、德、法、日、韩、西班牙、丹麦、挪威、越南等多国文字。

潘向黎，文学博士、作家，现居上海。出版有长篇小说《穿心莲》，小说集《白水青菜》《轻触微温》《我爱小丸子》《女上司》《中国好小说·潘向黎》等，散文集《茶可道》《看诗不分明》《梅边消息：潘向黎读古诗》《万念》《如一》等多部。曾获鲁迅文学奖、青年文学创作奖、庄重文文学奖等奖项。

付秀莹，《中国作家》副主编。著有长篇小说《陌上》《他乡》，小说集《爱情到处流传》《朱颜记》《花好月圆》《锦绣》《无衣令》《夜妆》《有时候岁月徒有虚名》《六月半》《旧院》等多部。

项静，评论家、作家，现居上海。主要著作有《我们这个时代的表情》《集散地》《韩少功论》等。

张玲玲，一九八六年生于江苏，小说散见于《作家》《十月》《山花》《西湖》《小说选刊》《中篇小说选刊》《中华文学选刊》等。二〇一九年出版小说集《嫉妒》。

王海雪，中国作家协会会员，有作品发表于《十月》《花城》《长江文艺》《山花》《青年作家》《作品》等，部分作品被《新华文摘》《小说选刊》《长江文艺·好小说》转载，曾获第四届"人民文学·紫金之星"中篇小说佳作奖、海南省文学双年奖新人奖等，出版有小说集《漂流鱼》等。

金仁顺，一九七〇年生，现居长春。著有长篇小说《春香》，中短篇小说集《桃花》《松树镇》《僧舞》等，散文集《白如百合》《失意纪念馆》《时光的化骨绵掌》等，编剧电影《绿茶》《时尚先生》《基隆》，编剧舞台剧《他人》《良宵》《画皮》等。曾获全国少数民族文学创作骏马奖、《小说月报》百花奖、庄重文学奖、作家出版集团奖、林斤澜短篇小说奖等奖项。部分作品被译为英语、韩语、阿拉伯语、日语、俄语、德语等多种语言。现为吉林省作家协会主席。

马小淘，一九八二年生，原名马天牧，哈尔滨人。中国传媒大学播音与主持艺术专业毕业，硕士学位，人民文学杂志社编辑，中国作家协会会员。著有长篇小说《飞走的是树，留下的是鸟》，中短篇小说集《火星女孩的地球经历》，随笔集《蓝色发带》等。

糖匪，作家，评论人，上海作协会员，美国科幻和奇幻作家协会会员。代表作《看云宝地》《奥德赛博》等。出版短篇小说集《奥德赛博》《看见鲸鱼座的人》，长篇小说《无名盛宴》，两次入选当年美国最佳科幻年选。《熊猫饲养员》入选SmokeLong Quarterly 二〇一九年度最佳微小说。同年《无定西行记》获美国最受喜爱推理幻想小说翻译作品奖银奖。《孢子》获中国科幻读者选择奖（引力奖）最佳短篇小说奖。

辽京，80 后，北京人。毕业于北京外国语大学。小说见于《小说界》《小说月报》《中华文学选刊》等刊，著有小说集《新婚之夜》、长篇小说《晚婚》。

孟小书，一九八七年出生于北京。加拿大约克大学毕业。著有小说集《满月》，长篇小说《走钢丝的女孩》。曾获西湖中国文学新锐奖。《当代》杂志编辑，现居北京。

三三，一九九一年出生，毕业于华东政法大学，知识产权律师。现就读于中国人民大学创造性写作专业。作品发表于《花城》《收获》《钟山》等杂志，部分被《小说月报》《长江文艺 · 好小说》《思南文学选刊》《中华文学选刊》等杂志转载。曾获二〇二〇年"钟山之星"年度青年佳作奖，著有短篇小说集《离魂记》。

玉珍，90 后，生于湖南炎陵。作品散见于《人民文学》《十月》《花城》《作家》《诗刊》《长江文艺》《青年文学》《汉诗》等刊，出版有诗集《燃烧》等。

黄咏梅，广西梧州人，现居杭州。出版小说《一本正经》《给猫留门》《少爷威威》《走甜》等。曾获十月文学奖、《钟山》文学奖、林斤澜优秀短篇小说家奖、汪曾祺文学奖、第十八届百花文学奖、第七届鲁迅文学奖等。

马金莲，一九八二年生，宁夏西吉人。中国作协会员，鲁迅文学院高研班学员。出版有小说集《父亲的雪》《碎媳妇》《长河》《一九八七年的浆水和酸菜》《绣鸳鸯》《难肠》，长篇小说《马兰花开》《数星星的孩子》。曾获《民族文学》年度奖，《小说选刊》年度奖，中国作家出版集团"优秀作家贡献奖"，第三届郁达夫小说奖，首届茅盾文学新人奖，第七届鲁迅文学奖。

文珍，青年作家。已出版小说集《夜的女采摘员》《柒》《我们夜里在美术馆谈恋爱》《十一味爱》，散文集《三四越界》，诗集《鲸鱼破冰》。曾获老舍文学奖、十月文学奖、上海文学奖、山花双年奖、华语青年作家奖、华语文学传媒最具潜力新人奖等。

汤成难，小说散见《人民文学》《钟山》《上海文学》《作家》《雨花》等刊物。曾获第五届、第七届紫金山文学奖、第一届黄河文学双年奖、第十八届百花文学奖。出版长篇小说《一个人的抗战》《只有一只乳房的女人》《比邻而居》，小说集《一棵大树想要飞》《J先生》。

叶昕昀，一九九二年出生，云南曲靖人。本科毕业后进入国企从事行政工作，三年后辞职。二〇一八年开始小说创作，二〇二一年北京师范大学文学创作与批评方向硕士毕业。有小说和评论发表于《作家》《安徽文学》《文艺报》等。

东来，90后作家，豆瓣/ONE人气作家，原媒体人，现为自由职业者。二十岁开始发表小说、散文，作品多见于《单读》《鲤》《好奇心日报》《时尚先生》《山花》等刊，豆瓣征文大赛首奖得主，二〇一九年被《中华文学选刊》评为"最具潜力青年作家"。二〇一九年出版小说集《大河深处》。

蒋在，中国作协会员。英美文学硕士。诗歌见于《人民文学》《诗刊》等，小说见于《十月》《钟山》《上海文学》等。小说集《街区那头》入选中国作协"二十一世纪文学之星"丛书二〇一八年卷。参加过第三十六届青春诗会，出版诗集《又一个春天》。曾获《山花》年度小说新人奖、牛津大学罗德学者提名。